De gekwelde man

Henning Mankell

De gekwelde man

Vertaald uit het Zweeds door
Janny Middelbeek-Oortgiesen

DE GEUS

Tweede druk

Oorspronkelijke titel *Den orolige mannen*, verschenen bij Leopard Förlag

Published by agreement with Leopard Förlag, Stockholm and Leonhardt & Høier Literary Agency, Copenhagen

ISBN 978 90 445 1524 4
NUR 331

‘Een mens laat altijd sporen na.
Ook heeft iedereen een schaduw …’

‘Je vergeet wat je je wilt herinneren
en onthoudt wat je wilt vergeten …’

(Graffititeksten op muren van gebouwen in New York)

Inhoudsopgave

Proloog

Het verhaal begint met een plotselinge woede-uitbarsting.

Vlak daarvoor echter heerste op het ministerie van Algemene Zaken, waar de gebeurtenis zich afspeelde, de stilte van de ochtend. Alle tumult werd veroorzaakt door een rapport dat de vorige avond was ingediend en dat de Zweedse minister-president nu aan zijn donkere bureau zat te lezen.

Het was een vroege lentedag in 1983 in Stockholm en er hing een ondefinieerbare vochtige nevel over de stad en de bomen, die nog niet in knop stonden. Op het kabinet van de minister-president werd natuurlijk net zo veel over het weer gesproken als op andere werkplekken. Åke Leander, die als bode in het allerheiligste van het ministerie van Algemene Zaken werkte, was de man tot wie iedereen zich wendde wanneer het om het weer en de wind ging. Men vond dat hij altijd met de meest betrouwbare weersvoorspellingen kwam.

Leander had enkele jaren eerder een titel gekregen die chiquer klonk dan bode alleen; het kon zijn dat hij 'bureauhoofd' of iets dergelijks heette. Zelf beschouwde hij zich nog steeds als bode en er was geen haar op zijn hoofd dat eraan dacht dat hij een nieuwe titel voor zijn functie nodig had.

Åke Leander was er altijd, voortdurend in de nabijheid van de ministers en de staatssecretarissen die kwamen en gingen, hij hoorde als het ware tot de inventaris, was plichtsgetrouw en discreet. Voor de grap had iemand voorgesteld dat hij na zijn dood eigenlijk de beschermheilige van Algemene Zaken moest worden, een vriendelijk spook dat waakte over de inspanningen van de medewerkers om het land dat Zweden heette te besturen.

Dat Åke Leander zo veel over het weer en de wind wist,

kwam door de hobby die hij eropna hield. Hij was ongetrouwd en woonde in een niet al te grote flat in de wijk Kungsholmen. Op die plek hield hij zich bezig met een wereldwijd netwerk van vrienden die hij bereikte met enthousiaste radioamateuruitzendingen. Langgeleden had hij de meeste codes uit het afkortingsjargon van de radiozendamateurs uit zijn hoofd geleerd; onder andere dat QRT betekende: 'houd op met zenden', of dat AURORA storingen in de uitzending en ontvangst verklaarde vanwege hoogfrequent noorderlicht. Bijna elke avond zat hij met zijn koptelefoon op zijn QRZ uit te zenden: 'U wordt aangeroepen door …', gevolgd door zijn naam. Er ging een gerucht dat heel lang geleden de toenmalige minister-president om de een of andere reden moest weten wat voor weer het in oktober en november was op Pitcairn Island, het afgelegen eiland in de Stille Oceaan waar de zeelieden die op de Bounty aan het muiten waren geslagen tegen kapitein Bligh het veroverde schip daarna in brand hadden gestoken en voor de rest van hun leven waren gebleven. Åke Leander had de premier de volgende dag de gewenste weersinformatie verschaft. Uiteraard zonder te vragen waarvoor dat nodig was geweest. Hij was, zoals eerder opgemerkt, heel discreet.

Zelfs bij BZ is er niemand die zich met Åke Leander kan meten wanneer het om internationale contacten gaat, werd er vaak een beetje schamper over hem gezegd als hij langzaam door de gangen schreed.

Maar zelfs hij zag de woede-uitbarsting die de rust zou verstoren niet aankomen.

Toen de minister-president de laatste pagina gelezen had, stond hij op en liep naar het raam. Buiten wervelden de meeuwen door de lucht.

Het ging over onderzeeërs. Die verrekte onderzeeërs, waarvan werd aangenomen dat ze in de herfst van 1982 de

Zweedse territoriale wateren waren binnengedrongen en de grenzen hadden geschonden. Te midden van dat alles waren de Zweden naar de stembus gegaan en nu de rechtse partijen een aantal zetels hadden verloren en in de minderheid waren, had Olof Palme van de voorzitter van het parlement opdracht gekregen een nieuwe regering te vormen. Bij haar aantreden had de nieuwe regering onmiddellijk een commissie in het leven geroepen die moest uitzoeken hoe het zat met de onderzeeërs, die men nooit naar de oppervlakte had weten te dwingen. Sven Andersson was voorzitter van de commissie en nu was de uitkomst van het onderzoek gepresenteerd. Olof Palme had het rapport gelezen en hij begreep er niets van. De conclusies van het onderzoek waren totaal onbegrijpelijk. Hij was woest.

Opgemerkt moet worden dat het niet de eerste keer was dat Olof Palme zich opwond over Sven Andersson. In feite ging zijn weerzin helemaal terug naar de dag in juni 1963, toen vlak voor Midzomer een grijsharige, elegant geklede zevenenvijftigjarige man midden in Stockholm op Riksbron werd opgepakt. Het gebeurde zo discreet dat het niemand opviel die op dat moment toevallig in de buurt was. De man die werd gearresteerd heette Wennerström, was kolonel bij de luchtmacht en vanaf dat moment op Riksbron ontmaskerd als een belangrijke spion voor de Sovjet-Unie.

Toen Wennerström werd gearresteerd was de toenmalige Zweedse minister-president Tage Erlander net van een buitenlandse reis onderweg naar huis. Hij had een van zijn weinige vakantieweken doorgebracht in een vakantiepark dat door de Zweedse vakcentrales voor hun leden was aangelegd in Riva del Sole. Toen Erlander uit het vliegtuig stapte en door journalisten werd besprongen was hij niet alleen totaal onvoorbereid, hij verkeerde ook in vrijwel complete onwetendheid over de zaak. Hij wist niets van de arrestatie, niets van een verdachte luchtmachtkolonel Wennerström. Misschien dat de naam een keer als oud stof omhoog was gedwarreld tijdens een van de onregelmatig terugkerende bezoeken onder vier ogen, waarbij de minister van Defensie verslag aan hem uitbracht. Het was niets ernstigs, niets om je echt druk over te maken. In het troebele water van de Koude Oorlog dreven er altijd verdenkingen tegen Russische spionnen rond. Veel had je niet aan de antwoorden van Erlander. De man die om precies te zijn zeventien jaar ononderbroken minister-president van Zweden was geweest, stond voor gek en met zijn mond vol tanden omdat noch minister van Defensie Andersson, noch iemand anders die van de zaak op de hoogte was hem had meegedeeld wat er gaande was. Tijdens het laatste deel van de reis, de nauwelijks een uur durende vlucht van Kopenhagen naar Stockholm, had men hem voldoende van de schokkende zaak op de hoogte kunnen brengen om hem de kans te geven zich voor te bereiden op de ontmoeting met de opgewonden journalisten, maar niemand had zich op vliegveld Kastrup bij hem gevoegd.

Ook al kwam het nooit in de openbaarheid, het scheelde de dagen daarna niet veel of Erlander was afgetreden als minister-president en leider van de sociaal-democratische partij. Niet eerder was hij zo teleurgesteld geweest over zijn collega's binnen de regering. Olof Palme, die toen al naar voren begon te treden als kandidaat om Erlander op een dag op te volgen, deelde de woede van de minister-president over de nonchalance die tot zijn vernedering had geleid natuurlijk loyaal. Olof Palme waakte over zijn Meester als een nijdige bloedhond, werd er in regeringskringen altijd gezegd. Niemand was gewend hem tegen te spreken.

Olof Palme kon Sven Andersson nooit vergeven wat hij Erlander had aangedaan.

Velen vroegen zich later af waarom Olof Palme Sven Andersson dan toch in zijn regeringen opnam, maar dat was eigenlijk niet moeilijk te begrijpen. Als Palme had gekund had hij het natuurlijk niet gedaan, maar hij kon gewoonweg niet om Andersson heen. Sven Andersson had veel macht en invloed in de partijdistricten. Hij was een arbeiderszoon, in tegenstelling tot Olof Palme, die rechtstreeks gelieerd was aan oude Baltische adel, in wiens familie officieren zaten – en die zelf bovendien reserveofficier was – maar die bovenal afkomstig was uit de welgestelde Zweedse bovenklasse. Olof Palme had totaal geen verbinding met de wortels van de partij. Hij was een overloper, die vast wel serieus was in zijn partijpolitieke overtuiging, maar die zijn leven lang toch een vreemde politieke eend in de sociaal-democratische bijt zou blijven.

Åke Leander, die net in de gang langs de kamer van de minister-president liep met een boos geformuleerd schrijven over het feit dat de ambtenaren op het kabinet van de minister-president 's avonds slordig waren met afsluiten, hoorde de woede-uitbarsting. Heel even bleef hij staan, maar daarna liep hij door alsof er niets was gebeurd.

Olof Palme kon zijn woede niet langer onderdrukken. Hij draaide zich om naar Sven Andersson, die ineengedoken op de grijze bank in het kantoor van de minister-president zat. Palmes gezicht was bloedrood en zijn armen schokten op de eigenaardige manier die zijn momenten van woede kenmerkte.

'Er zijn toch geen bewijzen!' bulderde hij. 'Alleen maar beweringen, toespelingen, het halfonderdrukte gemekker van deloyale marineofficieren. Dit onderzoek brengt ons helemaal geen helderheid. Integendeel, het voert ons juist regelrecht het politieke moeras in.'

Enkele jaren eerder, in de nacht van 28 oktober 1981, was een Sovjetonderzeeër aan de grond gelopen in Gåsefjärden bij Karlskrona. Dat was niet alleen Zweeds territoriaal water, maar ook een beschermd militair gebied. De onderzeeër droeg het kenteken U137 en de kapitein aan boord, Anatoli Michajlovitsj Goesjtsjin, beweerde dat de onderzeeër uit de koers was geraakt als gevolg van een onbekend defect aan het gyrokompas. Zweedse marineofficieren en gewone vissers waren ervan overtuigd dat alleen een zeer beschonken kapitein het kunststukje kon flikken zo diep in de archipel door te dringen zonder eerder aan de grond te lopen.

Op 6 november werd de U137 de internationale wateren in gesleept en hij verdween. In dat geval bestond er dus geen twijfel over het feit dat het om een Sovjetonderzeeër ging die in de Zweedse wateren was geweest, maar of het een bewuste schending of dronkenschap op zee was, werd niet duidelijk. Omdat de Russen bleven vasthouden aan het defecte kompas werd dat algemeen aangenomen als een bevestiging van het feit dat de kapitein echt dronken was geweest. Geen enkele zelfbewuste vloot erkent natuurlijk dat een van zijn commandanten dronken is tijdens zijn dienst.

Toen waren de bewijzen er geweest. Maar waar waren die nu?

Wat de vroegere minister van Defensie ter verdediging van zichzelf en de commissie had aan te voeren weet niemand. Zelf maakte hij er geen aantekeningen van en Olof Palme, die een paar jaar later werd vermoord, liet ook geen memoires na.

Ook Åke Leander gaf geen commentaar, mondeling noch schriftelijk, op de woede-uitbarsting in het kantoor van de minister-president. Op 1 januari 1989 verliet hij zijn post en trok hij zich terug in zijn flat en bij zijn vrienden in de ether. Door de toenmalige minister-president werd hij hartelijk bedankt voor zijn diensten. In het najaar van 1998 overleed hij in stilte en later had niemand het gevoel dat hij als een spook op het ministerie van Algemene Zaken terugkeerde.

Het begon dus allemaal met deze woede-uitbarsting. Het verhaal over de restricties van de politiek en de intocht in het moeras, waar waarheid en leugen een tegengestelde betekenis kregen en uiteindelijk nergens helderheid over te verkrijgen was.

DEEL I

Het moeras in

1

In het jaar dat Kurt Wallander vijfenvijftig werd, verwezenlijkte hij tot zijn eigen verbazing een droom die hij al heel lang koesterde. Sinds zijn scheiding van Mona, nu bijna vijftien jaar geleden, was hij van plan geweest om zijn flat in Mariagatan, waar de muren vol moeilijke herinneringen zaten, te verlaten en naar het platteland te verhuizen. Elke keer dat hij 's avonds na een meer of minder troosteloze werkdag thuiskwam, werd hij eraan herinnerd dat hij daar ooit met een gezin had gewoond. Nu staarden de meubels hem als het ware in stil verwijt aan.

Hij kon zich er niet bij neerleggen dat hij daar zou moeten wonen tot hij zo oud werd dat hij zich misschien niet meer zelf kon redden. Hoewel hij nog geen zestig was, moest hij steeds vaker denken aan de eenzame ouderdom van zijn vader, en hij wist dat hij die zelf niet wilde overdoen. Het was al genoeg dat hij wanneer hij 's ochtends bij het scheren in de spiegel keek, besefte dat hij steeds meer op zijn vader begon te lijken. Toen hij jong was, had hij een gezicht gehad dat aan dat van zijn moeder deed denken, maar nu leek het of zijn vader bezit van hem begon te nemen, als een hardloper die lang achter had gelegen maar langzaam met een inhaalmanoeuvre bezig was nu hij de onzichtbare eindstreep naderde.

Wallanders wereldbeeld was tamelijk eenvoudig. Hij wilde geen verbitterde kluizenaar worden, die chagrijnig en eenzaam oud werd en alleen bezoek kreeg van zijn dochter en misschien van een van zijn vroegere collega's die het opeens te binnen schoot dat hij nog leefde. Opbouwende religieuze hoop dat er aan de overkant van de donkere rivier iets wachtte, koesterde hij niet. Daar had je gewoon dezelfde duisternis als die waaruit hij ooit was voortgekomen. Tot zijn vijftigste had hij een vage angst voor de dood gehad; het was zijn persoonlijke mantra dat 'de dood zijn tijd wel zou duren'. Hij had te veel dode mensen gezien in zijn leven. Er was in hun zwijgende gezichten nauwelijks iets wat erop duidde dat hun ziel ergens in een hiernamaals was opgenomen. Zoals zo veel andere politiemensen had hij alle denkbare varianten van de dood meegemaakt. Vlak nadat hij vijftig was geworden en op het politiebureau met gebak en een nietszeggend praatje met een aantal clichézinnen door de toenmalige commissaris Lisa Holgersson was gehuldigd, begon hij zich bij een gelegenheid alle dode mensen op wie hij was gestuit voor de geest te halen en in een nieuw aangeschaft notitieboekje te noteren. Dat was een macabere bezigheid en hij begreep zelf totaal niet waarom die hem zo aantrok. Toen hij bij de tiende zelfmoordenaar aankwam, een man van in de veertig, een verslaafde met praktisch alle problemen die je je kon voorstellen, stopte hij ermee. De man had zich op de zolder van het slooppand waar hij woonde opgehangen. De dode, die Welin heette, had zich op een dusdanige manier verhangen dat hij zijn nek zou breken en dus niet het risico liep langzaam te worden gewurgd. De patholoog-anatoom had tegen Wallander gezegd dat de man in die opzet was geslaagd. Hij was zijn eigen capabele beul geweest. Op dat punt aangekomen had Wallander de zelfmoordgevallen opgegeven en was hij dom genoeg een paar uur bezig geweest om de jongelui en kinderen te memoreren die hij dood gevonden had. Maar ook daar hield hij algauw mee op; het was te weerzinwekkend. Naderhand schaamde hij zich en hij verbrandde het notitieboekje, alsof hij zich met iets pervers en verbodens had beziggehouden. In wezen was hij een opgewekt persoon. Hij moest alleen zorgen dat hij zichzelf toestond nou juist die kant van zichzelf positief te benaderen.

De dood was echter altijd zijn metgezel geweest. Hij had zelf tijdens zijn werk mensen omgebracht, maar was nadat de verplichte onderzoeken waren afgerond nooit beschuldigd van het gebruik van onnodig geweld.

Dat hij twee mensen had gedood was zijn persoonlijke kruis, dat hij helemaal in zijn eentje moest dragen. Als hij niet zo vaak lachte, kwam dat door wat hij had moeten doormaken.

Maar op een dag nam hij dus een cruciaal besluit. Hij was in de buurt van Löderup geweest, niet ver van het huis waar zijn vader ooit had gewoond, en had een gesprek gehad met een agrariër die het slachtoffer was geworden van een akelige roofoverval. Op weg terug naar Ystad had hij een bordje van een makelaar gezien dat verwees naar een klein grindweggetje waaraan een huis te koop stond. Zijn besluit kwam uit het niets. Hij stopte, keerde de auto en zocht zijn weg naar het te koop staande huis. Al voordat hij was uitgestapt, begreep hij dat het om onroerend goed ging dat gerenoveerd zou moeten worden. Het huis was vroeger een vakwerkboerderij in U-vorm geweest. Een van de uiteinden ontbrak nu; misschien was het afgebrand. Hij liep over het erf. Het was een dag in het vroege najaar. Hij kon zich herinneren dat er een vlucht trekvogels op weg naar het zuiden was overgevlogen, in een rechte streep boven zijn hoofd. Hij gluurde door de ramen naar binnen en besefte algauw dat alleen het dak grondig moest worden nagekeken. Het uitzicht was adembenemend; heel in de verte kon hij een glimp van de zee opvangen, misschien zelfs van een van de veerboten die vanuit Polen op weg naar Ystad waren. Die middag in september 2003 viel hij als een blok voor het afgelegen huis.

Hij reed meteen door naar de makelaar in de binnenstad van Ystad. De prijs was niet dusdanig hoog dat hij de aflossingen van de hypotheek niet zou kunnen opbrengen. De volgende dag was hij al bij het huis terug met de makelaar, een jonge man die gekunsteld sprak en de indruk wekte dat hij met zijn gedachten heel ergens anders zat. De laatste eigenaars van het huis waren een jong stel dat vanuit Stockholm naar het zuiden van Zweden was verhuisd, maar dat vrijwel meteen, zelfs nog voordat ze tijd hadden gehad om het in te richten, had besloten te gaan scheiden. In de muren van het lege huis zat echter niets verborgen wat Wallander angst aanjoeg. En het allerbelangrijkste was overduidelijk: hij kon er meteen in. Het dak zou het waarschijnlijk toch nog wel een paar jaar volhouden. Het enige wat hij moest doen was een paar kamers verven, misschien de badkuip vervangen en eventueel ook een nieuw fornuis kopen. Maar de verwarmingsketel was pas vijftien jaar oud, en de leidingen en de meterkast waren nauwelijks ouder.

Voordat ze weer wegreden, informeerde Wallander of er nog andere gegadigden waren. Er was er een, zei de makelaar, terwijl hij een bezorgd gezicht trok, alsof hij wenste dat het huis naar Wallander ging, met de impliciete waarschuwing dat hij meteen moest beslissen. Wallander was echter niet van plan een kat in de zak te kopen. Hij sprak met een van zijn collega's wiens broer bouwkundige inspecties uitvoerde en hij kreeg gedaan dat deze de volgende dag het huis al kwam inspecteren.

De man kwam geen andere gebreken tegen dan die Wallander zelf al had ontdekt. Wallander ging dan ook dezelfde dag nog bij zijn bank langs waar hij vernam dat hij een hypotheek kon krijgen die groot genoeg was om het huis mee te kunnen betalen. Tijdens zijn jaren in Ystad had hij zonder er al te veel bij na te denken, maar toch regelmatig, wat geld opzijgezet. Dat was nu voldoende voor de aanbetaling die hij zelf moest doen.

's Avonds ging hij aan de keukentafel zitten om een gedetailleerde financiële berekening te maken. Op de een of andere manier ervoer hij de situatie als plechtig. Tegen middernacht had hij zijn besluit genomen: hij zou het huis, dat de dramatische naam Zwarte heuvel droeg, kopen. Ondanks het late tijdstip belde hij zijn dochter Linda, die in een nieuwbouwwijk bij de uitvalsweg naar Malmö woonde. Ze sliep nog niet toen hij belde.

'Kom naar me toe', zei Wallander vrolijk. 'Ik heb nieuws.'

'Midden in de nacht?'

'Ik weet dat je morgen vrij bent.'

Het was enkele jaren geleden een verrassing voor hem geweest toen Linda op een dag, tijdens een wandeling op het strand van Mossby, aan hem vertelde dat ze had besloten in zijn voetsporen te treden. Hij had er maar een paar minuten voor nodig gehad om te beseffen dat haar besluit hem verheugde. Op de een of andere manier leek het of zij hernieuwde zin gaf aan al de jaren dat hij zelf politieman was geweest. Toen ze haar opleiding eenmaal had afgerond ging ze in Ystad aan de slag. De eerste maanden had ze bij hem aan Mariagatan ingewoond. Dat was wat minder geslaagd, omdat hij eraan gewend was te doen en laten wat hij wilde en het hem bovendien moeite kostte haar als volwassen te beschouwen. Hun relatie werd op het nippertje gered: ze vond een eigen flat.

Die avond vertelde hij haar wat hij van plan was. De volgende dag ging ze met hem mee naar het huis en ze zei meteen dat hij het inderdaad moest kopen. Geen ander huis, maar dit, aan het eind van een weg, op een licht hellende heuvel met uitzicht op zee.

'Opa zal bij je komen spoken', zei ze. 'Maar je hoeft niet bang te zijn. Hij zal als een beschermheilige voor je zijn.'

Het was een groots en gelukkig moment in Wallanders

leven toen hij het koopcontract tekende en opeens met een flinke sleutelbos in zijn hand stond. Nadat hij twee kamers opnieuw had geverfd, maar geen nieuw fornuis had gekocht, betrok hij het huis op 1 november. Hij verliet Mariagatan zonder een spoor van twijfel of hij daar goed aan deed. Op de dag dat hij zijn nieuwe huis in bezit nam, stond er een koude zuidoostelijke storm.

Die eerste avond al viel tijdens de storm de stroom uit. Opeens zat Wallander daar in zijn nieuwe huis in het pikkedonker. Er werd gerukt en getrokken aan de draagbalken van het dak en hij merkte opeens dat het ook ergens inregende. Hij had echter nergens spijt van. Dit was de plek waar hij zou wonen.

Buiten op het erf was een kennel. Van kindsbeen af droomde Wallander al van een hond. Toen hij dertien was, had hij de hoop opgegeven dat hij er ooit een zou krijgen, maar toen gaven zijn ouders hem er eentje cadeau. Hij had meer van het beest gehouden dan van wat ook. Achteraf had hij bedacht dat het de hond, Saga, was die hem had geleerd wat liefde eigenlijk kon zijn. Toen ze drie was, werd Saga door een vrachtwagen overreden. Het verdriet en de shock waren het ergste geweest wat Wallander tot dan toe in zijn leven had meegemaakt. Hij kon zich moeiteloos al zijn chaotische gevoelens herinneren, ook al was het inmiddels een gebeurtenis van meer dan veertig jaar geleden. *De dood haalt uit*, dacht hij soms. Die heeft een stevige en onbarmhartige vuist.

Twee weken later kocht Wallander een hond, een zwarte labradorpup. Helemaal raszuiver was het beest niet, maar de eigenaar omschreef hem als van topklasse. Van tevoren had Wallander al besloten dat de hond Jussi zou heten, naar de geweldige Zweedse tenor Jussi Björling, een van zijn grote helden.

Begin december nodigde Wallander zijn collega's van het bureau uit voor een housewarmingparty. Ook die avond viel de stroom uit, maar nu was hij voorbereid en had hij kaarsen en de twee oude petroleumlampen die hij van zijn vader had geërfd bij de hand. Na een uurtje kwam de stroom terug. Het werd voor Wallander een avond om nooit te vergeten. Hij was nog niet te oud om nieuwe wegen te durven inslaan. Hij had nog vrienden, niet alleen collega's die langskwamen uit een soort twijfelachtig plichtgevoel.

Laat die nacht, toen de laatste gasten waren vertrokken, maakte Wallander een wandeling met Jussi. Hij had een zaklamp bij zich om niet te struikelen in het donker. Nuchter was hij niet en er waren veel verborgen sloten rond de akkers, die er in de zomer stralend geel bij zouden staan van het koolzaad. Hij liet Jussi los en die verdween in de duisternis. De hemel was koud en helder, de wind was gaan liggen. Heel in de verte bespeurde hij aan de horizon de lichten van een schip. Hier ben ik gekomen, dacht hij. Ik heb het aangedurfd een nieuwe weg in te slaan, ik heb zelfs een hond genomen. De vraag is nu alleen waar ik vanaf dit punt naartoe ga.

Als een geruisloze schim keerde Jussi uit de duisternis terug. Maar ook de hond had geen antwoord op de vraag die Wallander in het nachtelijk duister had gesteld.

Bijna vier jaar later, begin 2007, droomde Wallander over uitgerekend dat moment: de nacht na het feest in zijn nieuwe huis. De vraag hangt nog steeds in de lucht, dacht hij toen hij wakker werd. Er zijn vier jaar verstreken en ik weet nog steeds niet waar ik naartoe op weg ben.

Het was Driekoningen, een zaterdag. Gedurende de nacht was er in korte tijd een sneeuwfront over Zuid-Skåne getrokken en vervolgens over de Oostzee verdwenen. Een sneeuwhoop versperde de toegang tot het erf. Even na zessen was

Wallander al op om sneeuw te ruimen, terwijl Jussi op de witbeklede grasrand langs de akker enthousiast het spoor van een haas opsnoof. Wallander zou de dag beginnen met een bezoek aan de arts die zijn bloedsuikerspiegel in de gaten hield. Het was inmiddels meer dan tien jaar geleden sinds bij hem diabetes was vastgesteld. Aanvankelijk was het hem gelukt zijn bloedsuikerwaarden op een redelijk niveau te houden door andere voeding, meer beweging en pillen, maar sinds enkele jaren moest hij ook elke dag insuline spuiten. Na het bezoek aan de dokter zou hij verdergaan met het rechercheonderzoek dat sinds begin december al zijn tijd in beslag nam. Een wapenhandelaar op leeftijd en zijn echtgenote waren zwaar mishandeld door enkele overvallers die een groot aantal wapens hadden buitgemaakt. De man verkeerde in levensgevaar en werd nog in coma gehouden. De vrouw was bij kennis, maar zou blind blijven aan haar ene oog en ze had ook een schedelbreuk opgelopen. Toen Wallander als een van de eersten op de plaats delict arriveerde, een mooi huis met een grote tuin ruim tien kilometer ten noorden van Ystad, was hij geschokt geweest over het buitensporige geweld waarvan het oude paar het slachtoffer was geworden. Ze waren bewusteloos geslagen, met touwen vastgebonden en voor dood achtergelaten.

De man, die Olof Hansson heette, exploiteerde vanuit zijn huis een wapenhandel. Hij had de zaak van zijn vader overgenomen. Samen met zijn vrouw Hanna had hij zich gespecialiseerd in revolvers en pistolen, vaak unieke verzamelobjecten. De overvallers waren goed voorbereid geweest. Wallander en officier van justitie Erik Petrén hadden samen met de andere rechercheurs van het team dat het onderzoek verrichtte de beelden van de bewakingscamera's bekeken. Ze telden vijf betrokkenen, allen gemaskerd. Een van de camera's had het moment vastgelegd waarop Olof Hansson met een houten stok op zijn achterhoofd werd geslagen. Een halfonderdrukt gesteun weerklonk door de kamer.

In gedachten keerde Wallander terug naar een ander oud echtpaar, dat bijna twintig jaar geleden in Lenarp was vermoord. Voor Wallander persoonlijk was dat onderzoek een van de meest intensieve waarvoor hij door de jaren heen in Ystad verantwoordelijk was geweest. Twee asielzoekers hadden het misdrijf gepleegd nadat ze hadden gezien hoe de oude boer een groot geldbedrag bij een bankkantoor opnam. Het was alsof Wallander dat nu opnieuw zag gebeuren, een verschrikking die zich herhaalde. Wat langgeleden was gebeurd, liep over in datgene waaraan hij op dit moment werkte. Hetzelfde beestachtige geweld, een wreedheid die hem nu nog net zo beangstigde als destijds.

Ze waren inmiddels ruim een maand aan het werk om de daders te grijpen. De eerste weken ontbrak het hun totaal aan duidelijke sporen of ingevingen. Dat het allemaal erg goed gepland was, was voor Wallander echter al een spoor op zich. De daders moesten zeer waarschijnlijk gezocht worden onder mensen die al een strafblad hadden. Wallander had Ystad een keer verlaten om een bezoek aan Hässleholm te brengen, waar hij had gesproken met een man genaamd Rune Berglund. Ze hadden 's avonds afgesproken in de schaduw bij het sportterrein van de stad. Berglund had een verleden als overvaller en hij was ook twee keer voor zware mishandeling veroordeeld. Daarna had hij zich opeens bekeerd en was er tot ieders verbijstering werkelijk in geslaagd een punt achter zijn criminele loopbaan te zetten. Hoewel hij zich niet langer met criminele activiteiten bezighield, beschikte Berglund over een uitgebreid netwerk. Via een rechercheur in Malmö had Wallander een keer gebruik van hem kunnen maken als informant. Daarna had hij af en toe opnieuw contact met hem opgenomen wanneer hij inlichtingen nodig had. De prijs was altijd dezelfde: twee briefjes van honderd kronen voor de collectezak. Berglund werkte van zeven tot vier uur bij een autobandenbedrijf en bracht al zijn vrije tijd door bij het kerkgenootschap waar hij Jezus had gevonden. Of misschien was het omgekeerd en had Jezus hem gevonden? Wallander twijfelde er nooit aan of zijn biljetten van honderd wel op de juiste plaats terechtkwamen.

Berglund was niet verbaasd geweest toen Wallander vertelde waarvoor hij kwam, want aan de wapendiefstal bij Ystad was in de media veel aandacht besteed. Berglund dacht dat het waarschijnlijk in opdracht van buitenlandse geïnteresseerden was gebeurd. Hoewel Olof Hansson uitgebreide beveiligingsinstallaties in huis had, was dat toch niets vergeleken met wat je op het vasteland van Europa kon aantreffen. Voor voldoende uitgekookte wapendieven was het dus misschien eenvoudiger om Hanssons huis te kiezen dan een buitenlands doel. Berglund beloofde van zich te laten horen als hij ergens lucht van kreeg. Twee dagen voor Kerstmis meldde hij zich inderdaad bij Wallander met de tip dat het mogelijk om een bende van Zweden en ingehuurde Polen ging.

Op Kerstavond stierf Olof Hansson. Daarmee veranderde de zaak van een brute roofoverval met mishandeling in moord. Twee vrouwelijke rechercheurs, Ann-Louise Edenman, afkomstig uit Lund, en Kristina Magnusson, die dezelfde weg had gevolgd als Wallander en vanuit Malmö naar Ystad was verhuisd, hielden zich voornamelijk met het geval bezig. Zonder dat iemand dit had besloten was Wallander degene die het onderzoek leidde. Af en toe dacht hij terug aan hoe het was geweest toen hij destijds de ervaren commissaris Rydberg als directe superieur had gehad. Dat was in zijn begintijd in Ystad. Rydberg had echter kanker gekregen en was overleden. Wallander miste hem na al die jaren nog steeds en er waren hele periodes dat hij bijna dagelijks aan hem dacht. Als hij betrokken was bij een onderzoek dat stug verliep, gebeurde het ook wel dat hij een wandeling naar het graf maakte en een bos bloemen meenam. Wanneer hij dan voor de eenvoudige steen stond, vroeg hij zich af wat Rydberg zou hebben gedaan. En soms vroeg hij zich af of Edenman of Magnusson zich in de toekomst zouden afvragen wat Wallander zou hebben gedaan in de situatie waarin zij zich op dat moment bevonden.

Hij wist het niet. En eigenlijk wilde hij het ook niet weten.

Op 12 januari veranderde Wallanders leven in één klap. Eerst kwamen ze tot een doorbraak in het onderzoek. Kristina Magnusson kwam binnenstormen in de kamer van Wallander, waar hij een paar rapporten over wapendiefstallen zat door te nemen die de rijksrecherche had opgestuurd. Wallander zag aan Kristina's gezicht dat er iets was gebeurd. Hij herkende zichzelf. Het gebeurde nog steeds dat hij ook met belangrijk nieuws de kamers van zijn collega's kwam binnenstormen.

'Hanna Hansson is gaan praten', zei ze. 'Ze is zich dingen gaan herinneren.'

'Wat zegt ze?'

'Dat ze minstens twee van de mannen heeft herkend.'

'Maar ze waren toch gemaskerd?'

'Ze zegt dat ze de stemmen herkende. De mannen waren al eerder in de winkel geweest.'

'Zonder maskers?'

Kristina Magnusson knikte. Wallander besefte meteen wat dit kon betekenen.

'Ze staan dus op oude bewakingsfilmpjes?'

'Dat is niet onmogelijk.'

Wallander taxeerde de informatie die hij net had gekregen.

'Weet je zeker dat ze zich niet vergist?'

'Ze wekte de indruk helder van geest te zijn. En ze was heel beslist.'

'Weet ze al dat haar man dood is?'

'Nee. Haar twee dochters zijn in het ziekenhuis, maar de artsen hebben hun verzocht niet te zeggen dat hun vader dood is.'

Wallander schudde weifelend zijn hoofd.

'Als ze zo helder is als jij zegt, weet ze dat al. Dat ziet ze in de ogen van haar dochters.'

'Je bedoelt dus dat we het haar net zo goed kunnen vertellen?'

Wallander stond op.

'Ik bedoel alleen dat we ons niet om de tuin moeten laten leiden. Ze beseft dat haar man dood is. Hoelang zijn ze getrouwd geweest? Zevenenveertig jaar? We gaan nu iedereen die binnen is bij elkaar roepen om de films van die camera's door te nemen.'

Wallander liep achter Kristina Magnusson aan; hij bekeek haar graag stiekem van achteren. Hij had echter nog maar een paar stappen in de gang gezet of de telefoon op zijn kamer ging. Hij aarzelde of hij zou opnemen, maar draaide zich toch om en liep terug. Het was Linda. Ze had tijdens de buitengewoon onrustig verlopen oudejaarsavond die in Ystad met veel familieruzies en gevallen van mishandeling gepaard was gegaan moeten werken en had nu een paar dagen vrij.

'Heb je tijd?'

'Eigenlijk niet. We kunnen misschien een paar mensen identificeren van die wapendiefstal.'

'We moeten elkaar zien.'

Wallander hoorde dat ze gespannen klonk. Hij werd ongerust, zoals altijd wanneer hij dacht dat haar iets was overkomen.

'Is het iets ernstigs?'

'Helemaal niet.'

'We kunnen om één uur afspreken.'

'Het strand van Mossby?'

Wallander dacht dat ze een grapje maakte.

'Moet ik mijn zwembroek meenemen?'

'Ik meen het serieus. Het strand van Mossby. Maar we gaan niet zwemmen.'

'Wat moeten we daar in de kou en de wind?'

'Om één uur ben ik er. En jij bent er ook.'

Ze legde de hoorn neer voordat hij gelegenheid had om nog een vraag te stellen. Wat wilde ze? Hij bleef staan en zocht naar een antwoord, maar vond dat niet. Hij liep naar de vergaderkamer waar het beste televisietoestel stond en zat twee uur lang de films uit de bewakingscamera's van Hansson door te nemen. Toen het tegen half een liep, moesten ze de helft van de films nog doornemen. Wallander stond op en zei dat ze na twee uur verder konden gaan. Martinson, een van de politiemensen met wie Wallander in Ystad al het langst samenwerkte, nam hem verbaasd op.

'Moeten we nu ophouden? Terwijl we er middenin zitten? Jij bent toch nooit zo van vaste lunchgewoontes?'

'Ik ga ook niet eten. Ik heb een andere afspraak.'

Hij verliet de kamer en bedacht dat hij onnodig bits geweest was. Martinson en hij waren niet alleen collega's, ze waren ook vrienden. Toen Wallander zijn housewarmingparty in Löderup hield, was Martinson uiteraard degene geweest die hem, de hond en het huis had toegesproken. We zijn net een moeizaam oud stel, dacht hij toen hij het politiebureau verliet. Een oud stel dat kibbelt, voornamelijk om in vorm te blijven.

Hij liep naar zijn auto, een Peugeot die hij nu vier jaar had, en reed weg. Hoe vaak heb ik deze weg gereden? Hoe vaak zal ik dat nog doen? Terwijl hij voor een rood licht stond te wachten moest hij denken aan iets wat zijn vader ooit had verteld, over een neef die Wallander zelf nooit had ontmoet. De neef bestuurde de veerboot tussen twee eilanden in de archipel van Stockholm, een korte overtocht, hij duurde niet meer dan vijf minuten; jaar in, jaar uit, hetzelfde traject. Op een dag was er bij hem iets geknapt. De veerboot was volgeladen met auto's, een late middag in oktober. Opeens had hij het roer omgegooid en was hij recht naar zee gestevend. Nadien had hij verteld dat hij wist dat er voldoende diesel in de tank zat om een overtocht naar een van de Baltische staten mogelijk te maken. Maar dat was dan ook het enige wat hij zei toen hij uiteindelijk door de geschokte automobilisten was overmeesterd en de kustwacht, die was uitgerukt, de veerboot weer op de juiste koers had weten te brengen. Hij had nooit uitgelegd hoe hij tot zijn daad was gekomen. Wallander bedacht dat hij hem ergens wel kon begrijpen.

Losse wolken joegen langs de hemel toen hij in westelijke richting langs de zee reed. Door de zijruit zag hij hoe donkere onweerswolken aan de horizon begonnen op te rijzen. 's Ochtends had hij op de radio gehoord dat er tegen de avond weer kans op sneeuw was. Vlak voordat hij de uitvalsweg naar Marsvinsholm passeerde, werd hij ingehaald door een motor. De bestuurder wuifde en Wallander bedacht dat dit iets was wat hij het meest vreesde: dat Linda op een dag een ongeluk met haar motor zou krijgen. Hij had in totale onwetendheid verkeerd toen ze een paar jaar geleden zijn erf op draaide met haar pasgekochte machine, een Harley Davidson met glimmend chroom. Toen ze haar helm had afgezet was het eerste wat hij haar vroeg of ze krankzinnig was geworden.

'Jij kent al mijn dromen niet', had ze met een brede, gelukkige glimlach geantwoord. 'Zoals ik vast ook niet weet waar jij allemaal van droomt.'

'In elk geval niet van een motor.'

'Jammer. Anders hadden we samen ritjes kunnen maken.'

Hij was zelfs zo ver gegaan dat hij beloofd had een auto voor haar te kopen en alle benzine voor haar te betalen als ze haar motor maar van de hand deed. Ze weigerde echter en hij wist vanaf het begin al dat hij de slag had verloren. Ze had zijn koppigheid geërfd en ongeacht waarmee hij haar ook probeerde te verleiden, hij zou er niet in slagen haar de motor te ontnemen.

Toen hij de parkeerplaats op draaide bij het strand van Mossby, dat er winderig en verlaten bij lag, had ze haar helm afgezet en stond ze op de top van een duin met haar haren wapperend in de wind. Wallander zette de motor uit en bleef naar haar zitten kijken: zijn dochter in haar donkere leren pak en dure laarzen die ze in een fabriek in Californië had laten maken en waarvoor ze bijna een heel maandsalaris had neergeteld. Ooit was ze een klein meisje dat op mijn schoot zat en ik was de grootste held in haar leven, dacht Wallander. Nu is ze zesendertig, bij de politie, net als ik, en heeft ze een scherp verstand en een brede glimlach. Wat kan ik meer verlangen?

Hij stapte de wind in en worstelde door het mulle zand omhoog tot hij naast haar stond. Ze glimlachte naar hem.

'Er is hier iets gebeurd', zei ze. 'Weet je nog wat?'

'Je hebt aan mij onthuld dat je bij de politie wilde. Dat was hier.'

'Ik bedoel iets anders.'

Wallander begreep opeens waar ze op doelde.

'Er dreef hier een rubberboot aan land met twee dode mannen erin', zei hij. 'Zo lang geleden dat ik niet meer precies weet wanneer. Dat waren gebeurtenissen die zich in een andere wereld afspeelden, zou je kunnen zeggen.'

'Vertel eens over die wereld.'

'Dat zal toch wel niet de reden geweest zijn dat je me gevraagd hebt om hiernaartoe te komen?'

'Vertel toch maar!'

Wallander spreidde zijn arm uit naar de zee.

'Over de landen die aan de overkant lagen, wisten we niet

veel. Soms deden we waarschijnlijk net of ze niet bestonden. Van de Baltische staten die onze naaste buren waren, waren we afgesneden. En zij van ons. Op een dag spoelde hier een rubberboot aan en het onderzoek voerde me naar Letland, naar Riga. Ik bracht een bezoek achter het IJzeren Gordijn dat niet meer bestaat. De wereld was toen anders. Niet slechter, niet beter, gewoon anders.'

'Ik krijg een kind', zei Linda. 'Ik ben zwanger.'

Wallander hield zijn adem in, alsof hij niet begreep wat ze had gezegd. Hij begon naar haar buik te staren, die onder de zwarte leren kleding verborgen zat. Ze barstte in lachen uit.

'Er is natuurlijk nog niets te zien. Ik ben pas in de tweede maand.'

Nadien zou Wallander zich elk detail herinneren van zijn ontmoeting met Linda en de grote onthulling die ze deed. Met opgetrokken schouders daalden ze tegen de wind in af naar het strand. Ze vertelde hem wat hij wilde weten. Toen hij op het politiebureau terug was, een uur te laat, was hij het onderzoek waarvoor hij verantwoordelijk was bijna vergeten.

Net voordat het die dag opnieuw begon te sneeuwen, vlak voor vijven, slaagden ze erin foto's te ontwikkelen van twee van de mannen die waarschijnlijk betrokken waren bij de wapendiefstal en de wrede moord. Wallander vatte samen wat iedereen voelde: dat ze nu een grote stap hadden gezet om opheldering in deze zaak te brengen.

Toen het overleg afgelopen was en iedereen zijn paperassen en mappen bijeenraapte, voelde Wallander een bijna onweerstaanbare drang om te vertellen over de grote blijdschap die hem opeens ten deel was gevallen.

Maar hij zei natuurlijk niets.

Dat lag hem gewoon niet. Zo dichtbij liet hij zijn collega's niet komen, nooit van zijn leven.

2

Op 30 augustus 2007, even na tweeën 's middags, beviel Linda in het ziekenhuis van Ystad van een dochter, Kurt Wallanders eerste kleinkind. De bevalling verliep normaal en bovendien was het precies op de uitgerekende datum. Wallander had heel attent vakantie opgenomen. Hij deed die dag pogingen een emmer bruikbaar cement te mengen, om daarmee de scheuren in de muur naast de buitendeur onder het afdak van de veranda te repareren. Dat lukte niet zo best, maar hij had tenminste iets om handen. Toen de telefoon ging en hij het bericht kreeg dat hij zich van nu af aan opa mocht noemen, begon hij te huilen. Hij werd door zijn emoties overrompeld en heel even was hij totaal weerloos.

Het was niet Linda die belde, maar de vader van het kind, financieel expert Hans von Enke. Omdat Wallander op hem niet sentimenteel wilde overkomen, bedankte hij hem snel voor het bericht. Hij vroeg of hij Linda de groeten wilde doen en beëindigde het gesprek.

Daarna ging hij een lange wandeling maken met Jussi. De warmte van de late zomer lag nog over Skåne, 's nachts had het geonweerd en na de regen was de lucht nu helder en fris. Wallander kon nu eindelijk voor zichzelf toegeven dat het hem vaak had verwonderd dat Linda nooit eerder te kennen had gegeven dat ze kinderen wilde. Nu was ze al zevenendertig, naar Wallanders mening veel te laat in het leven van een vrouw om moeder te worden. Mona was veel jonger geweest toen Linda werd verwekt.

Hij had Linda's relaties op discrete afstand gevolgd en sommige van haar partners had hij meer gemogen dan andere. Hij was er weleens van overtuigd geweest dat ze eindelijk de ware had gevonden, maar op een dag was aan de relatie toch opeens een einde gekomen en ze had hem nooit uitgelegd waarom. Ook al hadden Wallander en Linda een hechte band, er waren bepaalde dingen waarover ze het zelfs in hun meest vertrouwelijke momenten niet hadden. Het vraagstuk van kinderen was een van die dingen die door een onzichtbaar taboe werden omringd.

Op die dag op het winderige strand van Mossby had ze hem voor het eerst verteld over de man met wie ze het kind zou krijgen. Voor Wallander kwam diens bestaan als een verrassing. Hij was in de veronderstelling dat ze op dat moment geen vaste relatie had. Daar had hij zich echter in vergist en hij was dan ook verwonderd over wat ze vertelde.

Linda had Hans von Enke bij wederzijdse vrienden in Kopenhagen leren kennen tijdens een verlovingsdiner. Hans kwam uit Stockholm maar woonde al twee jaar in Kopenhagen, waar hij werkte bij een zakenbank die zich voornamelijk bezighield met de opbouw van hedgefondsen. Linda had hem hautain gevonden en zich aan hem geërgerd. Nogal onstuimig had ze verklaard dat zij een eenvoudige politieagente met een slecht salaris was die geen idee had wat een hedgefonds was. Sprak ze de naam eigenlijk wel goed uit? Het was erop uitgedraaid dat ze aan een lange wandeling door Kopenhagen begonnen en een nieuwe afspraak hadden gemaakt. Hans von Enke was twee jaar jonger dan Linda en had ook nog geen kinderen uit eerdere relaties. Onuitgesproken, maar toch volkomen duidelijk, hadden ze allebei vanaf het begin van hun verhouding besloten dat ze wilden proberen of ze kinderen konden krijgen.

Twee dagen na de grote onthulling kwam Linda 's avonds samen met de man die ze als levenspartner had gekozen naar Wallanders huis. Hans von Enke was lang en mager, had dun haar en een doordringende, helderblauwe blik. Wallander voelde zich meteen onzeker in zijn gezelschap, ervoer de manier waarop hij zich uitdrukte als vreemd en vroeg zich af hoe het eigenlijk kwam dat Linda voor hem had gekozen. Toen ze had verteld dat Hans een salaris had dat drie keer zo hoog was als dat van hem en dat hij daarnaast jaarlijks recht had op een bonus die wel kon oplopen tot een miljoen kronen, dacht Wallander somber dat ze werd aangetrokken door het geld. Hij was daar zo ontdaan over dat hij het haar de volgende keer dat hij haar zag zonder omwegen vroeg. Ze hadden in een café in het centrum van Ystad gezeten en Linda was zo boos geworden dat ze hem een kaneelbroodje naar zijn hoofd had gesmeten en daarna was weggelopen. Hij was haar op straat achternagerend en had zijn excuses aangeboden. Nee, het was niet het geld, had ze verklaard. Het was grote, echte liefde, iets wat ze nog nooit eerder in haar leven had meegemaakt.

Wallander besloot zijn toekomstige schoonzoon met een warmere blik te bekijken. Via internet en de man bij de bank in Ystad die normaliter zijn eenvoudige zaken behandelde, zocht Wallander alles uit wat hij aan de weet kon komen over de zakenbank waar zijn schoonzoon werkte. Hij leerde wat hedgefondsen waren en een heleboel andere dingen waarvan werd beweerd dat het de basis was van de werkzaamheden van een moderne zakenbank. Toen Hans von Enke hem in Kopenhagen uitnodigde, ging hij op die uitnodiging in en kreeg hij een rondleiding door de luxueuze kantoren bij Rundetårn waar het bedrijf gevestigd was. Na afloop trakteerde Hans op een lunch en toen Wallander naar Ystad terugkeerde, had hij niet langer last van het minderwaardigheidsgevoel dat hem tijdens hun eerste ontmoeting had overvallen. In de auto belde hij Linda op om te vertellen dat hij de man die zij had gekozen nu begon te waarderen.

'Hij heeft één gebrek', zei Linda. 'Hij heeft te weinig haar. Verder is hij goed.'

'Ik kijk uit naar de dag dat ik hem mijn kantoor mag laten zien.'

'Dat heb ik al gedaan. Hij is vorige week op bezoek geweest. Heeft niemand je dat verteld?'

Natuurlijk had niemand wat tegen Wallander gezegd.

's Avonds zat hij met een potlood in de hand aan zijn keukentafel uit te rekenen wat Hans von Enke jaarlijks verdiende. Hij was verbijsterd toen hij het eindbedrag zag. Een vaag gevoel van onbehagen bekroop hem. Hij verdiende zelf na al die jaren een kleine veertigduizend kronen per maand. Dat beschouwde hij als een hoog salaris. Maar hij was niet degene die ging trouwen, dat was Linda. Of ze nou wel of niet gelukkig zou worden met dat geld; hij had er niets mee te maken.

In maart gingen Linda en Hans samenwonen in een groot huis in de buurt van Rydsgård, dat de jonge financieel expert had gekocht. Hij ging pendelen naar Kopenhagen, Linda behield haar normale werk. Toen ze op orde waren, vroeg Linda of Kurt de volgende zaterdag bij hen kon komen eten. Hans' ouders zouden dan ook op bezoek komen en die wilden Linda's vader natuurlijk graag leren kennen.

'Ik heb mama ook gevraagd', zei ze.

'Komt ze?'

'Nee.'

'Waarom niet?'

Linda haalde haar schouders op.

'Volgens mij is ze ziek.'

'Wat heeft ze dan?'

Linda keek hem lang aan alvorens antwoord te geven.

'Ze drinkt te veel. Volgens mij drinkt ze nu meer dan ooit.'

'Dat wist ik niet.'

'Er is een heleboel wat jij niet weet.'

Natuurlijk aanvaardde Wallander de uitnodiging voor het etentje waarbij hij de ouders van Hans von Enke zou ontmoeten. Hans' vader, Håkan von Enke, was vroeger kapitein-luitenant-ter-zee geweest en had het bevel gevoerd over onderzeeërs en oppervlakteschepen die gespecialiseerd waren in de jacht op onderzeeërs. Linda dacht ook, al wist ze dit niet helemaal zeker, dat hij ooit deel had uitgemaakt van de commandostaf die besliste wanneer eenheden van de krijgsmacht een vijand met scherp mochten aanvallen. De moeder van Hans heette Louise en was taaldocente. Zussen of broers waren er niet; Hans was enig kind.

'Ik ben het niet gewend om met adel om te gaan', zei Wallander korzelig toen Linda er het zwijgen toe deed.

'Het zijn heel gewone mensen. Ik denk dat jullie veel zullen hebben om over te praten.'

'Wat dan?'

'Dat zal wel blijken. Je moet niet zo negatief zijn.'

'Ik ben niet negatief! Ik vraag het me gewoon af.'

'We eten om zes uur. Kom op tijd. En neem Jussi niet mee. Die maakt er alleen maar een rotzooi van.'

'Jussi is een heel gehoorzame hond. Hoe oud zijn ze, Hans' ouders?'

'Håkan wordt vijfenzeventig, Louise is een paar jaar jonger. En Jussi luistert anders nooit; dat zou jij toch moeten weten, want het is je niet gelukt hem op te voeden. Godzijdank ben je daar bij mij beter in geslaagd.'

Linda liep zijn kantoor uit voordat Wallander gelegenheid had om te reageren. Heel even probeerde hij zich boos te maken over het feit dat zij altijd het laatste woord had, maar dat lukte niet en hij boog zich weer over zijn papieren.

Toen Wallander op zaterdag uit Ystad wegreed om Hans von Enkes ouders te ontmoeten, viel er een voor de tijd van het jaar buitengewoon zachte motregen over Skåne. Hij had vanaf de vroege ochtend op kantoor gezeten om de belangrijkste delen van het onderzoeksmateriaal rond de dood van de wapenhandelaar en alle gestolen revolvers opnieuw, Joost mocht weten voor de hoeveelste keer, door te nemen. Ze dachten de overvallers weliswaar te hebben geïdentificeerd, maar ze hadden nog geen bewijs. Ik zit niet achter een sleutel aan, dacht hij, ik zit alleen nog maar achter het verre gerammel van een sleutelbos aan. Toen het drie uur was, had hij de helft van het omvangrijke materiaal doorgeploegd. Hij besloot naar huis te rijden, een paar uur te slapen en zich daarna om te kleden voor het etentje. Linda had gezegd dat Hans' ouders soms iets te formeel waren naar haar smaak, maar juist om die reden stelde ze voor dat hij zijn beste kostuum aantrok.

'Ik heb alleen het pak dat ik naar begrafenissen aantrek', zei Wallander. 'Maar misschien moet ik niet met een witte das komen?'

'Als je het zo erg vindt, hoef je helemaal niet te komen.'

'Ik probeerde alleen maar een grapje te maken.'

'Dat is niet gelukt. Je hebt minstens drie blauwe stropdassen. Kies er daar maar eentje van.'

Toen Wallander rond middernacht een taxi terug naar Löderup nam, bedacht hij dat de avond een stuk gezelliger was geweest dan hij had verwacht. De oude kapitein-luitenant-ter-zee en zijn vrouw waren beiden mensen met wie hij kon praten. Bij onbekenden was hij altijd op zijn hoede; hij dacht altijd dat ze meer of minder openlijk hun neus zouden optrekken voor het feit dat hij bij de politie werkte. Maar noch bij Håkan noch bij Louise had hij een dergelijke tendens bemerkt. Integendeel, ze hadden naar zijn idee oprecht belangstelling getoond voor zijn werk. Håkan von Enke had bovendien zowel over de organisatie van de Zweedse politie als over allerlei tekortkomingen bij een aantal bekende misdaadzaken meningen waarin Wallander geneigd was hem gelijk te geven. Hij op zijn beurt kreeg de kans om vragen te stellen over onderzeeërs, over de Zweedse marine en over de huidige bezuinigingen bij Defensie, waarop hij deskundige en vermakelijke antwoorden kreeg. Louise von Enke zei niet veel; ze zat voornamelijk met een vriendelijke glimlach te luisteren hoe het gesprek aan tafel heen en weer ging.

Nadat ze een taxi hadden gebeld was Linda met hem meegelopen naar het hek. Ze liepen gearmd en zij leunde met haar hoofd tegen zijn schouder. Dat deed ze alleen wanneer ze tevreden over hem was.

'Ik heb me dus goed gedragen', zei Wallander.

'Je was beter dan ooit. Je kunt het wel, als je maar wilt.'

'Wat kan ik?'

'Je gedragen. Zelfs intelligente vragen stellen over iets wat niet over politiewerk gaat.'

'Ik vond ze aardig. Maar over haar ben ik niet zo veel te weten gekomen.'

'Louise? Zo is ze nu eenmaal. Ze zegt niet veel. Maar ze luistert beter dan iedereen bij elkaar.'

'Op mij kwam ze een beetje raadselachtig over.'

Ze waren nu op straat gekomen en gingen onder een boom staan schuilen voor de motregen die de hele avond was blijven vallen.

'Ik ken niemand die zo raadselachtig is als jij', zei Linda. 'Jarenlang heb ik gedacht dat je iets te verbergen had, maar inmiddels weet ik dat slechts een aantal van de mensen die raadselachtig zijn echt iets te verbergen hebben.'

'En zo iemand ben ik niet?'

'Volgens mij niet. Heb ik gelijk?'

'Ik neem aan van wel. Maar misschien loopt een mens soms rond met geheimen waar hij zelf geen weet van heeft?'

Het licht van de taxi doorkliefde de duisternis. Het was een van die busachtige voertuigen die bij taxibedrijven steeds meer in zwang raakten.

'Ik heb een hekel aan die busjes', mopperde Wallander.

'Wind je niet op. Morgen kom ik je auto brengen.'

'Na tienen zit ik op het bureau. Ga nou maar naar binnen en zoek uit wat ze van me vonden. Ik wil morgen een rapport.'

Even voor elven de volgende dag kwam ze de auto brengen.

'Goed', zei ze toen ze zijn kamer binnenkwam, zoals gewoonlijk zonder te kloppen.

'Goed? Wat "goed"?'

'Dat vonden ze van je. Håkan had een grappige uitdrukking. Hij zei: "Je vader is een buitengewone acquisitie voor de familie."'

'Ik weet niet eens wat dat betekent.'

Ze legde zijn autosleutels op zijn bureau. Ze had haast omdat Hans en zij een uitstapje gingen maken met haar aanstaande schoonouders. Wallander wierp een blik uit het raam. Het wolkendek begon open te breken.

'Hebben jullie trouwplannen?' vroeg hij voordat ze de deur uit liep.

'Zij willen dat heel erg graag', antwoordde ze. 'Ik zou je dankbaar zijn als jij daar niet ook op begint aan te dringen. We zullen wel zien of we bij elkaar passen.'

'Maar jullie krijgen toch een kind?'

'Daar zijn we geschikt voor. Maar of we daarna ons hele leven bij elkaar blijven, is wat anders.'

Weg was ze. Wallander luisterde naar haar snelle stappen; de hakken van haar laarzen weerklonken tegen de vloer. Ik ken mijn dochter niet, dacht hij. Ooit dacht ik dat ik dat deed, maar nu besef ik dat ze steeds meer een vreemde voor me wordt.

Hij ging voor het raam staan en keek uit op de oude watertoren, de duiven, de bomen en de blauwe hemel die door de steeds dunner wordende bewolking heen drong. Een intens gevoel van rusteloosheid overviel hem, een verlatenheid die zich om hem heen verspreidde. Of zat die misschien in hemzelf? Alsof hij in zijn totaliteit aan het veranderen was in een zandloper, waarbij het zand geruisloos wegliep. Hij bleef de duiven en de bomen bestuderen tot zijn nervositeit wegebde. Toen ging hij weer achter zijn bureau zitten om koppig verder te gaan met het doornemen van de rapporten die in stapels voor hem lagen.

Midden oktober, zeven maanden later, waren Wallander en zijn collega's zover dat ze naar de officier van justitie konden stappen om de inhechtenisneming van vier verdachten te eisen. Twee van hen waren Polen en geïdentificeerd op de bewakingsfilmpjes in de wapenhandel. Bovendien had de politie voldoende bewijsmateriaal verzameld om een inval te doen bij twee mannen in Gotenburg die beiden bindingen hadden met de georganiseerde misdaad die in handen was van immigranten uit voormalig Joegoslavië. Opnieuw dacht Wallander aan de gewelddadige overval in Lenarp van bijna twintig jaar geleden. Toen destijds naar buiten was gekomen dat er buitenlanders achter zaten, leidde dat tot diverse racistische daden, onder andere aanslagen op asielzoekerscentra en de moord op iemand die volmaakt onschuldig was. Het was een verschrikkelijke tijd geweest.

Tijdens het lange en vaak troosteloze recherchewerk was Wallander gaan beseffen dat de twee vrouwelijke collega's met wie hij het nauwst samenwerkte goede rechercheurs waren. Hij had steeds meer respect voor hen gekregen en had iets van de energie teruggekregen die hij de laatste jaren meende te zijn kwijtgeraakt. Vooral Kristina Magnusson maakte indruk op hem met haar scherpzinnigheid en koppigheid. Stiekem bleef hij in de gangen van het politiebureau ook naar haar gluren.

Hanna Hansson was in de loop van de zomer uit het ziekenhuis ontslagen. Ze was blind aan één oog en had rugletsel opgelopen. Wallander sprak een keer met een van haar dochters die een manege bij Höör exploiteerde.

'Haar oog krijgt ze niet terug', zei de dochter. 'En de pijn in haar rug kunnen de dokters ook nauwelijks verlichten. Maar het ergste is iets anders. Weet u wat?'

'Dat haar man dood is.'

'Dat is zo vanzelfsprekend dat je het niet eens hoeft te noemen. Maar van wat onuitgesproken is?'

Wallander kon niet bedenken wat voor antwoord zij van hem verwachtte.

'De angst', zei de dochter. 'Ze is bang geworden voor andere mensen. Bang om de deur uit te gaan, bang om te slapen, bang om alleen te zijn. Hoe genees je dat? Hoe moet je iemand daarvoor straffen?'

'Een goede officier van justitie overtuigt de rechtbank ervan dat het om een bijzonder zwaar misdrijf gaat', zei Wallander.

De dochter schudde haar hoofd. Ze twijfelde, wat Wallander zelf trouwens ook deed. Hij werd vaak negatief verrast door Zweedse rechters, door hun besluiteloosheid wanneer het erom ging vast te stellen of iets een zwaar misdrijf was of niet.

'Pak ze gewoon', zei ze voordat ze zijn kantoor verliet. 'Laat ze hun straf voor wat ze hebben gedaan niet ontlopen.'

Wallander nam zelf de inleidende verhoren af bij de twee Polen die waren aangehouden. Ze waren allebei jong, niet veel ouder dan twintig. Ze namen hem spottend op en maakten via hun tolk duidelijk dat ze niets met de wapendiefstal te maken hadden, dat ze toen niet eens in Zweden waren geweest, en dat ze niet van plan waren verder nog vragen van hem te beantwoorden. Wallander hield zijn hoofd koel, ook al moest hij de impuls bedwingen om hun een paar flinke oorvijgen te geven. Geleidelijk slaagde hij erin een van de twee te breken en op een dag in november begon deze opeens bekentenissen af te leggen. Daarna ging het snel. Bij een beslaglegging in een flat in Staffanstorp vond de politie meer dan de helft van de gestolen wapens, bij een andere inval in een buitenwijk van Stockholm werden nog vier wapens gevonden. Toen het proces begon, op een dag in december, ontbraken er nog maar drie van de ontvreemde wapens. Diezelfde ochtend riep Wallander in een van de vergaderruimtes op het politiebureau zijn troepen bijeen voor koffie met gebak. Hij was van plan geweest een paar lovende woorden te spreken, maar raakte van zijn apropos en had het voornamelijk over de loononderhandelingen die gevoerd werden en over hun collectieve ongenoegen over de grillige prioriteiten van de top van de rijkspolitie en de voortdurende reorganisaties.

Kerstmis vierde Wallander samen met Linda's gezin. Met verbazing en een stille vreugde bestudeerde hij zijn kleinkind, dat nog steeds geen naam had gekregen. Linda beweerde dat het meisje op hem leek, vooral haar ogen, maar Wallander zag geen overeenkomsten, hoezeer hij ook zijn best deed.

'Het kind moet een naam hebben', zei hij toen ze op Kerstavond een wijntje zaten te drinken.

'Dat komt wel', zei Linda.

'Wij denken dat die naam zich op een dag vanzelf aandient', zei Hans.

'Waarom heet ik eigenlijk Linda?' vroeg Linda opeens. 'Waar komt die naam vandaan?'

'Die heb ik bedacht', zei Wallander. 'Mona wilde je een andere naam geven, ik weet niet meer welke. Maar voor mij was je vanaf het begin een Linda. Je grootvader daarentegen vond dat je Venus moest heten.'

'Venus?'

'Zoals je weet, was hij soms niet goed bij zijn hoofd. Vind je je naam niet mooi?'

'Ik heb een prima naam', antwoordde ze. 'En je hoeft je niet ongerust te maken. Als we gaan trouwen, verander ik niet van naam. Ik word nooit Linda von Enke.'

'Misschien moet ik me Wallander gaan noemen', zei Hans. 'Al denk ik dat mijn ouders daarvan zouden schrikken.'

Tussen Kerst en Oud en Nieuw was Wallander bezig om al zijn paperassen van het afgelopen jaar op te ruimen. Dat was een gewoonte waar hij jaren geleden al mee was begonnen, om vóór Nieuwjaar plaats te maken voor het komende jaar. Begin januari zou het vonnis in de zaak van de wapendiefstal worden uitgesproken. Wallander had met de officier van justitie gepraat; die had de strengst mogelijke straffen geëist tegen de gedaagden, en hun advocaten hadden niet veel om ertegen in te brengen. Wallander zou Hanna Hanssons dochter waarschijnlijk wel in de ogen kunnen kijken wanneer hij haar weer tegenkwam.

Het liep zoals hij had verwacht. De rechters bleken streng te zijn. De twee Polen die de moord en mishandeling hadden gepleegd kregen acht jaar gevangenisstraf. Wallander was ervan overtuigd dat een hoger beroep niet tot bijzonder veel versoepeling van de straffen zou leiden.

Op de avond van de dag dat de rechtbank uitspraak deed, had Wallander besloten thuis een film te kijken. Hij had zichzelf een schotelantenne cadeau gedaan en had nu toegang tot een heleboel filmkanalen. Hij stak zijn dienstwapen bij zich om dat thuis schoon te maken. Hij lag achter op schema met zijn schietoefeningen en wist dat hij op zijn laatst begin februari zijn schietvaardigheid moest trainen. Zijn bureau was niet leeg, maar er waren geen dringende onderzoeken waar hij verantwoordelijk voor was. Hij kon maar beter van de gelegenheid gebruikmaken, dacht hij. Nu kan ik een film kijken, morgen is het misschien te laat.

Maar toen hij was thuisgekomen en Jussi had uitgelaten voelde hij zich opeens rusteloos. Soms werd hij in zijn huis, dat daar tussen de lege akkers was neergeworpen, door een gevoel van verlatenheid overvallen. Net een wrak, dacht hij weleens. Ik ben hier in de bruine klei gestrand. Meestal was zijn rusteloosheid snel voorbij, maar juist deze avond bleef die aanhouden. Hij ging aan de keukentafel zitten, vouwde een oude krant uit en maakte zijn wapen schoon. Toen dat klaar was, was het pas acht uur. Waar het idee vandaan kwam wist hij niet, maar hij nam een snel besluit, kleedde zich om en reed terug naar Ystad. In de winter waren er bijna geen mensen op straat, vooral niet op doordeweekse avonden. Er waren 's avonds hoogstens twee of drie bars of restaurants open in de stad. Wallander parkeerde zijn auto en liep naar een restaurant dat aan de markt lag. Er waren weinig gasten. Hij ging aan een hoektafel zitten, bestelde een voorgerecht en een fles wijn. Terwijl hij op het eten en de wijn wachtte, goot hij een paar drankjes naar binnen. Zo beleefde hij dat zelf: dat hij de drank werkelijk naar binnen goot om zijn rusteloosheid te beteugelen. Toen het eten op tafel kwam en de ober zijn wijnglas vulde, was Wallander al aangeschoten.

'Wat is het hier leeg', zei Wallander. 'Waar zitten alle gasten?'

De ober haalde zijn schouders op.

'In elk geval niet hier', zei hij. 'Ik hoop dat het eten smaakt.'

Wallander zat er alleen maar wat in te prikken, maar de wijnfles had hij in minder dan een half uur leeg. Hij pakte zijn mobiele telefoon en keek de opgeslagen nummers door. Hij had zin om met iemand te praten. Maar met wie? Omdat hij niet wilde dat iemand zou horen dat hij aangeschoten was, legde hij zijn telefoon weer weg. De fles wijn was leeg en hij had al meer dan genoeg gedronken. Toch bestelde hij een kop koffie met een glas cognac toen de ober kwam zeggen dat ze zo gingen sluiten. Toen hij van tafel opstond, begon hij te wankelen. De ober nam hem met een vermoeide blik op.

'Een taxi', zei Wallander.

Er hing een telefoon aan de wand naast de bar en de ober belde een taxi voor hem. Wallander stond midden in het restaurant en voelde de grond onder zijn voeten golven. De ober legde de hoorn neer en knikte.

Toen Wallander buiten kwam, was de wind bijtend koud. Hij ging achter in de taxi zitten en toen de auto zijn erf op draaide, sliep hij al bijna. Binnen liet hij zijn kleren in een hoop op de vloer liggen. Zodra hij ging liggen, sliep hij.

Een half uur nadat Wallander in slaap was gevallen kwam er een man op het politiebureau. Hij was verontwaardigd en wilde de dienstdoende agent spreken. Dat was toevallig Martinson.

De man vertelde dat hij ober was. Vervolgens legde hij een plastic zak voor Martinson op tafel. In de zak zat een wapen, net zo eentje als Martinson zelf had.

De ober wist ook de naam van de gast, omdat Wallander met de jaren een bekende persoon in de stad was geworden.

Martinson nam de aangifte op en zat daarna lang naar het wapen te kijken.

Hoe kon Wallander zijn dienstwapen vergeten? En waarom had hij het meegenomen toen hij naar een eethuis ging?

Martinson keek op zijn horloge. Het was even na middernacht. Eigenlijk zou hij Wallander moeten bellen, maar dat deed hij niet.

Het moest maar wachten tot de volgende dag. Wat er dan zou gebeuren vond hij geen prettig vooruitzicht.

3

Toen Wallander de volgende dag op het politiebureau kwam, lag er bij de receptie een briefje van Martinson voor hem. In stilte vloekte Wallander. Hij had een kater en was misselijk. Als Martinson hem meteen wilde spreken kon dat alleen maar betekenen dat er iets was gebeurd wat Wallanders onmiddellijke aanwezigheid vereiste. Kon dat maar een paar dagen wachten, dacht hij. Of althans een paar uur. Het enige wat hij op dit moment wilde, was de deur van zijn kamer achter zich dichttrekken, de hoorn van de telefoon leggen en met zijn voeten op tafel proberen verder te slapen. Hij hing zijn jas weg, leegde een flesje bronwater dat al geopend op tafel stond en liep daarna meteen door naar Martinson, die in de kamer zat die vroeger van Wallander was geweest.

Wallander klopte aan en stapte naar binnen. Toen hij Martinsons gezicht zag, wist hij meteen dat er iets ernstigs was gebeurd. Wallander kon zijn humeur altijd aflezen, en dat was belangrijk, want Martinson pendelde voortdurend tussen energieke opgewektheid en mismoedigheid.

Wallander ging in de bezoekersstoel zitten.

'Wat is er gebeurd? Je schrijft nooit zulke briefjes voor me als het niet belangrijk is.'

Martinson nam hem verbaasd op.

'Begrijp je helemaal niet waar ik het met je over wil hebben?'

'Nee. Zou dat moeten?'

Martinson gaf geen antwoord. Hij bleef Wallander maar aanstaren en die begon zich nog misselijker te voelen dan hij al was.

‘Ik ben niet van plan hier te gaan zitten raden’, zei hij uiteindelijk. ‘Wat wil je?’

‘Je hebt nog steeds geen idee waar ik het met je over wil hebben?’

‘Nee.’

‘Dat maakt de zaak eigenlijk nog erger.’

Martinson trok een la open, pakte Wallanders dienstwapen en legde dat voor zich op het bureau.

‘Ik neem aan dat je nu begrijpt wat ik bedoel?’

Wallander staarde naar zijn wapen. Hij werd vervuld van een ijzingwekkend gevoel van afschuw, waardoor zijn kater en misselijkheid bijna werden verdreven. Hij wist nog dat hij gisteravond zijn wapen had schoongemaakt. Maar wat was er daarna gebeurd? Hij probeerde in zijn geheugen te graven. Van zijn keukentafel was het dienstwapen nu bij Martinson op het bureau beland. Hij had geen idee wat er in de tussentijd was gebeurd, hoe het wapen de weg had afgelegd naar waar het nu lag. Hij had geen verklaring, geen uitvluchten.

‘Je bent gisteravond naar een eetcafé gegaan’, zei Martinson. ‘Waarom heb je je wapen daar mee naartoe genomen?’

Wallander schudde ongelovig zijn hoofd. Hij kon het zich nog steeds niet herinneren. Had hij het in zijn jaszak gestopt toen hij naar Ystad reed? Hoe vreemd dat ook leek, dat moest hij hebben gedaan.

‘Ik weet het niet’, gaf Wallander toe. ‘Het is zwart, leeg. Vertel jij het me maar.’

‘Er kwam hier rond middernacht een ober’, zei Martinson. ‘Hij was geschokt omdat hij je wapen had gevonden op de bank waar je had gezeten.’

Vage brokstukken van herinneringen vlogen door Wallanders hoofd. Misschien had hij zijn wapen uit zijn jas gehaald toen hij zijn mobieltje pakte? Maar hoe kon hij het hebben laten liggen?

'Ik weet helemaal niet wat er is gebeurd', zei hij. 'Maar dan zal ik het wapen wel bij me hebben gestoken toen ik weg-ging.'

Martinson stond op en deed de deur open.

'Wil je koffie?'

Wallander schudde zijn hoofd. Martinson liep de gang op. Wallander trok zijn wapen naar zich toe en zag dat het geladen was. Nog erger. Het zweet brak hem uit. Even flitste de gedachte door hem heen om zich door zijn hoofd te schieten. Hij verschoof het wapen zodat de loop naar het raam wees. Martinson keerde terug.

'Kun jij me helpen?' vroeg Wallander.

'Ditmaal niet. Die ober heeft je herkend. Het is onmoge-lijk. Je moet hierna rechtstreeks door naar de baas.'

'Heb je al met hem gesproken?'

'Het zou plichtsverzuim zijn geweest als ik dat niet had ge-daan.'

Wallander had er niets meer aan toe te voegen. Ze zwegen. Wallander probeerde een uitweg te vinden, maar hij wist dat die er niet was.

'Wat gebeurt er nu?' vroeg hij ten slotte.

'Ik heb de reglementen er een beetje op nageslagen, maar er komt uiteraard een intern onderzoek. Het risico bestaat na-tuurlijk ook dat die ober, Ture Saage heet hij trouwens, als je dat niet al wist, op het idee komt met het verhaal naar de krant te stappen. Tegenwoordig kun je best een duit verdienen als je met het juiste nieuwtje komt. Aangeschoten politiemensen die er een potje van maken doen de losse verkoop misschien flink stijgen.'

'Je hebt toch zeker tegen hem gezegd dat hij zijn mond moet houden?'

'En of ik dat gedaan heb! Ik heb zelfs gezegd dat het straf-baar kan zijn als hij iets inhoudelijks uit een politieonderzoek lekt. Helaas denk ik dat hij me doorhad.'

'Moet ik met hem praten?'

Martinson leunde over zijn bureau naar hem toe. Wallander zag dat hij moe en neerslachtig was. Dat betreurde hij.

'Hoeveel jaar werken wij nu al samen? Twintig? Langer? In het begin was jij degene die mij corrigeerde. En terecht. Je gaf me standjes, maar je prees me ook. Nu is het mijn beurt om tegen jou te zeggen: Doe niets. Wat je je ook in je hoofd haalt, het zal alleen maar meer overhoophalen dan nu al is gebeurd. Je moet niet met die ober, Ture Saage, praten, je moet met niemand praten. Behalve met Lennart. En daar moet je nu naartoe. Hij zit te wachten.'

Wallander knikte en stond op.

'We moeten proberen hier het beste van te maken', zei Martinson.

Aan zijn intonatie kon Wallander horen dat Martinson er een zwaar hoofd in had. Wallander stak zijn hand uit om zijn dienstwapen te pakken. Martinson schudde zijn hoofd.

'Dat laten we hier liggen', zei hij.

Wallander liep de gang op. Kristina Magnusson liep langs met een beker koffie in haar hand. Ze knikte. Wallander besefte dat ze op de hoogte was. Deze keer draaide hij zich niet om om haar na te kijken. In plaats daarvan ging hij naar een van de toiletten en draaide de deur achter zich op slot. Er zat een barst in de spiegel boven de wastafel. Net zoals er door mijn hele persoon een scheur loopt, dacht Wallander. Hij maakte zijn gezicht nat, droogde zich af en bekeek zijn rode ogen. De barst verdeelde zijn gezicht in tweeën.

Wallander ging op de toiletpot zitten. Van binnen voelde hij ook iets anders, niet alleen schaamte en angst voor wat hij had aangericht. Dit was nooit eerder gebeurd. Hij kon zich niet heugen dat hij ooit eerder zijn dienstwapen had bewaard op een manier die strijdig was met de regels. Wanneer hij zijn pistool mee naar huis nam, borg hij dat altijd achter slot en grendel in zijn wapenkast, waar hij ook een buks bewaarde waar hij een vergunning voor had en die hij af en toe gebruikte wanneer hij met zijn buren meeging op hazenjacht. Er was iets wat meer aan hem vrat dan louter het feit dat hij dronken was geweest. Een soort vergeetachtigheid, die hij niet herkende. Een duisternis die hij niet met lampen wist te verlichten.

Toen hij uiteindelijk opstond en doorliep naar de kamer van de hoofdcommissaris had hij zeker meer dan twintig minuten op de wc gezeten. Als Martinson gebeld heeft om te zeggen dat ik eraan kom, denken ze vast dat ik ben vertrokken, dacht hij. Maar zo erg is het nou ook weer niet.

Na te zijn voorgegaan door twee vrouwelijke hoofdcommissarissen was Lennart Mattson vorig jaar in Ystad aangetreden. Hij was jong, amper veertig jaar, en had een verbijsterend snelle carrière gemaakt binnen de politiebureaucratie waaruit tegenwoordig het grootste deel van de commissarissen werd gerekruteerd. Net als de meeste andere politiemensen in actieve dienst vond Wallander dat deze vorm van rekrutering niet veel goeds beloofde voor het vermogen van de politie om haar werk te doen. Dat Mattson uit Stockholm kwam en iets te vaak klaagde over het feit dat hij moeite had om het Skånse dialect te verstaan maakte de zaak er niet beter op. Wallander wist dat sommige van zijn collega's hun best deden zo onduidelijk mogelijk te praten wanneer ze met Mattson te maken hadden, maar aan dat soort valse demonstraties deed hij niet mee. Hij had besloten afstand te bewaren en zich niet te bemoeien met Mattsons bezigheden, zolang die zich maar niet te veel bemoeide met het echte politiewerk. Omdat Mattson ook respect voor hem leek te hebben had Wallander tot nu toe geen problemen met zijn baas gehad.

Hij besefte echter dat die tijd nu voorgoed voorbij was.

De deur van Mattsons kamer stond op een kier. Wallander

klopte aan en liep naar binnen toen hij Mattsons lichte, bijna piepende stem hoorde.

Ze gingen zitten op het gedessineerde bankstel, dat met moeite in het kantoor was gepropt. Mattson had een techniek ontwikkeld om zelf zo min mogelijk een gesprek te openen, ook al was hij degene die iemand had laten komen. Het gerucht ging dat een adviseur van de top van de rijkspolitie een half uur met Mattson had zitten zwijgen. Zonder dat er een woord was gezegd, was de consulent daarna opgestaan om de kamer te verlaten en terug te vliegen naar Stockholm.

Heel even bedacht Wallander dat hij Mattson misschien kon uitdagen door te zwijgen, maar zijn misselijkheid nam toe, hij moest naar buiten, hij had lucht nodig.

'Ik heb geen verklaring voor wat er is gebeurd', begon hij. 'Ik besef dat het totaal onverantwoord is en dat je maatregelen moet nemen.'

Mattson leek zijn vragen te hebben voorbereid, want ze kwamen zonder aarzeling.

'Is het eerder gebeurd?'

'Dat ik mijn wapen in een café heb laten liggen? Natuurlijk niet!'

'Heb je een drankprobleem?'

Wallander fronste zijn wenkbrauwen bij die vraag. Hoe kwam Mattson daarbij?

'Ik ben een matige drinker', zei Wallander. 'Toen ik jonger was, dronk ik in de weekends het nodige. Maar nu niet meer.'

'Maar toch ben je op een doordeweekse avond uitgegaan om je te bezatten.'

'Ik heb me niet "bezat", ik ging uit eten.'

'Een fles wijn, een aantal aperitiefjes en cognac bij de koffie?'

'Als je het al weet, waarom vraag je het dan? Maar ik noem dat geen bezatten. Volgens mij doet geen redelijk mens in ons land dat. Je bezatten, dat doe je als je brandewijn of wodka achteroverslaat, als je drinkt om dronken te worden, niets anders.'

Mattson dacht na alvorens de volgende vraag te stellen. Wallander ergerde zich aan zijn piepende stem en vroeg zich af of de man tegenover hem eigenlijk wel een idee had hoe pijnlijk de ervaringen konden zijn die het veldwerk van de politie met zich meebracht.

'Ongeveer twintig jaar geleden werd je door een paar collega's aangehouden toen je dronken achter het stuur zat. Dat hebben ze in de doofpot gestopt; er gebeurde niets. Maar je moet begrijpen dat ik me afvraag of je misschien een drankprobleem hebt dat je verborgen houdt, maar dat nu zo'n ongelukkig gevolg heeft gekregen.'

Wallander kon zich de gebeurtenis nog maar al te goed herinneren. Hij was in Malmö uit eten geweest met Mona. Dat was na de scheiding, in een periode dat hij zich nog verbeeldde dat hij haar zou kunnen overhalen om hem terug te nemen. Het was op ruzie uitgelopen en hij had gezien dat ze bij het restaurant werd opgehaald door een man die hij niet kende. Door zijn opvlammende jaloezie was hij zo van streek geraakt dat hij zijn beoordelingsvermogen totaal was verloren en naar huis was gereden, ook al had hij eigenlijk een kamer in een hotel moeten nemen of in de auto moeten gaan slapen. Bij de afslag naar Ystad werd hij aangehouden door een paar collega's die nachtdienst hadden. Ze brachten hem naar huis, parkeerden zijn auto en daarna gebeurde er niets meer. Een van de agenten die hem destijds hadden aangehouden was nu dood, de andere met pensioen. Toch deed het gerucht dus nog steeds de ronde op het bureau. Dat verbaasde hem.

'Ik ontken het niet. Maar dat is, zoals je zelf al zegt, twintig jaar geleden. En ik blijf erbij dat ik geen drankproblemen heb. En ik zie ook niet in wat het iemand anders behalve mezelf aangaat dat ik op een doordeweekse dag uitga.'

'Ik moet maatregelen nemen. Omdat je nog vakantiedagen te goed hebt en op dit moment niet verantwoordelijk bent voor een belangrijk onderzoek stel ik voor dat je een week vakantie opneemt. Dat er een intern onderzoek komt, spreekt vanzelf. Meer kan ik op dit moment niet zeggen.'

Wallander stond op. Mattson bleef zitten.

'Wil je er nog iets aan toevoegen?' vroeg hij.

'Nee', antwoordde Wallander. 'Ik zal doen wat je zegt. Ik neem vrij en ga naar huis.'

'Het is natuurlijk het beste als je je wapen hier laat.'

'Ik ben geen debiel', zei Wallander. 'Wat je daar ook van mag denken.'

Wallander liep rechtstreeks naar zijn kantoor om zijn jas te halen. Daarna verliet hij het politiebureau via de garage en reed naar huis. Opeens realiseerde hij zich dat hij misschien nog alcohol in zijn lichaam had na de uitspattingen van gisteren, maar omdat het toch allemaal niet erger kon worden dan het al was, reed hij gewoon door. Er was een harde noordoostelijke wind opgestoken. Wallander rilde toen hij van zijn auto naar zijn huis liep. Jussi sprong op in zijn kennel, maar alleen de gedachte om met hem te gaan wandelen was Wallander al te veel. Hij kleedde zich uit, ging naar bed en viel meteen in slaap. Toen hij wakker werd, was het twaalf uur. Roerloos lag hij met open ogen naar de wind te luisteren, die aan de muren van het huis rukte.

Het gevoel dat er iets niet was zoals het wezen moest, begon weer aan hem te knagen. Er was een plotselinge schaduw over zijn bestaan gevallen. Hoe kwam het dat hij zijn wapen niet eens had gemist toen hij 's ochtends wakker werd? Het was alsof iemand anders in zijn plaats had gehandeld en daarna zijn geheugen had uitgeschakeld zodat hij niet zou weten wat er was gebeurd.

Hij stond op, kleedde zich aan en probeerde te eten, ook al was hij nog steeds misselijk. Het was een verleidelijke gedachte om een glas wijn in te schenken, maar die weerstond hij. Hij was net bezig met de afwas toen Linda belde.

'Ik kom eraan', zei ze. 'Ik wilde alleen weten of je thuis was.'

Ze beëindigde het gesprek nog voordat hij tijd had gehad om één woord te zeggen. Twintig minuten later was ze er, met haar slapende kind in haar armen. Linda ging naast haar vader zitten op de bruinleren bank die hij had gekocht in het jaar dat ze in Ystad gingen wonen. Het kind sliep in de stoel naast hen. Kurt wilde het over haar hebben, maar Linda schudde haar hoofd. Later, nu niet, iets anders was belangrijker.

'Ik heb gehoord wat er is gebeurd', zei ze. 'Maar toch heb ik het gevoel dat ik niets weet.'

'Heeft Martinson je gebeld?'

'Hij heeft me gebeld nadat hij jou had gesproken. Hij is er erg ongelukkig mee.'

'Niet zo ongelukkig als ik', antwoordde Wallander.

'Vertel me nu eens wat ik niet weet.'

'Als je bent gekomen om me te verhoren dan kun je wel weer gaan.'

'Ik wil het gewoon weten. Jij bent de laatste van wie ik zou verwachten dat je iets dergelijks zou flikken.'

'Er is niemand dood', zei Wallander. 'Er is ook niemand gewond. Bovendien kan willekeurig wie willekeurig wat flikken. Ik leef inmiddels al wel zo lang dat ik dat weet.'

Daarna deed hij het hele verhaal uit de doeken, van zijn rusteloosheid die hem het huis uit had gedreven tot het feit dat hij niet wist waarom hij het wapen bij zich had gestoken. Toen hij was opgehouden met praten deed ze er lang het zwijgen toe.

'Ik geloof je', zei ze ten slotte. 'Alles wat je me nu vertelt, gaat om één ding, één relatie in je leven. Je bent veel te eenzaam. Opeens verlies je je beheersing en dan is er niemand in je nabijheid die je tot rust kan brengen, die kan voorkomen dat je wegrent. Maar er is nog wel iets wat ik me afvraag.'

'Wat?'

'Heb je me alles verteld? Of is er iets wat je niet zegt?'

Wallander overwoog heel even of hij haar zou vertellen over dat rare gevoel van een inwendig vallende schaduw, maar hij schudde zijn hoofd; er was niets meer aan toe te voegen.

'Wat gaat er volgens jou gebeuren?' vroeg ze. 'Ik ben vergeten wat de regels zijn wanneer we onze kaarten verspelen.'

'Er komt een intern onderzoek. Verder weet ik het niet.'

'Bestaat het risico dat je gedwongen ontslag moet nemen?'

'Waarschijnlijk ben ik te oud om te worden ontslagen. Bovendien is mijn vergrijp daar waarschijnlijk niet zwaar genoeg voor. Maar misschien eisen ze dat ik met pensioen ga.'

'Zou dat niet lekker zijn?'

Wallander zat een appel te eten toen ze die vraag stelde. Met woeste kracht smeet hij het klokhuis tegen de muur.

'Je zei net toch dat eenzaamheid mijn grootste probleem is?' brulde hij. 'Hoe zal het dan gaan als ik gedwongen met pensioen moet? Dan heb ik helemaal niets meer.'

Het kind werd wakker van Wallanders verontwaardigde stem.

'Sorry', zei hij.

'Je bent bang', zei ze. 'Dat begrijp ik. Dat zou ik ook zijn. Ik vind niet dat je excuses hoeft aan te bieden voor je angst.'

Linda bleef die avond. Ze kookte voor hem en ze spraken niet meer over wat er was gebeurd. Kurt liep in de koude rukwinden met haar mee naar de auto.

'Gaat het nu wel?' vroeg ze.

'Ik overleef altijd. Maar ik ben blij dat je het vraagt.'

De volgende dag werd Wallander opgebeld door Lennart Mattson, die hem diezelfde dag nog wilde spreken. Tijdens het overleg werd hij voorgesteld aan een intern onderzoeker uit Malmö, die hem zou ondervragen.

'Wanneer het je schikt', zei de onderzoeker, die Holmgren heette en van dezelfde leeftijd was als Wallander.

'Nu', zei Wallander. 'Waarom zouden we wachten?'

Ze sloten zich op in een van de kleinere vergaderkamers van het politiebureau. Wallander deed zijn best om exact te zijn, zich niet te verontschuldigen en geen pogingen te doen om wat er gebeurd was af te zwakken. Holmgren maakte aantekeningen, vroeg Wallander af en toe een stapje terug te doen, een antwoord te herhalen en daarna verder te gaan. Wallander bedacht dat als de rollen omgekeerd waren geweest, de ondervraging naar alle waarschijnlijkheid volgens hetzelfde patroon was verlopen. Na ruim een uur waren ze klaar. Holmgren legde zijn pen weg en nam Wallander onderzoekend op, niet zoals je een misdadiger opneemt die net een bekentenis heeft afgelegd, maar iemand die zichzelf in de nesten heeft gewerkt. Het was alsof hij hem zijn leedwezen wilde betuigen.

'Je hebt geen schot gelost', zei Holmgren. 'Je hebt je dienstwapen vergeten toen je in aangeschoten toestand in een eetcafé was. Dat is ernstig, daar kunnen we niet omheen, maar een feitelijk misdrijf heb je niet gepleegd. Je hebt niemand mishandeld, geen steekpenningen aangenomen, niemand lastiggevallen.'

'Ik word dus niet ontslagen?'

'Dat is niet waarschijnlijk. Maar ik ben niet degene die daarover gaat.'

'Wat gok je dat er gaat gebeuren?'

'Ik wil niet gokken. Je zult moeten afwachten.'

Holmgren begon zijn paperassen bij elkaar te rapen en

stopte ze zorgvuldig in zijn aktentas. Opeens hield hij daarmee op.

'Het zou natuurlijk schelen als dit niet in de media komt', zei hij. 'Wanneer we een gebeurtenis als deze niet in de doofpot kunnen stoppen en binnenskamers kunnen houden, is het altijd erger.'

'Volgens mij loopt het wel los', zei Wallander. 'Dat het tot nu toe niet naar buiten is gekomen is vast een teken dat er niets is uitgelekt.'

Wallander vergiste zich echter. Diezelfde dag al werd er plotseling aan zijn deur geklopt. Wallander, die lag te rusten, ging opendoen, omdat hij dacht dat het zijn buurman was die ergens over kwam praten. Toen hij de deur opende, vuurde een fotograaf een flits in zijn gezicht af. Naast de man stond een journaliste, die zich voorstelde als Lisa Halbing en die een glimlach had die Wallander meteen onecht vond.

'Kunnen we praten?' vroeg ze opdringerig.

'Waarover?' vroeg Wallander, die al buikpijn had gekregen.

'Wat denkt u zelf?'

'Ik denk niets.'

De fotograaf schoot een hele serie foto's. Wallanders eerste impuls was de man een klap te verkopen, maar dat deed hij natuurlijk niet. In plaats daarvan dwong hij hem de belofte af dat hij binnen geen foto's zou nemen. Dat was zijn privéterrein. Toen zowel de fotograaf als Lisa Halbing zijn wens beloofde te respecteren liet hij hen binnen plaatsnemen aan de keukentafel. Hij bood koffie aan en de restanten van een cake die hij een paar dagen eerder van een van zijn enthousiast bakkende buurvrouwen had gekregen.

'Van welke krant zijn jullie?' vroeg hij toen de koffie op tafel stond. 'Dat heb ik geloof ik nog niet gevraagd.'

'Ik had het moeten zeggen', zei Lisa Halbing, die zwaar was opgemaakt en haar overgewicht verborg onder een loszittende overhemdblouse. Ze was in de dertig en deed qua uiterlijk wel aan Linda denken, ook al zou die zich nooit zo zwaar opmaken.

'Ik werk voor diverse bladen', zei Halbing. 'Als ik een goed verhaal heb, kies ik de krant die het best betaalt.'

'En op dit moment ben ik dus een goed verhaal?'

'Op een schaal van een tot tien bent u misschien een kleine vier. Meer niet.'

'Wat zou ik zijn geweest als ik de ober in het eetcafé had neergeschoten?'

'Dan zou u een perfecte tien zijn. Dat zou vanzelfsprekend vette koppen hebben opgeleverd.'

'Hoe bent u hierachter gekomen?'

De fotograaf zat met zijn camera te spelen, maar hield zich nog aan zijn belofte. Lisa Halbing bleef haar kille glimlach vertonen.

'U begrijpt vast dat ik die vraag niet ga beantwoorden.'

'Natuurlijk. Ik neem aan dat u de tip van de ober van het eetcafé hebt gekregen.'

'Eigenlijk niet. Maar meer vragen beantwoord ik niet.'

Achteraf bedacht Wallander dat een van zijn collega's het wapenverhaal moest hebben gelekt. Het kon iedereen zijn, misschien zelfs Lennart Mattson wel. Of waarom de onderzoeker uit Malmö niet? Hoeveel zou het waard zijn geweest? In al zijn jaren bij de politie waren lekken voortdurend een probleem geweest, maar het was nog niet eerder gebeurd dat hij er het slachtoffer van was. Zelf had hij nooit contact opgenomen met een journalist en hij had ook nooit gehoord dat een van zijn naaste collega's dat had gedaan. Maar wat wist hij eigenlijk absoluut zeker? Niets.

Die avond belde hij Linda op om haar alvast te waarschuwen voor wat er morgen in de krant zou staan.

'Heb je de waarheid verteld?'

'Er kan me in elk geval niemand van beschuldigen dat ik lieg.'

'Dan komt het wel goed. Leugens is waar ze op uit zijn. Het zal nog wel worden opgeblazen, maar een hetze zal het waarschijnlijk niet worden.'

Wallander sliep die nacht slecht. Hij verwachtte dat hij de volgende dag voortdurend telefoon zou krijgen, maar er werd maar twee keer gebeld. De eerste keer door Kristina Magnusson, die geschokt was dat er zo absurd veel aandacht aan de gebeurtenis werd besteed. En een poosje later belde Lennart Mattson.

'Het is ongelukkig dat je een uitspraak hebt gedaan', zei hij belerend.

Wallander werd woest.

'Wat had je zelf gedaan als er een fotograaf en een journalist voor je deur hadden gestaan? Mensen die tot in detail wisten wat er was gebeurd? Had je de deur voor hun neus dichtgeslagen of had je gelogen?'

'Ik dacht dat je zelf contact met ze had opgenomen', zei Mattson tam.

'Dan ben je nog dommer dan ik tot nu toe dacht.'

Wallander smeet de hoorn erop en trok de stekker eruit. Daarna belde hij Linda met zijn mobiele telefoon om tegen haar te zeggen dat ze hem daarop moest bellen als ze hem wilde spreken.

'Ga met ons mee', zei ze.

'Waarnaartoe?'

Ze leek verbaasd.

'Heb ik dat niet gezegd? We gaan naar Stockholm. De vader van Hans wordt vijfenzeventig. Ga mee!'

'Nee', zei hij. 'Ik blijf hier. Ik ben niet in de stemming om te feesten. De kroegavond in mijn eentje is voldoende.'

'We vertrekken overmorgen. Denk er eens over na.'

Toen Wallander die avond naar bed ging, was hij ervan overtuigd dat hij nergens naartoe zou gaan, maar de volgende ochtend was hij van gedachten veranderd. De buren zouden voor Jussi zorgen. Het zou misschien goed zijn als hij zich een paar dagen onzichtbaar maakte.

Terwijl Linda met haar gezin met de auto ging, nam hij de volgende dag het vliegtuig naar Stockholm. Wallander nam zijn intrek in een hotel dat tegenover het centraal station lag. Toen hij de avondkranten doorbladerde, zag hij dat het wapenverhaal al naar een minder opvallende plek was verschoven. Een ongemeen gewaagde bankoverval in Gotenburg waarbij de vier overvallers ABBA-maskers hadden gedragen, was het grote nieuws van de dag. Met tegenzin schonk hij de overvallers een dankbare gedachte.

Hij sliep die nacht buitengewoon rustig in zijn hotelbed.

4

Håkan von Enkes verjaardagsfeest werd gevierd in een afgehuurd feestlokaal in Djursholm, een rijke buitenwijk van Stockholm. Wallander was daar nog nooit van zijn leven geweest. Linda had hem verzekerd dat het voldoende was als hij zijn pak aantrok. Von Enke had een hekel aan smokings en rokkostuums, maar hield anderzijds wel van de verschillende uniformen die hij gedurende zijn lange professionele leven bij de marine had gedragen. Als Wallander dat wilde, kon hij uiteraard zijn politie-uniform aantrekken. Hij had echter voor zijn pak gekozen. In de huidige situatie had hij het gevoel dat het niet helemaal gepast was om een uniform aan te trekken.

Toen de sneltrein van vliegveld Arlanda bij het centraal station was aangekomen, had hij zich afgevraagd waarom hij ermee had ingestemd om mee te gaan naar Stockholm. Misschien had hij beter een andere plek kunnen opzoeken. Af en toe maakte hij korte reizen naar Skagen, waar hij graag langs de stranden struinde, het kunstmuseum bezocht en luierde in een van de pensions waar hij al bijna dertig jaar zijn intrek nam. Naar Skagen was hij ook gegaan toen hij jaren geleden had overwogen om te stoppen bij de politie. Maar nu was hij hier om naar het verjaardagsfeest te gaan.

Håkan von Enke nam Wallander meteen onder zijn hoede toen die in Djursholm was gearriveerd. Hij leek oprecht verheugd hem te zien. Tijdens het diner zat Wallander aan de eretafel, met Linda en de weduwe van een schout-bij-nacht als tafeldames. De vrouw van de schout-bij-nacht heette Hök en was in de tachtig. Ze droeg een gehoorapparaat en liet zich de wijn goed smaken. Al tijdens het voorgerecht begon ze enigszins pikante verhalen te vertellen. Wallander vond haar interessant, vooral toen bleek dat een van haar zes kinderen een forensisch expert in Lund was die hij een paar keer had ontmoet en die op hem een goede indruk had gemaakt. Er werden veel speeches gehouden, maar allemaal voorbeeldig kort. Militair voorbeeldig, dacht Wallander. Ceremoniemeester was ene kapitein-luitenant-ter-zee Tobiasson, die humoristische opmerkingen maakte die Wallander inderdaad grappig vond. Toen de vrouw van de schout-bij-nacht er een keer het zwijgen toe deed omdat haar gehoorapparaat uitviel, overpeinsde hij wat er zou kunnen gebeuren wanneer hij zelf vijfenzeventig werd. Wie zou er op het feest komen, als hij besloot iets dergelijks te organiseren? Linda had verteld dat het Håkan von Enkes eigen idee was geweest om een feestlokaal af te huren. Als Wallander het goed begrepen had, was zijn vrouw Louise daar op zijn minst verrast door geweest. Eerder had haar man voor zijn verjaardagen altijd zijn neus opgehaald, maar hij was dus opeens van gedachten veranderd en had mensen uitgenodigd voor dit luxueuze diner.

De koffie werd geserveerd in een belendende ruimte met gemakkelijke stoelen. Na het eigenlijke diner liep Wallander naar een serre om zijn benen te strekken. Het etablissement, dat vroeger het woonhuis was geweest van een van Zwedens eerste en rijkste industriëlen, lag midden in een grote tuin.

Wallander schrok toen Håkan von Enke geruisloos naast hem kwam staan. Von Enke had iets in zijn handen wat tegenwoordig heel ongebruikelijk was: een oude pijp. Wallander herkende het tabakszakje: HAMILTONS BLANDNING. Gedurende een korte periode aan het eind van zijn tienertijd was hij zelf pijproker geweest en had hij uitgerekend deze tabak gebruikt.

'Winter', zei Håkan von Enke. 'En volgens het weerbericht is er een sneeuwstorm op komst.'

Hij zweeg even en bestudeerde ondertussen de donkere lucht.

'Als je je met een onderzeeër op voldoende diepte bevindt, houden alle weers- en klimaatsomstandigheden op. Er heerst rust, een stille oceaan onder water, als je maar voldoende diepte bereikt. Als het aan de oppervlakte niet te veel waait, is in de Oostzee een diepte van vijfentwintig meter al voldoende. In de Noordzee is het lastiger. Ik kan me herinneren dat we een keer met storm uit Schotland vertrokken. Op dertig meter diepte maakten we vijftien procent slagzij. Dat was niet erg aangenaam.'

Hij stak zijn pijp aan en nam Wallander vorsend op.

'Is dit voor een politieman een al te poëtische bespiegeling?'

'Nee. Maar een onderzeeër is voor mij een onbekende wereld. Angstaanjagend, moet ik er eigenlijk aan toevoegen.'

De kapitein-luitenant-ter-zee naast hem nam een gretige trek van zijn pijp.

'Laten we eerlijk zijn', zei hij. 'Dit feest verveelt ons allebei. Iedereen weet dat ik het heb georganiseerd. Dat heb ik gedaan omdat veel van mijn vrienden dat wensten. Maar nu kunnen we ons verstoppen in een van de kleine kamertjes die je hier hebt. Vroeg of laat begint mijn vrouw te zoeken. Maar tot die tijd laten ze ons met rust.'

'Maar jij bent anders wel de hoofdpersoon', zei Wallander.

'Het is net als in een goed toneelstuk', antwoordde Von Enke. 'Om de spanning te verhogen dient de hoofdpersoon niet altijd op het toneel aanwezig te zijn. Het kan heel goed zijn als een aantal belangrijke gebeurtenissen zich in de coulissen afspeelt.'

Hij zweeg abrupt. Iets te abrupt, vond Wallander. Håkan von Enkes blik was blijven steken bij iets achter Wallander. Die draaide zich om. Daar lag de tuin en daarachter een van de weggetjes van de wijk die verderop waren aangesloten op de hoofdwegen die naar Stockholm voerden. Wallander ontwaarde een man die vlak onder een straatlantaarn buiten het hek stond. Hij stond naast een auto met draaiende motor. De uitlaatgassen stegen op en verdampten in het gele licht.

Von Enke maakte op Wallander een gekwelde indruk.

'Een van die kamertjes', zei hij. 'We nemen koffie mee en trekken de deur achter ons dicht.'

Toen Wallander de serre verliet, draaide hij zich nog één keer om. De auto was verdwenen, evenals de man onder de lantaarn. Misschien iemand die hij vergeten was uit te nodigen voor het feest, dacht Wallander. In elk geval is het niet waarschijnlijk dat het iemand is die met mij te maken heeft. Geen journalist die met me wil praten over pistolen die ik ergens heb laten liggen.

Ze haalden koffie en daarna werd Wallander een kamertje met een bruine houten lambrisering en zachte leren meubelen binnengeloodst. Hij merkte op dat de kamer geen ramen had. Håkan von Enke volgde zijn blik.

'Er is een reden voor waarom dit net een bunker is', zei hij. 'In de jaren dertig van de vorige eeuw was het huis een paar jaar in het bezit van een man die eigenaar was van een groot aantal nachtclubs in de stad, de meeste illegaal. Elke nacht reden zijn gewapende koeriers rond om de kassa's op te halen en hiernaartoe te brengen. In deze kamer stond destijds een grote kluis. Hier zaten zijn boekhouders te tellen, hielden ze de boeken bij en stopten ze de bundels bankbiljetten in de kluis. Toen de eigenaar gepakt werd vanwege zijn duistere handel werd de kluis met branders opengesneden. Als ik me niet vergis, heette hij Göransson. Hij kreeg een lange straf en dat verdroeg hij niet. Hij heeft zich in zijn cel in de gevangenis opgehangen.'

Hij zweeg, nam een slokje van zijn koffie en zoog aan zijn

uitgedoofde pijp. En het was op dat moment, in die kamer met zijn ondoordringbare muren die niets anders dan een ver feestgedruis doorlieten, dat Wallander zich realiseerde dat Håkan von Enke bang was. Hij had het in zijn leven al veel vaker gezien: iemand die zich zorgen maakte over iets, ingebeeld of werkelijk. Hij wist zeker dat hij zich niet vergiste.

Het gesprek begon aarzelend; Von Enke ging terug naar vroegere jaren, toen hij nog marineofficier in actieve dienst was.

'Het najaar van 1980', zei hij. 'Dat is nu heel lang geleden, een generatie, achtentwintig lange jaren. Wat deed jij in die tijd?'

'Toen werkte ik als agent in Ystad. Linda was nog heel klein. Ik was daar gaan werken, omdat ik dichter in de buurt van mijn oude vader wilde zijn. Ik vond ook dat Linda dan in een betere omgeving zou opgroeien. Dat was althans een van de redenen waarom we Malmö verlieten. Hoe het daarna is gegaan is weer een heel ander verhaal.'

Von Enke leek niet te luisteren naar zijn antwoord. Hij ging weer door met zijn eigen verhaal.

'Ik werkte dat najaar op de marinebasis aan de oostkust. Twee jaar eerder had ik mijn post verlaten als commandant van een van onze beste onderzeeërs, van het type Zeeslang. Onder duikbootmensen spraken we nooit anders dan over de Slang. Ik was slechts tijdelijk gestationeerd op de marinebasis. Zelf wilde ik terug de zee op, maar de bedoeling was dat ik een plek zou krijgen in de overkoepelende operationele leiding van de Zweedse marine. In september hield het Warschaupact oefeningen aan de Oost-Duitse kust en in de Pommerse Bocht. MILOBALT heette die oefening, dat weet ik nog. Daar was niets geks aan; ze hielden meestal hun herfstoefeningen tegelijk met de onze. Er was echter een ongebruikelijk groot aantal vaartuigen bij betrokken, omdat ze zowel landingen oefenden als het bergen van onderzeeërs. We waren er zonder al te veel inspanningen in geslaagd dat te achterhalen. Van de radiodienst van Defensie kregen we het bericht dat er veel radioverkeer was tussen de Russische oorlogsschepen en hun thuisbasis bij Leningrad. Maar het was allemaal net als anders; we hielden een oogje op wat ze deden en noteerden in onze logboeken wat we belangrijk vonden. Maar toen kwam die donderdag, 18 september, die datum zal waarschijnlijk het laatste zijn wat ik ooit vergeet. Opeens belde de dienstdoende commandant van een van de sleepboten van de kustwacht, Zijne Majesteits Ajax, om door te geven dat ze net een buitenlandse onderzeeër in Zweeds water hadden ontdekt. Ik bevond me in een van de kaartenkamers van de marinebasis, waar ik naar een wat gedetailleerder overzichtsbeeld van de Oost-Duitse kust zocht, toen een nerveuze dienstplichtige de kamer kwam binnenstormen. Hij was helemaal niet in staat uit te leggen wat er was gebeurd, maar ik ging terug naar de commandocentrale van de basis om zelf te praten met de commandant op de Ajax. Hij vertelde dat hij met zijn kijker op driehonderd meter afstand opeens de antennes van een onderzeeër had ontdekt. Na vijftien seconden dook de duikboot. De commandant, een wakkere vent, zei dat de onderzeeër waarschijnlijk op snorkeldiepte had gelegen en was gaan duiken toen ze de sleepboot in de gaten hadden gekregen. De Ajax bevond zich vlak ten zuiden van Huvudskär toen dit allemaal gebeurde en de onderzeeër had een zuidwestelijke koers, hetgeen betekende dat ze parallel aan de Zweedse territoriale watergrens lag. Maar absoluut aan de Zweedse kant. Het kostte me niet veel tijd om uit te zoeken of er ook Zweedse onderzeeërs in de nabijheid waren. Dat was niet zo. Ik vroeg weer om radiocontact met de Ajax en vroeg aan de commandant of hij de mast of de periscoop die hij gezien had kon beschrijven. Uit wat hij verklaarde begreep ik meteen dat het een onderzeeër was van het type dat de NAVO "Whisky" noemde. En die werden in die tijd uitsluitend gebruikt door Russen en Polen. Ik denk dat je wel begrijpt dat mijn hart sneller begon te kloppen toen ik dat hoorde. Maar ondertussen had ik twee andere vragen.'

Von Enke zweeg, alsof hij verwachtte dat Wallander wist wat voor vragen er in zijn hoofd waren omgegaan. Buiten voor de deur klonk vrolijk gelach dat wegebde.

'Dat was waarschijnlijk of die duikboot zich per ongeluk op Zweeds territorium bevond', zei Wallander. 'Zoals werd beweerd toen die andere Russische onderzeeër bij Karlskrona aan de grond liep?'

'Die vraag heb ik al beantwoord. Er is geen vaartuig in een marinevloot dat zo nauwkeurig navigeert als een onderzeeër. Dat spreekt voor zich. De onderzeeër waar de Ajax op was gestuit bevond zich met opzet op die plek. De vraag is dan: wat wás die opzet? Wilde de onderzeeër snorkelen en luchten zonder te worden ontdekt? In dat geval was het een teken dat de bemanning niet oplettend genoeg was geweest. Maar er was natuurlijk ook nog een andere mogelijkheid.'

'Dat de onderzeeër ontdekt wilde worden?'

Von Enke knikte en probeerde zijn onwillige pijp opnieuw aan te steken.

'In dat geval', vervolgde hij, 'was een sleepboot helemaal ideaal. Aan boord van een dergelijk vaartuig heb je nog geen katapult om mee aan te vallen. En er is ook geen bemanning aan boord die is opgeleid voor confrontaties. Omdat ik de baas was, nam ik contact met de opperbevelhebber op en hij was het met mij eens dat we onmiddellijk een helikopter moesten inzetten die was uitgerust voor de jacht op onderzeeërs. De helikopter kreeg inderdaad sonarcontact met een bewegend voorwerp dat we classificeerden als een onderzeeër. Voor het eerst in mijn leven mocht ik een order geven om met scherp te schieten in een situatie die niet uitsluitend een oefening betrof. De helikopter liet een dieptebom vallen om de onderzeeër te waarschuwen. Die verdween vervolgens en we raakten het contact kwijt.'

'Hoe kon hij zomaar verdwijnen?'

'Onderzeeërs hebben vele mogelijkheden om zich onzichtbaar te maken. Ze kunnen in een trog in diep water gaan liggen, dicht bij rotswanden, ze kunnen een achtervolger met sonarsporen in de war brengen. Hoewel er verschillende helikopters de lucht in werden gestuurd hebben we de onderzeeër nooit teruggevonden.'

'Was hij misschien beschadigd geraakt?'

'Zo gaat dat niet in zijn werk. Een eerste dieptebom moet volgens de internationale regels een waarschuwing zijn. Pas in een later stadium mag je een onderzeeër naar de oppervlakte dwingen voor identificatie.'

'Wat gebeurde er daarna?'

'Eigenlijk niets. Er werd een onderzoek ingesteld. Men vond dat ik juist gehandeld had. Misschien was dit de ouverture van wat er twee jaar later zou gebeuren, toen het wemelde van de onderzeeërs in Zweedse territoriale wateren, vooral in de archipel van Stockholm. Het belangrijkste was waarschijnlijk dat we een bevestiging kregen dat de Russen nog even geïnteresseerd waren in onze vaarwateren als altijd. Dit gebeurde in een periode dat niemand dacht dat de Berlijnse Muur zou vallen of dat de hele Sovjet-Unie zou instorten. Dat vergeet je gemakkelijk. De Koude Oorlog was nog niet voorbij. Na dat incident bij het eiland Utö kreeg de marine veel ruimere financiële middelen ter beschikking. Maar dat was ook het enige.'

Von Enke deed er het zwijgen toe en dronk het laatste restje uit zijn koffiekopje. Wallander wilde net opstaan toen Håkan von Enke opnieuw begon te praten.

'Ik ben nog niet klaar. Twee jaar later was het weer zover. Ik had inmiddels promotie gemaakt en zat in de absolute top van de Zweedse marine. We hadden ons hoofdkwartier op Berga en daar was een operationele staf voortdurend paraat, vierentwintig uur per dag. Op 1 oktober kwam er een melding die we ons zelfs in onze wildste fantasieën niet hadden kunnen voorstellen. Er waren aanwijzingen dat er zich een onderzeeër, of meerdere, in de wateren van Hårsfjärden bevond, vlak in de buurt van onze basis op Muskö. Het was dus niet meer alleen maar een schending van Zweeds territoriaal water; er bevonden zich onderzeeërs in militair beschermd gebied. Dat herinner je je zeker allemaal nog wel?'

'De kranten stonden er vol mee, de tv-verslaggevers klauterden rond over de gladde rotsen.'

'Ik weet niet waar je het mee moet vergelijken. Misschien dat helikopters van een vreemde mogendheid op de binnenplaats van het koninklijk paleis zouden landen. Zo voelde het om die onderzeeërs zo vlak in de buurt van onze geheimste militaire complexen te hebben.'

De deur ging opeens open en Von Enke schrok op. Wallander zag nog net dat hij met zijn rechterhand in de richting van het borstzakje van zijn colbert ging. Daarna liet hij hem weer op zijn knie vallen. De deur was geopend door een enigszins aangeschoten vrouw die op zoek was naar de wc's. Ze verdween en ze waren weer alleen.

'Dat was in oktober', vervolgde Von Enke toen de deur weer dicht was. 'Soms leek het wel of de hele Zweedse kust door vreemde, onbekende onderzeeërs werd aangevallen. Ik was blij dat het niet mijn verantwoordelijkheid was om de contacten te onderhouden met alle journalisten die zich in Berga hadden verzameld. We moesten een paar slaapzalen als perskamers inrichten. Ik was de hele tijd druk bezig om een van die onderzeeërs te pakken te krijgen. We zouden al onze geloofwaardigheid verliezen als het ons niet zou lukken er ten minste één naar de oppervlakte te dwingen. Uiteindelijk brak de avond aan dat we in Hårsfjärden een onderzeeër hadden omsingeld. Er was geen twijfel; wij die in de leiding zaten waren overtuigd. Ik had de volledige bevoegdheid om het bevel tot vuren te geven. Tijdens die hectische uren heb ik diverse keren met zowel de opperbevelhebber als de nieuwe minister van Defensie gesproken. Die heette Andersson, dat weet je misschien nog wel. Een man uit Borlänge.'

'Mij staat vaag bij dat hij "Rode Börje" werd genoemd.'

'Juist geantwoord. Maar hij kon het niet aan. Hij vond die onderzeeërs een hel. Hij stopte ermee en toen kregen we Anders Thunborg als minister van Defensie. Een van de grootste vertrouwelingen van Palme. Van mijn collega's waren er een heleboel die hem wantrouwden, maar de contacten die ik met hem had waren goed. Hij bemoeide zich er niet mee, maar hij stelde wel vragen. Als hij antwoorden kreeg, was hij tevreden. Eén keer toen hij belde, had ik beslist het gevoel dat Palme zich in dezelfde ruimte bevond, vlak bij hem. Of het waar was, weet ik niet. Maar dat gevoel was heel sterk.'

'Wat gebeurde er?'

Håkan von Enkes gezicht vertrok even, alsof het hem irriteerde dat Wallander hem onderbrak, maar toen hij zijn verhaal vervolgde, was daar niets van te merken.

'We hadden de onderzeeër in een hoek gedrukt waarin hij alleen kon manoeuvreren als wij dat toestonden. Ik sprak met de opperbevelhebber en zei dat we hem nu met dieptebommen naar de oppervlakte zouden halen. We hadden nog een uur nodig om ons op de operatie voor te bereiden. Daarna zouden we de wereld laten zien welke vreemde onderzeeër er in Zweedse wateren opereerde. Er verstreek een half uur. De wijzers van de klok bewogen tergend langzaam. Ik stond continu in verbinding met de helikopters en de oppervlakteschepen die in een kring om de onderzeeër lagen. Er verstreken vijfenveertig minuten, het was bijna zover. Toen gebeurde het.'

Von Enke onderbrak zijn verhaal opeens en verliet de kamer. Wallander vroeg zich af of hij niet lekker was geworden. Na een paar minuten kwam de kapitein-luitenant-ter-zee terug met twee glazen cognac.

'Een koude winteravond', zei hij. 'We hebben iets nodig om ons mee te verwarmen. Niemand lijkt ons te missen. We kunnen ons gesprek in deze oude kluiskamer dus voortzetten.'

Wallander wachtte op het vervolg. Ook al was het misschien niet enorm fascinerend om naar oude verhalen over duikboten te luisteren, toch verkeerde hij liever in Von Enkes gezelschap dan dat hij een gesprek moest voeren met mensen die hij niet kende.

'Toen gebeurde het', herhaalde Von Enke. 'Vier minuten voordat de operatie van start zou gaan ging de telefoon die rechtstreeks in verbinding stond met de defensiestaf. Voorzover ik weet, was het een van de weinige telefoons die gegarandeerd beveiligd waren tegen afluisteren en bovendien een automatische stemvervormer hadden. Ik kreeg een bericht dat ik niet had verwacht. Kun jij je voorstellen welk?'

Wallander schudde zijn hoofd en verwarmde het cognacglas tussen zijn handen.

'We kregen bericht dat we de aanvalsoperatie moesten staken. Mijn mond viel natuurlijk open en ik vroeg om een verklaring, maar die kreeg ik aanvankelijk niet. Ik kreeg alleen de directe order dat er geen dieptebommen mochten worden ingezet. Ik kon natuurlijk niets anders doen dan gehoorzamen. Toen de helikopterpiloten het bericht kregen, waren er nog twee minuten te gaan. Niemand van ons in Berga begreep wat er gebeurde. Daarna duurde het precies tien minuten voordat we de volgende order kregen. Die was zo mogelijk nog onverwachter. Het leek wel of onze superieuren gek geworden waren. We moesten ons terugtrekken.'

Wallander luisterde met toenemende belangstelling.

'Moesten jullie die duikboot laten gaan?'

'Dat zei natuurlijk niemand. In elk geval niet rechtstreeks. We kregen de order ons te concentreren op een ander gebied aan de rand van Hårsfjärden, ten zuiden van het Danziger Gatt. Daar had een helikopter contact gekregen met een andere onderzeeër. Waarom was die belangrijker dan de onderzeeër die wij hadden omsingeld en op het punt stonden naar de oppervlakte te dwingen? Mijn medewerkers en ik begrepen er niets van. Ik eiste dat ik rechtstreeks met de opperbevelhebber kon spreken, maar die was bezig en onbereikbaar. Wat op zichzelf heel merkwaardig was, omdat hij eerder de inzet van wapens had goedgekeurd. Ik heb zelfs geprobeerd de minister van Defensie of zijn staatssecretaris te pakken te krijgen, maar het leek wel of iedereen opeens was verdwenen, de hoorn van de telefoon had gelegd of opdracht had gekregen om te zwijgen. De opperbevelhebber en de minister van Defensie die opdracht hadden gekregen te zwijgen? Van wie? De regering of de minister-president konden die opdracht natuurlijk geven. Tijdens die uren kreeg ik echt flink buikpijn. Ik begreep de orders die ik kreeg niet. Het staken van de aanvalsoperatie was strijdig met al mijn ervaringen en instincten. Het had niet veel gescheeld of ik had geweigerd de orders op te volgen. Dan was mijn militaire carrière ten einde geweest. Maar ergens had ik toch nog wel een beetje verstand over. We verplaatsten dus onze helikopters en twee oppervlakteschepen naar Danziger Gatt. Ik diende het verzoek in om althans één helikopter te laten *hooveren* over de plek waarvan we wisten dat de onderzeeër zich daar bevond, maar kreeg nul op het rekest. We moesten daar weggaan en wel onmiddellijk. Hetgeen we ook deden, met te verwachten resultaat.'

'Namelijk?'

'We kregen natuurlijk geen contact met een onderzeeër bij Danziger Gatt. We zijn de hele avond en nacht bezig geweest. Ik vraag me nog weleens af hoeveel duizenden liters brandstof er opgingen aan de helikopters.'

'En wat gebeurde er met de onderzeeër die jullie hadden omsingeld?'

'Die verdween. Spoorloos.'

Wallander dacht na over wat hij had gehoord. Ooit, in een ver verleden, had hij zijn militaire dienst verricht bij een pantserregiment in Skövde. Hij dacht met onbehagen terug aan die tijd. Bij de keuring had hij naar een plek bij de marine gesolliciteerd, maar hij werd in de provincie Västergötland gelegerd. Met het accepteren van de discipline had hij geen problemen, maar hij had wel moeite gehad met veel van de orders die ze kregen wanneer ze op oefening waren. Vaak leek het of alles van toeval aan elkaar hing, ook al moest het lijken of ze betrokken waren bij een dodelijke confrontatie met een vijand.

Von Enke leegde zijn cognacglas.

'Ik begon vragen te stellen over het gebeurde. Dat had ik niet moeten doen. Ik merkte al heel snel dat dit niet erg populair was. Mensen trokken zich terug. Zelfs sommige van mijn collega's die ik tot mijn beste vrienden rekende, vertoonden tekenen dat ze mijn nieuwsgierigheid niet prettig vonden. Maar ik wilde alleen maar weten waarom we deze tegenorders hadden gekregen. Niet eerder of later waren we er zo dichtbij, en dat wil ik benadrukken, om werkelijk een onderzeeër naar boven te dwingen. Twee minuten, meer niet. Aanvankelijk was ik niet de enige die verontwaardigd was. Een andere kapitein-luitenant-ter-zee, Arosenius, en een analyticus van de defensiestaf maakten deel uit van de staf die die dag werkte. Maar het duurde maar een paar weken of die twee begonnen ook afstand van mij te nemen. Ze wilden niet meedoen wanneer ik aan het graven was en vragen stelde. En op een dag hield het voor mij ook op.'

Von Enke zette zijn glas weg en leunde naar Wallander over.

'Ik ben het natuurlijk niet vergeten. Nog steeds probeer ik te begrijpen wat er is gebeurd, niet alleen op die dag toen we vrijwillig een onderzeeër door onze vingers lieten glippen. Alles wat er in die jaren is gebeurd neem ik door. En volgens mij begin ik nu eindelijk een beetje helderheid te krijgen.'

'Waarom jullie die onderzeeër niet naar de oppervlakte mochten dwingen?'

Von Enke knikte langzaam en stak opnieuw zijn pijp aan, maar zei niets. Wallander vroeg zich af of het verhaal dat hij nu gehoord had een open einde zou blijven houden.

'Ik ben natuurlijk nieuwsgierig. Wat was de reden?'

Von Enke stak afwerend zijn hand op.

'Het is nog te vroeg om daar iets over te zeggen. Ik heb het doel nog niet helemaal bereikt. Op dit moment heb ik er niets meer aan toe te voegen. Misschien kunnen we beter naar de gasten terugkeren.'

Ze stonden op en verlieten de kamer. Wallander liep terug naar de serre en liep de vrouw die hen gestoord had tegen het lijf. Pas nu moest hij weer denken aan de beweging die Von Enke met zijn rechterhand had gemaakt; die was doelbewust, maar vervolgens gestopt en uiteindelijk had hij zijn hand in zijn schoot laten terugkeren.

Al leek het bijna absurd, Wallander kon maar één verklaring bedenken: Von Enke was gewapend. Kon dat echt zo zijn, dacht hij terwijl hij door de ramen naar de kale tuin keek. Een gepensioneerde kapitein-luitenant-ter-zee die tijdens het feest ter gelegenheid van zijn vijfenzeventigste verjaardag gewapend is?

Wallander kon het niet geloven; hij wuifde de gedachte weg. Hij moest het zich hebben verbeeld. De ene verwarde ervaring leidde tot de andere. Eerst de angst, toen het wapen. Misschien dat zijn intuïtie aan scherpte begon te verliezen, zoals hij ook steeds vergeetachtiger werd?

Linda verscheen in de serre.

'Ik dacht dat je was weggegaan.'

'Nog niet. Zo dadelijk.'

'Ik weet zeker dat Håkan en Louise allebei blij zijn dat je bent gekomen.'

'Håkan heeft me over de duikboten verteld.'

Linda trok haar wenkbrauwen op.

'Echt? Dat verbaast me.'

'Waarom?'

'Ik probeer hem vaak over te halen erover te vertellen, maar hij wimpelt het altijd af en zegt dat hij dat niet wil. Hij raakt bijna geïrriteerd.'

Linda liep weg omdat Hans haar riep. Wallander bleef staan nadenken over haar woorden. Waarom had Håkan von Enke juist hem in vertrouwen genomen?

Later, toen Wallander weer naar Skåne was teruggekeerd en overdacht wat Von Enke hem had verteld, was er nog iets wat hem verbaasde. Natuurlijk zat er in wat Von Enke had gezegd veel wat onduidelijk, zweverig en voor Wallander moeilijk te begrijpen was, maar wanneer het uitgangspunt de eigenlijke 'opzet' betrof, zoals Wallander het noemde, was er iets waar hij niet goed wijs uit werd. Had Von Enke dit gepland gedurende de korte tijd dat hij wist dat Wallander naar het feest zou komen? Of was de eigenlijke aanloop nog korter geweest en begonnen met de man die buiten bij het hek onder de straatlantaarn had gestaan?

Wie was die man? Op die vraag moest hij zichzelf het antwoord schuldig blijven.

5

Drie maanden later, om precies te zijn op 11 april, gebeurde er iets waardoor Wallander opnieuw in gedachten terugging naar die avond in januari, toen hij opgesloten in een benauwde kamer had zitten luisteren naar het verhaal van het feestvarken over marinegebeurtenissen van bijna dertig jaar geleden.

Het kwam plotseling en voor alle betrokkenen totaal onverwacht. Håkan von Enke verdween spoorloos uit zijn woning in de Stockholmse wijk Östermalm. Hij maakte 's ochtends altijd een lange wandeling, ongeacht wat voor weer het was. Die dag motregende het in Stockholm. Zoals gewoonlijk was Von Enke vroeg opgestaan; even na zessen zat hij al aan de ontbijttafel. Om zeven uur klopte hij op de deur van de slaapkamer van zijn vrouw om haar te wekken en te zeggen dat hij vertrok voor zijn wandeling. Daar deed hij meestal ongeveer twee uur over, behalve wanneer het heel koud was; dan kortte hij die tot de helft in, omdat hij vroeger een verstokt roker was geweest en zijn longen zich nooit helemaal hadden hersteld. Hij wandelde altijd dezelfde route. Vanaf zijn woning aan Grevgatan liep hij naar Valhallavägen en daarna door naar het bos van Lilljansskogen, waar hij in een ingewikkeld patroon de weggetjes volgde die hem vervolgens terugvoerden naar Vallhallavägen, in zuidelijke richting langs Sturegatan en daarna rechtsaf via Karlavägen weer naar huis. Hij liep in een stevig tempo, gebruikte een van zijn vaders oude wandelstokken en was altijd bezweet wanneer hij terugkeerde in zijn woning, waar hij dan ook meteen een bad liet vollopen.

Deze ochtend was verlopen als alle andere, op één ding na. Håkan von Enke kwam niet meer thuis. Louise wist heel goed welke wegen hij nam; in vroegere jaren had ze hem soms vergezeld, maar daar was ze mee opgehouden toen ze zijn tempo niet meer kon bijbenen. Toen hij niet gewoon thuiskwam, werd ze ongerust. Hij had weliswaar een goede conditie, maar was toch een oude man en er kon iets gebeurd zijn. Een beroerte, een geknapte ader. Ze ging meteen op pad om hem te zoeken toen ze constateerde dat hij zich niet had gehouden aan hun afspraak om altijd zijn mobieltje mee te nemen. Dat lag nog op zijn bureau. Nadat ze zijn spoor had gevolgd was ze om elf uur weer naar huis teruggekeerd. Ze had voortdurend in angst gezeten dat ze hem dood op de weg zou zien liggen, maar hij was er niet, hij was weg. Eenmaal thuisgekomen had ze de twee of drie vrienden gebeld bij wie hij misschien op bezoek was gegaan. Die ontkenden allemaal dat ze hem hadden gezien. Nu wist ze zeker dat er iets was gebeurd. Het was ongeveer twaalf uur toen ze Hans op zijn kantoor in Kopenhagen opbelde. Hoewel ze heel ongerust was en meteen aangifte van de verdwijning wilde doen bij de politie, had Hans geprobeerd haar te kalmeren. Ze besloten om nog een paar uur te wachten, hoewel Louise tot op het laatst tegenstribbelde.

Meteen na het gesprek met zijn moeder belde Hans Linda op en via haar hoorde Wallander wat er zich die ochtend had afgespeeld. Hij was net bezig Jussi te leren stilstaan wanneer hij zijn poten schoonmaakte. Van een kennis, een hondentrainer, had hij instructies gekregen. Net op het moment dat Wallander zich vertwijfeld afvroeg of het hem wel zou lukken Jussi nieuw gedrag aan te leren ging de telefoon. Linda vertelde over haar ongeruste schoonmoeder en vroeg hem om advies.

'Je bent zelf agent', zei Wallander. 'Je weet wat de gebruikelijke gang van zaken is. Afwachten. Verreweg de meeste mensen komen terug.'

'Maar hij volgt al jaren zijn vaste patroon. Ik begrijp wel waarom Louise ongerust is. Ze is niet hysterisch.'

'Wacht tot vanavond', zei Wallander. 'Hij komt vast terug.'

Wallander was ervan overtuigd dat Håkan von Enke weldra weer zijn woning zou binnenstappen en dat hij dan een volkomen logische verklaring voor zijn afwezigheid zou hebben. Wallander was eerder nieuwsgierig dan ongerust en vroeg zich af wat die verklaring zou zijn. Maar Håkan von Enke kwam niet terug, die avond niet en de volgende dag ook niet. Laat op de avond van 11 april deed Louise aangifte van de verdwijning van haar man. Ze reed met een politiewagen mee langs de labyrintische weggetjes in het bos van Lilljansskogen, maar ze vonden hem niet. De dag daarna kwam haar zoon vanuit Kopenhagen naar Stockholm. Dat was het moment waarop Wallander begon te beseffen dat er misschien toch iets was gebeurd.

Hij was toen nog niet weer aan het werk. Het interne onderzoek duurde langer dan verwacht. Bovendien had hij begin februari bij gladheid een lelijke smak gemaakt op de weg bij zijn huis en daarbij zijn linkerpols gebroken. Hij was niet alleen uitgegleden, hij was ook over de riem van Jussi gestruikeld, omdat de hond nog steeds liep te rukken en te trekken en ook nog niet aan de goede kant liep. Zijn pols was in het gips gezet en Wallander zat in de ziektewet. Het was een periode van veel ongeduld en vaak opvlammende woede-uitbarstingen, waar hijzelf, Jussi en niet in de laatste plaats Linda de dupe van werden. Linda ging hem daarom zo veel mogelijk uit de weg. Zij vond dat hij steeds meer op zijn vader begon te lijken: chagrijnig, prikkelbaar en ongeduldig. Schoorvoetend besefte hij dat ze gelijk had. Hij wilde niet zo worden als zijn vader; hij kon alles verdragen, maar dat niet. Geen verbitterde oude man die voortdurend in herhaling verviel, of het nou de schilderijen betrof die hij op zijn schildersezel componeerde, of zijn meningen over de wereld waar hij steeds minder van begreep. Het was een periode waarin Wallander als een gekooid beest in zijn huis rondliep, een opgesloten beer die niet langer om het besef heen kon dat hij nu zestig was en daarmee onverbiddelijk op weg naar de ouderdom. Misschien leefde hij nog tien of twintig jaar, maar hij zou niets anders meer ervaren dan dat de ouderdom zich om hem heen verdiepte. Zijn jeugd was een verre herinnering, de middelbare leeftijd nu voorbij. Hij stond in de coulissen om het podium te betreden en aan het derde en laatste bedrijf te beginnen, waarin alles zijn verklaring zou krijgen, helden zouden worden aangewezen en schurken zouden sterven. Hij kon er niet omheen dat hij de tragische rol moest spelen, maar stribbelde nog zo veel mogelijk tegen. Het liefst wilde hij het toneel verlaten met een lach.

Waar hij zich het meest zorgen over maakte, was zijn vergeetachtigheid. Wanneer hij in Simrishamn of Ystad boodschappen ging doen maakte hij van tevoren lijstjes, maar als hij dan in de winkel stond, kwam hij tot de ontdekking dat hij het briefje was vergeten. Had hij eigenlijk wel een lijstje gemaakt? Hij wist het niet meer. Op een dag was hij bezorgder dan anders over zijn slechter wordende geheugen en hij maakte een afspraak bij een arts in Malmö, die adverteerde als specialist op het gebied van 'de ongemakken van de ouderdom'. Zijn pols zat nog in het gips en bovendien was hij zwaar verkouden geworden. De dokter, die Margareta Bengtsson heette, ontving hem in een oud gebouw in het centrum van Malmö. Naar Wallanders vernietigende oordeel was ze veel te jong om iets te kunnen snappen van de ellende van het ouder worden en hij stond dan ook op het punt om in de deuropening rechtsomkeert te maken. Toch liep hij volgzaam mee naar binnen. Hij ging in een zwartleren fauteuil zitten en vertelde over zijn slechte geheugen.

'Heb ik alzheimer?' vroeg Wallander toen het consult bijna afgelopen was.

Margareta Bengtsson glimlachte; niet inschikkelijk, maar

met een volkomen natuurlijke vriendelijkheid.

'Nee', zei ze. 'Volgens mij niet. Maar niemand weet natuurlijk wat er om de volgende hoek wacht.'

Om de volgende hoek, dacht Wallander toen hij door de striemend koude wind naar zijn auto liep, die precies om de hoek stond. Daar wachtte hem onder de ruitenwisser een parkeerboete. Zonder naar het bedrag te kijken slingerde Wallander het briefje de auto in en reed naar huis.

Bij zijn woning stond een auto geparkeerd die hij niet kende. Toen hij uitstapte, zag hij dat Martinson bij de kennel door de spijlen heen Jussi's kop stond te aaien.

'Ik wilde net weggaan', zei Martinson. 'Ik heb een briefje op de deur gehangen.'

'Ben jij hierheen gestuurd?'

'Ik ben helemaal uit mezelf gekomen om te horen hoe het met je gaat.'

Ze gingen naar binnen. Martinson bekeek de ruggen van de boeken in Wallanders bibliotheek, die met de jaren behoorlijk groot was geworden. Ze gingen aan de keukentafel zitten koffiedrinken. Wallander zei niets over zijn tochtje naar Malmö en zijn bezoek aan de dokter. Martinson knikte naar zijn hand in het gips.

'Het gips mag er volgende week af', zei Wallander. 'En wat zijn de roddels?'

'Over je pols?'

'Over mij. Het pistool in het eetcafé.'

'Lennart Mattson is een buitengewoon zwijgzame man. Ik weet totaal niet wat er gaande is. Maar je moet weten dat we je steunen.'

'Dat is een leugen. Jij steunt me vast wel, maar ergens moet iemand gelekt hebben. Er zijn een hoop mensen op het bureau die mij niet mogen.'

Martinson haalde zijn schouders op.

'Zo is het gewoon. Daar kun je niets aan doen. Wie mag mij?'

Ze praatten over van alles en nog wat. Wallander bedacht dat Martinson nu een van de weinigen was die er nog waren sinds hij in Ystad aan het werk was gegaan.

Zoals Martinson daar aan tafel zat, maakte hij een terneergeslagen indruk. Wallander vroeg of hij ziek was.

'Nee, ziek niet', antwoordde Martinson. 'Maar ik stel me er wel op in dat het er nu op zit, mijn tijd als politieman.'

'Heb je ook je pistool in een kroeg laten liggen?'

'Ik kan het niet meer aan.'

Tot Wallanders grote verbijstering begon Martinson opeens te huilen. Als een hulpeloos kind zat hij daar met zijn koffiekopje in zijn handen terwijl de tranen over zijn wangen stroomden. Wallander had geen idee wat hij moest doen. Hij had Martinson in de loop der jaren weliswaar vaak gedeprimeerd meegemaakt, maar hij was nooit ingestort zoals nu. Hij besloot om maar even af te wachten. Toen de telefoon ging, stond hij op en trok hij gewoon de stekker eruit.

Martinson vermande zich en veegde zijn tranen weg.

'Ik stel me wel aan, hè?' zei hij. 'Sorry, hoor.'

'Sorry waarvoor? Iemand die durft te huilen waar een ander bij is, toont naar mijn mening grote moed. Een moed die ik zelf helaas waarschijnlijk niet bezit.'

Martinson vertelde dat hij steeds meer in het duister tastte. Hij begon steeds grotere vraagtekens te zetten bij zijn bijdrage als politieman. Niet dat hij ontevreden was over zijn eigen werk, maar wel over de rol van de politie in het huidige Zweden, waarbij er een steeds grotere kloof leek te ontstaan tussen de verwachtingen van de burgers en de inzet van de politie. Nu had hij een punt bereikt waarbij elke nacht een slapeloos wachten was op een dag waarvan hij wist dat het alleen maar een kwelling zou worden.

‘Tegen de zomer stop ik ermee’, zei hij. ‘In Malmö zit een bedrijf waar ik contact mee heb gehad. Ze verstrekken beveiligingsadviezen aan kleine bedrijven en particuliere eigenaren. Ik kan daar aan de slag. Voor een salaris dat ook nog eens aanzienlijk hoger is dan wat ik nu verdien.’

Wallander herinnerde zich dat Martinson jaren geleden ook een keer had besloten ermee te stoppen. Destijds was Wallander erin geslaagd hem over te halen om te blijven. Dat moest minstens vijftien jaar geleden zijn. Hij besefte dat het onmogelijk was om hem ditmaal te overtuigen. Zijn eigen situatie in het leven was ook niet dusdanig dat hij zijn toekomst binnen het korps bijzonder aantrekkelijk vond. Ook al zou hij natuurlijk nooit beveiligingsadviseur worden.

‘Ik denk dat ik je wel begrijp’, zei hij. ‘En volgens mij doe je hier goed aan. Ga wat anders doen nu je daar nog jong genoeg voor bent.’

‘Over een paar jaar word ik vijftig’, zei Martinson. ‘Ben je dan jong?’

‘Ik ben zestig’, zei Wallander. ‘Dan ben je definitief de sluis gepasseerd waar alleen degenen doorheen mogen die oud worden.’

Martinson bleef nog een poosje en vertelde over het werk dat hem in Malmö wachtte. Wallander begreep dat hij wilde proberen te laten zien dat hij ondanks alles iets had om naar uit te kijken, dat niet al zijn enthousiasme verdwenen was.

Wallander liep met hem mee naar de auto.

‘Heb je al iets van Mattson gehoord?’ vroeg Martinson voorzichtig.

‘De officier van justitie kan kiezen uit vier maatregelen’, zei Wallander. ‘Een “corrigerend gesprek”. Dat kunnen ze tegen mij niet gebruiken. Dan zouden ze het hele korps belachelijk maken. Een agent van zestig die als een ongehoorzame jongen moet gaan zitten luisteren terwijl een regionale hoofdcommissaris hem de les leest.'

'Is daar sprake van geweest? Dat zou toch belachelijk zijn!'

'Ze kunnen er ook voor kiezen mij een waarschuwing te geven,' vervolgde Wallander, 'of me korten op mijn salaris. En als het helemaal bergafwaarts gaat, kunnen ze me ontslaan. Maar ik vermoed dat ik op mijn salaris word gekort.'

Bij de auto gingen ze uiteen. Martinson verdween in een wolk sneeuw. Wallander ging weer naar binnen. Al bladerend in zijn agenda ontdekte hij dat er nu meer dan een maand was verstreken sinds die ongelukkige avond waarop hij zijn wapen had laten liggen.

Toen het gips van zijn pols af ging, bleef Wallander in de ziektewet. Tijdens een afspraak die hij in het ziekenhuis van Ystad had, ontdekte de orthopeed dat het bot in zijn hand niet naar wens genas. Heel even ging de verschrikkelijke gedachte door Wallander heen dat zijn pols opnieuw moest worden gebroken, maar de dokter wist hem gerust te stellen door te zeggen dat hij andere middelen tot zijn beschikking had. Het was echter wel belangrijk dat Wallander zijn hand niet gebruikte en daarom kon hij ook nog niet weer aan het werk.

Na het bezoek aan de orthopeed bleef Wallander in de stad. In de schouwburg van Ystad werd die avond een stuk opgevoerd van een moderne Amerikaanse dramaturg. Wallander had een kaartje gekregen van Linda, die verkouden was geworden en niet kon. Tijdens een korte periode in haar tienertijd had ze ervan gedroomd actrice te worden, maar dat was snel weer over. Nu was ze dankbaar dat ze zo vroeg had ingezien dat ze geen talent had om op de planken te staan. Wallander had nooit enige teleurstelling in haar stem gehoord als ze erover sprak.

Al na een minuut of tien begon Wallander op zijn horloge te kijken. De voorstelling verveelde hem. Matig getalenteerde acteurs liepen in een kamer rond en legden hier en daar hun repliek neer, op een boekenplank, een tafel of misschien een vensterbank. De voorstelling, die over een gezin ging dat bezweek onder inwendige druk, onopgeloste conflicten, leugens en oude dromen, kon hem niet boeien. Toen het eindelijk pauze was, ging hij zijn jas halen en verliet hij het theater. Hij had naar de voorstelling uitgekeken en voelde zich beklemd. Mankeerde hem wat of was de voorstelling echt zo saai als hij die had ervaren?

Zijn auto had hij bij het station geparkeerd. Nadat hij het spoor was overgestoken, nam hij een kortere weg over een platgetreden pad langs de achterkant van het rode stationsgebouw. Opeens kreeg hij een harde duw in zijn rug en hij struikelde. Twee jonge mannen van een jaar of achttien, negentien stonden voor hem. De een droeg een *hoody* met de capuchon omhoog, de ander had een leren jack aan. De jongen met de capuchontrui had een mes in zijn hand. Een keukenmes, dacht Wallander nog net voordat hij een vuistslag in zijn gezicht kreeg van de jongen met het leren jack. Zijn bovenlip barstte open en begon te bloeden. Hij kreeg nog een klap, ditmaal op zijn voorhoofd. De jongen was sterk en hij sloeg hard, alsof hij vol woede zat. Daarna begon hij aan Wallanders kleren te trekken en hij siste dat hij zijn portemonnee en mobieltje wilde. Wallander tilde zijn ene arm op om zich te beschermen. Hij hield het mes voortdurend in de gaten. Opeens besefte hij dat de jongens banger waren dan hij en dat hij zich niet druk hoefde te maken over de trillende hand met het mes. Hij zette zich schrap en gaf een schop in de richting van de jongen met het mes. Hij miste, maar pakte wel de hand van de jongen en draaide die om. Het mes vloog weg. Op dat moment voelde hij een heftige klap in zijn nek en hij viel. De klap was zo hard dat hij niet kon opstaan. Hij stond op zijn knieën, voelde de kou van de natte grond door zijn broekspijpen dringen en bedacht dat hij zo meteen misschien gestoken zou worden. Er gebeurde echter niets. Toen hij opkeek waren de jongens weg. Hij tastte met zijn hand naar zijn nek en voelde dat die plakkerig was. Langzaam stond hij op. Het werd hem zwart voor de ogen en hij greep zich vast aan de afrastering waarmee de spoorlijnen werden afgescheiden. Hij haalde een paar keer diep adem en liep na een poosje door naar zijn auto. De jongens waren verdwenen. Zijn nek bloedde, maar niet zodanig dat hij de wond niet thuis zou kunnen verzorgen. Veel meer dan een lichte hersenschudding had hij waarschijnlijk niet opgelopen.

Hij bleef achter het stuur zitten zonder het contactsleuteltje om te draaien. Van de ene wereld in de andere, dacht hij. Ik zit in een schouwburg waar ik me buitengesloten voel, ik ga weg en word in een wereld geworpen die ik meestal van de andere kant meemaak. Nu was ik degene die daar lag, geslagen, bedreigd.

Aan het mes dacht hij nog het meest. Ooit, toen hij nog maar aan het begin van zijn loopbaan stond, had hij als jonge politieman in Malmö zwaar steekletsel opgelopen in het Pildammspark door een gek die opeens doordraaide. Het lemmet had maar een paar centimeter in een andere richting in zijn lichaam hoeven doordringen of hij was midden in zijn hart geraakt. Dan zou hij al deze jaren niet in Ystad hebben gewoond en geen dochter die Linda heette hebben zien opgroeien. Zijn leven zou zijn geëindigd voordat het überhaupt serieus begonnen was.

Hij wist nog wat hij had gedacht: *Er is een tijd van leven en van sterven.*

Het was koud in de auto. Hij startte en zette de verwarming aan. Keer op keer beleefde hij de overval in zijn hoofd opnieuw. Hij was nog in shock, maar voelde nu ook hoe woede langzaam in hem opkwam.

Toen er iemand op het raampje klopte, schrok hij, erop bedacht dat de jongens waren teruggekomen, maar het hoofd dat hij ontwaarde behoorde toe aan een oudere witharige mevrouw met een alpino op. Hij deed het portier op een kier open.

'Het is verboden om de motor zo lang stationair te laten draaien als u doet', zei ze. 'Ik ben mijn hond aan het uitlaten en ik heb op mijn horloge gezien hoelang de auto al stilstaat met lopende motor.'

Wallander zei niets, maar knikte slechts en reed weg. Die nacht lag hij lang wakker. De laatste keer dat hij op de wekker keek, was het over vijven. De dag erna verdween Håkan von Enke. Wallander deed dan ook nooit aangifte van de overval op hem. Hij vertelde het aan niemand, zelfs niet aan Linda.

Toen Von Enke na twee dagen nog niet was teruggekeerd begon Wallander te beseffen dat er iets ernstigs was gebeurd. Omdat hij nog in de ziektewet zat, beschouwde hij het als vanzelfsprekend om naar Stockholm af te reizen toen zijn aanstaande schoonzoon hem daar telefonisch om verzocht. Wallander begreep dat het eigenlijk Louise was die om hulp had gesmeekt. Hij zei er wel meteen bij dat hij zich niet in het werk van de politie wilde mengen. Zijn collega's in Stockholm waren degenen die de zaak in behandeling hadden. Rechercheurs die zich met elkaars werk bemoeiden en de verkeerde helft van het speelveld betraden, waren nooit populair.

De avond voordat hij naar Stockholm vertrok, een van de steeds langer wordende avonden van het vroege voorjaar, reed Wallander naar Linda's huis. Hans was zoals gewoonlijk niet thuis, omdat hij voortdurend moest overwerken en bezig was met wat Wallander bij zichzelf 'financiële speculaties' noemde. Dat had trouwens tot de eerste en voorlopig enige aanvaring tussen hem en zijn schoonzoon in spe geleid. Hans had verontwaardigd geprotesteerd dat hij en zijn collega's zich echt niet met zoiets simpels bezighielden. Maar toen Wallander had gevraagd waar zijn werk dan precies uit bestond, vond hij dat hij geen andere antwoorden kreeg dan uitgerekend speculeren met valuta's en waardepapieren, derivaten en hedgefondsen (waarvan Wallander grif toegaf dat hij niet begreep wat dat betekende). Linda had ingegrepen en gezegd dat haar vader niets snapte van de mysterieuze en daardoor angstaanjagende financiële instrumenten van de nieuwe tijd. Vroeger zou Wallander waarschijnlijk geschokt zijn geweest door wat ze zei, maar nu voelde hij de warmte in haar stem en hij spreidde zijn armen uit ten teken dat hij zich gewillig gewonnen gaf.

Nu zat hij dus bij hen thuis. De baby, die nog geen naam had gekregen, sliep op een kleed aan Linda's voeten. Wallander bestudeerde haar en opeens trof het hem, misschien voor het eerst, dat zijn eigen dochter nooit meer bij hem op schoot zou zitten. Wanneer je eigen kind een kind krijgt, betekent dat altijd dat er iets onherroepelijk voorbij is.

'Wat is er volgens jou met Håkan gebeurd?' vroeg Wallander. 'Jouw mening, als agent en als de partner van Hans.'

Linda's antwoord kwam snel en was goed voorbereid.

'Ik weet zeker dat er iets is gebeurd. Ik ben zelfs bang dat hij dood is. Håkan is niet iemand die zomaar verdwijnt. Hij zou nooit zelfmoord plegen zonder een bericht achter te laten waaruit bleek waarom. Hij zou trouwens sowieso geen zelfmoord plegen, maar dat is een andere kwestie. Als hij een strafbaar feit had gepleegd zou hij er niet tussenuit knijpen, maar zijn straf ondergaan. Ik geloof gewoonweg niet dat hij vrijwillig is verdwenen.'

'Kun je dat nog verder toelichten?'

'Is dat nodig? Je begrijpt toch wel wat ik bedoel?'

'Jawel, maar ik wil het in jouw woorden horen.'

Wallander merkte opnieuw dat ze zich goed had voorbereid. Linda sprak niet alleen als familielid, ze was ook een scherpzinnige jonge politievrouw die haar mening uiteenzette.

'Als je het over onvrijwilligheid hebt, zijn er twee mogelijke antwoorden. Het ene is dat er een ongeluk is gebeurd, dat iemand door het ijs is gezakt of is aangereden door een auto. Het tweede is dat je het slachtoffer bent geworden van bewust geweld, ontvoerd wordt of wordt omgebracht. Dat er een ongeluk zou zijn gebeurd lijkt niet waarschijnlijk meer. Hij ligt niet in een ziekenhuis. Die weg is dus afgesloten. Dan blijft alleen de tweede mogelijkheid over.'

Wallander stak zijn hand op en onderbrak haar.

'Laten we eens uitgaan van een hypothese', zei hij. 'Iets waarvan jij en ik allebei weten dat het veel vaker voorkomt dan mensen denken. Vooral als het oudere mannen betreft.'

'Dat hij er met een andere vrouw vandoor is?'

'Iets in die richting stelde ik me voor.'

Ze schudde krachtig haar hoofd.

'Daar heb ik het natuurlijk met Hans over gehad. Hij ontkent beslist dat er lijken in de kast zouden zitten. Håkan is Louise zijn hele leven al trouw.'

Wallander maakte een snelle wending.

'En Louise? Is zij hem soms ontrouw?'

Dat had Linda zich niet afgevraagd, dat zag hij. Ze had nog niet helemaal onder de knie welke bochten je moest nemen bij een ondervraging.

'Dat kan ik me niet voorstellen. Zo is ze niet.'

'Dat is een slecht antwoord. Je kunt nooit over iemand zeggen dat hij "zo niet is". Dan maak je je schuldig aan onderschatting.'

'Laat ik het dan zo uitdrukken: volgens mij is ze niet vreemdgegaan. Maar met zekerheid kan ik dat natuurlijk niet zeggen. Vraag het haar zelf!'

'Dat ben ik absoluut niet van plan! In de huidige situatie zou dat impertinent zijn.'

Bij de volgende vraag die bij hem opkwam, aarzelde Wallander.

'Jij en Hans hebben deze dagen vast zitten praten. Hij kan niet altijd met zijn hoofd voor zijn computerschermen zitten. Wat zegt hij? Was hij verbaasd toen Håkan verdween?'

'Waarom zou hij dat niet zijn?'

'Ik weet het niet. Maar toen ik in Stockholm was, kreeg ik het gevoel dat Håkan zich ergens zorgen over maakte.'

'Waarom heb je dat niet verteld?'

'Omdat ik die gedachte wegwuifde. Ik dacht dat ik het me verbeeldde.'

'Aan jouw intuïtie mankeert anders meestal niets.'

'Dank je. Maar net als van veel andere dingen ben ik daar steeds minder zeker van.'

Linda zweeg. Wallander bestudeerde haar gezicht. Ze was sinds de zwangerschap aangekomen, haar wangen waren wat ronder. Dat ze moe was, kon hij aan haar ogen zien. Hij moest denken aan Mona's voortdurende nijdigheid dat hij nooit hielp wanneer Linda 's nachts huilde. Hoe vergaat het Linda? dacht hij. Wanneer er een kind komt, moet je alle bordjes tegelijk in de lucht houden. En af en toe valt er eentje.

'Iets zegt me dat je gelijk hebt', zei ze ten slotte. 'Nu ik erover nadenk, kan ik me situaties herinneren waarbij hij, al was het nauwelijks merkbaar, de indruk wekte dat hij zich zorgen maakte. Hij keek af en toe over zijn schouder.'

'Letterlijk of figuurlijk?'

'Letterlijk. Hij draaide zich om. Ik denk er nu pas aan.'

'Herinner je je nog andere dingen?'

'Hij lette er altijd goed op of alle deuren wel op slot zaten. En bepaalde lampen moesten altijd branden.'

'Waarom?'

'Dat weet ik niet. Maar het ging bijvoorbeeld om een bureaulamp in zijn werkkamer en het licht in de hal bij de voordeur.'

Een vroegere marineofficier, dacht Wallander, die 's nachts de vaargeulen verlicht. Afgelegen vuurtorens in een geheime militaire passage door wateren waar schepen normaal gesproken niet doorheen varen.

Op dat moment werd de baby wakker en Wallander hield haar vast tot ze ophield met huilen.

In de trein naar Stockholm bleven de brandende lampen hem bezighouden. Het was een geheim waarin hij moest zien door te dringen. Maar het kon ook zijn dat er een natuurlijke verklaring voor was. Hij moest Håkan von Enke dan ook benaderen via wegen die hij nu nog niet kende.

Desondanks dacht hij dat de verdwijning een logische en weinig dramatische ontknoping zou krijgen.

6

Eind jaren zeventig hadden Mona en hij een reis naar Stockholm gemaakt. Wallander herinnerde zich dat ze toen in Hotel Sjöfart in de wijk Södermalm hadden gelogeerd en daar had hij nu ook telefonisch een kamer voor twee nachten gereserveerd. Toen hij uit de trein stapte, aarzelde hij of hij een taxi of de metro zou nemen. Het resultaat was dat hij met zijn lichte tas over zijn schouder aan een wandeling begon. Het was nog wel koud, maar de zon scheen en er stapelden zich geen regenwolken op aan de horizon.

Ze waren aan het eind van de zomer van 1979 naar Stockholm gegaan, riep hij zich in herinnering terwijl hij door Gamla Stan liep. Het initiatief voor de reis kwam niet van hem maar van Mona, die zich opeens realiseerde dat ze nog nooit in de hoofdstad was geweest en nu iets aan dat bijna beschamende gebrek wilde doen. Ze hadden er vier van zijn vakantiedagen voor uitgetrokken. Mona studeerde in die tijd en had geen inkomen en ook geen vrije tijd die vastlag. Linda had een paar dagen bij een klasgenootje gelogeerd; zij zou dat najaar in de derde klas beginnen. Het was begin augustus geweest, wist hij nog. Warme dagen, af en toe een stevig onweer, en daarna opnieuw een drukkende hitte die maakte dat ze de hoge schaduwen tussen de bomen in de parken opzochten. Dat is bijna dertig jaar geleden, dacht hij toen hij Slussen naderde en naar het hotel omhoog begon te lopen. Dertig jaar, een hele generatie, en nu keer ik terug. Alleen ditmaal in mijn eentje.

Toen hij de hal binnenstapte, herkende hij helemaal niets. Heel even vroeg hij zich af of ze echt in dit hotel hadden gelogeerd, maar hij schudde het onlustgevoel dat hem overviel van zich af en verdrong alle gedachten aan het verleden. Hij nam de lift naar zijn kamer, die op de tweede verdieping lag, vouwde de sprei terug en ging liggen. De treinreis was vervelend geweest, omdat hij omringd was geweest door gillende kinderen en een paar aangeschoten mannen, die in Alvesta waren ingestapt. Hij deed zijn ogen dicht en probeerde te slapen. Toen hij met een schok wakker werd, zag hij op zijn horloge dat hij hoogstens tien minuten geslapen had. Hij stond op en liep naar het raam. Wat was er eigenlijk met Håkan von Enke gebeurd? Als hij alle ingrediënten die hij had, die hij van Linda had gekregen en die hij uit eigen ervaring had geput, bij elkaar voegde, wat was dan de uitkomst? Hij kwam niet eens tot een eerste aanzet tot een conclusie.

Hij had afgesproken dat hij om zeven uur 's avonds bij Louise langs zou gaan. Opnieuw besloot hij te gaan wandelen. Toen hij langs het koninklijk paleis kwam, stopte hij opeens. Hier was hij met Mona geweest, dat wist hij zeker. Hier op de brug waren ze blijven staan en hadden ze het erover gehad dat ze allebei pijn in hun voeten hadden. De herinnering was zo duidelijk dat hij hun gesprek in zijn hoofd kon horen. Er waren momenten dat hij door verdriet overmand werd over het feit dat hun huwelijk was stukgelopen. Dit was zo'n moment. Hij keek in het wervelende water en bedacht dat zijn leven steeds meer ging om het opmaken van de twijfelachtige balans van alles wat hij door de jaren heen was kwijtgeraakt.

Nadat ze hem had binnengelaten serveerde Louise von Enke thee. Ze was vermoeid door gebrek aan slaap, maar toch bijzonder beheerst. Aan de muren in de woonkamer hingen portretten van het geslacht Von Enke en schilderijen van veldslagen in doffe kleuren. Ze volgde zijn blik toen hij de schilderijen bekeek.

'Håkan was de eerste marineofficier in de familie. Zijn vader, grootvader en overgrootvader waren legerofficieren. Een oom van vaderskant was bovendien kamerheer bij koning Oskar; of het bij Oskar I of Oskar II was, weet ik niet meer. Die degen daar in de hoek heeft een ander familielid gekregen van Karel IV voor een dienst die hij had verricht. Håkan beweerde dat het zijn taak was geweest de majesteit van geschikte jonge dames te voorzien.'

Ze zweeg. Wallander luisterde naar het geluid van een klok die op de schoorsteenmantel van een open haard stond en het vage gebruis van de straat.

'Wat is er volgens jou gebeurd?'

'Heel eerlijk gezegd: ik weet het niet.'

'Was er op de dag dat hij verdween iets wat ongewoon aandeed? Iets wat het patroon van hoe hij zich gewoonlijk gedroeg doorbrak?'

'Nee. Alles was net als anders. Håkan is een mens van vaste gewoontes, ook al is hij geen pietje precies.'

'Hoe waren de dagen ervoor? De week ervoor?'

'Hij was verkouden. Eén dag heeft hij zijn ochtendwandeling niet gemaakt. Dat is alles.'

'Heeft hij post ontvangen? Heeft er iemand gebeld? Is er bezoek geweest?'

'Hij heeft een paar keer met Sten Nordlander gepraat, zijn beste vriend.'

'Was die ook op het feest in Djursholm?'

'Hij was toen op reis. Håkan en Sten hebben elkaar leren kennen toen ze op dezelfde onderzeeër werkten. Håkan als commandant en Sten als scheepsmachinist. Dat moet al ergens aan het eind van de jaren zestig zijn geweest.'

'Wat zegt hij over de verdwijning?'

'Sten is net zo bezorgd als iedereen. Hij heeft er ook geen verklaring voor. Hij heeft gezegd dat hij graag met je wilde praten wanneer je hier was.'

Ze zat op een bank recht tegenover Wallander. De avondzon

lichtte haar gezicht opeens op. Ze schoof opzij om in de schaduw te komen. Wallander bedacht dat zij een van die vrouwen was die hun schoonheid achter een masker van waardigheid proberen te verbergen. Alsof ze zijn gedachten had geraden glimlachte ze onzeker naar hem. Wallander pakte zijn notitieblok en schreef Sten Nordlanders telefoonnummers op. Het viel hem op dat Louise die uit haar hoofd kende, zowel het vaste als het mobiele nummer.

Ze spraken een uur met elkaar, maar Wallander vond niet dat hij meer aan de weet kwam dan hij al wist. Louise liet hem de werkkamer van haar man zien. Wallander bekeek de bureaulamp.

'Hij had 's nachts het licht aan.'

'Wie heeft dat gezegd?'

'Linda zei dat tegen mij. Onder andere deze lamp.'

Terwijl ze hem antwoordde, schoof ze de dikke gordijnen dicht. Wallander rook een heel lichte geur van tabaksrook in de kamer.

'Hij was bang in het donker', zei ze. Ze sloeg het stof van een van de zware, donkere gordijnen. 'Hij vond dat gênant. Maar aan boord van zijn onderzeeërs was hij bang in het donker geworden. Echt bang werd hij pas later, toen hij definitief aan wal was gegaan. Ik moest beloven dat ik het aan absoluut niemand zou vertellen.'

'Maar toch weet je zoon ervan? Hij heeft het op zijn beurt aan Linda verteld.'

'Håkan zal het wel tegen Hans hebben gezegd zonder dat ik dat wist.'

In de verte ging de telefoon.

'De kamer is van jou', zei ze, waarna ze door de hoge dubbele deuren verdween.

Wallander betrapte zichzelf erop dat hij haar op dezelfde manier bekeek als waarop hij Kristina Magnusson altijd bestudeerde. Hij ging zitten in de bureaustoel die van roestbruin hout was en die een groenleren rugleuning en zitting had. Langzaam keek hij de kamer rond. Hij deed de lamp aan. Er lag stof rond de schakelaar. Hij streek met een vinger over het gepolijste mahoniehouten oppervlak. Vervolgens tilde hij de bureaulegger op. Dat was een gewoonte die hij al had sinds hij bij Rydberg in de leer was geweest. Als ze op een plaats delict kwamen waar een bureau stond, dan begon Rydberg daar altijd mee. In de regel lag er niets, maar hij had met een mysterieuze ondertoon verklaard dat ook als er niets lag, het toch een belangrijk spoor was.

Er lagen een paar pennen op het bureau en een vergrootglas, er stonden een porseleinen vaas in de vorm van een zwaan en een doosje met een plakstift erin, en er lag een kleine steen. Dat was alles. Wallander draaide langzaam op de stoel rond om de kamer te bekijken. Aan de muren hingen ingelijste foto's van onderzeeërs en andere oorlogsschepen. Een grote kleurenfoto van Hans met een studentenpet op. Een trouwfoto met Håkan in uniform. Louise en hij liepen onder een erepoort van opgestoken sabels door. Foto's van oude mensen, de mannen bijna altijd in uniform. Aan een van de muren hing een schilderij. Wallander stond op en liep ernaartoe om het nader te bestuderen. Het was een romantische weergave van de Slag bij Trafalgar, Nelson die leunend tegen een kanon stierf, huilende zeelieden geknield om hem heen. Het schilderij verwonderde hem. Het was een kitscherig ding in een appartement dat gekenmerkt werd door goede smaak. Waarom had Von Enke het opgehangen? Wallander tilde het schilderij voorzichtig van de wand en keerde het om. Er stond niets op geschreven. Een lege bureaulegger, een lege achterkant van een slecht schilderij. Het is te laat om nu de kamer te gaan doorzoeken, dacht hij. Het is al bijna half negen en het gaat uren duren. Daar kan ik beter morgen mee beginnen. Hij verliet de kamer en liep terug naar een van de twee kamers en suite die de woonkamer vormden. Louise kwam uit de keuken. Wallander meende een vage geur van alcohol te bespeuren, maar was er niet zeker van. Ze spraken af dat hij de volgende dag om negen uur terug zou komen. Toen Wallander in de hal zijn jas had aangetrokken aarzelde hij opeens.

'Je ziet er moe uit', zei hij. 'Slaap je wel genoeg?'

'Af en toe misschien een uurtje. Hoe kan ik slapen wanneer ik in onwetendheid verkeer?'

'Wil je dat ik blijf?'

'Dat is vriendelijk van je, maar het is niet nodig. Ik ben het gewend om alleen te zijn. Vergeet niet dat ik een zeemansvrouw ben.'

Hij liep de lange weg terug naar zijn hotel en stopte bij een Italiaans restaurant dat er goedkoop uitzag en waar het eten navenant was. Om niet wakker te blijven liggen nam hij een halve slaaptablet. Somber bedacht hij dat dit tegenwoordig een van de weinige manieren was waarop hij de bloemetjes buitenzette: de slaap lokken door het deksel van het potje met witte pilletjes te draaien.

De volgende dag begon op dezelfde manier als zijn bezoek van de vorige avond: Louise bood hem thee aan. Hij kon zien dat ze die nacht waarschijnlijk minimaal geslapen had.

Er was een telefonisch bericht voor hem van een zekere hoofdcommissaris Ytterberg, die verantwoordelijk was voor de behandeling van de verdwijning. Ze gaf hem de draadloze telefoon en stond op om naar de keuken te lopen. In een spiegel aan de muur zag Wallander dat ze roerloos midden in de keuken bleef staan, met haar rug naar hem toe.

Ytterberg sprak onmiskenbaar een Norrlands dialect.

'We halen alles uit de kast voor het onderzoek', begon hij. 'We denken op dit moment dat er iets is gebeurd. Ik heb van zijn vrouw begrepen dat ze wilde dat jij de papieren van haar man zou doornemen.'

'Hebben jullie dat nog niet gedaan?'

'Zijn vrouw heeft dat gedaan, maar ze heeft niets gevonden. Ik neem aan dat ze wil dat jij het ook nog eens checkt.'

'Zijn er al uitgangspunten? Heeft iemand hem gezien?'

'Uitsluitend een vage getuige die meent dat hij hem in Lill-jansskogen heeft gezien, maar dat is ook het enige.'

Wallander hoorde hoe Ytterberg op geïrriteerde toon iemand verzocht om later terug te komen.

'Daar zal ik nooit aan wennen', zei Ytterberg. 'Mensen die niet meer aankloppen.'

'Op een dag zal de chef van de rijkspolitie voorstellen dat we in open kantoortuinen gaan zitten om onze efficiency te verhogen', zei Wallander. 'Dan kunnen we elkaars getuigen verhoren en ons bemoeien met elkaars onderzoeken.'

Ytterberg grinnikte tevreden. Wallander realiseerde zich dat hij nu een goed contact met de politie van Stockholm tot stand had gebracht.

'Nog één ding', zei Ytterberg. 'Håkan von Enke was in zijn actieve periode een zeer hooggeplaatst militair. Het is routine dat de veiligheidsdienst ook naar de zaak kijkt. Onze geheime collega's zijn er altijd op uit een mogelijke spion te ontmaskeren.'

Wallander was verbijsterd.

'Zijn er dan verdenkingen tegen hem?'

'Natuurlijk niet. Maar ze moeten toch met iets komen wanneer het budget voor volgend jaar wordt besproken.'

Wallander liep wat verder bij de deuropening van de keuken vandaan.

'Even onder ons', zei hij zacht. 'Wat is er volgens jou gebeurd? Los van alle feiten, gewoon vanuit je ervaring?'

'Het ziet er serieus uit. Hij kan in het bos zijn overvallen en daarna zijn ontvoerd. Dat is wat ik op dit moment denk.'

Ytterberg vroeg om het nummer van Wallanders mobiele telefoon en daarna beëindigden ze het gesprek. Wallander keerde terug naar zijn kopje thee en bedacht dat hij veel liever koffie had gedronken. Louise keerde uit de keuken terug en keek hem vragend aan. Wallander schudde zijn hoofd.

'Geen nieuws. Maar ze nemen zijn verdwijning heel serieus.'

Ze bleef bij de bank staan, maar ging niet zitten.

'Ik weet dat hij dood is', zei ze opeens. 'Tot nu toe heb ik het ergste niet willen denken, maar ik kan me er niet langer tegen verzetten.'

'Die gedachte moet toch ergens vandaan komen', zei Wallander voorzichtig. 'Is er iets bijzonders waardoor je dit nu denkt?'

'Ik leef al veertig jaar met hem samen', zei ze. 'Hij zou zich nooit zo gedragen tegenover mij. Niet tegen mij en ook niet tegen de rest van de familie.'

Ze verliet snel de kamer. Wallander hoorde hoe de deur van de badkamer dichtging. Hij wachtte even, stond op en liep zachtjes naar de gang van de slaapkamers om te luisteren. Hij kon haar achter de gesloten deur horen huilen. Hoewel hij niet bijzonder emotioneel was aangelegd kreeg hij een brok in zijn keel. Hij dronk het laatste restje van zijn thee op en liep toen naar de werkkamer waar hij de vorige avond ook was geweest. De gordijnen zaten nog dicht. Hij trok ze open om licht binnen te laten. Daarna begon hij lade voor lade het bureau door te nemen. Overal was het heel netjes, elk voorwerp had zijn plekje. In een van de lades lag een aantal oude pijpen, pijpenragers en iets wat op een poetsdoek leek. Wallander begon aan het volgende ladeblok van het bureau. Dezelfde ordelijkheid, oude schoolrapporten, getuigschriften, een vliegbrevet. In maart 1958 had Håkan von Enke zijn bevoegdheid gehaald om eenmotorige vliegtuigen te besturen; hij had op het vliegveld van Bromma examen gedaan. Hij leefde dus niet alleen in de diepten, dacht Wallander. Hij imiteerde niet alleen de vissen maar ook de vogels.

Wallander haalde Von Enkes eindexamencijfers van de middelbare school tevoorschijn. Voor geschiedenis en Zweeds had hij heel hoge cijfers, en ook voor aardrijkskunde. Duits en godsdienst waren maar net voldoende. In de volgende lade lagen een fototoestel en een oude koptelefoon. Toen Wallander het fototoestel, een oude Leica, nader bestudeerde, zag hij dat er nog een rolletje in zat. Of er waren twaalf foto's gemaakt, of je kon er nog twaalf maken. Hij legde het toestel op het bureau. De koptelefoon was ook oud. Wallander vermoedde dat die vijftig jaar geleden modern was geweest. Waarom had hij die bewaard? In de onderste lade lag niets meer, afgezien van een stripblad dat in kleur en met tekstballonnen *De laatste der Mohikanen* van Cooper opnieuw vertelde. Het blad was zo beduimeld dat het bijna uit elkaar viel in Wallanders handen. Hij moest denken aan wat Rydberg een keer tegen hem had gezegd. 'Zoek altijd dat wat het patroon doorbreekt.' Wat deed een Geïllustreerde Klassieker uit 1962 in de onderste lade van Håkan von Enkes bureau?

Hij hoorde Louise niet aankomen. Opeens stond ze in de deuropening. Ze had alle sporen van het feit dat ze van streek was geweest zorgvuldig weggewist en haar gezicht opnieuw gepoederd. Hij hield het stripverhaal omhoog.

'Waarom heeft hij dit bewaard?'

'Volgens mij heeft hij dat bij een heel speciale gelegenheid van zijn vader gekregen. Wat die gelegenheid was, heeft hij nooit verteld.'

Ze liet hem weer alleen. Wallander trok de grote lade open die op taillehoogte tussen de twee ladeblokken in zat. Daar heerste wanorde: brieven, foto's, oude vliegtickets, een gele gezondheidsverklaring, een paar facturen. Waarom heerste hier chaos, maar elders nergens? Hij besloot de inhoud voorlopig te laten rusten, maar liet de la openstaan. Het enige wat hij oppakte, was de gele gezondheidsverklaring.

De man wiens gangen hij naging, had in de loop der jaren veel vaccinaties gekregen. Drie weken geleden had hij zich nog tegen gele koorts, tetanus en geelzucht laten inenten. In het omslag van de gele gezondheidsverklaring zat ook een recept voor malariaprofylaxe gestoken. Wallander fronste zijn wenkbrauwen. Gele koorts? Waar ging je naartoe dat je je daartegen moest laten inenten? Hij legde het gele document terug zonder die vraag te hebben beantwoord.

Wallander stond op en bestudeerde de inhoud van de boekenkasten. Als de boeken de waarheid spraken, had Håkan von Enke grote belangstelling voor geschiedenis, vooral de oudere geschiedenis van Engeland en de ontwikkeling van de marine in de twintigste eeuw. Er stonden ook algemene boeken over geschiedenis en veel politieke memoires. Het viel Wallander op dat de memoires van minister-president Tage Erlander naast het boek stonden van de spion Wennerström over zijn leven. Tot zijn verbazing ontdekte Wallander ook dat Von Enke belangstelling had voor moderne Zweedse poëzie. Er stonden auteurs bij die Wallander niets zeiden, maar ook andere, van wie hij in elk geval de naam kende, zoals Sonnevi en Tranströmer. Wallander pakte een paar boeken uit de kast en zag dat ze opengesneden waren. In een van de boeken van Tranströmer had iemand in de marge aantekeningen gemaakt; op één plek stond 'schitterend gedicht'. Wallander las het en was het daarmee eens. Het ging over ruisende naaldbossen. Een meter kastruimte was gevuld met het werk van Ivar Lo-Johansson, een andere met dat van Vilhelm Moberg. Het beeld van de verdwenen man veranderde en verdiepte zich continu. Uit niets maakte Wallander op dat de vice-admiraal ijdel was en de buitenwereld alleen maar wilde laten zien dat hij ook belangstelling voor geesteswetenschappen had. Wallander meende dat hij dergelijke mensen altijd van een afstand kon ruiken, want aan zoiets had hij vreselijk de schurft.

Wallander liet de boekenkasten voor wat ze waren en deed de archiefkast open. Hij trok de ene lade na de andere open. Alles was heel ordelijk: hangmappen, brieven, rapporten, een aantal privélogboeken, tekeningen van onderzeeërs met de aantekening 'type door mij ontworpen'. Alles was keurig netjes; die ene bureaulade de grote uitzondering. Toch was er iets wat Wallanders aandacht trok, zonder dat hij kon zeggen wat het was. Hij ging weer in de stoel zitten en staarde naar de open archiefkast. In de hoek van de kamer stonden een bruinleren fauteuil, een tafel met een paar boeken en een leeslamp met een rode kap die het licht dempte. Wallander ging nu in de leunstoel zitten. Op de tafel lagen twee boeken, allebei opengeslagen. Het ene was oud, Rachel Carsons *Dode lente*. Hij wist dat het een van de eerste boeken was waarin werd gewaarschuwd dat het optreden van de westerse mens de toekomst van de hele planeet bedreigde. Het tweede boek ging over Zweedse vlinders, korte teksten afgewisseld met mooie foto's. Vlinders en een bedreigde planeet, dacht Wallander. En wanorde in een van de bureaulades. Hij wist niet hoe hij dit allemaal met elkaar moest rijmen.

Opeens ontdekte hij een hoekje van een tijdschrift dat onder de stoel uitstak. Hij boog voorover en pakte een Engels of misschien Amerikaans tijdschrift op, dat ging over oorlogsschepen. Wallander bladerde het door. Er stond van alles in, van artikelen over het vliegdekschip Ronald Reagan tot foto's van onderzeeërs die zich nog maar in een ontwikkelfase bevonden. Wallander legde het tijdschrift weg en bestudeerde opnieuw de archiefkast. *Zien zonder te zien.* Dat was het eerste waarvoor Rydberg hem gewaarschuwd had: dat je niet ontdekte wat je werkelijk zag. Hij ging weer in de bureaustoel zitten en nam opnieuw de inhoud van de archiefkast door. In een van de lades lag een stofdoek. Hij maakte dus ook schoon, dacht Wallander. Geen stofvlok op zijn documenten, alles keurig netjes. Hij draaide zich met stoel en al om en bestudeerde opnieuw de geopende bureaulade waarin het één grote bende van papieren was, als een levende tegenstelling. Voorzichtig begon hij de inhoud door te nemen, maar er was niets wat zijn aandacht trok. Die wanorde baarde hem alleen zorgen. Die stak af, die was geen natuurlijk deel van Håkan von Enke. Of was de wanorde het natuurlijke en de orde het vreemde?

Hij stond op en tastte met zijn hand over de bovenkant van de archiefkast. Daar lag een stapel papier die hij eraf pakte. Het was een rapport over de politieke situatie in Cambodja, geschreven door een duo dat Robert Jackson en Evelyn Harrison heette. Tot zijn verbazing ontdekte Wallander dat het afkomstig was van het Amerikaanse ministerie van Defensie. Het rapport was van maart 2008. Het was dus gloednieuw. Wie het ook had gelezen, het was met heftige gevoelens gepaard gegaan; allerlei zinnen waren onderstreept en er waren aantekeningen in de marge gemaakt met grote, dikke uitroeptekens. Wallander probeerde te bedenken wat de correcte vertaling zou zijn van de Engelse titel, *On the challenges of Cambodia, based upon the legacies of the Pol Pot regime*, maar slaagde daar niet in.

Hij stond op en liep terug naar de woonkamer. De theekopjes waren weg. Louise stond voor het raam op de straat neer te kijken. Pas toen hij zijn keel schraapte, draaide ze zich om. Ze deed het zo snel dat het leek of ze was geschrokken. Wallander moest opeens denken aan de heftige beweging van haar man op het feest in Djursholm. Dezelfde soort reactie, dacht hij. Ze zijn allebei nerveus, geschrokken, ze reageren alsof ze bedreigd worden.

Hij was niet van plan geweest de vraag te stellen, maar toen hij aan de gebeurtenis in Djursholm terugdacht, kwam die gewoon, vanzelf.

'Heeft Håkan een wapen?'

'Nee, nu niet meer. Toen hij nog in dienst was, had hij er misschien een. Maar hier thuis? Nee, nooit gehad ook.'

'Jullie hebben geen zomerhuis?'

'Daar hebben we het weleens over gehad, maar we hebben altijd huizen gehuurd. Toen Hans nog klein was, gingen we 's zomers altijd naar het eiland Utö. In latere jaren gingen we meestal naar de Rivièra en huurden we daar een appartement. We hebben het wel gehad over het kopen van een zomerhuis, maar het is er nooit van gekomen.'

'Er is geen andere plek waar hij een wapen zou kunnen bewaren?'

'Nee? Waar zou dat moeten zijn?'

'Heeft hij misschien ergens een opslagplaats? Hoe zit het met de zolder in dit gebouw? Of de kelder?'

'Er staan wat oude meubels en spullen uit zijn jeugd in de kelderruimte. Maar ik kan me niet voorstellen dat daar ook een wapen zou liggen.'

Ze verliet de kamer. Toen ze terugkwam, had ze de sleutel van een hangslot in haar hand. Wallander nam hem aan en stopte hem in zijn zak. Louise von Enke vroeg of Wallander nog thee wilde. Hij sloeg het af. Hij kon het niet over zijn hart verkrijgen om te zeggen dat hij koffie wilde.

Hij keerde terug naar de werkkamer en ging verder met het doorbladeren van het rapport over de politieke situatie in Kampuchea. *Waarom lag dat boven op de archiefkast?* Er stond een opstapbankje naast de leunstoel. Wallander zette dat voor de archiefkast en ging er op zijn tenen op staan om te kunnen zien waar de map had gelegen. Boven op de kast was het stoffig, behalve waar het rapport had gelegen. Wallander zette het bankje terug en bleef staan. Opeens bevroedde hij wat het was dat zijn aandacht had getrokken. Het leek of er papieren weg waren, vooral in de archiefkast zelf. Om helemaal zeker van zijn zaak te zijn nam Wallander alles opnieuw door, zowel in het bureau als in de archiefkast. Overal ontdekte hij sporen dat iemand bepaalde delen had weggenomen. Had Håkan dat misschien zelf gedaan? Dat was natuurlijk niet uitgesloten, maar het kon ook zijn dat Louise het had gedaan.

Wallander liep weer terug naar de woonkamer. Louise zat in een stoel waarvan Wallander vermoedde dat hij heel oud was. Ze zat naar haar handen te kijken. Toen hij de kamer binnenkwam, stond ze op en ze vroeg opnieuw of hij thee wilde. Nu zei hij ja. Hij wachtte totdat ze voor hem een kop had ingeschonken. Zelf nam ze niet.

'Ik kan niets vinden', zei Wallander. 'Is er misschien iemand die Håkans papieren heeft doorgenomen?'

Ze keek hem onderzoekend aan. Haar vermoeidheid maakte haar gezicht grauw, bijna verwrongen.

'Ik heb er natuurlijk tussen zitten zoeken. Maar wie zou er verder nog in hebben moeten zitten?'

'Dat weet ik niet, maar het lijkt of er papieren weg zijn, of de orde opeens is verstoord. Ik kan me natuurlijk vergissen.'

'Sinds de dag waarop hij verdween, is er niemand in zijn kamer geweest. Mezelf niet meegerekend.'

'We hebben het er eerder over gehad. Maar ik wil de vraag graag herhalen. Over hoe ordelijk hij was.'

'Hij had een hekel aan wanorde.'

'Maar hij was geen pietje precies, als ik het me goed herinner?'

'Wanneer we gasten hebben, helpt hij me altijd de tafel te dekken. Hij zorgt ervoor dat de glazen en het bestek staan en liggen waar ze moeten staan en liggen. Maar hij gebruikt geen liniaal om rechte lijnen te maken. Is dat voldoende antwoord?'

‘Dat voldoet uitstekend’, zei Wallander zacht terwijl hij met onbehagen zag hoe haar gezicht steeds vermoeider werd.

Wallander dronk zijn thee op en liep daarna naar de kelder om de opslagruimte van de familie te bekijken. Er stonden een aantal oude koffers, een hobbelpaard en plastic bakken met speelgoed van vroegere generaties, niet alleen spullen die van Hans waren geweest. Tegen de muur stonden enkele paren ski’s en een gedemonteerd apparaat voor het kopiëren van fotonegatieven.

Wallander ging voorzichtig op het hobbelpaard zitten. Het besef dat Håkan von Enke dood was, trof hem weer even meedogenloos als onlangs. Een andere verklaring was er niet. Hij was dood.

Het gevoel stemde hem niet alleen verdrietig. Het kwelde hem ook.

Håkan von Enke probeerde me iets te vertellen, dacht hij. Maar die avond in de afgesloten kamer in Djursholm begreep ik helaas niet wat hij me wilde zeggen.

7

Wallander werd vroeg in de ochtend wakker van een jong stel dat ruziemaakte in de kamer naast de zijne. De muren waren zo slecht geïsoleerd dat hij de harde woorden die ze elkaar naar het hoofd slingerden woordelijk kon verstaan. Hij stond op om in zijn toilettas naar een paar oordopjes te zoeken, maar ditmaal had hij blijkbaar vergeten die mee te nemen. Hij sloeg hard op de muur, twee stevige klappen en daarna nog eentje, alsof hij via zijn vuist een afsluitende vloek stuurde. De ruzie hield meteen op, of werd nu althans op zo'n zacht niveau gevoerd dat hij niet kon verstaan wat er werd gezegd. Voordat hij opnieuw in slaap viel, lag hij te piekeren of Mona en hij tijdens hun trip naar de hoofdstad niet ook een domme ruzie in het hotel hadden gehad. Het gebeurde wel dat ze elkaar om zinloze details in de haren vlogen; het waren altijd details, het was nooit iets echt belangrijks waar ze boos over werden. Onze botsingen waren nooit kleurrijk, altijd alleen maar grijs, dacht hij bij zichzelf. We waren verdrietig of teleurgesteld, of beide, en we wisten allebei dat dit voorbij zou gaan, maar toch maakten we ruzie. We waren allebei even dom en uitten stommiteiten waar we meteen weer spijt van hadden. We stuurden hele vluchten vogels onze mond uit voordat we ze bij hun vleugels wisten te grijpen.

Hij viel weer in slaap en droomde over iemand, misschien was het Rydberg, maar het kon ook zijn vader zijn, die buiten in de regen op hem stond te wachten. Hij was echter verlaat, mogelijk omdat hij autopech had gekregen, en hij wist dat zijn late komst hem op een uitbrander zou komen te staan.

Na het ontbijt ging hij in de lounge zitten om Sten Nordlander te bellen. Hij begon met het vaste telefoonnummer. Er werd niet opgenomen. Ook de mobiele telefoon werd niet beantwoord, maar daar kon hij een boodschap op inspreken. Hij noemde zijn naam en zei waarvoor hij belde. Maar waar belde hij eigenlijk voor? De verdwenen Håkan von Enke opsporen was de taak van de Stockholmse politie, niet van hem. Misschien dat hij beschouwd kon worden als een improviserende privédetective; iets wat sinds de moord op Olof Palme een heel slechte bijklank had.

Zijn gedachten werden onderbroken doordat zijn mobieltje rinkelde. Het was Sten Nordlander. Hij had een donkere, hese stem.

'Ik weet wie je bent', zei hij. 'Louise en Håkan hebben het allebei over je gehad. Waar kan ik je oppikken?'

Wallander stond buiten op straat toen Sten Nordlander zijn auto langs het trottoir tot stilstand bracht. Het was een Dodge uit het midden van de jaren vijftig, met glanzend chroom en banden met witte zijkanten. Nordlander was in zijn jonge jaren vast een nozem geweest, een van die jongelui 'met een auto onder de kont' aan wie veel mensen destijds aanstoot namen. Ook nu droeg hij een leren jack, Amerikaanse laarzen, een spijkerbroek en een dunne ondertrui, hoewel het koud was. Wallander vroeg zich af hoe het kwam dat Håkan von Enke en Sten Nordlander zulke goede vrienden waren. Bij de eerste aanblik kon hij zich geen twee personen voorstellen die meer van elkaar verschilden dan zij. Alleen naar de buitenkant kijken was echter gevaarlijk. Het was een van de uitspraken die Rydberg voortdurend herhaalde: 'De buitenkant is iets waar je bijna altijd op uitglijdt.'

'Stap maar in', zei Sten Nordlander.

Wallander vroeg niet waar ze naartoe reden, maar liet zich gewoon onderuitzakken op de roodleren zitting, die vast origineel was. Hij stelde een paar hoffelijke vragen over de auto en kreeg even hoffelijke antwoorden terug. Daarna zwegen ze. Twee grote dobbelstenen van een wollig materiaal bungelden aan de achteruitkijkspiegel. Wallander had in zijn jongste jaren vaak dergelijke auto's gezien. Achter het stuur zaten mannen van middelbare leeftijd in kostuums die net zo hard glommen als het chroom van hun wagens. Ze kochten zijn vaders schilderijen op per dozijn en betaalden met papiergeld dat ze van dikke pakken bankbiljetten afpelden. 'De zijderidders' had hij hen destijds genoemd. Later had hij begrepen dat ze zijn vader vernederden door veel te weinig voor zijn schilderijen te betalen.

Even stemde de herinnering hem verdrietig. Een tijd die voorbij was, onherroepelijk weg.

De auto had geen veiligheidsriemen. Sten Nordlander zag hoe Wallander ernaar zocht.

'Het is een oldtimer', zei hij. 'Daarin zijn veiligheidsriemen niet verplicht.'

Ze zaten ergens in de buitenwijk Värmdö. Wallander was onderhand zijn gevoel voor richting en afstand allang kwijt. Nordlander bracht de schommelende auto tot stilstand bij een bruingeschilderd pand waarin een café was gevestigd.

'De vrouw van wie het café is, was getrouwd met een vriend van Håkan en mij', zei Nordlander. 'Ze is nu weduwe. Matilda heet ze. Haar man, Claes Hornvig, was oudste officier op een Slang waarop Håkan en ik werkten.'

Wallander knikte. Hij herinnerde zich dat Håkan von Enke dat type onderzeeër inderdaad had genoemd.

'We bezorgen haar altijd graag klandizie. Ze kan het geld goed gebruiken. En bovendien zet ze lekkere koffie.'

Het eerste wat Wallander zag toen hij binnenkwam, was een periscoop die midden in de zaak stond. Sten Nordlander legde uit van welke afgedankte boot hij kwam en Wallander besefte dat hij zich nu in een privémuseum voor onderzeeërs bevond.

'Het werd een gewoonte', zei Sten Nordlander. 'Iedereen die dienstdeed op een Zweedse onderzeeër, of het nou als beroepsmilitair of dienstplichtige was, maakte minstens één pelgrimstocht naar Matilda's café. En je nam altijd wat mee; het was ondenkbaar om dat niet te doen. Wat gestolen aardewerk, een deken, zelfs roeren en regulateurs die nog werkten. Als er een onderzeeër uit de vaart werd genomen en naar de schroot moest, was dat natuurlijk echt een hoogtepunt. Dan waren er een heleboel mensen die dingen meenamen en er ging altijd wel iemand met de collectezak rond voor Matilda. Daar stopte je dan geen geld in, maar liever een dieptemeter die je uit de dode onderzeeër had losgeschroefd.'

Een vrouw van in de twintig kwam door een klapdeur de keuken uit.

'Dat is Marie, de kleindochter van Matilda en Claes', zei Sten Nordlander. 'Matilda is hier af en toe ook nog, maar ze is de negentig al gepasseerd. Ze beweert dat haar moeder honderdeen is geworden en haar grootmoeder honderddrie.'

'Dat klopt', zei Marie. 'Mijn moeder is vijftig, maar ze houdt er rekening mee dat ze de helft van haar leven er nog maar op heeft zitten.'

Ze kregen een blad met koffie en koffiebroodjes. Sten Nordlander nam ook nog een tompouce. Aan de tafels zaten hier en daar gasten, de meesten oudere mensen.

'Ex-bemanningsleden van duikboten?' vroeg Wallander, terwijl ze een van de ruimtes binnen in het café opzochten waar niemand zat.

'Niet noodzakelijk', zei Sten Nordlander. 'Maar ik herken er wel een heleboel.'

In de binnenkamer hingen oude uniformjasjes en militaire seinvlaggen aan de muren. Wallander kreeg het gevoel dat hij zich in de rekwisietenvoorraad voor militaire films bevond. Ze gingen aan een hoektafel zitten. Boven de tafel hing een ingelijste zwart-witfoto. Sten Nordlander wees naar de afbeelding.

'Hier heb je een van onze Zeeslangen. Nummer twee op de tweede rij ben ik, nummer vier is Håkan. Claes Hornvig was er die keer niet bij.'

Wallander leunde naar voren om de foto beter te kunnen bekijken. Het was moeilijk om de gezichten te onderscheiden. Nordlander vertelde dat de foto genomen was in Karlskrona, vlak voordat ze aan een lange tocht begonnen.

'Misschien niet echt een droomreis', vervolgde hij. 'We zouden van Karlskrona naar het noorden varen, naar Kvarken, helemaal bij Kalix, en dan weer terug. Het was november, ijskoud. Als ik me niet vergis, hadden we bijna continu storm. Omdat de bodem van de Oostzee zo ondiep is, schommelden we waar we ons ook bevonden. We konden nooit voldoende diepte maken. De Oostzee is een poel.'

Sten Nordlander at gretig van zijn gebakje, maar om de smaak leek hij zich niet te bekommeren. Opeens legde hij zijn vorkje weg.

'Wat is er gebeurd?' vroeg hij.

'Ik weet nauwelijks meer dan jij of Louise.'

Sten Nordlander schoof met een heftig gebaar zijn koffiekopje aan de kant. Wallander zag dat hij net zo moe was als Louise. Nog iemand die niet slaapt, dacht hij.

'Jij kent hem', zei Wallander. 'Beter dan de meesten. Louise zegt dat jullie heel hecht waren. Als dat zo is, dan is jouw mening over wat er gebeurd kan zijn belangrijker dan die van menigeen.'

'Jij praat precies als die rechercheur die ik op bureau Bergsgatan heb opgezocht.'

'Ik bén rechercheur!'

Nordlander knikte. Hij was zeer gespannen. Je zag aan zijn kaken en strakke mondhoeken hoe bezorgd hij was.

'Waarom was je niet op zijn verjaardagsfeest?' vroeg Wallander.

'Ik heb een zus die in Bergen, Noorwegen, woont. Haar man was plotseling overleden. Ze had mijn hulp nodig. Bovendien hou ik niet zo van grote festiviteiten. Håkan en ik hebben ons eigen feestje gevierd. Een week van tevoren.'

'Waar dan?'

'Hier. Met koffie en gebak.'

Sten Nordlander wees naar een uniformpet die aan de muur hing.

'Die is van Håkan. Die heeft hij geschonken toen we ons feestje hadden.'

'Waar hebben jullie het over gehad?'

'Waar we het altijd over hadden: wat er in oktober 1982 is gebeurd. Ik deed toen dienst op de jager Halland. Die was bijna pensioengerechtigd. Ze ligt nu als museumschip in Gotenburg.'

'Je was dus niet uitsluitend scheepsmachinist op onderzeeërs?'

'Ik begon op een torpedoboot, daarna werden het een korvet, een jager, een onderzeeër en ten slotte weer een jager. We lagen aan de westkust toen die onderzeeërs in de Oostzee begonnen op te duiken. Op 2 oktober zei commandant Nyman 's middags dat we met volle kracht naar de archipel van Stockholm moesten zodat daar extra manschappen paraat waren.'

'Had je tijdens die intensieve etmalen contact met Håkan?'

'Hij heeft me gebeld.'

'Thuis of aan boord van het vaartuig?'

'Op de jager. Ik was in die tijd nooit thuis. Alle verloven waren ingetrokken. Je kunt rustig stellen dat de hoogste staat van paraatheid heerste. Je moet wel bedenken dat het nog in die fantastische tijd was dat niemand over een mobiele telefoon beschikte. De dienstplichtigen die de telefooncentrale van de jager bedienden, kwamen je waarschuwen als er voor je gebeld werd. Håkan belde meestal 's nachts. Hij wilde dat ik de gesprekken uitsluitend in mijn hut aannam.'

'Waarom?'

'Hij zal wel niet gewild hebben dat iemand hoorde waar we het over hadden.'

De manier waarop Sten Nordlander antwoord gaf, had iets korzeligs en onwilligs. Ondertussen zat hij de restanten van de tompouce met zijn vork stuk te prakken.

'Tussen 1 en 15 oktober spraken we elkaar praktisch iedere nacht. Volgens mij mocht hij eigenlijk niet met mij praten op de manier waarop hij dat deed, maar we vertrouwden elkaar. Hij voelde zich zwaar verantwoordelijk. Een dieptebom kon verkeerd terechtkomen en de onderzeeër tot zinken brengen in plaats van hem naar de oppervlakte te dwingen.'

Sten Nordlander had de restanten van de tompouce nu tot een onappetijtelijke massa op zijn schoteltje fijngeprakt. Hij legde zijn vorkje weg en gooide een papieren servet over het schoteltje.

'De laatste nacht belde hij me drie keer op. Laat in de nacht, of liever gezegd in de vroege ochtend, belde hij voor het laatst.'

'Jij was nog aan boord van de jager?'

'We lagen op een kleine zeemijl ten zuidoosten van Hårsfjärden. Het waaide, maar niet bijzonder hard. Er heerste aan boord volledige staat van paraatheid. De officieren waren natuurlijk op de hoogte van wat er aan de hand was. De gewone bemanningsleden wisten alleen dat er staat van paraatheid heerste, maar niet waarom.'

'Was het echt aan de orde dat jullie zouden worden ingezet bij de jacht op de duikboot?'

'We konden natuurlijk niet weten wat de Russen zich in

hun hoofd zouden halen als we een van hun onderzeeërs naar boven haalden. Misschien dat ze die zouden proberen te ontzetten? Er lagen Russische oorlogsschepen ten noorden van Gotland, en die bewogen zich geleidelijk in onze richting. Een van onze marconisten zei dat hij nog nooit zo veel Russisch radioverkeer had meegemaakt, zelfs niet tijdens de grootste oefeningen aan de Baltische kust. Ze maakten zich zorgen, en dat begrepen we wel.'

Hij zweeg toen Marie binnenkwam om te vragen of ze nog een kopje koffie wilden. Ze sloegen het allebei af.

'Laten we het over het belangrijkste hebben', zei Wallander. 'Wat vond jij ervan dat de opgesloten duikboot mocht ontsnappen?'

'Ik kon mijn oren natuurlijk niet geloven.'

'Hoe hoorde je het?'

'Nyman kreeg opeens de order dat we achteruit moesten gaan, ons moesten terugtrekken in de richting van Landsort om daar te wachten. Er werd geen reden gegeven en Nyman was niet iemand die onnodig vragen stelde. Ik bevond me in de machinekamer toen ik hoorde dat er een telefoontje voor me was. Ik rende naar mijn hut. Het was Håkan. Hij vroeg of ik alleen was.'

'Vroeg hij dat altijd?'

'Die dag wel, anders niet. Ik zei dat ik inderdaad alleen was. Hij bleef aandringen dat het belangrijk was dat ik de waarheid sprak. Ik weet nog dat ik bijna boos werd, maar opeens realiseerde ik me dat hij het hoofdkwartier had verlaten en vanuit een telefooncel belde.'

'Hoe kon je dat weten? Zei hij dat?'

'Ik hoorde dat hij er munten in gooide. In de officiersmess had je een telefooncel. Omdat hij niet lang uit de commandopost kon wegblijven, nauwelijks langer dan voor een wc-bezoek, moest hij daarnaartoe zijn gerend.'

'Zei hij dat?'

Sten Nordlander nam hem onderzoekend op.

'Wie van ons is hier eigenlijk de rechercheur? Ik hoorde dat hij buiten adem was!'

Wallander trok zich er niets van aan. Hij knikte slechts dat Nordlander moest doorgaan.

'Je kunt volgens mij wel zeggen dat hij geschokt was, woedend én bang. Het was alsof de lont aan twee kanten brandde. Hij schreeuwde dat het verraad was en dat hij van plan was orders te weigeren en een bom op die onderzeeër zou gooien, wat ze ook zeiden. Toen waren zijn munten op. Het was net of er een geluidsband werd doorgeknipt.'

Wallander staarde hem aan, wachtend op een vervolg dat niet kwam.

'Dat zijn toch grote woorden? "Verraad"?'

'Maar dat was precies wat het was! Landverraad. Ze lieten een onderzeeër gaan die onze grenzen had geschonden.'

'Wie was daar verantwoordelijk voor?'

'Iemand of een paar mensen in de hoogste leiding die enorme koudwatervrees hadden gekregen. Ze wilden geen Russische onderzeeër aan de oppervlakte.'

Een man met een koffiekopje stapte naar binnen, maar Sten Nordlander keek hem zo strak aan dat hij meteen de aftocht blies en een tafel in een andere ruimte opzocht.

'Wie dat was, of waren, weet ik niet. De vraag "waarom" is misschien gemakkelijker te beantwoorden. Maar het blijven natuurlijk speculaties. Wat je niet weet, weet je niet.'

'Soms is het nodig om hardop te denken. Ook voor rechercheurs.'

'Laten we aannemen dat er aan boord van die onderzeeër iets was wat de Zweedse autoriteiten eigenlijk niet te pakken moesten krijgen.'

'Wat zou dat moeten zijn?'

Sten Nordlander ging zachter praten, niet veel, maar wel zo veel dat het Wallander opviel.

'Je kunt die hypothese verdiepen door te zeggen dat het niet "wat" was maar "wie". Hoe zou het zijn overgekomen als er een Zweedse officier aan boord was geweest, om eens een voorbeeld te noemen?'

'Waarom denk je dat?'

'Dat is niet mijn idee. Het was een van Håkans theorieën. Hij had er een heleboel.'

Voordat hij verderging, dacht Wallander even na. Hij besefte dat hij misschien moest opschrijven wat Sten Nordlander vertelde.

'Wat gebeurde er daarna?'

'Waarna?'

Sten Nordlander begon korzelig te worden, maar of dat door zijn vragen kwam of omdat hij ongerust was over zijn verdwenen vriend kon Wallander niet vaststellen.

'Håkan vertelde me dat hij vragen begon te stellen', zei Wallander.

'Hij probeerde te onderzoeken wat er was gebeurd. Het meeste was natuurlijk geheim verklaard. Sommige dingen mogen zelfs pas na zeventig jaar openbaar gemaakt worden. Langer dan dat kan iets in Zweden niet geheim zijn. Normaal gaan de deuren na veertig jaar open. Maar in deze kwestie is dus vastgesteld dat bepaalde papieren pas na zeventig jaar gelezen mogen worden. Zelfs de lieve Marie die hier de koffie serveert, zal nauwelijks de gelegenheid krijgen om die papieren voor haar dood te lezen.'

'Ze maakt anders wel deel uit van een familie met goede genen', wierp Wallander tegen.

Sten Nordlander ging er niet op in.

'Als Håkan zich eenmaal iets in zijn hoofd had gehaald kon hij lastig zijn', vervolgde Nordlander. 'Hij was net zo gekrenkt als de Zweedse territoriale wateren. Iemand had het laten afweten, en wel enorm. Hoewel er zich een heleboel journalisten met de onderzeeërs bezighielden, was Håkan toch niet tevreden. Hij wilde het echt weten. Hij zette er zijn carrière voor op het spel.'

'Met wie sprak hij?'

Sten Nordlanders antwoord kwam snel, als een zweepslag om een onzichtbaar paard in beweging te krijgen.

'Met iedereen. Hij vroeg er iedereen naar. De koning misschien nog net niet, maar het scheelde niet veel. Hij vroeg belet bij de minister-president, dat is in elk geval zeker. Hij belde Thage G. Peterson, de oude deftige sociaal-democraat op het ministerie van Algemene Zaken, om een afspraak te maken bij Palme. Peterson zei dat er geen ruimte in de agenda was, maar Håkan gaf zich niet gewonnen. "Pak de tweede agenda", eiste hij. "Waarin dringende afspraken er altijd tussen geperst kunnen worden." En hij mocht inderdaad komen. Dat was een paar dagen voor Kerstmis 1983.'

'Heeft hij dat aan jou verteld?'

'Ik was erbij.'

'Bij Palme?'

'Ik was die dag zijn chauffeur, zou je kunnen zeggen. Ik zat buiten in de auto te wachten en zag hem in uniform en donkere overjas door de poort verdwijnen naar wat in dit land na het paleis het heiligste der heiligen is. Het bezoek duurde ongeveer een half uur. Na tien minuten klopte er een parkeerwachter op het raampje om te zeggen dat je daar alleen mensen mocht afzetten, maar niet mocht parkeren. Ik heb het raampje naar beneden gedraaid en gezegd dat ik wachtte op iemand die in een belangrijke bespreking met de minister-president zat en dat ik totaal niet van plan was ergens anders te gaan staan. Daarna lieten ze me met rust. Toen Håkan naar buiten kwam, had hij het zweet op zijn voorhoofd staan.'

Zwijgend waren ze de korte weg daarvandaan gereden.

'We zijn hiernaartoe gereden', zei Sten Nordlander. 'En we zaten aan deze zelfde tafel. Toen we uit de auto stapten, begon het te sneeuwen. Het werd dat jaar een witte Kerst in Stockholm. De sneeuw bleef liggen tot na Nieuwjaarsdag. Toen regende alles weg.'

Marie kwam weer met de koffiekan. Ditmaal namen ze allebei nog een kopje. Toen Sten Nordlander een suikerklontje in zijn mond stopte, zag Wallander opeens dat hij een kunstgebit had. Even voelde hij zich daar ongemakkelijk bij. Misschien omdat het hem eraan herinnerde dat hij zelf niet regelmatig naar de tandarts ging.

Volgens Sten Nordlander had Von Enke heel zorgvuldig en gedetailleerd verslag gedaan van zijn ontmoeting met Olof Palme. Hij was vriendelijk ontvangen, Palme had wat vragen gesteld over zijn militaire carrière en met lichte zelfspot gesproken over zijn eigen status van reserveofficier. Palme had aandachtig geluisterd naar wat Von Enke te zeggen had, maar hij was heel duidelijk geweest. Wat betreft zijn loyaliteit aan zijn werkgever, de Zweedse defensie, had hij op het kantoor van de minister-president alle grenzen overschreden die er waren, zei Sten Nordlander. Door op eigen initiatief de minister-president te benaderen had hij alle bruggen naar de opperbevelhebber en diens staf achter zich verbrand. Nu was er geen terugweg meer mogelijk. Niettemin was Håkan genoodzaakt te zeggen waar het op stond. Hij was tien minuten aan het woord geweest voordat hij klaar was. En Palme had geluisterd, zei hij. Met zijn mond halfopen en hem onafgebroken aankijkend. Nadien, toen Håkan zweeg, had Palme een poosje nagedacht. Pas daarna was hij vragen gaan stellen. In de eerste plaats wilde hij weten of de militairen zeker waren van de nationaliteit van de onderzeeër en of die werkelijk van het Warschaupact was. Håkan had met een tegenvraag geantwoord, zei Sten Nordlander. Hij had gevraagd wat het anders zou moeten zijn. Palme was daar niet op ingegaan, hij had alleen maar zijn gezicht vertrokken en zijn hoofd geschud. Toen Håkan was begonnen over landverraad en een militair-politiek schandaal was Palme hem in de rede gevallen en had hij gezegd dat dit een discussie was die op een andere manier moest worden gevoerd, niet onder vier ogen met de minister-president. Verder waren ze niet gekomen. Een secretaresse had voorzichtig om de deur gekeken om eraan te herinneren dat Palme nog een andere afspraak had. Toen Håkan naar buiten kwam, was hij bezweet geweest maar ook opgelucht. Palme had geluisterd, zei hij. Håkan was vol optimisme en dacht dat er nu iets zou gebeuren. De premier had zijn woorden over verraad zeker begrepen. Nu zou hij zijn minister van Defensie en diens opperbevelhebbers aan hun oren trekken en opheldering eisen. Wie had de kooi geopend en de onderzeeër laten gaan? En vooral: waarom?

Sten Nordlander zweeg en wierp een blik op zijn horloge.

'Wat is er daarna gebeurd?' vroeg Wallander.

'Het was Kerstmis. Alles stond een paar dagen stil, maar vlak voor Nieuwjaar werd Håkan op het matje geroepen bij de opperbevelhebber. Hij kreeg een fikse reprimande omdat hij achter zijn rug om naar Olof Palme was gestapt. Maar Håkan was niet zo dom dat hij niet begreep dat degene die werkelijk bekritiseerd werd, de premier zelf was; die had een marineofficier die het spoor bijster was niet moeten ontvangen.'

'Maar hij bleef dus onderzoek doen naar die gebeurtenis? Hij gaf zich niet gewonnen? Hoewel hij buitengesloten werd?'

'Hij is hier sindsdien al die tijd mee bezig geweest. Al vijfentwintig jaar.'

'Jij was zijn beste vriend. Hij moet toch met jou gesproken hebben over de bedreigingen die hij ontving?'

Sten Nordlander knikte zwijgend. Hij gaf er geen commentaar op.

'En nu is hij weg?'

'Hij is dood. Iemand heeft hem vermoord.'

Het antwoord kwam plotseling en hard. Nordlander sprak over de dood alsof die vanzelfsprekend was.

'Hoe kun je dat zo zeker weten?'

'Wat is er om aan te twijfelen?'

'Wie heeft hem omgebracht? En waarom?'

'Ik weet het niet. Maar misschien wist hij iets wat uiteindelijk te gevaarlijk werd.'

'Het is vijfentwintig jaar geleden dat die onderzeeërs de Zweedse wateren schonden. Wat kan er na al die jaren nog gevaarlijk zijn? Jezus christus, de Sovjet-Unie bestaat niet meer. De Berlijnse muur is geslecht. En Oost-Duitsland? Heel die periode is weg. Wat voor schaduwen zouden er nu plotseling opduiken?'

'We denken dat alles voorbij is. Maar het zou toch kunnen zijn dat er alleen maar iemand tussen de coulissen is gaan staan om andere kleren aan te trekken? Het repertoire is misschien veranderd, maar het toneel waarop alles zich afspeelt, is nog steeds hetzelfde.'

Sten Nordlander stond op.

'We kunnen een andere keer wel verder praten', zei hij. 'Mijn vrouw wacht nu op me.'

Hij bracht Wallander terug naar het hotel. Vlak voordat ze uiteengingen, realiseerde Wallander zich dat hij nog een vraag had.

'Had Håkan nog iemand met wie hij echt hecht was?'

'Hij was met niemand hecht. Misschien met Louise. Oude zeebonken zijn vaak gereserveerd. Ze houden er niet van om in de drukte te zitten. Ik was ook niet echt hecht met hem. Maar we waren een béétje hechter met elkaar dan met anderen, om het zo maar eens te zeggen.'

Wallander voelde dat Nordlander ergens over aarzelde. Zou hij het zeggen of niet?

'Steven Atkins', zei Nordlander. 'Een Amerikaanse duikbootkapitein. Een jaartje jonger. Volgens mij wordt hij volgend jaar vijfenzeventig.'

Wallander pakte zijn notitieblok om de naam te noteren.

'Heb je ook een adres van hem?'

'Hij woont in Californië, ergens in de buurt van San Diego. Hij was vroeger op Groton gestationeerd, de grote marinebasis.'

Wallander vroeg zich af waarom Louise Steven Atkins niet had genoemd. Maar daar wilde hij Sten Nordlander niet mee lastigvallen, want die leek haast te hebben en trapte ongeduldig op het gaspedaal.

Wallander zag de glimmende auto tegen de helling op verdwijnen.

Hij liep naar zijn kamer om te overdenken wat hij te horen had gekregen. Håkan von Enke was echter nog steeds verdwenen en hij leek geen stap dichterbij te komen.

8

De volgende dag belde Linda 's ochtends om te vragen hoe het hem in Stockholm verging. Hij zei waar het op stond: dat Louise ervan overtuigd leek dat Håkan niet meer leefde.

'Hans denkt dat absoluut niet', zei ze. 'Hij is ervan overtuigd dat zijn vader niet dood is.'

'Diep in zijn hart vermoedt hij waarschijnlijk dat het zo erg kan zijn als Louise zegt.'

'Wat denk jij?'

'Het ziet er niet goed uit.'

Wallander vroeg of ze met iemand uit Ystad had gepraat. Hij wist dat ze privé ook af en toe contact had met Kristina Magnusson.

'De interne onderzoeker is naar Malmö teruggekeerd', zei ze. 'Dat zal wel betekenen dat er nu een beslissing gaat vallen in jouw zaak.'

'Misschien krijg ik de zak', zei Wallander.

Ze klonk bijna geschokt toen ze antwoordde.

'Het was natuurlijk ontzettend onhandig van je om je dienstwapen mee te nemen naar een eetcafé, maar als dat zou betekenen dat je ontslagen werd, kunnen we er wel op rekenen dat er in één keer nog een paar honderd Zweedse agenten hun baan kwijtraken. Vanwege aanzienlijk erger gebrek aan discipline.'

'Ik hou rekening met het ergste', zei Wallander somber.

'Als je dat zelfmedelijden achterwege laat, kunnen we weer praten', zei ze en ze hing op.

Wallander bedacht dat ze natuurlijk gelijk had. Waarschijnlijk zou hij een waarschuwing krijgen, misschien werd hij gekort op zijn salaris. Hij greep de telefoon om haar weer te bellen, maar zag daar toch van af. Het risico was te groot dat ze weer zouden gaan ruziën. Hij kleedde zich aan, ging ontbijten en belde vervolgens Ytterberg, die toezegde hem om negen uur te ontvangen. Wallander vroeg of ze ook sporen hadden gevonden, maar het antwoord was ontkennend.

'We kregen een tip dat Von Enke in Södertälje gezien zou zijn', zei Ytterberg. 'Wat hij daar nou te zoeken had? Maar het was een dood spoor. Het ging om een man in uniform en dat droeg onze vriend niet op zijn lange wandeling.'

'Toch is het gek dat niemand hem heeft gezien', zei Wallander. 'Als ik het goed begrepen heb, zijn er massa's mensen die in Lilljansskogen gaan sporten of de hond uitlaten.'

'Ik ben het met je eens', zei Ytterberg. 'Dat baart ons ook zorgen. Maar niemand schijnt hem te hebben gezien. Kom om negen uur, dan praten we dan verder. Ik haal je op bij de receptie.'

Ytterberg was lang en stevig gebouwd, en deed Wallander denken aan iemand van de klassieke Zweedse worstelaars. Hij wierp een blik op Ytterbergs oren om te zien of ze ook de bloemkoolachtige vergroeiingen hadden die je bij worstelaars zo vaak zag, maar hij zag geen tekenen van een vroegere worstelaarsloopbaan. Ondanks zijn stevige lichaamsbouw bewoog Ytterberg zich lichtvoetig. Hij raakte de vloer haast niet toen hij met Wallander in zijn kielzog door de gangen snelde. Uiteindelijk kwamen ze aan bij een wanordelijke kantoorruimte waarin een enorme opblaasbare dolfijn op de grond lag.

'Voor mijn kleinkind', zei Ytterberg. 'Anna Laura Constance krijgt die cadeau wanneer ze aanstaande vrijdag negen wordt. Heb jij kleinkinderen?'

'De eerste is net geboren. Mijn dochter heeft een dochter gekregen.'

'En hoe heet ze?'

‘Voorlopig heeft ze nog geen naam. Ze wachten tot de naam zich vanzelf aandient.’

Ytterberg mompelde iets onverstaanbaars en plofte in zijn stoel. Hij wees naar een koffiezetapparaat dat in de vensterbank stond, maar Wallander schudde zijn hoofd.

‘We gaan er volledig van uit dat er een geweldsmisdrijf is gepleegd’, zei Ytterberg. ‘Hij is te lang weg. De hele zaak is vreemd. Geen enkel spoor. Niemand heeft hem gezien. Het lijkt wel of de man in rook is opgegaan. Er waren volop mensen in het bos, maar niemand heeft wat gezien. Dat klopt niet.’

‘Dat betekent dus dat hij van zijn normale patroon is afgeweken en nooit naar het bos is gegaan?’

‘Althans, dat er onderweg iets is gebeurd voordat hij in het bos aankwam. Wat dat ook mag zijn, het is vreemd dat niemand iets heeft gezien. Je vermoordt geen mensen op Vallhallavägen zonder dat het wordt opgemerkt. Je trekt ook niet zomaar iemand in een auto.’

‘Kan het ondanks alles toch zo zijn dat hij vrijwillig is vertrokken?’

‘Omdat niemand hem heeft gezien ligt dat het meest voor de hand. Tegelijkertijd is er niets wat daarvoor pleit.’

Wallander knikte.

‘Je zei dat de veiligheidsdienst belangstelling heeft voor de zaak? Zijn die nog ergens mee gekomen?’

Toen hij Wallander aankeek, kneep Ytterberg zijn ogen een beetje dicht en leunde achterover in zijn stoel.

‘Sinds wanneer komt de veiligheidsdienst in dit land met iets zinnigs? Ze zeggen dat het pure routine is dat ze belangstelling hebben voor een hooggeplaatste militair die verdwijnt, ook al is hij allang met pensioen.’

Ytterberg schonk een kop koffie in. Wallander schudde nog een keer zijn hoofd.

'Von Enke maakte op het feest ter gelegenheid van zijn vijfenzeventigste verjaardag een gekwelde indruk', zei hij.

Omdat Wallander vertrouwen in Ytterberg had gekregen vertelde hij hem over de episode in de serre toen Håkan von Enke was geschrokken.

'Ik kreeg die avond het gevoel dat hij me in vertrouwen wilde nemen', sloot Wallander af. 'Maar in wat hij vertelde, zat niets wat zijn bezorgdheid verklaarde en je kunt ook niet zeggen dat hij me echt iets heel bijzonders heeft toevertrouwd.'

'Maar hij was dus bang?'

'Volgens mij wel. Ik weet nog dat ik dacht dat de kapitein van een onderzeeër zich vast niet echt druk maakt over ingebeelde gevaren. Daar zou een bestaan onder water toch garant voor moeten staan.'

'Ik begrijp wat je bedoelt', zei Ytterberg peinzend.

Opeens klonk er op de gang een verontwaardigde vrouwenstem. Wallander maakte op dat ze woedend was omdat ze 'door een pias werd verhoord'. Daarna werd het weer stil.

'Er is iets wat me bevreemdt', zei Wallander. 'Ik heb zijn werkkamer in het appartement aan Grevgatan doorgenomen. Ik had het gevoel dat er iemand was geweest die zijn archief heeft opgeschoond. Ik vind het moeilijk om me preciezer uit te drukken, maar je zult me wel begrijpen. Je ziet een systeem in de manier waarop iemand zijn bezittingen bewaart; in de eerste plaats alle papieren die we allemaal in ons kielzog hebben. Het eigenlijke "levensschuim", zoals een oud-hoofdinspecteur ooit tegen me zei. Maar dan wordt dat opeens verstoord. Er ontstaan rare hiaten. Alles was bovendien heel geordend, behalve in één la waarvan de inhoud een bende was.'

'Wat zei zijn vrouw?'

'Dat er niemand was geweest.'

'Dan zijn er eigenlijk maar twee mogelijkheden. Of ze is daar zelf aan het opruimen geweest om een reden die ze niet wil vertellen. Al was het maar dat ze nieuwsgierig was. Misschien vindt ze het gênant, weet ik veel. Of hij heeft het zelf gedaan.'

Toen hij hoorde wat Ytterberg zei, verloor Wallander zich in gepeins. Er was iets wat hij diende te begrijpen, een verband dat heel even werd onthuld, maar dat meteen daarna weer even onduidelijk werd. Het lukte hem echter niet zijn vinger op de gedachte te leggen; die glipte weg.

'Laten we even terugkeren naar de veiligheidsdienst', zei Wallander. 'Hebben die misschien iets over hem? Een oude verdenking die in een stoffige la heeft gelegen en nu opeens weer interessant is geworden?'

'Ik heb die vraag ook gesteld en ik kreeg een heel vaag antwoord. Je kunt het op twee manieren uitleggen. Of de man van de veiligheidsdienst die mij bezocht, wist verder van niets. Dat is niet onmogelijk. We hebben immers allemaal het gevoel dat de veiligheidsdienst intern een aantal geheimen heeft, terwijl ze in het openbaar moeite hebben om hun mond te houden over wat ze weten.'

'Maar was er iets over Von Enke?'

Ytterberg spreidde zijn armen uit en raakte daarbij per ongeluk zijn koffiekopje, dat omviel en waarvan de inhoud over de rand ging. Nijdig veegde hij het kopje in de afvalbak en daarna depte hij zijn bureau en natgeworden papieren droog met een handdoek die in een kast achter zijn bureau lag. Wallander vermoedde dat de episode met het koffiekopje geen eenmalige gebeurtenis was.

'Er was niets', zei Ytterberg toen hij klaar was met deppen. 'Håkan von Enke is een door en door eerzame Zweedse militair. Ik heb gesproken met iemand van wie ik de naam nu kwijt ben, maar die toegang heeft tot de lijsten met marineofficieren. En Håkan von Enke heeft een onbevlekt blazoen. Hij heeft snel carrière gemaakt, werd al vrij vroeg kapitein-luitenant-ter-zee. Maar daarna stagneerde het. Zijn carrière vlakte af, zou je kunnen zeggen.'

Met zijn kin op zijn hand overpeinsde Wallander een poosje Sten Nordlanders woorden dat Von Enke zijn carrière op het spel had gezet. Ytterberg zat zijn nagels schoon te maken met een briefopener. Er liep iemand fluitend door de gang. Tot zijn verbazing hoorde Wallander dat het de oude oorlogsschlager was, 'We'll meet again. ... Don't know where, don't know when ...' neuriede Wallander in stilte.

'Hoelang blijf je in Stockholm?' verbrak Ytterberg de stilte.

'Ik ga vanmiddag weer naar huis.'

'Geef me je telefoonnummer, dan hou ik je op de hoogte.'

Ytterberg liep met hem mee naar de uitgang aan Bergsgatan. Wallander liep naar Kungsholms Torg en wenkte daar een taxi, waarmee hij naar zijn hotel terugkeerde. Nadat hij het bordje aan de deur had gehangen dat hij niet gestoord wilde worden, ging hij op bed liggen. In gedachten ging hij terug naar het feest in Djursholm. Hij benaderde het alsof hij zijn schoenen uittrok en 'naar voren sloop', alsof hij zijn herinneringsbeelden aan Håkan von Enkes gedrag en diens woorden geruisloos benaderde. Hij probeerde wat hem bijstond van verschillende kanten te benaderen om te zien of hij scheuren kon ontdekken. Misschien had hij zich helemaal vergist? Misschien was wat hij voor angst had aangezien dat wel helemaal niet? De gezichtsuitdrukking van een mens kon je op allerlei manieren interpreteren. Bijziende mensen die hun ogen toeknepen, werden soms voor brutaal of spottend gehouden. De man wiens spoor hij volgde was nu zes dagen verdwenen. Wallander wist dat ze de tijdslimiet waarbij mensen gewoonlijk weer boven water kwamen, waren gepasseerd. Na zo'n lange tijd waren ze of teruggekomen, of ze hadden op zijn minst een teken van leven gegeven. Maar van Håkan von Enke was er geen spoor.

Hij is gewoon verdwenen, vervolgde Wallander de zwijgzame conversatie met zichzelf. Hij gaat wandelen en komt niet terug. Zijn paspoort ligt thuis, hij heeft geen geld bij zich, zelfs zijn mobiele telefoon niet. Dat was een van de punten waar Wallander bij bleef stilstaan, een van de meest verbluffende omstandigheden. De telefoon was een mysterie dat om een oplossing vroeg, een antwoord. Hij kon zijn mobieltje natuurlijk zijn vergeten, maar waarom uitgerekend op de ochtend dat hij verdween? Dat leek niet waarschijnlijk en versterkte de geloofwaardigheid van de stelling dat zijn verdwijning onvrijwillig was.

Wallander maakte zich klaar voor de terugreis naar Ystad. Het uur voordat de trein vertrok, gebruikte hij om te lunchen in een restaurant in de buurt. Tijdens de treinreis loste hij een paar kruiswoordpuzzels op, maar er waren altijd een paar woorden waar hij irritant genoeg niet op kon komen en waar hij het grootste gedeelte van de tijd over bleef piekeren. Even na negenen was Wallander weer thuis. Toen hij Jussi ging ophalen was de hond zo blij hem te zien dat hij hem bijna omvertrok.

Zodra Wallander over de drempel stapte, rook hij dat er een rare stank hing. Samen met Jussi liep hij snuffelend rond en hij kwam uit bij het afvoerputje in de badkamer. Hij liet er twee emmers water doorheen lopen, maar de stank werd er niet echt veel minder op. Blijkbaar waren de leidingen naar de beerput verstopt geraakt. Hij deed de deur van de badkamer dicht. De loodgieter die hij meestal liet komen, had af en toe periodes dat hij dronk. Wallander hoopte dat hij zich op dit moment niet in zo'n fase bevond.

Jarmo, zoals de loodgieter heette, was volstrekt nuchter toen Wallander hem de volgende ochtend belde. De geur in de badkamer was niet verdwenen. Een uur later was Jarmo er en weer een uur later had hij de leidingen weten door te spuiten.

De stank verdween vrijwel meteen. Wallander betaalde hem zwart. Hij vond dat niet prettig, maar Jarmo was principieel tegen het uitschrijven van facturen. Hij was in de veertig en had kinderen in de hele streek. Een paar jaar geleden had Wallander hem een keer opgepakt toen hij was aangegeven als heler van goederen die uit allerlei werkplaatsen waren gestolen. Jarmo was echter onschuldig. Er was ergens een misverstand ontstaan, en sinds Wallander zijn huis had gekocht was Jarmo altijd degene die zorgde voor de leidingen, die voortdurend problemen opleverden.

'Hoe gaat het met dat wapenverhaal?' vroeg Jarmo monter toen hij van Wallander zijn briefjes van honderd kronen had gekregen en die in zijn dikke portefeuille stopte.

'Ik wacht nog op uitsluitsel', antwoordde Wallander, die het liever niet over de zaak wilde hebben.

'Ik ben geloof ik nog nooit zo dronken geweest', zei Jarmo, 'dat ik een pijptang in de kroeg zou laten liggen.'

Wallander wist niet wat hij daarop moest zeggen. Hij wuifde slechts zwijgend toen Jarmo in zijn roestende bestelwagen verdween. Daarna belde hij Martinson op zijn directe nummer op het politiebureau. Martinsons stem liet weten dat hij die dag in Lund op cursus was over illegale vluchtelingentransporten. Wallander overwoog even of hij Kristina Magnusson zou bellen, maar hij liet het achterwege. Hij loste nog een paar kruiswoordpuzzels op, ontdooide de diepvries en maakte een lange wandeling met Jussi. Hij verveelde zich en voelde zich rusteloos omdat hij niet aan het werk mocht. Toen de telefoon ging, greep hij de hoorn dan ook alsof hij te lang had zitten wachten tot er eindelijk gebeld werd. Een jonge, bijna kwetterende vrouwenstem vroeg of hij belangstelling had om een massageapparaat te kopen dat je in een kast kon bewaren en dat absoluut niet veel plek innam wanneer het uitgeklapt stond. Wallander smeet de hoorn erop, maar had daarna spijt dat hij het meisje had afgesnauwd; dat verdiende ze nou ook weer niet.

De telefoon ging opnieuw. Hij aarzelde of hij zou opnemen, maar pakte toch de hoorn van de haak. Er zat ruis op de lijn, het gesprek kwam van ver weg. De stem bereikte hem met een vertraging.

Er werd Engels gesproken.

Een man riep hem toe, vroeg of hij met de juiste persoon sprak, hij zocht Kurt, Kurt Wallander, sprak hij daar nu mee?

'Dat ben ik', schreeuwde Wallander terug in het geruis. 'Maar wie bent u?'

Het klonk alsof de verbinding werd verbroken. Wallander wilde net neerleggen toen de roepende stem terugkwam, nu duidelijker, dichterbij.

'Wallander?' riep hij. 'Ben jij dat, Kurt?'

'Dat ben ik!'

'Met Steven Atkins. Weet je wie ik ben?'

'Dat weet ik', riep Wallander. 'Je bent een vriend van Håkan.'

'Is hij al boven water?'

'Nee.'

'Zei je nee?'

'Klopt inderdaad!'

'Hij is dus al een week weg?'

'Ja, zo'n beetje.'

De verbinding werd weer slechter. Wallander nam aan dat Steven Atkins een mobiele telefoon gebruikte.

'Ik maak me zorgen', riep Atkins. 'Hij is geen man die zomaar verdwijnt.'

'Wanneer heb je hem voor het laatst gesproken?'

'Zondag acht dagen geleden. 's Middags. *Swedish time.*'

De dag voordat hij verdween, dacht Wallander.

'Belde jij of deed hij dat?'

‘Hij. Hij zei dat hij tot een conclusie was gekomen.’

‘Waarover?’

‘Dat weet ik niet. Dat zei hij niet.’

‘Alleen dat? Een conclusie? Hij zal toch wel wat meer hebben gezegd?’

‘Dat hoeft helemaal niet. Hij was heel voorzichtig wanneer hij aan de telefoon was. Soms belde hij vanuit een telefooncel.’

De verbinding werd opnieuw slechter. Wallander hield zijn adem in; hij wilde het contact niet verliezen.

‘Ik wil weten wat er is gebeurd’, zei Atkins. ‘Ik maak me ongerust.’

‘Zei hij ook dat hij op reis zou gaan?’

‘Hij klonk opgeruimder dan hij in lange tijd was geweest. Håkan kon soms een beetje somber zijn. Hij vond het niet prettig om oud te worden, was bang dat hij niet genoeg tijd zou hebben. Hoe oud ben jij, Kurt?’

‘Ik ben zestig.’

‘Dat is geen leeftijd. Heb je ook een e-mailadres, Kurt?’

Wallander spelde met moeite zijn adres, maar zei er niet bij dat hij dat bijna nooit gebruikte.

‘Ik mail je, Kurt’, riep Atkins. ‘Waarom kom je hier niet eens langs? Nadat je Håkan hebt gevonden?’

De verbinding werd weer slechter en viel toen abrupt weg. Wallander bleef met de hoorn in zijn hand staan. *Why don’t you come over?* Hij legde neer en ging aan de keukentafel zitten. Vanuit het verre Californië had Steven Atkins hem nieuwe informatie verschaft, zomaar door de telefoon. Hij nam het gesprek met Atkins punt voor punt, zin voor zin door. De dag voordat hij verdwijnt, belt Håkan von Enke naar Californië, niet naar Sten Nordlander of naar zijn zoon. Was dat een bewuste keuze? Dat telefoontje, was dat ook vanuit een telefooncel gepleegd? Was Håkan von Enke de stad ingegaan om te bellen? Dat was een vraag waar geen antwoord op was. Wallander bleef zitten schrijven tot hij het gesprek grondig had geanalyseerd. Daarna stond hij op en ging een paar meter bij de tafel vandaan naar zijn notitieblok staan staren, als een schilder die zich van zijn ezel verwijdert. Natuurlijk had Sten Nordlander aan Atkins zijn telefoonnummer gegeven. Daar was niets vreemds aan. Atkins was net zo bezorgd als de rest. Of was hij dat soms niet? Wallander kreeg opeens het wonderlijke gevoel dat Håkan von Enke vlak naast Atkins had gestaan toen deze met hem sprak. Hij wuifde dat echter meteen weg, bijna alsof het een schunnige gedachte was.

Opeens was Wallander het helemaal beu. Hij kon zich zorgen maken net als de anderen, maar het was niet zijn taak de verdwenen man op te sporen of over allerlei omstandigheden te speculeren. Hij was zijn ledigheid met spookbeelden aan het vullen, dacht hij. Misschien was het een inleidende oefening voor de ellende die zou komen wanneer hij uiteindelijk ook de gevangene werd van de onvermijdelijke pensionering?

Hij ging koken, ruimde een beetje lusteloos op en ging daarna verder in het boek dat hij van Linda had gekregen, een boek over de geschiedenis van de Zweedse politie. Hij was met het boek op zijn borst in slaap gevallen toen de telefoon hem plotseling wekte.

Het was Ytterberg.

'Ik hoop niet dat ik je stoor', begon deze.

'Helemaal niet. Ik zat te lezen.'

'We hebben een vondst gedaan', vervolgde Ytterberg. 'Ik wil dat je dat weet.'

'Is er iemand dood?'

'Verbrand. We hebben het lijk een paar uur geleden gevonden in een afgebrande werkloods in Lidingö. Niet ver van Lilljansskogen. Het kan de goede leeftijd zijn. Niets pleit er eigenlijk voor dat hij het is. Voorlopig zeggen we ook nog niets tegen zijn vrouw of iemand anders.'

'En de kranten?'

'Daar zeggen we ook niets tegen.'

Die nacht sliep Wallander opnieuw slecht. Keer op keer stond hij op om het boek over de geschiedenis van het Zweedse politiekorps te pakken, maar hij liet het ook bijna even snel weer los. Jussi lag bij de open haard en volgde hem met zijn blik. Soms liet Wallander hem in huis slapen.

Even na zessen de volgende ochtend belde Ytterberg op. Het volledig verbrande lichaam dat ze hadden gevonden was niet van Håkan von Enke. Een ring aan een van de verkoolde vingers had tot de identificatie van het lichaam geleid. Wallander voelde zich opgelucht en sliep weer verder tot het negen uur was. Hij zat net te ontbijten toen Lennart Mattson belde.

'We zijn eruit', zei hij. 'Het tuchtcollege heeft besloten dat je vijf dagen op je salaris gekort wordt voor het vergeten van je wapen.'

'Is dat alles?'

'Is dat niet genoeg?'

'Het is meer dan genoeg. Dan ga ik weer aan het werk. Aanstaande maandag.'

Dat gebeurde ook. Vroeg die maandagochtend zat Wallander weer achter zijn bureau.

Van Håkan von Enke was er echter nog steeds geen spoor.

9

De verdwenen man bleef weg. Wallander ging weer aan het werk en werd omringd door blije gezichten van zijn collega's vanwege het feit dat de disciplinaire maatregel redelijk mild was uitgevallen. Er was zelfs iemand die voorstelde dat ze het bedrag zouden inzamelen dat de Zweedse staat op zijn salaris inhield, maar daar kwam natuurlijk niets van terecht. Wallander vermoedde dat hier en daar iemand door wie hij werd verwelkomd stiekem een groot leedvermaak koesterde, maar hij besloot zich daar niets van aan te trekken. Hij ging niet lopen zoeken naar potentiële huichelaars; daar had hij geen tijd voor. Hij zou 's nachts alleen maar slechter slapen als hij zich in zijn bed lag te ergeren aan collega's die hem achter zijn rug uitlachten.

Zijn eerste grotere zaak na het geslaagde onderzoek naar de wapenroof, waarvoor hij trouwens op een dag een bos bloemen kreeg bezorgd van de dochter met de manege, was een zware mishandeling. Die had zich afgespeeld op de veerboot tussen Ystad en Polen; een bijzonder bruut en triest verhaal, met het klassieke uitgangspunt dat er geen betrouwbare getuigen waren en dat iedereen elkaar de schuld gaf. De mishandeling had plaatsgevonden in een krappe hut en het slachtoffer was een jonge vrouw uit Skurup, die deze rampzalige reis had gemaakt met haar vriend, van wie ze wist dat hij jaloers was en slecht tegen bier kon. Tijdens de reis hadden ze gezelschap gekregen van jongemannen uit Malmö die maar één doel hadden met hun trip: ongebreideld zuipen. Terwijl Wallander met zijn onderzoek bezig was, was hij daar behoorlijk verbaasd over. Hoe konden er mensen zijn die vonden dat je je vrije avond goed gebruikte als je zo veel mogelijk zoop om je daarna niets meer te herinneren?

Aanvankelijk deed hij het onderzoek zelf, af en toe bijgestaan door Martinson. Veel meer mankracht was er niet voor nodig, omdat de daders met zekerheid konden worden gezocht tussen degenen die de jonge vrouw op de veerboot had ontmoet. Als hij maar hard genoeg aan de boom schudde, zouden de vruchten op de grond vallen en dan zou hij ze in verschillende emmers kunnen sorteren: eentje voor de onschuldigen en eentje voor diegene, of diegenen, die het meisje halfdood had geslagen en haar linkeroor er bijna had afgerukt.

In de zaak-Håkan von Enke gebeurde er niets nieuws. Wallander sprak bijna dagelijks met Ytterberg, die nog steeds niet kon geloven dat de kapitein-luitenant-ter-zee vrijwillig was vertrokken. Het achtergebleven paspoort wees daar op, en het feit dat zijn creditcard niet werd gebruikt ook. Maar vooral het karakter van de man, zei Ytterberg. Håkan von Enke is er gewoon de man niet naar om te verdwijnen. Hij laat zijn vrouw niet in de steek. Het klopte niet.

Wallander praatte ook vaak met Louise. Zij was altijd degene die belde, vaak rond een uur of zeven, wanneer hij meestal thuis was en een slordig bereide maaltijd at. Wallander kon aan haar horen dat ze zich nu had neergelegd bij de gedachte dat haar man dood was. Toen hij er haar onomwonden naar vroeg, antwoordde ze dat ze 's nachts nu weer sliep, met behulp van slaaptabletten. Iedereen wacht, dacht Wallander toen hij na een van zijn gesprekken met Louise de hoorn neerlegde. Hij is nu inderdaad echt spoorloos verdwenen, hij is in de beroemde rook opgegaan, zo uit de schoorsteen van het bestaan. Maar ligt zijn lichaam ergens te vergaan? Of zit hij nu te eten? Op een andere planeet, onder een andere naam, met een onbekende grootheid tegenover zich aan tafel?

Wat dacht Wallander zelf? Zijn ervaring zei hem dat als je alle aanwijzingen bij elkaar nam, het meeste erop wees dat de oude duikbootkapitein dood was. Wallander vreesde dat op een dag zou blijken dat zijn overlijden een banale gebeurtenis was, bijvoorbeeld een overval die uit de hand was gelopen en tot zijn dood had geleid. Maar echt zeker was hij niet. Hij streek nog niet alle zeilen; misschien dat er toch nog een kleine mogelijkheid bestond dat Von Enke vrijwillig was vertrokken, ook al lukte het hun niet de reden van die onverwachte manoeuvre te achterhalen.

Degene die zich het duidelijkst verzette tegen het feit dat Von Enke vermoord zou zijn was Linda. Hij is geen man die door iemand zomaar vermoord wordt, zei ze, bijna geschokt, toen Wallander en zij elkaar in hun vaste tearoom in de stad zagen, met haar dochter slapend in de kinderwagen. Toch kon ook Linda niet begrijpen waarom hij zou zijn vertrokken. Hans zelf belde nooit naar Wallander, maar via Linda's vragen en gedachten had deze continu het gevoel dat hij er wel bij betrokken was. Wallander stelde echter geen vragen, wilde zich er niet mee bemoeien; het was hun leven, van niemand anders.

Steven Atkins begon aan Wallander ellenlange e-mails te sturen. Hoe langer zijn berichten werden, hoe korter de antwoorden die Wallander eruit wist te persen. Hij had graag langere reacties willen geven, maar hij was zo onzeker over zijn Engels dat hij zich niet aan al te ingewikkelde zinnen durfde te wagen. Wel werd hem duidelijk dat Steven Atkins nu in de buurt woonde van de grote marinebasis Point Loma bij San Diego in Californië. Daar had hij een huisje in een gebied waar vrijwel uitsluitend oude veteranen woonden. In zijn wijk kon je 'in feite mensen van de straat plukken om er een of meerdere onderzeeërs mee te bemannen, tot aan de laatste man'. Wallander vroeg zich af hoe het zou zijn om te wonen in een wijk met alleen maar oud-politiemensen. De rillingen liepen hem over de rug.

Atkins schreef over zijn leven, zijn gezin, zijn kinderen en kleinkinderen en hij stuurde zelfs fotobestanden mee, die Wallander met behulp van Linda wist te openen. Het waren zonnige beelden met oorlogsschepen op de achtergrond, Atkins zelf in uniform en zijn grote gezin dat Wallander toelachte. Atkins was kaal, mager en had zijn arm om de schouders van zijn even magere en glimlachende, echter niet kale echtgenote geslagen. Wallander kreeg het gevoel dat de foto afkomstig was van een reclameposter voor wasmiddel of nieuwe cornflakes. Het was het rozige Amerikaanse gezin dat daar naar hem stond te zwaaien.

Op een dag zag Wallander in zijn agenda dat er precies een maand was verstreken sinds Håkan von Enke zijn woning aan Grevgatan had verlaten, de deur achter zich had dichtgetrokken en nooit meer was teruggekomen. Die dag spraken Ytterberg en Wallander lang met elkaar aan de telefoon. Het was 11 mei en het stortregende in Stockholm. Ytterberg leek de moed op te geven; of dat door het weer of het onderzoek kwam, kon Wallander niet vaststellen. Zelf zat hij te piekeren hoe hij de juiste persoon moest aanhouden in de trieste zaak van de mishandeling aan boord van de veerboot. Het waren met andere woorden twee vermoeide en behoorlijk chagrijnige rechercheurs die elkaar deze dag spraken. Wallander vroeg of de veiligheidsdienst nog steeds belangstelling toonde voor de verdwijning.

'Af en toe komt er een man langs die William heet', antwoordde Ytterberg. 'Eerlijk gezegd weet ik niet of dat zijn voor- of achternaam is. Maar het kan me ook niet zo veel schelen, moet ik zeggen. De laatste keer dat hij hier was, kreeg ik opeens zin om hem in de wurggreep te nemen. Ik vroeg of zij iets hadden wat het ons misschien gemakkelijker zou maken. Elkaar over en weer gewoon een beetje fatsoenlijk bijstaan, wat naar ze zeggen toch het basisprincipe is in het democratisch opgebouwde land dat Zweden heet. Al ging het maar om een klein vermoeden van wat er gebeurd zou kunnen zijn. Maar dat had William natuurlijk niet. Dat zei hij althans. Of dat waar is, weet je natuurlijk nooit. Heel hun professionele bestaan is immers gebaseerd op een spel, waarbij leugens en bedrog de scherpste instrumenten zijn. Dat wij gewone politiemensen af en toe voor de gek worden gehouden hoort erbij, maar dat is om zo te zeggen niet het basisprincipe van waaruit wij werken.'

Na het gesprek boog Wallander zich weer over de opengeslagen ordner met verhoren die hij voor zich op zijn bureau had liggen. Een foto van het gezicht van de zwaar mishandelde vrouw lag naast de ordner. Daarom doe ik dit, dacht hij. Omdat zij er zo uitziet, omdat iemand haar bijna heeft doodgemaakt.

Toen Wallander die middag thuiskwam, was Jussi ziek. Hij lag in zijn kennel en wilde niet eten of drinken. Wallander was zo ongerust dat het koude zweet hem uitbrak en hij belde meteen een dierenarts die hij kende, iemand die hem ooit had geholpen om de man te pakken die jonge paarden die liepen te grazen in weilanden rond Ystad gruwelijk had mishandeld. De dierenarts woonde in Kåseberga en beloofde te komen. Na het onderzoek meende hij zeker te weten dat Jussi iets verkeerds had gegeten en dat hij gauw weer beter zou zijn. Die nacht lag Jussi op een kleed bij de open haard en Wallander stond af en toe op om te kijken hoe het met hem ging. 's Ochtends kwam Jussi weer overeind, al was het op ietwat trillerige poten.

Wallander was bijzonder opgelucht. Toen hij op kantoor zijn computer aanzette, schoot het heel even door zijn hoofd dat het nu vijf dagen geleden was dat hij voor het laatst iets van Atkins had gehoord. Misschien viel er niet meer te vertellen, had hij geen foto's meer om op te sturen. Maar tegen twaalven die dag, net toen Wallander begon te overpeinzen of hij naar huis zou rijden om een lunch te bereiden of ergens in de stad zou eten, werd er gebeld vanaf de receptie. Er was bezoek voor hem.

'Wie?' zei Wallander. 'En wat wil hij?'

'Het is een buitenlander', zei de receptioniste. 'Het lijkt wel een politieman.'

Wallander stond op en liep naar de receptie. Hij begreep meteen wie er was gekomen. De man droeg geen uniform van de politie, maar van de Amerikaanse marine. Het was Steven Atkins die daar stond met zijn uniformpet onder zijn arm.

'Het was niet mijn bedoeling om onaangekondigd te verschijnen', zei Atkins. 'Maar ik had me helaas vergist in de aankomsttijd in Kopenhagen. Ik heb naar je huis gebeld en naar je mobiele telefoon, maar ik kreeg geen antwoord, dus ben ik maar hiernaartoe gereden.'

'Ik ben echt verrast,' antwoordde Wallander, 'maar je bent natuurlijk welkom. Begrijp ik het goed dat dit de eerste keer is dat je Zweden bezoekt?'

'Ja. Hoewel Håkan, mijn goede verdwenen vriend Håkan, mij voortdurend uitnodigde, is het er nooit van gekomen.'

Ze lunchten in het restaurant in de stad dat Wallander het beste vond. Atkins was een vriendelijke man die nieuwsgierig om zich heen keek, oprecht geïnteresseerde vragen stelde en aandachtig luisterde naar de antwoorden die hij kreeg. Wallander kon zich Atkins aanvankelijk moeilijk voorstellen als commandant op een duikboot, vooral niet eentje uit de zwaarste klasse Amerikaanse onderzeeërs, die met kernenergie werden aangedreven. Hij leek veel te joviaal. Maar Wallander was natuurlijk totaal niet de aangewezen persoon om te beoordelen of iemand een geschikte commandant van een onderzeeër was of niet.

Ongerustheid over wat er met zijn vriend was gebeurd, was het enige wat Atkins naar Zweden had gebracht. Het ontroerde Wallander toen hij Atkins' bezorgdheid bemerkte. Een oude man die een andere oude man miste, een vriendschap die overduidelijk heel diep zat.

Atkins had een kamer genomen in het Hilton bij de luchthaven Kastrup. Daar had hij een auto gehuurd waarmee hij naar Ystad was gereden.

'Ik wilde die lange brug natuurlijk weleens zien', zei hij lachend.

Wallander was opeens jaloers op Atkins' glinsterende rij witte tanden. Na de maaltijd belde hij naar het bureau om te zeggen dat hij de rest van de dag niet meer zou komen. Met Wallander als gids reden ze daarna naar zijn huis. Atkins bleek een grote hondenvriend te zijn en Jussi reageerde dan ook meteen enthousiast op hem. Met Jussi aan de lijn maakten ze een lange wandeling. Ze liepen langs de randen van de akkers en bleven af en toe staan om de zee en het golvende landschap te bewonderen. Terwijl hij op zijn lip beet, wendde Atkins zich opeens tot Wallander.

'Is Håkan dood?'

Wallander begreep zijn bedoeling. Atkins vuurde de vraag af zodat Wallander zich niet kon verbergen achter een antwoord dat misschien niet helemaal waar was of alleen maar zweverig. Hij wilde weten waar hij aan toe was. Op dat moment werd hij de duikbootkapitein die wilde weten of een vaartuig verloren was of niet.

'We weten het niet. Hij is gewoon spoorloos verdwenen.'

Atkins bleef hem lang opnemen en knikte langzaam. Ze liepen verder en keerden na een half uur bij het huis terug. Wallander zette koffie. Ze gingen aan de keukentafel zitten.

'Je vertelde over jullie laatste telefoongesprek', zei Wallander. 'Waarom zegt iemand dat hij tot een conclusie is gekomen als degene met wie hij praat geen idee heeft waarover het gaat?'

'Soms denk je dat iemand anders weet wat je denkt', zei Atkins. 'Misschien dacht Håkan dat ik wist wat hij bedoelde?'

'Jullie moeten veel gesprekken hebben gevoerd. Was er een onderwerp dat steeds terugkwam? Iets wat belangrijker was dan al het andere?'

Wallander had zijn vragen niet voorbereid. Ze kwamen vanzelf, heel gemakkelijk, alsof ze voor de hand lagen.

'We waren even oud', zei Atkins. 'We waren allebei kinderen van de Koude Oorlog. *The cold war.* Ik was drieëntwintig toen de Russen hun Spoetnik de lucht in schoten. Ik weet nog dat ik doodsbang was dat ze een voorsprong op ons aan het nemen waren. Håkan vertelde een keer dat hij hetzelfde had gevoeld, maar onschuldiger, niet zo angstaanjagend. De Russen waren er, maar voor hem waren ze niet helemaal dezelfde monsters als voor mij. Hoe dan ook, die tijd tekende ons. Ik weet dat Håkan verontwaardigd was dat Zweden buiten de NAVO bleef. Dat vond hij een rampzalig foute inschatting. Hij vond die neutraliteit niet alleen gevaarlijk en verkeerd, maar ook pure huichelarij. We stonden aan dezelfde kant. Ongeacht wat de politici vanaf de katheders ook beweerden, Zweden bevond zich niet in een soort neutraal niemandsland. Toen de Zweedse spion Wennerström werd ontmaskerd, belde Håkan me, dat weet ik nog. Dat was in juni 1963. Ik was oudste officier op een onderzeeër die net op weg was naar de Stille Oceaan. Hij was niet geschokt dat die kolonel verraad had gepleegd en voor de Russen had gespioneerd. Hij juichte het toe! Eindelijk zou het Zweedse volk begrijpen wat er aan de hand was. De Russen infiltreerden in alles wat de Zweedse defensie had opgebouwd. Overal had je overlopers, alleen aansluiting bij de NAVO kon Zweden redden op de dag dat de Russen besloten toe te slaan. Je vraagt of er een terugkerend thema in onze gesprekken zat? Dat was de politiek, daar hadden we het altijd over. Niet in de laatste plaats hoe politici bezuinigden op onze mogelijkheden om het evenwicht met de Russen te bewaren. Ik kan me eigenlijk geen gesprek heugen waarin niet op de een of andere manier politieke overpeinzingen zaten.'

'Als de politiek jullie gesprekken domineerde,' zei Wallander, 'wat kan dan die conclusie zijn geweest waar hij het over had? Is het ooit eerder gebeurd dat hij conclusies trok waarover hij jubelde?'

'Niet dat ik me kan herinneren. Maar we kennen elkaar al bijna vijftig jaar. Een heleboel herinneringen zijn natuurlijk geërodeerd.'

'Hoe hebben jullie elkaar ontmoet?'

'Zoals alle belangrijke ontmoetingen plaatsvinden. Door een groot en wonderbaarlijk toeval.'

Terwijl Atkins over zijn eerste kennismaking met Håkan von Enke vertelde, begon het buiten te regenen. Atkins kon aanzienlijk boeiender vertellen dan de man met wie Wallander in de raamloze kamer in het feestlokaal had gesproken. Maar dat kan ook komen door de taal, dacht Wallander, doordat ik er zo aan gewend ben om te denken dat verhalen in het Engels rijker en belangrijker zijn dan die ik mijn eigen taal hoor.

'Het is bijna vijftig jaar geleden, om precies te zijn augustus 1961', zei Atkins met zachte stem. 'Op een plek waar je misschien het minst verwacht dat twee jonge marineofficieren elkaar ontmoeten. Ik was samen met mijn vader, die kolonel in het leger was, naar Europa gereisd. Hij wilde me Berlijn laten zien, die kleine geïsoleerde vesting midden in de Russische zone. We vlogen met Pan Am vanaf Hamburg, weet ik nog, en het vliegtuig zat vol militairen; er waren bijna geen burgers aan boord, afgezien van een paar in donkere kleding gestoken dominees. De situatie was gespannen, maar toen we aankwamen stonden er in elk geval geen tanks uit het Westen en Oosten als roofdieren tegenover elkaar, bereid om toe te slaan. Op een avond kwamen mijn vader en ik echter in de buurt van de Friedrichstraße wel in een menigte terecht. Tegenover ons waren Oost-Duitse soldaten bezig prikkeldraad uit te rollen en vervolgens een barrière van stenen en cement op te richten. Naast me stond een jonge man van mijn eigen leeftijd, in uniform. Ik vroeg hem waar hij vandaan kwam. Hij zei dat hij een Zweed was, en dat was dus Håkan. Zo hebben we elkaar ontmoet. We stonden toe te kijken toen Berlijn door een muur in tweeën werd gesplitst, een wereld werd geamputeerd, zou je kunnen zeggen. Ulbricht, de Oost-Duitse leider, verklaarde dat dit een maatregel was om "de vrijheid te redden en de basis te leggen voor een aanhoudende bloei van de socialistische staat". Maar op die dag dat de Berlijnse Muur werd opgericht zagen we een oude vrouw staan huilen. Ze was armoedig gekleed, had een flink litteken op haar gezicht en het kon zijn dat haar ene oor een soort kunststof namaakding was dat onder haar haren zat vastgeplakt; daar hadden we het later over, maar we wisten het geen van beiden zeker. Maar wat we zagen en wat we geen van beiden zouden vergeten, was dat ze haar hand uitstrekte, een soort hulpeloos gebaar naar die mensen die bezig waren om vlak voor haar neus een muur op te richten. Die arme vrouw zat niet vastgespijkerd aan een kruis, maar ze strekte haar hand uit, en ze strekte haar hand uit naar óns. Volgens mij beseften we op dat moment allebei in volle ernst wat onze taak was: de vrijheid van de vrije wereld verdedigen en ervoor zorgen dat niet nog meer landen achter op gevangenissen lijkende muren terechtkwamen. Toen de Russen een paar weken later hun kernproeven hervatten, waren we nog meer overtuigd. Ik was toen inmiddels teruggekeerd naar Groton, waar ik gelegerd was, en Håkan zat in de trein terug naar Zweden. Maar we hadden adressen uitgewisseld en dit was het begin van een vriendschap die nog steeds bestaat. Håkan was toen achtentwintig, ik was net zevenentwintig. Zevenenveertig jaar is een heel lange tijd.'

'Heeft hij je opgezocht in Amerika?'

'Hij kwam vaak. Hij is er een keer of vijftien geweest, misschien wel vaker.'

Dat antwoord verwonderde Wallander. Hij had gedacht dat Håkan von Enke maar een paar keer in de Verenigde Staten was geweest. Was dat iets wat Linda had gezegd? Of had hij zich dat ingebeeld? Nu wist hij in elk geval dat het niet klopte.

'Dat is ongeveer eens per drie jaar een reis', zei Wallander.

'Hij was een grote Amerikavriend.'

'Bleef hij altijd lang?'

'Zelden korter dan drie weken. Louise was er altijd bij. Zij en mijn vrouw konden het goed met elkaar vinden. We verheugden ons er altijd op wanneer ze kwamen.'

'Je weet misschien dat hun zoon Hans in Kopenhagen werkt?'

'Ik heb vanavond een afspraak met hem.'

'Je weet natuurlijk ook dat hij samenwoont met mijn dochter?'

'Dat weet ik. Maar met haar moet ik een andere keer maar kennismaken. Hans heeft het erg druk. We zien elkaar na tienen in mijn hotel. Morgen vlieg ik door naar Stockholm om Louise te zien.'

Het was opgehouden met regenen. Een vliegtuig op weg naar Sturup vloog laag over het huis. De ruiten rinkelden.

'Wat is er volgens jou gebeurd?' vroeg Wallander. 'Jij kende hem beter dan ik.'

'Ik weet het niet', zei Atkins. 'Het staat me tegen om dat te zeggen. Twijfelen strijdt met heel mijn persoonlijkheid. Maar ik kan niet geloven dat hij vrijwillig de wijk neemt en zijn vrouw en zoon, en nu ook een kleinkind, in ongerustheid en doodsangst achterlaat. Ik hijs de witte vlag, ook al wil ik dat helemaal niet.'

Atkins dronk zijn kopje leeg en stond op. Het was tijd voor hem om naar Kopenhagen terug te keren. Wallander legde uit hoe hij moest rijden om zo gemakkelijk mogelijk op de hoofdweg naar Ystad en Malmö te komen. Atkins stond op het punt om weg te gaan toen hij een kleine steen uit zijn zak haalde en aan Wallander gaf.

'Een cadeautje', zei hij. 'Ik heb ooit een oude indiaan horen vertellen over een traditie bij zijn stam. Volgens mij waren het Kiowa. Als iemand problemen heeft, steekt hij een steen, liefst een zware, in zijn zak en sleept ermee rond tot hij zijn problemen heeft opgelost. Dan kan hij de steen wegleggen en met hernieuwde lichtheid zijn weg in het leven vervolgen. Stop deze steen in je zak. Laat hem daar zitten tot we weten wat er met Håkan is gebeurd.'

Het is waarschijnlijk gewoon graniet, dacht Wallander toen hij Atkins uitzwaaide die de heuvel af reed. Afwezig herinnerde hij zich opeens de steen die op het bureau in het appartement aan Grevgatan lag. Hij dacht aan wat Atkins had verteld over zijn eerste kennismaking met Håkan von Enke. Wallander wist niets meer van die dagen in augustus 1961. Hij was dat jaar dertien geworden en zijn enige echt levendige herinnering was die aan de hormoonstorm waardoor hij was getroffen en die maakte dat zijn leven uitsluitend om dromen draaide. Dromen over vrouwen, gefantaseerde of echte.

Wallander behoorde tot de generatie die opgroeide in de jaren zestig, maar zelf was hij nooit betrokken geweest bij politieke bewegingen. Hij had nooit meegelopen in een protestdemonstratie in Malmö, nooit helemaal begrepen waar de Vietnamoorlog over ging of zich geïnteresseerd voor vredesbewegingen in landen waarvan hij nauwelijks wist waar ze lagen. Linda herinnerde hem er vaak aan dat hij een heel onwetend iemand was. De politiek had hij vaak afgedaan als een hogere macht die de mogelijkheden van de politie om de orde te handhaven bepaalde, maar nauwelijks meer dan dat. Hij ging weliswaar stemmen wanneer er verkiezingen waren, maar twijfelde tot het laatst. Zijn vader was een overtuigd sociaaldemocraat geweest en hijzelf had meestal ook op de sociaaldemocratische partij gestemd, maar zeer zelden uit oprechte overtuiging.

Zijn ontmoeting met Atkins had hem rusteloos gemaakt. Hij zocht een Berlijnse Muur in zijn binnenste, maar vond er geen. Was zijn leven werkelijk zo beperkt geweest dat de grote gebeurtenissen die om hem heen plaatsvonden hem nooit echt hadden geraakt? Wat had hem in zijn leven geschokt? Natuurlijk beelden van kinderen die het slecht hadden, maar ook weer niet zo dat hij daardoor in actie kwam. Hij had zich altijd verscholen achter zijn werk, bedacht hij. In mijn werk slaag ik er af en toe in mensen te helpen door ervoor te zorgen dat de daders van de straten worden verwijderd. Maar verder? Hij keek uit over de akkers waar nog niets groeide, maar vond niet wat hij zocht.

Die avond ruimde hij zijn bureau op en gooide hij alle stukjes van een puzzel die hij vorig jaar als verjaardagscadeau van Linda had gekregen uit de doos. Het motief was een schilderij van Degas. Hij sorteerde de stukjes systematisch en slaagde erin de linkerbenedenhoek van de afbeelding te leggen.

De hele tijd bleef hij nadenken over het lot van Håkan von Enke, maar eigenlijk overpeinsde hij vooral zijn eigen lot.

Hij bleef de Berlijnse Muur najagen die er niet was.

10

Begin juni kreeg Wallander op een middag een telefoontje van een oude man, die hij met moeite in zijn geheugen kon thuisbrengen. De naam kwam hem wel meteen bekend voor, maar aanvankelijk kon hij hem toch niet plaatsen. Dat was misschien ook niet zo gek, want Wallander had hem al in geen tien jaar meer gezien en indertijd troffen ze elkaar ook maar een paar keer.

De laatste keer was op de begrafenis van Wallanders vader geweest. De man heette Sigfrid Dahlberg en was een van de buren die zijn vader soms hielpen met sneeuwschuiven en het onderhouden van het grindweggetje. Als dank en beloning had Sigfrid Dahlberg elke keer een schilderij gekregen. Wallander had een paar keer geprobeerd aan zijn vader uit te leggen dat tien precies identieke schilderijen aan de muur voor de buren misschien een beetje veel van het goede was, maar zijn visie werd met een grimmig zwijgen beantwoord. Sinds zijn vader was gestorven en het huis was verkocht had Wallander geen contact meer met de familie gehad, maar nu belde de oude Dahlberg dus over iets op. Zijn vrouw Aina, die Wallander waarschijnlijk maar één keer ontmoet had, lag op sterven. Ze leed aan een ongeneeslijke vorm van kanker en ze had zich in haar lot geschikt.

'Maar ze wil u graag ontmoeten, hoofdinspecteur', zei Dahlberg. 'Ze wil u iets zeggen. Ik weet niet wat het is.'

Wallander had geaarzeld, maar hij was ook nieuwsgierig geworden en dus was hij in zijn auto gestapt om naar het verpleeghuis in Hammenhög te rijden waar Aina Dahlberg lag. Hij werd bij de receptie ontvangen door een ziekenverzorgster, die glimlachend zei dat ze in een parallelklas van Linda had gezeten. Ze bracht hem naar Aina Dahlbergs afdeling. Wallander was onaangenaam getroffen toen hij al die oudjes zag die met hun rollator rondsloften of naar de muur zaten te staren, omringd door stilte en isolement. Zijn angst voor de ouderdom was met de jaren niet minder geworden, maar werd juist voortdurend versterkt. Het was net of een hefboom hem onzichtbaar en geruisloos naar het punt tilde waarop hij zich niet langer zelf zou kunnen redden. De reportages in kranten en op tv over toenemende verwaarlozing van ouderen, vaak in verpleeghuizen, waar zo op personeel werd bezuinigd dat een fatsoenlijk minimum aan zorg bij lange na niet gegarandeerd was, verontrustten hem voortdurend.

Ze bleven bij een deur staan.

'Ze is ernstig ziek', zei de verzorgster. 'Maar u bent politieman, u hebt mensen in allerlei toestanden gezien, toch?'

Op hetzelfde moment had Wallander spijt dat hij op de vraag om Aina Dahlberg te bezoeken was ingegaan. Ze lag alleen op de kamer. Ze was uitgemergeld, haar mond stond wijd open en haar glimmende ogen namen Wallander op met iets wat hij als ontzetting ervoer. Het stinkt naar urine, dacht hij, net als in mijn vaders laatste periode, toen hij alleen was en Gertrud zich nog niet over hem had ontfermd. Hij liep naar het bed en beroerde haar hand. Hij herkende haar totaal niet, maar ergens in de verte zat nog een glimp van de vrouw die hij ooit had ontmoet. Ze wist echter wel wie hij was en begon ook meteen te praten, alsof de tijd drong, wat natuurlijk ook zo was.

Wallander boog zich over haar heen om te horen wat ze zei. Wat uit haar mond kwam, was eerder een sissend geluid dan woorden. Hij moest haar verschillende keren vragen om te herhalen wat ze probeerde te zeggen voordat hij haar verstond. Verward vroeg hij haar hoe het met haar ging. Hij was niet in staat te voorkomen dat die belachelijke woorden zijn mond verlieten. Hij streek haar nog een keer over haar hand en verliet de kamer.

Op de gang stond een vrouw de bladeren van een potplant te strelen. Wallander snelde weg. Pas toen hij weer buiten stond, begon hij na te denken over wat Aina Dahlberg had gezegd. 'Je had een vader die veel van je hield.' Waarom had ze hem laten komen om dat te zeggen? Hij kon maar één reden bedenken: dat ze dacht dat hij dat niet wist. En nu wilde ze ervoor zorgen dat hij dit ging beseffen voordat ze zelf stierf.

Wallander reed terug naar Ystad en zette zijn auto bij de jachthaven. Hij liep naar het bankje dat helemaal op het einde van de pier stond. Dit was in zijn leven een van de plekken met een grote betekenis, een biechtstoel zonder priester, waar hij zich vaak terugtrok wanneer hij met rust gelaten wilde worden en in het reine wilde komen met wat hem dwarszat. Het was een koud voorjaar geweest, regenachtig en winderig, maar nu lag het eerste hogedrukgebied van de zomer boven het land. Wallander trok zijn jas uit en kneep zijn ogen dicht tegen de zon, maar deed ze meteen weer open. Aina Dahlbergs gezicht zat als een vlies tussen hem en de zon. 'Je had een vader die veel van je hield.' Vaak had hij zich afgevraagd of dat werkelijk zo was. Dat hij bij de politie was gegaan was iets waarover ze het nooit eens hadden kunnen worden. Maar het leven moest toch zo veel meer zijn geweest? Mona had zijn vader vreselijk gevonden; ze weigerde mee te gaan wanneer Wallander hem wilde opzoeken. Het was erop uitgelopen dat Linda en hij alleen in de auto stapten en naar Löderup reden. Tegen Linda was zijn vader altijd vriendelijk geweest. Het geduld dat hij voor haar had opgebracht had hij nooit gehad met Wallander en diens zus Kristina, zo vonden die allebei.

Hij was een man die zich voortdurend aan je onttrok, dacht Wallander. Ben ik ook op weg om zo te worden?

Een man van zijn eigen leeftijd zat op de reling van zijn vissersbootje een net schoon te maken. Hij was volledig geconcentreerd en neuriede onder het werk. Wallander bestudeerde hem en bedacht dat hij op dit moment graag met hem zou willen ruilen, van de bank naar het net, van het politiebureau naar een mooi gelakte houten boot.

Zijn vader was een mysterie voor hem geweest. Was hij zelf net zo'n raadsel voor Linda? Wat zou zijn kleinkind zeggen over haar opa? Zou hij alleen maar een grijze zwijgzame oude politieman worden die thuis zat en steeds minder bezoek van steeds minder mensen kreeg? Ik ben er bang voor, dacht hij, en ik heb alle reden in de wereld om er bang voor te zijn. Ik heb mijn vriendschappen met andere mensen echt niet goed onderhouden.

In veel gevallen was het daarvoor nu ook te laat. Sommige van de mensen met wie hij hecht was geweest waren dood. In de eerste plaats Rydberg, maar ook zijn oude vriend, de paardentrainer Sten Widén. Wallander had de mensen nooit begrepen die zeiden dat je contact met iemand niet hoefde te eindigen, alleen maar omdat diegene gestorven was; dat je gesprek ook doorging nadat iemand aan de aarde was toevertrouwd. Dat was hem niet gelukt. De doden waren gezichten die hij zich nauwelijks meer voor de geest kon halen, en hun stemmen spraken niet meer tot hem.

Met tegenzin stond hij van het bankje op; hij moest terug naar het bureau. Het onderzoek naar de mishandeling op de veerboot was klaar, er was een man veroordeeld, maar Wallander was er zeker van dat eigenlijk twee mannen de vrouw hadden gemolesteerd. Hij vond dat ze hun doel niet helemaal hadden bereikt; het was een halve overwinning: eentje werd er veroordeeld, eentje kreeg genoegdoening, als dat althans mogelijk was nadat je gezicht kapot was geslagen. Maar één persoon glipte dus door de mazen van het net en Wallander betwijfelde sterk of ze geen beter onderzoek hadden kunnen verrichten dan nu het geval was geweest.

Het was drie uur toen Wallander terugkeerde van zijn uitstapje naar het bankje aan de haven. Op zijn bureau lag een briefje, dat Ytterberg voor hem had gebeld. Degene die de telefoon had aangenomen had opgeschreven dat er haast bij was. In Wallanders politieleven was er altijd haast bij. Hij had nog nooit een bericht gekregen waar geen haast bij was. Daarom belde hij niet meteen terug, maar las hij eerst een memo van de top van de rijkspolitie waar Lennart Mattson graag zijn commentaar op wilde hebben. Het ging over een van de voortdurende reorganisaties waarmee de diverse politieregio's werden opgezadeld. Nu ging het over het opzetten van een systeem voor grotere aanwezigheid van politie buitenshuis tijdens de weekends, en niet alleen in de grote steden, maar ook in een stad als Ystad. Wallander las de papieren door. Hij ergerde zich aan de omstandige en bureaucratische taal, en bedacht toen hij klaar was met lezen dat hij niet begreep wat nou eigenlijk de bedoeling was. Hij noteerde een paar nietszeggende opmerkingen en stopte alles in een envelop, die hij in het postvak van de hoofdcommissaris zou leggen wanneer hij het bureau die dag verliet.

Daarna belde hij Ytterberg in Stockholm en die nam onmiddellijk op.

'Je had gebeld', zei Wallander.

'Zij is nu ook verdwenen.'

'Wie?'

'Louise. Louise von Enke. Zij is nu ook verdwenen.'

Wallander hield zijn adem in. Had hij het goed gehoord? Hij vroeg Ytterberg te herhalen wat hij had gezegd.

'Louise von Enke is verdwenen.'

'Wat is er gebeurd?'

Wallander hoorde het geritsel van papieren. Ytterberg zat

tussen zijn aantekeningen te zoeken. Hij wilde een exacte samenvatting geven.

'De laatste jaren hadden de Von Enkes een werkster uit Bulgarije. Ze heeft een verblijfsvergunning en draagt dezelfde naam als de Bulgaarse hoofdstad, als ik me niet vergis: Sofia. Ze komt op maandag, woensdag en vrijdag, drie uur per ochtend. Afgelopen maandag was ze er ook en toen schijnt alles net te zijn geweest als anders. Die Bulgaarse schoonmaakster boezemt vertrouwen in als je met haar praat. Haar informatie is helder en duidelijk, het lijkt sowieso een flinke vrouw. Bovendien spreekt ze verbazingwekkend goed Zweeds, dat, heel fascinerend, doorspekt is met het dialect van Södermalm. Hoe ze daar nou aan komt? Toen ze maandagmiddag rond één uur het appartement verliet, heeft Louise tegen haar gezegd: "Tot woensdag." Toen Sofia op die dag om negen uur kwam, was het appartement verlaten. Dat was volkomen logisch, want Louise was niet altijd thuis, dus Sofia besteedde er verder geen aandacht aan. Maar toen ze er vanochtend kwam, besefte ze dat er iets niet in de haak was. Ze is er absoluut zeker van dat Louise sinds woensdag niet meer in het appartement is geweest. Alles was precies zoals zij het had achtergelaten. Louise is nooit eerder zo lang weggeweest zonder dat van tevoren te laten weten. Maar er lag geen briefje, er was niets, alleen het verlaten appartement. Sofia heeft toen Hans in Kopenhagen gebeld en die vertelde dat hij zijn moeder zondag voor het laatst gesproken had, dus vijf dagen geleden. En hij heeft op zijn beurt mij opgebeld. Snap jij trouwens waar hij zich mee bezighoudt?'

'Geld', zei Wallander. 'Niets anders dan geld.'

'Dat klinkt als een fascinerende bezigheid', zei Ytterberg dromerig.

Daarna keerde hij weer terug naar zijn aantekeningen.

'Hans heeft mij het telefoonnummer van Sofia gegeven en

samen met haar hebben we het appartement doorzocht. Het bleek dat die Bulgaarse dame behoorlijk goed op de hoogte was van de inhoud van kledingkasten en dergelijke. Ze zei wat ik het minst van alles wilde horen. Ik neem aan dat je begrijpt wat ik bedoel?'

'Ja', zei Wallander. 'Dat er niets weg was.'

'De spijker op zijn kop. Geen koffer, geen kleren, geen portefeuilles, zelfs het paspoort niet. Dat lag in een doos waarvan Sofia wist dat Louise het daarin bewaarde.'

'En haar mobieltje?'

'Dat lag in de keuken aan de oplader. Je kunt wel zeggen dat toen ik dat ontdekte, ik pas echt ongerust werd.'

Wallander dacht na. Hij had zich nooit kunnen voorstellen dat Håkan von Enkes verdwijning zou worden gevolgd door nog een verdwijning.

'Dat is onaangenaam', zei hij ten slotte. 'Is er een redelijke verklaring?'

'Niet voorzover ik kan zien. Ik heb haar naaste vrienden gebeld, maar niemand heeft sinds zondag iets van haar gehoord of gezien. Die dag heeft ze een vrouw gebeld, ene Katarina Lindén, om bij haar te informeren naar haar ervaringen met een bepaald hotel in de bergen in Noorwegen dat ze blijkbaar had bezocht. Volgens Katarina Lindén klonk ze net als anders. Daarna heeft niemand haar meer gesproken. We gaan zo overleggen met het team dat de verdwijning van haar man behandelt. Ik wilde jou alleen van tevoren even bellen. Eigenlijk om te horen hoe jij er tegenaan kijkt.'

'Mijn eerste gedachte is dat ze weet waar Håkan zit en dat ze zich bij hem heeft gevoegd. Maar dat wordt natuurlijk weersproken door het paspoort en het mobieltje.'

'Ik dacht zelf ook in die richting. Maar ik aarzel, net als jij.'

'Kan er niet toch een redelijke verklaring zijn? Is ze misschien ziek geworden? Gevallen op straat?'

'De ziekenhuizen heb ik als eerste gecheckt. Volgens de informatie van Sofia, en ik heb dus geen reden om daaraan te twijfelen, had Louise altijd een identiteitsbewijs op zak. Omdat we dat niet hebben gevonden, is er geen reden om iets anders te denken dan dat ze dat bij zich had toen ze naar buiten ging.'

Wallander overpeinsde waarom Louise hem niet had verteld dat ze een werkster hadden die drie keer in de week kwam. Hans had er ook niets over gezegd. Maar dat hoefde natuurlijk verder niets te betekenen. De familie Von Enke behoorde tot een bovenklasse waar werksters iets vanzelfsprekends waren; daar hoefde je het niet over te hebben, die waren er gewoon.

Ytterberg beloofde hem op de hoogte te houden. Toen ze op het punt stonden het gesprek af te sluiten vroeg Wallander of Ytterberg Atkins ook had gesproken tijdens diens bezoek aan Stockholm.

'Heeft hij misschien informatie?' vroeg Ytterberg weifelend.

Wallander vond het vreemd dat Ytterberg niet begreep hoe hecht de gezinnen met elkaar waren geweest. Of had Atkins tegen hem iets anders gezegd dan tegen Wallander?

'Hoe laat is het in Californië?' vroeg Ytterberg. 'Het heeft niet echt zin om mensen midden in de nacht wakker te bellen.'

'Het tijdverschil met de Amerikaanse oostkust is zes uur', zei Wallander. 'Met Californië weet ik het niet. Maar dat kan ik wel uitzoeken en dan bel ik hem wel op.'

'Doe dat', zei Ytterberg. 'Wij betalen de gesprekskosten wel.'

'Mijn diensttelefoon is nog niet geblokkeerd', antwoordde Wallander. 'Ik geloof niet dat ze agenten failliet laten gaan vanwege onbetaalde telefoonrekeningen. Zover is het nog niet helemaal gekomen.'

Wallander belde Inlichtingen en kreeg te horen dat het tijdverschil negen uur was. Omdat het in San Diego zes uur 's ochtends was, besloot hij nog een paar uur te wachten voordat hij Atkins belde. In plaats daarvan belde hij Linda op. Zij had Hans in Kopenhagen al uitgebreid gesproken.

'Kom naar me toe', zei ze. 'Ik zit hier met Klara, ze ligt in de wagen te slapen.'

'Klara?'

Linda moest lachen om zijn verbazing.

'Gisteravond hebben we een besluit genomen. Ze gaat Klara heten. Ze heet nu Klara.'

'Net als mijn moeder? Jouw oma?'

'Zoals je weet, heb ik haar nooit gekend. Ik hoop dat je het ons niet kwalijk neemt, maar in eerste instantie hebben we de naam gekozen omdat we die mooi vonden. En het past bij beide achternamen: Klara Wallander of Klara von Enke.'

'Welke achternaam krijgt ze dan?'

'Voorlopig Wallander. Later mag ze het zelf beslissen. Kom je? Dan krijg je een kop koffie bij een geïmproviseerd doopfeest.'

'Laten jullie haar dopen? Echt?'

Daar ging ze niet op in. En Wallander was wijs genoeg de vraag niet te herhalen.

Een kwartier later bracht hij zijn auto bij haar huis tot stilstand. De mooie tuin schitterde van de kleuren. Wallander dacht aan zijn eigen verwaarloosde tuin, waarin hij überhaupt nauwelijks iets aan de beplanting deed. Toen hij in Mariagatan woonde, had hij zich altijd een ander bestaan voorgesteld waarbij hij tussen alle geuren zou rondkruipen en onkruid zou wieden.

Klara sliep in de kinderwagen, in de schaduw van een perenboom. Wallander bekeek het gezichtje onder het muskietennet.

‘Klara is een mooie naam’, zei hij. ‘Hoe kwamen jullie daar trouwens op?’

‘We zagen de naam in de krant staan. Iemand die Klara heette, had een flinke prestatie geleverd bij een grote brand in Östersund. We namen bijna meteen een besluit.’

Terwijl ze de gebeurtenissen bespraken, liepen ze door de tuin. De verdwijning van Louise was voor Linda en Hans even verrassend geweest als voor de rest. Er waren geen voortekens geweest, niets wat erop wees dat Louise een plan had gehad dat ze nu in werking had gesteld.

‘Kan er sprake zijn van nog een geweldsdelict?’ vroeg Wallander. ‘Als we er nu van uitgaan dat Håkan daar waarschijnlijk het slachtoffer van is geworden?’

‘Iemand die hen allebei uit de weg wil ruimen’, zei Linda. ‘Wat zou het motief daarvoor zijn?’

‘Dat is nou net de vraag’, zei Wallander terwijl hij een struik met vlammende rozen bekeek. ‘Hadden ze misschien iets gemeen waar wij geen van allen weet van hebben?’

Ze liepen zwijgend verder. Linda overdacht zijn vraag.

‘Een mens weet zo weinig over anderen’, zei ze ten slotte toen ze aan de voorkant van het huis terug waren gekomen en zij even achter het gaas had gekeken dat de kinderwagen bedekte.

‘In zekere zin kun je rustig zeggen dat ik niet zo veel méér weet over die twee dan over dit kleine mensje’, vervolgde ze.

‘Maakten Louise en Håkan op jou een raadselachtige indruk?’

‘Helemaal niet. Integendeel! Naar mij toe waren ze open en toegankelijk.’

‘Sommige mensen zijn in staat dwaalsporen uit te zetten’, zei Wallander peinzend. ‘Toegankelijkheid en openheid kunnen een soort onzichtbaar slot zijn op een werkelijkheid die ze liever niet willen onthullen.’

Ze dronken koffie in de tuin, totdat Wallander op zijn horloge zag dat het tijd was om Atkins te bellen. Hij keerde terug naar het politiebureau en toetste op zijn kamer het nummer in. Nadat de telefoon vier keer was overgegaan nam Atkins met dreunende stem op, alsof hij bereid was een order te aanvaarden. Wallander vertelde wat er was gebeurd. Toen hij klaar was, bleef het zo lang stil dat hij begon te denken dat de verbinding was verbroken, maar Atkins kwam met volle kracht terug.

'Dat kan gewoon niet', zei hij.

'Toch lijkt ze sinds maandag of dinsdag verdwenen.'

Wallander kon horen dat Atkins geschokt was. Hij ademde zwaar in de hoorn. Wallander vroeg wanneer hij haar voor het laatst had gesproken. Atkins dacht na voordat hij antwoordde.

'Vrijdagmiddag. Bij haar was het middag, bij mij ochtend.'

'Wie van jullie belde er?'

'Zij.'

Wallander fronste zijn wenkbrauwen. Dat antwoord had hij niet verwacht.

'Wat wilde ze?'

'Mijn vrouw feliciteren met haar verjaardag. Mijn vrouw en ik waren er allebei verbaasd over. Om verjaardagen maakten we ons geen van allen ooit druk.'

'Kan er een andere reden geweest zijn dat ze belde?'

'We kregen het gevoel dat ze gebukt ging onder haar eenzaamheid, dat ze met iemand wilde praten. Dat is natuurlijk niet zo moeilijk te begrijpen.'

'Als je goed nadenkt, was er dan iets in haar gesprek dat je nu kunt koppelen aan het feit dat ze is verdwenen?'

Wallander wanhoopte over zijn slechte Engels, maar Atkins begreep wat hij bedoelde. Hij dacht na alvorens te antwoorden.

'Niets', zei hij toen. 'Ze klonk net als anders.'

'Maar er moet iets zijn', zei Wallander. 'Eerst verdwijnt hij, dan zij.'

'Het is net als met dat liedje over de tien kleine negertjes', zei Atkins. 'Ze verdwijnen een voor een. Nu is het halve gezin weg, nu blijven alleen de twee kinderen nog over.'

Wallander schrok op. Had hij het verkeerd gehoord?

'Er is er nog maar één die kan verdwijnen,' zei hij voorzichtig, 'je rekent Linda toch niet mee?'

'We moeten de zus niet vergeten', zei Atkins.

'De zus? Heeft Hans een zus?'

'Jazeker. Ze heet Signe. Ik weet niet of ik haar naam goed uitspreek. Ik kan hem wel voor je spellen. Ze woonde niet thuis. Waarom weet ik niet. Je moet niet onnodig in het leven van mensen graven. Ik heb haar nooit ontmoet, maar Håkan heeft me verteld dat hij een dochter had.'

Wallander was veel te verrast om zinnige vragen te kunnen stellen en beëindigde het gesprek. Hij ging voor het raam staan en keek naar de watertoren. *Er was een zus die Signe heette.* Waarom had niemand over haar verteld?

Die avond zat Wallander aan de keukentafel al zijn aantekeningen door te nemen, vanaf de dag dat Håkan von Enke was verdwenen. Nergens vond hij echter enig spoor van een dochter in het gezin. Signe bestond niet. Het was alsof ze nooit had bestaan.

DEEL 2

Gebeurtenissen onder de oppervlakte

11

Wallander was verontwaardigd. Daarom ging hij over op een voor zijn doen ongebruikelijke aanval. Hij voelde zich voor de gek gehouden door de familie waarvan twee leden waren verdwenen en een nieuw lid net was ontdekt. Hij bedacht dat hij het slachtoffer was van de gebruikelijke leugens van de bovenklasse, familiegeheimen die tot elke prijs verborgen moesten blijven voor een waarschijnlijk ongeïnteresseerde buitenwereld. Na zijn gesprek met Atkins en de lange avond, waarin hij was teruggeschakeld om opnieuw, in een soort bezeten razernij, alles door te nemen wat er sinds de viering van Håkan von Enkes vijfenzeventigste verjaardag was gebeurd en gezegd, had hij diep geslapen. Even na zevenen de volgende ochtend belde hij Linda al. Hij had gehoopt Hans te pakken te krijgen, maar die was net deze ochtend al om zes uur vertrokken.

'Wat doet hij zo vroeg?' informeerde Wallander geïrriteerd. 'Er is nu toch nog geen bank open en geen mens die aandelen wil kopen en verkopen?'

'Probeer Japan eens', antwoordde Linda. 'Of waarom Nieuw-Zeeland niet? De economie slaapt nooit. Er is blijkbaar veel beweging op de beurzen in Azië. Het is niet ongebruikelijk dat hij zo vroeg vertrekt. Maar jij belt nooit om zeven uur. Reageer je niet op mij af. Is er iets gebeurd?'

'Ik wil het over Signe hebben', zei Wallander.

'Wie is dat?'

'De zus van je man.'

Hij hoorde haar ademen in de hoorn. Met elke ademtocht een nieuwe gedachte.

'Hij heeft toch geen zus?'

'Weet je dat wel zeker?'

Linda kende haar vader en besefte meteen dat het ernst was. Hij zou haar 's ochtends niet zo vroeg opbellen om een slechte grap met haar uit te halen.

Klara begon in haar bedje te dreinen.

'Je moet maar hiernaartoe komen', zei Linda. 'Klara is wakker. De ochtenden zijn altijd lastig. Heeft ze dat misschien van jou?'

Een uur later bracht Wallander zijn auto tot stilstand op het grindpad voor het huis. Klara had haar buikje inmiddels vol en was tevreden, Linda was uit bed en aangekleed. Wallander vond nog steeds dat ze er bleek en landerig uitzag, en hij vroeg zich af of ze zich wel goed voelde, maar daar informeerde hij natuurlijk niet naar. Ze leek op hem en hield er niet van als iemand zich met haar zaken bemoeide.

Ze gingen aan de keukentafel zitten. Wallander herkende het kleed dat daarop lag. Dat kwam uit zijn ouderlijk huis en was daarna met zijn vader meeverhuisd naar Löderup en nu hiernaartoe. Als kind had hij vaak met zijn vinger het ingewikkelde patroon van rode bomen langs de zoom van het kleed gevolgd.

'Leg eens uit wat je bedoelt', zei Linda. 'Ik herhaal wat ik al gezegd heb: Hans heeft geen zus.'

'Ik geloof je wel', zei Wallander. 'Jij kent geen zus, zoals ik dat ook niet deed. Tot nu.'

Hij vertelde over zijn telefoongesprek met Atkins en diens plotselinge opmerking over het meisje dat Signe heette. Waarschijnlijk was het puur toeval dat de geheime zus genoemd was. Als het telefoongesprek een heel klein beetje anders was verlopen was Signe nog steeds volslagen onbekend geweest. Linda luisterde gespannen naar wat hij zei, ondertussen haar wenkbrauwen steeds meer fronsend.

'Tegen mij heeft hij niets gezegd over een zus', zei ze toen

Wallander er het zwijgen toe deed. 'Dit is een volslagen absurde situatie.'

Wallander wees naar de telefoon.

'Bel hem en stel een eenvoudige vraag. Waarom heb je me niet verteld dat je een zus hebt?'

'Is ze ouder of jonger?'

Wallander dacht na. Daar had Atkins niets over gezegd. Toch meende hij zeker te weten dat het een oudere zus moest zijn. Als ze na Hans was geboren zou het al te moeilijk zijn geweest om het geheim te verbergen.

'Ik wil niet bellen', zei Linda. 'Ik heb het er wel met hem over als hij thuiskomt.'

'Nee', zei Wallander. 'We hebben hier met twee verdwenen personen te maken. Dit is geen privézaak, maar een politiezaak. Als jij niet belt, doe ik het.'

'Dat is misschien het beste', zei ze.

Terwijl zij de cijfers van het nummer in Kopenhagen opnoemde, toetste hij ze in. De telefoon ging over en er klonk klassieke muziek. Linda boog voorover om te luisteren.

'Dat is zijn directe lijn', zei ze. 'Ik heb die muziek uitgekozen. Hiervoor had hij tamelijk vreselijke Amerikaanse country. Iemand die zich Billy Ray Cyrus noemt. Ik heb hem gedwongen om andere muziek te nemen door te dreigen dat ik hem anders nooit meer zou bellen. Hij zal zo wel opnemen.'

Ze was nog niet uitgesproken of Wallander hoorde de stem van Hans. Hij klonk gejaagd, bijna ademloos. Wat gebeurt er eigenlijk op die Aziatische beurzen? dacht Wallander bij zichzelf.

'Ik heb een vraag die niet kan wachten', zei hij. 'Ik zit hier nu trouwens aan jouw keukentafel.'

'Louise', zei Hans. 'Of Håkan? Zijn ze gevonden?'

'Ik zou willen dat het zo was, maar het gaat over heel iemand anders. Kun jij je voorstellen wie?'

Wallander voelde dat Linda geïrriteerd raakte over wat ze waarschijnlijk als een onnodig kat-en-muisspelletje beschouwde. Hij realiseerde zich dat ze gelijk had. Hij moest er geen doekjes om winden. Zoals hij had beloofd.

'Het gaat om je zus', zei hij. 'Je zus Signe.'

Het werd stil in de hoorn en het duurde een poosje voordat Hans weer wat zei.

'Ik begrijp niet waar je het over hebt. Is dit een grap?'

Linda had zich over de tafel gebogen; Wallander hield de hoorn omhoog zodat zij het ook kon horen. Hij besefte dat Hans de waarheid sprak.

'Het is geen grap', zei hij. 'Bedoel je serieus dat je er niets van weet dat je een zus hebt die Signe heet?'

'Ik heb geen broers of zussen. Mag ik Linda alsjeblieft?'

Wallander gaf zwijgend de hoorn aan Linda, die herhaalde wat haar vader had verteld.

'Toen ik klein was, vroeg ik mijn ouders altijd waarom ik geen broertje of zusje had', zei Hans. 'Ze antwoordden altijd dat ze één kind voldoende vonden. Ik heb nooit over iemand gehoord die Signe heet, nooit foto's van haar gezien. Ik ben altijd enig kind geweest.'

'Dat is moeilijk te geloven', zei Linda.

Heel even ging Hans door het lint en hij schreeuwde in de hoorn: 'Hoe denk je dat het voor mij is?'

Wallander pakte Linda de hoorn af.

'Ik geloof je', zei hij. 'En dat doet Linda ook. Maar je moet begrijpen dat het belangrijk is om uit te zoeken hoe het allemaal in elkaar zit, of er überhaupt een verband is. Je ouders zijn verdwenen. En nu duikt er een onbekende zus op.'

'Ik vind het onbegrijpelijk', zei Hans. 'Ik ben er misselijk van.'

'Wat de verklaring ook is, ik zal die vinden.'

Wallander overhandigde de hoorn weer aan Linda. Hij

hoorde haar kalmerend tegen Hans praten. Hij wilde niet luisteren naar wat ze tegen elkaar zeiden. Omdat het gesprek nog wel even leek te kunnen gaan duren, schreef hij een paar woorden op een briefje en legde dat voor haar op tafel neer. Ze knikte en pakte een sleutelbos van de vensterbank, die ze aan hem gaf. Hij verliet het huis nadat hij Klara, die op haar buik in haar bedje lag te slapen, had bestudeerd. Voorzichtig streek hij met een vinger over haar wangetje. Er ging een schokje over haar gezicht, maar ze sliep door.

Eenmaal op het bureau aangekomen, had Wallander zijn jas nog niet uitgetrokken of hij belde meteen Sten Nordlander op. Hij kreeg direct de gewenste bevestiging.

'Er is inderdaad nog een kind', zei Sten Nordlander. 'Een meisje, dat vanaf haar geboorte zwaar gehandicapt was. Totaal hulpeloos, als ik Håkan goed heb begrepen. Ze konden haar niet thuishouden, ze had vanaf de eerste dag al speciale zorg nodig. Ze hadden het nooit over haar en ik vond dat je dat natuurlijk moest respecteren.'

'Heet ze Signe?'

'Ja.'

'Weet je wanneer ze is geboren?'

Sten Nordlander dacht na voordat hij antwoordde.

'Waarschijnlijk is ze bijna tien jaar ouder dan haar broer. Volgens mij was de schok toen zij geboren werd zo groot, dat het lang heeft geduurd voordat ze nog een kind durfden te nemen.'

'Dan is ze nu in de veertig', zei Wallander. 'Weet je waar ze woont? In welk verpleeghuis of in welke inrichting?'

'Volgens mij heeft Håkan zich een keer laten ontvallen dat het in de buurt van Mariefred lag, maar een naam heb ik nooit gehoord.'

Wallander beëindigde snel het gesprek. Hoewel hij eigenlijk helemaal niets met de zaak te maken had, had hij het gevoel dat hij haast had. Hij realiseerde zich dat hij om te beginnen contact met Ytterberg moest opnemen, maar zijn nieuwsgierigheid dreef hem in een andere richting. Hij keek in zijn hopeloos kliederige telefoonboekje en vond het mobiele nummer dat hij zocht. Het was van een vrouw die bij de afdeling Sociale Zaken van de gemeente Ystad werkte. Ze was de dochter van een vroegere collega die op het politiebureau bij de administratie had gewerkt. Wallander had haar leren kennen in verband met een ingewikkelde pedofiliezaak van enkele jaren geleden. Ze heette Sara Amander en nam meteen op. Ze wisselden enkele woorden over het bestaan en het weer, en daarna vertelde Wallander waarvoor hij belde.

'Een overheidsinstelling voor gehandicapten in de buurt van Mariefred? Misschien zijn er meerdere mogelijkheden? Ik heb adressen en telefoonnummers nodig.'

'Kun je er iets meer over zeggen? Heb je het over aangeboren hersenletsel?'

'Vooral lichamelijk letsel, volgens mij. Een kind dat vanaf de geboorte zorg nodig had. Maar het kan natuurlijk zijn dat ze ook een geestelijke beperking heeft. Dat lijkt me een voordeel voor iemand die zo gehandicapt is, dat je niet al te goed weet hoe ellendig het leven is dat je leidt.'

'We moeten voorzichtig zijn met uitspraken over het leven van andere mensen', zei Sara Amander. 'Er zijn zwaar gehandicapte mensen die verbazingwekkend veel blijdschap in hun leven kennen. Maar ik zal zien wat ik kan vinden.'

Wallander beëindigde het gesprek en ging koffie halen bij de automaat, waar hij een paar woorden met Kristina Magnusson wisselde. Ze herinnerde hem eraan dat ze de volgende avond met de collega's een geïmproviseerd zomerfeest zouden houden bij haar in de tuin. Dat was Wallander ontschoten, maar hij zei dat hij uiteraard zou komen. Hij liep terug naar zijn kamer en om het niet te vergeten schreef hij het op een groot vel, dat hij naast de telefoon legde.

Na een paar uur belde Sara Amander terug. Ze had twee opties voor hem. De ene was een particulier verpleeghuis dat Amalienborg heette en vlak aan de rand van Mariefred lag. De andere was een overheidsinstelling, Niklasgården, die in de buurt van kasteel Gripsholm lag. Wallander noteerde adressen en telefoonnummers en wilde net het eerste nummer bellen toen Martinson in de deuropening verscheen. Wallander legde de hoorn neer en knikte dat hij kon binnenkomen. Martinson vertrok zijn gezicht.

'Wat is er?'

'Een uit de hand gelopen pokerpartij. Een ambulance heeft net een man met messteken naar het ziekenhuis gebracht. We hebben een wagen ter plekke, maar jij en ik moeten er eigenlijk ook heen.'

Wallander greep zijn jas en liep achter Martinson de kamer uit. Het kostte de rest van de dag en een gedeelte van de avond voordat ze erin waren geslaagd uit te zoeken wat er was gebeurd tijdens de pokerpartij die in grof geweld was ontaard. Pas toen Wallander tegen achten op het bureau terugkeerde, kon hij de nummers bellen die hij van Sara Amander had gekregen. Hij begon met Amalienborg. Een vriendelijke vrouw nam op. Terwijl Wallander zijn vraag over Signe von Enke stelde, realiseerde hij zich al dat hij een denkfout maakte. Natuurlijk zou hij geen antwoord krijgen. Een inrichting die zwaar zieke mensen verzorgde, kon natuurlijk niet zomaar aan iedereen namen van haar patiënten doorgeven. Dat was ook de reactie die hij kreeg. Op een van zijn andere vragen, of ze patiënten van verschillende leeftijd hadden of dat het alleen maar volwassenen waren, kreeg hij ook geen antwoord. De vriendelijke vrouw bleef geduldig vermelden dat ze niets mocht zeggen. Ze kon hem helaas niet helpen, hoe graag ze dat ook wilde. Wallander legde de hoorn neer en bedacht dat hij nu eigenlijk

Ytterberg moest bellen, maar hij liet het achterwege. Er waren geen redenen om hem nu te storen. Het gesprek kon wachten tot de volgende dag.

Omdat het een mooie avond was, warm en stil, at hij buiten in de tuin de maaltijd die hij had bereid toen hij thuiskwam. Jussi lag aan zijn voeten de stukjes op te happen die van Wallanders vork gleden. Op de akkers die hem omringden, schitterde nu het gele koolzaad. Om de een of ander onduidelijke reden had zijn vader hem ooit geleerd dat koolzaad in het Latijn *Brassica napus* heette. De woorden waren bij hem blijven hangen. Met onbehagen dacht hij terug aan vele jaren geleden, toen een wanhopige jonge vrouw zichzelf in een koolzaadveld in brand had gestoken. Hij verdreef die gedachte echter. Hij wilde nu gewoon van de zomeravond genieten. Ook al werd zijn leven omringd door mensen die het slachtoffer waren geworden van geweld, die vernederd of omgebracht waren, hij had er behoefte aan zichzelf een avond te gunnen zonder pijnlijke herinneringsbeelden.

De gedachte aan Hans' zus liet hem echter niet los. Hij probeerde de stilte die haar omringde te interpreteren, probeerde zich ook te verplaatsen in wat Mona en hij zouden hebben gedaan als ze een kind hadden gekregen dat vanaf de eerste dag de zorg van vreemde mensen nodig had gehad. Hij rilde bij de gedachte, waar hij zich eigenlijk onmogelijk iets bij kon voorstellen. Hij zat verzonken in gepeins dat alle kanten op ging, toen er gebeld werd. Jussi spitste zijn oren. Het was Linda. Ze praatte zacht en legde uit dat Hans sliep.

'Hij is er helemaal kapot van', zei ze. 'Het ergste is, zegt hij, dat er nu niemand is aan wie hij vragen over haar kan stellen.'

'Ik ben bezig haar op te sporen', zei Wallander. 'Binnen een paar dagen moet ik wel hebben kunnen uitzoeken waar ze zich bevindt.'

‘Begrijp jij hoe Håkan en Louise zo hebben kunnen doen?’

‘Nee. Maar misschien is het de enige manier om het te verdragen. Net te doen of een zo zwaar gehandicapt kind niet bestaat.’

Vervolgens vertelde Wallander haar hoe het koolzaadveld en de horizon erbij lagen.

‘Ik kijk ernaar uit om Klara hier over een paar jaar te hebben rondrennen’, zei hij ten slotte.

‘Toch zou je een vrouw moeten nemen.’

‘Je “neemt” geen vrouw!’

‘Als je niet je best doet, vind je er ook geen! De eenzaamheid zal je van binnen verteren. Je zult een vervelende ouwe kerel worden.’

Wallander bleef tot na tienen buiten zitten. Hij dacht na over wat Linda had gezegd, maar sliep desondanks rustig en werd vlak na vijven uitgerust wakker. Om half zeven stapte hij zijn kantoor al binnen. In zijn hoofd was inmiddels een gedachte gerijpt. Hij nam zijn agenda door om te kijken wat er tot Midzomer op het programma stond, maar constateerde dat er eigenlijk niets was wat hem aan Ystad bond. Het pokerverhaal konden anderen op zich nemen. Omdat Lennart Mattson er ’s ochtends altijd vroeg bij was, klopte Wallander bij hem aan. Mattson was net binnen toen Wallander naar binnen stapte om te vragen of hij drie vakantiedagen kon opnemen. Met ingang van morgen drie dagen.

‘Ik ben me ervan bewust dat het kort dag is,’ zei hij, ‘maar ik heb een privéreden. Bovendien kan ik me in het midzomerweekend ter beschikking stellen, al heb ik dan eigenlijk ook een week vakantie.’

Lennart Mattson maakte geen bezwaren. Wallander mocht zijn dagen opnemen. Hij keerde terug naar zijn kantoor en begon op internet uit te zoeken waar Amalienborg en Niklasgården lagen. Uit de informatie die hij over de twee instellingen kreeg, kon hij niet opmaken welke de goede zou zijn. Ze leken allebei te zorgen voor mensen met zeer uiteenlopende, maar zware beperkingen.

Die avond ging hij naar het tuinfeest bij Kristina Magnusson. Hij wist dat Linda had gezegd dat ze ook zou komen en rond negen uur stond ze inderdaad bij het hek, nadat Klara eindelijk in slaap was gevallen en Hans was gekomen om voor haar te zorgen. Wallander nam haar meteen apart om te vertellen over het uitstapje dat hij ging maken en waaraan hij morgen bij het krieken van de dag zou beginnen. Hij had een glas sodawater in de hand. Ze zei dat ze er eigenlijk al op had gerekend dat hij dit zou doen. Tegen tienen verliet Wallander het feest. Kristina Magnusson liep met hem mee naar de straat. In een plotselinge vlaag van opvlammende begeerte stond hij op het punt haar tegen zich aan te trekken, maar hij wist zich nog net te beheersen. Ze had het nodige gedronken en leek zijn opgekropte intenties niet te merken.

Al voordat hij naar het feest was vertrokken, had hij Jussi bij de buren achtergelaten. De kennel lag er verlaten bij. Wallander ging op bed liggen, zette de wekker om drie uur en sliep een paar uur. Tegen vieren stapte hij in zijn auto. Hij reed in noordelijke richting. De dageraad brak aan met een doorzichtige nevel, maar het zou een mooie dag worden. Even na twaalven arriveerde hij in Mariefred. Nadat hij bij een wegrestaurant had geluncht en een poosje in zijn auto had gedommeld zocht hij Amalienborg op, een oude volkshogeschool met bijbehorende dependance die nu tot verpleeginrichting was omgebouwd. Bij de receptie liet hij zijn politielegitimatiebewijs zien, in de hoop dat dit voldoende zou zijn om er op zijn minst achter te komen of hij op de juiste plek was beland. Het meisje achter de balie was onzeker en haalde er een cheffin bij die Wallanders legitimatie zorgvuldig bestudeerde.

'Signe von Enke', zei Wallander vriendelijk. 'Dat is het enige wat ik hoef te weten. Is ze er of is ze er niet? Het gaat om haar ouders, die helaas zijn verdwenen.'

De cheffin droeg een naambordje, met daarop de naam Anna Gustafsson.

Ze luisterde naar Wallanders uitleg en nam hem onderzoekend op.

'De kapitein-luitenant-ter-zee', zei ze. 'Gaat het om hem?'

'Het gaat inderdaad om hem', zei Wallander, die zijn verbazing niet onder stoelen of banken stak.

'Ik heb in de kranten over hem gelezen.'

'Ik heb het over zijn dochter', zei Wallander. 'Is ze hier?'

Anna Gustafsson schudde haar hoofd.

'Nee', zei ze. 'Wij hebben niemand met de naam Signe. Er is hier geen dochter van een kapitein-luitenant-ter-zee als patiënt opgenomen. Dat kan ik u verzekeren.'

Wallander vervolgde zijn reis. Onderweg kreeg hij een flinke onweersbui over zich heen. Het regende zo hard dat hij moest stoppen, omdat het zicht helemaal verdween. Hij reed een zijweg in en zette de motor uit. Toen hij daar zat, ingesloten als in een luchtbel, met de harde regen trommelend op het dak van de auto, probeerde hij opnieuw door te dringen in het gebeuren rond de twee verdwenen mensen. Ook al had Håkan von Enke als eerste de wijk genomen of was hij het slachtoffer geworden van een misdrijf of een ongeluk, dan hoefde dat nog niet te betekenen dat Louises verdwijning een direct gevolg was van wat hem was overkomen. Dat was een elementaire wijsheid uit Rydbergs mentortijd. Meer dan eens was gebleken dat onthulde gebeurtenissen een oorzakelijk verband hadden dat omgekeerd was: het laatst ontdekte of gebeurde vormde de inleiding en niet de afsluiting van een toedracht. Opnieuw dacht hij aan de wanorde in een van de lades van Håkan von Enkes bureau. Het kompas in zijn hoofd tolde, maar koos geen richting.

In wezen zou het allemaal verbeelding kunnen zijn. Zelfs zijn beleving van Håkan von Enkes gekweldheid hoefde niet op realiteit gebaseerd te zijn. Wallander had af en toe al eerder spoken meegemaakt, ook al lukte het hem meestal koel te blijven bij wat hij zich in zijn hoofd haalde. Naar verdwenen mensen had hij in zijn professionele leven ook al talloze keren gezocht. Bijna altijd waren er vanaf het begin indicaties of je een natuurlijke verklaring kon verwachten of dat er reden tot ongerustheid was. In het geval van Håkan en Louise wist hij het echter niet. Het was allemaal echt onduidelijk, dacht hij, terwijl hij daar in zijn auto zat te wachten tot het ophield met stortregenen. Een toestand van toenemende mistigheid, en niets voorspelt momenteel dat het slechte zicht zal verdwijnen.

Toen de regen geleidelijk ophield, zocht hij zijn weg naar Niklasgården, fraai gelegen aan een meer dat op de kaart de naam Vångsjön droeg. De witte houten gebouwen lagen op een helling, er waren groepjes oude hoge loofbomen, en nog verder weg lagen korenvelden en weilanden. Wallander was uitgestapt en ademde de frisse lucht na de regen diep in. Het was of hij een oude schoolplaat bekeek, een van de prenten die in zijn klaslokaal hadden gehangen toen hij thuis in Limhamn naar de lagere school ging. Schoolplaten met bijbelse landschappen, altijd Palestina met herders en schaapskuddes, en het Zweedse cultuurlandschap met al zijn variaties. Niklasgården lag voor hem als een uitsnede uit een van deze schoolplaten. Even overviel hem een nostalgisch verlangen terug naar de 'schoolplatentijd', maar hij verjoeg zijn herinneringsbeelden. Hij wist dat sentimentaliteit over het verleden de gedachte aan zijn toekomstige ouderdom alleen maar extra pijnlijk en angstaanjagend zou maken.

Hij pakte de verrekijker die hij in zijn rugzak had gestopt en ging ermee over de gebouwen en de omringende, parkachtige tuin. Wallander glimlachte grimmig bij de gedachte dat hij net een opduikende periscoop was in dit mooie zomerlandschap, een duikboot op het land, vermomd als een Peugeot met krassen in de lak. In de schaduw van een paar bomen ontdekte hij enkele rolstoelen. Hij stelde zijn kijker scherp en probeerde hem stil te houden. In de rolstoelen zaten twee mensen die hun hoofd lieten hangen. De een, een vrouw van wie hij de leeftijd niet kon vaststellen, liet haar hoofd op haar borst leunen. In de andere rolstoel zat een man, een jonge man meende hij te kunnen zien, wiens hoofd naar achteren hing, alsof zijn nek helemaal geen steun had. Wallander liet de kijker zakken en vroeg zich met een onbehaaglijk gevoel af wat hem te wachten stond. Hij stapte weer in de auto en reed naar het hoofdgebouw, waar hij door de provinciale overheid werd verwelkomd met bordjes die in allerlei richtingen wezen. Wallander liep naar de receptie. Hij drukte op een bel en wachtte. Ergens hoorde hij een radio. Uit een belendende kamer kwam een vrouw tevoorschijn. Ze was in de veertig en Wallander werd meteen getroffen door haar schoonheid. Ze had kort zwart haar, donkere ogen en ze keek hem glimlachend aan. Toen ze sprak, kon hij duidelijk horen dat ze een buitenlands accent had. Wallander vermoedde dat ze haar wortels in een Arabisch land had. Hij pakte zijn legitimatie en stelde zijn vraag. Hij kreeg niet meteen antwoord. De mooie vrouw bleef hem glimlachend opnemen.

'Het is voor het eerst dat hier een politieman komt', zei ze. 'En dan nog wel van zo ver weg. Maar helaas kan ik u geen namen verstrekken', zei ze. 'Van iedereen die hier woont, wordt de privacy gewaarborgd.'

'Dat begrijp ik allemaal wel', zei Wallander. 'Als het nodig is, zal ik een document van een officier van justitie verschaffen dat mij het recht geeft om hier elke kamer, elk papier en elke naam door te nemen, maar dat wil ik liever vermijden. Het is voldoende als u knikt of met uw hoofd schudt. Dan beloof ik dat ik daarna wegga en niet meer terugkom.'

Ze dacht na voordat ze antwoord gaf. Wallander was nog steeds zeer geboeid door haar schoonheid.

'Stel uw vraag maar', zei ze uiteindelijk. 'Ik begrijp wat u bedoelt.'

'Woont hier iemand met de naam Signe von Enke? Ze is ongeveer veertig jaar oud en al vanaf haar geboorte gehandicapt.'

Ze knikte, één keer, dat was alles, maar meer hoefde Wallander ook niet te weten. Nu wist hij dat ze bestond. Voor hij verder kon gaan, moest hij eerst met Ytterberg praten.

Hij had zich al omgedraaid, zijn blik met moeite van haar losrukkend, toen hij bedacht dat er nog een vraag was die zij misschien wel wilde beantwoorden. Hij keek haar weer aan.

'Nog een knikje', zei hij. 'Of een hoofdschudden. Wanneer is er voor het laatst bezoek geweest voor Signe?'

Ze dacht na voordat ze reageerde. Ditmaal met woorden, geen hoofdbeweging.

'Dat is een paar maanden geleden', zei ze. 'Ergens in april. Maar dat kan ik wel nazoeken als het belangrijk is.'

'Zeer belangrijk', zei Wallander. 'Dat zou enorm helpen.'

Ze verdween in de kamer waaruit ze was gekomen. Na een paar minuten keerde ze terug met een vel papier in haar hand.

'Op 10 april', zei ze. 'Dat was haar laatste bezoek. Daarna is hier niemand meer geweest. Ze is opeens een heel eenzaam persoon geworden.'

Wallander dacht na. *10 april. De dag daarna had Håkan von Enke zijn appartement verlaten. Om nooit meer terug te komen.*

'Ik neem aan dat haar vader hier die dag was', zei hij zacht.

Ze knikte. Hij was het inderdaad geweest.

Wallander verliet Niklasgården en reed naar Stockholm. Toen hij in Grevgatan arriveerde, deed hij de deur van het appartement van het slot met de sleutels die hij van Linda had gekregen.

Hij bedacht dat het net was of hij weer bij het begin moest beginnen. Maar het begin van wat?

Lang bleef hij roerloos midden in de woonkamer staan. Hij probeerde het te bevatten, maar er was niets wat hem verder hielp.

Om hem heen alleen maar deze grote stilte. Een diepte waarop een onderzeeër van de onrust van de zee niets merkte.

12

Die nacht sliep Wallander in het verlaten appartement.

Omdat het warm was, bijna drukkend heet, liet hij een paar ramen op een kier staan. Hij zag hoe de dunne vitrages zachtjes bewogen. Vanaf de straat hoorde je af en toe brallende mensen. Wallander bedacht dat hij naar schimmen luisterde, zoals je altijd doet in onlangs verlaten huizen of appartementen. Hij had Linda niet om de sleutels van het appartement gevraagd om op hotelkosten te besparen. Uit ervaring wist Wallander dat in een rechercheonderzoek de eerste indrukken vaak het belangrijkst waren. Het was lang niet altijd gegeven dat het veel nieuws opleverde als je terugkeerde, maar ditmaal wist hij waarnaar hij op zoek was.

Wallander sloop op kousenvoeten rond om te voorkomen dat de buren achterdochtig zouden worden. Hij had Håkans kamer en de twee ladekasten van Louise doorgenomen. De grote boekenkast in de woonkamer doorzocht hij ook, evenals andere kasten in het appartement. Toen hij die avond tegen tienen voorzichtig naar buiten glipte om wat te gaan eten, was hij zo zeker als hij kon zijn. Alle sporen van het gehandicapte meisje waren zorgvuldig uitgewist.

Hij at in iets wat een Hongaars restaurant moest voorstellen, maar waar de bediening en het personeel in de open keuken Italiaans spraken. Toen hij weer met de langzame lift naar de derde verdieping van het appartementencomplex onderweg was, overpeinsde hij waar hij zou slapen. In de werkkamer van Håkan von Enke stond een bank, maar uiteindelijk ging hij in de woonkamer, waar hij met Louise thee had gedronken, onder een Schotsgeruite deken liggen.

Tegen enen werd hij gewekt door een paar luidruchtige

nachtwandelaars en toen hij daar in de donkere kamer lag, was hij opeens klaarwakker. Het was absurd dat er helemaal geen sporen zouden zijn van het meisje dat nu in de inrichting Niklasgården woonde. Hij werd er bijna naar van dat hij nog geen foto's had gevonden, of althans een document, een van de bureaucratische identiteitsbewijzen waarmee alle Zweden vanaf hun geboorte worden omringd. Hij begon dus opnieuw door het appartement te sluipen. Hij had een zaklampje meegenomen, waarmee hij af en toe in de allerdonkerste hoeken scheen. Hij vermeed het om licht aan te doen, bang dat het een van de buren in de appartementen aan de overkant van de straat zou opvallen, maar hij dacht ook aan de lampen die Håkan von Enke 's nachts altijd aan had gelaten. Was dat echt waar? Was de onzichtbare grens tussen leugen en werkelijkheid in de familie Von Enke niet buitengewoon gemakkelijk te overschrijden? Hij bleef in de keuken staan en probeerde een antwoord te vinden. Daarna ging hij onverdroten verder; het was de bloedhond in hem die hij soms bij zichzelf naar boven wist te halen en die hij nu niet wilde laten rusten voordat die de sporen van Signe had gevonden die er moesten zijn.

Om een uur of vier die ochtend slaagde hij daar inderdaad in. In de boekenkast, weggestopt achter een paar grote kunstboeken, vond hij een fotoalbum. Veel foto's zaten er niet in, maar ze waren netjes ingeplakt; de meeste in verbleekte kleuren, enkele in zwart-wit. Behalve de foto's zat er niets in het album en er stond niets bij geschreven. Er waren geen foto's van broer en zus samen, maar dat had hij ook niet verwacht. Toen Hans werd geboren was Signe al verdwenen, afgestaan, uitgewist. Wallander telde een kleine vijftig foto's. Op de meeste was Signe alleen afgebeeld, liggend in verschillende posities. Maar op de laatste foto had Louise haar vast, ernstig en met haar blik van de camera afgewend. Het deed Wallander verdriet om te zien dat de foto onthulde dat Louise daar liever niet met haar kind in haar armen had gezeten. Er ging een oneindige troosteloosheid van de foto uit. Wallander schudde zijn hoofd; zijn onbehagen was groot.

Hij ging weer op de bank liggen. Hij was heel moe, maar tegelijkertijd opgelucht en hij viel meteen in slaap. Met een schok werd hij om acht uur wakker van het getoeter van een auto beneden op straat. Hij had over paarden gedroomd. Een kudde kwam aandraven door de duinen bij Mossby en rende zo het water in. Hij probeerde de droom te duiden, maar slaagde daar niet in. Dat lukte hem bijna nooit; hij wist niet goed wat hij met ze aan moest. Hij liet een bad vollopen, dronk koffie en belde rond negen uur naar Ytterberg, die in een vergadering zat. Wallander kreeg het voor elkaar een berichtje te verzenden en kreeg een sms'je van Ytterberg terug dat ze elkaar om half elf konden ontmoeten bij Stadshuset, aan de waterkant. Daar stond Wallander dan ook te wachten toen Ytterberg op zijn fiets kwam aanzetten. Er was een café in de buurt en daar gingen ze allebei met een kop koffie aan tafel zitten.

'Wat doe je hier?' vroeg Ytterberg. 'Ik dacht dat grote steden niet je voorkeur hadden.'

'Dat is ook zo. Maar soms is er geen ontkomen aan.'

Wallander vertelde over Signe. Ytterberg luisterde aandachtig en onderbrak hem niet. Wallander sloot zijn verhaal af door over het fotoalbum te vertellen dat hij die nacht had gevonden. Hij had het in een plastic tasje meegenomen en legde het nu op tafel. Ytterberg schoof zijn kopje aan de kant, veegde zijn handen af en bladerde voorzichtig het album door.

'Hoe oud zou ze inmiddels zijn?' vroeg hij. 'Veertig?'

'Zoiets, als ik Atkins goed begrepen heb.'

'Op deze foto's is ze niet ouder dan twee, hoogstens drie jaar.'

'Dat is het nou net', zei Wallander. 'Of er moet een ander

album zijn. Maar dat denk ik niet. Het is net of ze na haar derde verjaardag is uitgewist.'

Ytterberg vertrok zijn gezicht en schoof het album voorzichtig terug in de plastic tas. Een witte passagiersboot stevende voorbij op Riddarfjärden. Wallander verschoof zijn stoel zodat hij in de schaduw kwam te zitten.

'Ik was van plan naar Niklasgården terug te gaan', zei hij. 'Ondanks alles maak ik deel uit van de familie van dit meisje. Maar ik heb van jou groen licht nodig. Je moet weten wat ik doe.'

'Wat denk je dat het oplevert als je haar ontmoet?'

'Dat weet ik niet. Maar voordat haar vader verdween, is hij nog bij haar langsgegaan. Daarna is er niemand meer geweest.'

Ytterberg dacht even na en gaf toen antwoord.

'Het is echt eigenaardig dat Louise er in al die tijd dat Håkan verdwenen is geen enkele keer naartoe gaat. Hoe interpreteer jij dat?'

'Ik interpreteer dat helemaal niet. Maar ik heb er net zo veel vraagtekens bij als jij. Misschien moeten we samen naar Signe gaan?'

'Ga jij maar alleen. Ik zal iemand vragen om ernaartoe te bellen om te zeggen dat je het recht hebt haar te ontmoeten.'

Terwijl Ytterberg telefoneerde, liep Wallander naar de rand van de kade om uit te kijken over het water. De zon stond hoog aan de helderblauwe hemel. Het is nu volop zomer, dacht hij. Na een poosje kwam Ytterberg naast hem staan.

'Je hebt groen licht', zei hij. 'Maar één ding moet je weten. De vrouw die ik heb gesproken zei dat Signe von Enke niet praat. Niet omdat ze niet wil, maar omdat ze niet kan. Ik weet niet of ik het allemaal goed begrepen heb, maar ze schijnt zonder stembanden te zijn geboren. Onder andere.'

'Onder andere?'

'Ze is blijkbaar zwaar gehandicapt. Er ontbreekt het een en ander. Ik ben eigenlijk blij dat ik er niet naartoe hoef. Vooral niet op een dag als vandaag.'

'Wat is er zo bijzonder aan vandaag?'

'Mooi weer', zei Ytterberg. 'Een van de eerste zomerdagen van dit jaar. Ik wil liever niet onnodig van streek raken.'

'Die vrouw van Niklasgården', zei Wallander toen ze weglie-pen. 'Had die een accent?'

'Inderdaad. Ze had een heel mooie stem. Ze zei dat ze Fatima heette, als ik het goed heb verstaan. Als ik moet raden, zou ik zeggen dat ze uit Iran of Irak komt.'

Wallander beloofde dat hij diezelfde dag nog wat van zich zou laten horen. Hij had zijn auto bij de hoofdingang van Stadshuset neergezet en kon hem nog net ophalen voordat er een wakkere parkeerwachter bij kwam. Hij reed de stad uit en bracht een uurtje later zijn auto tot stilstand bij de hoofdingang van Niklasgården. Toen hij de receptie betrad, was daar een oudere man die zich voorstelde als Artur Källberg. Hij begon 's middags en had dienst tot middernacht.

'Laten we bij het begin beginnen', zei Wallander. 'Vertel over Signes aandoeningen.'

'Zij is een van de zwaarst gehandicapten', zei Artus Källberg. 'Toen ze werd geboren was er niemand die dacht dat ze lang zou overleven. Maar sommige mensen hebben een levenswil die voor ons gewone stervelingen onvoorstelbaar is.'

'Even wat preciezer', zei Wallander. 'Wat mankeert haar?'

Källberg aarzelde voordat hij antwoord gaf, alsof hij probeerde in te schatten of Wallander het aankon om alle feiten te horen, of het verdiende om de waarheid te horen te krijgen. Wallander werd ongeduldig.

'Ik luister', zei hij. 'Ga door!'

'Ze mist beide armen. Bovendien heeft ze een gebrek in haar keel waardoor ze niet kan praten en ze heeft ook aangeboren hersenletsel. Verder heeft ze een misvorming aan haar ruggengraat. Dat betekent dat ze zich slechts zeer beperkt kan bewegen.'

'Wat bedoelt u daarmee?'

'Ze heeft een zekere beweeglijkheid in haar hals en hoofd. Ze kan bijvoorbeeld met haar ogen knipperen.'

Wallander probeerde zich voor te stellen hoe verschrikkelijk de situatie zou zijn als Klara door deze grenzeloze ellende getroffen was, dat Linda een kind had gebaard dat zwaar gehandicapt was. Hoe zou hij dan hebben gereageerd? Kon hij zich werkelijk verplaatsen in wat het voor Håkan en Louise moest hebben betekend? Hij kreeg er natuurlijk geen helderheid over wat hij nou eigenlijk geloofde, dacht of vond.

'Hoelang woont ze hier al?' vroeg hij.

'De eerste jaren van haar leven verbleef ze in een tehuis voor zwaar gehandicapte kinderen', zei Källberg. 'Dat stond op Lidingö, maar is in 1972 opgeheven.'

Wallander stak zijn hand op.

'Laten we iets preciezer zijn', zei hij. 'Ga ervan uit dat ik alleen de naam van dit meisje weet.'

'Dan moeten we misschien ophouden met haar "meisje" te noemen', zei Källberg. 'Ze wordt dit jaar eenenveertig. Raad eens wanneer?'

'Hoe moet ik dat kunnen weten?'

'Ze is vandaag jarig. Onder normale omstandigheden zou haar vader dan komen en de hele middag met haar doorbrengen. Maar nu komt er niemand.'

Källberg leek ontdaan bij de gedachte dat Signe von Enke haar verjaardag zonder bezoek zou moeten doormaken. Wallander begreep hem wel.

Eén vraag was natuurlijker belangrijker dan alle andere, maar daar besloot hij mee te wachten. Alles op zijn tijd. Hij haalde zijn opgevouwen, versleten notitieblokje uit zijn zak.

'Ze is dus op 8 juni geboren', zei Wallander. 'In 1967?'

'Dat klopt.'

'Heeft ze ooit thuis bij haar ouders gewoond?'

'Volgens de aantekeningen die ik heb doorgenomen is ze direct van het ziekenhuis naar het tehuis in Lidingö gebracht. Toen dat verbouwd moest worden omdat het te klein werd, waren de buren bang dat de waarde van hun huizen zou dalen. Hoe ze het voor elkaar hebben gekregen om het allemaal tegen te houden weet ik niet, maar ze slaagden er dus niet alleen in om uitbreiding tegen te gaan, maar om de hele instelling te laten opheffen.'

'Waar is ze toen naartoe verhuisd?'

'Ze kwam in een zorgcarrousel terecht. Ze heeft onder andere een jaar op Gotland gezeten, in de buurt van Hemse. Maar negenentwintig jaar geleden is ze hiernaartoe gekomen. En hier is ze nog steeds.'

Wallander maakte aantekeningen. Met een macabere koppigheid dook in zijn hoofd af en toe het beeld van een Klara zonder armen op.

'Vertel over haar toestand', zei Wallander. 'In zekere zin hebt u dat natuurlijk al gedaan, maar ik denk nu aan haar bewustzijn. Wat begrijpt ze? Wat voelt ze?'

'Dat weten we niet. Ze uit alleen basale reacties en dat doet ze dan met een soort lichaamstaal en een bepaalde mimiek die voor mensen die er niet aan gewend zijn misschien moeilijk te interpreteren zijn. Wij beschouwen haar bijna als een baby, maar dan met een lange levenservaring.'

'Kunnen we ons verplaatsen in wat ze denkt?'

'Nee. Maar er is eigenlijk niets wat ervoor pleit dat ze zich bewust is van de omvang van haar lijden. Ze wekt nooit de indruk pijn te lijden of vertwijfeld te zijn. En het is natuurlijk een genade als dat het geval is.'

Wallander knikte. Hij dacht dat hij het wel begreep. Hij

was nu aan zijn belangrijkste vraag toegekomen.

'Haar vader kwam op bezoek', zei hij. 'Hoe vaak?'

'Minstens één keer in de maand, soms vaker. Het waren ook geen korte bezoekjes. Hij bleef altijd minstens een paar uur.'

'Wat deed hij? Als ze niet konden praten?'

'Zíj kan niet praten. Hij zat bij haar te vertellen. Dat was heel ontroerend. Hij vertelde over alles wat er was gebeurd, over het gewone leven, over het leven in de kleine en de grote wereld. Hij praatte tegen haar als tegen een volwassene, en hij werd het nooit beu.'

'Wat gebeurde er als hij op zee zat? Hij was immers jarenlang commandant op onderzeeërs en andere marineschepen?'

'Hij gaf het altijd door als hij weg zou zijn. Het was aangrijpend om hem dat aan haar te horen uitleggen.'

'En wie kwam er dan bij Signe op bezoek? Haar moeder?'

Källbergs antwoord was helder en kil, en het kwam zonder aarzeling.

'Die kwam hier nooit. Ik werk hier al sinds 1994 en zij heeft haar dochter nooit bezocht. De enige die hier bij haar komt, is haar vader.'

'Bedoelt u dat Louise hier nooit kwam om haar dochter te zien?'

'Nooit.'

'Is dat niet heel opmerkelijk?'

Källberg haalde zijn schouders op.

'Dat hoeft niet. Sommige mensen kunnen er gewoon niet tegen om iemand te zien lijden.'

Wallander stak zijn notitieblok weg. Heel even vroeg hij zich af of hij zijn eigen handschrift wel zou kunnen lezen.

'Ik zou haar willen zien', zei hij. 'Vooropgesteld dat ze er niet onrustig van wordt.'

'Dat vergat ik nog te zeggen', zei Källberg. 'Ze ziet erg

slecht. Ze ziet mensen alleen als vage figuren tegen een grijze achtergrond. Dat is althans wat de artsen denken.'

'Ze herkende haar vader dus aan zijn stem?' peinsde Wallander.

'Ja, vermoedelijk. Naar haar lichaamstaal te oordelen leek dat zo.'

Wallander was opgestaan, maar Källberg bleef zitten.

'Weet u absoluut zeker dat u haar wilt ontmoeten?'

'Ja', zei Wallander. 'Dat weet ik zeker.'

Dat was natuurlijk niet waar. Het ging hem er eigenlijk om dat hij haar kamer wilde zien.

Via glazen deuren die geruisloos achter hen dichtschoven, liepen ze verder het gebouw in. Aan het eind van een gang duwde Källberg een deur van een kamer open. Het was er licht, er lag linoleum op de vloer. Een paar stoelen, een boekenkast en een bed, waar Signe von Enke in elkaar gekropen in lag.

'Ik wil graag alleen met haar zijn', zei Wallander. 'Wacht buiten.'

Toen Källberg was vertrokken keek hij snel rond in de kamer. *Waarom staat er een boekenkast bij iemand die blind is en zonder bewustzijn?* Hij deed een stap naar het bed toe om Signe te bestuderen. Ze had blond, kortgeknipt haar en leek op Hans, haar broer. Ze had haar ogen open, maar ze staarde leeg de kamer in. Ze ademde schoksgewijs, alsof elke ademteug haar pijn berokkende. Wallander kreeg een brok in zijn keel. Waarom moest iemand zo lijden als zij? Een bestaan zonder ooit in de buurt te kunnen komen van wat het leven althans een denkbeeldige zweem van zin gaf. Hij bleef naar haar kijken, maar ze leek zich niet bewust van zijn aanwezigheid. De tijd stond stil. Hij bevond zich in een eigenaardig museum, dacht hij, een plek waar hij werd gedwongen naar een ingemetselde mens te kijken. Het meisje in de toren, dacht hij. Ingemetseld in zichzelf.

Hij keek naar de stoel bij het raam. *Daar zat Håkan von Enke altijd tijdens zijn bezoeken.* Hij liep naar de boekenkast en ging op zijn hurken zitten. Er stonden kinderboeken, prentenboeken. Signe von Enkes ontwikkeling was meteen gestopt; ze was nog steeds een kind. Wallander nam de boekenkast zorgvuldig door, pakte de boeken eruit en keek of er niets achter verborgen zat.

Tussen een aantal Babarboeken vond hij wat hij zocht. Ditmaal geen fotoalbum, maar dat had hij ook niet verwacht. Waar hij nou echt naar op zoek was, wist hij niet, maar er had iets ontbroken in het appartement aan Grevgatan, daar was hij van overtuigd. Er was daar iemand geweest om de papieren op te schonen, of Håkan von Enke had dat zelf gedaan. En waar had hij in dat geval kunnen verstoppen wat hij ertussenuit had gehaald als het niet uitgerekend in deze kamer was? Tussen de Babarboeken, die hij en Linda zelf nog hadden gelezen toen ze klein waren, stond een grote map met twee harde zwarte kaften. Twee dikke elastieken hielden hem bijeen. Wallander aarzelde of hij hem hier in de kamer zou openmaken, maar nam snel een besluit. Hij trok zijn jas uit en wikkelde de klapper daarin. Signe lag nog steeds roerloos met haar ogen open.

Wallander deed de deur open. Källberg stond met zijn vinger in een veel te droge bloempot te peuteren.

'Het is triest', zei Wallander. 'Het koude zweet breekt me uit als ik alleen al naar haar kijk.'

Ze liepen terug naar de receptie.

'Een paar jaar geleden kwam hier een keer een jonge studente van een kunstacademie', zei Källberg. 'Haar broer woonde hier, maar die is nu overleden. Ze vroeg of ze de bewoners mocht tekenen. Ze was heel goed; ze had tekeningen meegebracht om te laten zien wat ze kon. Ik was absoluut vóór haar voorstel, maar de leiding vond dat dit misschien inbreuk maakte op de integriteit van de bewoners.'

'Wat gebeurt er wanneer ze sterven?'

'De meesten hebben familie. Maar een enkeling wordt in stilte begraven zonder verwanten. Dan proberen er altijd zo veel mogelijk mensen van het personeel bij aanwezig te zijn. We kennen hier weinig verloop. Wij zijn als het ware hun nieuwe familie.'

Toen Wallander afscheid had genomen reed hij naar Mariefred, waar hij bij een pizzeria wat at. Er stonden een paar tafeltjes op het trottoir en na het eten ging hij met een kop koffie buiten zitten. Aan de horizon begon zich een onweersfront te vormen. Vlak bij een klein warenhuis in de buurt stond een man op een accordeon te spelen. Het was een bedelaar en geen straatmuzikant en hij speelde dan ook hartverscheurend vals. Toen de muziek onverdraaglijk werd, leegde Wallander zijn kopje en keerde hij terug naar Stockholm. Hij was net het appartement in Grevgatan binnengestapt toen de telefoon ging. Het geluid echode desolaat door de lege kamers. Er werd geen bericht ingesproken op het antwoordapparaat. Wallander luisterde de eerdere berichten af, van een tandarts en een naaister. Louise kon op een ander tijdstip bij de tandarts terecht omdat iemand had afgezegd. Maar wanneer dat was? Wallander noteerde de naam van de tandarts: Sköldin. De naaister zei alleen 'dat het mantelpakje klaar was'. Maar ze noemde haar naam niet, en ook geen datum en tijd.

Opeens begon het in Stockholm te regenen, een hevige stortbui. Wallander ging voor het raam staan en keek op de straat neer. Hij voelde zich net een indringer. De verdwijning van het echtpaar Von Enke had echter invloed op het leven van andere personen, mensen die hem na stonden. Daarom bevond hij zich waar hij nu was.

Na ruim een uur verminderde de hevige regenval, een van de ergste buien die de hoofdstad die zomer te verwerken kreeg. Kelders liepen onder en verkeerslichten deden het niet meer door blikseminslag in de elektriciteitsleidingen, maar daar merkte Wallander natuurlijk niets van. Hij ging helemaal op in de map die Håkan von Enke in de kamer van zijn dochter had verstopt. Al na een paar minuten had Wallander het gevoel dat hij een ongelooflijke wirwar voor zich had. Er zaten korte haikugedichten tussen, fotokopieën van fragmenten uit het dagboek dat de Zweedse opperbevelhebber in het najaar van 1982 had bijgehouden, meer of minder duidelijk geformuleerde aforismen van Håkan von Enke zelf, en heel veel andere dingen: krantenknipsels, foto's en ook nog een paar klodderige aquarellen. Met een steeds sterker wordend gevoel dat hij dit helemaal niet had verwacht uit Håkan von Enkes handen sloeg Wallander de ene na de andere bladzijde om van dit vreemde dagboek, als je het althans zo kon noemen. Eerst bladerde hij de map door in een poging een overzicht te krijgen. Vervolgens begon hij weer van voren af aan, maar nu grondiger. Toen hij de kaft uiteindelijk dichtsloeg en zijn rug rechtte, bedacht hij dat het er in feite allemaal niet duidelijker op werd.

Hij ging de deur uit om te eten. De heftige regenbuien waren weggetrokken. Om negen uur 's avonds keerde hij terug naar het lege appartement. Voor de derde keer trok hij de map met de zwarte kaft naar zich toe om de inhoud te gaan doornemen.

Hij zocht, dacht hij, naar de 'tweede' inhoud. De onzichtbare tekst tussen de regels.

Die moest er zijn. Dat wist hij zeker.

13

Het liep al tegen drie uur in de ochtend toen Wallander van de bank opstond en voor het raam ging staan. Het was weer gaan regenen, een lichte motregen die op de al natte straten neerdaalde. Nog eens keerde hij in zijn vermoeide hoofd terug naar het feest in Djursholm, toen Håkan von Enke hem had verteld over de onderzeeërs. Wallander was er zeker van dat er toen al papieren tussen Signes Babarboeken verstopt hadden gezeten. Dat was Håkans geheime kamer, veiliger dan een kluis. Dat Wallander hiervan zo overtuigd was, berustte simpelweg op het feit dat Von Enke een aantal van de documenten had gedateerd. De laatste datering was van de dag vóór zijn vijfenzeventigste verjaardag. Hij had zijn dochter daarna nog minstens één keer bezocht, de dag voor zijn verdwijning, maar toen had hij niets opgeschreven.

Ik kom niet verder, had hij geschreven. *Maar ik ben nu ver genoeg.* Dat waren zijn afsluitende woorden. Behalve een laatste woord, dat er blijkbaar later aan was toegevoegd, met een andere pen geschreven. *Moeras.* Alleen dat. Eén woord.

Waarschijnlijk het laatste van zijn hand, dacht Wallander. Helemaal zeker weten deed hij het niet, maar heel even had hij het gevoel dat dit ook niet belangrijk was. Andere dingen die hij in de map had ontdekt vertelden zo veel meer over de man die de pen voerde.

Vooral de kopieën uit de dagboeken van Lennart Ljung, de opperbevelhebber. Eigenlijk was het dagboek zelf niet belangrijk, maar wat Håkan von Enke er als commentaar in de marge bij had geschreven. Vaak in rood, soms doorgestreept of gecorrigeerd, met toevoegingen, en bij latere gelegenheden, in een enkel geval vele jaren na de eerste kantlijnaantekeningen, heel nieuwe gedachtengangen. Soms had hij ook poppetjes tussen de regels getekend: duivels met bijlen of bliksemende drietanden in de hand. Ergens had hij een verkleinde zeekaart van Hårsfjärden ingeplakt. Daarop had hij rode stippen getekend, verschillende vaarroutes geschetst voor onbekende vaartuigen en daarna alles nijdig doorgehaald om weer opnieuw te beginnen. Hij had ook het aantal gedropte dieptebommen, allerlei zeemijnenblokkades en sonarcontacten genoteerd. Soms werd het allemaal één onontwarbare brij voor Wallanders vermoeide ogen. Dan liep hij naar de keuken om zijn gezicht af te spoelen. En begon hij weer opnieuw.

Vaak had Von Enke de penpunt zo stevig op het papier gedrukt dat er gaatjes in waren gekomen. De aantekeningen lieten een heel ander temperament van de oude duikbootkapitein zien, bijna een bezetenheid die aan het krankzinnige grensde. Je vond helemaal niets terug van de rust waarmee hij in de raamloze kamer zijn monoloog had afgestoken.

Wallander bleef voor het raam staan luisteren naar een paar jonge mannen die obsceniteiten riepen terwijl ze door de nacht naar huis slingerden. Degenen die schreeuwen, zijn degenen die achter het net hebben gevist, dacht hij, degenen die in hun eentje naar huis moeten. Dat moest ik veertig jaar geleden vaak ook.

Wallander had de fragmenten uit de dagboeken van de opperbevelhebber zo nauwkeurig gelezen dat hij elke zin nu uit zijn hoofd meende te kennen. *Woensdag 24 september 1980.* De opperbevelhebber bezocht een luchtafweerregiment bij Stockholm en noteerde dat er nog steeds zorgen waren over de rekrutering van officieren, hoewel er veel geld was gestoken in de renovatie van de kazernes om die aantrekkelijker te maken. Bij die alinea had Håkan von Enke geen enkele aantekening gemaakt. Pas helemaal onderaan op de bladzijde vlamde de rode pen op, een slag in het papier als van een zwaard. *De kwestie van onderzeeërs in Zweedse territoriale wateren is in de loop van de dag opnieuw actueel geworden. Vorige week is een duikboot ontdekt bij Utö, die duidelijk binnen de territoriale grens lag. Delen van de duikboot zijn boven water gesignaleerd. De identificatie wijst eenduidig in de richting van een duikboot van de Misky-klasse. De Sovjet-Unie en Polen hebben zulke duikboten.*

Hier waren de aantekeningen opeens moeilijk te lezen. Wallander had het vergrootglas van Von Enkes bureau gepakt en was er uiteindelijk in geslaagd de woorden te ontcijferen. Hij vroeg zich af wat voor 'delen' ze gezien meenden te hebben. De periscoop? De toren? Hoelang was de duikboot zichtbaar geweest, wie had hem gezien, welke koers had hij gevaren? Wallander ergerde zich eraan dat het dagboek zo arm aan cruciale details was. Bij het woord 'Misky-klasse' had Von Enke geschreven: *De NAVO en Whisky. Dus de West-Europese benaming voor de onderzeeër in kwestie.* De rode pen had de laatste regels op de bladzijde onderstreept. *Bij deze gelegenheid werden zowel met knoopschoten als met dieptebommen waarschuwingen gegeven. De onderzeeër kon niet worden gedwongen aan de oppervlakte te komen. Aangenomen werd dat hij de Zweedse wateren later verliet.* Wallander zat een poosje te peinzen wat een 'knoopschot' kon zijn, maar hij vond er geen verklaring voor, noch uit zijn eigen ervaringen, noch in het boek dat hij voor zich had liggen. In de kantlijn stond ook: *Met uitsluitend waarschuwingen dwing je geen onderzeeër naar de oppervlakte, alleen met scherp.* Waarom lieten ze de onderzeeër gaan?

De aantekeningen gingen door tot 28 september. Toen had Ljung een gesprek met de chef van de marine die op bezoek was geweest in Joegoslavië. Håkan von Enke was niet meer geïnteresseerd. Geen aantekeningen, geen poppetjes, geen uitroeptekens. Maar verderop op de bladzijde was Ljung ontevreden over een uitspraak van de afdeling Voorlichting van de marine. Hij riep de chef van de marine op om de verantwoordelijke een reprimande te geven. In de kantlijn noteerde de rode pen: *Het zou belangrijker zijn om aan andere misstanden prioriteit te geven.*

De onderzeeër bij Utö. Wallander herinnerde zich dat hij daar in Djursholm over had gehoord. *Daar begon het,* meende hij zich te herinneren dat Håkan von Enke had gezegd. Hoe zijn precieze bewoordingen hadden geluid, wist hij echter niet meer.

Het tweede fragment uit het dagboek was aanzienlijk langer. Het bestreek de periode van 5 tot 15 oktober 1982. Dit is de echt grote galavoorstelling, dacht Wallander. Zweden bevindt zich in het middelpunt van de wereld. Iedereen volgt hoe de Zweedse marine en haar helikopters uit alle macht op zoek zijn naar onderzeeërs of vermoedelijke onderzeeërs of non-onderzeeërs. Te midden van dat alles was Zweden bezig met een regeringswisseling. De opperbevelhebber had er een rotklus aan om zowel de demissionaire als de toekomstige minister van Defensie op de hoogte te houden. Premier Torbjörn Fälldin leek een keer te vergeten dat hij aftrad, waarop Olof Palme nijdig zijn verbazing liet blijken over het feit dat hij niet fatsoenlijk werd geïnformeerd over wat er op Hårsfjärden gebeurde. De opperbevelhebber had geen moment rust. Hij schoot als een raket heen en weer tussen de marinebasis Berga en de twee regeringen, die elkaar op de tenen trapten. Bovendien moest hij reageren op de hatelijke opmerkingen van Adelsohn, de leider van de conservatieven, die niet kon begrijpen waarom de onderzeeërs niet naar boven konden worden gehaald. Daar had Håkan von Enke ironisch bij genoteerd dat hij opeens een politicus had gevonden die dezelfde vragen stelde als hij.

Wallander was in zijn versleten notitieblok aan een lijst met namen en tijdstippen begonnen. Waarom hij dat deed, wist hij niet goed. Misschien was het alleen maar om te proberen orde te scheppen in de wirwar aan details om later Von Enkes steeds verbitterder notities in de kantlijn beter te kunnen begrijpen.

Af en toe had hij het gevoel dat deze *een andere toedracht* probeerde toe te schrijven aan wat er was gebeurd. Von Enke zit de geschiedenis te herschrijven, dacht hij. Hij is net als die gek in het krankzinnigengesticht, die veertig jaar lang klassieke werken zat te lezen om vervolgens de afloop te herschrijven wanneer hij vond dat die te tragisch was. Von Enke schreef wat hij vond dat er *had moeten* gebeuren. En stelde daardoor de vraag waarom dat niet gebeurd was.

Diep verzonken in de lectuur – hij had inmiddels zijn overhemd uitgetrokken en zat halfnaakt op de bank – begon Wallander op een gegeven moment te overpeinzen of Håkan von Enke paranoïde was, maar die gedachte zette hij snel van zich af. De aantekeningen in de kantlijn en tussen de regels waren nijdig, maar tegelijkertijd helder en logisch, althans, voorzover hij kon beoordelen.

Midden in de tekst stonden opeens een paar eenvoudige woorden, bijna als een haiku.

Gebeurtenissen onder de oppervlakte
Niemand merkt
Wat er gebeurt.

Gebeurtenissen onder de oppervlakte
De duikboot sluipt
Niemand wil dat hij naar boven wordt gehaald.

Was dat zo? dacht Wallander. Dat het allemaal toneelspel was? Dat er nooit een echte wens had bestaan om de onderzeeër te identificeren? Maar voor Håkan von Enke was er een andere, belangrijker vraag. Hij was op jacht naar iets anders, niet naar een onderzeeër, maar naar een mens. Dat kwam in zijn notities terug als koppig herhaald tromgeroffel. Wie neemt de beslissingen? Wie wijzigt ze? Wie?

Ergens had Håkan von Enke de opmerking geschreven: *Om degene of degenen te vinden die werkelijk de beslissingen namen, moet ik de vraag 'waarom' beantwoorden. Als die althans niet al beantwoord is?* Daar was hij niet boos, niet verontwaardigd, maar helemaal rustig. Hier zaten geen gaatjes in het papier.

Het kostte Wallander onderhand geen moeite meer om Håkan von Enkes interpretatie van het gebeurde te begrijpen. Er waren orders gegeven, de bevelstructuur was gevolgd. Maar opeens komt er iemand tussendoor die een besluit wijzigt, verstoort, en opeens zijn de duikboten weg. Hij noemde geen namen, in elk geval geen die in de richting van verdachten wezen. Maar soms noemde hij personen X of Y of Z. Hij verstopt hen, dacht Wallander. En vervolgens verstopt hij zijn map tussen de Babarboeken van Signe. Hij verdwijnt. En nu is Louise ook weg.

Het doornemen van de kopieën van het dagboek nam die nacht het grootste deel van Wallanders tijd in beslag. Hij besteedde echter ook intensief aandacht aan al het andere materiaal dat in de map was gestoken. Het hele verhaal over Håkan von Enkes leven stond erin, vanaf de dag dat hij het besluit had genomen te kiezen voor een carrière als officier. Foto's, souvenirs, ansichtkaarten. Rapportcijfers, militaire diploma's, benoemingen. Er zaten ook een trouwfoto van hem en Louise en foto's van Hans op verschillende leeftijden in. Toen Wallander uiteindelijk voor het raam naar de zomernacht en de motregen stond te kijken, dacht hij: ik weet méér, maar ik kan niet zeggen dat er nou eigenlijk iets duidelijker op is geworden. Vooral het belangrijkste niet: waarom hij nu al maanden weg is en waarom Louise nu ook nog is verdwenen. De antwoorden op die vragen vind ik niet. Maar ik weet meer over de persoon Håkan von Enke.

Met die gedachten ging hij ten slotte op de bank onder een deken liggen en viel hij in slaap.

Toen hij wakker werd, had hij een zwaar hoofd. Het was acht uur en hij had een droge mond alsof hij de vorige avond aan de boemel was geweest. Op het moment dat hij zijn ogen opsloeg, wist hij echter meteen wat hij ging doen. Nog voordat hij koffie had gehad toetste hij het telefoonnummer in. Sten Nordlander nam op nadat de telefoon twee keer was overgegaan.

'Ik ben terug in Stockholm', zei Wallander. 'Ik moet je spreken.'

'Ik was net van plan om met mijn houten dagkruiser op pad te gaan. Als je tien minuten later had gebeld, had ik vermoedelijk niet opgenomen. Als je wilt, mag je wel mee om een boottochtje te maken. Dan kunnen we dan praten.'

'Ik heb niet veel soeps aan zeilkleding bij me.'

'Dat heb ik wel. Waar zit je nu?'

'Aan Grevgatan.'

'We zien elkaar over een half uur. Ik pik je wel op.'

Toen Sten Nordlander Wallander kwam ophalen droeg hij een oude versleten grijze overall met het logo van de Zweedse marine. Op de achterbank van zijn auto stond een grote mand met eten en thermoskannen. Ze reden de stad uit richting Farsta en sloegen vervolgens af naar kleinere weggetjes waarna ze bij het jachthaventje aankwamen waar Sten Nordlanders boot lag. Hij had een snelle blik op de plastic tas met de zwarte map geworpen, maar verder niets gezegd. En Wallander wilde wachten tot ze aan boord van de boot waren.

Ze stonden op de steiger naar de houten boot te kijken, die er vers in de lak en glimmend bij lag.

‘Een echte Petterson’, zei Sten Nordlander. ‘Helemaal origineel. Zulke boten bouwen ze niet meer. Kunststof betekent minder werk wanneer je in het voorjaar de boot weer klaarmaakt. Maar een kunststof boot doet je altijd minder dan een houten boot. Zo’n boot als deze ruikt als een boeket bloemen. Nu zal ik je Hårsfjärden laten zien.’

Wallander was verbaasd. Toen ze de stad verlieten, had hij zijn gevoel voor richting helemaal verloren; hij had zelfs gedacht dat de boot misschien aan een binnenmeer of bij het Mälaren lag, maar nu zag hij dat de baai zich opende in de richting van Utö, het eiland dat Sten Nordlander op de zeekaart aanwees. En ten noordwesten daarvan lagen Mysingen, Hårsfjärden en het allerheiligste van de Zweedse marine: de basis Muskö.

Wallander kreeg net zo’n overall als Sten Nordlander droeg, en verder een donkerblauwe pet.

‘Nu zie je er fatsoenlijk uit’, zei Nordlander toen Wallander zich had verkleed.

Er zat een gloeikopmotor in de boot. Toen de motor met het vliegwiel was gestart, gooide Wallander met onbeholpen bewegingen de trossen los. Hij hoopte intens dat het op zee niet te hard zou waaien.

Sten Nordlander leunde tegen de voorruit, met zijn ene hand licht rustend op het fraai uitgesneden houten roer.

‘Tien knopen’, zei hij. ‘Een redelijke snelheid. Je hebt tijd om van de zee te genieten, je stuitert niet alleen maar over de golven alsof je zo snel mogelijk de horizon wilt bereiken. Wat wilde je me vertellen?’

‘Ik ben gisteren bij Signe geweest’, zei Wallander. ‘In de inrichting. Ze ligt in elkaar gekropen op een bed, als een kind, ook al is ze al in de veertig.’

Sten Nordlander stak met een heftig gebaar zijn hand op.

‘Ik wil het niet horen. Als Håkan of Louise het hadden

willen vertellen, dan hadden ze dat wel gedaan.'

'Dan zeg ik verder niets meer.'

'Je hebt me toch niet opgebeld om over haar te praten? Dat kan ik niet geloven.'

'Ik heb iets gevonden. En ik wil dat jij er straks, wanneer we een poosje stilliggen, eens goed naar kijkt.'

Wallander beschreef zijn vondst, maar vertelde niets over de werkelijke inhoud. Hij wilde dat Sten Nordlander die zelf zou ontdekken.

'Dat klinkt eigenaardig', zei Nordlander toen Wallander zweeg.

'Waar ben je verbaasd over?'

'Dat Håkan een dagboek bijhield. Hij was geen schrijver. We gingen een keer samen naar Engeland. Hij stuurde niet eens een ansichtkaart, wist niet wat hij erop moest zetten, zei hij. Zijn logboeken waren ook niet veel bijzonders om te lezen.'

'Hier staan zelfs dingen in die op gedichten lijken.'

'Dat kan ik nauwelijks geloven.'

'Je zult het zelf wel zien.'

'Waar gaat het over?'

'Het meeste heeft te maken met de plaats waar wij nu naartoe varen.'

'Muskö?'

'Hårsfjärden. Duikboten. Hij lijkt helemaal bezeten te zijn geweest van die gebeurtenissen aan het begin van de jaren tachtig.'

Sten Nordlander spreidde zijn arm uit in de richting van Utö.

'Daarginds werd er in 1980 naar een duikboot gespeurd', zei hij.

'In september', antwoordde Wallander. 'Ze dachten dat het er eentje was van het type dat door de NAVO Whisky werd genoemd. Waarschijnlijk Russisch, maar hij zou ook Pools kunnen zijn.'

Sten Nordlander tuurde met samengeknepen ogen naar hem.

'Je hebt je ingelezen!'

Hij gaf het roer aan Wallander over en haalde koffiekoppen en een thermoskan tevoorschijn. Wallander richtte de koers op een stip die Nordlander hem had aangewezen. Uit tegenovergestelde richting kwam een vaartuig van de kustwacht, dat voor golfslag zorgde toen het passeerde. Sten Nordlander draaide de gastoevoer dicht en liet de boot drijven terwijl ze koffiedronken en broodjes aten.

'Håkan was niet de enige die verontwaardigd was', zei Sten Nordlander. 'Een heleboel van ons vroegen zich af wat er aan de hand was. Dit was een flink aantal jaren na Wennerström, maar er deden veel geruchten de ronde.'

'Waarover?'

Nordlander hield zijn hoofd schuin, alsof hij Wallander wilde uitdagen om te zeggen wat hij eigenlijk al diende te weten.

'Spionnen?'

'Het was gewoon niet logisch dat die duikboten, waarvan bewezen was dat ze in Hårsfjärden onder de oppervlakte lagen, ons continu een stap voor leken te zijn. Ze handelden alsof ze wisten welke tactiek wij volgden, waar onze mijnenblokkades lagen. Het was zelfs of ze onze bazen konden horen discussiëren. Er gingen geruchten over een spion die zelfs beter ingevoerd zou zijn dan Wennerström. Vergeet niet dat er in die tijd in Noorwegen een spion was, Arne Treholt, die zich in Noorse regeringskringen bewoog. En de secretaris van Willy Brandt spioneerde voor Oost-Duitsland. De verdenkingen leidden echter nooit ergens toe. Er werd niemand ontmaskerd. Maar dat hoeft natuurlijk niet te betekenen dat er niet iemand was die spioneerde.'

Wallander dacht aan de letters X, Y en Z.

'Er moeten toch mensen zijn geweest die door jullie verdacht werden?'

'Er waren officieren binnen de marine die vonden dat veel ervoor pleitte dat Palme zelf een spion was. Ik heb dat altijd nonsens gevonden. Maar in feite was niemand van verdenkingen gevrijwaard. We werden trouwens op andere manieren aangevallen.'

'Aangevallen?'

'Bezuinigingen. Het geld ging naar geleide raketten en naar de luchtmacht. De marine moest het met steeds minder geld doen. Er waren veel journalisten die destijds met verachting over onze "budgetboten" spraken. Ze zeiden dat die duikboten gewoon verzinsels van de marine waren om zich van meer en betere middelen te verzekeren.'

'Heb jij ooit getwijfeld?'

'Waaraan?'

'Aan het bestaan van die duikboten?'

'Nooit. Er waren absoluut Russische duikboten.'

Wallander haalde de zwarte map uit de plastic zak. Hij was er zeker van dat Sten Nordlander die nooit eerder had gezien. Zijn vragende gezicht leek oprecht. Hij veegde zijn handen af en sloeg de map voorzichtig open op zijn schoot. Er stond een briesje, het wateroppervlak rimpelde slechts licht.

Nordlander bladerde de papieren langzaam door. Af en toe keek hij op om te zien waar de drijvende boot naartoe ging. Daarna keerde hij weer terug naar de map. Toen hij alles had doorgebladerd, gaf hij hem hoofdschuddend weer terug aan Wallander.

'Dit verbaast me', zei hij. 'En misschien toch ook niet. Ik wist natuurlijk dat Håkan die dingen aan het onderzoeken was, maar dat hij dat zo uitvoerig had gedaan wist ik niet. Hoe moet je dit noemen? Een dagboek? Een geheugenschrift voor privédoeleinden?'

'Volgens mij kan het op twee manieren gelezen worden', zei Wallander. 'Enerzijds zoals het er staat. Maar ook als een onvoltooid onderzoek naar wat er eigenlijk gebeurde.'

'Onvoltooid?'

Hij heeft gelijk, dacht Wallander. Waarom zeg ik dat? Het boek is vermoedelijk het tegenovergestelde. Iets wat voltooid en afgesloten is.

'Je hebt waarschijnlijk gelijk', zei Wallander. 'Hij was er vermoedelijk klaar mee. Maar wat dacht hij te bereiken?'

'Het heeft lang geduurd voordat ik begreep hoeveel tijd hij stak in het bezoeken van archieven, het lezen van rapporten, onderzoeken en boeken. En hij sprak met alle mogelijke mensen. Soms belde iemand mij om te vragen waar Håkan mee bezig was. Ik zei gewoon dat ik dacht dat hij wilde weten wat er echt gebeurd was.'

'En daar maakte hij zich niet populair mee? Dat zei hij althans tegen mij.'

'Volgens mij werd hij op het laatst als onbetrouwbaar gezien. Dat was tragisch. Er was bij de marine niemand die rechtschapener en gewetensvoller was dan hij. Het moet hem diep hebben gekwetst, ook al zei hij er nooit iets van.'

Sten Nordlander tilde de motorklep op om de motor te bestuderen.

'Net een mooi kloppend hart', zei hij en hij deed de klep weer dicht. 'Ik heb een keer als chef machinekamer op een van onze twee jagers van het type Halland gewerkt, in Småland. Het was een van de grootste ervaringen van mijn leven dat ik me in de machinekamer daarvan bevond. Er zaten twee stoomturbines van De Laval in die op vol vermogen bijna zestigduizend pk ontwikkelden. We konden het vaartuig, dat vijfendertighonderd ton woog, met maximaal vijfendertig knopen omhooghalen. Dat schoot nog eens op. Dan was het een lust om te leven.'

'Ik heb een vraag', zei Wallander. 'En die moet je als heel belangrijk beschouwen. Zit er iets tussen de spullen die je net hebt bekeken wat er eigenlijk niet tussen had moeten zitten?'

'Iets geheims?' vroeg Sten Nordlander terwijl hij zijn wenkbrauwen fronste. 'Volgens mij niet.'

'Was er iets wat je heeft verbaasd?'

'Ik heb het niet in detail gelezen. Zijn met de pen geschreven opmerkingen in de kantlijn kan ik bijna niet ontcijferen, maar er is niets bij waar ik van opkijk.'

'Kun je me uitleggen waarom hij het materiaal had verstopt?'

Sten Nordlanders antwoord liet op zich wachten. Hij bestudeerde peinzend een zeilboot die op een afstand passeerde.

'Ik begrijp niet wat er zo geheim aan kan zijn geweest', zei hij ten slotte. 'Wie zou het nou niet mogen zien?'

Wallander verscherpte opeens zijn aandacht. Iets wat de man naast hem in de kuip net had gezegd was belangrijk. Hij wist echter geen vat op de gedachte te krijgen, want ze was alweer weg, maar hij knoopte Nordlanders woorden in zijn oren.

Sten Nordlander ging weer met volle kracht vooruit, tien knopen, en stevende af op Mysingen en Hårsfjärden. Wallander ging naast hem staan. Tijdens de volgende uren gidste Nordlander hem rond Muskö en over Hårsfjärden. Hij wees om aan te geven waar de dieptebommen waren gegooid en waar de duikboten door de niet-geactiveerde mijnenblokkades hadden kunnen ontsnappen. Op een zeekaart kon Wallander steeds de dieptes en de gemarkeerde verborgen ondieptes aflezen. Hij besefte dat alleen een zeer getrainde bemanning in Hårsfjärden onder water kon navigeren.

Toen Nordlander vond dat ze genoeg hadden gezien verlegde hij de koers en wendde hij de steven naar enkele eilandjes en scheren die in de engte tussen Ornö en Utö lagen. Daarachter lag de open zee. Met vaste hand navigeerde hij een baaitje van een van de scheren in. Hij legde de boot voorzichtig aan naast de rotsrand.

'Maar weinig mensen kennen deze baai', zei hij toen hij de motor had uitgezet. 'Dus heb ik hem lekker voor mezelf. Pak aan!'

Wallander, die aan land was gesprongen met een touw in zijn hand, nam de mand aan en zette die op de rotsen. Het rook naar zee en naar planten die in de spleten woekerden. Hij voelde zich opeens weer een kind, op ontdekkingstocht op een totaal onbekend eiland.

'Hoe heet dit eiland?' vroeg hij.

'Het is eigenlijk meer een bultrots. Het heeft geen naam.'

Zonder een woord te zeggen kleedde Nordlander zich helemaal uit en sprong in het water. Wallander zag zijn hoofd opduiken en meteen daarna weer verdwijnen. Hij is net een duikboot, dacht hij, die het dalen en opstijgen oefent. Dat het water koud is, deert hem niet.

Nordlander klom weer op de rotsen en haalde een grote rode handdoek uit de mand met borden en voedsel.

'Dit zou jij ook eens moeten proberen', zei hij. 'Het is koud, maar het doet je goed.'

'Een andere keer. Hoeveel graden zou het zijn?'

'Er ligt een thermometer achter het kompas. Ga jij het maar opmeten terwijl ik me afdroog en de spullen klaarzet.'

Wallander zocht naar de thermometer, die een rubberen drijfballetje had. Hij liet hem naast een rots drijven en las vervolgens het resultaat af.

'Elf graden', zei hij toen hij terugkeerde naar de maaltijd die net werd klaargezet. 'Dat is mij te koud. Duik jij er in de winter ook in?'

'Nee, maar dat heb ik weleens overwogen. Over tien minuten is het eten klaar. Ga de bultrots maar even verkennen. Misschien is er nog flessenpost van een gekapseisde Russische onderzeeër aangespoeld.'

Wallander vroeg zich af of er een ondertoon van ernst in die aansporing zat, maar hij dacht het niet. Sten Nordlander was er de man niet naar om schemerige impliciete opmerkingen te maken.

Wallander ging op een rotsblok zitten van waaraf hij vrij uitzicht op de horizon had, pakte een paar stenen op en gooide die in het water. Wanneer had hij eigenlijk voor het laatst steentjes over het water laten scheren? Hij wist nog dat hij samen met Linda een bezoek aan Stenshuvud had gebracht toen zij een tiener was en zich niet meer zo snel tot uitstapjes liet verlokken. Toen hadden ze steentjes over het water gekeild, en zij had die kunst veel beter beheerst dan hij. En nu is ze zo goed als getrouwd, dacht hij. Ergens wachtte een man op haar, en hij was de juiste. Als hij dat niet was geweest, had ik vandaag niet op een bultrots over zee zitten staren en zitten peinzen over zijn verdwenen ouders.

Op een dag zou hij Klara ook leren hoe ze platte steentjes over het water moest laten scheren om ze als snelle kikkers te zien springen voordat ze zonken.

Hij wilde net opstaan om naar Sten Nordlander te lopen, die hem had geroepen, toen hij met de laatste steen in zijn hand bleef zitten. Grijs en klein, een scherfje van de Zweedse rotsbodem. Opeens werd hij door een gedachte getroffen, aanvankelijk vaag, maar allengs steeds duidelijker.

Hij bleef zo lang zitten dat Sten Nordlander nog een keer moest roepen. Met zijn gedachte goed in zijn geheugen opgeslagen liep hij naar de opgediende maaltijd.

Toen hij 's avonds in Grevgatan bij de voordeur afscheid van Sten Nordlander had genomen en boven arriveerde, snelde hij het appartement binnen.

Het bleek dat hij gelijk had gehad. De kleine grijze steen die op Håkan von Enkes bureau had gelegen was weg.

Hij wist het zeker. Hij vergiste zich niet. De steen was er niet meer.

14

Wallander was moe geworden van het uitstapje naar zee. Het had ook veel gedachten bij hem opgeroepen. Niet alleen over waarom de steen weg was. Hij vroeg zich ook af waarom hij opeens waakzaam was geworden bij de woorden van Sten Nordlander. 'Wie zou het nou niet mogen zien?' Håkan von Enke kon eigenlijk maar één reden hebben gehad om zijn map te verbergen. *Er was nog steeds iets gaande.* Hij wroette niet uitsluitend in het verleden, hij probeerde niet alleen maar een ingedutte en gemummificeerde waarheid tot leven te wekken. Wat er destijds was gebeurd, stond nog steeds in levendige verbinding met het heden.

Wallander zat roerloos op de bank te zoeken naar iets wat niet door de molenstenen was vermalen. Het moest om mensen gaan. Mensen die nog leefden, geen mensen die allang dood waren. Ergens in de map had Von Enke een lijst genoteerd met namen, maar die zeiden Wallander niets. Op één uitzondering na: een man die in de jaren tachtig tijdens de jacht op de duikboten vaak in de media was opgetreden, een man met een hoge positie binnen de marine: Sven-Erik Håkansson. Achter zijn naam stonden een kruis en ook nog een uitroepteken en een vraagteken. Wat kon dat betekenen? De aantekeningen waren niet toevallig gemaakt, het was allemaal zorgvuldig opgezet, ook al was het in allerlei opzichten geheimtaal, die Wallander slechts gedeeltelijk had weten te ontcijferen.

Hij pakte de map met aantekeningen om de namen te bekijken en vroeg zich af of dit mensen waren die op de een of andere manier betrokken waren bij de strijd tegen de indringers, of dat ze verdachten waren. Maar verdachten waarvan dan?

Opeens hapte hij naar adem. Eindelijk meende hij het te begrijpen. *Håkan von Enke was op jacht geweest naar een Russische spion.* Iemand die de Russische duikboten voldoende informatie had verschaft om de Zweedse achtervolgers voor de gek te kunnen houden en zelfs de inzet van hun wapens had weten te sturen. Iemand die nog steeds vrij rondliep, nog niet ontmaskerd. Voor die persoon verborg hij zijn aantekeningen, voor hem was hij bang.

De man bij het hek, dacht Wallander. Was dat iemand die het niet prettig vond dat Håkan von Enke naar een spion zocht?

Wallander verstelde de staande schemerlamp naast de bank en nam nog een keer de dikke map door. Bij de aantekeningen die konden duiden op eventuele sporen van spionnen stopte hij. Misschien was dit ook het antwoord op een andere vraag, het gevoel dat iemand de papieren in het archief in de werkkamer had opgeschoond. Degene die de documenten had weggehaald was vermoedelijk niemand anders dan Håkan von Enke zelf. Het was net een baboesjka, een Russische pop met in haar binnenste een andere pop, die op haar beurt weer een pop binnen in zich had. Von Enke had niet alleen zijn aantekeningen verborgen, hij had voor onbevoegden ook verborgen wat er eigenlijk in stond. Hij had een rookgordijn opgetrokken. Of liever gezegd: misschien een mijnenblokkade gelegd, die geactiveerd kon worden wanneer het hem behaagde, als hij merkte dat iemand in zijn buurt kwam, iemand die daar niet diende te zijn.

Ten slotte deed Wallander het licht uit en ging liggen, maar hij kon niet in slaap komen. In een plotselinge opwelling kleedde hij zich aan en ging naar buiten. Eerder in zijn leven, tijdens periodes waarin de eenzaamheid hem erg zwaar viel, had hij verlichting gezocht door 's nachts lange wandelingen te maken. Er was geen straat in Ystad waar hij tijdens die tochten niet ooit eens was geweest. Nu liep hij in de richting van Strandvägen, waar hij links afsloeg om naar de brug te lopen die naar Djurgården leidde. De zomernacht was warm, er waren nog mensen buiten, velen luidruchtig, aangeschoten. Wallander voelde zich net een schuwe vreemdeling toen hij in de schaduw voortzwierf. Hij liep langs het attractiepark Gröna Lund en keerde pas om toen hij Gallerie Thielska had bereikt. Hij dacht aan niets in het bijzonder; in plaats van te slapen was hij gewoon aan het lopen in de nacht, dat was alles. Toen hij terug was in het appartement viel hij dan ook meteen in slaap; zijn nachtelijke uitstapje had het beoogde resultaat.

De volgende dag reed hij naar huis. 's Avonds was hij weer terug in Skåne. Hij stopte om boodschappen te doen voordat hij het laatste stukje aflegde en Jussi ging ophalen, die wild van blijdschap modderige pootafdrukken op zijn kleren achterliet. Nadat hij had gegeten en een paar uur had geslapen ging hij met de map voor zich aan de keukentafel zitten. Hij had zijn sterkste vergrootglas erbij gepakt. Dat had hij ooit van zijn vader gekregen, toen hij in zijn vroege tienerjaren opeens interesse voor in het gras rondkruipende insecten had getoond. Behalve de hond Saga was het een van de weinige geschenken die hij ooit had gekregen en die hij daarom teder koesterde. Nu wijdde hij zich aan de foto's die in de zwarte map zaten; ditmaal liet hij de teksten en aantekeningen in de marge voor wat ze waren.

Een van de foto's leek niet echt thuis te horen tussen de rest. Het was hem niet eerder opgevallen, maar de foto had iets al te 'burgerlijks'. Hij wist zeker dat niets zomaar in de map zat. Håkan von Enke was een voorzichtige maar ook zeer doelbewuste jager.

De foto, in zwart-wit, was genomen bij een soort haventerrein. Op de achtergrond stond een gebouw zonder ramen, waarschijnlijk een opslagruimte. Aan de vage buitenrand van de foto kon Wallander met behulp van het vergrootglas twee vrachtwagens identificeren en een paar opgestapelde viskratten. De fotograaf had zijn toestel gericht op twee mannen die naast een vissersboot stonden, een trawler van een ouder type. De ene man was oud, de andere erg jong, een jongen. Wallander vermoedde dat de foto ergens in de jaren zestig genomen was. Het was nog de tijd van wol, leren jassen, zuidwesters en oliejassen. De boot was wit en er zaten zwarte krassen op de beplanking. Achter en tussen de benen van de oudere man ontwaarde Wallander iets wat de letters van het kenteken van het schip moesten zijn. Hij twijfelde er niet aan dat de laatste letter een G was. De eerste letter ging vrijwel helemaal schuil, terwijl de middelste misschien een R of een T was. De cijfers waren gemakkelijker te lezen: 123. Wallander ging achter zijn computer zitten, schakelde internet in en googelde op verschillende zoektermen om erachter te komen waar de trawler geregistreerd stond. Al vrij snel kon hij vaststellen dat er maar één mogelijkheid was. De lettercombinatie was NRG. De trawler had zijn domicilie aan de oostkust, in de buurt van Norrköping. Na nog enig zoeken kwam Wallander op de sites van de Nationale Scheepvaartraad en de Visserijinspectie. Hij schreef de telefoonnummers op een briefje en keerde terug naar de keukentafel. Toen ging de telefoon. Het was Linda, die zich afvroeg waarom hij niets van zich had laten horen.

'Je verdwijnt maar gewoon', zei ze. 'We zitten niet te wachten op nog meer mensen die ervandoor gaan.'

'Over mij hoef je je geen zorgen te maken', zei Wallander. 'Ik ben een paar uur geleden thuisgekomen en ik was van plan morgen van me te laten horen.'

'Nu', zei ze. 'Ik, maar vooral Hans, wil weten wat je conclusies zijn.'

'Is hij thuis?'

‘Hij is aan het werk. Ik heb hem vanochtend op zijn falie gegeven omdat hij er nooit is. Ik heb geprobeerd hem aan zijn verstand te peuteren dat ik op een dag ook weer aan het werk ga. Wat gebeurt er dan?’

‘En wat gebeurt er dan?’

‘Hij moet meehelpen. Maar vertel nu!’

Wallander probeerde zijn ontmoeting met Signe, het eenzame, in elkaar gekropen wezen met het blonde haar, te beschrijven maar hij was amper begonnen of Klara begon te huilen en Linda moest het gesprek afbreken. Wallander beloofde dat hij haar de volgende dag zou bellen.

Toen hij de volgende ochtend op het bureau kwam, was het eerste wat hij deed Martinson opzoeken om uit te vinden of hij met Midzomer wel of niet zou moeten werken. Martinson was van zijn collega’s degene die het beste op de hoogte was van de voortdurend veranderende dienstschema’s, en hij kwam binnen een paar minuten met het antwoord. Hoewel Wallander net vrij had gehad, hoefde hij in het weekend van Midzomer niet te werken. Martinson zelf ging met zijn jongste dochter naar een yogakamp in Denemarken.

‘Ik weet niet wat het inhoudt’, zei hij en hij stak zijn bezorgdheid niet onder stoelen of banken. ‘Is het wel normaal dat een dertienjarige er zo totaal op gefocust is zich met yoga bezig te houden?’

‘Nou, liever dat dan een hele hoop andere dingen.’

‘De twee andere kinderen zijn altijd met paarden in de weer geweest. Dat is veel rustiger. Maar dit nakomertje is anders.’

‘We zijn allemaal anders’, antwoordde Wallander raadselachtig en hij verliet de kamer.

Hij belde een van de nummers die hij de vorige avond had opgezocht en kwam er al snel achter dat de NRG 123 toebehoorde aan een visser met de naam Eskil Lundberg op het eiland Bokö in de zuidelijke archipel van Gryt. Toen daar een antwoordapparaat aansloeg, sprak hij een boodschap in dat hij snel teruggebeld wilde worden.

Daarna belde hij Linda om het gesprek van de vorige avond af te maken. Zij had met Hans gepraat en ze wilden zo snel als dat mogelijk was naar Niklasgården rijden om Signe te zien. Dat verbaasde Wallander niet, maar hij vroeg zich af of ze wel begrepen wat hun bij hun bezoek te wachten stond. Wat had hij zich er zelf bij voorgesteld?

'We hebben besloten Midzomer te vieren', zei Linda. 'Ondanks alle gebeurtenissen, alle zorgen over het feit dat ze weg zijn. We dachten je blij te maken door naar jou toe te komen.'

'Graag', zei Wallander. 'Ik kijk ernaar uit. Wat een verrassing.'

Hij ging koffie halen bij de automaat, die het voor de verandering een keer deed, en wisselde een paar woorden met een van de mensen van de technische recherche, die de nacht had doorgebracht in een moeras waar een vrouw vermoedelijk zelfmoord had gepleegd. Toen hij 's ochtends was thuisgekomen, had hij een kikker uit een van de vele zakken van zijn overall gehaald. Zijn vrouw was er niet blij mee geweest.

Wallander liep terug naar zijn kamer en ging in zijn overwoekerde telefoonboekje op zoek naar nog een nummer. Het was het laatste telefoontje dat hij vanochtend van plan was te plegen voordat hij het verdwenen paar voorlopig liet voor wat het was en weer actief zijn recherchewerk oppakte. Eerder die ochtend had hij een boodschap ingesproken op een antwoordapparaat. Nu zocht hij het mobiele nummer van diezelfde persoon. Ditmaal werd er opgenomen.

'Hans-Olov?'

Wallander herkende de iele, bijna kinderlijke stem, die toebehoorde aan een jonge professor in de geologie met wie hij enkele jaren geleden te maken had gehad. De man was als expert waardevol geweest toen het belangrijk was om uit te zoeken wat voor steengruis er in de zakken van een dode man had gezeten die op het strand bij Svarte was gevonden. Hans-Olov Uddmark had een snelle en zorgvuldige analyse gemaakt en kunnen vertellen dat het om drie soorten gruis ging. Dat was van belang geweest om de moordplaats vast te stellen, die een andere was dan waar de man werd gevonden, en om de dader te kunnen aanhouden.

Wallander hoorde hoe op de achtergrond het vertrek van een vliegtuig werd aangekondigd.

'Met Wallander. Ik hoor dat je op een vliegveld bent?'

'Kastrup. Ik kom net terug van een geologencongres in Chili. Het lijkt erop dat mijn koffer weg is.'

'Ik heb je hulp nodig', zei Wallander. 'Ik wil dat je een paar stenen met elkaar vergelijkt.'

'Prima. Maar kan dat wachten tot morgen? Ik kan niet zo goed tegen zulke lange vliegreizen.'

Wallander herinnerde zich dat Uddmark ondanks zijn jonge leeftijd maar liefst vijf kinderen had.

'Ik hoop niet dat de cadeautjes voor je kinderen in die koffer zaten?'

'Het is nog erger. Ik had ook een aantal mooie stenen mee naar huis genomen.'

'Werk je nog steeds op dezelfde plek als de vorige keer dat we met elkaar te maken hadden? Als dat zo is, stuur ik de stenen vandaag nog naar je toe.'

'Wat wil je dat ik doe, behalve vaststellen om wat voor steensoorten het gaat?'

'Ik wil weten of het mogelijk is dat er eentje in de Verenigde Staten wordt aangetroffen. Als dat althans is vast te stellen?'

'Kun je wat exacter zijn?'

'In de buurt van San Diego in Californië of aan de oostkust van de VS, in de buurt van Boston.'

'Ik zal zien wat ik kan doen. Maar het klinkt lastig. Heb je enig idee hoeveel verschillende steensoorten er bestaan?'

Wallander antwoordde dat hij dat niet wist. Hij sprak nogmaals zijn deelneming over de verdwenen koffer uit en beëindigde het gesprek. Daarna haastte hij zich naar een ochtendoverleg waar hij bij diende te zijn. Iemand had een briefje op zijn bureau gelegd dat het belangrijk was. Hij was de laatste die binnenkwam in de vergaderkamer, waar de ramen wijd openstonden omdat het een warme dag zou worden. Hij dacht aan alle keren dat hij zelf het overleg had voorgezeten. Nu hoefde hij dat niet, maar hij had er gemengde gevoelens bij. Tijdens al die jaren dat hij verantwoordelijk was geweest, had hij vaak gedroomd van de dag dat hij dat niet meer zou hoeven zijn. Nu anderen tegenwoordig vaak allerlei onderzoeken leidden, miste hij het weleens om zelf niet meer degene te zijn die aan de touwtjes trok, ideeën rangschikte en orders uitdeelde.

Vandaag was het rechercheur Ove Sunde die het overleg leidde. Hij was vorig jaar pas vanuit Växjö naar Ystad overgekomen. Iemand had in Wallanders oor gefluisterd dat een ingewikkelde scheiding en een minder geslaagd onderzoek, dat tot een heftig debat in *Smålandsposten* had geleid, de redenen waren dat hij overplaatsing had aangevraagd. Hij kwam van oorsprong uit Gotenburg en deed nooit een poging zijn dialect te verbloemen. De collega's vonden Sunde goed, maar misschien een beetje lui. Volgens een ander gerucht had hij in Ystad weer een nieuwe relatie gekregen, met een vrouw die zo jong was dat ze zijn dochter kon zijn. Wallander had het niet zo op mannen van zijn leeftijd die toenadering zochten tot te jonge vrouwen. Dat eindigde zelden goed en vaak met nieuwe, slopende scheidingen.

Of zijn eigen constante eenzaamheid een beter alternatief was, was echter zeer twijfelachtig.

Sunde begon aan zijn uiteenzetting. Het betrof de vrouw in het moeras en het ging waarschijnlijk niet alleen om zelfmoord maar ook om moord. Haar man was dood aangetroffen in hun woning in een dorpje in de buurt van Marsvinsholm. Het lastige aan de situatie was dat de man een paar dagen eerder in Ystad was geweest om te zeggen dat hij dacht dat zijn vrouw hem wilde vermoorden. De agent die zijn aangifte had opgenomen had die niet als serieus beoordeeld, omdat de man een verwarde indruk maakte en allerlei tegenstrijdige informatie had verstrekt. Nu was het belangrijk om de toedracht zo snel vast te stellen dat de media geen lucht kregen van de hele zaak en er een punt van maakten dat de aangifte was blijven liggen. Wallander ergerde zich aan Sundes overijverige toontje. Hij beschouwde het als pure lafheid om op die manier uitdrukking te geven aan een angst voor wat de media misschien zouden vinden. Als er een fout gemaakt was, moest je daar ook de verantwoordelijkheid voor nemen.

Hij bedacht dat hij hier rustig en zakelijk, met klem, op moest wijzen zonder uit zijn humeur te raken, maar hij hield zijn mond. Aan de overkant van de tafel zat Martinson naar hem te glimlachen. Hij weet wat er op dit moment in mij omgaat, dacht Wallander. Hij is het met mij eens, of ik dat nu te kennen geef of dat ik mijn mond houd.

Na het overleg reden ze naar het huis waar de dode man was gevonden. Met foto's in hun hand en schoenhoezen om hun schoenen liepen Wallander en Martinson samen met iemand van de technische recherche de kamers door. Wallander had opeens een déjà-vu, alsof hij dit huis al eens eerder bezocht had om een 'oculaire inspectie' – zoals Lennart Mattson dat zou noemen – van de plaats delict te verrichten. Dat was natuurlijk niet zo; het was alleen zo dat hij hetzelfde al zo vaak had gedaan. Een paar jaar geleden had hij in de uitverkoop een boek gekocht waarin een strafzaak uit de vroege negentiende eeuw werd behandeld. Toen Wallander het boek las, aanvankelijk aarzelend, maar allengs steeds geboeider, had hij het gevoel gehad dat hij zo in het verhaal kon stappen om samen met de veldwachter en de provinciale officier van justitie uit te zoeken hoe het pachtersechtpaar op Värmdö bij Stockholm was vermoord. De mens was zoals hij was; de gewoonste misdrijven waren slechts herhalingen van de misdaden van eerdere generaties. Ruzie over geld, jaloezie, misschien ook wraakzucht, lagen er bijna altijd aan ten grondslag. Vóór hem hadden politiemensen, veldwachters, directeuren van politie of openbare aanklagers uit vroegere generaties dezelfde constateringen gedaan. Nu waren ze technisch beter in het veiligstellen van sporen, maar het talent om met eigen ogen observaties te doen was nog steeds van absoluut beslissende betekenis.

Wallander bleef abrupt staan en onderbrak zijn eigen gedachtengang. Hij was de slaapkamer van het echtpaar binnengegaan. Er lag bloed op de grond en er zat bloed op de zijkant van het bed, maar wat Wallanders aandacht trok, was een schilderij dat boven het bed aan de muur hing. Het motief was een auerhaan in een boslandschap. Martinson verscheen aan zijn zijde.

'Je vaders werk, is het niet?'

Wallander knikte en schudde meteen daarna wantrouwig zijn hoofd.

'Ik ben elke keer weer even verbaasd.'

'Hij hoefde zich in elk geval nooit zorgen te maken of zijn werk vervalst zou worden', zei Martinson peinzend.

'Natuurlijk niet', zei Wallander. 'Uit artistiek oogpunt is het gewoon rommel.'

'Dat moet je niet zeggen', protesteerde Martinson.

'Het is de waarheid', zei Wallander. 'Waar is het moordwapen?'

Ze liepen het erf op. Een oude houtbijl lag onder een door

de technische recherche opgezette kunststof overkapping. Wallander zag dat er tot ver op de steel bloed zat.

'Is er een redelijk motief? Hoelang waren ze getrouwd?'

'Ze hebben vorig jaar hun gouden bruiloft gevierd. Ze hebben vier volwassen kinderen en een groot aantal kleinkinderen. Niemand snapt er wat van.'

'Is er misschien geld in het spel?'

'Volgens de buren waren ze allebei spaarzaam en gierig. Hoeveel ze bezitten, weet ik niet. De bank is bezig dat uit te zoeken. Maar we kunnen aannemen dat er wel wat is.'

'Het leek of er gevochten is', zei Wallander na enig nadenken. 'Hij heeft zich verzet. We moeten eerst de vrouw vinden om te kunnen zeggen hoeveel letsel zij misschien heeft.'

'Het moeras is niet groot', zei Martinson. 'Ze rekenen erop dat ze haar in de loop van de dag vinden.'

Ze reden van de troosteloze en verlaten plaats delict terug naar het politiebureau. Wallander had het gevoel dat het zomerlandschap heel even veranderde in een zwart-witfoto. Nadat hij in zijn stoel een tijdje had zitten wikken en wegen toetste hij opnieuw het nummer van Eskil Lundberg in. Ditmaal nam diens vrouw op. Ze zei dat haar man met de boot weg was. Op de achtergrond hoorde Wallander kinderen. Hij vermoedde dat Eskil Lundberg het jonge jongetje was dat hij op de foto had gezien.

'Ik neem aan dat hij aan het vissen is', zei Wallander.

'Wat zou hij anders doen? Hij heeft anderhalve kilometer aan netten uitstaan. Hij levert om de dag aan Söderköping.'

'Paling?'

Ze klonk bijna beledigd toen ze antwoordde.

'Als hij op paling uit was, had hij palingfuiken gehad', zei ze. 'Maar er is geen paling. Binnenkort is er helemaal geen vis meer.'

'Heeft hij de boot nog?'

'Welke van de boten?'

'De grote trawler. De NRG 123?'

Wallander voelde dat ze steeds afwijzender werd, bijna argwanend.

'Die heeft hij een hele tijd geleden van de hand proberen te doen, maar niemand wilde het wrak hebben. Het lag te verrotten. De motor heeft hij voor honderd kronen verkocht. Wat wilt u?'

'Praten', zei Wallander vriendelijk. 'Heeft hij een mobiele telefoon bij zich?'

'Het bereik is daar slecht. U kunt het beter proberen wanneer hij weer thuis is. Over twee uur.'

'Dan doe ik dat.'

Hij slaagde erin het gesprek te beëindigen voordat ze hem nog een keer kon vragen wat hij wilde. Hij leunde achterover en legde zijn voeten op zijn bureau. Hij had nu geen afspraken en geen taken die zijn onmiddellijke aanwezigheid vereisten. Hij greep zijn jas en verliet het bureau, voor de zekerheid via de garage, zodat niemand hem op het laatste moment zou kunnen tegenhouden. Hij wandelde het centrum in en voelde opeens dat hij met lichte tred liep. Ondanks alles was hij nog niet zo oud dat alles voorbij was. De zon en de warmte maakten het allemaal wat draaglijker.

In de buurt van de markt lunchte hij, terwijl hij ondertussen *Ystads Allehanda* en een van de avondbladen las. Daarna ging hij op een bankje op het plein zitten. Hij had nog een kwartier van zijn wachttijd over. Hij vroeg zich af waar Håkan en Louise zich op dit moment bevonden. Leefden ze nog of waren ze dood? Hadden ze afgesproken om gezamenlijk hun verdwijning in scène te zetten? Hij dacht terug aan de zaak van de spion Bergling, maar het kostte hem moeite overeenkomsten te vinden tussen de serieuze kapitein-luitenant-ter-zee en de ijdele Bergling.

Wallander liet ook een andere gedachte toe, waarvan hij schoorvoetend besefte dat die van cruciale betekenis kon zijn. Håkan von Enke had zijn dochter regelmatig bezocht. Was hij werkelijk bereid om haar in de steek te laten door ondergronds te gaan? De onvermijdelijke conclusie was dat dit ervoor pleitte dat Von Enke dood was.

Er was natuurlijk ook een andere mogelijkheid, dacht Wallander terwijl hij afwezig naar de mensen keek die in een marktkraam tussen oude lp's stonden te wroeten. Von Enke was bang geweest. Kon het niettemin zo zijn dat degene, of degenen, voor wie hij bang was, hem had ingehaald? Er waren geen antwoorden, alleen vragen die hij zo duidelijk en exact mogelijk moest proberen te formuleren.

Toen het tijd was, belde hij naar Bokö. Ondertussen ging een enigszins aangeschoten man bij hem op het bankje zitten. Nadat de telefoon een paar keer was overgegaan, werd er door een man opgenomen. Wallander had besloten heel duidelijk te zijn. Hij noemde zijn naam en zei dat hij van de politie was.

'Ik heb in een map van een man genaamd Håkan von Enke een foto gevonden. Kent u Von Enke?'

'Nee.'

Het antwoord kwam snel en resoluut. Wallander meende te merken dat Lundberg op zijn hoede was.

'Kent u zijn vrouw, Louise?'

'Nee.'

'Toch moeten uw wegen elkaar op de een of andere manier hebben gekruist. Waarom zou hij anders een foto van u en een man, van wie ik aanneem dat het uw vader is, hebben. En de boot, NRG 123? Is die niet van u?'

'Mijn vader heeft die ergens vroeg in de jaren zestig in Gotenburg gekocht. Toen ze grotere schepen begonnen te bouwen en niet langer hout gebruikten als bouwmateriaal. Hij heeft haar goedkoop op de kop getikt. In die tijd zat er nog veel haring in de Oostzee.'

Wallander beschreef de foto en vroeg waar die was gemaakt.

'Bij Fyrudden', antwoordde Lundberg. 'Daar lag de boot. Helga heette ze. Ze was gebouwd op een werf in Zuid-Noorwegen; Tönsberg heette die stad volgens mij.'

'Wie heeft de foto genomen?'

'Dat moet Gustav Holmqvist zijn geweest. Hij had een timmermanswerkplaats voor boten en wanneer hij niet aan het werk was, was hij altijd aan het fotograferen.'

'Kan uw vader Håkan von Enke hebben gekend?'

'Mijn vader is dood. Hij ging nooit met zulke mensen om.'

'Hoe bedoelt u?'

'Edellieden.'

'Håkan von Enke is ook zeeman. Net als u en uw vader.'

'Ik ken hem niet. Mijn vader ook niet.'

'Maar hoe komt hij dan aan die foto?'

'Dat weet ik niet.'

'Misschien zou ik het aan Gustav Holmqvist moeten vragen? Hebt u zijn telefoonnummer?'

'Hij heeft geen telefoon. Hij is al vijftien jaar dood. Zijn vrouw leeft ook niet meer. Zijn dochter ook niet. Ze zijn allemaal dood.'

Wallander leek niet verder te komen. Er was niets wat erop wees dat Eskil Lundberg loog. Toch had Wallander het gevoel dat het niet in de haak was. Hij kon er alleen niet de vinger op leggen.

Wallander verontschuldigde zich dat hij had gestoord en bleef met de telefoon in zijn hand zitten. De aangeschoten man naast hem was in slaap gevallen. Wallander herkende hem opeens. Een paar jaar geleden had hij hem en een paar andere mannen opgepakt voor een serie woninginbraken. Na een tijd in de gevangenis had hij Ystad verlaten, maar nu was hij blijkbaar weer terug.

Wallander stond op en liep terug naar het bureau. Hij herhaalde het gesprek bij zichzelf, woord voor woord. Lundberg was helemaal niet nieuwsgierig, dacht Wallander. Was hij echt zo ongeïnteresseerd als hij deed voorkomen? Of wist hij van tevoren al wat ik zou vragen? Wallander bleef wikken en wegen over het gesprek tot hij op zijn kamer was. Hij kwam niet tot een eenduidige conclusie.

Zijn gedachten werden onderbroken door Martinson, die in de deuropening verscheen.

'We hebben de vrouw gevonden', zei hij.

Wallander staarde Martinson aan. Hij begreep niet waar die het over had.

'Wie?'

'Die vrouw die haar man met een bijl heeft doodgeslagen. Evelina Andersson. De vrouw in het moeras. Ik wou ernaartoe. Ga je mee?'

'Ik kom eraan.'

Wallander brak zich vergeefs het hoofd. Hij had gewoon geen idee waar Martinson het over had.

Ze namen Martinsons auto. Nog steeds wist Wallander niet waar ze naartoe gingen of waarom. Hij voelde zich steeds wanhopiger worden. Martinson wierp hem een blik toe.

'Voel je je niet lekker?'

'Alles is in orde.'

Pas toen ze de stad verlieten, werd de geheugenkramp minder. Het is die schaduw in mijn hoofd, dacht Wallander, bijna razend. Die is weer teruggekomen, ditmaal met volle kracht.

'Ik moest opeens ergens aan denken', zei hij. 'Ik ben een afspraak bij de tandarts vergeten.'

Martinson remde af.

'Moeten we omkeren?'

'Een van de anderen kan me wel terugbrengen.'

Wallander nam helemaal niet de moeite om naar de vrouw te kijken die net uit het moeras was opgehaald. Een surveillancewagen bracht hem naar Ystad. Hij stapte bij het bureau uit, bedankte voor de lift en ging in zijn auto zitten. Hij voelde dat hij het helemaal koud had van onbehagen. De leemtes in zijn geheugen beangstigden hem.

Na een poosje ging hij naar zijn kamer. Hij had inmiddels het besluit genomen met zijn arts te praten over de plotselinge duisternis die in zijn hoofd toesloeg. Hij was net in zijn stoel gaan zitten toen zijn mobieltje een piepje gaf. Hij had een sms'je ontvangen. Dat was kort maar krachtig: 'Beide stenen Zweeds. Geen afkomstig van kusten vs. Hans-Olov'.

Wallander zat roerloos in zijn stoel. Hij kon niet meteen bevatten wat dit betekende, maar hij wist nu zeker dat er iets niet klopte.

Hij had het gevoel dat hij in de buurt van een doorbraak was, maar wat die zou betekenen kon hij niet vaststellen.

Hij kon ook niet vaststellen of het echtpaar Von Enke zich van hem verwijderde.

Of dat ze langzaam dichterbij kwamen.

15

Een paar dagen voor Midzomer reed Wallander langs de oostkust in noordelijke richting. Toen hij Västervik net voorbij was, reed hij bijna een eland aan. Daarna zat hij lange tijd met bonkend hart op een parkeerplaats aan Klara te denken voordat hij het kon opbrengen om verder te rijden. De reis voerde hem langs een café waar hij jaren geleden oververmoeid en afgemat in een achterkamertje had mogen slapen. Door de jaren heen had hij met een weemoedig verlangen teruggedacht aan de vrouw die het café exploiteerde. Toen hij het etablissement bereikte, remde hij af en draaide hij de parkeerplaats op, maar hij stapte niet uit. Hij bleef aarzelend zitten, zijn handen stevig om het stuur geklemd. Daarna reed hij verder in noordelijke richting.

Hij wist natuurlijk wel waarom hij vluchtte. Hij was bang dat er iemand anders achter de kassa en de koffiemachine zou staan en dat hij niet om het feit heen zou kunnen dat ook in dit café de tijd was vervlogen, en hij nooit meer zou kunnen terugkeren naar wat nu zo ver achter hem lag.

Omdat hij zoals gewoonlijk te hard gereden had, kwam hij al rond een uur of elf aan in de haven in Fyrudden. Toen hij uitstapte, zag hij dat de opslagruimte van de foto er nog steeds stond, ook al was die dan verbouwd en zaten er nu ramen in. Maar de viskratten waren weg, evenals de grote trawler aan de kade. De haven lag nu vol met plezierjachten. Wallander parkeerde zijn auto bij het rode gebouw van de kustwacht, betaalde in de havenwinkel voor een parkeerbonnetje en wandelde naar het uiteinde van de verste pier.

De hele reis was net een roulettepoging, dacht hij. Hij had Eskil Lundberg niet gewaarschuwd dat hij zou komen. Hij wist zeker dat die hem niet had willen ontvangen als hij van tevoren uit Skåne had opgebeld. Maar als hij hier op de kade stond? Hij ging op een bank naast de havenwinkel zitten en toetste het nummer in. Het was nu buigen of barsten. Als hij een wapen met inscriptie had gehad, als hij een Von Wallander was geweest, dan had hij juist die woorden gebruikt, *buigen of barsten*, als lijf- en wapenspreuk. Zo was het in zijn leven altijd geweest. Hij toetste het nummer in en hoopte er het beste van.

Lundberg nam op.

'Met Wallander. We hebben elkaar ongeveer een week geleden gesproken.'

'Wat wilt u?'

Als hij al verbaasd was, wist hij dat goed te verbergen, dacht Wallander. Lundberg behoorde kennelijk tot de benijdenswaardige mensen die er altijd op voorbereid zijn dat er van alles kan gebeuren, dat willekeurig wie opeens aan de telefoon is, een koning of een gek, of voor hetzelfde geld een politieman uit Ystad.

'Ik ben in Fyrudden', vervolgde Wallander, die de koe bij de hoorns vatte. 'Ik hoop dat u tijd hebt en ik bij u langs kan komen.'

'Waarom zou ik nu meer te zeggen hebben dan toen we laatst met elkaar praatten?'

Met al zijn door de jaren heen opgedane politie-ervaring wist Wallander het op dat moment zeker. Lundberg had inderdaad meer te vertellen.

'Ik heb het gevoel dat we zouden moeten praten', zei hij.

'Is dat een manier om te zeggen dat u me gaat verhoren?'

'Helemaal niet. Ik wil alleen met u praten en u de foto laten zien die ik gevonden heb.'

Lundberg dacht na.

'Ik haal u over een uur op', zei hij ten slotte.

Die wachttijd gebruikte Wallander om wat te eten in de

horecagelegenheid, van waaruit hij uitzicht had op de haven, de eilanden en de open zee daarachter. Op een zeekaart die ingelijst aan de muur hing, zag hij dat Bokö naar het zuiden lag en hij hield dan ook de boten die uit die richting kwamen aandachtig in de gaten. Hij stelde zich voor dat een visser een boot zou hebben die in elk geval oppervlakkig gezien op de dagkruiser van Sten Nordlander zou lijken, maar hij zat er helemaal naast. Eskil Lundberg kwam in een open boot van kunststof met buitenboordmotor, vol plastic emmers en visnetten. Hij legde aan de kade aan en keek om zich heen. Wallander ving zijn blik. Pas toen Wallander voorzichtig in de boot stapte, maar op de glibberige bodem toch bijna uitgleed, gaven ze elkaar een hand.

'Ik had gedacht dat we wel naar mijn huis konden varen', zei Lundberg. 'Hier lopen naar mijn smaak te veel onbekenden rond.'

Zonder een antwoord af te wachten zette hij de motor in zijn achteruit en hij vertrok met een naar Wallanders mening te hoge snelheid uit het havenbassin. Een man in de kuip van een aangemeerde zeilboot sloeg hun woeste optreden met duidelijk misnoegen gade. Het geluid van de motor was zo hard dat een gesprek nauwelijks mogelijk was. Wallander was helemaal voorin gaan zitten en zag met bomen begroeide eilanden en kale bultrotsen voorbijvliegen. Ze voeren door een zee-engte. Op de kaart in het etablissement had Wallander gezien dat die Halsösundet heette. Ze vervolgden hun weg in zuidelijke richting. De eilanden lagen nog dicht op elkaar, alleen hier en daar was een glimp te zien van de open zee. Lundberg droeg een afgeknipte broek, omgeslagen laarzen en een shirt met de enigszins verbazingwekkende tekst IK VERBRAND MIJN AFVAL ZELF. Wallander schatte hem op een jaar of vijftig, misschien iets ouder. Dat kon wel kloppen met de leeftijd van de jongen op de foto.

Ze draaiden een baai met eiken en berken in en legden aan bij een roodgeschilderd boothuis dat naar teer rook en waar de zwaluwen in en uit vlogen. Bij het boothuis stonden twee grote rookovens.

'Uw vrouw zei dat er geen paling meer is', zei Wallander. 'Is het echt zo erg gesteld?'

'Het is nog erger', zei Lundberg. 'Binnenkort is er helemaal geen vis meer. Heeft ze dat niet gezegd?'

Het rode woonhuis van twee verdiepingen lag op ongeveer honderd meter van het water in een dal. Hier en daar lag plastic speelgoed. Toen Wallander Lundbergs vrouw Anna een hand gaf, keek ze net zo gereserveerd als ze aan de telefoon had geklonken.

In de keuken rook het naar gekookte aardappels en vis; een radio stond heel zachtjes aan met muziek die ternauwernood te horen was. Anna Lundberg zette een kan koffie op tafel en liep naar buiten. Ze was van dezelfde leeftijd als haar man, en op de een of andere manier leken ze ook uiterlijk op elkaar.

Opeens kwam er vanuit een andere kamer een hond de keuken in. Een mooie cockerspaniël, dacht Wallander, en terwijl Lundberg koffie inschonk, aaide hij het beest.

Wallander legde de foto op het tafelzeil. Lundberg haalde een bril uit zijn borstzakje. Hij bekeek de foto even en schoof hem toen weg.

'Dat moet in 1968 of '69 zijn geweest. In het najaar, staat me bij.'

'Maar die kom ik nu tussen de papieren van Håkan von Enke tegen?'

Lundberg keek hem strak aan.

'Ik weet niet wie die man is.'

'Een hoge officier bij de Zweedse marine. Kapitein-luitenant-ter-zee. Kan uw vader hem hebben gekend?'

'Dat is natuurlijk mogelijk, maar toch betwijfel ik dat.'

'Waarom?'

'Hij was niet echt dol op militairen.'

'U staat ook op de foto.'

'Ik kan uw vragen niet beantwoorden. Ook al zou ik het willen.'

Wallander besloot om het over een andere boeg te gooien en begon weer van voren af aan.

'Bent u hier op het eiland geboren?'

'Ja. Mijn vader is hier ook geboren. Ik ben de vierde generatie.'

'Wanneer is hij gestorven?'

'In 1994. Hij kreeg een beroerte in de boot toen hij met het net bezig was. Toen hij niet thuiskwam, heb ik de kustwacht gebeld. Lasse Åman heeft hem gevonden. Hij dobberde in de richting van Björkskär. Hij leefde nog, maar hij is er nooit meer van hersteld, die ouwe.'

Wallander meende aan de toon te horen dat de relatie tussen vader en zoon niet geheel gelukkig was geweest.

'Hebt u hier altijd gewoond? Ook toen uw vader nog leefde?'

'Dat had niet gekund. Je kunt geen knecht zijn bij je eigen vader. Vooral niet bij eentje die altijd alles wil bepalen en ook nog altijd gelijk heeft. Zelfs als hij er helemaal naast zat.'

Eskil Lundberg barstte in lachen uit.

'Niet alleen bij het vissen wilde hij gelijk hebben', vervolgde hij. 'Ik weet nog dat we op een avond naar een tv-programma zaten te kijken, een soort quiz. De vraag was aan welk land de rots van Gibraltar grensde. Hij zei Italië en ik zei Spanje. Toen bleek dat ik gelijk had zette hij de tv uit en ging hij naar bed. Zo'n type was hij.'

'U bent hier dus weggegaan?'

Eskil Lundberg hield zijn hoofd schuin en vertrok zijn gezicht.

'Is dat belangrijk?'

'Dat kan het zijn.'

'Vertel het nog eens, zodat ik het begrijp. Er is iemand verdwenen?'

'Twee mensen, een man en zijn echtgenote, de heer en mevrouw Von Enke. En ik kom deze foto tegen in een dagboek van meneer, de kapitein-luitenant-ter-zee.'

'Ze wonen in Stockholm, zei u? Maar u komt zelf uit Ystad? Hoe zit dat dan?'

'Mijn dochter gaat trouwen met de zoon van de familie. Ze hebben samen een kind. Het zijn haar aanstaande schoonouders die verdwenen zijn.'

Eskil Lundberg knikte. Hij leek Wallander opeens minder wantrouwig op te nemen.

'Ik ben van het eiland weggegaan toen ik met school klaar was', zei hij. 'Ik kreeg werk bij een fabriek in de buurt van Kalmar. Daar heb ik een jaar gewoond. Daarna ben ik weer naar huis gekomen om te gaan vissen, maar pa en ik konden het niet goed met elkaar vinden. Als je niet deed wat hij zei, werd hij kwaad. Ik ben weer vertrokken.'

'Terug naar de fabriek?'

'Naar het oosten. Naar Gotland. Ik heb twintig jaar in de cementfabriek in Slite gewerkt, tot mijn vader achteruitging. In Slite heb ik mijn vrouw leren kennen. We hebben twee kinderen gekregen. We zijn hier teruggekomen toen mijn vader het niet meer aankon. Mijn moeder was overleden, mijn zus woonde in Denemarken, dus alleen wij konden de zorg voor de boel hier op ons nemen. We hebben een groot agrarisch bedrijf, met grond, viswater, zesendertig eilandjes en ontelbare bultrotsen.'

'Dat betekent dat u hier in het begin van de jaren tachtig niet was?'

'Af en toe een week in de zomer, maar verder niet.'

'Is het denkbaar dat uw vader in die tijd contact had met een marineofficier?' vroeg Wallander. 'Zonder dat u daarvan wist?'

Eskil Lundberg schudde krachtig zijn hoofd.

'Zo zat hij niet in elkaar. Hij vond dat er een prijs op de hoofden van de mensen van de Zweedse marine moest worden gezet, zowel op dienstplichtigen als op vast personeel. Vooral op de hoofden van de kapiteins.'

'Waarom?'

'Als ze met hun oefeningen bezig waren, voeren ze keihard. We hebben een steiger aan de andere kant van het eiland, en daar lag de trawler. Twee jaar achter elkaar werd in het najaar door de golfslag van de militaire vaartuigen de steiger kapotgetrokken, de caissons werden losgerukt. Maar de schade betaalden ze niet. Pa schreef brieven om te klagen, maar er gebeurde niets. Verschillende keren gooide de bemanning etensresten in putten op de eilanden. Als je weet wat een put voor eilandbewoners betekent, doe je dat niet. Maar er waren ook andere dingen.'

Eskil Lundberg leek opeens weer te aarzelen. Wallander wachtte; als de geduldige vos die hij was, joeg hij Lundberg niet op.

'Vlak voor hij stierf, vertelde hij een keer over een gebeurtenis in het begin van de jaren tachtig', vervolgde Eskil Lundberg. 'Hij was toen al bedlegerig. Hij was wat minder vals geworden, zou je kunnen zeggen; hij zal wel beseft hebben dat ik toch degene was die hem zou opvolgen en het bedrijf zou overnemen.'

Eskil Lundberg stond op en liep de keuken uit. Wallander begon te denken dat hij ondanks alles niet van plan was nog meer te vertellen, maar hij kwam terug met een paar oude agenda's.

'September 1982', zei hij. 'Dit zijn z'n agenda's. Hij noteerde de vangstopbrengst en wat voor weer het was. Maar ook alle bijzondere gebeurtenissen. Op 19 september 1982 gebeurde er inderdaad iets bijzonders.'

Hij gaf Wallander de agenda over de tafel heen aan en wees de juiste datum aan. In een keurig handschrift stond er: *Bijna naar beneden gesleurd.*

'Wat bedoelde hij daarmee?'

'Dat vertelde hij toen hij daar in de kamer lag te sterven. Eerst dacht ik dat hij seniel was en in de war begon te raken, maar het was te gedetailleerd om niet waar te zijn. Het was niet iets wat hij zich had ingebeeld.'

'Begin bij het begin', zei Wallander. 'In dat najaar van 1982 ben ik nou net geïnteresseerd.'

Eskil Lundberg schoof zijn kopje aan de kant, alsof hij ruimte nodig had om te kunnen vertellen.

'Hij lag met zijn boot ten oosten van Gotland en was aan het vissen toen het gebeurde. Opeens was het alsof de boot abrupt stopte. Er werd aan de netten gerukt en de boot begon te kapseizen. Mijn vader begreep helemaal niet wat er aan de hand was, behalve dat hij ergens achter was blijven haken. Hij was meteen alert, want toen hij jong was, had hij gasgranaten in zijn netten omhooggehaald. Hij en de twee anderen die bij hem aan boord waren, probeerden de boot los te snijden, maar ze merkten dat die gedraaid was en dat het sleepnet van de bodem was losgeraakt. Ze slaagden erin dat nu binnen te halen. Ze haalden een stalen cilinder van ongeveer een meter lengte omhoog. Het was geen granaat of zeemijn, eerder een machineonderdeel van een vaartuig. De stalen cilinder was zwaar en leek niet lang onder water te hebben gelegen. Ze probeerden uit te knobbelen wat het was, maar dat lukte niet. Toen ze thuiskwamen, ging pa verder met het onderzoeken van de cilinder, maar hij werd er niet uit wijs waar het ding voor kon zijn gebruikt. Hij gooide hem aan de kant en ging verder met het repareren van zijn sleepnet. Hij was gierig en wilde niets weggooien. Maar het verhaal heeft nog een staartje.'

Eskil Lundberg trok de agenda naar zich toe en bladerde verder, naar 27 september. Opnieuw liet hij Wallander de opgeslagen bladzijde zien. *Ze zoeken.* Twee woorden, meer niet.

'Hij was die cilinder bijna vergeten, toen er precies op de plek waar hij hem had gevonden opeens marinevaartuigen verschenen. Hij viste vaak op dezelfde plek ten oosten van Gotland. Hij begreep meteen dat het geen gewone oefening was, want de vaartuigen bewogen zo vreemd. Ze lagen stil of ze verplaatsten zich langzaam in steeds kleinere cirkels. Hij had niet veel tijd nodig om te begrijpen wat er gaande was.'

Eskil Lundberg sloeg de agenda dicht en keek Wallander aan.

'Ze zochten naar iets wat ze hadden verloren. Niet meer en niet minder. Maar pa was absoluut niet van plan de cilinder terug te geven. Ze hadden zijn sleepnet vernield. Hij bleef gewoon vissen en deed net of hij ze niet zag.'

'Wat gebeurde er daarna?'

'Dat najaar had de marine daar tot in december vaartuigen en duikers. Toen verdwenen de laatste boten. Er begonnen geruchten de ronde te doen dat er een duikboot was vergaan. Maar waar zij aan het zoeken waren, was het niet diep genoeg voor een duikboot. Het leger kreeg zijn cilinder nooit terug en mijn vader heeft nooit begrepen wat voor ding het was. Maar hij was tevreden dat hij wraak had kunnen nemen voor zijn vernielde steiger. Ik kan me niet voorstellen dat hij contact met een marineofficier zou hebben gehad.'

Ze zwegen. De hond krabde zich. Wallander probeerde te begrijpen hoe Håkan von Enke in het plaatje paste van wat hij te horen had gekregen.

'Volgens mij ligt het ding hier nog', zei Lundberg.

Wallander dacht dat hij zijn oren niet kon geloven, maar

Eskil Lundberg was al opgestaan.

'Die cilinder', zei hij. 'Volgens mij ligt die in het boothuisje.'

Ze verlieten het huis, met de hond snuffelend voor hun voeten. De wind was aangewakkerd. Anna Lundberg stond was op te hangen aan een lijn die tussen twee oude kersenbomen was gespannen. De witte slopen klapperden in de wind. Achter het boothuis stond een kleiner boothuisje, dat balanceerde op twee ongelijke rotsen. Aan het plafond hing een kaal glimmend peertje. Wallander stapte een ruimte vol geuren binnen. Aan een muur hing een ouderwetse aalsteker. Eskil Lundberg boog voorover en begon te rommelen in een hoek van het boothuis, waar touwen, kapotte hoosvaten, oude kurkdrijvers en kapotte netten lagen. Hij zat in de wirwar te rukken en te trekken alsof hij de nijdigheid van zijn vader over het optreden van de marineschepen deelde. Ten slotte kwam hij overeind. Hij stapte opzij en wees. Wallander zag een langwerpig voorwerp van grijs staal, dat leek op een grote sigarenfoedraal, met een doorsnee van misschien twintig centimeter. Aan het ene eind van de cilinder zat een klep die gedeeltelijk open was en waar je snoeren en koppelingsrelais zag.

'We kunnen hem wel naar buiten brengen', zei Lundberg. 'Als we het samen doen.'

Ze droegen hem naar de steiger. De hond was er meteen bij om te snuffelen. Wallander probeerde zich voor te stellen wat voor functie de cilinder had. Hij betwijfelde of het een onderdeel van een motor was. Misschien eerder iets wat met radar of eventueel afvuurinstallaties voor raketten of mijnen te maken had.

Wallander ging op zijn hurken zitten om naar een serienummer of een fabricageplaats te zoeken, maar hij vond niets. De hond snuffelde in zijn gezicht tot Lundberg het beest wegstuurde.

'Wat denkt u dat het is?' vroeg Wallander toen hij overeind was gekomen.

'Ik weet het niet. Net zomin als mijn vader het ooit heeft begrepen. Dat vond hij niet fijn. Daarin lijken hij en ik op elkaar. We willen antwoorden op onze vragen.'

Eskil Lundberg zweeg even, maar ging toen verder.

'Ik heb hem niet nodig. Maar misschien dat hij voor u van nut is?'

Het duurde even voordat Wallander snapte dat Lundberg op de stalen cilinder doelde die aan hun voeten lag.

'Ik neem hem graag mee', antwoordde hij en even ging het door zijn hoofd dat Sten Nordlander misschien aan hem zou kunnen uitleggen waar de cilinder voor was gebruikt.

Ze legden hem in de boot en Wallander gooide de trossen los. Lundberg draaide in oostelijke richting en zette koers naar de zee-engte tussen Bokö en het eiland dat Björkskär heette. Ze voeren langs een eilandje waar in een bosje een verlaten huis stond.

'Een oude jachthut', zei Lundberg. 'Daar zaten ze wanneer ze op zeevogels gingen jagen. Maar mijn vader ging er af en toe ook naartoe wanneer hij een etmaal in alle rust wilde drinken. Het is een goede schuilplaats als je een poosje van de aardbodem wilt verdwijnen.'

Ze legden aan bij de kade. Wallander reed zijn auto achteruit, zodat ze samen de stalen cilinder op de achterbank konden leggen.

'Er is iets wat ik me afvraag', zei Eskil Lundberg. 'U zei dat ze allebei waren verdwenen. Heb ik het goed begrepen dat dat niet tegelijkertijd is gebeurd?'

'Dat hebt u goed begrepen. Håkan von Enke verdween in april, zijn vrouw nog maar een paar weken geleden.'

'Is dat niet vreemd? Dat er helemaal geen sporen zijn? Waar kan hij zijn gebleven? Of zij samen?'

'Alle mogelijkheden zijn nog open. Het kan zijn dat ze nog leven, het kan zijn van niet. We weten het niet.'

Eskil Lundberg schudde zijn hoofd. Wallander vond dat hij een zekere schichtigheid vertoonde. Maar misschien werden mensen zo wanneer ze eenzaam en afgelegen woonden op een eiland dat tijdens strenge ijswinters soms geïsoleerd raakte.

'Blijft de vraag naar de foto nog over', zei Wallander.

'Ik heb er geen antwoord op.'

Kwam het doordat Lundsberg woorden zo snel kwamen? Wallander wist het niet zeker, maar hij vroeg zich opeens, puur intuïtief, af of het werkelijk waar was wat Lundberg zei. Was er toch iets wat hij niet wilde vertellen?

'Misschien schiet het u nog te binnen', zei Wallander. 'Je weet nooit. Soms komen er herinneringen boven.'

Wallander zag hem achteruit van de kade wegvaren. Ze staken hun hand nog een keer groetend op en daarna verdween het snelle bootje naar de zee-engte bij Halsö.

Op de thuisreis nam Wallander een andere weg dan op de heenreis. Hij wilde voorkomen dat hij het cafeetje opnieuw moest passeren.

Toen hij thuiskwam, was hij moe en hongerig. Hij liet Jussi nog even bij de buren. In de verte klonk onweersgerommel. Het had geregend, het gras geurde onder zijn voeten.

Hij deed de deur van het slot, stapte naar binnen, hing zijn jas op en schopte zijn schoenen uit.

Met ingehouden adem bleef hij in de hal staan luisteren. Er was niemand, er was niets veranderd, maar toch wist hij dat er tijdens zijn afwezigheid iemand in huis was geweest. Op kousenvoeten liep hij de keuken in. Er lag geen briefje op tafel. Als Linda er was geweest, had ze een berichtje achtergelaten. Hij liep door naar de woonkamer en maakte langzaam een omtrekkende beweging.

Hij had bezoek gehad. Er was iemand gekomen en weggegaan.

Wallander trok zijn laarzen aan en liep het erf op. Hij liep rond het huis en toen weer terug.

Toen hij er zeker van was dat hij niet in de gaten werd gehouden, liep hij naar de kennel en ging hij op zijn hurken voor Jussi's hok zitten.

Hij voelde met zijn hand. Wat hij in het hok had gelegd lag er nog.

16

De blikken trommel had hij van zijn vader geërfd. Of beter gezegd: die had hij tussen afgedankte schilderijen, verfblikken en penselen gevonden. Toen Wallander na het overlijden van zijn vader diens atelier had opgeruimd, waren hem de tranen in de ogen gesprongen. Op een van de oudste penselen had hij kunnen lezen dat dit in een van de oorlogsjaren was geproduceerd: 1942. Dit was zijn vaders leven geweest, had hij gedacht: een voortdurend groeiend aantal weggegooide penselen, die zich opstapelden in een hoekje. Hij was gaan schoonmaken en had alles in grote papieren zakken gestopt, maar begon uiteindelijk zijn geduld te verliezen en had telefonisch een container besteld. Toen had hij de blikken trommel gevonden. Die was leeg en roestig, maar Wallander kon hem zich vaag herinneren uit zijn jeugd. Daarin had ooit zijn vaders speelgoed uit lang vervlogen tijden gezeten, knap gemaakte en mooi beschilderde tinnen soldaatjes, een schep om zelf tin te gieten en gipsen vormpjes. Er had ook meccano in gezeten.

Waar al dat speelgoed gebleven was, wist hij niet. Hij had alle hoeken van het huis en het atelier afgezocht, maar het niet gevonden. Hij had zelfs met een schop en een greep de oude afvalhoop achter het huis doorzocht, maar was niets tegengekomen. De blikken trommel was leeg en Wallander beschouwde dat als een symbool, een erfenis die hij zelf met inhoud kon vullen. Hij maakte de trommel schoon, boende de ergste roest eraf en zette hem weg in zijn kelderbox in Mariagatan. Pas toen hij zijn nieuwe huis betrok, werd hij weer herinnerd aan het bestaan van de trommel. Die kwam van pas nu hij overwoog waar hij de zwarte map moest verstoppen die hij in Signes kamer had gevonden. Op de een of andere manier was dat haar boek, vond hij, het was *Signes Boek*, dat misschien een verklaring bevatte voor de verdwijning van haar ouders.

De ruimte onder de planken waarop Jussi altijd sliep, was als beste alternatief naar voren gekomen om de trommel te verstoppen. Hij was opgelucht toen hij voelde dat de map met aantekeningen er nog lag. Hij besloot Jussi onmiddellijk op te halen. Tussen zijn huis en de boerderij van de buren lagen een paar uitgestrekte koolzaadvelden, die waren geoogst tijdens zijn afwezigheid. Hij liep er langs de sloten en een karrenpad naartoe. Hij maakte een praatje met de buurman, die bezig was zijn tractor te repareren, en nam daarna Jussi mee, die achter het huis stond te springen en aan zijn ketting trok. Toen Wallander weer thuis was, sleepte hij de cilinder naar binnen. Hij spreidde een paar kranten op tafel uit en begon hem te onderzoeken. Hij ging voorzichtig te werk, omdat er diep in zijn hart een voorzichtig alarmbelletje afging. Misschien zat er iets gevaarlijks in het langwerpige voorwerp dat voor hem lag? Behoedzaam wurmde hij de koppelingsrelais, de dunne gedraaide kabels, en allerlei plugjes en stekkers die de verschillende leidingen verbonden eruit. Hij zag dat er aan de onderkant een soort bevestigingsinstallatie had gezeten die eraf gerukt was. Er stond geen serienummer op of een ander teken dat erop wees waar de cilinder was geproduceerd of wie de eigenaar was. Hij onderbrak zijn demontagewerkzaamheden om te gaan koken – een omelet waar hij een blikje champignons doorheen roerde – en at voor de tv, terwijl hij ongeïnteresseerd een voetbalwedstrijd volgde. Ondertussen probeerde hij niet aan de cilinder of aan verdwenen mensen te denken. Jussi kwam naast hem op de grond liggen. Wallander liet hem de laatste restjes van de omelet oplikken, zag verstrooid hoe een van de twee elftallen scoorde – Joost mocht weten wie er speelden – en nam de hond vervolgens mee naar buiten. Het was een mooie zomeravond. Hij kon het niet laten om in een van de witte houten tuinmeubels aan de westkant van het huis te gaan zitten, waar hij uitzicht had op de avondzon die juist aan de horizon onderging.

Hij werd abrupt wakker, verbaasd dat hij in slaap was gevallen. Bijna een uur was hij van de wereld geweest. Hij had een droge mond en liep naar binnen om zijn bloedsuiker te meten. De waarde was veel te hoog: 15,2. Er ging een steek van ongerustheid door hem heen. Hij verwaarloosde zichzelf niet, at naar behoren, nam zijn medicijnen, spoot insuline en ging regelmatig wandelen. Toch was de waarde veel te hoog. Hij kon geen betere oplossing bedenken dan dat hij meer medicijn moest innemen. Het was tijd om de dosis insuline die hij zijn lichaam op gezette tijden moest toedienen opnieuw te verhogen.

Even bleef hij aan de hoek van de keukentafel zitten, waar hij zich in zijn vinger had geprikt om zijn suiker te controleren. Opnieuw werd hij overvallen door neerslachtigheid, gelatenheid en de vloek van de ouderdom. En niet in de laatste plaats door ongerustheid over het feit dat zijn geheugen en gevoel van aanwezigheid soms helemaal verdwenen. Hier zit ik, dacht hij, en ik zit te schroeven en te trekken aan een stalen cilinder, terwijl ik eigenlijk bij mijn dochter thuis zou moeten zijn om mijn kleinkind te zien.

Hij deed wat hij altijd deed wanneer de neerslachtigheid toesloeg. Hij schonk een flink glas brandewijn in, dat hij in één keer achteroversloeg. Eén grote borrel, niet meer, geen twee, niet bijschenken. Daarna onderzocht hij de cilinder nog een keer, waarna hij besloot dat het genoeg was en een bad liet vollopen. Vóór middernacht sliep hij.

De volgende dag belde hij al vroeg naar Sten Nordlander. Die was eropuit getrokken met zijn boot, maar binnen een uur zou hij aan land zijn en hij beloofde dat hij dan zou terugbellen.

'Is er iets gebeurd?' riep hij door het gebruis van de zee heen.

'Ja', riep Wallander terug. 'We hebben de vermisten niet gevonden, maar ik heb wel iets anders gevonden.'

Om half acht liet Martinson van zich horen. Hij herinnerde Wallander aan een overleg dat die ochtend gehouden zou worden. Een van de Zweedse motorbendes was bezig een pand te kopen in de buurt van Ystad. Lennart Mattson had een vergadering belegd. Wallander beloofde dat hij er om tien uur zou zijn.

Wallander was niet van plan om aan Sten Nordlander te vertellen waar hij de cilinder precies gevonden had. Na het ongewenste bezoek aan zijn huis besloot hij niemand te vertrouwen, in elk geval niet onvoorwaardelijk. Natuurlijk kon degene die zijn huis was binnengedrongen dat hebben gedaan om een reden die niet noodzakelijkerwijs in verband stond met Håkan en Louise von Enke, maar wat moest die reden dan zijn? Meteen nadat hij die ochtend was opgestaan had Wallander het huis grondig doorzocht. Een van de ramen op het oosten, in de kamer waar hij een logeerbed had neergezet dat nooit werd gebruikt, stond op een kier. Hij wist zeker dat hij dat niet had opengezet. Een dief kon heel goed via die weg zijn binnengedrongen en weer zijn vertrokken zonder al te veel sporen na te laten. Maar waarom had hij niets meegenomen? Er was niets weg, daar was Wallander van overtuigd. Hij kon zich maar twee scenario's voorstellen. Of de dief had niet gevonden wat hij zocht. Of hij had iets willen achterlaten. Daarom probeerde Wallander niet alleen te kijken of er iets weg was, maar ook of er iets was wat er eerder niet was geweest. Hij kroop rond om onder stoelen, bedden en banken te kijken, draaide schilderijen om en zocht tussen zijn boeken. Na bijna een uur, vlak voordat Nordlander zou bellen, hield hij op met zijn onderzoek, zonder resultaat te hebben geboekt. Hij overwoog of hij zou praten met Nyberg, de man van de technische recherche van het korps in Ystad, om hem te vragen of hij naar eventuele microfoons wilde zoeken, maar die gedachte verwierp hij. Dat zou tot te veel vragen leiden, te veel geroddel.

Sten Nordlander belde. Hij vertelde dat hij met een kop koffie op een terras zat op het eiland Sandhamn, in de archipel van Stockholm.

'Ik vaar naar het noorden', zei hij. 'Ik ga deze vakantie naar Härnösand, steek dan over naar de Finse kust en keer via Åland weer terug. Twee weken alleen met de wind en de golven.'

'Een zeeman wordt de zee dus nooit moe?'

'Nooit. Wat had je gevonden?'

Wallander beschreef de stalen cilinder tot in detail. Met een duimstok – een oude van zijn vader, die onder de verfvlekken zat – had Wallander de precieze lengte vastgesteld; met een touwtje had hij de doorsnee opgemeten.

'Waar heb je hem gevonden?' vroeg Sten Nordlander toen Wallander zweeg.

'In de kelder van Håkan en Louise', loog Wallander. 'Weet jij wat dit is?'

'Nee. Ik weet niet wat het kan zijn. Maar ik zal erover nadenken. In hun kelder?'

'Ja. Heb je ooit iets dergelijks gezien?'

'Cilinders hebben aerodynamische en marinekwaliteiten waardoor je ze zo'n beetje overal wel voor kunt gebruiken. Maar een voorwerp als dit kan ik me niet speciaal herinneren. Heb je een van de kabels opengesneden?'

'Nee.'

'Doe dat. Misschien dat dat wat meer oplevert.'

Wallander zocht een stanleymes en sneed voorzichtig een van de zwarte mantels open. Hij legde nog dunnere, bijna draderige kabels bloot. Hij beschreef wat hij had aangetroffen.

'Dan zijn het niet echt stroomkabels', zei Sten Nordlander. 'Eerder iets met een communicatiedoel. Maar wat het nou meer specifiek is, kan ik niet zeggen. Daar moet ik over nadenken.'

'Laat het me weten als je een antwoord hebt', zei Wallander.

'Het is raar dat er niet op staat waar dat ding is geproduceerd. Serienummers en productieplaats worden toch altijd in het staal afgedrukt. Je kunt je afvragen hoe het bij Håkan thuis is terechtgekomen, waar hij het te pakken heeft gekregen.'

Wallander zag op zijn horloge dat hij nu naar het bureau moest, wilde hij niet te laat komen. Sten Nordlander beëindigde het gesprek door met afkeer een groot plezierjacht te beschrijven dat net de haven binnenvoer.

Het overleg over de motorbende duurde bijna twee uur. Het zweet brak Wallander uit over het feit dat Lennart Mattson het talent miste om tijdens de vergadering tempo te maken en dat hij nooit praktische conclusies trok. Uiteindelijk werd Wallander zo ongeduldig dat hij Mattson onderbrak en zei dat het mogelijk zou moeten zijn om de verkoop van een woning tegen te houden door de eigenaar van het pand rechtstreeks te benaderen. Wanneer dat eenmaal gedaan was, kon je doorgaan met het uitwerken van strategieën om de handel en wandel van de motorbendes te verstoren en aan banden te leggen. Maar Mattson trok zich niets van hem aan en maalde maar door. Wallander had echter nog een troefkaart in handen, waar niemand van de aanwezigen van op de hoogte was. Hij had het nieuwtje gehoord van Linda, die het op haar beurt weer van een collega uit Stockholm had. Hij vroeg het woord en wond er geen doekjes om.

'Er is een complicatie', begon hij. 'Er is een beruchte arts en een van diens meer opmerkelijke zetten is dat hij erin is geslaagd om aan niet minder dan veertien mensen uit een van die leerbendes een doktersverklaring te verstrekken. Ze krijgen allemaal ziekengeld, omdat ze aan ernstige depressies lijden.'

Wallanders opmerkingen veroorzaakten hilariteit.

'Die arts is nu met pensioen en helaas is hij hiernaartoe verhuisd', vervolgde Wallander. 'Hij heeft een mooi huisje in de binnenstad gekocht. Er bestaat natuurlijk een risico dat hij blijft doorgaan met het afgeven van doktersverklaringen aan die arme motorjongens die zo depressief zijn dat ze niet kunnen werken. Er loopt een onderzoek tegen hem bij de Gezondheids- en Welzijnsraad. Maar op die lui kun je zoals bekend niet vertrouwen.'

Wallander stond op en schreef de naam van de arts op een flap-over.

'We moeten die man in de gaten houden', zei hij en hij verliet de kamer.

Wat hem betrof, waren ze klaar met vergaderen.

Tijdens de slepende ochtenduren was hij blijven piekeren over de cilinder. Nu reed hij naar de bibliotheek, waar hij om hulp vroeg bij het zoeken naar alle algemene boeken over duikboten en oorlogsschepen die er in de kasten stonden en de vakliteratuur over moderne oorlogsvoering. De bibliothecaresse, die bij Linda in de klas had gezeten, pakte een grote stapel bij elkaar. Hij stond op het punt om weg te gaan toen hij haar ook nog naar de memoires van de spion Wennerström vroeg. Hij droeg de boeken naar zijn auto en reed naar Saltsjöbaden om op een terras aan zee te lunchen. Hij was net klaar met eten toen Kristina Magnusson naar hem toe kwam en vroeg of ze bij hem mocht komen zitten. Zij kon Wallanders beleving van het taaie en nietszeggende overleg alleen maar bevestigen.

'Ik werd er gek van', zei ze.

'Je went eraan', zei Wallander. 'Hoe wist je trouwens dat ik hier was?'

'Dat wist ik niet. Ik had gewoon het gevoel dat ik er even tussenuit moest.'

Na de lunch maakten ze een wandeling langs het fietspad bij het strand. Wallander zei niet veel; Kristina deed voornamelijk het woord. Hij begreep dat ze zeer ontevreden was over veel dingen op het bureau, niet in de laatste plaats veel organisatorische kwesties. Ten slotte bleef hij staan en keek haar aan.

'Ben je van plan op te stappen?' vroeg hij.

'Nee. Maar er moet wel veel veranderen. Ik vraag me af hoe het zou zijn als jij de baas was.'

'Dat zou een ramp zijn', zei Wallander. 'Ik heb totaal geen talent om met centraal geplaatste bureaucraten en hun regels en verordeningen om te gaan, of met het opstellen van begrotingen die nooit ruim genoeg zijn.'

Daarmee beëindigde hij het gesprek. Ze liepen terug en wisselden nog een paar woorden over het midzomerweekend dat voor de deur stond. Kristina vertelde dat het weerbericht het had over regen en wind. Misschien niet het weer dat hij Klara het liefst wilde bieden, dacht Wallander bij zichzelf.

Hij keerde terug naar zijn kamer, las een paar verhoren en technische rapporten door, sprak met een patholoog-anatoom in Lund over een vage kwestie en besteedde daarna de rest van de middag aan het doorbladeren van de boeken uit de bibliotheek. Tegen vieren werd hij gebeld door een journalist uit Stockholm. Wallander was helemaal vergeten dat hij had beloofd om voor het volgende nummer van het Zweeds politieblad mee te werken aan een enquête over de opleiding van nieuwe agenten. Eigenlijk had hij helemaal geen meningen, dacht hij, maar hij antwoordde dat er in Ystad geen problemen waren, omdat ze sinds jaar en dag een informeel systeem van individuele mentoren hadden, waardoor nieuwe werknemers altijd aan een bepaald persoon gekoppeld werden tot wie ze zich konden wenden. Wat hij echter niet zei, was dat hij dit jaar geweigerd had om mentor te zijn, omdat hij dat al bijna vijftien jaar was geweest. Iemand anders moest zijn verantwoordelijkheid nou maar eens overnemen.

Om vijf uur vertrok hij naar huis. Onderweg deed hij boodschappen. Toen hij 's ochtends was vertrokken, had hij kleine, onopvallende stukjes plakband op ramen en deuren bevestigd. Die zaten er allemaal nog. Hij at een visgerecht uit de oven en wijdde zich aan de boeken, die hij op de keukentafel had gestapeld. Hij las tot hij niet meer kon. Toen hij tegen middernacht naar bed ging, trommelde er een hevige slagregen op het dak. Hij viel meteen in slaap. Het geluid van regen was al sinds zijn kindertijd slaapverwekkend.

Toen Wallander de volgende ochtend op het bureau aankwam, was hij doornat. Hij had besloten naar zijn werk te wandelen en had daarom zijn auto bij het station neergezet. Zijn hoge suikerwaarde was een uitdaging. Hij moest meer en vaker bewegen. Tijdens zijn wandeling was er een korte, maar hevige regenbui gevallen. Hij hing zijn natte broek op en pakte een andere uit zijn locker. Toen hij die aantrok, merkte hij dat hij was aangekomen. Nijdig smeet hij de deur van de locker dicht. Net op dat moment stapte Nyberg binnen. Wallanders heftige reactie ontlokte hem een vragende blik.

'Een slecht humeur?'

'Een natte broek.'

Nyberg knikte en reageerde met zijn aparte mengeling van vrolijkheid en somberheid.

'Ik begrijp precies wat je bedoelt. Natte voeten kunnen we allemaal wel verdragen, maar een broek is erger. Het is net of je in je broek hebt geplast. Even is het aangenaam warm, maar dat gaat heel snel voorbij.'

Wallander ging op zijn kamer Ytterberg bellen, maar die was er niet. Hij had ook niet gezegd wanneer hij weer terug was. Wallander had toen inmiddels zijn mobiele nummer al geprobeerd, maar er werd niet opgenomen. Toen hij koffie wilde halen, liep hij Martinson tegen het lijf, die frisse lucht nodig had. Ze gingen buiten zitten. Martinson vertelde over een pyromaan die nog niet was aangehouden.

'Pakken we hem ditmaal wel?' vroeg Wallander.

'Pakken doen we hem altijd wel', zei Martinson. 'De vraag is alleen of we hem kunnen vasthouden. Maar we hebben een getuige in wie ik wel vertrouwen heb. Deze keer is het echt mogelijk dat we hem achter de tralies krijgen.'

Ze gingen weer naar binnen, elk naar zijn eigen kamer. Wallander bleef nog een paar uur. Daarna ging hij naar huis, nog steeds zonder dat hij Ytterberg te pakken had gekregen. Hij had de belangrijkste punten echter opgeschreven en was van plan om in de loop van de avond te proberen opnieuw contact met hem op te nemen. Ytterberg was degene die het onderzoek verrichtte. Wallander zou hem het materiaal geven dat hij had: de zwarte map en de stalen cilinder. Dan moest Ytterberg de noodzakelijke en mogelijke conclusies maar trekken. Zelf had Wallander niets met de zaak te maken; hij was niet de rechercheur, hij was alleen de vader van zijn dochter en erbij betrokken geraakt omdat hij het niet prettig vond dat haar aanstaande schoonouders spoorloos waren verdwenen. Nu ging hij zich instellen op het vieren van Midzomer en daarna had hij vakantie.

Het liep echter niet zoals hij zich had voorgesteld. Toen hij thuiskwam, stond er een onbekende auto op zijn erf, een gehavende Ford met flinke roestplekken op de voorportieren. Wallander herkende de auto totaal niet. Even overpeinsde hij van wie de wagen kon zijn, maar daarna liep hij het erf op. In een van de witte houten tuinmeubelen, uitgerekend de stoel waarin hij de vorige avond zelf had zitten slapen, zat een vrouw.

Voor haar op tafel stond een geopende fles wijn. Wallander kon geen glas ontdekken.

Vervuld van onbehagen liep hij naar haar toe om haar te begroeten.

17

De vrouw was Mona, zijn ex-echtgenote. Inmiddels was het jaren geleden dat ze elkaar voor het laatst hadden gezien, en dan nog terloops, toen Linda haar opleiding aan de politieacademie had afgerond. Daarna hadden ze nog een paar keer kort telefonisch contact gehad, dat was alles.

Hij voelde zich niet op zijn gemak toen Mona laat op de avond in de slaapkamer in slaap was gevallen en hijzelf – voor de allereerste keer – het bed in de logeerkamer stond op te maken. Mona was onderhevig geweest aan voortdurende stemmingswisselingen; ze was een paar keer sentimenteel en boos uitgevallen en hij had daar niet goed raad mee geweten. Mona was al flink aangeschoten geweest toen hij arriveerde. Toen ze opstond om hem te omhelzen had ze gewankeld en ze was bijna omgevallen, maar hij had haar op het laatste moment vastgepakt. Hij zag dat ze gespannen en nerveus was voor de ontmoeting en dat ze zich veel te zwaar had opgemaakt. Het meisje op wie Wallander veertig jaar geleden verliefd was geworden, droeg bijna geen make-up; zij had niets versterkends nodig gehad.

Ze kwam deze avond omdat ze gekwetst was; iemand had haar zo slecht behandeld dat ze zich alleen nog maar tot Wallander kon wenden. Die was in de tuin naast haar gaan zitten, zwaluwen hadden rond hun hoofden gevlogen, en hij had het eigenaardige gevoel gehad dat een vervlogen tijd herleefde. Een vijfjarige Linda zou zo meteen ergens vandaan komen rennen om hun aandacht op te eisen. Hij kreeg echter niet de gelegenheid om meer dan een paar onhandige begroetingswoorden uit te brengen of Mona barstte in heftig snikken uit. Hij werd er verlegen van. Zo was het ook geweest in hun laatste uitputtende tijd samen. Destijds had hij lang in haar emotionele uitbarstingen geloofd. Ze werd echter steeds meer een soort actrice die hun huwelijk als podium gebruikte. Ze had zichzelf een rol gegeven waarvoor ze eigenlijk niet geschikt was. Haar talent lag niet bij het tragische, misschien ook niet bij het komische, maar meer bij een normaliteit die geen grote emotionele sprongen verdroeg. Maar nu zat ze daar weer te huilen en Wallander wist niets anders te verzinnen dan een rol wc-papier te halen waarmee ze haar tranen kon drogen. Na een poosje hield ze op met huilen. Ze verontschuldigde zich, maar had moeite om niet te lallen tijdens het praten. Hij wou dat Linda er was; die ging op een heel andere manier met haar om.

Tegelijkertijd was er ook een ander gevoel bij hem gewekt. Het kostte hem weliswaar moeite om het toe te geven en het kwam en ging in verboden golven, maar hij had zin om haar bij de hand te nemen en mee te voeren naar de slaapkamer. Hij raakte opgewonden van haar aanwezigheid en het scheelde niet veel of hij had geprobeerd of het buigen of barsten werd. Maar hij deed uiteraard niets. Mona wankelde naar de kennel, waar Jussi verwachtingsvol stond te springen. Wallander liep achter haar aan, meer als een lijfwacht dan om haar gezelschap te houden; klaar om haar op te vangen als ze zou omvallen. De hond was algauw niet interessant meer en ze gingen naar binnen, omdat zij het koud had. Ze liep het huis door en vroeg hem om haar álles te laten zien, zoals ze nadrukkelijk zei, alsof ze een galerie bezocht. Hij had het práchtig voor elkaar; ze had er geen woorden voor hoe móói het was, ook al had hij die vreselijke bank die ze vanaf hun trouwen hadden gehad eigenlijk allang weg moeten doen. Toen ze hun trouwfoto zag die op een ladekastje stond, begon ze weer te huilen; ditmaal zo gemaakt dat hij zin kreeg haar buiten de deur te zetten. Hij liet haar echter maar begaan. Hij ging koffiezetten, borg een fles whisky weg die er stond en wist haar ten slotte zover te krijgen dat ze aan de keukentafel plaatsnam.

Van haar heb ik in mijn leven meer gehouden dan van welke andere vrouw ook, dacht Wallander toen ze daar met hun koffiekopjes zaten. Ook al zou ik nu een andere grote liefde ontmoeten, Mona zal toch altijd de belangrijkste vrouw in mijn leven blijven. Dat is een feit dat nooit meer kan veranderen. Liefde kan misschien een andere liefde vervangen, maar de oude liefde blijft toch altijd bestaan. Je leeft je leven met dubbele bodems, vermoedelijk om niet te zinken als er een gat in een van die bodems wordt geslagen.

Mona dronk van haar koffie en ontnuchterde onverwacht. Ook dat was iets wat Wallander zich nog kon herinneren: dat ze zich vaak meer aangeschoten voordeed dan ze was.

'Sorry', zei ze. 'Ik zit me aan te stellen, ik dring me op. Wil je dat ik wegga?'

'Helemaal niet. Ik wil alleen weten waarom je bent gekomen.'

'Waarom ben je zo afwijzend? Je kunt toch niet echt beweren dat ik je bijzonder vaak lastigval.'

Wallander kroop meteen in zijn schulp bij haar dreigende aanval. Het laatste jaar met haar was een voortdurend gevecht geweest, waarbij hij het had vermeden in haar wereld van beschuldigingen en bedreigingen te worden meegetrokken. Natuurlijk had ze gevonden dat hij hetzelfde deed, en hij wist dat ze gelijk had. Ze waren allebei daders en slachtoffers in de gordiaanse knoop die alleen met een drastische slag kon worden ontward. Echtscheiding, allebei hun eigen richting inslaan.

'Vertel', zei hij voorzichtig. 'Waarom ben je zo neerslachtig?'

Wat volgde was één lange litanie, een Bouquetreeksdeel met een ogenschijnlijk eindeloos aantal hoofdstukken, Mona's eigen variant op een smartlap gekruid met een vleugje Elvira Madigan, dacht Wallander. Een jaar geleden had ze een nieuwe man leren kennen. Anders dan de vorige was dit geen golfspelende rentenier die, naar Wallanders overtuiging, zijn geld verdiende door plundering met behulp van lege vennootschappen. Integendeel, de nieuwe man was iets zo prozaïsch als eigenaar van een supermarkt in Malmö. Een man van haar eigen leeftijd en net als zij eerder gehuwd geweest. Het had echter niet lang geduurd of Mona had tot haar afschuw ontdekt dat ook een gewone fatsoenlijke kruidenier psychopatische trekjes kon vertonen. Hij begon haar te controleren, kwam met bedekte dreigementen en had haar ten slotte ronduit aan fysiek geweld blootgesteld. Dom genoeg had ze gedacht dat dit wel over zou gaan, dat zijn jaloezie zou ophouden, maar dat was niet gebeurd en nu had ze met hem gebroken. Ze kon zich alleen nog tot haar ex-man wenden, omdat ze vreesde dat de kruidenier haar zou gaan stalken. Kortom: ze was bang en daarom was ze naar hem toe gekomen.

Wallander vroeg zich af hoeveel van wat ze vertelde eigenlijk waar was. Mona was niet altijd helemaal betrouwbaar; soms loog ze zonder daar noodzakelijkerwijs kwaad mee in de zin te hebben. Maar in dit geval moest hij haar waarschijnlijk wel geloven en hij was natuurlijk geschokt over het feit dat ze was geslagen.

Toen ze klaar was met vertellen werd ze misselijk en ze vluchtte naar de wc. Wallander stond voor de deur en hoorde haar inderdaad overgeven; het was geen spel, met hem als enige toeschouwer in de zaal. Later ging ze op de bank liggen waarvan ze vond dat hij die had moeten wegdoen. Ze huilde weer een potje en viel vervolgens met een deken over zich heen in slaap. Wallander ging in zijn leesfauteuil zitten om verder te gaan met zijn bibliotheekboeken, maar hij kon zich natuurlijk niet concentreren. Na bijna twee uur werd Mona met een schok wakker. Toen ze zich realiseerde dat ze bij Wallander thuis was, scheelde het niet veel of ze begon weer te huilen, maar nu zei hij dat het zo wel genoeg was. Hij kon haar wat te eten geven als ze dat wilde en daarna mocht ze blijven slapen. De volgende dag kon ze met Linda praten, die vast een betere adviseur was dan hij. Omdat zij geen honger had, maakte hij alleen soep en vulde hij zijn maag met een groot aantal sneetjes brood. Toen ze tegenover elkaar aan de eettafel zaten, begon ze opeens te praten over hoe goed ze het samen ooit hadden gehad. Wallander vroeg zich af dit de werkelijke aanleiding voor haar bezoek was: dat ze als het ware weer op vrijersvoeten was. Als ze het een paar jaar eerder had geprobeerd, zou het haar gelukt zijn, dacht hij, want zo lang heb ik gedacht dat we ooit weer zouden kunnen samenleven. Tot ik inzag dat dit een illusie is; ons leven samen hebben we achter ons, en dat leven is ook niet meer iets wat ik nog wens of wil.

Na het eten wilde ze wat drinken, maar hij zei nee; hij zou haar geen druppel geven zolang ze nog in zijn huis was. Anders moest ze maar een taxi naar Ystad pakken om een hotel te nemen. Even maakte ze aanstalten om moeilijk te gaan doen, maar daar hield ze mee op toen ze besefte dat Wallander niet van plan was zich gewonnen te geven.

Toen ze rond middernacht naar bed ging, deed ze een voorzichtige poging hem naar zich toe te trekken, maar hij ontweek haar, aaide haar slechts over haar hoofd en verliet de kamer. Een paar keer ging hij luisteren aan de deur, die op een kier stond. Ze lag lang wakker, maar viel uiteindelijk in slaap.

Wallander liep het erf op, liet Jussi los en ging op de schommelbank zitten die ooit bij zijn vader in de tuin had gestaan. De zomernacht was licht, windstil en vol geuren. Jussi kwam aan zijn voeten liggen. Wallander werd opeens door een gevoel van onbehagen overweldigd. Er was geen terugkeer in het leven, hoezeer hij dat in al zijn naïviteit ook wenste. Geen enkele stap kon ooit ongedaan gemaakt worden.

Toen hij ten slotte naar bed ging, nam hij een halve slaaptablet om niet wakker te blijven liggen. Hij wilde gewoon niet meer denken, niet aan de vrouw die in zijn bed sliep en niet aan de dingen die hem buiten in de tuin hadden gekweld.

Tot zijn grote verbazing was Mona al weg toen hij 's ochtends wakker werd. Hij sliep altijd heel licht, maar had nu niet gehoord dat ze was opgestaan en stil het huis had verlaten. Op de keukentafel lag een briefje waarop ze had geschreven: 'Sorry dat ik er zat toen jij thuiskwam'. Verder niets; niets over waarvoor ze eigenlijk vergiffenis wilde vragen. Hij vroeg zich af hoeveel van dergelijke briefjes met verontschuldigingen ze tijdens hun huwelijk voor hem had neergelegd. Een hoeveelheid die hij niet wilde of kon uitrekenen.

Hij dronk koffie, voerde Jussi en overwoog of hij Linda zou bellen om over Mona's bezoek te vertellen. Omdat een gesprek met Ytterberg op dit moment echter dringender was, besloot hij dat het maar moest wachten.

Het was een ochtend met een koude noordelijke wind; de zomer was even verdwenen. De schapen van de buurman graasden op hun afgerasterde weiland, een paar zwanen vlogen in oostelijke richting.

Wallander belde Ytterberg op het bureau in Stockholm. Die nam op.

'Ik heb gehoord dat je voor me had gebeld. Heb je het echtpaar Von Enke gevonden?'

'Nee, maar ik vroeg me af hoe het bij jou loopt.'

'Geen nieuws dat de moeite van het rapporteren waard is.'

'Niets?'

'Nee. Heb jij iets te melden?'

Wallander had van tevoren besloten over zijn reis naar Bokö

en zijn vondst van de bijzondere cilinder te vertellen, maar opeens veranderde hij van gedachten. Waarom wist hij niet. Ytterberg zou hij toch moeten kunnen vertrouwen.

'Eigenlijk niet.'

'Ik laat wel weer van me horen.'

Na afloop van het korte en in wezen nietszeggende gesprek reed Wallander naar het politiebureau. Hij moest de dag besteden aan het doornemen van een troosteloze mishandelingszaak waarbij hij als getuige was opgeroepen. Iedereen gaf elkaar de schuld en het slachtoffer van de mishandeling had twee weken in coma gelegen en kon zich niets van de gebeurtenis herinneren. Wallander was als eerste rechercheur ter plaatse geweest en daarom moest hij in de rechtszaal over zijn observaties vertellen. Hij had inmiddels echter de grootste moeite om zich te herinneren wat hij had gezien. Zelfs het proces-verbaal dat hij zelf had opgemaakt kwam hem onwerkelijk voor.

Opeens stond Linda in zijn kamer. Het was twaalf uur.

'Ik heb gehoord dat je onverwacht bezoek hebt gehad', zei ze.

Wallander schoof de opengeslagen ordners weg en nam zijn dochter op. Ze had een wat minder opgezwollen gezicht en misschien was ze ook een paar kilo afgevallen.

'Mona stond dus ook bij jou op de stoep?'

'Ze belde uit Malmö. Ze klaagde dat jij zo gemeen tegen haar was geweest.'

Wallander was verbijsterd.

'Wat bedoelde ze daarmee?'

'Hoewel ze misselijk was, liet jij haar nauwelijks binnen. En daarna heb je haar amper te eten gegeven en haar in de slaapkamer opgesloten.'

'Daar is geen woord van waar. Dat mens liegt.'

'Zo mag je mijn moeder niet noemen', zei Linda, wier gezicht betrok.

'Ze liegt, of jij dat nou wilt of niet. Ik heb haar ontvangen, ik heb haar binnengelaten, ik heb haar tranen gedroogd en ik heb zelfs het bed voor haar verschoond.'

'Over haar nieuwe man heeft ze in elk geval niet gelogen. Ik heb hem ontmoet. Hij is inderdaad zo charmant als psychopaten altijd zijn. Mama heeft een vreemd talent om altijd op de verkeerde mannen te vallen.'

'Bedankt.'

'Ik bedoel jou natuurlijk niet. Maar die gekke golfer, die was ook niet veel beter dan die vent waar ze nu het slachtoffer van is geworden.'

'De vraag is alleen wat ik daaraan kan doen.'

Linda dacht na voordat ze antwoordde. Ze wreef met haar linkerwijsvinger langs haar neus. Net als mijn vader, dacht Wallander opeens. Het was hem nooit eerder opgevallen en hij barstte in lachen uit. Verbaasd keek ze hem aan. Hij legde het uit. Nu was het haar beurt om te lachen.

'Klara zit in de auto', zei ze. 'Ik wilde alleen maar even een paar woorden met je wisselen over mama. We spreken elkaar nog wel.'

'Zit het kind alleen in de auto?' vroeg Wallander ontdaan. 'Hoe kun je haar daar zo alleen laten zitten?'

'Ik heb een vriendin bij me. Wat dacht jij dan?'

In de deuropening draaide ze zich om.

'Ik denk dat mama onze hulp nodig heeft', zei ze.

'Ik ben er altijd', zei Wallander. 'Maar ik wil graag dat ze nuchter is wanneer ze komt. En dat ze van tevoren belt.'

'Ben jij altijd nuchter? Bel jij altijd voordat je iemand bezoekt? Heb jij je nooit beroerd gevoeld?'

Ze wachtte het antwoord niet af, maar verdween de gang op. Wallander had zijn proces-verbaal net weer naar zich toe getrokken toen Ytterberg belde.

'Ik ga over een paar dagen met vakantie', zei hij. 'Dat was ik vergeten te zeggen.'

'En wat ga je doen in je vrije tijd?'

'Ik breng mijn dagen door in een oud spoorwachtershuisje dat mooi gelegen is aan een meer in de buurt van Västerås. Maar laat me vertellen hoe ik denk over het echtpaar Von Enke. Ik was iets te snel toen we elkaar daarnet spraken.'

'Ik luister.'

'Laat ik het zo zeggen. Ik heb twee theorieën over hun verdwijning en mijn collega's zijn het met me eens. Laten we kijken of jij er net zo over denkt als wij. Een mogelijkheid is dat ze hun verdwijning samen hebben gepland. Om de een of andere reden hebben ze besloten bij verschillende gelegenheden te vertrekken. Daar kunnen allerlei verklaringen voor zijn. Als het bijvoorbeeld de bedoeling is een nieuwe identiteit aan te nemen is hij misschien alvast naar een onbekende plaats vooruitgereisd om haar aankomst voor te bereiden. Hij zal haar met een weg vol palmbladeren en rozen opwachten, om het in bijbelse taal uit te drukken. Maar er kunnen natuurlijk ook andere redenen voor zijn. Dit is een van de wegen die we bewandelen. Verder is er eigenlijk maar één andere mogelijkheid denkbaar. Dat is natuurlijk dat ze het slachtoffer van een misdrijf zijn geworden. Kort en goed: dat ze dood zijn. Het is moeilijk een verklaring te vinden waarom ze het slachtoffer van dat eventuele geweld zijn geworden en waarom dat op verschillende tijdstippen heeft plaatsgevonden. Maar behalve die twee scenario's zien wij niets. Alleen een zwart gat.'

'Ik geloof dat ik er ongeveer net zo over denk als jij.'

'Ik heb bij de beste experts in ons land om advies gevraagd over denkbare omstandigheden rond de verdwijning van mensen. Onze taak is in die zin eenvoudig, dat er voor ons maar één doel is.'

'Ze vinden.'

'Of althans begrijpen waarom we ze niet vinden.'

'En er zijn totaal geen nieuwe details naar voren gekomen?'

'Niets. Maar er is natuurlijk iemand met wie we rekening moeten houden.'

'Jij denkt aan hun zoon?'

'We kunnen niet om hem heen. Als je ervan uitgaat dat ze hun verdwijning in scène hebben gezet, kun je je afvragen waarom ze hem zoiets vreselijks aandoen. Het is onmenselijk, om het mild uit te drukken. Maar we hebben niet de indruk dat ze wreed zijn. Dat weet je zelf; jij hebt hen ontmoet. Wat wij over Håkan von Enke boven water hebben gekregen wijst er eenduidig op dat hij een geliefd commandant was, een officier zonder kapsones, verstandig, rechtvaardig, nooit grillig. Het ergste wat we over hem hebben gehoord is dat hij weleens ongeduldig kon worden. Maar wie is dat nooit? Louise was als lerares geliefd bij haar leerlingen. Stil, zeiden velen met wie we hebben gesproken. Maar het is natuurlijk niet echt verdacht om niet onophoudelijk te praten. Een mens moet af en toe immers ook luisteren. Het lijkt hoe dan ook nauwelijks waarschijnlijk dat ze een dubbelleven zouden hebben geleid. We hebben zelfs aan experts binnen Europol om advies gevraagd. Ik heb zelf een telefoongesprek gevoerd met een Franse politievrouw, mademoiselle Germain in Parijs, die veel wijze woorden te zeggen had. Ze heeft mijn gedachte bevestigd dat je dit natuurlijk ook op een heel andere manier moet benaderen.'

Wallander begreep wat hij bedoelde.

'Over welke rol Hans hierin misschien speelt?'

'Precies. Als ze een groot vermogen hadden gehad, dan zouden we daar misschien een ingang hebben gevonden. Maar dat is er niet; alles bij elkaar zijn er baten van ongeveer een miljoen kronen, afgezien van hun woning, die waarschijnlijk zo'n zeven of acht miljoen waard is. Je kunt natuurlijk zeggen dat dit voor een gewone sterveling veel geld is, maar tegenwoordig moet je iemand zonder schulden en met de baten die ik heb opgesomd eerder beschouwen als een bemiddeld iemand. Maar niet echt rijk.'

'Heb jij met Hans gesproken?'

'Hij was een week geleden in Stockholm bij een vergadering met de Toezichthouder Financiële Markten. Hij heeft toen contact met me opgenomen en we hebben een gesprek gehad. Ik kan me niet aan de indruk onttrekken dat zijn ongerustheid echt is en dat hij totaal niet begrijpt wat er is gebeurd. Bovendien verdient hij met zijn werk natuurlijk behoorlijke bedragen.'

'Dus zo staan we er nu voor?'

'We staan niet al te sterk. We moeten blijven graven, ook al voelt de grond erg hard aan.'

Ytterberg legde opeens de hoorn neer. Wallander hoorde hem op de achtergrond vloeken. Daarna kwam hij weer terug aan de telefoon.

'Ik ga nu met vakantie', zei hij. 'Maar er zijn altijd mensen paraat.'

'Ik beloof dat ik alleen bel als het belangrijk is', sloot Wallander het gesprek af.

Na dit telefoontje ging Wallander buiten bij de ingang zitten. Hij overdacht Ytterbergs woorden.

Hij bleef lang op de bank zitten. Dat Mona was opgedoken had hem afgemat. Hij wilde dit niet: dat ze zijn leven overhoop ging schoppen door nieuwe eisen aan hem te stellen. Als ze weer bij hem op de stoep stond, moest hij haar dat duidelijk maken, en hij moest Linda overhalen zijn wapendrager te worden. Hij kon Mona helpen, daar ging het niet om, maar het verleden was een gepasseerd station, dat was er niet meer.

Wallander liep naar een snackkraam, die tegenover het ziekenhuis stond. Meteen was er een kauw bij om een kledder aardappelpuree die van zijn bordje viel op te pikken.

Opeens kreeg Wallander het gevoel dat hij iets vergat. Hij keek om zich heen of hij zijn dienstwapen zag. Of was er misschien iets anders wat hij was vergeten? Plotseling wist hij ook niet meer of hij met de auto of lopend van het politiebureau naar de snackkraam was gekomen.

Hij gooide zijn half leeggegeten bordje aardappelpuree in een afvalbak en keek opnieuw om zich heen. Geen auto te zien. Langzaam begon hij terug te lopen naar het bureau. Toen hij ongeveer halverwege was, kwam zijn geheugen terug. Het koude zweet was hem uitgebroken en hij had hartkloppingen. Hij kon een doktersbezoek niet langer uitstellen. Dit was nu de derde keer binnen korte tijd dat het gebeurde en hij wilde weten wat er aan het veranderen was in zijn hoofd.

Toen hij op het bureau terug was, belde hij de vrouwelijke arts die hij eerder had bezocht. Een paar dagen na Midzomer kon hij bij haar terecht. Na afloop van het gesprek controleerde hij of zijn dienstwapen echt was weggeborgen op de juiste plaats.

De rest van de dag gebruikte hij om zijn optreden in de rechtszaal voor te bereiden. Het was zes uur toen hij de laatste ordner dichtsloeg en die in zijn bezoekersstoel smeet. Hij stond op en had zijn jas al in zijn hand toen hij opeens door een gedachte werd getroffen. Waar die vandaan kwam, wist hij niet. Waarom had Von Enke bij zijn laatste bezoek aan Signe het geheime dagboek niet meegenomen? Wallander kon er maar twee verklaringen voor bedenken. Of Von Enke dacht dat hij terug zou komen, of hij was het slachtoffer geworden van iets wat een terugkeer onmogelijk maakte.

Wallander ging weer achter zijn bureau zitten en zocht

het telefoonnummer van Niklasgården op. De vrouw met de mooie stem met het accent nam op.

'Ik wilde alleen maar weten of alles in orde is met Signe', zei hij.

'Ze leeft in een wereld waarin maar heel weinig verandert. Behalve de onzichtbare beweging die we allemaal bij ons dragen: het ouder worden.'

'Haar vader is natuurlijk niet op bezoek geweest?'

'Die was toch verdwenen? Is hij weer boven water?'

'Nee. Ik vroeg het me gewoon af.'

'Haar oom is gisteren wel bij haar op bezoek geweest. Ik was toen vrij, maar ik zag het in het register dat we bijhouden van de bezoekers.'

Wallanders adem stokte.

'Haar oom?'

'Hij heeft zich ingeschreven als Gustaf von Enke. Hij is 's middags gekomen en is hier ongeveer een uur geweest.'

'Is dat helemaal zeker, wat u nu zegt?'

'Waarom zou ik het verzinnen?'

'Nee, waarom zou u dat doen? Als die oom terugkomt om Signe te bezoeken, zou u mij dan willen bellen?'

Ze klonk opeens ongerust.

'Is er iets niet in orde?'

'Jawel, hoor. Bedankt voor de moeite.'

Wallander legde de hoorn neer en bleef zitten. Hij vergiste zich niet, dat wist hij. Hij had de leden van de familie Von Enke zo grondig doorgenomen dat hij zeker wist dat er geen oom bestond.

Wie de man ook was die Signe had opgezocht, hij had in elk geval een valse naam en familierelatie opgegeven.

Wallander reed naar huis. De bezorgdheid die hij al eerder had gevoeld kwam nu serieus terug.

18

De volgende ochtend had Wallander verhoging en keelpijn. Hij probeerde zichzelf zo lang mogelijk voor te houden dat het verbeelding was, maar pakte uiteindelijk toch de thermometer en constateerde dat hij 38,9 graden koorts had. Hij belde naar zijn werk om zich ziek te melden. Het grootste deel van de dag bracht hij in bed en in de keuken door, omringd door de bibliotheekboeken die hij nog niet had doorgenomen.

’s Nachts had hij over Signe gedroomd. Hij was op bezoek geweest in Niklasgården en was plotseling tot de ontdekking gekomen dat er iemand anders in elkaar gekropen in het bed lag. Het was heel donker in de kamer. Hij had geprobeerd het licht aan te doen, maar dat deed het niet. Toen had hij zijn mobieltje uit zijn zak gehaald en dat als zaklamp gebruikt. In het zwakke blauwe licht ontdekte hij dat Louise daar lag. Ze leek precies op haar dochter. Hij was bang geworden en in paniek geraakt, maar toen hij de kamer wilde verlaten zat de deur op slot.

Op dat moment was hij wakker geworden. Het was vier uur en de zomerochtend was al licht. Hij voelde keelpijn opkomen, merkte dat hij het warm had en probeerde snel weer verder te slapen. ’s Ochtends trachtte hij zijn droom te duiden, maar het lukte hem niet er conclusies aan te verbinden. Alleen dat bij de verdwijning van Håkan en Louise von Enke alles elkaar leek te overlappen.

Wallander stond op, sloeg een sjaal om zijn hals, zette de computer aan en zocht op internet naar Gustaf von Enke. Er was niemand die zo heette. Toen het acht uur was, belde hij Ytterberg, die aan zijn laatste werkdag voor de vakantie was begonnen. Hij was op weg naar een zeer onaangenaam verhoor van een man die zowel zijn echtgenote als zijn twee kinderen had geprobeerd te wurgen, waarschijnlijk omdat hij een andere vrouw had leren kennen met wie hij zijn leven wilde delen.

'Moet je daar nou je kinderen voor vermoorden?' zei hij vragend. 'Het is net een oud Grieks noodlotsdrama.'

Wallander wist niet veel over de toneelstukken die meer dan tweeduizend jaar geleden geschreven waren. Linda had hem wel een keer meegetroond naar een voorstelling van *Medea* in Malmö. Hij was erdoor gegrepen, maar niet zodanig dat hij daarna regelmatig naar de schouwburg ging. Zijn laatste bezoek had zijn belangstelling ook niet bepaald aangewakkerd.

Hij vertelde over het telefoongesprek dat hij de vorige dag met Niklasgården had gevoerd.

'Weet je dat heel zeker?'

'Ja', zei Wallander. 'Er bestaat geen oom. Er is een neef in Engeland, maar dat is alles.'

'Het klinkt ontegenzeglijk vreemd.'

'Ik weet dat jij nu met vakantie gaat, misschien is er iemand anders bij jullie die naar Niklasgården kan rijden om te proberen een signalement op te nemen?'

'Ik heb een goede medewerkster, Rebecka Andersson', zei Ytterberg. 'Hoewel ze nog erg jong is, is ze fantastisch in dit soort opdrachten. Ik praat wel met haar.'

Ze wisselden telefoonnummers uit, maar toen Wallander op het punt stond het gesprek te beëindigen hield Ytterberg hem nog even vast.

'Heb jij ook weleens het gevoel dat ik heb?' vroeg hij. 'Een bijna wanhopig verlangen om niet meer tot je nek in al die drek te hoeven zitten?'

'Dat komt weleens voor.'

'Hoe komt het dat we het toch volhouden?'

'Ik weet het niet. Uit een gevoel van verantwoordelijkheid, denk ik. Ik had ooit een mentor, een oude rechercheur die Rydberg heette. Die zei dat altijd. Het is een kwestie van verantwoordelijkheid, niets anders.'

Het duurde een half uur voordat Rebecka Andersson belde. Ze checkte de gegevens die ze van Ytterberg had gekregen en zou die ochtend al naar Niklasgården rijden.

Wallander maakte zijn ontbijt klaar en ging daarna naar de wc. Toen hij doortrok, stroomde de toiletpot over. Hij probeerde de afvoer met een rubberen ontstopper aan de praat te krijgen, maar slaagde daar niet in. Nijdig gaf hij een schop tegen de pot en belde daarna Jarmo. Die was aangeschoten en ook al wilde hij wel werken, Wallander sloeg het aanbod toch af. Vervolgens was hij twee uur bezig om een andere loodgieter te vinden die kon langskomen om iets aan de verstopping te doen. Het was twaalf uur toen er een bestelwagen het erf op draaide. Een vrolijke Poolse loodgieter, die een bijna onverstaanbaar Zweeds sprak, stapte uit. Wallander herinnerde zich de discussie die hij een paar jaar geleden in de kranten had gevolgd over de Poolse ambachtslieden die Europa leken te overspoelen als een ongewenste zwerm sprinkhanen. Het kostte de loodgieter echter maar twintig minuten om het probleem te verhelpen. Toen Wallander hem betaalde, werd hem duidelijk dat de man beduidend minder vroeg dan Jarmo.

Wallander keerde terug naar zijn boeken. Rond een uur of twee belde Rebecka Andersson; ze was nog steeds in Niklasgården.

'Ik heb begrepen dat je de informatie zo snel mogelijk wilde hebben', zei ze. 'Ik zit op een bank in de tuin. Het is prachtig weer. Heb je een pen bij de hand?'

'Ik ben er klaar voor.'

'Een man van in de vijftig, stemmig gekleed in een kostuum met stropdas, heel vriendelijk, blond krullend haar, blauwe ogen. Hij sprak wat altijd Algemeen Beschaafd Zweeds wordt genoemd, dus geen speciaal dialect, en hij had absoluut geen buitenlands accent. Eén ding viel direct vast te stellen. Hij was hier nog nooit eerder geweest. Ze moesten hem wijzen welke kamer van Signe was. Maar daar schijnt niemand vraagtekens bij te hebben gezet.'

'Wat heeft hij gezegd?'

'Eigenlijk niets. Hij was gewoon heel vriendelijk.'

'En de kamer?'

'Ik heb aan twee personeelsleden, elk apart, gevraagd om te kijken of ze veranderingen in de kamer konden ontdekken, maar dat was niet zo. Naar mijn oordeel waren ze heel zeker van hun zaak.'

'Maar toch is hij wel twee uur gebleven?'

'Dat klopt waarschijnlijk niet helemaal. De inlichtingen lopen uiteen. Ze zijn blijkbaar niet zo precies in het registreren van het bezoek en de tijden. Ik denk dat hij hier minstens een uur is geweest, maar op zijn hoogst misschien anderhalf uur.'

'Wat is er daarna gebeurd?'

'Hij is weggegaan.'

'Hoe is hij gekomen?'

'Met de auto. Dat neem ik althans aan. Maar niemand heeft die gezien. Opeens was hij gewoon verdwenen.'

Wallander dacht na, maar hij had geen verdere vragen en hij bedankte haar voor haar hulp. Door het raam ving hij een glimp op van de gele auto van de posterijen, die net wegreed. Hij liep in zijn ochtendjas en op klompen naar de brievenbus. Het enige wat er lag, was een in Ystad afgestempelde brief. Hij was afkomstig van ene Robert Åkerblom. Wallander meende zich die naam vaag te herinneren, maar hij wist niet meer in welke context hij hem had ontmoet. Hij ging aan de keukentafel zitten en scheurde de envelop open. Er zat een foto in, van een man en twee jonge vrouwen. Toen Wallander de man zag, wist hij meteen weer wie het was. Een meer dan vijftien jaar oude, pijnlijke herinnering kwam bij hem boven. In het begin van de jaren negentig was de echtgenote van Robert Åkerblom op brute wijze vermoord; een gebeurtenis die bijzondere vertakkingen had naar Zuid-Afrika en een moordaanslag op Nelson Mandela. Hij draaide de foto om en las wat er stond geschreven: 'Een herinnering aan ons bestaan en een bedankje voor alle steun die u ons in de moeilijkste tijd van ons leven hebt gegeven.'

Dat had ik nou net nodig, dacht Wallander. Dat ik eraan herinnerd word dat wat we doen ondanks alles voor veel mensen van cruciale betekenis is. Hij hing de foto op aan de muur.

De volgende dag was het midzomeravond. Hoewel hij zich niet lekker voelde, besloot hij boodschappen te gaan doen. Hij hield niet van drukte in winkels, hield eigenlijk helemaal niet van boodschappen doen, maar had nu besloten dat er op zijn midzomertafel niets zou ontbreken. Drank had hij wijselijk al van tevoren aangeschaft. Nadat hij een boodschappenlijstje had gemaakt, vertrok hij.

De volgende dag had Wallander geen keelpijn en koorts meer. Het had 's nachts geregend, maar het was nu opgeklaard. Hij bestudeerde de horizon en besloot dat ze buiten konden zitten. Toen Linda met haar gezin rond een uur of vijf arriveerde, was alles klaar. Ze prees zijn voorbereidingen en nam hem even apart.

'Er komt nog iemand.'

'Wie dan?'

'Mama.'

'Dat wil ik niet. En waarom niet? Omdat je weet hoe het laatst is gegaan.'

'Ik wil niet dat ze op een avond als deze alleen zit.'

'Dan neem je haar maar mee naar jouw huis.'

'Maak je nou niet druk. Probeer gewoon te denken dat je een goede daad verricht door haar mee te laten doen.'

'Hoe laat komt ze?'

'Ik heb half zes gezegd. Ze zal zo wel komen.'

'Het is jouw verantwoordelijkheid om ervoor te zorgen dat ze zich niet klem zuipt.'

'Dat doe ik. En je moet niet vergeten dat Hans haar graag mag. En verder heeft ze natuurlijk ook het recht haar kleinkind te zien.'

Wallander zei niets meer, maar toen hij even alleen in de keuken was, sloeg hij een borrel achterover om tot bedaren te komen.

Mona arriveerde en aanvankelijk ging alles goed. Ze had zich voor de gelegenheid gekleed en was in een goed humeur. Ze aten, dronken met mate en genoten van het weer. Wallander zag dat Mona op een heel natuurlijke manier met haar kleinkind omging. Het was alsof hij haar weer met Linda zag. De vredige stemming duurde echter niet de hele avond. Rond een uur of elf begon Mona opeens over onrecht uit het verleden. Linda probeerde haar af te remmen, maar ze had kennelijk toch meer gedronken dan ze in de gaten hadden gehad; misschien had ze een flesje in haar handtas verstopt. Wallander zei eerst niets. Hij luisterde naar wat ze te zeggen had, maar kon het op een gegeven moment niet meer verdragen. Hij sloeg met zijn vuist op tafel en vroeg haar om weg te gaan. Linda, die ook niet helemaal nuchter meer was, schreeuwde tegen hem dat hij moest kalmeren; zo erg was het niet. Maar dat was het voor Wallander wel. Toen na al die jaren eindelijk tot hem doordrong dat hij haar niet meer miste, veranderden zijn gevoelens in een aanklacht. Mona was er de schuld van dat al die jaren waren verstreken zonder dat hij een andere vrouw had gevonden om zijn leven mee te delen. Hij stond van tafel op, nam Jussi mee en liep weg.

Toen hij een half uur later terugkwam, waren ze aan het opbreken. Mona was al in de auto gaan zitten. Hans, die maar één glas wijn had gedronken, zou rijden.

'Jammer dat het zo is gelopen', zei Linda. 'Het was een mooie avond. Maar ik snap nu dat Mona's drankgebruik altijd tot dit soort toestanden zal leiden.'

'Ik had dus gelijk?'

'Zo je wilt. Misschien had ze er eigenlijk niet bij moeten zijn. Maar we weten nu in elk geval dat ze moet afkicken. Goh, dat ik nog niet eerder in de gaten heb gehad dat ik een moeder heb die zich in feite dooddrinkt.'

Ze aaide hem over zijn wang en ze omhelsden elkaar.

'Zonder jou had ik me nooit gered', zei hij.

'Het duurt niet lang meer of Klara kan hier in haar eentje bij jou blijven. Over een paar jaar. Dat gaat snel.'

Wallander zwaaide hen uit en verzamelde de rommel en de afwas. Daarna deed hij iets wat slechts één keer of twee per jaar voorkwam: hij zocht een sigaar en stak die buiten in de tuin op.

Het begon kil te worden. Hij liet zijn gedachten de vrije loop, dacht terug aan zijn vroegere klasgenoten met wie hij in Limhamn op school had gezeten. Hoe had hun leven zich ontwikkeld? Een paar jaar geleden was er een reünie geweest, maar hij had geen zin gehad om ernaartoe te gaan. Daar had hij nu spijt van. Kijken wat er van hun leven geworden was, had misschien een perspectief op zijn eigen leven kunnen bieden. Hij legde zijn sigaar weg en zocht in een doos een oude schoolfoto op uit 1962, zijn laatste jaar op de lagere school. Hij kon zich de gezichten nog herinneren en ook bijna alle namen.

Een meisje genaamd Siv, de meest verlegene van alle verlegen kinderen, was erg goed geweest in rekenen. Zelf stond hij op de bovenste rij, helemaal links, met gemillimeterd haar en een vage glimlach rond zijn lippen. Hij droeg een grijze trui met een flanellen blouse eronder.

Nu zijn we zestig, dacht hij. Onze levens glijden zachtjes naar het laatste deel. Zo heel erg anders kan het allemaal niet meer worden.

Hij bleef tot twee uur buiten zitten. Heel even hoorde hij in de verte muziek, misschien van een dansorkest, maar hij was er niet zeker van. Hij ging naar bed en sliep tot ver in de ochtend. Liggend in bed ging hij verder met het doornemen van de bibliotheekboeken. Opeens kwam hij met een ruk overeind. Al bladerend was hij op een paar zwart-witfoto's gestuit in een boek over Amerikaanse onderzeeërs en hun voortdurende krachtmeting met hun Russische evenknieën tijdens de Koude Oorlog.

Hij staarde naar de foto en voelde zijn hart sneller kloppen. Er was geen twijfel over mogelijk. Op de foto stond precies afgebeeld wat hij van Bokö had meegenomen. Wallander sprong uit bed en haalde de grote cilinder tevoorschijn van achter een kast waarin hij oude schoenen bewaarde.

Met behulp van een Engels woordenboek probeerde hij zich ervan te vergewissen dat hij goed begreep wat er allemaal stond in het hoofdstuk waarin de foto voorkwam. Het ging over James Bradley, die in het begin van de jaren zeventig de baas was van het duikbootcommando van de Amerikaanse vloot. Hij stond erom bekend dat hij zijn nachten vaak doorbracht op zijn kantoor in het Pentagon, waar hij nieuwe methodes zat uit te denken om de krachtmeting met de Russen aan te gaan. Op een nacht, toen het reusachtige gebouw er afgezien van beveiligingsmensen die voortdurend door de gangen heen en weer liepen verlaten bij lag, kreeg hij een idee. Het was zo gewaagd dat hij meteen besefte dat hij direct naar president Nixons veiligheidsadviseur Henry Kissinger moest gaan. In die tijd bestond de legende dat Kissinger zeer zelden langer dan vijf en nooit meer dan twintig minuten luisterde naar iemand die een uiteenzetting gaf. Bradley sprak meer dan vijfenveertig minuten. Toen Bradley weer terugreed naar het Pentagon was hij ervan overtuigd dat hij het geld en de middelen zou krijgen die nodig waren. Kissinger had niets toegezegd, maar Bradley had gezien dat hij zeer gefascineerd was.

Snel werd besloten dat de onderzeeër Halibut gebruikt zou worden voor dit project, dat strikt geheim was. Deze duikboot was de allergrootste van de Amerikaanse onderzeeërsvloot. Wallander was verbijsterd toen hij las over het gewicht, de lengte, het wapentuig en het aantal officieren en manschappen. In principe kon de duikboot het hele jaar door onder water met een opdracht bezig zijn, als ze maar af en toe naar de oppervlakte kon komen om te luchten en proviand in te slaan. Op open water kon het aanvullen van de voedselvoorraad in minder dan een uur worden voltooid. Om aan haar opdracht te kunnen voldoen moest de boot niettemin worden verbouwd. Ze moest worden uitgerust met een drukkamer voor de duikers die, diep op de zeebodem, het moeilijkste gedeelte van de taak moesten uitvoeren.

In wezen was het idee van Bradley heel eenvoudig. Om te kunnen communiceren met de staven op het vasteland en op de van kernwapens voorziene duikboten die vanaf de basis in Petropavlovsk op het Kamtsjatka-schiereiland vertrokken, hadden de Russen een kabel door de Zee van Ochotska gelegd. Bradleys plan kwam er eenvoudigweg op neer dat er een afluisterapparaat aan de kabel werd bevestigd. Er was echter een groot probleem. De zee was meer dan 1,3 miljoen vierkante kilometer groot. Hoe zou je kunnen lokaliseren waar de kabel liep? De oplossing bleek even onwaarschijnlijk simpel als het hele idee.

Op een nacht in zijn kantoor in het Pentagon moest Bradley denken aan de zomers van zijn jeugd aan de rivier de Mississippi. Die jeugdherinnering loste zijn probleem in één klap op. Op de oevers van de rivier stonden geregeld borden met de tekst: ANKEREN VERBODEN. ONDERWATERKABELS. Afgezien van de stad Vladivostok was Oost-Rusland gewoonweg een woestenij. Er zouden dus eigenlijk niet zo gek veel plekken moeten zijn waar een onderwaterkabel kon liggen. Ook in de Sovjet-Unie had je bordjes.

De Halibut vertrok en ging in de Stille Oceaan onder water. Na een avontuurlijke tocht met diverse sonarcontacten met Russische onderzeeërs slaagde de duikboot erin Russisch territorium te bereiken. Toen brak een van de riskantste momenten van de operatie aan: het binnensluipen in een van de engtes tussen de eilanden van de Koerillen. Alleen dankzij het feit dat de Halibut was uitgerust met het meest geavanceerde waarschuwingssysteem voor mijnenvelden en sonarkoppelingen dat er bestond, slaagde men daarin. Na een relatief korte tijd werd ook de kabel gevonden. Nu resteerde het moeilijkste gedeelte van de opdracht. Hoe moest je het afluisterapparaat aan de kabel bevestigen zonder dat de Russen het merkten? Na diverse mislukte pogingen zat het apparaat ten slotte op zijn plek, en aan boord van de duikboot kon je de Russen vanaf het land horen praten met hun duikbootkapiteins en andersom. Als dank werd Bradley later persoonlijk ontvangen door president Nixon, die hem feliciteerde met het grote succes.

Wallander ging buiten in de tuin zitten. Het waaide, de wind was kil, maar om de hoek, tegen de muur van het huis, vond hij luwte. Hij had Jussi losgelaten en die verdween achter het huis. De vragen die Wallander zich nu stelde, waren gering in aantal en eenvoudig. Hoe was een dergelijke cilinder in een Zweeds boothuisje terechtgekomen? Op welke manier hield dit verband met Håkan en Louise von Enke? Dit is groter dan ik me kon voorstellen, dacht hij. Wat er achter deze verdwijningen zit, gaat me boven de pet. Vanaf nu heb ik hulp nodig.

Hij aarzelde, maar niet erg lang. Hij liep naar de telefoon en belde Sten Nordlander. Het bereik was zoals gewoonlijk slecht, maar met enige moeite slaagden ze erin met elkaar te praten.

'Waar zit je?' vroeg Wallander.

'In de baai van Gävle. Zwakke wind uit het zuidwesten, licht bewolkt; helemaal fantastisch, met andere woorden. Waar zit jij?'

'Thuis. Je moet hiernaartoe komen. Jij moet die cilinder die ik heb gevonden bekijken. Neem het vliegtuig maar.'

'Het is dus belangrijk?'

'Daar ben ik rotsvast van overtuigd. Op de een of andere manier heeft het met de verdwijning van Håkan te maken.'

'Ik moet toegeven dat ik nieuwsgierig word.'

'Het risico bestaat natuurlijk dat ik me vergis. Maar dan ben jij morgen alweer terug bij je boot. Ik betaal al je tickets.'

'Dat is niet nodig. Maar vóór vanavond hoef je waarschijnlijk niet op me te rekenen. Ik zit nog een stuk van Gävle vandaan.'

'Als ik je aankomsttijd weet, haal ik je op.'

Het was al zes uur toen Sten Nordlander van zich liet horen. Hij bevond zich op het vliegveld van Stockholm en zou een uur later doorvliegen naar Malmö.

Wallander maakte zich klaar om hem op te halen. Jussi mocht binnen in huis blijven. Die zou een eventuele indringer zeker buiten de deur houden.

Het vliegtuig landde op tijd. Wallander stond Sten Nordlander op te wachten toen die door de geruisloze deuren van de aankomsthal naar buiten kwam. Ze reden samen naar Wallanders huis om naar de vreemde stalen cilinder te kijken die op hen wachtte.

19

Sten Nordlander herkende de stalen cilinder die Wallander op de keukentafel had gelegd meteen. Hij had iets dergelijks weliswaar nog nooit in werkelijkheid gezien, maar tekeningen, schetsen en foto's hadden hem een helder beeld verschaft van wat hij nu stond te bekijken.

Hij stak zijn verbijstering niet onder stoelen of banken. Wallander had besloten dat er geen redenen waren om nog langer een kat-en-muisspelletje met zijn gast te spelen. Als Nordlander Håkan von Enkes beste kameraad was geweest toen deze leefde, diende hij dat nu ook te zijn als mocht blijken dat het zo erg was dat zijn boezemvriend dood was. Wallander serveerde koffie en vertelde zijn bezoeker het hele verhaal over hoe hij de cilinder in handen had gekregen. Hij liet niets weg, begon met de foto van de twee mannen en de vissersboot, en hield pas op nadat hij had verteld hoe hij had vastgesteld wat het was dat hij uit het duister van een boothuis op Bokö tevoorschijn had getrokken.

'Ik weet niet wat jij vindt', zei Wallander ten slotte. 'Of het de reis vanaf Gävle waard was of niet.'

'Dat was het absoluut', zei Sten Nordlander. 'Ik ben net zo verbluft als jij. Dit is geen nepding. En misschien zie ik ook wel een verband.'

Het was al na elven. Nordlander sloeg een fatsoenlijke maaltijd af en stelde zich tevreden met thee en een paar beschuitjes. Wallander moest lang zoeken tussen de halflege pakken in zijn voorraadkast voordat hij erin slaagde een rol volkorenbeschuit te vinden; de inhoud ervan was voor het grootste deel al verpulverd.

'Het is verleidelijk om nu al te praten,' zei Sten Nordlander, 'maar ik heb een arts die erop staat dat ik niet nachtbraak, of het nou met of zonder sterkedrank is. Dus we moeten morgen maar verder praten. Maar voordat ik ga slapen wil ik graag nog in dat boek bladeren waarin jij die foto hebt gevonden.'

De volgende dag was het warm en windstil. Een roofvogel stond te bidden boven een slootkant. Jussi zat hem gefascineerd en doodstil te observeren. Wallander was al om vijf uur opgestaan; hij popelde van ongeduld om te horen wat Sten Nordlander te zeggen had.

Om half acht kwam Nordlander uit de logeerkamer. Met een zeer waarderende blik bekeek hij de tuin en het uitzicht.

'Volgens de mythe heeft Skåne een plat en tamelijk doods landschap', zei hij. 'Maar ik zie hier iets heel anders. Een landschap als een rustige golfslag. Kun je dat zo zeggen? En ligt daar verderop de zee?'

'Dat is ongeveer zoals ik er zelf ook altijd over denk', zei Wallander. 'Donkere dichte bossen jagen me angst aan. Deze openheid maakt het moeilijk om je te verbergen. Dat is goed. We hebben er allemaal weleens behoefte aan om ons te verbergen, dat is misschien wel zo, maar sommige mensen doen dat waarschijnlijk iets te vaak.'

Sten Nordlander nam Wallander opeens nadenkend op.

'Zit jij in dezelfde richting te denken als ik? Dat Håkan en Louise zich om ons onbekende redenen verborgen houden?'

'Dat maakt deel uit van het patroon wanneer je naar verdwenen mensen zoekt.'

Sten Nordlander stelde na het ontbijt voor om een wandeling te maken.

'Ik moet 's ochtends bewegen. Anders komt mijn stofwisseling niet op gang.'

Jussi verdween als een donkere streep naar de bosjes, waar

kleine waterpoeltjes altijd veel interessants te bieden hadden aan een snuffelende hondenneus.

'In het begin van de jaren zeventig is het een aantal keren voorgekomen dat we in volle ernst meenden dat de Russen militair zo sterk waren als ze leken', begon Sten Nordlander. 'De oktoberparades waren de waarheid, zo leek het, en er zaten duizenden militaire experts voor de tv om de beelden te bestuderen van de voertuigen die voor het Kremlin langs rolden. Hun belangrijkste vraag was: wat mogen we níét zien? Je zou kunnen zeggen dat de Koude Oorlog in die tijd nog volle ernst was. De jaren voordat die militaire sterkte een wassen neus bleek te zijn.'

Ze waren blijven staan bij een loopplank die kapot was gegaan. Wallander zocht een andere plank, die niet zo verrot was, en legde die neer zodat ze konden passeren.

'"Een wassen neus"', herhaalde Wallander. 'Mijn oude collega Rydberg zei dat altijd als een invalshoek voor een onderzoek helemaal fout bleek te zijn.'

'In dit geval ging het om het idee dat de Russische defensie waarschijnlijk niet zo sterk was als we hadden gedacht. Degenen die alle stukjes informatie die ze via spionnen, U2-vliegtuigen of gewone tv-beelden te pakken wisten te krijgen samenvoegden, kwamen langzaam tot dit tamelijk ontstellende besef. De Russische defensie was, op alle niveaus, aftands en in veel gevallen niets anders dan een knap gemaakte, maar lege huls. Wat ik nu zeg, moet je niet opvatten alsof er geen reële en sterke kernwapendreiging bestond. Die was er. Maar zoals de hele economie aan het wegrotten was, net als de ondeugdelijke bureaucratie en de partij, die niet langer geloofde in wat de leden zelf deden, zo ging ook de defensie hard achteruit. En dat gaf de militaire leiding in het Pentagon, bij de NAVO en ook in Zweden flink te denken. Wat zou het betekenen als werd onthuld dat de Russische beer eigenlijk niet veel meer was dan een kleine strijdlustige bunzing?'

'De dreiging van een dag des oordeels zou natuurlijk verminderen.'

Sten Nordlander leek bijna ongeduldig toen hij antwoordde.

'Militairen zijn nooit erg filosofisch aangelegd. Die zijn pragmatisch. In elke deugdelijke generaal of admiraal zit bijna ook altijd een goede ingenieur verborgen. De dag des oordeels was niet de meest acute kwestie. Welke denk je dat dat wel was?'

'De defensiekosten?'

'Juist. Waarom zou de westerse wereld blijven herbewapenen als hun belangrijkste vijand er niet meer was? Zo gemakkelijk vind je geen nieuwe vijand van hetzelfde kaliber. China en in zekere zin India waren natuurlijk de volgende in de rij, maar China was destijds in militair opzicht nog steeds een volslagen achtergebleven land. Hun defensie was er eigenlijk alleen maar op gebaseerd dat ze op elk moment een ogenschijnlijk onbegrensd aantal soldaten in de strijd konden werpen. Maar dat was voor het Westen onvoldoende reden om geavanceerde wapens te blijven ontwikkelen die volledig bedoeld waren voor een krachtmeting met Rusland. Er ontstond dus opeens een heel groot probleem. Het was gewoonweg geen geschikt moment om meteen het achterste van de tong te laten zien en te vertellen dat de Russische beer door een vervelende kreupelheid was getroffen. Het was belangrijk om ervoor te zorgen dat niet zou blijken dat de Russische militaire macht een wassen neus was.'

Ze waren bij een heuveltje aangekomen van waaraf je de zee kon zien liggen. Wallander en Linda hadden er vorig jaar met vereende krachten een bank naartoe gesleept die zij op een veiling had gevonden en bijna voor niets had gekocht. Ze gingen zitten. Wallander riep Jussi, die met grote tegenzin naderbij kwam.

'Waar we het nu over hebben, speelde zich af toen Rusland nog een volkomen reële vijand was', vervolgde Sten Nordlander. 'Niet alleen op het gebied van ijshockey waren wij Zweden ervan overtuigd dat we ze nooit zouden kunnen overwinnen. We waren er vast van overtuigd dat de vijand zoals altijd uit het oosten kwam en dat we heel erg moesten opletten waar ze mee bezig waren in de Oostzee. In die tijd, het eind van de jaren zestig, begon het gerucht de ronde te doen.'

Sten Nordlander keek om zich heen, alsof hij bang was dat iemand hun gesprek afluisterde. In de buurt van de hoofdweg naar Simrishamn was een combine aan het werk. Af en toe was het geruis van het verkeer uit de verte tot op de heuvel te horen.

'Dat de Russen hun grote marinebasis in Leningrad hadden, wisten we. Verder hadden ze in de Baltische staten en in Oost-Duitsland een aantal bases die meer of minder geheim waren. Niet alleen wij Zweden boorden ons met explosieven een weg in de rotsgrond; dat deden de Duitsers ten tijde van Hitler en dat bleven de Russen doen nadat het hakenkruis was vervangen door de rode vlag. Het gerucht begon de ronde te doen dat er op de bodem van de Oostzee, tussen Leningrad en de Baltische staten, een communicatiekabel lag waar het belangrijkste deel van het seinverkeer over werd afgehandeld. Het werd inmiddels als veiliger beschouwd om eigen kabels te leggen dan om het risico te lopen dat de signalen werden opgepikt door anderen die naar het etherverkeer luisterden. We moeten niet vergeten dat Zweden daar in hoge mate bij betrokken was. In het begin van de jaren vijftig werd er een spionagevliegtuig van ons neergeschoten en tegenwoordig twijfelt niemand er meer aan dat met dergelijke vliegtuigen de Russen werden afgeluisterd.'

'Je zegt dat die kabel een gerucht was?'

'Die zou in het begin van de jaren zestig zijn uitgerold,

toen de Russen werkelijk dachten dat ze de krachtmeting met Amerika wel aankonden en zelfs sterker waren. Vergeet niet hoe beteuterd we waren toen de Spoetnik in de ruimte rondvloog en het tot ieders verbazing niet de Amerikanen waren die hem de lucht in hadden geschoten. De Russen hadden enige reden voor hun zienswijze. Het was een tijd dat ze het Westen bijna hadden ingehaald. Als je cynisch wilt zijn kun je achteraf zeggen dat ze toen hadden moeten toeslaan, als ze een oorlog en de dag des oordeels waar jij het over had, hadden willen uitlokken. Hoe dan ook, het schijnt dat een overloper van de Oost-Duitse veiligheidsdienst, een uitgeweken zwaar gedecoreerde generaal die opeens de smaak van het heerlijke leventje in Londen te pakken had gekregen, het bestaan van de kabel heeft verklapt aan zijn Engelse evenknie. Dat nieuwtje hebben de Engelsen vervolgens duur verkocht aan hun Amerikaanse vrienden, die altijd met uitgestoken hand klaarstonden. Het probleem was dat ze hun werkelijk geavanceerde duikboten niet door de Sont naar binnen konden sturen, omdat de Russen die meteen zouden ontdekken. Daarom moest er naar beduidend minder opvallende methodes worden gezocht. Mini-onderzeeërs en dergelijke. Maar exacte informatie ontbrak dus. Waar lag die kabel? Midden in de Oostzee, of hadden ze de kortere weg gekozen vanuit de Finse Golf naar de Baltische staten? Misschien waren de Russen nog listiger en lag die kabel in de buurt van Gotland, waar niemand hem zou verwachten. Maar men bleef dus zoeken en de gedachte was natuurlijk dat ze daar een zusje zouden plaatsen van de afluistercilinder die al bij Kamtsjatka was geplaatst.'

'Je bedoelt het ding dat nu op mijn keukentafel ligt?'

'Als die het althans is. Er kunnen heel goed meerdere exemplaren zijn.'

'Het wordt toch allemaal wel heel eigenaardig. Tegenwoordig bestaat de Russische grootmacht niet meer. De Baltische staten zijn weer vrij, de Oost-Duitsers hebben zich verenigd met West-Duitsland. Zo'n afluisterapparaat zou toch eigenlijk in een museum over de Koude Oorlog terecht moeten komen?'

'Dat zou je kunnen denken. Ik ben niet deskundig genoeg om die vraag te beantwoorden. Ik kan alleen maar praten over wat jij daar in je bezit hebt.'

Ze vervolgden hun wandeling. Pas toen ze weer in de tuin waren, stelde Wallander de vraag die het belangrijkst was.

'Waar brengt ons dit wat betreft Håkan en Louise?'

'Ik weet het niet. Voor mij wordt het alleen maar steeds wonderlijker. Wat ben je met die cilinder van plan?'

'Ik neem contact op met de recherche in Stockholm. Per slot van rekening zijn die verantwoordelijk voor het onderzoek. Wat ze dan verder samen met de veiligheidsdienst en het leger doen, is niet mijn zaak.'

Om elf uur bracht Wallander Sten Nordlander terug naar vliegveld Sturup. Voor het gele gebouw van de luchthaven gingen ze uiteen. Wallander probeerde opnieuw, en weer tevergeefs, de reiskosten voor zijn rekening te nemen. Sten Nordlander schudde gewoon zijn hoofd.

'Ik wil weten wat er is gebeurd. Vergeet niet dat Håkan mijn beste vriend was toen hij er nog was. Ik denk elke dag aan hem. En aan Louise.'

Hij pakte zijn tas en verdween. Wallander stapte weer in zijn auto en reed naar huis.

Toen hij thuiskwam, voelde hij zich lusteloos en hij vroeg zich af of hij weer ziek zou worden. Hij besloot een douche te nemen.

Het laatste wat hij zich herinnerde was dat hij moeite had om het douchegordijn bij de badkuip dicht te trekken.

Toen hij bijkwam, bevond hij zich in een ziekenhuiskamer. Linda stond aan het voeteneinde van zijn bed. Op de rug van zijn hand zat een naald bevestigd waarmee hij intraveneus vloeistof kreeg toegediend. Hij had geen idee waarom hij daar lag.

'Wat is er gebeurd?'

Linda vertelde het, zakelijk alsof ze een proces-verbaal voorlas. Haar woorden riepen geen herinneringen bij hem op, ze vulden alleen de leegte die hij met zich meedroeg. Ze had hem rond zes uur gebeld, maar hij had niet opgenomen. Daarna had ze op andere momenten nog een paar keer gebeld, tot een uur of tien, toen ze zo ongerust was geworden dat ze Klara had achtergelaten bij Hans, die voor de verandering een keer thuis was. Ze was naar Löderup gereden en had hem daar in de douche gevonden, doornat en bewusteloos. Ze had een ambulance gebeld en de dokter die hem onder zijn hoede nam meteen op het juiste spoor kunnen zetten. Het duurde niet lang voordat het ziekenhuispersoneel begreep dat Wallander in een insulineshock verkeerde. Zijn bloedsuikerspiegel was zo laag geworden dat hij het bewustzijn had verloren.

'Ik weet nog dat ik honger had', zei Wallander langzaam toen ze klaar was met haar verhaal. 'Maar ik heb niets gegeten.'

'Je had wel dood kunnen gaan', zei Linda.

Hij zag dat ze tranen in haar ogen had. Als zij niet naar zijn huis was gereden, als zij geen onraad had bespeurd, had hij heel goed daar onder de douche kunnen overlijden. Het ging als een schok door hem heen. Zijn leven had daar kunnen eindigen, naakt op een tegelvloer.

'Je maakt er een potje van, papa', zei ze. 'Op een dag zul je dat één keer te vaak doen. Ik eis van je dat je ervoor zorgt dat Klara nog minstens vijftien jaar een opa heeft. Daarna kun je met je leven doen wat je wilt.'

'Maar ik begrijp gewoon niet hoe het heeft kunnen gebeuren. Het is niet voor het eerst dat mijn bloedsuiker te laag was.'

'Dat moet je maar met de dokter bespreken. Ik heb het met jou over iets anders. Je plicht om te overleven.'

Hij knikte slechts; elk woord dat hij uitsprak, kostte hem moeite. Een eigenaardige echoënde vermoeidheid vervulde hem.

'Wat zit er in dat infuus dat ik krijg?' vroeg hij.

'Dat weet ik niet.'

'Hoelang moet ik hier nog liggen?'

'Dat weet ik ook niet.'

Ze stond op. Hij zag hoe moe ze was en besefte in een soort mistige helderheid dat ze misschien heel lang bij hem had gezeten.

'Ga nu maar naar huis', zei hij. 'Ik red me wel.'

'Ja', zei ze. 'Jij redt je wel. Deze keer.'

Ze boog zich over hem heen en keek hem diep in de ogen.

'Ik moet je wat zeggen van Klara. Zij vindt het ook fijn dat je het hebt gered.'

Wallander bleef alleen in de kamer achter. Hij deed zijn ogen dicht en wilde slapen. Het allerliefst wilde hij wakker worden met het gevoel dat wat er gebeurd was, niet zijn fout was.

Later die dag kreeg Wallander echter van zijn eigen dokter, die eigenlijk vrij was maar toch naar het ziekenhuis was gekomen, te horen dat hij niet langer maar wat kon aanrommelen met het in de gaten houden van zijn bloedsuikerwaarden. Wallander was al bijna twintig jaar patiënt bij dokter Hansén en de niet sentimenteel te krijgen arts was ongevoelig voor de uitvluchten die hij probeerde te verzinnen. Dokter Hansén herhaalde keer op keer dat Wallander best mocht koorddansen door zijn ziekte niet serieus te blijven nemen, maar dat hij er dan wel op moest rekenen dat als zich weer een keer iets dergelijks voordeed, dat gevolgen kon krijgen waar hij eigenlijk te jong voor was.

'Ik ben zestig', zei Wallander. 'Ben je dan niet oud?'

'Twee generaties geleden was je dan oud. Maar tegenwoordig niet. Je lichaam veroudert, daar kunnen we niets aan doen. Maar normaal gesproken leven we nog vijftien tot twintig jaar verder.'

'Wat gebeurt er nu?'

'Je moet hier blijven liggen tot morgen, zodat mijn collega's kunnen kijken of je bloedsuikerwaarden zich herstellen en of je geen letsel hebt opgelopen. Daarna mag je naar huis om je zondige leven voort te zetten.'

'Ik zondig toch niet?'

Dokter Hansén was een paar jaar ouder dan Wallander en wel zes keer getrouwd geweest. In Ystad werd er openlijk over gesproken dat hij vanwege de alimentatie aan zijn ex-vrouwen in zijn vakanties moest bijklussen in Noorse ziekenhuizen, ver in het noorden van Finnmarken, waar geen mens wilde verblijven die er niets te zoeken had.

'Misschien ontbreekt dat wel in je leven? Een snufje oppeppende zondigheid? Een bestaan waarbij je uit de band springt?'

Pas nadat dokter Hansén was vertrokken drong in volle ernst tot Wallander door dat hij door het oog van de naald was gekropen, dat hij dicht bij de dood was geweest. Heel even werd hij door een gevoel van paniek en doodsangst overweldigd, sterker dan ooit tevoren. Althans, in situaties waarin hij niet zijn beroep uitoefende. Want de angst van de politieman en de angst van de privépersoon waren twee verschillende dingen.

Hij moest weer denken aan de keer dat hij in Malmö als heel jonge surveillant zware messteken had opgelopen. Toen had het maar een haartje gescheeld of de grote uiteindelijke duisternis was een feit geweest. Nu had hij weer de adem van de dood in zijn nek gevoeld en ditmaal had hij zelf de deur opengezet voor wat het einde had kunnen zijn.

Die avond in het ziekenhuis nam Wallander een aantal besluiten waarvan hij wist dat hij zich er waarschijnlijk niet aan zou kunnen houden. Het ging om eetgewoontes, bewegen, nieuwe hobby's en een hernieuwde strijd tegen de eenzaamheid. Vooral ging het erom nu werkelijk vakantie te houden, niet te werken, niet achter Linda's verdwenen schoonouders aan te zitten. Vrij nemen, rusten, uitslapen, lange wandelingen maken langs het strand, met Klara spelen.

Liggend in dat ziekenhuisbed maakte hij een plan. De komende vijf jaar zou hij te voet langs heel de Skånse kust trekken, vanaf het uiteinde van de heuvelrug van Hallandsåsen tot de grens met de provincie Blekinge. Op het moment dat de gedachte geboren werd, twijfelde hij er al aan of hij zijn plan ooit zou verwezenlijken, maar het was toch verlichtend een droom te laten ontstaan om die daarna misschien langzaam weer te laten wegsterven.

Een paar jaar geleden had hij tijdens een etentje bij Martinson thuis gepraat met een gepensioneerde gymnastiekleraar, die had verteld over zijn wandeltocht naar Santiago de Compostela, de klassieke pelgrimsroute. Wallander was toen meteen van plan geweest zelf die tocht te maken, verdeeld in etappes, misschien over een periode van vijf jaar. Hij was zelfs gaan trainen met een rugzak waarin hij stenen had gestopt. Hij had natuurlijk meteen overdreven, waardoor hij een achillespeesontsteking aan zijn linkervoet opliep. Toen was de pelgrimstocht geëindigd voordat hij goed en wel begonnen was. Inmiddels was zijn achillespees genezen, onder andere na een aantal pijnlijke cortisoninjecties recht in zijn hiel. Maar misschien dat een aantal goed geplande wandeltochten langs de stranden van Skåne ondanks alles binnen de grenzen van het mogelijke lagen?

De volgende dag werd hij uit het ziekenhuis ontslagen en mocht hij naar huis. Hij haalde Jussi op, die weer eens door de buren was opgevangen, en sloeg Linda's voorstel om voor hem te komen koken af. Hij voelde dat hij de situatie nu zonder haar hulp te lijf moest gaan. Dat hij alleen was, was een feit; dat zei hij ook tegen haar. Nu moest hij er zelf de verantwoordelijkheid voor nemen dat hij zijn vakantie tenminste niet voor de verkeerde dingen gebruikte.

Voordat hij die avond naar bed ging, schreef hij Ytterberg een lange e-mail. Hij repte met geen woord over zijn ziekte, schreef alleen dat hij nu vrij moest nemen omdat hij overwerkt was en dat hij van plan was Håkan en Louise von Enke helemaal te laten rusten. *Voor het eerst besef ik mijn beperking wanneer het om mijn leeftijd en mijn energie gaat*, zo sloot hij zijn bericht af. *Dat is me nog niet eerder overkomen. Ik ben geen veertig meer en ik kan me er dus alleen maar bij neerleggen dat de tijd die omgevlogen is, niet meer terugkomt. Ik denk dat ik die illusie deel met de meeste mensen: dat het ondanks alles toch mogelijk is om twee keer in dezelfde rivier te stappen.*

Hij las door wat hij had geschreven, klikte op VERZENDEN en zette de computer uit. Toen hij naar bed ging, hoorde hij het in de verte onweren.

Het onweersfront kwam opzetten, maar de hemel van de zomernacht was nog licht.

20

Het onweer trok niet over Wallanders huis en de volgende ochtend was het weg. Het front was in oostelijke richting afgebogen. Toen Wallander om acht uur opstond, voelde hij zich uitgeslapen. Het was een frisse ochtend, maar hij nam zijn ontbijt toch mee naar buiten om dat aan de witte tuintafel te nuttigen. Om het begin van zijn vakantie te vieren plukte hij een paar rozen van een struik en legde die op tafel. Hij was net gaan zitten toen de telefoon ging. Het was Linda, die wilde weten hoe het met hem was.

'Ik heb mijn waarschuwing gekregen', zei hij. 'Op dit moment is het goed. Ik zal zorgen dat ik de telefoon altijd bij de hand heb.'

'Dat wilde ik net tegen je zeggen.'

'Hoe gaat het met jullie?'

'Klara heeft een zomerverkoudheid. Hans heeft deze week eens vrij genomen.'

'Van harte of met tegenzin?'

'Onder druk van mij! Hij durft niet anders. Ik heb hem een ultimatum gesteld.'

'Hè?'

'Ik of het werk. Over Klara onderhandel je niet.'

Wallander ging verder met zijn ontbijt en bedacht dat het steeds duidelijker werd hoeveel Linda op haar grootvader, zijn vader, leek. Dezelfde venijnige toon, dezelfde enigszins spottende houding tegenover de buitenwereld. En ze was ook heetgebakerd.

Wallander legde zijn benen op een stoel, leunde geeuwend achterover en sloot zijn ogen. Nu was zijn vakantie eindelijk begonnen.

De telefoon ging. Eerst was hij van plan om niet op te nemen en een eventueel bericht later te beluisteren, maar hij kwam toch omhoog om te antwoorden.

'Met Ytterberg. Heb ik je wakker gemaakt?'

'Dan had je me een paar uur geleden al moeten bellen.'

'We hebben Louise von Enke gevonden. Ze is dood.'

Wallander hield zijn adem in en kwam ondertussen voorzichtig uit zijn stoel overeind.

'Ik wilde jou als eerste bellen', vervolgde Ytterberg. 'We kunnen het nieuws misschien nog een uur binnenskamers houden. Maar we moeten hun zoon en jouw dochter informeren. Verdere familie behalve die neef in Engeland is er immers niet? Of vergis ik me?'

'Je vergeet de dochter in Niklasgården. Het personeel daar moet in elk geval op de hoogte worden gebracht. Maar dat kan ik wel voor mijn rekening nemen.'

'Ik dacht al dat je er de voorkeur aan gaf dat te doen. Als je het niet wilt, wat ik natuurlijk kan begrijpen, bel ik zelf wel.'

'Ik doe het wel', zei Wallander. 'Je moet me alleen de belangrijkste dingen vertellen die ik moet weten.'

'Eigenlijk is de hele situatie absurd', zei Ytterberg. 'Gisteravond verdween een demente vrouw uit een bejaardentehuis op Värmdö. Ze ging altijd aan de wandel. Ze hadden haar van een soort gps-alarm voorzien zodat ze haar gemakkelijker zouden kunnen opsporen, maar dat had ze losgepeuterd. De politie moest dus een klopjacht organiseren. Eerst vonden ze haar, de demente oude vrouw. Ze is er goed vanaf gekomen, als ik het allemaal goed begrepen heb. Maar twee van de mensen die meehielpen zoeken, verdwaalden. Kun je het je voorstellen? En in de mobiel die ze bij zich hadden, zat zo'n slechte batterij dat het gebied opnieuw moest worden uitgekamd. Ook zij werden gevonden. Maar op de terugweg vonden ze ook iemand anders.'

'Louise?'

'Ja. Ze lag dood naast een bospad, ongeveer drie kilometer van de dichtstbijzijnde weg waar auto's mogen komen. Het pad leidt door een gebied waar bos wordt gekapt. Ik kom er net vandaan.'

'Is ze vermoord?'

'Nee. Naar alle waarschijnlijkheid heeft ze zelfmoord gepleegd. Geen uiterlijke tekenen van geweld, ze heeft een overdosis genomen. We hebben een leeg pillendoosje gevonden waar slaaptabletten in hebben gezeten. Als het vol zat, heeft ze honderd tabletten binnengekregen.'

'Er bestaat dus geen twijfel over zelfmoord?'

'Voorzover wij kunnen zien niet. Maar we moeten natuurlijk het forensisch onderzoek afwachten.'

'Hoe zag ze eruit?'

'Ze lag op haar zij, een beetje in elkaar gekropen. Een rok, een grijze blouse, een mantel, haar schoenen stonden naast haar lichaam. Naast haar stond ook een handtas met papieren en sleutels. Er had een dier aan haar zitten snuffelen, maar het lichaam was niet toegetakeld.'

'Kun je zeggen waar op Värmdö het ergens was?'

Ytterberg legde het uit en hij zou ook een schets mailen.

'Die stuur ik meteen.'

'Geen sporen van Håkan?'

'Niets.'

'Waarom heeft ze uitgerekend die plek gekozen? Een kapgebied?'

'Ik weet het niet. Maar je kunt niet bepaald zeggen dat het een dood in schoonheid was, omringd door oud rijshout en verdorde boomstammen. Ik stuur je de kaart. Bel me als er iets is.'

'Hoe zit het met jouw vakantie?'

'Ik neem dit op me. Het is niet de eerste keer in mijn leven dat mijn vakantie onder vuur komt te liggen.'

De schets arriveerde na een paar minuten. Met zijn hand aarzelend op de hoorn bedacht Wallander dat dit nou iets was wat hij deelde met alle politiemensen die hij kende: de weerzin om iemand in kennis te moeten stellen van een overlijdensgeval. Dat zou nooit routine worden. Wanneer de dood ook kwam, hij kwam altijd ongelegen.

Toen Wallander het nummer intoetste, merkte hij dat zijn hand beefde. Linda nam op.

'Ben jij het weer? We hebben elkaar toch net nog gesproken? Is alles echt in orde?'

'Ik voel me goed. Ben je alleen?'

'Hans is een luier aan het verschonen. Heb ik je niet verteld dat ik hem een ultimatum heb gesteld?'

'Dat heb je verteld. Luister goed en ga even zitten.'

Ze hoorde aan zijn stem dat het serieus was; ze wist dat hij nooit overdreef.

'Louise is dood. Ze heeft een paar dagen geleden zelfmoord gepleegd. Ze hebben haar vannacht of vanochtend vroeg gevonden bij een bosweg in een kapgebied in de bossen van Värmdö.'

Linda deed er het zwijgen toe.

'Is dat werkelijk waar?' vroeg ze uiteindelijk.

'Er lijkt geen twijfel te bestaan. Van Håkan is er echter geen spoor.'

'Maar dit is verschrikkelijk.'

'Hoe zal Hans het opnemen?'

'Ik weet het niet. Is het werkelijk waar?'

'Ik zou natuurlijk niet bellen als Louise niet geïdentificeerd was.'

'Ik bedoel dat ze zelfmoord heeft gepleegd. Dat is niets voor haar. Zo is ze niet.'

'Ga nu maar met Hans praten. Als hij rechtstreeks met mij

wil praten, kan hij me thuis bellen. Ik kan hem ook het nummer van de politie in Stockholm geven.'

Wallander wilde het gesprek afsluiten, maar Linda hield hem nog even vast.

'Waar heeft ze al die tijd gezeten? Waarom pleegt ze uitgerekend nu zelfmoord?'

'Daar kan ik net zomin op antwoorden als jij. Ook al is het tragisch, laten we hopen dat het ons kan helpen om Håkan te vinden. Maar daar hebben we het later wel over.'

Wallander beëindigde het gesprek en belde naar Niklasgården. Artur Källberg was op vakantie, de receptioniste ook, maar uiteindelijk kreeg Wallander een vakantiekracht aan de lijn. Ze wist helemaal niets over Signe von Enkes lange geschiedenis en hij had het onaangename gevoel tegen een muur te praten. Maar misschien was dat in dit verband juist wel een voordeel, dacht hij.

Wallander had het gesprek nog niet beëindigd of Hans belde. Hij was geschokt en het scheelde niet veel of hij begon te huilen. Wallander beantwoordde geduldig zijn vragen en beloofde van zich te laten horen zodra er meer te vertellen viel. Linda nam de hoorn over.

'Volgens mij kan hij het nog niet echt bevatten', zei ze zachtjes.

'Dat kunnen we geen van allen.'

'Wat had ze ingenomen?'

'Een slaapmiddel. Ytterberg heeft geen naam genoemd. Misschien Rohypnol? Heet dat niet zo?'

'Ze gebruikte nooit slaapmiddelen.'

'Vrouwen nemen vaak tabletten wanneer ze zelfmoord proberen te plegen.'

'Er is iets wat je zei waar ik mijn vraagtekens bij heb.'

'Wat dan?'

'Had ze echt haar schoenen uitgetrokken?'

'Volgens Ytterberg wel.'

'Klinkt dat niet gek? Als ze nou binnenshuis was geweest, had ik dat kunnen begrijpen. Maar waarom trek je je schoenen uit als je buitenshuis gaat liggen om te sterven?'

'Ik weet het niet.'

'Zei hij ook wat voor schoenen het waren?'

'Nee. Maar dat komt omdat ik dat niet heb gevraagd.'

'Je moet ons wel alles vertellen', zei ze ten slotte.

'Waarom zou ik jullie erbuiten houden?'

'Soms vergeet je dingen te vertellen, misschien uit misplaatste ongerustheid. Wanneer horen de kranten hiervan?'

'Dat kan elk moment gebeuren. Zet teletekst maar aan om te kijken. Die zijn er meestal vroeg bij.'

Wallander wachtte met de telefoon in zijn hand. Na een minuutje was ze terug.

'Het staat er al op. "Louise von Enke dood gevonden. Van haar man geen spoor."'

'We moeten later maar verder praten.'

Wallander zette zijn eigen tv aan en constateerde dat het nieuws veel aandacht kreeg. Als er niets gebeurde waardoor het beeld van de dood van Louise von Enke veranderde of meer perspectief kreeg, zou het echter weldra weer naar de achtergrond verschuiven.

De rest van de dag probeerde Wallander aan zijn tuin te besteden. Hij had bij een bouwmarkt een afgeprijsde heggenschaar gekocht en ontdekte algauw dat het een vrijwel onbruikbaar stuk gereedschap was. Hij snoeide de takken van enkele oude, gedeeltelijk verdorde fruitbomen en struiken, zich er wel van bewust dat je die niet midden in de zomer te lijf moest gaan. Zijn gedachten waren voortdurend bij Louise. Hij had geen tijd gekregen om haar te leren kennen. Wat wist hij eigenlijk van haar? De vrouw die met een vaag glimlachje naar alle gesprekken luisterde die aan de eettafel werden gevoerd, maar die zelf vrijwel nooit iets zei. Ze was lerares Duits geweest, misschien had ze ook lesgegeven in andere talen. Dat wist hij op dit moment niet meer en hij had geen zin om het binnen in zijn aantekeningen te gaan opzoeken.

Ooit baarde ze een dochter, dacht hij. Al op de kraamafdeling werd haar verteld dat het kind zwaar gehandicapt was. De dochter, die ze de naam Signe gaven, zou nooit een normaal leven krijgen. Het was hun eerste kind. Wat voor invloed heeft zo'n gebeurtenis op een moeder? Hij liep met zijn ondeugdelijke heggenschaar rond, maar vond geen antwoorden. Hij voelde echter ook geen intens verdriet. De doden kon je niet beklagen. Wat Hans en Linda voelden, kon hij begrijpen. En dan had je Klara nog, die haar grootmoeder nooit zou leren kennen.

Jussi kwam aanstrompelen met een splinter in zijn ene voorpoot. Wallander ging met zijn bril op aan de tuintafel zitten om hem er met een pincet uit te trekken. Jussi toonde zijn dankbaarheid door er als een speer langs een slootkant vandoor te gaan. Een zweefvliegtuig kwam laag over Wallanders huis vliegen. Hij keek het na, met toegeknepen ogen. Het vakantiegevoel wilde niet echt komen. De hele tijd zag hij Louise voor zich, liggend op de grond naast een pad dat door een kapgebied slingerde. Met naast haar een paar netjes neergezette schoenen.

Hij smeet de heggenschaar de schuur in en ging op de schommelbank liggen. Het zweefvliegtuig verdween. In de verte was een tractor bezig. Het geruis van de hoofdweg kwam en ging in golven. Hij ging overeind zitten. Dit was zinloos. Het werd geen vakantie voordat hij het met eigen ogen aanschouwd had. Hij moest opnieuw naar Stockholm.

Diezelfde avond al vertrok Wallander per vliegtuig, nadat hij Jussi naar de buurman had gebracht. Die vroeg hem vriendelijk maar niet zonder ironie of hij zijn hond beu begon te worden. Op het vliegveld sprak hij met Linda, die zei dat ze niet verbaasd was. Dit had ze wel van hem verwacht.

'Maak maar veel foto's', zei ze. 'Er klopt hier iets niet.'

'Er klopt niets van', zei Wallander. 'Daarom ga ik er ook naartoe.'

Tijdens de vliegreis werd hij geplaagd door een huilend kind in de rij achter hem. Hij zat bijna de hele reis met zijn vingers in zijn oren. In de buurt van het Centraal Station vond hij een kamer in een hotelletje. Hij stapte net binnen toen er een hevige regenbui losbarstte. Door het raam zag hij hoe de mensen zich haastten om beschutting te zoeken tegen de regen.

Kan de eenzaamheid groter zijn dan dit? dacht hij opeens. Regen, een hotelkamer, hier ben ik, zestig jaar oud. Als ik me omdraai, is er niemand. Hij vroeg zich af hoe het met Mona was. Waarschijnlijk is haar eenzaamheid even groot als de mijne, dacht hij. Vermoedelijk weegt die zwaarder, aangezien ze het niet kan laten om te proberen die te verbergen met alles wat ze naar binnen giet.

Toen de regen ophield, liep Wallander terug naar het Centraal Station om een gedetailleerde kaart van Stockholm te kopen. Telefonisch huurde hij een auto voor de volgende dag. Omdat het zomer was en de vraag naar huurauto's groot was, kon hij alleen maar een auto krijgen die helemaal niet zo goedkoop was als hij gehoopt had, maar hij accepteerde hem toch maar. De warme maaltijd gebruikte hij in Gamla Stan. Hij dronk rode wijn en moest opeens denken aan een zomer van jaren geleden toen hij vlak na de scheiding van Mona een vrouw had leren kennen. Ze heette Monika en was op bezoek bij vrienden in Ystad. Ze waren elkaar tegen het lijf gelopen in een troosteloze dancing. Ze hadden afgesproken om elkaar in Stockholm weer te zien en uit eten te gaan. Nog voordat ze het voorgerecht ophadden, besefte hij al dat het helemaal fout zat.

Ze hadden niets om over te praten, helemaal niets, de stilte duurde steeds langer en hij slaagde erin flink aangeschoten te raken. In stilte bracht hij een toost uit op haar nagedachtenis en hij hoopte dat ze het goed had gekregen in haar leven. Toen hij het restaurant verliet, was hij boven zijn theewater. Hij struinde door de stegen, kwam uit op Skeppsbron en keerde terug naar zijn hotel. Die nacht droomde hij weer over paarden die zo de zee in renden. Toen hij 's ochtends wakker werd, haalde hij zijn glucosemeter tevoorschijn om ermee in zijn vinger te prikken. 5,5. Die waarde was zoals ze wezen moest. De dag begon goed.

Een zwaar wolkendek hing boven de omgeving van Stockholm toen Wallander rond een uur of tien zijn weg zocht naar de plek op Värmdö waar Louise von Enkes lichaam was aangetroffen. Restanten van de afzetlinten hingen er nog toen hij uiteindelijk de goede plek vond. Het was er na de regenval verzadigd van water, maar hij kon sporen zien van de markeringen die de politie had aangebracht om de positie van het lichaam aan te geven.

Wallander bleef doodstil en met ingehouden adem staan luisteren. De eerste indruk was altijd de belangrijkste. Hij draaide langzaam rond en keek om zich heen. De plek waar ze Louise hadden gevonden lag in een dalletje, aan beide zijden omgeven door rotsblokken en lichte verhogingen van de grond. Als ze hier was gaan liggen om niet te worden gezien had ze de juiste keuze gemaakt.

Daarna dacht hij aan de rozen. Linda's woorden, toen ze hem voor het eerst over haar aanstaande schoonmoeder vertelde. *Een vrouw die van bloemen hield, die altijd droomde over een mooie tuin, een vrouw met groene vingers.* Dat had Linda gezegd. Hij kon het zich heel duidelijk herinneren. Dit was zo ver verwijderd van die mooie tuin als je je maar kon voorstellen.

Had ze uitgerekend daarom deze plek gekozen? Omdat de dood niet mooi was, niets met rozen en een goed onderhouden tuin te maken had? Hij liep om de vindplaats heen om die van verschillende kanten te bekijken. Het laatste stuk moet ze hebben gelopen, dacht hij. Vanuit dezelfde richting als waar mijn auto staat. Maar hoe is ze daar gekomen? Met de bus? Een taxi? Had iemand haar daarnaartoe gebracht?

Hij liep naar een oude hoogzit die midden op het ontboste stuk stond. De ladder was verrot. Hij klom voorzichtig omhoog. Er lagen sigarettenpeuken en een paar lege bierblikjes. In een hoek lag een dode muis. Hij klauterde weer naar beneden en vervolgde zijn tocht. Hij probeerde zich voor te stellen dat het zijn eigen zelfmoord was. Een lelijke afgelegen plek, struikgewas, een potje slaappillen. Hij bleef opeens staan. *Honderd slaaptabletten.* Ytterberg had niets gezegd over een waterfles. Kon je echt zo veel tabletten slikken zonder iets te drinken? Opnieuw liep hij dezelfde weg als die hij was gekomen; hij stapte in zijn eigen voetsporen om te kijken of hij iets zag wat hij bij zijn eerste onderzoek niet had ontdekt. Hij keek niet alleen naar de grond, maar probeerde net zozeer in zijn eigen, maar vooral in Louises gedachten te kijken. De stille vrouw die vriendelijk en welwillend luisterde naar wat andere mensen te zeggen hadden.

Op dat moment begon Wallander echt serieus in te zien dat hij zich aan de periferie bevond van een wereld waarover hij niets wist. Het was de wereld van Håkan en Louise von Enke, waarmee hij zich in zijn leven nooit eerder had beziggehouden. Wat hij op dat moment in het kapgebied zag en voelde, wist hij niet; het was niet iets tastbaars en het waren ook geen openbaringen. Het was voornamelijk een gevoel dat hij zich in de buurt bevond van iets wat hem boven de pet ging.

Hij verliet de plek en reed terug naar de stad. Hij parkeerde in Grevgatan en ging het appartement binnen. Stil liep hij rond door de verlaten kamers; hij verzamelde de post die op de vloer in de hal lag en haalde er de rekeningen tussenuit die Hans moest betalen. De post werd nog steeds niet goed nagezonden. Hij inspecteerde de brieven om te zien of er iets onverwachts tussen zat, maar vond niets. Omdat het in het appartement muf en benauwd was en hij hoofdpijn had gekregen, waarschijnlijk van de slechte rode wijn die hij de vorige avond had gedronken, zette hij voorzichtig een raam aan de straatkant open. Hij wierp een blik op het antwoordapparaat. Het rode lampje dat binnengekomen gesprekken aangaf, knipperde. Hij luisterde. Märta Hörnelius informeerde of Louise von Enke belangstelling had om aan een leeskring over klassieke Duitse literatuur deel te nemen die in het najaar van start ging. Dat was alles. Louise von Enke zal niet aan een leeskring deelnemen, dacht Wallander. Zij heeft haar boeken voorgoed gesloten.

In de keuken zette hij koffie en hij keek of er niets in de koelkast lag dat begon te stinken. Daarna liep hij naar de kamer waar haar twee grote kleerkasten stonden. Haar kleding liet hij voor wat ze was; hij pakte alleen alle schoenen, die in rijtjes stonden. Hij bracht ze naar de keuken en zette ze op de keukentafel. Toen hij klaar was, stonden er tweeëntwintig paar, plus twee paar rubberen laarzen. Om al die schoenen kwijt te kunnen had hij het aanrecht erbij moeten nemen. Hij zette zijn bril op en begon systematisch de ene schoen na de andere te bekijken. Het viel hem op dat ze vrij grote voeten had en alleen exclusieve merken kocht. Zelfs de rubberen laarzen waren van een of ander Italiaans merk, waarvan Wallander zich in elk geval verbeeldde dat ze duur waren. Wat hij zocht wist hij niet. Linda en hij hadden het allebei opvallend gevonden dat ze haar schoenen had uitgetrokken en naast zich had neergezet voordat ze stierf. Het moest er netjes uitzien, dacht Wallander. Maar waarom?

Het kostte hem een half uur om de schoenen te bekijken.

Daarna belde hij Linda op haar mobieltje. Hij vertelde over zijn bezoek aan Värmdö.

'Hoeveel paar schoenen heb jij?' vroeg hij.

'Dat weet ik niet.'

'Louise heeft er tweeëntwintig, afgezien van het paar dat bij de politie is. Is dat veel of weinig?'

'Dat klinkt redelijk. Ze wilde er graag goed uitzien.'

'Dat wou ik alleen maar even weten.'

'Heb je verder nog iets te vertellen?'

'Op dit moment niet.'

Ondanks haar protesten beëindigde hij het gesprek en hij belde Ytterberg. Tot zijn verbazing werd er door een klein kind opgenomen. Daarna kreeg hij Ytterberg aan de lijn.

'Mijn kleindochter vindt het geweldig om de telefoon op te nemen. Ik heb haar vandaag meegenomen naar het bureau.'

'Ik wil je niet storen, maar er is iets wat ik me afvraag.'

'Je stoort niet, maar jij hebt nu toch ook vakantie? Of heb ik dat verkeerd begrepen?'

'Ik heb vakantie.'

'Wat wil je? Ik heb niets wat nieuw licht werpt op de dood van Louise von Enke. We wachten op wat de artsen te zeggen hebben.'

Wallander herinnerde zich opeens zijn overpeinzingen over het water.

'Eigenlijk heb ik twee vragen. De eerste is heel eenvoudig. Als ze zo veel tabletten heeft geslikt, moet ze toch iets hebben gedronken?'

'Er lag een halflege literfles mineraalwater naast haar lichaam. Heb ik dat niet gezegd?'

'Vast wel, maar ik heb misschien niet aandachtig genoeg geluisterd. Welk merk?'

'Loka, volgens mij. Maar ik weet het niet zeker. Is dat belangrijk?'

'Helemaal niet. Verder is er die kwestie van de schoenen.'

'Die stonden naast haar lichaam, netjes neergezet.'

'Kun je die schoenen beschrijven?'

'Bruin, met een lage hak, nieuw, dacht ik.'

'Lijkt het logisch dat ze die schoenen zou aantrekken om ermee naar die plek te gaan?'

'Het waren nou niet bepaald balschoentjes die daar stonden.'

'Maar ze waren wel nieuw?'

'Ja. Zo leek het wel.'

'Dan heb ik volgens mij geen vragen meer.'

'Ik laat van me horen zodra de patholoog-anatoom zijn zegje heeft gedaan. Maar nu het zomer is, gaat het een beetje traag.'

'Hebben jullie trouwens enig idee hoe ze op Värmdö is gekomen?'

'Nee', zei Ytterberg. 'Daar hebben we nog geen antwoord op.'

'Ik vroeg het me gewoon af. Nogmaals bedankt.'

Wallander zat in het lege appartement over de telefoon te wrijven alsof het het laatste was wat hij in zijn leven nog had. *Bruine schoenen, nieuwe. Niet bepaald balschoentjes.* Langzaam en peinzend begon hij de schoenen weer terug te zetten in de kast.

De volgende dag vertrok hij al vroeg weer naar Ystad. Die middag bracht hij de slechte heggenschaar terug naar de bouwmarkt met de mededeling dat hij onbruikbaar was. Omdat hij voor de verandering opspeelde en een van de chefs wist wie hij was, kreeg hij een wat geavanceerdere heggenschaar zonder dat hij hoefde bij te betalen.

Toen hij thuiskwam, had Ytterberg gebeld. Wallander toetste zijn nummer in.

'Je hebt me aan het denken gezet', zei Ytterberg. 'Ik kon het niet laten om nog eens naar die schoenen te kijken. Het was zoals ik al zei. Ze waren nog bijna niet gebruikt.'

'Voor mij had je die moeite niet hoeven doen.'

'Eigenlijk bel ik ook niet vanwege die schoenen', vervolgde Ytterberg onverstoorbaar. 'Maar toen ik toch bezig was, heb ik ook haar handtas weer doorgekeken. En toen heb ik ontdekt dat er een soort binnenvoering in de tas zit, bijna als een geheim vak. En daar zat iets heel interessants in.'

Wallander hield zijn adem in.

'Papieren', vervolgde Ytterberg. 'Documenten. In het Russisch. En verder materiaal op microfilm. Waar het om gaat, weet ik niet. Maar het was wel zo bijzonder dat ik de telefoon heb gepakt om onze geheime collega's te bellen.'

Het kostte Wallander moeite om te bevatten wat hij zojuist had gehoord.

'Dat zou dus betekenen dat ze met geheim materiaal rondliep?'

'Dat weten we niet. Maar microfilm is microfilm, een geheim vak is een geheim vak. En Russisch is Russisch. Ik wilde gewoon dat je het wist. Het is misschien beter dat we dit voorlopig voor ons houden. Tot we weten wat het werkelijk is. Ik bel je weer als ik meer te vertellen heb.'

Toen het gesprek achter de rug was, liep Wallander naar buiten om in de tuin te gaan zitten. De warmte was teruggekeerd. Het zou een mooie zomeravond worden.

Zelf had hij het echter koud gekregen.

DEEL 3

De slaap van Doornroosje

21

Wallander was totaal niet van plan zijn belofte te houden. Hij besloot onmiddellijk met Linda en Hans te gaan praten. Als het ging om respect voor zijn familie of voor de Zweedse veiligheidsdienst was de keuze voor hem duidelijk. Hij zou woord voor woord overbrengen wat hij te horen had gekregen. Dat was zijn plicht jegens zijn familieleden.

Na het gesprek met Ytterberg bleef Wallander lang zitten. Zijn eerste reactie was dat er iets niet kon kloppen. Het was een absurde gedachte: Louise von Enke agent voor Rusland. Ook al had de politie vreemde documenten in haar tas gevonden, en nog wel in een geheim vak, toch kon hij niet geloven dat het waar was.

Maar waarom zou Ytterberg bellen om iets te vertellen wat niet klopte? Wallander had na hun korte ontmoetingen vertrouwen in hem gekregen. Hij zou nooit hebben gebeld als hij niet zeker van zijn zaak was geweest.

Wallander besefte wat hem te doen stond. Louise in bescherming nemen door feiten te ontkennen zou haar niet helpen. Hij moest Ytterbergs verhaal serieus nemen. Ongeacht wat later ook de reden mocht blijken te zijn, het betekende niet dat Ytterbergs voorstelling van zaken onjuist was; het was eerder zo dat de conclusies zouden – of moesten – veranderen.

Hij stapte in zijn auto en reed naar Linda en Hans. De kinderwagen stond in de schaduw onder een boom, zelf zaten ze met een kop koffie in de hand te schommelen in de schommelbank.

Wallander ging in een van de tuinstoelen zitten en vertelde wat hij te horen had gekregen. Hans en Linda reageerden allebei met gefronste wenkbrauwen en een wantrouwend gezicht. Terwijl Wallander sprak, kwam opeens de naam Wennerström bij hem op. De kolonel die bijna vijftig jaar geleden heel wat van de Zweedse defensie in de uitverkoop had gedaan. Maar het lukte Wallander niet om Louise von Enke op wat voor manier dan ook in verband te brengen met de man die zich jarenlang met kille gierigheid en doortraptheid met spionage had beziggehouden.

'Ik twijfel niet aan wat ik te horen heb gekregen', eindigde hij. 'Ik twijfel er ook niet aan dat er een redelijke verklaring voor moet zijn waarom die papieren in haar handtas zaten.'

Linda schudde haar hoofd. Ze keek eerst haar man aan en daarna keek ze haar vader recht in de ogen.

'Is het werkelijk waar?'

'Ik zou hier natuurlijk niet naartoe rijden om iets te vertellen wat niet een rechtstreeks verslag was van wat ik zelf net te horen heb gekregen.'

'Je hoeft niet geïrriteerd te raken. We mogen toch wel vragen stellen?'

'Ik ben niet geïrriteerd. Maar ik verzoek verschoond te blijven van overbodige vragen.'

Wallander en Linda beseften allebei dat ze op het punt stonden volslagen onnodig ruzie te gaan maken en wisten zich te beheersen. Hans leek er echter niets van te merken.

Wallander wendde zich tot hem. Hij zag Hans' neerslachtige blik.

'Roept dit bepaalde gedachten bij je op?' vroeg hij voorzichtig. 'Jij bent tenslotte van ons allemaal degene die haar het beste heeft gekend.'

'Helemaal niet. Kortgeleden kreeg ik te horen dat ik een onbekende zus heb. En nu dit. Ik heb het gevoel dat mijn ouders steeds vreemder worden. De kijker is de verkeerde kant op gericht. Ze verdwijnen voor mijn ogen.'

‘Er komt niets bij je boven? Vage herinneringen? Woorden die gezegd werden, mensen die op bezoek kwamen?’

‘Niets. Ik krijg er gewoon buikpijn van.’

Linda pakte Hans’ hand. Wallander stond op en liep naar de kinderwagen onder de appelboom. Een hommel zoemde rond het muskietengaas. Hij tilde dat voorzichtig op en bekeek het slapende bundeltje. Hij moest denken aan Linda in haar wagen. Mona’s voortdurende bezorgdheid en zijn eigen blijdschap over een kind.

Hij keerde terug naar zijn stoel.

‘Ze slaapt.’

‘Mona heeft verteld dat ik ’s nachts huilde.’

‘Dat deed je inderdaad. Meestal stond ik dan op om voor je te zorgen.’

‘Zo is het Mona niet bijgebleven.’

‘Die bekommert zich nooit erg om de waarheid. Ze denkt dat ze nog weet wat ze eigenlijk is vergeten. Ik was degene die ’s nachts met je op de arm rondliep terwijl zij lag te slapen. Er waren nachten bij dat ik nauwelijks meer dan een paar uur slaap kreeg. En daarna moest ik weer naar mijn werk.’

‘Klara maakt ons bijna nooit wakker.’

‘Dan is het een gezegend kind. Eerlijk gezegd waren het soms vreselijke nachten met jou en je gehuil.’

‘En jij was degene die met me rondliep?’

‘Soms met watjes in mijn oren. Maar ik was degene die rondliep. Al het andere is onwaar, wat Mona ook beweert.’

Hans zette zijn koffiekopje zo hard op tafel dat een deel van de inhoud over de rand ging. Hij leek niet naar hun gesprek te hebben geluisterd.

‘Waar heeft mijn moeder al die tijd gezeten? En waar is Håkan?’

‘Wat denk je zelf? Wat is je eerste gedachte? Nu alles aan het veranderen is?’

Linda was degene die die vragen stelde. Wallander keek haar verbaasd aan. In gedachten had hij dezelfde woorden geformuleerd, maar zij was sneller dan hij.

'Ik heb geen antwoorden. Iets zegt me dat mijn vader nog leeft. Gek genoeg krijg ik op het moment dat mijn moeder dood wordt gevonden sterk het gevoel dat hij nog leeft.'

Wallander nam het over en stelde de volgende vragen.

'Waarom? Er moet iets zijn waardoor je dit bent gaan denken.'

'Ik weet het niet.'

Wallander had niet echt verwacht dat Hans onmiddellijk veel te zeggen zou hebben. Hij realiseerde zich dat de afstand tussen de verschillende leden van het gezin Von Enke groot was.

Wallander hield die gedachte vast en meende dat hij juist hierin toch een soort uitgangspunt had. Wat hadden de echtelieden Von Enke over elkaar geweten? Zaten daar evenveel geheimen als in de andere relaties binnen het gezin? Of was het andersom? Kon het zo zijn dat er een heel erg hechte band had bestaan tussen Louise en Håkan?

Op dit moment vond hij geen antwoorden; hij kwam niet verder. Hans stond op en liep naar binnen.

'Hij moet naar Kopenhagen bellen', zei Linda. 'Dat hadden we net afgesproken toen jij kwam.'

'Wat afgesproken?'

'Dat hij vandaag thuis zou blijven.'

'Heeft die man nooit vrij?'

'Er heerst wereldwijd grote onrust op de beurzen. Hans maakt zich zorgen. Daarom werkt hij steeds.'

'Met IJslanders?'

Ze nam hem afwachtend op.

'Probeer je cynisch te zijn? Vergeet niet dat je het over de vader van mijn kind hebt!'

‘Toen hij me zijn kantoor liet zien zaten daar IJslanders. Waarom zou het cynisch zijn dat ik daaraan moest denken?’

Linda wuifde afwerend met haar hand. Hans keerde terug naar de schommelbank. Ze praatten een poosje over Louises begrafenis. Wallander kon niet zeggen wanneer het lichaam zou worden vrijgegeven na het forensisch onderzoek.

‘Het is gek’, zei Hans. ‘Gisteren kreeg ik een grote envelop met foto’s van het feest van mijn vaders vijfenzeventigste verjaardag. Die zijn genomen door iemand die nu pas op het idee kwam ze op te sturen. Het zijn er minstens honderd.’

‘Wil je dat we ze bekijken?’ vroeg Linda.

‘Niet nu speciaal.’

Hans haalde zijn schouders op.

‘Ik heb ze bij de gastenlijsten en de andere papieren die met het feest te maken hebben gestopt. Met name kopieën van alle facturen.’

Wallander was in gedachten verzonken en luisterde slechts vaag naar wat Hans tegen Linda zei. Opeens kwam hij weer tot leven.

‘Heb ik dat goed gehoord? Zei je gastenlijst?’

‘Het was allemaal heel zorgvuldig geregeld. Mijn vader was niet voor niets officier. Hij streepte af wie er echt waren gekomen, wie bericht van verhindering hadden gestuurd en wie er met alle regels hadden gebroken en zich niet hadden vertoond en ook geen reden voor hun afwezigheid hadden opgegeven.’

‘Hoe komt het dat jij die lijsten hebt?’

‘Omdat mijn vader en moeder geen van beiden erg goed met de computer overweg konden. Ik heb ze geholpen met de uitdraaien. De bedoeling was dat ik mijn vaders opmerkingen zou invoeren. God weet waarom. Maar daar is het nooit van gekomen.’

Terwijl Wallander nadacht, beet hij op zijn lip. Hij stond op.

'Ik wil die lijsten graag zien. Ook de foto's. Ik kan ze wel mee naar huis nemen als jullie andere plannen hebben.'

'Die heb je niet als je een baby hebt', antwoordde Linda. 'Ben je dat vergeten? Ze wordt zo wakker. En dan is het afgelopen met de hemelse vrede. Jou een beetje kennende is het beter dat je nu naar huis gaat. Volgens mij is dat het rustigst.'

Hans ging naar binnen en kwam meteen weer terug met een paar plastic mapjes, vol met papieren en foto's. Linda liep met Wallander mee naar zijn auto. In de verte klonk opeens onweer. Ze ging voor het portier staan toen hij dat wilde openen.

'Kunnen ze zich vergist hebben? Kan het moord zijn?'

'Er is niets wat daarvoor pleit. Ytterberg is een goede rechercheur, ervaren. Hij ziet wat hij ziet. Als er ook maar de minste twijfel was, zou hij daarop inspelen.'

'Vertel nog eens hoe ze eruitzag toen ze haar vonden.'

'Haar schoenen stonden naast haar lichaam, netjes neergezet. Ze lag op haar zij, met kousenvoeten. Haar kleren waren in orde. Ze was dus niet gevallen, maar zelf gaan liggen.'

'Maar die schoenen?'

'Is dat niet een uitdrukking die je tegenwoordig niet meer hoort? Dat je je schoenen buiten de deur zet wanneer je gaat sterven?'

Linda schudde ongeduldig haar hoofd.

'Wat voor kleren droeg ze?'

Wallander probeerde zich te herinneren wat Ytterberg op zijn vraag had geantwoord. Een rok, een blouse, pantykousjes.

Linda schudde haar hoofd.

'Die heb ik haar nooit zien dragen. Ze droeg een panty of helemaal geen kousen.'

'Weet je dat zeker?'

'Absoluut. Als ze eens een keer ging skiën droeg ze geitenwollen sokken. Maar dat heeft er niets mee te maken.'

Wallander probeerde te bedenken wat dit kon betekenen. Hij twijfelde er niet aan dat Linda wist waarover ze het had. Wanneer ze zo stellig was als nu had ze meestal gelijk.

'Ik kan je er geen goed antwoord op geven. Ik zal aan de politie in Stockholm doorgeven dat je je vraagtekens hebt.'

Ze ging opzij en toen hij achter het stuur was gaan zitten duwde ze het portier dicht.

'Louise was niet het type vrouw om zelfmoord te plegen', zei ze.

'Toch heeft ze dat gedaan.'

Linda schudde zwijgend haar hoofd. Wallander besefte dat ze hem een boodschap meegaf en dat ze wilde dat hij die probeerde te duiden. Ze hoefden het daar nu verder niet over te hebben. Hij startte de auto en reed weg. Toen hij de hoofdweg op wilde draaien, veranderde hij opeens van gedachten; in plaats van naar Ystad te rijden liet hij de stad juist achter zich en volgde hij de weg langs zee in de richting van Trelleborg. Hij had behoefte aan beweging. Bij het strand van Mossby stond een aantal campers en caravans. Hij parkeerde langs de kant van de weg en liep het duin af naar het strand. Elke keer dat hij hiernaartoe terugkeerde, kreeg hij weer het gevoel dat uitgerekend deze strandstrook, die niets bijzonders was, niet echt mooi, een van de middelpunten van zijn leven was. Hier had hij met Linda gelopen toen ze klein was, hier had hij pogingen gedaan zich met Mona te verzoenen toen zij hem vertelde dat ze wilde scheiden. Aan dit strand had Linda bijna tien jaar geleden ook tegen hem gezegd dat ze besloten had bij de politie te gaan en dat ze al was aangenomen op de politieacademie in Stockholm. En niet in de laatste plaats had ze hem hier verteld dat ze in verwachting was van Klara.

Hier was bijna twintig jaar geleden ook een rubberboot aan land gedreven met twee dode, gemartelde en naamloze mannen, die pas veel later als Letten werden geïdentificeerd. Hij wist nog precies waar het rode vlot het strand op was gedreven; hij kon zijn collega's er nog samen omheen zien staan, geplaagd door de koude wind, en Nyberg, die zich met een verbeten gezicht een beeld probeerde te vormen van wat deze twee mannen was overkomen, behalve natuurlijk dat ze dood waren; doodgeschoten, niet verdronken.

Wallander begon langs het strand te lopen om na al dat stilzitten, al die onbeweeglijkheid, de stijfheid uit zijn lichaam te verdrijven. Hij dacht aan wat Linda had gezegd. Toch plegen mensen zelfmoord, of we dat nou geloven of niet, zei hij bij zichzelf. Een aantal mensen van wie ik nooit had kunnen denken dat ze de hand aan zichzelf zouden slaan, deden dat zonder aarzelen, in de meeste gevallen zorgvuldig gepland. Hoeveel dode mensen heb ik niet meegemaakt die ik van het touw moest halen waaraan ze zich hadden opgehangen, of van wie ik de restanten bijeen moest rapen na een schot hagel recht in hun gezicht? Het aantal nabestaanden die vertelden dat ze níét verbaasd waren, kan ik op de vingers van één hand tellen.

Wallander wandelde zo ver door, dat hij moe was toen hij weer bij zijn auto kwam. Hij ging achter het stuur zitten en deed een van de plastic mapjes open. Op goed geluk bekeek hij sommige foto's wat langer. Veel gezichten meende hij te herkennen, andere kon hij zich helemaal niet herinneren. Hij legde de foto's terug en reed naar huis. Als hij plezier van het materiaal wilde hebben, moest hij het zorgvuldig doornemen, niet slordig, zoals nu, achter het stuur van zijn auto.

Pas toen het avond was, ging hij aan de keukentafel zitten. Hier moet ik beginnen, dacht hij. Met de foto's van een groot en goed georganiseerd familiefeest van een jarige en zijn echtgenote. Hij bestudeerde de ene foto na de andere. Omdat de eettafel bijna altijd op de achtergrond te zien was, kon hij zo ongeveer vaststellen of ze genomen waren voor, tijdens of na het diner. Bij elkaar waren het honderdvier foto's, vele onscherp en zonder een direct middelpunt. Op vierenzestig van de foto's stond óf Louise óf Håkan afgebeeld, op twaalf stonden ze allebei. Op twee foto's hadden ze oogcontact met elkaar, zij glimlachte, hij keek serieuzer. Wallander legde de foto's op een rij, gegroepeerd naar het tijdstip waarop ze redelijkerwijs waren genomen. De ernst van Håkan von Enke, die je op alle foto's zag, frappeerde hem. Is hij alleen maar een stijve officier of weerspiegelen de foto's de bezorgdheid waar hij het even later met me over zal gaan hebben? dacht Wallander. Dat kan ik niet vaststellen. Maar het lijkt wel of hij hier al een gekwelde indruk maakt.

Louise daarentegen glimlachte voortdurend. Hij stuitte op slechts één uitzondering, maar toen was ze zich er niet van bewust geweest dat de fotograaf voor haar had gestaan. Eén ware foto, dacht Wallander, of is het toeval? Hij bekeek nu de foto's waarop een groot aantal van de aanwezige gasten was vastgelegd. Vriendelijke oudere mensen, een indruk van grote welvaart. Het waren geen arme sloebers die Håkan von Enkes verjaardag kwamen vieren, mompelde hij bij zichzelf. Deze mensen kunnen het zich permitteren om er tevreden en voldaan uit te zien.

Wallander schoof de foto's aan de kant en ging over naar de twee gastenlijsten. Hij telde honderdtwee gasten. De namen stonden op alfabet. Er waren veel echtparen aanwezig geweest.

Terwijl hij de eerste lijst bestudeerde, ging de telefoon. Het was Linda.

'Ik ben nieuwsgierig', zei ze. 'Heb je iets gevonden?'

'Niets wat ik niet al wist. Louise glimlacht, Håkan is serieus. Glimlachte hij nooit?'

'Niet echt vaak. Maar Louises glimlach is echt. Ze vermomde

zich niet. Volgens mij was ze er zelf goed in om de mensen eruit te pikken die zich anders voordeden dan ze waren.'

'Ik ben net naar de gastenlijsten aan het kijken. Honderdtwee namen. Voor mij bijna allemaal onbekenden. Alm, Alvén, Appelgren, Berntsius ...'

'Die herinner ik me', onderbrak Linda hem. 'Sten Berntsius. Een hoge officier bij de marine. Ik heb een onaangenaam etentje bij Håkan en Louise thuis meegemaakt waar hij te gast was. Hij had zijn vrouw bij zich, een angstig wezentje dat voornamelijk zat te blozen en te veel wijn dronk. Maar Sten Berntsius was vreselijk.'

'In wat voor opzicht?'

'Zijn haat ten opzichte van Olof Palme.'

Wallander fronste zijn voorhoofd.

'Hoelang ken jij Hans? Een paar jaar? Sinds 2006? Als ik me niet vergis, was het toen al twintig jaar geleden dat Palme werd vermoord.'

'Haat leeft lang.'

'Je bedoelt toch niet serieus dat je een paar jaar geleden bij een etentje was waar de mensen een Zweedse minister-president zwartmaakten die twee decennia eerder is vermoord?'

'Ik bedoel precies wat ik zeg. Sten Berntsius begon te praten over Palme als spion voor de Sovjet-Unie, een cryptocommunist, een landverrader en god weet wat nog meer.'

'Wat vonden Louise en Håkan daarvan?'

'Helaas denk ik dat althans Håkan het met hem eens was. Louise zei niet zo veel, die probeerde het glad te strijken, maar de sfeer was onaangenaam.'

Wallander probeerde na te denken. Voor hem was Olof Palme nog steeds het voorbeeld van de meest dramatische miskleun van de Zweedse politie. Als politicus kon hij zich hem nauwelijks herinneren. Een man met een scherpe stem en een af en toe niet al te vriendelijke glimlach? Hij kon voor zichzelf niet precies uitmaken welke van deze herinneringsbeelden echt was. In de tijd van Palme was hij totaal niet in politiek geïnteresseerd geweest. Het waren de jaren dat hij zijn eigen leven op orde probeerde te krijgen en bovendien ook nog met zijn weerspannige vader te stellen had.

'Palme was minister-president in de tijd dat die duikboten in onze wateren snorkelden', zei hij. 'Ik neem aan dat het gesprek daardoor op hem kwam?'

'Eigenlijk niet. Als ik het me goed herinner, ging het voornamelijk over de achteruitgang van de Zweedse defensie, waarvan beweerd werd dat die in zijn tijd begon. Hij was er in zijn eentje verantwoordelijk voor dat Zweden zich niet langer kon verdedigen. Berntsius beweerde dat het een grote vergissing was om te denken dat Rusland altijd even vreedzaam zou blijven als nu.'

'Wat voor politieke denkbeelden hadden je schoonouders eigenlijk?'

'Ze waren allebei natuurlijk uiterst conservatief. Louise probeerde de indruk te wekken alsof ze haar neus ophaalde voor alles wat met politiek te maken had. Maar dat was niet zo.'

'Ze droeg dus ondanks alles toch een masker?'

'Misschien. Laat het weten als je iets belangrijks tegenkomt.'

Wallander liep naar buiten om Jussi te voeren. De hond zag er ruig en moe uit. Wallander vroeg zich af of het klopte dat honden en hun eigenaars op elkaar gingen lijken. In dat geval had de ouderdom zijn klauwen nu serieus in hem geslagen. Had hij dat stadium al bereikt? Was hij in de buurt van de verwoestende ouwemannenleeftijd, waarin hij steeds krachtelozer zou worden? Hij schudde die gedachten van zich af en ging weer naar binnen, maar toen hij opnieuw aan de keukentafel wilde gaan zitten zag hij het zinloze ervan in. Er was in de gastenlijsten noch tussen de foto's iets wat licht op de verdwenen mensen kon werpen. Daar zat niets. Wat er ook gebeurd was, er moesten andere verklaringen voor zijn. Zijn zoeken was zinloos. Hij zocht niet naar een naald, hij zocht naar een hooiberg.

Wallander pakte alles wat op de tafel lag uitgespreid bij elkaar en legde het op het tafeltje in de hal. Hij zou het de volgende dag teruggeven en daarna proberen niet meer te denken aan de dode Louise en de verdwenen Håkan. Mettertijd zouden ze naar de kerk van Kristberg gaan, die mooi gelegen was met uitzicht over het meer Boren in Östergötland. Daar had de familie Von Enke al honderd jaar een familiegraf en daar zou Louises kist worden bijgezet. Hans had hem verteld dat zijn ouders een gezamenlijk testament hadden opgemaakt waarin ze verklaarden dat ze niet wilden worden gecremeerd. Wallander ging in zijn leesfauteuil zitten en deed zijn ogen dicht. Wat wilde hij zelf? Hij had geen familiegraf, geen grafrechten. Zijn moeders as was uitgestrooid op een gedenkveldje in Malmö, zijn vader was begraven op een van de kerkhoven in Ystad. Wat zijn zus Kristina, die in Stockholm woonde, voor plannen had, wist hij niet.

Hij viel in zijn stoel in slaap, maar werd met een schok weer wakker. Hij luisterde of hij in de zomernacht wat hoorde. Het geblaf van de hond had hem uit zijn slaap gehaald. Hij stond op uit zijn stoel. Zijn overhemd was doornat van het zweet; hij had blijkbaar gedroomd. Jussi blafte nooit zonder aanleiding. Toen Wallander door de kamer begon te lopen voelde hij dat zijn benen verstijfd waren. Hij schudde ze los, ondertussen luisterend of hij in het duister van de zomernacht wat hoorde. Nu was Jussi stil. Wallander liep de stoep op. Jussi sprong meteen tegen het hek op en begon te keffen. Wallander keek om zich heen. Misschien sluipt er een vos rond, dacht hij. Hij liep het erf over. Je rook het gras, maar het was windstil en rustig. Hij krabde Jussi achter zijn oren.

'Waarom moest je blaffen?' vroeg hij met zachte stem.

‘Kwam het door een dier? Of kunnen honden ook nachtmerries hebben?’

Hij liep naar de slootkant en tuurde over de velden. Overal schaduwen, een vage aftekening van ochtendlicht in het oosten. Hij keek op zijn horloge. Kwart voor twee. Hij had bijna vier uur in zijn stoel zitten slapen. Zijn bezwete overhemd deed hem rillen en hij ging weer naar binnen en naar bed. De slaap wilde echter niet komen.

‘Kurt Wallander ligt in zijn bed en denkt aan de dood’, zei hij hardop tegen zichzelf.

Dat was helemaal waar. Hij dacht echt aan de dood, maar dat deed hij vaak. Vanaf de dag dat hij als jonge agent met een mes op een miezerige centimeter van zijn hart was gestoken, was de dood in zijn leven. Hij zag hem elke ochtend in de spiegel. Maar nu, nu hij niet kon slapen, was hij hem plotseling heel dicht genaderd. Hij was zestig jaar, diabeticus, iets te zwaar, lette niet naar behoren op zijn gezondheid, bewoog te weinig, dronk te veel, at slordig en niet op vaste tijden. Met geregelde tussenpozen dwong hij zichzelf tot een discipline die hij binnen de kortste keren niet meer kon volhouden. Terwijl hij daar in het donker lag, kreeg hij een paniekaanval. Er was nu geen speelruimte meer. Hij had nu geen keus meer. Hij moest ofwel zijn leven radicaal veranderen, of hij zou te vroeg overlijden. Ofwel althans een poging doen om zeventig te worden, of erop rekenen dat de dood elk moment kon toeslaan. Dan zou Klara geen grootvader van moederskant meer hebben, zoals ze ook, om nu nog onduidelijke redenen, van haar grootmoeder van vaderskant was beroofd.

Hij lag tot vier uur wakker. De angst kwam en ging in golven. Toen hij uiteindelijk in slaap viel, was het met verdriet in zijn hart over het feit dat er in zijn leven zo veel onherroepelijk voorbij was.

Net toen hij even na zevenen onuitgeslapen en met hoofdpijn wakker was geworden ging de telefoon. Hij was eerst niet van plan om op te nemen. Vermoedelijk was het Linda, die haar nieuwsgierigheid wilde bevredigen. Zij kon wel wachten. Als hij niet opnam, wist ze dat hij sliep. Maar na het vierde belsignaal sprong hij toch uit bed en griste de telefoon naar zich toe. Het was Ytterberg, die fit en energiek klonk.

'Heb ik je wakker gemaakt?'

'Bijna', zei Wallander. 'Ik probeer vakantie te houden, maar dat lukt me niet echt goed.'

'Ik zal het kort houden, maar ik vermoed dat je wilt weten wat ik hier in mijn hand heb. Een verklaring van de patholoog-anatoom. Ene dokter Anahit Indoyan. Het heeft me heel wat werk gekost om uit te vogelen dat het een vrouw is.'

'Een eigenaardige naam', zei Wallander.

'In heel ons land krijgen we steeds meer eigenaardige namen', zei Ytterberg somber. 'Maar dat bedoel ik natuurlijk niet negatief. Het is meer dat je er bewust aan moet wennen dat de mensen tegenwoordig niet allemaal meer Andersson heten.'

'Wallander en Ytterberg redden zich wel', zei Wallander. 'Meer dan een paar duizend mensen met die namen zullen er in ons land toch nauwelijks zijn?'

'Anahit Indoyan', zei Ytterberg. 'Volgens de persoonsgegevens die ik uit pure nieuwsgierigheid naar boven heb weten te halen is ze een Armeense. Ze schrijft absoluut foutloos Zweeds. Ze heeft een analyse gemaakt van de chemische preparaten die in het lichaam van Louise von Enke zijn aangetroffen. Ze heeft iets gevonden dat ze als merkwaardig beoordeelt.'

In afwachting van het vervolg hield Wallander zijn adem in. Hij hoorde Ytterberg in zijn papieren bladeren.

'Er is geen twijfel over dat het preparaten zijn die je, enigszins vereenvoudigd, als slaapmiddelen kunt omschrijven', vervolgde Ytterberg. 'Een deel van de chemische bestanddelen kan ze identificeren, maar er zijn ook dingen die ze niet herkent.

Beter gezegd: ze kan niet beschrijven om welke substanties het gaat. Ze is natuurlijk niet van plan het op te geven. Maar aan het eind van haar voorlopige rapport neemt ze de vrijheid om een heel interessante constatering te doen. Ze meent dat er al dan niet duidelijke overeenkomsten zijn met preparaten die in de DDR-tijd werden gebruikt.'

'De DDR?'

'Je bent zeker toch nog niet goed wakker?'

Wallander begreep het verband niet.

'Oost-Duitsland. Het sportwonder, weet je nog? Al die superieure zwemmers en atleten die daarvandaan kwamen. Tegenwoordig weten we dat die werden blootgesteld aan een chemische invloed die waarschijnlijk zijn weerga niet kende. Het Oost-Duitse sportwonder was eigenlijk niets anders dan een hoop gedrogeerde monsters. Bovendien is er geen twijfel over dat het allemaal met elkaar te maken had. Wat de Stasi deed en waar de sportlaboratoria mee bezig waren, waren twee handen op één buik. Ze wisselden ervaringen uit. Daarom', zei Ytterberg tot besluit, 'permitteert de goede Anahit zich het vermoeden uit te spreken dat wat ze heeft gevonden mogelijk preparaten kunnen zijn die gekoppeld kunnen worden aan het vroegere Oost-Duitsland.'

'Dat niet meer bestaat. Al twintig jaar niet meer?'

'Niet helemaal, maar bijna. In 1989 werd de Berlijnse Muur neergehaald. Dat weet ik nog, omdat ik dat najaar ben hertrouwd.'

Ytterberg zweeg. Wallander bleef nadenken.

'Het klinkt wonderlijk', zei hij ten slotte.

'Ja, toch? Maar ik dacht dat je waarschijnlijk wel geïnteresseerd zou zijn. Moet ik een kopietje naar het bureau sturen?'

'Ik heb vakantie, maar ik haal het wel op.'

'Wordt vervolgd', zei Ytterberg. 'En nu ga ik met mijn vrouw het bos in.'

Wallander legde de telefoon weg. Hij dacht na over wat Ytterberg had gezegd. Dit had bij hem al iets opgeroepen. Hij wist wat hem te doen stond.

Even na achten stapte hij in zijn auto. Hij reed in noordwestelijke richting. Zijn doel lag in de buurt van Höör en was een huisje dat heel lang geleden zijn beste dagen had gekend.

22

Wallander haalde eerst het rapport op bij de receptie op het politiebureau. Onderweg naar Höör deed hij vervolgens iets wat hij zichzelf zelden toestond. Even ten noorden van Ystad remde hij af om een liftster mee te nemen. Het was een vrouw van in de dertig met lang donker haar en een rugzakje aan haar schouder. Waarom hij stopte wist hij niet; misschien was het uit pure nieuwsgierigheid. In de loop der jaren had hij geconstateerd dat lifters bij uitvalswegen van steden en langs de kant van de weg bijna niet meer voorkwamen. Goedkope bussen en vliegtuigen hadden deze manier van reizen ouderwets gemaakt.

Zelf had hij in zijn jeugd twee keer gelift, op zijn zeventiende en zijn achttiende, toen hij Europa in trok, hoewel zijn vader een absolute tegenstander was van dergelijke waaghalzerij. Beide keren was hij erin geslaagd Parijs te bereiken en daarna weer naar huis gelift. Hij kon zich momenten herinneren van troosteloos wachten langs de kant van de weg, de veel te zware rugzak, en chauffeurs die hem verveelden, maar twee momenten waren hem bovenal bijgebleven. De ene keer had hij aan de rand van Gent in België gestaan, het had geregend, hij had nauwelijks geld meer en was op weg naar huis. Toen was er een auto gestopt die hem helemaal naar Helsingborg had gebracht. Zijn gevoel van geluk dat hij in één ruk terug in Zweden kwam, was hij nooit vergeten. De andere keer betrof het ook Belgische herinneringen. Op een zaterdagavond was hij, ditmaal op weg naar Parijs, blijven steken in een afgelegen plaatsje aan secundaire weggetjes. Hij had zich in een goedkoop restaurant een bord soep veroorloofd en was daarna vertrokken om een viaduct te zoeken waaronder hij kon slapen.

Opeens had hij voor een monument langs de weg een man zien staan die een trompet aan zijn mond zette om een trieste taptoe te spelen. Wallander had begrepen dat dit ter herdenking was van alle soldaten die tijdens de twee wereldoorlogen waren omgekomen. Het moment had hem ontroerd en hij was het nooit vergeten.

Maar nu stond er op deze vroege ochtend dus een vrouw langs de kant van de weg met haar duim in de lucht. Het was of ze uit een andere tijd naar voren was gestapt. Toen hij afremde, rende ze naar de auto en ze ging naast hem zitten. Ze leek er tevreden mee te zijn dat ze Höör zou bereiken; daarna moest ze verder naar Småland. Ze rook sterk naar parfum en maakte een erg vermoeide indruk. Hij meende dat hij op haar rok, die ze over haar knieën trok, vochtvlekken zag. Toen hij afremde, had hij al spijt. Waarom moest hij een wildvreemd iemand oppikken? Waar moest hij het met haar over hebben? Zij zweeg en Wallander ook. In haar rugzak begon een mobieltje te rinkelen. Ze pakte het op, las iets van de display, maar beantwoordde het gesprek niet.

'Die dingen storen', zei Wallander. 'Die telefoons.'

'Je hoeft niet op te nemen als je geen zin hebt.'

Ze sprak in een vet Skåns dialect. Wallander vermoedde dat ze uit Malmö kwam, uit een arbeidersmilieu. Hij probeerde zich voor te stellen wat voor werk ze deed, hoe haar leven was. Ze droeg geen ring aan haar linkerhand. Zijn snelle blik op haar handen onthulde ook dat haar nagels tot de wortel waren afgekloven. Wallander verwierp de gedachte dat ze in de zorg werkte, of als kapster. Serveerster was ze ook niet echt. Ze maakte een nerveuze indruk. Ze beet op haar onderlip, kauwde er bijna op.

'Stond je er al lang?' vroeg hij.

'Misschien een kwartier. In de vorige auto kon ik niet blijven zitten. De chauffeur werd vervelend.'

Ze klonk zakelijk, afwezig, weinig genegen tot praten. Wallander besloot haar niet meer lastig te vallen. In Höör zou ze uitstappen en ze zouden elkaar nooit meer zien. Hij speelde met gedachten aan verschillende namen en besloot dat hij zich haar zou herinneren als Carola, die uit het niets was gekomen en die hij een laatste keer in zijn achteruitkijkspiegeltje zou zien.

Hij vroeg waar ze afgezet wilde worden.

'Ik heb honger', zei ze. 'Ergens waar een café is.'

Hij sloeg af bij een wegrestaurant. Ze glimlachte een beetje schuw, bedankte hem en verdween. Wallander schakelde en reed achteruit. Opeens wist hij niet meer waar hij naartoe moest. Het was helemaal leeg in zijn hoofd. Hij was in Höör en hij had een liftster afgezet. Maar waarom was hij daar? De paniek sloeg toe. Hij probeerde te kalmeren, sloot zijn ogen en wachtte tot alles weer normaal zou worden.

Het duurde meer dan een minuut voordat hij weer wist waar hij naartoe op weg was. Waar kwam de plotselinge leegte die hem overviel vandaan? Wat maakte dat de stroom in zijn hoofd uitviel? Waarom konden de artsen niet zeggen wat er met hem aan de hand was?

Hij vervolgde zijn rit. Hoewel het vijf of zes jaar geleden was dat hij de man die het doel van zijn reis was voor het laatst had bezocht, kende hij de weg nog. Die slingerde door een klein bosgebied, liep langs een paar weilanden waar IJslandse paarden graasden en verdween daarna in een dalletje. Daar lag een rood bakstenen huis, nog even vervallen als hij het zich herinnerde van de vorige keer. Het enige wat de indruk van een concrete verbetering wekte, was een gloednieuwe brievenbus naast het openstaande hek, waar ook ruimte was voor de postauto en vuilniswagens om te keren. De naam EBER stond met grote, rode letters op de brievenbus. Wallander zette de motor af en bleef achter het stuur zitten. Hij riep de eerste keer dat hij Herman Eber had ontmoet in herinnering. Dat was meer dan twintig jaar geleden, in 1985 of '86, bij een politiezaak; Eber was illegaal vanuit Oost-Duitsland het land binnengekomen. Hij had politiek asiel aangevraagd en dat na verloop van tijd ook gekregen. Wallander was degene geweest die hem een eerste verhoor had afgenomen toen hij op een avond bij het politiebureau in Ystad op de stoep stond en verklaarde dat hij een vluchteling was. Wallander wist nog dat hun gesprek in moeizaam Engels was verlopen, dat hij argwanend was geweest toen Herman Eber vertelde dat hij lid was van de Oost-Duitse veiligheidsdienst, de Stasi, en vreesde voor zijn leven als zijn asielaanvraag niet werd ingewilligd. Daarmee was de zaak niet langer Wallanders pakkie-an. Pas later, toen Eber in Zweden een verblijfsvergunning had gekregen, had hij zelf contact met Wallander opgenomen. In een verbijsterend korte tijd had hij bijna vloeiend Zweeds geleerd en hij bezocht Wallander nu op zijn kantoor om hem te bedanken. Bedanken waarvoor, had Wallander gevraagd. Eber had verteld hoe verbaasd hij was geweest dat een politieman tegen een man die uit een vijandelijk land kwam zo vriendelijk kon zijn als Wallander was geweest. Na verloop van tijd had Eber begrepen dat de kwaadwillige propaganda die Oost-Duitsland tegen de buitenwereld richtte, in de bewuste landen nauwelijks een pendant had. Iemand moest hij bedanken, had hij gezegd. En zijn keuze was symbolisch op Wallander gevallen. Vervolgens waren ze aan een voorzichtige omgang met elkaar begonnen, omdat Herman Ebers grote passie Italiaanse opera was. Toen de Berlijnse Muur viel had Eber met tranen in zijn ogen bij Wallander aan Mariagatan naar een rechtstreekse tv-uitzending van deze historische gebeurtenis zitten kijken. Tijdens lange sessies had hij aan Wallander verteld hoe hij als hartstochtelijk aanhanger van het politieke systeem door een steeds groter en dieper wantrouwen was getroffen. Vooral aan zichzelf had hij een steeds grotere hekel gekregen. Hij was een van de velen die andere medeburgers afluisterden, vervolgden en treiterden. Zelf genoot hij privileges, hij had zelfs Erich Honecker tijdens een groot banket de hand mogen schudden. Toen was hij trots geweest: een hand van de grote leider. Nadien had hij het echter het liefst ongedaan gemaakt. Uiteindelijk waren de twijfel aan waar hij zich nu eigenlijk mee bezighield en een groeiend gevoel dat Oost-Duitsland een ten dode opgeschreven politiek project was, zo sterk geworden dat hij had besloten te vluchten. Dat de keus op Zweden viel, kwam alleen doordat hij de kans dat zijn vluchtpoging zou slagen hoog inschatte. Onder een valse naam kon hij aan boord komen van een van de veerboten naar Trelleborg.

Wallander wist dat hij nog steeds heel bang was dat hij op een dag door zijn verleden zou worden ingehaald. Ook al bestond Oost-Duitsland niet meer, de slachtoffers waren er nog wel. Wallander besefte dat niets zijn angst kon verhelpen; die was er en die zou misschien nooit helemaal verdwijnen. Met de jaren werd Eber steeds schuwer en teruggetrokkener, ze zagen elkaar steeds minder vaak en ten slotte helemaal niet meer.

De laatste keer dat ze elkaar hadden ontmoet was naar aanleiding van het feit dat Wallander het gerucht had vernomen dat Eber ziek was. Op een zondagmiddag was hij naar Höör gereden om te zien hoe het met hem ging. Eber was niets veranderd, misschien alleen iets magerder geworden. Hij was een aantal jaren ouder dan Wallander, maar leek sneller te verouderen. Toen Wallander na dat mislukte bezoek, waarbij ze zwijgend tegenover elkaar hadden gezeten, naar huis was gereden, had hij veel nagedacht over Herman Ebers lot.

Inmiddels was de deur van het rode bakstenen huis op een kier opengegaan. Wallander stapte uit zijn auto.

'Ik ben het', riep hij. 'Je oude vriend uit Ystad.'

Herman Eber stapte naar buiten. Hij droeg een oud trainingspak, waarvan Wallander vermoedde dat het een van de weinige kledingstukken was geweest die hij tijdens zijn vlucht uit Oost-Duitsland bij zich had gehad. Het erf lag vol schroot. Heel even vroeg hij zich af of Herman Eber listige vallen rond zijn huis had geplaatst.

Die knipperde met zijn ogen bij het zien van Wallander, alsof het langgeleden was dat hij daglicht had aanschouwd.

'Zeg,' zei hij, 'hoelang is het geleden dat jij op bezoek bent geweest?'

'Jaren. Maar heb jij mij ooit opgezocht? Weet je eigenlijk wel dat ik naar het platteland ben verhuisd?'

Herman Eber schudde zijn hoofd. Hij was bijna helemaal kaal. Zijn heen en weer schietende ogen overtuigden Wallander ervan dat hij zijn oude angst voor wraak niet was kwijtgeraakt.

Eber wees op een halfverrotte tuintafel en een paar in elkaar gezakte stoelen. Wallander besefte dat Eber hem niet wilde binnenlaten. Het was bij Herman Eber altijd onopgeruimd, maar tot nu toe had hij hem nooit de toegang geweigerd. Misschien is het nu te ver doorgeschoten, dacht Wallander. Misschien leeft hij op een vuilnisbelt? Hij ging voorzichtig zitten op de stoel die het minst wankel leek. Herman Eber leunde tegen de muur van het huis. Wallander vroeg zich af of hij nog de scherpte had die vroeger zijn meest karakteristieke trek was geweest. Eber was een intelligente man, ook al leefde hij een leven dat in alle opzichten in contrast stond met zijn intellectuele capaciteit. Meer dan eens had hij Wallander verbaasd doen staan door ongewassen en stinkend op hun afspraken te verschijnen. Hij kleedde zich vreemd en kwam soms midden in de winter in zomerkleding opdagen. Maar achter deze façade, die verwarring wekte en afstotelijk kon overkomen, zat dus een heldere geest; dat had Wallander al in een vroeg stadium ontdekt. Door de manier waarop Eber datgene analyseerde wat niet langer een Oost-Duits wonder was, had Wallander inzicht gekregen in een maatschappelijk systeem en in een visie op politiek die hem voorheen totaal vreemd waren geweest.

Herman Eber had vaak met tegenzin en geprikkeld gereageerd wanneer Wallander vragen stelde over zijn werk bij de Stasi. Het lag nog steeds moeilijk en gevoelig; het was een pijn waarvan hij zich niet had weten te bevrijden. Maar op de momenten dat Wallander voldoende geduld betoonde, begon hij uiteindelijk te vertellen. Op een dag had Eber opeens, zomaar, onthuld dat hij gedurende een periode had gewerkt op een van de geheime afdelingen die uitsluitend bezig waren om mensen van het leven te beroven. Dat was ook de reden waarom zijn naam meteen bij Wallander was bovengekomen toen Ytterberg belde om te vertellen over het forensisch rapport.

Eber ging zitten. Het viel Wallander op dat hij ditmaal niet stonk. Midden op het rommelige erf stond een kinderbadje dat met water gevuld was. Op een tafeltje ernaast lagen een handdoek, zeep, nagelvijlen en andere gereedschappen, die in Wallanders belevingswereld vooral aan martelwerktuigen deden denken. Maar er was nauwelijks twijfel over mogelijk dat Eber het badje gebruikte om zich schoon te houden.

Hij was naar buiten gestapt met papieren in zijn hand. Achter beide oren staken potloden tevoorschijn met gummetjes aan het uiteinde. In al zijn jaren in Zweden had Eber in zijn levensonderhoud voorzien door het maken van kruiswoordraadsels voor allerlei Duitse kranten en tijdschriften. Dat was zijn specialiteit, de echt moeilijke kruiswoordpuzzels voor de zeer gevorderden. Een kruiswoordpuzzel in elkaar zetten was een grote kunst. Het was geen kwestie van woorden bij elkaar voegen met zo weinig mogelijk zwarte hokjes; er moest altijd iets extra's in zitten, een moeilijk te doorgronden thema, zoals associaties tussen verschillende historische figuren. Zo had hij zijn werk aan Wallander beschreven.

Hij knikte naar de papieren die Eber in zijn hand had.

'Nieuwe moeilijkheden?'

'Het moeilijkste wat ik ooit gemaakt heb. Een kruiswoordpuzzel waarvan de elegantste leidraden in de klassieke filosofie te vinden zijn.'

'Maar de bedoeling moet toch zijn dat mensen je puzzels kunnen oplossen?'

Herman Eber gaf geen antwoord. Wallander vermoedde opeens dat de man die in zijn oude versleten trainingspak naast hem zat, ervan droomde om ooit een kruiswoordpuzzel te maken die niemand kon oplossen. Heel even overwoog hij of Eber niet toch gek geworden was van zijn angst. Of van het leven in dit dalletje, waarvan je de omringende heuvels best kon opvatten als muren die steeds meer op je afkwamen.

Hij wist het niet. Herman Eber was voor hem in wezen nog steeds een volslagen vreemdeling.

'Ik heb je hulp nodig', zei hij terwijl hij het forensisch rapport op tafel legde en rustig en systematisch vertelde wat er allemaal was gebeurd.

Herman Eber zette een vuile bril op. Hij bestudeerde de papieren een paar minuten, stond opeens op en liep naar binnen. Wallander wachtte. Na een kwartier was Eber nog niet terug. Wallander vroeg zich af of hij naar bed was gegaan of misschien was gaan koken en helemaal was vergeten dat hij een gast had die buiten op een wiebelige tuinstoel zat. Hij bleef wachten. Zijn toenemende ongeduld vrat aan hem en hij besloot Eber nog vijf minuten te geven.

Precies op dat moment keerde Herman Eber terug. Hij had een paar vergeelde documenten in zijn hand en een dik boek onder zijn arm.

'Dit is iets van een andere wereld', zei Eber. 'Ik moest zoeken.'

'Maar je lijkt wel wat te hebben gevonden?'

'Het is heel verstandig van je dat je naar mij toe bent gekomen. Ik ben waarschijnlijk de enige die je de hulp kan geven die je nodig hebt. Maar je moet ook begrijpen dat hiermee veel kwade herinneringen bij me bovenkomen. Ik begon te huilen toen ik aan het zoeken was. Kon je dat buiten horen?'

Wallander schudde zijn hoofd. Hij dacht dat Eber overdreef. Je kon op zijn gezicht geen sporen van tranen zien.

'Ik herken de substanties', vervolgde Eber. 'Die halen me uit de slaap van Doornroosje en ik had het liefst gewild dat die de rest van mijn leven niet verstoord werd.'

'Je weet dus wat het is?'

'Vermoedelijk. De ingrediënten, de chemische, synthetisch geproduceerde substanties die genoemd worden, zijn in belangrijke mate de stoffen waar ik destijds mee werkte.'

Hij zweeg. Wallander wachtte af. Herman Eber hield er niet van als hij in de rede werd gevallen. Onder invloed van een paar glazen whisky had hij ooit tegenover Wallander bekend dat dit te maken had met alle macht die hij als hooggeplaatste officier binnen de Stasi had gehad. Niemand had hem destijds durven tegenspreken.

Eber streek met zijn handen over het dikke boek alsof het een heilig geschrift was. Hij leek te aarzelen. Daardoor was Wallander op zijn hoede. Een merel ging op de rand van het badje zitten. Meteen smeet Eber het dikke boek op de tafel. De merel verdween. Wallander herinnerde zich dat hij aan een raadselachtige, moeilijk te verklaren vogelfobie leed.

'Vertel nu', zei Wallander. 'Wat voor substanties kun jij identificeren?'

'Ik had er duizend jaar geleden mee te maken. Ik dacht dat ze uit mijn leven waren verdwenen. Maar nu kom jij op een mooie zomerdag aanzetten om mij te herinneren aan iets waar ik liever helemaal niet meer aan wil denken.'

'Wat is het dat je wilt vergeten?'

Herman Eber zuchtte en krabde op zijn kale schedel. Je moest hem vasthouden, wist Wallander. Anders kon het zijn dat hij nieuwe ingangen naar zijn hol zocht, zich daarbij verliezend in eindeloze uiteenzettingen over zijn kruiswoordraadsels.

'Wat is het dat je wilt vergeten?' herhaalde Wallander.

Herman Eber begon op zijn stoel heen en weer te schommelen en gaf geen antwoord. Wallanders geduld raakte nu helemaal op.

'Wie er is gestorven doet er op dit moment niet direct toe', zei hij bits. 'Ik wil weten of jij deze substanties kunt identificeren.'

'Ik ben er eerder mee in aanraking geweest.'

'Dat is niet voldoende antwoord. "In aanraking"? Je moet duidelijker zijn! Vergeet niet dat je me ooit beloofd hebt dat je me een dienst zou bewijzen als ik je daarom zou vragen.'

'Ik ben niets vergeten.'

Eber schudde zijn hoofd. Wallander zag dat de situatie hem pijnigde.

'Neem de tijd', zei hij. 'Ik heb je antwoord nodig, en jouw visies en ideeën. Maar ik heb geen haast. Als je wilt, kan ik later terugkomen.'

'Nee, nee, blijf! Ik heb alleen even tijd nodig om terug te keren naar wat ooit was. Het is of ik een tunnel moet graven die ik zorgvuldig had dichtgestopt.'

Wallander stond op.

'Ik ga een wandelingetje maken', zei hij. 'Ik ga naar de IJslandse paarden kijken.'

'Een half uur, zo lang heb ik nodig.'

Herman Eber wiste zich het zweet van het voorhoofd. Wallander wandelde uit het dal omhoog en liep terug naar het dichtstbijgelegen weiland. De paarden kwamen meteen naar de omheining om aan zijn handen te snuffelen. Een herinnering aan Linda, twaalf jaar oud, kwam bij hem boven. Ze was op een dag van school thuisgekomen en had meegedeeld dat ze een paard wilde. Dat was tijdens de moeilijkste periode die Mona en hij samen hadden doorgemaakt en die later tot haar definitieve vertrek had geleid. Wallander had meteen moeten denken aan zijn vriend Sten Widén, de drafsporttrainer. Hij had altijd een paar rijpaarden in zijn grote manege en zou het vast goedvinden als Linda daar rondscharrelde. Mona had er echter een stokje voor gestoken. Het was er allemaal mee geëindigd dat Linda zich op haar kamer opsloot. Aan wat er daarna gebeurd was, had hij slechts vage herinneringen, maar Linda had nooit meer over paarden gesproken, haar hele leven niet.

Toen de tijd om was, liep Wallander terug. Het was gaan waaien en vanuit het zuiden naderde een wolkenfront. Herman Eber zat roerloos op zijn tuinstoel toen Wallander het gammele hek opendeed. Er lag nu nog een boek op tafel, een oude almanak met een bruine omslag. Zodra Wallander was gaan zitten begon Eber te praten. Wanneer hij ontdaan was, zoals nu, kon zijn stem schel worden, bijna schreeuwerig. Wallander had zich diverse keren met een ongemakkelijk gevoel voorgesteld hoe het zou zijn om te worden verhoord door Herman Eber, toen deze er nog vast van overtuigd was dat Oost-Duitsland het paradijs op aarde was.

'Igor Kirov,' begon Eber, 'ook wel "Boris" genoemd. Dat was zijn artiestennaam, het pseudoniem dat hij gebruikte. Een Russisch staatsburger, verantwoordelijk verbindingsofficier bij een van de speciale afdelingen van de KGB in Moskou. Een paar maanden voordat de Muur werd gebouwd kwam hij naar Oost-Berlijn. Ik heb hem een paar keer persoonlijk ontmoet, maar had niet rechtstreeks met hem te maken. De geruchten logen er echter niet om: "Boris" was een man die zijn zaakjes kende. Hij tolereerde geen onregelmatigheden of slordigheden in zijn omgeving. Het duurde maar een paar maanden of diverse hooggeplaatste ambtenaren binnen de Stasi werden overgeplaatst of gedegradeerd. Je zou kunnen zeggen dat hij de Russische ster was, het gevreesde middelpunt van de KGB in Oost-Berlijn. Hij was nog geen half jaar bij ons of hij had een van de beste agentennetwerken van Groot-Brittannië opgeblazen. Drie of vier van hun agenten werden geëxecuteerd na geheime en korte processen. Normaal zouden ze worden gebruikt om te worden uitgewisseld met Sovjetagenten of Oost-Duitse agenten die in Londen gevangen zaten, maar "Boris" ging meteen naar Ulbricht om te eisen dat de Engelse agenten werden geëxecuteerd. Hij wilde een scherpe waarschuwing sturen, zowel naar het buitenland als naar degenen binnen de Oost-Duitse landsgrenzen die er toevallig over peinsden landverraad te plegen. "Boris" zat nog geen jaar in Oost-Berlijn of hij had zich al tot een gevreesde legende gemaakt. Er werd van hem gezegd dat hij eenvoudig leefde. Niemand wist of hij getrouwd was, of hij kinderen had, of hij dronk of zelfs maar schaakte. Het enige wat men met zekerheid kon zeggen, was dat hij een uniek talent had om een efficiënt samenwerkingsverband te scheppen tussen de Stasi en de KGB. Toen het einde kwam, stond iedereen met zijn mond open van verbazing. Heel Oost-Duitsland zou nationaal met open mond hebben gestaan als men aan de grote klok had gehangen wat er was gebeurd. Maar het werd natuurlijk in de doofpot gestopt.'

'Wat gebeurde er?'

'Op een dag was hij weg. Een tovenaar die een doek over zijn hoofd legde en floep, hij was verdwenen. Maar er was uiteraard niemand die applaudisseerde. De grote held had zijn ziel aan de Engelsen verkocht, en natuurlijk ook aan de VS. Hoe hij erin slaagde om verborgen te houden dat hij verantwoordelijk was geweest voor de executie van Engelse agenten, weet ik niet. Misschien hoefde dat niet? Veiligheidsdiensten moeten cynisch zijn om te kunnen opereren. Zowel de KGB als de Stasi leed hier een smadelijke nederlaag. Er rolde een groot aantal koppen, Ulbricht ging op bezoek in Moskou en kwam met hangende pootjes terug, ook al was hij er niet echt de schuld van dat "Boris" niet ontmaskerd was. Het scheelde destijds maar een haartje of Markus Wolf, de grote leider van de Stasi, had het veld moeten ruimen. En dat was waarschijnlijk ook gebeurd als hij niet een order had uitgevaardigd die ons terugbrengt bij de reden waarom jij hier vandaag zit. Een order waaraan de hoogste prioriteit moest worden gegeven.'

Wallander begon een verband te vermoeden.

'"Boris" moest dood?'

'Precies. Maar hij moest niet alleen dood, het moest lijken of hij spijt had gekregen. Hij moest zelfmoord plegen en een brief nalaten waarin hij schreef dat zijn verraad onvergeeflijk was. Hij moest zowel de Sovjet-Unie als Oost-Duitsland huldigen en met een grote dosis zelfverachting en een even grote dosis van onze speciaal geprepareerde slaapmiddelen gaan liggen om te sterven.'

'Hoe ging dat in zijn werk?'

'Ik werkte in die periode in een laboratorium dat helemaal buiten Berlijn lag, op een plek die gek genoeg niet bijzonder ver lag van de Wannsee, waar de nazi's ooit het besluit namen voor de oplossing van het Jodenvraagstuk. Opeens kwam er een nieuwe man in het laboratorium werken.'

Herman Eber onderbrak zichzelf en wees naar het notitieboek met de bruine kaft.

'Ik zag dat je die al had gezien. Ik moest zijn naam opzoeken. Mijn geheugen liet me in de steek, wat normaal niet het geval is. Hoe gaat het met jouw geheugen?'

'Goed', zei Wallander ontwijkend. 'Ga door.'

Herman Eber leek in de gaten te hebben dat hij niet over zijn geheugen wilde praten. Wallander realiseerde zich dat mensen die ooit in hun leven bij een veiligheidsdienst hadden gewerkt, waar een miskleun of een foute inschatting kon betekenen dat je eindigde voor een executiepeloton, een bijzonder goed ontwikkeld gevoel voor intonatie en tussen de regels door lezen moesten hebben.

'Klaus Dietmar', zei Eber. 'Hij kwam rechtstreeks van de zwemsters, dat weet ik zeker, ook al was hij nooit hun officiële trainer. Hij was een van degenen die achter het grote sportwonder zaten. Het was een klein, mager mannetje, hij bewoog geruisloos en had meisjesachtige handen. Degenen die hem verkeerd inschatten zagen zijn manier van doen weleens alsof hij zich eigenlijk verontschuldigde voor zijn bestaan, maar hij was een fanatieke communist, die 's avonds voordat hij het licht uitdeed vast en zeker een gebed ter ere van Walter Ulbricht uitsprak. Hij leidde een groep waarvan ik deel uitmaakte. Onze enige taak was een preparaat ontwikkelen dat Igor Kirov zou omleggen en dat geen andere sporen zou nalaten dan die van een gewoon slaapmiddel.'

Herman Eber stond op en verdween weer naar binnen. Wallander kon de verleiding niet weerstaan om door een raam aan de voorkant van het huis naar binnen te gluren. Hij had gelijk gehad in zijn aanname. Binnen in de kamer was het een verschrikkelijke bende. Kranten, kleren, afval, borden en etensresten namen alle beschikbare ruimte in beslag. Tussen al het afval kon je iets zien wat op een platgetreden pad leek. Wallander had het gevoel dat de stank van binnen door het raam naar buiten drong. De zon was nu achter de wolken verdwenen. Eber kwam terug en verschikte ondertussen zijn trainingsbroek. Hij ging zitten en krabde zich over zijn kin, alsof hij opeens jeuk kreeg. Heel even schoot het door Wallanders hoofd dat hij iemand voor zich had met wie hij niet zou willen ruilen. Hij was op dit moment oneindig dankbaar dat hij was wie hij was.

‘Het kostte ongeveer twee jaar’, zei Herman Eber, terwijl hij zijn vuile nagels bekeek. ‘Bij ons waren er vast veel mensen die vonden dat de Stasi te veel geld uitgaf om Igor Kirov te pakken te krijgen. Maar in Kirovs geval ging het om prestige. Hij had gevloekt in de heiligste communistische kerk en mocht niet in zonde sterven. Uiteindelijk vonden we een chemische combinatie die deed denken aan de meest gebruikelijke slaapmiddelen die op dat moment in Engeland voorkwamen en die op recept verkrijgbaar waren. Het probleem was dat je een moment moest vinden waarop het mogelijk zou zijn om door alle beveiligingsmaatregelen waardoor hij werd omringd heen te glippen. Zijn eigen waakzaamheid was natuurlijk de grootste hindernis. Hij wist wat hij had gedaan, wist welke honden zijn spoor opsnoven.’

Herman Eber werd overvallen door een plotselinge hoestbui. Zijn luchtwegen brachten een blaffend geluid voort. Wallander wachtte. De wind die was opgestoken voelde koud aan in zijn nek.

‘Een agent weet dat het in zijn of haar leven het belangrijkste is om vaste gewoontes voortdurend te wijzigen’, vervolgde Herman Eber toen het hoesten was opgehouden. ‘Dat deed Kirov ook. Maar hij zag een klein detail over het hoofd. Die vergissing kostte hem zijn leven. Op zaterdagen ging hij tegen drie uur naar een pub in Notting Hill om voetbal te kijken. Hij zat altijd aan hetzelfde tafeltje Russische thee te drinken. Hij kwam om tien minuten voor drie en verliet het café wanneer de wedstrijd afgelopen was. Onze “gevelklimmers”, die overal konden binnendringen, hielden hem gedurende langere tijd in de gaten en bedachten uiteindelijk hoe Igor Kirov uitgeschakeld moest worden. Twee serveersters die soms door invallers werden vervangen vormden de zwakke schakel. Die invallers konden wij vervangen door onze eigen mensen. Op een zaterdag in december 1972 vond de executie plaats. De nepserveersters serveerden de vergiftigde thee. In het rapport dat ik las stond heel zorgvuldig vermeld dat de laatste wedstrijd die Kirov zag die tussen Birmingham en Leicester was. De uitslag was 1-1. Kirov keerde terug naar zijn appartement, waar hij een uurtje later in bed overleed. De Britse veiligheidsdienst twijfelde er aanvankelijk geen moment aan dat het zelfmoord was, daar was de in zijn eigen handschrift geschreven brief met zijn vingerafdrukken veel te overtuigend voor. Binnen onze veiligheidsdienst ging een immens gejubel op. Igor Kirov was uiteindelijk door zijn eigen noodlot ingehaald.'

Herman Eber stelde een paar vragen over de dode vrouw. Wallander antwoordde zo uitvoerig mogelijk, maar werd steeds ongeduldiger. Hij wilde hier niet op Ebers vragen antwoord zitten geven. Eber leek zijn irritatie te voelen en zweeg.

'Je bedoelt dus dat Louise is gestorven aan hetzelfde preparaat waarmee Igor Kirov ooit is omgebracht?'

'Daar lijkt het wel op.'

'Hetgeen dan dus betekent dat ze is vermoord? Dat het alleen oppervlakkig gezien zelfmoord is?'

'Als het forensisch rapport klopt, zou dat zo kunnen zijn.'

Wallander schudde wantrouwig zijn hoofd. In zijn belevingswereld kon dat gewoon niet kloppen.

'Welke mensen produceren die preparaten tegenwoordig? Oost-Duitsland noch de Stasi bestaat toch nog? Jij zit hier in Zweden kruiswoordraadsels te construeren.'

'Er bestaan altijd geheime veiligheidsdiensten. Ze veranderen van naam, maar ze zijn er altijd. Wie denkt dat er in de wereld van nu minder gespioneerd wordt, snapt er niets van. En vergeet niet dat er nog een aantal van de oude meesters rondloopt.'

'Meesters?'

Herman Eber leek bijna gekwetst toen hij antwoordde.

'Wat we ook deden, wat mensen ook over ons kunnen zeggen, we waren specialisten. We wisten waar we mee bezig waren.'

'Maar waarom zou uitgerekend Louise von Enke dit overkomen?'

'Die vraag kan ik natuurlijk niet beantwoorden.'

'Maar je bent er zeker van?'

'Zo zeker als ik kan zijn met de informatie die jij me hebt verstrekt.'

Wallander voelde zich opeens moe en ongedurig. Hij stond op en gaf Herman Eber een hand.

'Ik kom vast nog een keer terug', zei hij ten afscheid.

'Dat begrijp ik', antwoordde Herman Eber. 'In onze wereld zie je elkaar op de vreemdste tijdstippen terug.'

Wallander stapte in zijn auto en reed naar huis. Vlak bij de rotonde bij de afslag naar Ystad begon het te regenen. Het werd een hoosbui en hij rende van zijn auto naar de voordeur. Jussi blafte in zijn kennel. Wallander ging aan de keukentafel naar de regen zitten kijken die tegen het raam sloeg. Het water droop uit zijn haar.

Hij twijfelde er niet aan of Herman Eber gelijk had. Louise von Enke had geen zelfmoord gepleegd. Ze was vermoord.

23

Wallander pakte een stuk vlees dat op een schotel in de koelkast lag. Samen met een halve bloemkool moest dat zijn warme maaltijd worden. Toen hij aan tafel ging zitten en de avondkrant opensloeg die hij onderweg had gekocht, bedacht hij dat hij het zolang hij zich als volwassene kon herinneren altijd zeer bevredigend had gevonden om ongestoord te kunnen eten en ondertussen de krant te lezen. Ditmaal kwam hij echter nauwelijks verder dan het openslaan van de krant of er staarde hem een grote foto aan, met een dramatische kop erboven. Hij vroeg zich af of hij het wel goed zag, maar hij had een foto van het gezicht van de liftster voor zich. Met toenemende verbijstering las hij dat ze de vorige dag in het centrum van Malmö, in een woning aan Södra Förstadsgatan, haar ouders had vermoord en sindsdien voortvluchtig was. Het motief was de politie onbekend, maar er bestond geen twijfel over dat zij, Anna-Lena – ze heette helemaal niet Carola – de brute moord had gepleegd. Een agent, wiens naam Wallander zich vaag meende te herinneren, beschreef de gebeurtenis als ongekend gewelddadig, een doorgeslagen woede, een bloedbad in een kleine flat, waar het gezin had gewoond. Nu zocht de politie de vrouw; er was een landelijk opsporingsbevel uitgevaardigd. Wallander schoof de krant en zijn bord opzij. Hij probeerde andermaal te denken dat hij het zich verbeeldde. Het kon dezelfde vrouw niet zijn. Vervolgens rukte hij de telefoon naar zich toe en toetste Martinsons privénummer in.

'Kom naar me toe', zei Wallander. 'Bij me thuis.'

'Ik doe net de kleinkinderen in bad', zei Martinson. 'Kan het niet wachten?'

'Nee. Het kan niet wachten.'

Precies dertig minuten later draaide Martinson in zijn auto het erf op. Wallander stond al bij het hek op hem te wachten. Het regende niet meer en het was opgeklaard. Martinson, die Wallanders manier van doen goed kende, twijfelde er niet aan dat er iets ernstigs was gebeurd. Jussi, die uit zijn kennel was losgelaten, sprong rond Martinsons benen. Met grote moeite wist Wallander hem zover te krijgen dat hij ging liggen.

'Uiteindelijk heb je hem zover gekregen dat hij gehoorzaamt', zei Martinson.

'Niet echt. Kom, we gaan in de keuken zitten.'

Ze gingen naar binnen. Wallander wees naar de foto in de krant.

'Ik heb haar een paar uur geleden met de auto naar Höör gebracht', zei hij. 'Ze zei dat ze op weg was naar Småland, maar dat hoeft natuurlijk niet waar te zijn. De kans is waarschijnlijk behoorlijk groot dat ze al herkend is, met zulke foto's in de kranten. Maar de politie zou dus eigenlijk vanaf Höör moeten gaan zoeken.'

Martinson staarde Wallander aan.

'Ik kan me anders herinneren dat wij het er vorig jaar nog over hebben gehad dat jij en ik nooit lifters meenamen.'

'Ik heb vanochtend een uitzondering gemaakt.'

'Op weg naar Höör?'

'Daar woont een goede vriend van me.'

'In Höör?'

'Jij weet misschien niet waar mijn vrienden allemaal zitten. Waarom zou ik daar geen goede vriend hebben wonen? Heb jij geen goede vriend op de Hebriden? Elk woord dat ik zeg is waar.'

Martinson knikte. Hij pakte een notitieblok uit zijn zak. Zijn pen deed het niet. Wallander gaf hem een andere en legde een theedoek over het eten, waar vliegen op waren gaan zitten. Martinson schreef op hoe de vrouw gekleed was, wat ze had gezegd, de precieze tijdstippen. Hij zat al met zijn telefoon in de aanslag, maar Wallander hield hem tegen.

'Misschien kun je zeggen dat de politie een anonieme tip heeft gekregen?'

'Daar heb ik al aan gedacht. Niet dat een bekende politieman uit Ystad een liftster heeft helpen vluchten.'

'Ik wist toch niet wie ze was.'

'Maar jij weet even goed als ik wat de kranten zullen schrijven als de waarheid aan het licht komt. Jij bent in de komkommertijd in dit geval een uitstekend nieuwtje.'

Wallander luisterde mee terwijl Martinson met het bureau belde.

'Het was een anonieme tip', sloot Martinson af. 'Hoe ze aan mijn privénummer zijn gekomen weet ik niet. Maar de man die belde was nuchter en klonk heel betrouwbaar.'

Het gesprek was afgelopen.

'Wie is er rond lunchtijd niet nuchter?' zei Wallander zuur. 'Was dat nou nodig?'

'Wanneer we die vrouw te pakken krijgen, zegt ze dat ze een lift heeft gekregen van een onbekende man. Dat is alles. Ze zal er niet achter komen dat jij het was. Iemand anders ook niet.'

Opeens schoot het Wallander te binnen dat de liftster nog meer had gezegd.

'Ze zei dat ze op de plek waar ik haar oppikte was gekomen met een chauffeur die vervelend was geworden. Dat vergat ik nog te zeggen.'

Martinson wees naar de foto in de krant.

'Ze ziet er best goed uit, of het nou een moordenares is of niet. Zei je niet dat ze een kort geel rokje droeg?'

'Ze was heel aantrekkelijk', zei Wallander. 'Afgezien van haar afgekloven nagels. Ik kan niets bedenken waar een mens zo op afknapt als dat.'

Martinson keek Wallander met een verbaasde glimlach aan.

'Dat doen we bijna nooit meer', zei hij. 'Praten over de vrouwen die we tegen het lijf lopen. Ooit deden we dat vaak.'

Wallander vroeg of Martinson koffie wilde, maar dat sloeg hij af. Wallander wuifde hem uit en keerde terug naar zijn onderbroken maaltijd. Het eten smaakte niet lekker, maar het vulde wel. Na de maaltijd maakte hij een lange wandeling met Jussi. Daarna snoeide hij achter het huis een heg en spijkerde hij de brievenbus vast, die scheefhing. Hij moest de hele tijd denken aan wat Herman Eber had verteld. Hij vond het verleidelijk om Ytterberg te bellen, maar besloot tot de volgende dag te wachten. Hij moest nadenken. Een zelfmoord was bezig in moord te veranderen, en dat was gebeurd op een manier die hij helemaal niet begreep. Tegelijkertijd begon het gevoel hem weer te bekruipen dat hij iets over het hoofd zag. En niet alleen hij, maar iedereen die op de een of andere manier bij het onderzoek betrokken was. Hij kon er de vinger echter niet op leggen. Het was gewoon weer zijn oude intuïtie, waarvan hij de trefzekerheid steeds meer begon te wantrouwen.

Rond een uur of vijf die middag werd Wallander opeens ziek. In minder dan een half uur tijd kreeg hij koorts en begon hij over te geven. Hij vermoedde dat het vlees niet goed doorbakken was geweest en dat het de vorige dag te lang in een plastic tas in de hete kofferbak van zijn auto had gelegen. Hij ging op de bank naar de tv liggen kijken, zappend tussen verschillende zenders en af en toe onderbroken door snelle rushes naar de wc. Toen om een uur of negen de telefoon ging, had hij net een heftige braakaanval achter de rug. Hij nam op. Het was Linda. Eerst werd ze ongerust, maar ze kalmeerde toen ze begreep dat het niets met zijn insuline te maken had.

'Het zal morgen wel weer over zijn. Je moet thee drinken.'

'Dat kan ik niet. Ik hou het niet binnen.'

'Drink dan water.'

'Wat denk je dat ik aan het doen ben?'

'Je eet te weinig groente.'

'Wat heeft dat met mijn misselijkheid te maken?'

'Ik kom morgen voor je zorgen. Je begint al net zo zeurderig te worden als opa.'

Wallander kroop weer op de bank in elkaar, maar moest algauw opnieuw overgeven. Hij sliep een uur, dacht dat het toen beter ging, maar rende vervolgens weer naar de wc. Ondertussen bleef hij zinloos zappen tussen de tv-zenders. Nergens kwam hij iets tegen wat hem kon boeien. Ten slotte stopte hij bij een zender waar thaiboksen op was. Een kleine tengere Thai velde een grote Nederlander met een perfecte schop tegen zijn hoofd. Wallander kon de pijn haast in zijn eigen lijf voelen. Ergens rond middernacht viel hij in slaap, maar hij werd wakker omdat hij over Herman Eber en Louise von Enke droomde. Het was vijf uur 's ochtends, zijn buik voelde beter, ook al was hij nog steeds slap en had hij hoofdpijn. Hij zette een kop thee en ditmaal wist hij die binnen te houden. Door het raam zag hij dat Jussi in zijn kennel roerloos met zijn ene poot in de lucht stond te speuren naar iets op een van de akkers. Wallander kon niet zien wat het was. Misschien een ree, die in de ochtendschemering uit de bosjes was gekomen? Het was een beeld dat zijn vader in een eeuwig herhaald motief had kunnen omtoveren: *Snuffelende hond in ochtendschemering.* Hij had echter een landschap gekozen waarin hij af en toe, met monotone precisie, een auerhaan plaatste.

Wallander dacht aan zijn droom. Hij had zich in Ebers met vuilnis gevulde huis bevonden. Louise stond te balanceren op een ladder om gele gordijnen op te hangen. Hij had haar gevraagd waar ze zich in de weken dat ze weg was geweest verborgen had gehouden. Toen was ze van de ladder gevallen en meteen overleden. Herman Eber was door het afval aan komen lopen, gekleed in een groen Duits militair uniform; hij was heel jong en zijn mond was net een groot gat, zonder tanden. Hij probeerde iets te zeggen, maar Wallander kon het niet verstaan. Dat was het moment waarop hij wakker werd met een gevoel van nervositeit en onmacht. Hij had nu geen last meer van zijn buik; het waren Louise en haar dood die hem kwelden. Ergens was de gebeurtenis aan het veranderen, dacht hij. Eerder was hij ervan uitgegaan dat Håkan de hoofdpersoon was. Maar als het Louise nou eens was? Dáár moet ik beginnen, dacht hij. Ik zal het allemaal nog weer een keer doornemen, maar ik zal andere invalshoeken kiezen, mijn manier van kijken wijzigen. Om helemaal helder te kunnen denken moest hij echter eerst nog een paar uur langer slapen. Hij kleedde zich uit en kroop in bed. Aan het plafond kroop een spin langs een balk. Weldra sliep hij.

Hij had om acht uur een voorzichtig ontbijt genuttigd toen Linda haar auto bij de brievenbus tot stilstand bracht. Linda had Klara meegenomen, maar ze riep naar Wallander dat hij er in verband met het besmettingsgevaar niet over hoefde te peinzen om in haar buurt te komen. Hij moest minstens twee meter afstand bewaren. Wallander ergerde zich dat ze zo vroeg kwam. Nu hij voor de verandering een keer vrij was, wilde hij een rustige ochtend.

Ze gingen buiten zitten.

'Voel je je beter?'

'Veel beter.'

'Wat had ik gezegd?'

'Nou? Wat had je gezegd? Dat ik te weinig groente eet? Jij weet helemaal niet wat ik eet of niet eet.'

Linda zuchtte, maar ze nam niet de moeite om erop in te gaan. Wallander zag opeens dat ze blauwe highlights in haar haar had.

'Waarom heb je blauw in je haar?'

'Dat vind ik mooi.'

'Wat zegt Hans ervan?'

'Hij vindt het ook mooi.'

'Dat waag ik te betwijfelen. Waarom kan hij trouwens niet voor de kleine zorgen als jij zo bang bent dat ze met buikloop besmet wordt?'

'Hij moest vandaag werken.'

Ze keek opeens bezorgd; even ging er een schaduw over haar gezicht.

'Waarover maakt hij zich zorgen?'

'Wereldwijd zijn er in de financiële sector bewegingen gaande die hij niet begrijpt.'

'Ik op mijn beurt begrijp nauwelijks wat jij zegt. "Bewegingen in de financiële sector wereldwijd"? Ik dacht dat hij zich met aandelen bezighield?'

'Dat doet hij ook. Maar ook met andere dingen. Derivaten, opties, hedgefondsen.'

Wallander stak afwerend zijn handen op.

'Ik hoef er niet meer van te weten want ik snap het toch niet.'

Wallander ging een glas water halen. Klara lag blij te spartelen op het erf.

'Hoe gaat het met Mona?'

'Ze vertoont zich niet, neemt de telefoon niet op. En wanneer ik aanbel en weet dat ze thuis is, doet ze niet open.'

'Ze blijft dus drinken?'

'Ik weet het niet. Op dit moment voel ik dat ik de verantwoordelijkheid voor nog een kind er niet bij kan hebben. Dit meisje hier is wel genoeg.'

Een vliegtuig denderde laag over, onderweg naar de landing op Sturup. Toen het lawaai was weggestorven vertelde Wallander over zijn bezoek aan Herman Eber. Hij gaf hun gesprek en de gedachten die dat bij hem had gewekt gedetailleerd weer. Hij merkte dat hij er steeds meer van overtuigd begon te raken dat Louise was vermoord, maar vond tegelijkertijd dat het andere deel van het raadsel alleen maar groter werd. Waarom zou iemand haar van het leven willen beroven? Wat voor verband kon er bestaan tussen deze ingetogen vrouw en een land als Oost-Duitsland? Een land dat dood en begraven was? Als er althans al een verband bestond?

Wallander zweeg. Klara kroop rond Linda's benen. Linda schudde langzaam haar hoofd.

'Ik twijfel niet aan wat jij vertelt. Maar wat betekent het?'

'Ik weet het niet. Op dit moment zit ik hier met een eenvoudige vraag in mijn hoofd. Wie was Louise von Enke eigenlijk? Wat weet ik niet van haar?'

'Wat weet je eigenlijk van iemand? Is dat niet wat jij me voortdurend voorhoudt? Dat je niet verbaasd moet staan? Er bestaat trouwens een link naar het voormalig Oost-Duitsland', zei Linda peinzend. 'Heb ik dat niet verteld?'

'Je hebt alleen maar gezegd dat ze belangstelling had voor de klassieke Duitse cultuur en dat ze Duits gaf.'

'Waar ik aan denk, ligt in een ver verleden', vervolgde Linda. 'Bijna vijftig jaar geleden. Voordat Hans er was, en vóór Signe. Eigenlijk zou je het hier met Hans over moeten hebben.'

'We beginnen met wat jij weet', zei Wallander.

'Veel is het niet. Maar Louise is in het begin van de jaren zestig in Oost-Duitsland geweest met een paar veelbelovende Zweedse schoonspringsters. Het was een of andere sportuitwisseling. Louise trainde die jonge meiden. Ze was blijkbaar zelf in haar jeugd een talent geweest, maar daar weet ik niet zo veel van. Volgens mij is ze gedurende een paar jaar een aantal keren in Oost-Berlijn en Leipzig geweest. Daarna hield het opeens op. Hans denkt dat er een duidelijke oorzaak is waarom die reizen ophielden.'

'En dat is?'

'Håkan maakte gewoon duidelijk dat haar bezoeken aan Oost-Duitsland moesten stoppen. Het was niet goed voor zijn militaire carrière dat hij een vrouw had die reisde naar een land dat als vijandelijk beschouwd werd. Een van de akeligste vazallen van Rusland, zo zullen het Zweedse leger en de politici waarschijnlijk wel tegen Oost-Duitsland hebben aangekeken.'

'Maar wat je nu zegt, weet je niet zeker?'

'Louise schikte zich altijd naar haar man. Ik denk gewoon dat de situatie in het begin van de jaren zestig onmogelijk werd. Håkan was aan het opklimmen binnen de marine.'

'Weet je ook hoe ze dat opnam?'

'Nee. Geen idee.'

Klara prikte zich opeens aan iets wat op de grond lag en begon te huilen. Wallander, die slecht tegen schril kindergehuil kon, liep naar Jussi om hem te aaien. Hij bleef bij de kennel staan tot Klara zweeg.

'Wat deed jij eigenlijk als ik huilde?' vroeg Linda.

'Destijds waren mijn oren geduldiger.'

Ze zaten zwijgend het kind te bestuderen, dat een paardebloem onderzocht die tussen de stenen groeide.

'Deze hele tijd dat ze verdwenen zijn, heb ik natuurlijk zitten denken', zei Linda opeens. 'Ik ben teruggegaan in mijn herinnering, heb geprobeerd me details van gesprekken te herinneren en van hun manier van doen tegen elkaar en tegen anderen. Ik heb geprobeerd alles uit Hans te trekken wat hij weet, alles waarvan hij vanzelfsprekend aannam dat ik er ook van op de hoogte was. Maar een paar dagen geleden kreeg ik gewoon het gevoel dat er iets was wat niet klopte, dat hij me niet de hele waarheid had verteld.'

'Waarover?'

'Over geld.'

'Welk geld?'

'Het feit dat er vermoedelijk aanzienlijk meer opzijgezet is dan ik weet. Håkan en Louise leefden een goed leven. Er was nooit opvallende luxe, geen uitspattingen, maar als ze hadden gewild hadden ze op grotere voet kunnen leven.'

'Over wat voor bedragen hebben we het dan?'

'Onderbreek me nou niet', zei ze korzelig. 'Daar kom ik zo op; ik vertel het in mijn eigen tempo. Het problematische hiervan is natuurlijk dat Hans mij niet alles heeft verteld en dat hij dat wel had moeten doen. Dat irriteert me en ik weet dat ik het daar vroeg of laat met hem over moet hebben.'

'Betekent dit dat jij vindt dat het geld op een nieuwe manier van cruciaal belang wordt?'

'Nee, maar ik hou er niet van als Hans onduidelijk is. Maar daar hoeven we het nu niet over te hebben.'

Wallander stak verontschuldigend zijn handen op en vroeg niet verder. Linda ontdekte opeens dat Klara de paardebloem aan het opeten was en maakte haar mond schoon, waardoor het kind opnieuw begon te huilen. Wallander besloot om het stoïcijns te verdragen en bleef zitten. Jussi liep achter zijn omheining heen en weer en sloeg het allemaal gade. Mijn familie, dacht Wallander. Iedereen is er, behalve mijn zus Kristina en mijn ex-vrouw die zich dooddrinkt.

De deining was weldra voorbij en Klara ging weer kruipend op ontdekkingstocht. Linda zat te schommelen op haar stoel.

'Ik garandeer niet dat die stoel het houdt', zei Wallander.

'Opa's oude meubels', zei ze. 'Als die stoel kapotgaat, overleef ik het nog wel. Ik val gewoon in je rommelige, slecht onderhouden bloemperk.'

Wallander ging er niet op in. Hij merkte dat het hem irriteerde dat ze voortdurend alles wat hij deed inspecteerde en meteen begon te vitten als ze gebreken ontdekte.

'Toen ik vanochtend wakker werd, was er een vraag die ik

niet uit mijn hoofd kreeg', zei ze. 'Het kan niet wachten, hoe belangrijk deze kwestie van Louise en Håkan ook is. Ik begrijp niet hoe ik het al die jaren heb kunnen vermijden om hem te stellen. Aan jou, papa, of aan mama. Misschien was ik bang voor het antwoord? Er is immers niemand die per ongeluk wil worden verwekt.'

Wallander was meteen op zijn hoede. Het kwam heel weinig voor dat ze het woord 'mama' in de mond nam als ze het over Mona had. Hij kon zich ook niet heugen wanneer ze hem voor het laatst 'papa' had genoemd, behalve dan wanneer ze boos of cynisch was.

'Je hoeft niet bang te zijn', vervolgde Linda. 'Ik zie dat je al onrustig wordt. Ik wil gewoon weten hoe jullie elkaar hebben ontmoet. De allereerste kennismaking van mijn ouders. Daar weet ik eigenlijk helemaal niets van.'

'Mijn geheugen is slecht,' antwoordde Wallander, 'maar niet zo slecht. We kwamen elkaar laat op een avond tegen op een boot tussen Kopenhagen en Malmö in 1968. Op een van die langzame veerboten, geen vleugelboot.'

'Veertig jaar geleden?'

'We waren allebei nog erg jong. Zij zat aan een tafel, het was er krap, ik vroeg of ik erbij mocht komen zitten en dat mocht. Ik vertel een andere keer graag meer. Ik ben er niet op voorbereid om in mijn verleden te gaan wroeten. Ik wil het liever nog even met je over dat geld hebben. Over wat voor bedragen hebben we het?'

'Een paar miljoen. Maar je ontkomt er niet aan om te vertellen wat er gebeurde nadat de veerboot in Malmö had aangelegd.'

'Op dat moment gebeurde er niets. Ik beloof je dat ik het vertel, later. Bedoel je dat ze een miljoenenbedrag opzij hadden gezet? Waar komt dat geld vandaan?'

'Spaarzaamheid.'

Wallander fronste zijn voorhoofd. Het was veel geld om gewoon opzij te zetten. Zelf kon hij er niet eens van dromen om dergelijke bedragen bij elkaar te sparen.

'Is dat echt mogelijk? Is er misschien een vermoeden van belastingfraude of ander geritsel?'

'Volgens Hans niet, nee.'

'Maar je zegt dat hij niet duidelijk tegen je was met betrekking tot dit geld?'

'Dat hoefde hij natuurlijk ook niet echt te zijn. Tot een paar maanden geleden moesten zijn ouders natuurlijk gewoon zelf weten wat ze met hun spaargeld deden.'

'En wat deden ze?'

'Ze vroegen Hans om het geld te beleggen. Voorzichtig, geen waaghalzerij.'

Wallander dacht na. Iets zei hem dat wat hij nu te horen kreeg toch grote betekenis kon hebben. In heel zijn leven bij de politie was hij er voortdurend aan herinnerd dat geld de aanleiding was tot de ergste en grofste misdrijven die mensen elkaar konden aandoen. Geen ander motief dat zo veel variaties en herhalingen kende.

'Wie van hen behartigde die zaken? Allebei of alleen Håkan?'

'Dat weet Hans.'

'Dan moeten we met hem praten.'

'Niet wij. Ik. Als er iets uitkomt, vertel ik het je.'

Klara zat op de grond te geeuwen. Linda knikte naar Wallander. Hij pakte het kind op en legde haar voorzichtig op de schommelbank. Ze glimlachte naar hem.

'Ik probeer mezelf in jouw armen te zien', zei Linda. 'Maar dat is moeilijk.'

'Waarom?'

'Ik weet het niet. En dat zeg ik niet om gemeen te zijn.'

Een paar zwanen kwamen over de akkers aangevlogen. Wallander en Linda volgden de witte strepen en het suizende geluid.

'Kan het echt waar zijn?' zei Linda. 'Dat Louise is vermoord?'

'Het onderzoek moet worden voortgezet. Maar ik vind nu wel dat er veel voor pleit.'

'Maar waarom? En door wie? En al dat gepraat dat ze Russische geheimen in haar tas had? Dat moet toch klinkklare nonsens zijn?'

'Ze had Zweedse geheimen in haar tas. Bedoeld voor Rusland. Je moet wel onthouden wat ik je vertel.'

Hij verwachtte dat ze boos zou worden, maar ze knikte slechts en was het met hem eens.

'Er blijft één vraag over', zei Wallander. 'Waar is Håkan?'

'Dood of levend?'

'Ik geloof dat Håkan voor mij steeds levendiger is geworden sinds Louise dood teruggevonden is. Dat is niet logisch, dat weet ik; er is geen redelijke verklaring waarom ik zo reageer. Het komt misschien door de behoorlijk grote ervaring die ik met de jaren bij de politie heb opgebouwd. Maar zelfs op dat vlak zijn mijn eerdere ervaringen niet eenduidig. Toch denk ik dat hij nog leeft.'

'Is hij degene die Louise heeft vermoord?'

'Er is natuurlijk niets wat daarvoor pleit.'

'Maar ook niets wat ertegen pleit?'

Wallander knikte zwijgend. Hij had precies hetzelfde gedacht. Zij volgde zijn kronkelige gedachtengang.

Een half uur later vertrok Linda in haar auto.

's Avonds liet Wallander Jussi uit. Bij een slootkant ging hij staan plassen. Een pasgeoogste akker verspreidde een sterke geur.

Opeens was het alsof hij in elk geval één ding heel helder

zag. Wat er ook was gebeurd, het was begonnen met Håkan von Enke. Met hem zou het ook allemaal een keer eindigen. Louise was een tussenschakel. Ook al had hij daar pas nog aan getwijfeld.

Wat dat in wezen betekende, wist hij echter niet. Hij liep naar huis, onzekerder dan eerst. Het enige wat op dit moment een onbetwistbaar feit leek, was dat Håkan von Enke een keer voor hem had gestaan in een feestlokaal op Djursholm en echt een gekwelde indruk had gemaakt.

Daar begint het, dacht Wallander. Het begint met de gekwelde man.

Zo moest het zijn. Dat kon gewoon niet anders.

24

Een nacht in juli.

Wallander bleef met de pen in zijn hand zitten. Hij vond dat de inleiding van de brief waaraan hij was begonnen klonk als de titel van een slechte Zweedse film uit de jaren vijftig. Of misschien van een aanzienlijk betere roman van enkele decennia daarvoor. Zo'n roman als die wel in zijn ouderlijk huis hadden gestaan. In de collectie die had toebehoord aan zijn grootvader van moederskant, die was gestorven lang voordat hij werd geboren.

Verder klopte de beschrijving. Het was inmiddels juli en het was nacht. Wallander was naar bed gegaan, maar het was hem opeens te binnen geschoten dat zijn zus Kristina over een paar dagen jarig was. Het was een gewoonte geworden om dan de enige brief van het jaar te schrijven en met felicitaties te verzenden. Dus stapte hij uit bed. Hij was toch niet moe en zag een goed excuus om daar niet te hoeven liggen draaien en keren. Hij ging aan de keukentafel zitten met papier en een vulpen; die laatste was een cadeau van Linda, ter gelegenheid van zijn vijftigste verjaardag. De eerste woorden moesten maar gewoon blijven staan, een nacht in juli, daar veranderde hij niets aan. Het werd een korte brief. Toen hij zijn blijdschap over Klara had beschreven vond hij dat hij verder niet veel meer te vertellen had. Zijn brieven werden elk jaar korter. Hij vroeg zich grimmig af hoe dat zou eindigen. Hij las door wat hij had geschreven, vond het magertjes, maar had er dus niets aan toe te voegen. Tijdens de laatste jaren van zijn vaders leven had hij steeds meer contact met Kristina gekregen, maar daarna hadden ze elkaar bijna niet meer gezien, afgezien van een enkele keer dat Wallander in Stockholm was en eraan dacht haar te bellen. Ze verschilden totaal van elkaar, hadden ook heel andere herinneringen aan hun jeugd, en meestal zwegen ze al na korte tijd en keken ze elkaar voorzichtig vragend aan: hebben we elkaar echt niet meer te vertellen?

Wallander plakte de envelop dicht en ging weer naar bed. Het raam stond op een kier. In de verte klonk het zwakke geluid van muziek en gefeest. Het ritselde in het gras bij het raam. Het was een juiste beslissing van hem geweest om uit Mariagatan weg te gaan, dacht hij. Hier op het platteland vernam hij geluiden die hij nog nooit had gehoord. En geuren, niet in de laatste plaats.

Hij bleef wakker liggen en dacht aan zijn bezoek aan het politiebureau eerder die avond. Hij had het niet van tevoren besloten, maar omdat zijn computer kapot was, reed hij tegen negenen naar Ystad. Om niet onnodig collega's tegen het lijf te lopen die avond- en nachtdienst hadden, was hij via de kelder naar binnen gegaan. Hij toetste de code in en bereikte zijn kamer zonder dat hij iemand tegenkwam. In een van de kamers waar hij langs sloop, was een gesprek gaande. Een van degenen die aan het woord waren, was flink aangeschoten. Wallander was blij dat hij dat verhoor niet hoefde af te nemen.

Hij had vlak voor zijn vakantie zijn uiterste best gedaan om de papierstapels op zijn bureau te verminderen. Zijn bureau zag er nu bijna uitnodigend uit. Hij gooide zijn jas in de bezoekersstoel en zette de computer aan. Terwijl hij wachtte tot het gesuis zou beginnen haalde hij de twee mappen tevoorschijn die hij in een afgesloten bureaulade had gelegd. De ene droeg de naam LOUISE, de andere HÅKAN. Hij had de namen geschreven met een pen die was gaan vlekken. Hij legde de eerste map weg en concentreerde zich op de tweede. Ondertussen moest hij denken aan het gesprek dat hij een paar uur eerder met Linda had gevoerd. Ze had hem gebeld toen Klara sliep en Hans was vertrokken om luiers te kopen in een avondwinkel. Zonder al te veel omhaal van woorden had ze uiteengezet wat Hans had gezegd toen zij hem had gevraagd naar het geld van zijn ouders, de link van zijn moeder met Oost-Duitsland, en of er nog iets anders was dat hij haar nog niet had verteld. Eerst was hij gekwetst geweest, alsof zij hem wantrouwde. Het had een hele poos geduurd voordat ze hem ervan had weten te overtuigen dat het er uiteindelijk alleen maar om ging wat er met zijn ouders was gebeurd. Ondanks alles balanceerden ze op de rand van wat misschien moord bleek te zijn. Hans was tot bedaren gekomen. Hij begreep waar het haar om te doen was en had haar zo goed mogelijk antwoord gegeven.

Wallander haalde een opgevouwen papier uit zijn achterzak en streek het glad. De belangrijkste dingen die ze gezegd had, had hij daarop genoteerd.

Pas toen Hans zijn huidige baan had gekregen hadden zijn ouders zich tot hem gewend met de vraag of hij hun privébankier wilde worden. Het ging om een kleine twee miljoen kronen; inmiddels was dat toegenomen tot een ruime tweeënhalf miljoen. Ze hadden uitgelegd dat ze het bij elkaar hadden gekregen door spaarzaamheid en uit een erfenis van een van Louises familieleden. Hoe groot het erfenisdeel was en wat zijn ouders zelf hadden ingebracht, wist hij niet. Het familielid heette Hanna Edling; ze was in 1976 gestorven en eigenaresse geweest van een aantal modezaken in West-Zweden. Er was geen sprake van belastingtechnische onregelmatigheden, ook al had vooral Håkan elk jaar gemord over de vermogensbelasting van de sociaal-democraten die naar zijn mening confiscatie was. Die belasting was nu afgeschaft, en Hans sprak er met verdriet in zijn hart over dat hij niet meer met zijn vader had kunnen bespreken dat dit weer een paar kronen extra besparing betekende.

'Hans zei dat zijn ouders een heel bijzondere houding hadden ten opzichte van geld', had Linda uitgelegd. '"Over geld moet je niet praten, dat moet er gewoon zijn."'

'Dat zou wat zijn', had Wallander geantwoord. 'Dit is precies hoe de stevig in het zadel zittende bovenklasse over geld praat.'

'Zij zíjn de bovenklasse', zei Linda. 'Dat weet je, daar hoeven we geen woorden aan vuil te maken.'

Twee keer per jaar gaf Hans een overzicht van winst en eventuele verliezen. Een enkele keer las Håkan in kranten over aantrekkelijke investeringsmaatschappijen en dan belde hij Hans op, maar hij bemoeide zich er nooit mee of Hans zijn advies wel of niet opvolgde. Louise was nog minder vaak actief betrokken bij de beleggingen, maar vorig jaar had ze een keer gevraagd of ze tweehonderdduizend kronen uit het geïnvesteerde kapitaal kon opnemen. Hans was verbaasd geweest, want het was heel ongebruikelijk dat ze zich zo'n groot bedrag lieten uitkeren. Bovendien was het meestal Håkan die geld opnam, bijvoorbeeld wanneer ze een cruise gingen maken of een paar weken aan de Franse Rivièra verbleven. Hij had gevraagd waar ze het geld voor nodig had, maar ze had geen antwoord gegeven; ze had alleen maar tegen hem gezegd dat hij moest doen wat hem gezegd werd.

'Verder wilde ze dat hij er niets over zou zeggen tegen Håkan', voegde Linda eraan toe. 'Misschien is dat nog wel het meest opvallende. Vroeg of laat zou hij er immers toch achter komen.'

'Het hoeft toch geen geheimzinnigdoenerij te zijn', zei Wallander aarzelend. 'Misschien wilde ze hem verrassen?'

'Misschien. Maar Hans zei ook dat dit de enige keer was dat ze hem ooit dreigend toesprak.'

'Gebruikte hij dat woord? "Dreigend"?'

'Ja.'

'Is dat niet tamelijk eigenaardig? Zo'n groot woord?'

'Ik ben er heilig van overtuigd dat hij het woord zorgvuldig koos.'

Wallander noteerde het woord 'dreigend' op zijn papier. Als het klopte, leverde het een nieuw aspect op van de voortdurend glimlachende vrouw.

'Wat zei Hans over Oost-Duitsland?'

Linda had, dat onderstreepte ze nadrukkelijk, op allerlei manieren geprobeerd bij hem herinneringen naar boven te halen, maar die waren er gewoon niet. Hem stond slechts heel vaag bij dat hij toen hij heel klein was een keer houten speelgoed van zijn moeder had gekregen toen ze terugkwam uit Oost-Berlijn, maar dat was ook het enige. Hij kon zich niet herinneren hoelang ze was weggeweest, of dat hem op een of andere manier te kennen was gegeven waarom ze was vertrokken. In die tijd hadden ze een inwonende huishoudster, Katarina, en met haar bracht hij vaak meer tijd door dan met zijn ouders. Håkan zat vaak als bevelvoerder op zee en Louise gaf Duits op de Franse school en aan een van de lycea in Stockholm; hij wist niet meer welk. Het kon zijn dat er een keer dinergasten waren geweest die Duits spraken. Hij had slechts vage herinneringen aan mannen in uniform die tijdens het diner drinkliedjes in een vreemde taal zongen.

'Ik weet het zeker', had Linda ten slotte gezegd. 'Hij herinnert zich verder echt niets. En dat kan betekenen dat er voor hem echt niets meer te herinneren valt. Het kan ook zijn dat Louise bewust haar Oost-Duitse avonturen voor hem verborgen hield. Maar waarom zou ze dat doen?'

'Nee', zei Wallander. 'Het is voor Zweden nooit illegaal geweest om Oost-Duitsland te bezoeken. We deden er zaken mee, zoals met alle andere landen. Voor Oost-Duitsers was het daarentegen wel moeilijker om Zweden te bezoeken. De Berlijnse Muur werd gebouwd om te voorkomen dat iedereen overliep.'

'Dat was voor mijn tijd. Ik kan me wel herinneren dat de Muur werd afgebroken, maar niet dat hij werd gebouwd.'

Daarmee was het gesprek geëindigd. Wallander hoorde op de achtergrond een deur open- en dichtgaan. Hij begon systematisch het materiaal door te nemen dat hij over de verdwijning van Håkan von Enke had verzameld en bedacht dat hij in elk geval één conclusie kon trekken. Uit ervaring bleek dat Håkan von Enke nu zo lang weg was dat alles ervoor pleitte dat ook hij dood was. Niettemin besloot Wallander er – vooralsnog – van uit te gaan dat hij in leven was.

Na enige tijd schoof hij de map aan de kant. Hij leunde achterover in zijn stoel. Misschien wist Von Enke in die raamloze kamer in Djursholm al dat hij weldra weg zou zijn? Had hij gehoopt dat Wallander iets zou opvallen van wat hij tussen de regels door vertelde?

Wallander ging met een ongeduldige ruk rechtop in zijn stoel zitten. De zaak stond veel te veel stil; hij wilde verder. Hij ging het internet op en begon te zoeken. Wat hij zocht, wist hij niet echt goed. Het was zoeken op goed geluk, maar toch ook weer niet. Hij surfte door alle officiële informatie die de marine ter beschikking stelde. Stap voor stap volgde hij het spoor van Håkan von Enkes carrière. Die had een stijgende lijn vertoond, maar zonder opzienbarend snelle promoties. Uit de lichting van de kapitein-luitenant-ter-zee kwam Wallander diverse voorbeelden tegen van andere personen die sneller carrière hadden gemaakt dan Håkan von Enke. Nadat Wallander ongeveer een uur aan het surfen was geweest bleef hij steken bij een foto die op het beeldscherm verscheen. Die was gemaakt tijdens een receptie van het ministerie van Buitenlandse Zaken voor buitenlandse militaire attachés. Er stond een aantal jonge officieren op afgebeeld, onder wie Håkan. Hij glimlachte recht in de camera. Een zelfverzekerde, open glimlach. Wallander overpeinsde de oude foto. Ik probeer een punt te bereiken waarop ik het duidelijker kan zien, dacht hij. Iets wat me vertelt wie de gekwelde man die ik in Djursholm trof werkelijk was.

Hij schrok op toen er iemand aanklopte. Nog voor hij iets had kunnen zeggen ging de deur open. Het was Nyberg, gekleed in een lichtblauw jack en met een pet op zijn hoofd. Toen hij Wallander zag, bleef hij staan.

'Ik dacht dat hier niemand was', zei hij. 'Ik doe altijd de lichten uit die onnodig branden. Je ziet het licht onder de deur door. Het zal wel een tamelijk zinloze bezigheid zijn, maar mensen moeten niet onnodig energie verspillen.'

'Waarom klop je dan aan als je denkt dat er niemand is?'

Nyberg zette zijn pet af en krabde zich op zijn hoofd. Een continu herhaald gebaar, dacht Wallander. Zo doet hij altijd als hij onzeker is, zolang ik hem ken. Ik vraag me af wat ik zelf doe, als ik aan het twijfelen ben?

'Daar heb ik niet echt een goed antwoord op', zei Nyberg. 'Het zal de macht der gewoonte wel zijn. Je klopt aan voordat je ergens binnenstapt. Ik dacht trouwens dat jij vakantie had?'

'Dat heb ik ook. Ik hou me alleen bezig met de verdwenen schoonouders van Linda.'

Nyberg knikte. Wallander had met Nyberg een paar keer gesproken over wat er was gebeurd. Hij had altijd respect voor diens opvattingen, ook al was hij niet altijd gemakkelijk om mee samen te werken. Nybergs opvliegende kant was berucht, ook al liep Wallander tegenwoordig amper meer het risico om het slachtoffer te worden van diens woede-uitbarstingen. De pathologen-anatomen en de mensen van de technische recherche leefden eerder onder Nybergs dreigende slagschaduw.

Nyberg bleef met zijn pet in zijn hand staan.

‘Je weet misschien dat ik met Kerstmis met pensioen ga?’
‘Nee, dat wist ik niet?’
‘Ik vind het zo langzamerhand wel welletjes.’
Wallander was oprecht verbaasd. Hij was er in een soort slordige vanzelfsprekendheid van uitgegaan dat Nyberg er altijd zou zijn, aan het werk, dag in, dag uit, in zonneschijn of koude regen, in de modderige grond zoekend naar leidraden tijdens allerlei rechercheonderzoeken. Ooit, in een verre oertijd, was Nyberg getrouwd geweest en hij had waarachtig ook kinderen, maar toch was hij voortdurend de eenzame man met de groene pet die heftige woede-uitbarstingen kreeg en tegelijkertijd het puikje van de zalm was wanneer het om het werk ging.
‘Wat ga je dan doen?’ vroeg Wallander krachteloos. ‘Als je pensioen hebt?’
‘Ik ga hier weg’, zei Nyberg met plotselinge opgewektheid. ‘Heel ver hier vandaan.’
‘Mag ik ook vragen waarheen? Naar Spanje?’
Nyberg staarde hem aan alsof hij een regelrecht ongepaste opmerking had gemaakt. Heel even vroeg Wallander zich af of het nu dan toch tijd was voor een van zijn beroemde woede-uitbarstingen.
‘Wat zou ik in Spanje moeten? Zweten? Ik verhuis naar het noorden. Ik heb op de grens van Härjedalen en Jämtland een mooi oud, maar een beetje vervallen huis gekocht. In geen kilometers buren te bekennen, alleen maar bomen, zo ver het oog reikt.’
‘Maar jij bent toch een Skåning? Geboren in Hässleholm, als ik me goed herinner? Wat moet jij diep in die bossen?’
‘Ik zoek de rust. Bovendien schijnt het daar tussen de bomen minder te waaien.’
‘Je zult het niet kunnen verdragen. Jij bent zo aan weidse uitzichten gewend.’

'Het is een oud verlangen', zei Nyberg simpelweg. 'Bossen. Toen ik daarnaartoe ging en het huis vond, voelde ik me er meteen thuis. Zo is het gewoon. Hoelang moet jij nou nog werken?'

Wallander haalde zijn schouders op.

'Ik weet het niet. Ik kan me moeilijk een leven zonder deze kamer voorstellen.'

'Ik wel', zei Nyberg opgeruimd. 'Ik ga voor jager leren en ik ga mijn memoires schrijven.'

Wallander was verbluft.

'Ga jij een boek schrijven?'

'Waarom zou ik dat niet doen? Ik heb veel te vertellen. Bovendien is de belangstelling voor mijn beroep tegenwoordig groter dan ooit.'

Wallander besefte dat Nyberg het meende. Waarschijnlijk was hij bovendien eigenwijs genoeg om niet alleen een boek te schrijven, maar het nog gepubliceerd te krijgen ook.

'Ga je ook over mij schrijven?'

'Jij komt er heus wel goed vanaf', zei Nyberg opgewekt. 'Maar anderen niet. Ik ga het uitgebreid hebben over de ellende dat ze chefs rekruteren die totaal geen kennis hebben van het gewone politiewerk. Vergeet niet het licht uit te doen als je hier vanavond klaar bent.'

Nyberg draaide zich om en wilde weggaan, maar Wallander hield hem tegen. Hij kon het niet laten.

'Jij krabt je altijd op je hoofd', zei hij, 'als je moet nadenken. Wat doe ik?'

Nyberg wees op Wallanders neus.

'Jij wrijft over je neusvleugels', zei hij. 'Soms zo hard dat ze rood worden.'

Nyberg gaf hem een knikje en liep de kamer uit. Wallander bedacht dat hij hem zou missen. Bovendien moest hij zelf, zeer binnenkort en zeer serieus, zijn eigen situatie eens gaan overdenken. Hoelang kon hij eigenlijk nog doorgaan met het uitoefenen van zijn beroep? En wat moest hij daarna gaan doen? Natuurlijk nooit naar het bos verhuizen; hij rilde bij die gedachte. Zijn memoires zou hij ook niet schrijven. Daar had hij het geduld noch het taalgevoel voor.

Hij liet zijn vragen onbeantwoord, zette het raam op een kier en ging verder met de computer en het leven van Håkan von Enke. Hij probeerde zijn fantasie te gebruiken om onverwachte wegen te vinden waarmee hij naar informatie kon zoeken en las over Oost-Duitsland en de Oost-Duitse vlootoefeningen in het zuidelijk deel van de Oostzee, waar Sten Nordlander en Håkan von Enke het allebei over hadden gehad. De meeste tijd spendeerde hij aan de duikbootincidenten in de vroege jaren tachtig. Af en toe schreef hij een naam op, een gebeurtenis, een reflectie. Een smet op het beeld van Håkan von Enke kwam hij echter niet tegen. Toen hij een uitstapje maakte naar de Franse school vond hij ook over Louise niets opvallends. Er was gewoon niets. Hij bedacht dat Linda echt prachtvoorbeelden van burgerlijk aangepaste mensen als schoonouders had gekozen. Althans, aan de buitenkant.

Het liep al tegen half twaalf toen hij begon te geeuwen. Het surfen had hem naar de randen gebracht van wat belangrijk kon zijn, maar opeens stopte hij en hij boog zich dichter naar het beeldscherm. Het ging om een artikel uit een avondkrant uit het begin van 1987. Een journalist had informatie opgeduikeld over een privéfeestlokaal in Stockholm waar vaak hoge marineofficieren kwamen. Er hing blijkbaar een sfeer van grote geheimzinnigheid rond de feesten; slechts een gering aantal mensen mocht er komen en geen van de officieren met wie de journalist contact had opgenomen had zich willen uitspreken. Een van de serveersters, Fanny Klarström, had dat echter wel gedaan. Ze had verteld over de akelige, tegen Olof Palme gerichte gesprekken die er werden gevoerd, over de arrogante officieren, en dat ze daar gestopt was met haar werk omdat ze het niet meer kon verdragen. Håkan von Enke was een van degenen die de bijeenkomsten vaak bezochten.

Wallander printte de twee pagina's van het krantenartikel uit. Er stond een foto bij van Fanny Klarström. Wallander schatte in dat ze destijds een jaar of vijftig moest zijn geweest. Misschien leefde ze dus nog. Hij noteerde ook de naam van de journalist en bedacht dat dit nu het tweede feestlokaal was waarop hij stuitte in verband met Von Enke. Hij vouwde het artikel op en stopte het in zijn zak.

Dat er af en toe geruchten gingen dat er binnen bepaalde politiekringen ook geheime bijeenkomsten werden gehouden was niet ongebruikelijk. Wallander was echter nooit voor iets dergelijks uitgenodigd. Hij meende dat hij er nog het dichtst in de buurt van was gekomen toen Rydberg in zijn tijd een keer had voorgesteld om eens per maand lekker te gaan eten en drinken in het restaurant van kasteel Svaneholm. Het was er echter nooit van gekomen.

Wallander zette de computer uit en verliet zijn kamer. Toen hij halverwege de gang was, liep hij terug om het licht uit te doen. Hij verdween langs dezelfde weg als hij was gekomen: door de kelder. Uit zijn locker haalde hij een paar vuile handdoeken en overhemden om die thuis te wassen.

Op de parkeerplaats bleef hij staan om de zomernacht op te snuiven. Hij zou nog een hele tijd leven. Zijn levenswil was nog groot.

Hij reed naar huis en ging naar bed. Hij droomde onrustig over Mona, maar werd toch uitgerust wakker. Snel stond hij op; hij wilde de onverwachte energie die hem vervulde goed benutten. Het was nog geen acht uur geweest toen hij bij de telefoon ging zitten om te proberen de journalist te pakken te krijgen die meer dan twintig jaar geleden het artikel over de geheime bijeenkomsten van de marineofficieren had geschreven. Na een paar mislukte pogingen bij inlichtingen bekeek hij ongeduldig zijn kapotte computer en overpeinsde wie hij zou storen: Linda of Martinson. Hij koos voor de laatste. Een van diens kleinkinderen nam de telefoon op. Wallander slaagde er niet in om een fatsoenlijke conversatie met het heel jonge persoontje te beginnen of Martinson had de hoorn al gepakt.

'Je hebt net Astrid gesproken', zei hij. 'Ze is drie, heeft knalrood haar en houdt ervan om mij aan mijn weinige overgebleven plukken haar te trekken.'

'Mijn computer is stuk. Mag ik jou storen voor een beetje handwerk?'

'Kan ik je over een paar minuten terugbellen?'

Vijf minuten later belde hij. Wallander gaf de naam van de journalist aan hem door: Torbjörn Setterwall. Het kostte Martinson niet veel tijd om hem op te sporen.

'Drie jaar te laat', zei Martinson.

'Wat bedoel je daarmee?'

'Dat de journalist Torbjörn Setterwall overleden is. Bij een merkwaardig ongeluk met een lift, zo lijkt het. Hij is vierenvijftig jaar geworden en liet een vrouw en drie kinderen achter. Hoe ga je dood in een lift?'

'Ik neem aan dat die naar beneden viel? Of je wordt doodgedrukt?'

'Nou, veel hulp heb ik je niet kunnen geven.'

'Ik heb nog een naam', zei Wallander. 'Dat wordt misschien moeilijker. Het risico is bovendien helaas nog groter dat zij ook dood is.'

'Hoe heet ze?'

'Fanny Klarström.'

'Ook een journalist?'

'Een serveerster.'

'We zullen zien. Het is zoals je zegt: dat kan moeilijker worden. Maar ze heeft namen die niet al te veel voorkomen: Fanny niet, en Klarström ook niet.'

Wallander bleef aan de telefoon terwijl Martinson zocht. Hij kon hem horen neuriën terwijl hij het toetsenbord bediende.

De gewoonlijk sombere Martinson is kennelijk in een goed humeur, dacht Wallander. Ik hoop dat dat zo blijft.

'Ik kom zo bij je terug', zei Martinson. 'Dit duurt blijkbaar even.'

Het kostte Martinson minder dan twintig minuten. Toen hij terugbelde, wist hij te vertellen dat de vierentachtigjarige Fanny Klarström in Markaryd in Småland woonde. Ze had een eigen appartement in een wooncomplex voor ouderen dat Lillgården heette.

'Hoe doe jij dat toch?' vroeg Wallander. 'Weet je zeker dat dit de juiste persoon is?'

'Absoluut zeker.'

'Maar hoe kun je daar zo zeker van zijn?'

'Ik heb haar gesproken', zei Martinson tot Wallanders grote verbijstering. 'Ik heb haar opgebeld en ze vertelde dat ze bijna vijftig jaar in de bediening heeft gewerkt.'

'Ongelooflijk. Je moet me toch eens een keer uitleggen wat jij doet wat mij niet lukt.'

'Probeer het maar eens met "vinden.se"', zei Martinson.

Wallander schreef het adres en telefoonnummer van Fanny Klarström op. Volgens Martinson had ze oud en een beetje hees geklonken, maar geestelijk wel helder.

Na het gesprek liep hij naar buiten. De zon stond aan een helderblauwe hemel te stralen. Wouwen hingen stil op de thermiek te speuren naar prooi in de sloten tussen de akkers.

Wallander dacht aan Nyberg en diens verlangen naar het dichte, diepe bos. Wat wenste hij zelf, behalve wat hij nu al had? Niets, dacht hij. Misschien dat hij het zich zou kunnen veroorloven om wanneer het 's winters heel koud was naar het zuiden te reizen. Een klein appartementje in Spanje. Hij verwierp die gedachte echter meteen. Daar zou hij het nooit naar zijn zin hebben, omringd door vreemde mensen en een taal die hij slechts gebrekkig onder de knie zou weten te krijgen. Op de een of andere manier zou Skåne zijn eindstation worden. Hij zou zo lang mogelijk in zijn huis blijven wonen. Wanneer dat niet meer ging, hoopte hij dat het snel afgelopen zou zijn. Meer dan voor wat ook was hij bang voor een ouderdom die slechts een wachten op het einde zou zijn, een tijd waarin niets van zijn gewone leven nog mogelijk was.

Hij nam een besluit. Hij zou naar Markaryd rijden om de serveerster op te zoeken. Hij wist eigenlijk niet wat hij verwachtte dat een gesprek zou opleveren, maar hij kon zich niet onttrekken aan de nieuwsgierigheid die het artikel bij hem had gewekt. Hij sloeg zijn oude schoolatlas open. Het was maar een paar uur rijden naar Markaryd.

Hij vertrok diezelfde dag nog, na Linda telefonisch te hebben gesproken. Ze luisterde aandachtig naar hem. Toen hij klaar was, zei ze dat ze mee wilde. Hij was verontwaardigd en vroeg hoe ze zich dat met Klara voorstelde, een autotocht op een dag die naar het zich liet aanzien een van de warmste dagen van deze zomer zou worden.

'Hans is vandaag thuis', zei ze. 'Hij moet maar voor zijn kind zorgen.'

'Dan is het natuurlijk heel wat anders.'

'Je wilt niet dat ik meega. Ik hoor het aan je stem.'

'Waarom zeg je dat?'

'Omdat het waar is.'

Het was ook waar. Wallander had zich verheugd op een

autotochtje in zijn eentje in noordelijke richting naar de bossen van Småland. Hij hield ervan zichzelf die vrijheid te gunnen, alleen in de auto te zitten, met zijn eigen gedachten, de radio uit en de mogelijkheid om te stoppen wanneer hij daar zelf zin in had.

Hij besefte dat Linda hem doorhad.

'Zijn we nu gebrouilleerd?' vroeg hij.

'Nee', antwoordde ze. 'Maar af en toe ben je een beetje te wonderlijk naar mijn smaak.'

'Je hebt je ouders niet voor het kiezen. Als ik wonderlijk ben, dan heb ik dat van jouw grootvader geërfd, want dat was echt een aparte.'

'Veel succes. Als je haar ontmoet hebt, moet je het vertellen. De eerlijkheid gebiedt te zeggen, en dat moet ik echt even kwijt, dat je werkelijk niet van opgeven weet.'

'Jij wel dan?'

Ze lachte zacht.

'Nooit. Ik weet niet eens hoe je dat woord spelt.'

Toen Wallander thuis vertrok, was het elf uur. Tegen enen bereikte hij Älmhult en hij lunchte in de drukte van het Ikea-restaurant. De lange rij voor het buffet maakte hem nerveus en geïrriteerd. Hij at veel te snel en schrokte zijn eten naar binnen. Daarna reed hij verkeerd, en hij kwam een uur later in Markaryd aan dan gepland. Bij een benzinestation vroeg hij de weg naar de verzorgingsflat Lillgården. Toen hij uit zijn auto stapte, had hij sterk het gevoel dat het gebouw op Niklasgården leek. Heel even vroeg hij zich af of de man die zich voor Signe von Enkes oom had uitgegeven nog weer op bezoek was geweest. Zodra hij tijd had, zou hij dat uitzoeken.

Een oudere man in een blauwe overall stond over een ondersteboven gezette grasmaaier gebogen. Met een stok peuterde hij grote plukken samengeklonterd gras van de messen. Wallander vroeg waar het appartement van Fanny Klarström was. De man kwam overeind en strekte zijn rug. Hij sprak met een onmiskenbaar Smålandse tongval; Wallander had moeite om hem te verstaan.

'Het is het appartement helemaal aan het einde van de gang op de begane grond.'

'Hoe is het met haar?'

De man nam Wallander met een vorsende en tegelijkertijd wantrouwende blik op.

'Fanny is oud en moe. Maar wie bent u eigenlijk?'

Wallander haalde zijn politielegitimatie tevoorschijn, maar had daar op hetzelfde moment spijt van. Waarom zou hij het risico nemen dat een oude vrouw als Fanny Klarström het slachtoffer werd van geruchten dat ze een politieman op bezoek had gehad? Maar het was al te laat om er nog iets aan te veranderen. De man in de blauwe overall bestudeerde zijn identiteitsbewijs nauwkeurig.

'U komt uit Skåne, hoor ik. Ystad?'

'Zoals u ziet.'

'En u reist helemaal hierheen, naar Markaryd?'

'Eigenlijk is het geen politiezaak', zei Wallander zo vriendelijk als hij kon. 'Het is eigenlijk meer een persoonlijk bezoek.'

'Dat zal Fanny goeddoen. Er komt bijna nooit iemand bij haar op bezoek.'

Wallander knikte naar de grasmaaier.

'U zou gehoorbescherming moeten dragen.'

'Ik hoor die herrie niet. Ik heb mijn oren in mijn jeugd al verpest toen ik mijnwerker was.'

Wallander liep het gebouw in en sloeg links af de gang in. Een oude man stond bij een raam recht voor zich uit te staren, naar de achterkant van een vervallen schuurtje. Wallander begon te rillen. Hij bleef staan voor een deur met een naamplaatje, fraai beschilderd met bloemen in lichte pasteltinten.

Heel even overwoog hij weg te gaan, maar hij belde toch aan.

25

Fanny Klarström deed meteen de deur voor hem open, alsof ze daar al duizend jaar op hem stond te wachten. Ze keek hem met een brede glimlach aan. Hij was de bezoeker naar wie werd uitgekeken, dacht hij nog voordat ze hem de kamer in duwde en de deur dichtdeed.

Wallander had het gevoel alsof hij een verloren wereld betrad.

Fanny Klarström rook alsof vlak bij hem iemand net een vuurtje van elzenhout had aangestoken. Het was een geur die Wallander zich vaag herinnerde uit de korte tijd dat hij bij de padvinders had gezeten. Zijn scoutinggroep was een keer op trektocht geweest en had een kamp opgeslagen aan de oever van een meer. Waarschijnlijk was dat het Krageholmsmeer geweest, waar hij later in zijn leven een aantal sombere gebeurtenissen meemaakte, en daar hadden ze een vuurtje gemaakt van versgekapt elzenhout. Maar groeiden er eigenlijk wel elzen bij Skånse binnenmeren? De beantwoording van die vraag moest nog maar even op zich laten wachten, meende Wallander.

Fanny Klarström had keurig gewatergolfd blauw haar en was smaakvol opgemaakt, alsof ze voortdurend was voorbereid op onverwacht bezoek. Als ze lachte, toonde ze een fraaie rij tanden, waar hij jaloers op was. Bij hem was op zijn twaalfde de eerste vulling al aangebracht en sindsdien leverde hij een voortdurende strijd met tandhygiënisten en tandartsen, die hem min of meer openlijk uitscholden. Hij had de meeste tanden en kiezen nog, maar zijn tandarts had hem gewaarschuwd dat hij die weldra zou verliezen als hij niet beter poetste. Fanny Klarström had op vierentachtigjarige leeftijd al haar tanden nog en die glansden alsof ze twintig was. Ze vroeg niet wie hij was of wat hij kwam doen, maar nodigde hem uit in haar woonkamertje, waar de muren volhingen met ingelijste foto's. Voor de ramen en op allerlei planken stonden keurig onderhouden klim- en potplanten. Er ligt hier geen stofje, dacht Wallander. Hier woont iemand die nog volop in het leven staat. Hij ging op de plek op de bank zitten die zij had aangewezen en toen ze vroeg of hij koffie wilde, zei hij ja.

Terwijl zij in het keukentje was, liep hij rond om de ingelijste foto's te bekijken. Er was een trouwfoto uit 1942 bij; Fanny Klarström samen met een man, die strak in een pak stak en een natte kam door zijn haar had gehaald. Wallander meende dat hij dezelfde man ook op een andere foto kon identificeren, maar dan in een overall aan boord van een schip, vanaf een kade gefotografeerd. Wallander liep verder langs de foto's en besefte dat Fanny Klarström maar één kind had. Toen hij het dienblad hoorde rinkelen, ging hij weer op de bank zitten.

Fanny Klarström serveerde de koffie met vaste hand; ze beschikte nog steeds over de kennis van een lang beroepsleven en schonk in zonder een druppel te knoeien. Ze ging tegenover hem zitten in een veel gebruikte leunstoel. Een grijsgevlekte kat, die zich tot dan toe nog niet had laten zien, sprong plotseling op haar schoot. Ze pakte haar kopje op. De koffie was sterk en Wallander verslikte zich. Hij moest zo hoesten dat hij er tranen van in zijn ogen kreeg. Toen zijn hoestbui over was, reikte ze hem een servet aan. Hij droogde zijn ogen en zag dat er HOTEL BILLINGEN op het servet stond.

'Ik moet misschien eerst eens vertellen waarom ik hier ben', zei hij.

'Vriendelijke mensen zijn altijd welkom', zei ze.

Ze sprak een onmiskenbaar Stockholms dialect. Wallander vroeg zich af wat haar ertoe kon hebben gebracht om ervoor te kiezen in zo'n afgelegen plaats als Markaryd oud te worden.

Wallander legde de uitdraai van het krantenartikel op het geborduurde kleed dat op tafel lag. Ze nam niet de moeite de tekst te lezen, maar wierp alleen een blik op de twee foto's. Ze leek wel te weten wat het was. Wallander wilde niet al te onomwonden te werk gaan en wees beleefd naar alle ingelijste foto's aan de muur. Zij aarzelde niet om te vertellen. In weinig woorden vatte ze haar levenslot samen.

In 1941 had Fanny, die toen Andersson van haar achternaam heette, een jonge zeeman genaamd Arne Klarström ontmoet.

'Het was een grote, zuivere passie', zei ze. 'We kwamen elkaar tegen op een van de veerboten van Djurgården die bij het pretpark Gröna Lund vertrekken. Toen ik bij Slussen aan wal wilde stappen, struikelde ik. Hij hielp me overeind. Wat zou er zijn gebeurd als ik niet was gevallen? Je kunt echt met recht zeggen dat ik mijn grote liefde in de armen viel. En die zou precies twee jaar duren. We gingen trouwen, ik werd zwanger en Arne aarzelde tot op het laatst of hij durfde door te gaan met varen op konvooischepen. Er wordt gemakkelijk vergeten hoeveel Zweedse zeelieden er in die jaren omkwamen doordat er mijnen ontploften, ook al waren wij niet rechtstreeks betrokken in de oorlog die toen werd gevoerd. Maar Arne zal zich wel onkwetsbaar hebben gevoeld en ik kon me helemaal niet voorstellen dat hem iets zou overkomen. Onze zoon Gunnar werd op 12 januari 1943 geboren, om half zeven 's ochtends. Arne was toen thuis; hij heeft zijn zoon één keer mogen zien. Negen dagen later liep zijn schip op de Noordzee op een mijn. Er is nooit iets van teruggevonden, noch van het schip, noch van de bemanning.'

Ze zweeg en wierp een blik op de foto's aan de muur.

'Daar zat ik', zei ze na een poosje. 'In mijn eentje met een verloren passie en een zoon. Ik heb nog wel geprobeerd een andere man te vinden om mijn leven mee te delen, ik was nog jong, maar niemand was te vergelijken met Arne. Hij was wie hij was, mijn man, of hij nou dood of levend was. Ik kon hem nooit vervangen.'

Opeens begon ze te huilen, zonder omhaal, bijna geluidloos. Wallander kreeg een brok in zijn keel. Hij schoof het servet dat ze hem net had gegeven voorzichtig terug.

'Soms verlang ik naar iemand met wie ik samen kan rouwen', zei ze, nog steeds met tranen in haar ogen. 'Misschien voelt de eenzaamheid daarom soms zo zwaar. Stel je voor dat je een wildvreemde binnen moet vragen, alleen maar om iemand te hebben om mee te huilen?'

'En uw zoon?' vroeg Wallander voorzichtig.

'Die woont in Abisko. Dat is hier ver vandaan. Eén keer per jaar komt hij hiernaartoe, soms in zijn eentje, soms met zijn vrouw en een paar van de kinderen. Hij stelt voor dat ik daarheen verhuis, maar dat is me te ver naar het noorden, te koud. Oude serveersters krijgen opgezwollen voeten en kunnen de kou niet verdragen.'

'Wat doet hij in Abisko?'

'Het heeft met bos te maken. Ik geloof dat hij bomen telt.'

Wallander vroeg zich heel even af of Abisko ver van het bos lag waar Nyberg van plan was te gaan wonen. Hij vermoedde dat dat het geval was. Lag Abisko niet in Lapland?

'Maar u hebt zich in Markaryd gevestigd?'

'Ik heb hier als kind een paar jaar gewoond, voordat we naar Stockholm verhuisden. Eigenlijk wou ik nooit vertrekken. Ik ben hiernaartoe verhuisd om te laten zien dat ik mijn koppigheid nog had. Bovendien is het hier goedkoop. Een serveerster legt geen vermogen opzij.'

'En u bent uw hele leven serveerster geweest?'

'Al die jaren, ja. Kopjes, glazen, borden, naar binnen en naar buiten, een lopende band die nooit stopte. Restaurants, hotels, zelfs een keer bij het diner ter ere van de Nobelprijsuitreikingen. Ik weet nog dat ik de grote eer had de schrijver Ernest Hemingway te bedienen. Eén keer wierp hij een blik op mij. Het lag me voor op de tong om te zeggen dat hij eigenlijk een boek zou moeten schrijven over het vreselijke lot dat zo veel zeelieden in de oorlog heeft getroffen. Maar ik heb mijn mond natuurlijk gehouden. Volgens mij was het in 1954. Arne was toen in elk geval al lang dood, Gunnar was een tiener aan het worden.'

'Af en toe bediende u ook in privéfeestzalen?'

'Ik vond de afwisseling leuk. Bovendien was ik iemand die haar mond niet dichthield als een restaurateur zich niet volgens de regels gedroeg. Ik kwam ook op voor mijn collega's, niet alleen voor mezelf, en dat betekende natuurlijk dat ik af en toe werd ontslagen. In die jaren was ik ook heel actief binnen de vakbond.'

'Laten we het eens hebben over dit feestlokaal', zei Wallander, die meende dat de tijd nu rijp was.

Hij wees op het artikel. Zij zette een bril op die aan een koordje om haar nek hing, keek het artikel even vluchtig door en legde het toen weg.

'Laat ik me maar meteen verdedigen', zei ze lachend. 'Het betaalde heel goed om die onaangename officieren te bedienen. Als het een beetje goed uitpakte, kon een arme serveerster als ik daar op een avond soms een heel maandsalaris verdienen. Als ze vertrokken waren ze aangeschoten en sommigen strooiden de honderdjes als mest om zich heen. Het kon heel wat opleveren.'

'Waar lag die zaal?'

'In Östermalm, staat dat niet in het artikel? De eigenaar was een man die eerder met de nazistische beweging van Peter Engdahl te maken had gehad. Afgezien van zijn afschuwelijke politieke ideeën was hij een goede kok. Hij had geld gespaard van zijn werk als privékok van een aantal hooggeplaatste

Duitse officieren die naar Argentinië waren gevlucht. Daar had hij goed verdiend; hij serveerde het eten dat zij wensten en riep "Heil Hitler". Aan het eind van de jaren vijftig kwam hij terug naar huis en kon hij dat feestlokaal kopen. Wat ik nu allemaal vertel, heb ik uit wat je waarschijnlijk betrouwbare bron kunt noemen.'

'Van wie dan?'

Ze aarzelde even voordat ze antwoord gaf.

'Van een paar mensen die uit de beweging van Engdahl stapten', zei ze.

Wallander vermoedde dat hij Fanny Klarströms achtergrond niet helemaal goed begrepen had.

'Begrijp ik het goed als ik zeg dat u niet alleen in de vakbeweging actief was, maar ook politiek geïnteresseerd?'

'Ik was een actieve communiste. Dat ben ik in zekere zin nog steeds. De gedachte aan een solidaire wereld is het enige waarin ik kan geloven. De enige politieke waarheid die je naar mijn mening niet ter discussie kunt stellen.'

'Had uw keuze voor deze baan daarmee te maken?'

'Ik werd door de partij gevraagd. Het was best belangrijk om te weten waarover conservatieve marineofficieren het hadden wanneer ze alleen waren. Niemand hield er rekening mee dat een serveerster met opgezwollen benen de woorden die gezegd werden in haar oren zou knopen.'

Wallander probeerde de betekenis van wat hij hoorde te begrijpen.

'Bestond er een risico dat er onregelmatigheden konden voortkomen uit wat u te horen kreeg?'

Haar tranen waren nu opgedroogd en ze nam hem geamuseerd op.

'"Onregelmatigheden"? Fanny Klarström is nooit een spion geweest, als dat is wat u bedoelt. Ik snap niet waarom politiemensen zich altijd zo ingewikkeld moeten uitdrukken. Ik praatte met mijn kameraden in de partij, dat was alles. Op dezelfde manier als anderen konden vertellen over de houding bij trambestuurders of winkelpersoneel. In de jaren vijftig waren het niet alleen de burgerlijke partijen die ons communisten als potentiële landverraders beschouwden; bij de sociaal-democraten was 't hetzelfde liedje. Maar spionnen waren we natuurlijk niet.'

'Dan vergeten we die vraag verder. Maar ik ben een politieman, mijn verwondering is gerechtvaardigd.'

'Dit is meer dan vijftig jaar geleden. Wat er destijds is gezegd en gedaan, moet nu allang verjaard zijn en is helemaal niet interessant meer.'

'Zo zit het niet helemaal', wierp Wallander tegen. 'Geschiedenis is niet iets wat achter ons ligt, het is ook iets wat ons achtervolgt.'

Op dit laatste ging ze niet in. Hij was er niet helemaal zeker van of ze wel begreep wat hij bedoelde. Wallander bracht het gesprek weer op het krantenartikel. Hij besefte dat er bij Fanny Klarström een opgekropte behoefte bestond om tegen iemand aan te praten, en dat bracht het serieuze risico met zich mee dat dit nog een lang gesprek kon worden.

Zag hij in haar situatie zijn eigen toekomst? Het eenzame oudje, dat iemand die toevallig op zijn pad kwam zo lang mogelijk probeerde vast te houden?

Ze had een goed geheugen, serveerster Fanny. De meeste van de mannen in uniform met verschillende rangen die op de stoffig grijze fotokopie stonden, kon ze zich herinneren. Haar opmerkingen waren messcherp, vaak venijnig, en Wallander begreep dat ze vond dat elk woord gerechtvaardigd was. Er was bijvoorbeeld een kapitein-luitenant-ter-zee Sunesson, die altijd grove verhalen om zich heen strooide die ze omschreef als 'totaal niet grappig, alleen maar lomp'. Bovendien was hij een van de ergste Palmehaters geweest en degene die openlijk allerlei manieren suggereerde waarop 'die Russische spion' geliquideerd kon worden.

'Ik heb een griezelige herinnering aan kapitein Sunesson', zei ze. 'Twee dagen nadat Palme op straat was neergeschoten, hadden die officieren een van hun diners gepland. Toen stond Sunesson op om een toost uit te brengen, omdat Olof Palme eindelijk het fatsoen had gehad het veld te ruimen en het bestaan van alle goede burgers niet langer verpestte. Ik kan me zijn woorden nog precies herinneren en ik had bijna iets over hem heen gegooid. Het was een afschuwelijke avond.'

Wallander wees Håkan von Enke aan.

'Wat weet u nog van hem?'

'Een van de beteren. Hij dronk niet te veel, zei zelden wat en luisterde vooral. Hij was ook een van de hoffelijksten tegen mij. Hij zag me staan, om zo te zeggen.'

'Maar die Palmehaat? Die angst voor de Russen?'

'Die deelden ze allemaal. Iedereen vond natuurlijk dat Zweden bij de NAVO moest. Het was een schande dat we daar buiten werden gehouden. Velen van hen vonden verder dat Zweden meteen met kernwapens zou moeten worden bewapend. Als je daar een aantal duikboten mee uitrustte, dan kon je de Zweedse grenzen tenminste verdedigen. Alle gesprekken gingen over de strijd tussen God en de duivel.'

'En dan kwam de duivel uit het oosten?'

'En God de Vader heette Amerika. Al in de jaren vijftig werd er veel over gepraat dat Amerikaanse vliegtuigen door Zweeds luchtruim vlogen zonder dat onze radarstations alarm sloegen. Er waren blijkbaar geheime overeenkomsten tussen de regering en de defensietop dat de Amerikaanse vliegtuigen hun gang konden gaan. Onze vluchtleiders hadden bepaalde codes die de Amerikanen gebruikten. Dan konden ze gewoon van de bases in Noorwegen opstijgen en naar de Sovjet-Unie vliegen. Ik weet nog dat mijn kameraden en ik geschokt waren toen we dit bespraken.'

'Maar hoe zat het met de duikboten?'

'Dat was natuurlijk een voortdurend onderwerp van gesprek.'

'Die duikboot die bij Karlskrona aan de grond was gelopen? En die onderzeeërs in Hårsfjärden?'

Haar antwoord verraste hem.

'Dat waren toch twee heel verschillende dingen.'

'Hoezo?'

'Bij Karlskrona stond een Russische onderzeeër aan de grond. Maar voor wat er zich onder de oppervlakte van Hårsfjärden bevond, waren nooit bewijzen. En dat was waarschijnlijk ook niet de bedoeling.'

'Wat bedoelt u?'

'Het gebeurde wel dat ze een toost uitbrachten op die arme kapitein, hoe heette hij ook weer?'

'Goesjtsjin?'

'Precies. Arme Goesse, zeiden ze. Dat hij zo dronken was dat hij zijn duikboot op de Zweedse rotsgrond heeft gezet. Nu hadden ze de Russische duikboot die ze wilden hebben. Of niet? Er bestond geen twijfel meer over dat het de Russen waren die verstoppertje aan het spelen waren in Zweedse wateren. Maar in de kwestie Hårsfjärden brachten ze nooit een toost uit op een Russische kapitein. Begrijpt u wat ik bedoel?'

'Bedoelt u dat het geen Russen waren die onder de oppervlakte van Hårsfjärden rondslopen?'

'Er zijn nauwelijks bewijzen. Noch voor het een, noch voor het ander.'

Fanny Klarström bleef met veel inlevingsvermogen vertellen over dingen waar Wallander niet zo veel van afwist. Begrippen als de Koude Oorlog en 'ongebondenheid' waren voor hem vreemde woordcombinaties die eigenlijk geen inhoud hadden.

Dat zijn historische kennis buitengewoon beperkt was, wist hij en hij had ook nooit geprobeerd dat te ontkennen. Vroeger in zijn leven had hij er ook nooit erg veel belangstelling voor gehad, maar nu luisterde hij aandachtig naar wat Fanny Klarström vertelde.

'Rusland was dus de vijand', zei Wallander.

'Er was niemand van onze militairen die daar anders over dacht. Wanneer de officieren elkaar zagen, spraken ze met elkaar alsof we al in oorlog waren met de Russen. Niemand dacht eraan dat het misschien zo was dat de vs een even grote bedreiging vormde voor onze soevereiniteit.'

'Wat was eigenlijk de bedoeling van die diners?'

'Lekker eten en drinken en politici zwartmaken die "een bedreiging vormden voor de nationale soevereiniteit van Zweden". Dat waren de woorden die ze altijd gebruikten. De sociaal-democraten waren de hoofdvijanden. Ook al wist iedereen dat Olof Palme een overtuigd sociaal-democraat was, in die kringen werd hij toch altijd "communist" genoemd.'

Ondanks protesten van Wallander stond Fanny Klarström op om nog meer koffie te zetten. Hij had al maagpijn. Toen ze terugkeerde, zette hij de eigenlijke aanleiding voor zijn bezoek in Markaryd uiteen.

'Heeft er niet iets in de kranten gestaan over de verdwijning van dat echtpaar?' vroeg ze toen hij klaar was met zijn verhaal.

'De vrouw, Louise, is onlangs dood gevonden in een buitenwijk van Stockholm.'

'De arme vrouw. Wat is er gebeurd?'

'Waarschijnlijk is ze vermoord.'

'Waarom?'

'Daar hebben we nog geen antwoord op.'

'En haar man is dus die man hier op de foto?'

'Håkan von Enke. Als u zich nog meer over hem herinnert, zou ik het heel graag horen.'

Ze dacht na, bestudeerde de foto zorgvuldig.

'Ik kan me hem moeilijk herinneren', zei ze ten slotte. 'Ik geloof dat ik al heb verteld wat ik me herinner. Misschien dat dat ook iets over hem zegt? Hij was geen druktemaker, zat vaak te zwijgen, hoorde niet bij die types die het meest dronken en het hardst schreeuwden. Het staat me bij dat hij voortdurend glimlachte.'

Wallander fronste zijn voorhoofd. Zat ze er misschien helemaal naast met haar herinneringen?

'Weet u zeker dat hij glimlachte? Mijn indruk is dat hij een heel serieuze man was.'

'Ik kan me vergissen. Maar ik weet zeker dat hij niet de ergste oorlogshitser was. Mij staat juist bij dat hij tot de kleine minderheid behoorde die soms de zaak van de vrede bepleitte. Dat ik me dat herinner, komt natuurlijk omdat me dat interesseerde.'

'Wat?'

'De vrede. Ik hoorde bij de mensen die al in de jaren vijftig eisten dat Zweden niet aan kernwapens zou beginnen.'

'Håkan von Enke had het dus over vrede?'

'Zo staat het me bij. Maar het is langgeleden.'

'Kunt u zich verder nog iets herinneren?'

Wallander kon zien dat ze echt haar best deed. Hij nipte slechts van zijn koffie, probeerde niet te drinken en knabbelde in plaats daarvan op een biscuitje. Opeens kwam er een vulling los. Er ging meteen een zeurende pijn door zijn kies. Hij stopte de vulling in een papieren servetje en stak dat in zijn zak. Het was midden in de zomer; zijn tandarts was vast met vakantie en hij zou wel naar een of andere polikliniek worden doorverwezen. Geïrriteerd bedacht hij dat hij een lichaam had dat steeds verder desintegreerde; het ene onderdeel na het andere werd losgeschud. Wanneer de belangrijkste schakels het niet meer deden, zou het allemaal voorbij zijn.

'Amerika', zei Fanny Klarström opeens. 'Ik wist dat er nog iets was.'

Het was een gebeurtenis die haar was bijgebleven, die diepe indruk op haar had gemaakt; daarom kon ze het zich allemaal ook zo goed herinneren.

'Het was een van de laatste keren dat ik bij die bijeenkomsten was. Blijkbaar was de wens uitgesproken dat ze jongere dames met korte rokken en minder opgezwollen benen om zich heen wilden zien. Mij maakte het niet uit, omdat ik het toch al nauwelijks meer kon verdragen om die heren drankjes en gerechten te serveren. Ze kwamen altijd op de eerste dinsdag van de maand bijeen. Het moet in 1987 zijn geweest, vroeg in het voorjaar. Ik weet dat nog, omdat ik de pink van mijn linkerhand had gebroken en lange tijd niet kon werken. Na mijn ziekteverlof kwam ik juist die dinsdagavond weer terug. Het was in maart. De koffie met cognac werd altijd in een sombere kamer met leren stoelen en donkere boekenkasten gedronken. Ik herinner me die kamer omdat ik lezen altijd leuk heb gevonden. Toen ik een keer vroeg naar de bijeenkomst kwam, ging ik in de boekenkasten kijken voordat ik met opdekken begon. Tot mijn verbijstering ontdekte ik dat het alleen maar dummy's waren, omslagen zonder inhoud. De eigenaar, of misschien de binnenhuisarchitect die hij in de arm had genomen, had blijkbaar nepboeken uit een of andere rekwisietenvoorraad gekocht. Ik weet nog dat mijn respect voor die mensen weer een flinke opdoffer kreeg.'

Ze ging rechter in haar stoel zitten, alsof ze zichzelf ervoor moest behoeden de draad kwijt te raken.

'Opeens begon een van de heren te praten over spionnen', vervolgde ze. 'Ik ging net met een fles dure cognac rond. Dat ze het over spionnen hadden, was niet ongebruikelijk. Wennerström was een populair onderwerp. Wanneer de drank eenmaal in de man zat, waren er verschillende die hem wel vrijwillig wilden ombrengen. Ik weet nog dat er een admiraal was, ene Von Hartman geloof ik, die vond dat hij langzaam met de snaar van een balalaika gewurgd moest worden. Opeens nam Håkan von Enke het woord. Hij vroeg waarom niemand zich zorgen maakte dat er misschien ook spionnen voor de vs in Zweden aan het werk waren. Er werd hard tegen hem ingegaan. Het ontaardde in een akelige ruzie waarbij diverse officieren zijn loyaliteit ter discussie stelden. Ze waren natuurlijk allemaal meer of minder aangeschoten, behalve misschien uitgerekend Von Enke. Hij was in elk geval zo ontdaan dat hij vertrok en de bijeenkomst verliet. Dat was op al die avonden dat ik daar werkte nog nooit voorgekomen. Of hij ooit nog teruggekomen is, weet ik niet, omdat de jonge mooie serveersters daarna aantraden. Dat ik het me nog zo goed herinner, komt natuurlijk omdat mijn vrienden en ik de hele tijd ook zo dachten. Als de Russen spionnen in Zweden hadden, en dat hadden ze zeker, dan zaten de Amerikanen natuurlijk ook niet stil. Maar dat wilden die officieren dus niet inzien. Of ze deden net of ze het niet inzagen.'

Ze stond op om nog een kopje koffie in te schenken. Wallander legde vriendelijk zijn hand op zijn kopje. Toen ze weer ging zitten keek hij naar haar opgezwollen benen en spataderen. Hij meende haar voor zijn geestesoog tussen de officieren in het feestlokaal te kunnen zien.

'Dat is wat ik me nog herinner', zei ze. 'Misschien hebt u er iets aan?'

'Absoluut', zei Wallander. 'Alle informatie die we kunnen krijgen vergroot onze mogelijkheden om uit te zoeken wat er is gebeurd.'

Ze zette haar bril af en nam hem onderzoekend op.

'Is hij ook dood?'

'Dat weten we niet.'

'Heeft hij haar misschien omgebracht?'

‘Dat weten we ook niet. Maar alles is natuurlijk mogelijk.’

‘Zo gaan die dingen’, zuchtte ze. ‘Mannen brengen hun echtgenotes om. Soms beweren ze dat ze zichzelf daarna van het leven wilden beroven, maar er zijn er een heleboel die dat niet durven.’

‘Ja’, zei Wallander. ‘Dat gebeurt vaak. Veel mannen blijken heel laf te zijn als het er echt op aankomt.’

Opeens begon ze weer te huilen, een nauwelijks zichtbare tranenstroom over haar wangen. Wallander kreeg opnieuw een brok in zijn keel. Eenzaamheid is niet mooi, dacht hij. Hier zit ze nou tussen al haar zwijgende foto’s, met de eenzaamheid als enig gezelschap.

‘Vroeger gebeurde het nooit dat ik begon te huilen’, zei ze terwijl ze haar wangen droogde. ‘Maar hij komt steeds vaker bij me, mijn man, hoe ouder ik word. Volgens mij wacht hij in de diepte op mij, hij trekt aan me. Binnenkort ga ik hem achterna. Ik heb het gevoel dat ik klaar ben met mijn leven. Maar toch gaat het door; het blijft maar kloppen, je vermoeide oude hart. En na je eigen herfst gaat voor een ander de lente van start.’

‘Dat rijmt’, zei Wallander.

‘Ik weet het’, zei ze en ze begon te lachen. ‘Een oud mens dat op eenzame momenten poëtische gedachten heeft.’

Wallander kwam overeind en bedankte haar. Ze stond erop met hem mee naar de auto te lopen, ook al had ze pijnlijke benen, dat zag hij. De man met de grasmaaier was verdwenen.

‘De zomer brengt verlangen met zich mee’, zei ze terwijl ze hem een hand gaf. ‘Mijn man is nu al meer dan zestig jaar dood. Toch verlang ik soms nog intens naar hem, net als toen we elkaar net hadden leren kennen, in de weinige jaren die we samen mochten zijn. Is het voor een politieman mogelijk om ook zoiets te ervaren?’

‘O, zeker’, zei Wallander. ‘Dat is het absoluut.’

Ze zwaaide hem na toen hij wegreed. Iemand die ik nooit meer terug zal zien, dacht hij. Hij liet de stad en de melancholie over zijn bezoek aan Fanny Klarström achter zich, maar raakte de gedachten aan haar opmerking over mannen die hun echtgenotes ombrengen, maar daarna te laf zijn om zelfmoord te plegen niet kwijt. Dat Håkan von Enke Louise misschien had omgebracht, was een van zijn eerste gedachten geweest na zijn bezoek aan Herman Eber. Er was geen motief, er waren geen bewijzen of sporen. Het was gewoon een van de vele mogelijkheden. Maar het was alsof het feit dat hij Fanny Klarström dit had horen uitspreken, maakte dat hij gedwongen was om bij deze fragiele hypothese terug te keren. Terwijl hij door de Smålandse bossen reed, probeerde hij zich een toedracht voor te stellen die ertoe had gelcid dat Louise door haar man werd omgebracht.

Maar toen hij thuiskwam, was hij eigenlijk niets wijzer geworden.

Die avond lag hij lang aan Fanny Klarström te denken voor hij insliep.

26

Wallander sliep toen de telefoon begon te rinkelen. Het was het oude toestel van zijn vader, dat hij om sentimentele redenen had meegenomen toen het huis in Löderup ontruimd werd voor de verkoop. Hij was van plan hem te laten rinkelen, maar stond uiteindelijk toch op om op te nemen. Het was een van de nieuwe baliemedewerksters op het politiebureau. Ebba, die daar al die jaren gewerkt had, was met pensioen en was nu met haar man verhuisd naar een appartement in de binnenstad van Malmö, waar ook al een kind van hen woonde. Wallander kon zich niet herinneren hoe de nieuwe medewerkster heette; misschien was het Anna, maar hij wist het niet zeker.

'Er staat hier een vrouw die jouw adres wil', zei ze. 'Dat geef ik natuurlijk alleen maar met jouw toestemming. Ze komt uit het buitenland.'

'Natuurlijk', zei Wallander. 'Alle vrouwen die ik ken, komen uit het buitenland.'

Na dit gesprek bleef hij aan de telefoon om te proberen een tandarts te pakken te krijgen. Bij de derde poging lukte dat; hij kon er een uur later al terecht.

Het liep tegen twaalven toen hij van zijn tandartsbezoek terugkeerde. Net toen hij overwoog te gaan lunchen, werd er op de deur geklopt. Toen hij opendeed wist hij meteen wie er stond, ook al was ze veranderd. Hij had haar jaren geleden voor het laatst gezien: Baiba Liepa uit Riga, Letland. Maar zij was het die voor hem stond, ouder en bleker.

'Jezus christus', zei hij. 'Jij was het dus die naar mijn adres vroeg?'

'Ik wil niet storen.'

'Hoe zou jij me kunnen storen?'

Hij trok haar naar zich toe, omhelsde haar en voelde dat ze echt erg mager was geworden. Het was meer dan vijftien jaar geleden dat ze hun korte, intense liefdesgeschiedenis hadden beleefd. Het was nu ook zeker meer dan tien jaar geleden dat ze voor het laatst contact hadden gehad. Wallander was toen aangeschoten geweest en had haar midden in de nacht opgebeld. Daar had hij later natuurlijk spijt van gekregen en hij had besloten nooit meer contact met haar te zoeken. Maar nu ze weer voor hem stond, kwamen zijn gevoelens weer boven. Zij was de grootste passie geweest die hij in zijn leven had meegemaakt. Hun ontmoeting had zijn lange relatie met Mona in een ander perspectief geplaatst. Met Baiba had hij een zinnelijkheid ervaren die hij eerder niet voor mogelijk had gehouden. Hij was destijds volkomen bereid geweest een nieuw leven te beginnen. Hij had met haar willen trouwen, maar zij had nee gezegd. Ze wilde niet opnieuw met een politieman leven en misschien voor de tweede keer weduwe worden.

Nu stonden ze tegenover elkaar in zijn woonkamer. Het drong nog steeds niet goed tot hem door dat zij het echt was die was teruggekomen, ergens vandaan, zowel in tijd als ruimte ver verwijderd.

'Ik had nooit gedacht dat dit zou gebeuren', zei hij. 'Dat we elkaar terug zouden zien.'

'Je hebt nooit iets van je laten horen.'

'Nee. Dat heb ik niet gedaan. Ik wilde dat wat voorbij was ook echt voorbij was.'

Hij leidde haar naar de bank en ging naast haar zitten. Opeens kreeg hij het gevoel dat het allemaal niet in orde was. Ze was te bleek, te mager, misschien waren haar bewegingen ook te vermoeid en te moeizaam.

Ze voelde wat hij dacht, zoals ze altijd had gedaan, en pakte zijn hand.

'Ik wilde je zien', zei ze. 'Je denkt dat mensen voor altijd weg zijn. Maar dan word je op een dag wakker en weet je dat niets voorbij is. Van mensen die belangrijk voor je zijn geweest, kun je je nooit helemaal losmaken.'

'Er is iets bijzonders, dat je komt', zei Wallander. 'Dat je überhaupt komt en dat je nu komt.'

'Ik wil graag thee', zei ze. 'Weet je zeker dat ik niet stoor?'

'Ik heb een hond', zei Wallander. 'Dat is alles.'

'Hoe gaat het met je dochter?'

'Weet je haar naam niet meer?'

Baiba keek gekwetst. Wallander herinnerde zich dat ze snel op haar teentjes was getrapt.

'Dacht je echt dat ik Linda was vergeten?'

'Ik dacht eigenlijk dat alles wat met mij te maken had, was uitgewist.'

'Eén ding van jou vond ik nooit prettig. Dat je altijd zo dramatisch deed als het om iets serieus ging. Hoe zou je iemand kunnen "uitwissen" van wie je ooit hebt gehouden?'

Wallander was opgestaan, onderweg naar de keuken om thee te zetten.

'Ik loop met je mee', zei ze en ze stond op.

Toen Wallander zag wat voor krachtsinspanning haar dat kostte, besefte hij dat ze ziek was.

Ze pakte een pannetje om water op te zetten, alsof ze zich meteen thuis voelde in zijn keuken. Ze pakte de kopjes die hij van zijn moeder had geërfd; het enige wat er eigenlijk nog van haar was. Ze gingen aan de keukentafel zitten.

'Je woont mooi', zei ze. 'Ik weet nog dat je het erover had om op het platteland te gaan wonen, maar ik geloofde je eigenlijk nooit.'

'Ik had ook niet gedacht dat het ervan zou komen. Of dat ik een hond zou nemen.'

'Hoe heet ze?'

'Het is een reu. Hij heet Jussi.'

Het gesprek bloedde dood. Heimelijk bestudeerde hij haar. In het sterke zonlicht dat door het keukenraam naar binnen viel, kwamen haar uitgemergelde trekken nog sterker naar voren.

'Ik heb Riga nooit verlaten', zei ze opeens. 'Twee keer is het me gelukt om een betere flat te krijgen, maar de gedachte om op het platteland te wonen is voor mij bijna onverdraaglijk. Toen ik een kind was, werd ik een paar jaar bij mijn grootouders ondergebracht. Dat was een leven in armoede dat voor mij voor altijd verbonden is met het Letse platteland. Misschien klopt dat beeld tegenwoordig niet meer, maar ik raak het niet kwijt.'

'Je werkte destijds aan de universiteit. Wat doe je nu?'

Ze gaf niet meteen antwoord, maar dronk rustig en voorzichtig van haar thee. Daarna schoof ze haar kopje weg.

'Eigenlijk heb ik een opleiding als ingenieur', zei ze. 'Weet je dat niet meer? Toen we elkaar leerden kennen, deed ik vertaalwerk voor de technische hogeschool. Maar dat doe ik nu niet meer. Niet nu ik ziek ben.'

'Wat is er met je?'

Ze antwoordde stilletjes, alsof ze het eigenlijk over niets ernstigs had.

'De dood. Ik heb kanker. Maar daar wil ik het nu verder niet over hebben. Mag ik hier een poosje gaan liggen rusten? Ik slik pijnstillers die zo sterk zijn dat ik er bijna van in slaap val.'

Ze liep naar de bank, maar Wallander loodste haar zijn slaapkamer in. Hij had zijn bed een paar dagen geleden nog verschoond. Voordat ze ging liggen streek hij het laken glad. Haar hoofd verdween bijna in het kussen. Even ging er een glimlach over haar gezicht, alsof ze zich iets herinnerde.

'Heb ik niet een paar keer eerder in dit bed gelegen?'

'Dat klopt helemaal. Het is een oud bed.'

‘Dan knoop ik dat in mijn oren en ga ik een poosje slapen. Een uurtje maar. Op het bureau zeiden ze dat je vakantie had.’

‘Je mag blijven slapen zo lang je wilt.’

Hij was er niet zeker van of ze hem hoorde of dat ze al in slaap was gevallen. Waarom komt ze naar mij toe, dacht hij? Ik kan niet tegen dood en ellende, echtgenotes die zich dooddrinken, schoonmoeders die vermoord worden. Hij had meteen spijt van zijn gedachte. Hij ging voorzichtig bij het voeteneinde op de uiterste rand van het bed zitten en keek naar haar. De herinnering aan zijn grote liefde kwam weer terug en hij was daar zo ontdaan van dat hij bijna begon te trillen. Ik wil niet dat ze doodgaat, dacht hij, ik wil dat ze blijft leven. Misschien is ze nu wel bereid om haar leven nog een keer met een politieman te delen?

Wallander liep naar buiten en ging in een van de tuinstoelen zitten. Na een poosje liet hij Jussi uit de kennel los. Baiba’s auto was een oude Citroën met Letse kentekenplaten. Hij zette zijn mobieltje aan en zag dat Linda had gebeld. Ze klonk blij toen ze zijn stem hoorde.

‘Ik wilde alleen maar even vertellen dat Hans een bonus heeft gekregen. Een paar honderdduizend kronen. Dat betekent dat we kunnen gaan verbouwen.’

‘Heeft hij dat geld echt verdiend?’ vroeg Wallander zuur.

‘Waarom zou hij dat niet hebben verdiend?’

Wallander vertelde dat Baiba op bezoek was gekomen. Linda luisterde naar zijn verhaal over de vrouw die nu in zijn bed lag te slapen.

‘Ik ken haar van een foto’, zei Linda toen. ‘Je hebt het over haar gehad, langgeleden. Maar volgens mama was ze gewoon een Letse prostituee.’

Wallander werd woest.

‘Wat is je moeder soms toch een verschrikkelijk mens. Het

is schandalig om zoiets te beweren. Baiba heeft in allerlei opzichten kwaliteiten die Mona mist. Wanneer heeft ze dat gezegd?'

'Hoe moet ik dat nou nog weten?'

'Ik ga haar opbellen om te zeggen dat ik nooit meer wat met haar te maken wil hebben.'

'Wordt het daar beter van? Waarschijnlijk was ze gewoon jaloers. Dan zeg je zulke dingen.'

Wallander besefte schoorvoetend dat ze gelijk had en kwam tot bedaren. Hij vertelde nu ook aan Linda dat Baiba ziek was.

'Is ze gekomen om afscheid te nemen?' vroeg ze. 'Dat klinkt triest.'

'Dat was ook mijn eerste gedachte. Ik was verbaasd om haar te zien, maar ook blij, maar het duurde maar een paar minuten of ik was gedeprimeerd. Ik heb het idee dat ik tegenwoordig alleen nog maar door dood en ellende omringd word.'

'Dat is bij jou altijd zo geweest', zei Linda. 'Dat was een van de eerste dingen waar we het op de politieacademie over hadden. Wat wachtte ons in de toekomst eigenlijk voor beroepsleven? Maar vergeet niet dat je Klara hebt.'

'Daar heb ik het niet over', zei Wallander. 'Het is het gevoel van ouderdom dat binnensluipt en zijn klauwen in mijn nek zet. Om me heen begint de kring van vrienden uit te dunnen. Toen mijn vader stierf, schoof ik een plaatsje op en werd de volgende die aan de beurt was, als je begrijpt wat ik bedoel. Klara staat achteraan in het levenstraject en ik vooraan.'

'Als Baiba naar je toe gekomen is, wil dat zeggen dat je iets voor haar betekent. Dat is het enige wat van belang is.'

'Kom hiernaartoe', zei Wallander. 'Ik wil dat je de enige vrouw die echt iets voor me heeft betekend één keer ontmoet.'

'Op Mona na?'

'Dat spreekt voor zich.'
Linda dacht na voordat ze antwoordde.
'Ik heb een vriendin op bezoek', zei ze. 'Rachel. Herinner je je haar nog? Ze werkt tegenwoordig bij de politie in Malmö. Ze kan het goed met Klara vinden.'
'Neem je Klara niet mee?'
'Ik kom alleen en ik ben er zo.'
Het was al drie uur toen Linda slippend het erf op reed en vol op de rem moest gaan staan om niet op de auto van Baiba te botsen. Wallander maakte zich er altijd zorgen over dat ze te hard reed. Tegelijkertijd was hij elke keer blij als ze haar motor niet gebruikte. Dat zei hij ook tegen haar. Een snauw was het enige antwoord dat hij dan kreeg.
Baiba was al wakker geworden en had wat water en nog een kop thee gedronken. Wallander had stilletjes gezien dat ze zichzelf een injectie in haar dijbeen gaf. Heel even had hij een glimp van haar naakte lichaam opgevangen en vertwijfeling in zich voelen opkomen over alles wat voorbij was, niet hernomen kon worden, niet opnieuw kon worden beleefd.
Ze bracht een hele tijd in de badkamer door. Toen ze naar buiten kwam, leek ze minder moe dan eerst. Het was voor Wallander een groots en bijzonder moment toen Baiba en Linda elkaar begroetten. Hij meende dat hij nu de Baiba kon zien die hij zo veel jaren geleden in Letland had leren kennen.
Alsof het de gewoonste zaak van de wereld was, omhelsde Linda haar en ze zei dat ze blij was dat ze nu eindelijk de grote liefde van haar vaders leven mocht ontmoeten. Wallander voelde zich verlegen, maar ook blij hen samen te zien. Als Mona daar nu, hoewel hij op dit moment kwaad op haar was, ook was geweest, en als Linda Klara op de arm had gehad, waren de vier belangrijkste – en in zekere zin enige – vrouwen in zijn leven verenigd geweest. Een grote dag, dacht hij, midden

in de zomer, midden in een tijd waarin de ouderdom steeds verraderlijker naderbij sluipt.

Toen Linda hoorde dat Baiba nog niets had gegeten stuurde ze Wallander de keuken in om een omelet te bakken. Door het open raam hoorde hij Baiba lachen. Dat wekte nog sterkere herinneringen tot leven; hij kreeg tranen in zijn ogen en bedacht dat hij sentimenteel begon te worden. Dat was hij vroeger niet echt geweest, behalve dan wanneer hij aangeschoten was.

Ze aten buiten in de tuin en verplaatsten zich met de schaduw mee. Wallander zat voornamelijk te luisteren naar Linda's vragen over Letland, dat ze nooit had bezocht. Heel even herleeft een gezin, dacht hij. Zo dadelijk is dat voorbij. En de vraag, de allermoeilijkste vraag, is: wat blijft er dan over?

Linda bleef ruim een uur, maar moest toen terug naar huis. Ze had een foto van Klara meegenomen om aan Baiba te laten zien.

'Misschien gaat ze wel op haar opa van moederskant lijken', zei Baiba.

'Alsjeblieft niet, zeg', zei Wallander.

'Geloof hem niet. Hij wil niets liever dan dat Klara op hem gaat lijken. We zien elkaar nog', zei Linda en ze stond op om naar huis te gaan.

Baiba antwoordde niet. Over de dood hadden ze niet gesproken.

Ze bleven buiten zitten en begonnen opeens over hun levens te vertellen. Baiba had veel vragen en hij antwoordde naar beste kunnen. Ze leefden allebei nog steeds alleen. Een jaar of tien geleden had Baiba geprobeerd een relatie op te bouwen met een arts, maar na een half jaar had ze het opgegeven. Kinderen had ze nooit gekregen. Wallander kon er niet achter komen of haar dat nu verdriet deed of niet.

‘Het leven is goed geweest’, zei ze nadrukkelijk. ‘Toen de grenzen eindelijk opengingen, kon ik reizen. Ik heb zuinig geleefd, heb wat artikelen voor kranten en tijdschriften geschreven en ik was adviseur voor bedrijven die zich in Letland wilden vestigen. Een Zweedse bank, die nu de grootste van ons land is, heeft me in feite het best betaald. Elk jaar ging ik twee keer op reis en ik weet nu zo oneindig veel meer over de wereld waarin ik leef dan toen wij elkaar destijds leerden kennen. Ik heb een goed leven gehad, weliswaar alleen, maar goed.’

‘Ik heb het altijd een kwelling gevonden om alleen wakker te worden’, zei Wallander en heel even vroeg hij zich af of wat hij zei eigenlijk wel waar was.

Baiba schoot in de lach toen ze reageerde.

‘Afgezien van de korte periode met de dokter heb ik alleen geleefd, maar dat betekent natuurlijk niet dat ik altijd alleen wakker ben geworden. Je hoeft niet celibatair te leven, alleen omdat je geen vaste relatie hebt.’

Wallander voelde een vleug jaloezie toen hij zich vreemde mannen in bed bij Baiba voorstelde, maar hij zei uiteraard niets.

Opeens begon Baiba over haar ziekte te praten. Ze was zoals ze altijd was wanneer het om iets serieus ging: zakelijk.

‘Het begon met een plotselinge vermoeidheid’, zei ze. ‘Maar algauw had ik het vermoeden dat er achter die vermoeidheid iets dreigde. Aanvankelijk konden de dokters niets bij me vinden. Een burn-out, de leeftijd; niemand had een antwoord waarvan ik kon geloven dat het het juiste was. Uiteindelijk ben ik naar een specialist in Bonn gegaan over wie ik had gehoord, een man die zich heeft gespecialiseerd in gevallen die andere artsen niet weten te diagnosticeren. Na een paar dagen met allerlei testen en proeven kon hij me meedelen dat ik een ongebruikelijk soort tumor in mijn lever had. Ik ben teruggegaan naar Riga met de terdoodveroordeling als een onzichtbaar stempel in mijn paspoort. Ik geef gerust toe dat ik alle contacten waarover ik beschikte heb gebruikt om al heel snel een afspraak voor een operatie te kunnen maken. Maar het was te laat, de tumor had zich al uitgezaaid. Een paar weken geleden heb ik te horen gekregen dat er nu ook metastasen in mijn hersenen zitten. Er is minder dan een jaar overheen gegaan. De volgende Kerst maak ik niet meer mee, ergens in het najaar zal ik sterven. De tijd die ik nog heb, probeer ik te gebruiken op de manier die ik het liefst wil. Er zijn een paar plekken in de wereld die ik graag wil zien, een paar mensen die ik wil terugzien. Daar ben jij er eentje van, misschien wel degene die ik het liefst van allemaal terug wilde zien.'

Wallander begon opeens onbedaarlijk te huilen. Ze pakte zijn hand, wat de situatie voor hem alleen maar moeilijker maakte. Hij stond op en liep weg, naar de achterkant van het huis. Toen hij zich vermand had, kwam hij terug.

'Ik wil je geen verdriet doen', zei ze. 'Ik hoop dat je begrijpt dat ik wel naar je toe moest komen.'

'Ik ben die periode nooit vergeten', zei hij. 'Vaak heb ik ernaar terugverlangd. Nu je hier bent, moet ik je een vraag stellen. Heb jij ooit spijt gehad?'

'Dat ik geen ja heb gezegd toen je me ten huwelijk vroeg?'

'Ik loop daar nog steeds mee rond.'

'Nooit. Dat was destijds juist en dat moet nu zo blijven, na al die jaren.'

Wallander zweeg. Hij begreep haar. Waarom zou ze überhaupt hebben overwogen met een buitenlandse politieman te trouwen terwijl haar man, die ook bij de politie had gewerkt, net was vermoord? Wallander kon zich herinneren hoe hij geprobeerd had haar over te halen. Maar als de rollen omgekeerd waren geweest, hoe had hij dan zelf gereageerd? Wat was zijn keuze geweest?

Ze bleven lang buiten zitten zonder iets te zeggen. Ten slotte stond Baiba op. Ze streek met haar hand over Wallanders hoofd en verdween naar binnen. Omdat hij had gezien dat ze weer pijn begon te krijgen nam hij aan dat ze zichzelf weer een injectie toediende. Toen ze niet terugkwam, ging hij ook naar binnen. Ze was op zijn bed in slaap gevallen. Pas laat in de middag werd ze wakker, en toen ze eenmaal over haar verwarring over waar ze was heen was, was haar eerste vraag of ze die nacht mocht blijven voordat ze de veerboot naar Polen zou nemen om vervolgens naar Riga terug te rijden.

'Dat is te ver voor jou om te rijden', zei Wallander geschokt. 'Ik ga met je mee, ik breng je naar huis. Dan vlieg ik daarna wel terug.'

Ze schudde haar hoofd, antwoordde dat ze in haar eentje naar huis wilde reizen zoals ze ook in haar eentje was gekomen. Toen Wallander voet bij stuk hield, raakte ze opeens geïrriteerd en schreeuwde ze tegen hem. Ze deed er echter meteen het zwijgen toe en verontschuldigde zich. Hij ging op de rand van het bed zitten en pakte haar hand.

'Ik weet wat je denkt', zei ze. 'Hoelang nog? Wanneer gaat Baiba dood? Als ik er ook maar het flauwste vermoeden van had gehad dat het zover was, zou ik niet blijven. Dan zou ik niet eens zijn gekomen. Maar een paar maanden heb ik waarschijnlijk nog wel. Wanneer ik voel dat het absolute, onherroepelijke einde nabij is, zal ik de kwelling niet rekken. Ik beschik over pillen en injecties. Ik ben van plan te sterven met een fles champagne naast mijn bed. Ik breng een toost uit op het feit dat ik ondanks alles dit bijzondere avontuur van geboren worden, leven en op een dag weer in de duisternis verdwijnen heb mogen meemaken.'

'Ben je niet bang?'

Wallander kon zijn tong wel afbijten. Hoe kon hij zo'n vraag stellen aan iemand die stervende was? Maar ze vatte het niet verkeerd op. Hij bedacht met een mengeling van vertwijfeling en schaamte dat ze destijds waarschijnlijk al gewend was geraakt aan zijn onhandige lompheid, die echter zeer zelden kwaad bedoeld was.

'Nee', zei Baiba. 'Ik ben niet bang. Mijn tijd is te kort. Die kan ik niet verspillen aan iets wat alles alleen maar erger maakt.'

Ze stond van het bed op en liep door zijn huis. Opeens bleef ze bij de boekenkast staan. Ze had een boek over Letland ontdekt dat zij hem had gegeven.

'Heb je het ooit geopend?' vroeg ze glimlachend.

'Heel vaak', antwoordde Wallander.

Dat was inderdaad zo.

Naderhand zou Wallander zich het etmaal met Baiba herinneren als een kamer waarin alle klokken leken te zijn gaan stilstaan en alle bewegingen waren opgehouden. Ze at heel weinig, lag voornamelijk in bed met een laken over zich heen, nam af en toe een injectie en wilde dat hij in haar nabijheid bleef. Ze lagen in bed, werden wakker, praatten soms, maar deden er even vaak het zwijgen toe wanneer zij te moe was voor een gesprek of gewoon in slaap viel. Af en toe viel ook Wallander in slaap, maar na een paar minuten werd hij met een schok wakker, er niet aan gewend om iemand zo dicht in zijn nabijheid te hebben.

Ze vertelde hem over de jaren die waren verstreken, over de verbijsterende ontwikkeling die had plaatsgevonden in haar thuisland.

'Destijds wisten we van niets', zei ze. 'Herinner jij je de Zwarte Baretten van de Sovjet-Unie nog, die een paar keer wild om zich heen schoten in Riga? Ik durf tegenwoordig best toe te geven dat ik toen niet geloofde dat de Sovjet-Unie ons ooit zou loslaten. Ik dacht juist dat de repressie nog harder zou worden. Het ergste was dat niemand wist wie je kon vertrouwen. Hadden onze buren überhaupt wel iets te winnen bij onze vrijheid of waren ze er bang voor? Wie rapporteerden er aan de KGB, die overal zat, één reusachtig oor waaraan niemand kon ontsnappen? Nu weet ik dat ik me vergist heb en daar ben ik dankbaar voor. Maar ondertussen is er niemand die weet waar het met Letland naartoe gaat. Het kapitalisme lost de problemen van het socialisme of de geleide economie niet op, de democratie lost ook alle economische crises niet op. Op dit moment heb ik het gevoel dat we boven onze stand leven.'

'Wordt er niet gesproken over de "Baltische Tijgers"?' vroeg Wallander. 'Staten die net zo succesvol zijn als de landen in Azië?'

Ze schudde met een grimmig gezicht haar hoofd.

'We leven van geleend geld. Zweeds geld, niet in de laatste plaats. Ik zal niet zeggen dat ik er heel veel verstand van heb of ingevoerd ben in de economie, maar ik ben er zeker van dat Zweedse banken in mijn land grote sommen geld uitlenen tegen ondeugdelijke onderpanden. En dat kan maar op één manier aflopen.'

'Fout?'

'Heel erg fout. Niet in de laatste plaats voor die Zweedse banken.'

Wallander dacht aan de periode in het begin van de jaren negentig, toen ze een relatie hadden gehad. Hij herinnerde zich nog de angst die iedereen met zich mee leek te dragen. Veel van wat destijds was gebeurd begreep hij eigenlijk nog steeds niet. Oppervlakkig gezien had een grote politieke gebeurtenis Europa drastisch veranderd en daarmee ook de krachtverhouding tussen de VS en de Sovjet-Unie. Voor hij naar Riga vertrok om te proberen bij te dragen aan de ontknoping van de zaak met de dode mensen in het aangespoelde rubbervlot had hij nooit nagedacht over het feit dat drie van Zwedens naaste buren door een vreemde macht werden bezet. Hoe kwam het dat zo velen van zijn generatie, geboren aan het eind van de jaren veertig, na de Tweede Wereldoorlog, nooit serieus hadden ingezien dat de Koude Oorlog echt een oorlog was, met bezette en onderdrukte volkeren als gevolg? In veel opzichten leek het in de jaren zestig wel of het verre Vietnam dichter bij Zweden lag dan de Baltische staten.

'Ook voor ons was het moeilijk te begrijpen', zei Baiba laat die nacht, toen de dageraad de hemel al van kleur deed verschieten. 'Achter elke Let stond een Rus, zoals wij altijd zeiden. Maar achter elke Rus stond ook iemand.'

'Wie dan?'

'Ook in de Baltische staten werd het Russische denken gestuurd door wat de VS deden in de wereld.'

'Achter elke Rus stond dus een Amerikaan?'

'Zo kun je het natuurlijk uitdrukken. Maar voordat Russische historici het ware verhaal vertellen over alles wat er destijds gebeurde, zal niemand dat ooit weten.'

Daar ergens, in dit aarzelende gesprek over een tijd die allang voorbij was, hield ook hun plotselinge ontmoeting op. Wallander viel in slaap; de laatste keer dat hij op de wekker keek, was het vijf uur. Toen hij ruim een uur later wakker werd, was Baiba weg. Hij rende het erf op, maar haar auto stond er niet meer. Onder een steen op de tuintafel had ze een foto neergelegd. Die was genomen in mei 1991, bij het vrijheidsmonument in Riga. Wallander kon zich het moment nog herinneren. Een toevallige passant had de foto gemaakt. Baiba en hij lachten allebei, dicht bij elkaar, Baiba met haar hoofd tegen zijn schouder. Naast de foto had ze een briefje gelegd, dat uit een agenda leek te zijn gescheurd. Er stond niets op geschreven, alleen een eenvoudig getekend hart.

Wallander bedacht dat hij meteen naar Ystad moest rijden om de veerboot naar Polen te nemen. Hij zat al achter het stuur met draaiende motor toen hij besefte dat ze nu juist niet wilde dat hij dat deed. Hij liep terug naar binnen en ging in bed liggen, waar hij de geur van haar lichaam nog kon ruiken.

Hij was uitgeput en viel in slaap. Toen hij na een paar uur wakker werd, moest hij opeens denken aan haar woorden dat achter iedere Rus iemand anders stond. Het was alsof ze hem in gedachten op een spoor had gezet dat met Håkan en Louise von Enke te maken had. *Achter elke Rus stond iemand anders.*

Wie, dacht hij, stond er achter hen? En wie van hen stond achter de ander? Hij vond geen antwoord, maar besefte dat die vraag belangrijk kon zijn. Hij zou die vasthouden.

Hij liep het erf op om de grote ladder te pakken die de schoorsteenveger altijd gebruikte en klom met een kijker in zijn hand het dak op. Daarvandaan kon hij de witte veerboot zien die naar Polen stevende. Een groot deel van de sterkste en gelukkigste periode in zijn leven bevond zich aan boord van dat schip en zou nooit terugkeren. Hij voelde een verdriet en een pijn die bijna ondraaglijk waren.

Hij zat er nog toen de vuilniswagen kwam. De man die de vuilniszakken kwam ophalen viel het echter niet op dat hij daar als een kraai op zijn eigen dak zat.

27

Wallander zag de vuilniswagen wegrijden. De veerboot naar Polen was verdwenen in een mistwolk die de kust van Skåne naderde. Hij vond zijn gedachten angstaanjagend. Terwijl hij sliep, was Baiba na de lange nacht vertrokken, naar de veerboot en de eeuwigheid. Als de eeuwigheid tenminste bestond; dat kon niemand zeggen. Maar zij was dichter bij de afgrond, die recht naar het onbekende voerde. Ze had gezegd dat het een kwestie van een paar maanden was.

Opeens had hij het idee dat hij zichzelf glashelder zag. Een man met een groot zelfmedelijden, een door en door pathetisch figuur. Hij zat daar op zijn dak en het enige wat eigenlijk belangrijk voor hem was, was dat Baiba stierf, niet hij.

Uiteindelijk klauterde hij naar beneden. Hij nam Jussi mee voor een wandeling die eerder een vlucht was. Hij was wie hij was, wist hij ten slotte te bedenken. Een man die goed was in zijn vak, zelfs scherpzinnig. Hij had zijn hele leven geprobeerd deel uit te maken van de goede krachten in de wereld en als hij daar niet in was geslaagd was hij niet de enige. Wat kon een mens nog meer doen dan het proberen?

De lucht betrok. In afwachting van de regen liep hij met Jussi over akkers die pas geoogst waren en braak lagen of wachtten op de combines. Bij elke vijftiende stap probeerde hij iets heel nieuws te denken, maar het lukte hem niet. Het was een spelletje dat hij samen met Linda had gespeeld toen zij nog een kind was. Het spel was een paar jaar geleden echter ernst geworden toen hij een onbekende moordenaar probeerde te identificeren, die rond Midzomer een groepje verklede jongelui had omgebracht. Het onderzoek had hem angst ingeboezemd en hij had steeds meer het gevoel gekregen dat hij zijn talent verloor om de plaatsen van een misdrijf te kunnen aflezen, en de weinige sporen die ze ondanks alles toch als uitgangspunt hadden. Toen was het oude spelletje weer van pas gekomen; tijdens verschillende fases van het onderzoek had hij door te lópen helderheid bereikt. Nu probeerde hij over zichzelf na te denken, over zijn leven en over Baiba's moed ten opzichte van het onvermijdelijke dat haar getroffen had, een moed waaraan het hemzelf absoluut ontbrak. Hij volgde karrenpaden en slootkanten. Zijn tempo was niet erg hoog en liet Jussi loslopen.

Niettemin liep hij zich in het zweet en hij ging bij een vijvertje zitten, waar roestige restanten van oude landbouwwerktuigen rondslingerden. Jussi snuffelde aan het water, dronk ervan en ging daarna op zijn zij liggen. Het wolkendek was een beetje opengebroken; er zou geen regen komen. In de verte hoorde Wallander sirenes loeien. Ditmaal brandweerwagens, geen ambulance of collega's van hem. Hij sloot zijn ogen en probeerde Baiba voor zijn geestesoog te zien. De sirenes kwamen dichterbij, ze waren nu achter hem, op de weg die naar Simrishamn voerde. Hij draaide zich om. De kijker, die hij op het dak bij zich had gehad, hing nog om zijn nek. De sirenes klonken nu duidelijk. Hij stond op. Was er misschien brand uitgebroken bij een van zijn buren? Als het maar niet bij het oude echtpaar Hansson was. De vrouw was helemaal verlamd en haar man kon moeilijk lopen zonder stok. De sirenes kwamen steeds dichterbij. Hij bracht de kijker naar zijn ogen en ontdekte tot zijn ontzetting twee brandweerwagens die op zijn erf stopten. Hij zette het meteen op een rennen, met Jussi voor zich uit. Af en toe bleef hij staan om de kijker op zijn huis te richten. Elke keer verwachtte hij de vlammen uit het dak te zien slaan waarop hij net nog had gezeten, of rook die uit de gesprongen ramen naar buiten welde, maar er gebeurde niets.

Hij zag alleen wagens, en rondlopende brandweerlieden; de sirenes waren gestopt.

Toen hij met bonkend hart aankwam, stond de commandant van de brandweer, Peter Edler, Jussi te aaien, die hem ver vooruit was gesneld. Hij glimlachte streng naar Wallander, die wankelend aankwam. De brandweerlieden waren zich aan het opmaken voor vertrek. Peter Edler was van Wallanders leeftijd, een man met sproeten en een licht Smålandse tongval. Af en toe kwamen ze elkaar tegen bij onderzoeken. Wallander had groot respect voor hem en mocht zijn droge humor wel.

'Een van mijn mannen wist dat jij hier woonde', zei Edler terwijl hij Jussi bleef aaien.

'Wat is er gebeurd?'

'Moet ik dat eigenlijk niet aan jou vragen?'

'Is er brand?'

'Het lijkt er niet op, maar het had gemakkelijk kunnen gebeuren.'

Wallander keek Edler niet-begrijpend aan.

'Ik ben misschien dertig minuten geleden weggegaan om een wandeling te maken.'

Edler knikte in de richting van het huis.

'Kom mee naar binnen.'

De stank die Wallander in huis tegemoet sloeg, was hevig, bijna bijtend. Het stonk naar verbrand rubber. Edler nam hem mee naar de keuken. De brandweerlieden hadden een raam opengezet om te luchten. Op een van de kookplaten stond een koekenpan en vlak daarnaast lag een verkoolde onderzetter. Edler rook even aan de koekenpan, waar de damp nog vanaf sloeg.

'Gebakken eieren? Worst met aardappels?'

'Eieren.'

'En daarna ben je weggegaan zonder de plaat uit te zetten? Bovendien had je ook nog een onderzetter op het fornuis gelegd. Hoe slordig mag een rechercheur eigenlijk zijn?'

Edler schudde zijn hoofd. Ze liepen weer naar buiten. De brandweerlieden waren al in de wagens geklommen en zaten op hun voorman te wachten.

'Dat is me nog nooit overkomen', zei Wallander.

'Beter als het ook niet weer gebeurt.'

Edler keek om zich heen, naar het uitzicht.

'Dus je bent uiteindelijk op het platteland beland. Als ik heel eerlijk ben, had ik nooit gedacht dat het je zou lukken om op te breken. Je hebt het hier mooi om je heen.'

'Woon jij nog in je oude huis?'

'Hetzelfde huis in de binnenstad. Gunnel wil naar het platteland, maar ik weiger. Althans, zolang ik nog werk.'

'Hoelang is dat nog?'

Edler schudde met weerzin zijn schouderbladen los. Hij sloeg de glimmende helm die hij in zijn hand had tegen zijn dijbeen, alsof het een wapen was.

'Zolang ik kan, of mag. Nog een jaar of drie, vier. Wat ik daarna ga doen, weet ik niet. Ik kan niet thuis kruiswoordpuzzels gaan zitten oplossen.'

'Misschien kun je ze gaan ontwerpen', zei Wallander, die aan Herman Eber dacht.

Edler keek hem vragend aan, maar informeerde niet wat hij bedoelde. Hij was wel benieuwd naar Wallanders toekomst. Het leek bijna alsof hij erop hoopte dat die zich even somber aftekende als die van hem.

'Misschien dat ik nog wel een paar jaar aan de gang kan blijven. Daarna moet ik er ook uit. Misschien kunnen we de handen ineenslaan? Een klein team vormen dat rondreist om de mensen te vertellen hoe ze zich kunnen beschermen tegen inbraak en brand? De firma Misdrijf en Brand?'

'Kun je je tegen inbraak beschermen?'

'Nauwelijks. Maar je kunt mensen eenvoudige methodes

aanleren om het de dieven iets minder gemakkelijk te maken bij bepaalde huizen of appartementen toe te slaan.'

Edler keek hem weifelend aan.

'Geloof je zelf echt in wat je nu zegt?'

'Dat probeer ik. Maar dieven zijn net kinderen. Ze leren snel.'

Edler schudde zijn hoofd om Wallanders op zijn zachtst gezegd dubieuze vergelijking en klom in zijn wagen.

'Zet je kookplaten uit', zei hij als afscheidsgroet. 'Maar het was wel verstandig van je dat je een flinke brandmelder hebt geïnstalleerd die rechtstreeks met ons in verbinding staat. Het had een gevaarlijke brand kunnen worden; het huis had zo in lichterlaaie kunnen staan. Dan had je midden in de zomer de nachtmerrie van een rokende puinhoop meegemaakt.'

Wallander ging er niet op in. Het was Linda die erop had aangedrongen dat hij een brandmelder zou nemen. Zij had die betaald, bij wijze van kerstcadeau, en ervoor gezorgd dat hij werd geïnstalleerd.

Wallander voerde Jussi en wilde net zijn grasmaaier aanzetten toen Linda het erf op kwam rijden. Ditmaal had ze Klara niet bij zich. Hij zag meteen dat ze van streek was. Hij nam aan dat ze de brandweerwagens was tegengekomen.

'Wat deden die brandweerwagens hier op jouw weg?' vroeg ze.

'Die waren verkeerd gereden', loog hij. 'Er was kortsluiting in de elektriciteitsleidingen in een stal bij een van de buren.'

'Welke stal dan?'

'Die van de Hanssons.'

'Wie zijn dat?'

'Waarom moet ik dat uitleggen? Je weet toch niet waar hun boerderij staat.'

Ze had haar gebruikelijke rugzakje in haar hand. Opeens

wierp ze dat met volle kracht in zijn richting. Hij kon zijn hoofd nog net wegtrekken zodat hij alleen aan zijn schouder werd geraakt. Razend raapte hij de rugzak van de grond.

'Wat doe jij?'

'Dat ik het nog moet meemaken dat je me recht in mijn gezicht staat voor te liegen!'

'Ik lieg niet.'

'De brandweer was hier! Ik ben gestopt en heb met je buurman gepraat. Hij heeft gezien dat jij hier met twee brandweerwagens op het erf stond.'

'Ik was vergeten een kookplaat uit te zetten.'

'Lag je te slapen?'

Wallander wees naar de akkers, waar hij een poosje geleden in looppas overheen was gekomen, een looppas die hij nog in zijn benen kon voelen.

'Ik was met Jussi op pad.'

Zonder een woord te zeggen rukte Linda haar rugzak uit zijn handen en liep naar binnen. Wallander overwoog de mogelijkheid zijn auto te pakken en weg te rijden. Linda zou voorlopig niet ophouden over zijn leugen, en ook niet over zijn mateloze slordigheid. Ze zou verontwaardigd blijven en dat zou er geheid toe leiden dat hij zelf kwaad werd. Dat was hij nu al aan het worden. Wat ze in haar rugzak had, wist hij niet, maar hij was zwaar en zijn schouder deed er zeer van. Steeds meer uit zijn doen bedacht hij dat dit de eerste keer was dat ze tegen hem iets had gebruikt dat je fysiek geweld kon noemen.

Linda kwam weer naar buiten.

'Weet je nog waar we het een paar weken geleden over gehad hebben? Die dag toen het stortregende en ik hier met Klara was?'

'Hoe moet ik nog weten wat we allemaal tegen elkaar zeggen?'

‘We hadden het erover dat als ze nog iets groter is ze hier bij jou kan logeren.’

‘Laten we eens heel rustig met elkaar praten’, zei Wallander. ‘Jij hebt een brandmelder laten installeren. Nu weten we dat die het doet. Het huis is niet afgebrand. Ik ben vergeten een plaat uit te zetten. Is jou dat nooit overkomen?’

Haar antwoord kwam snel.

‘Sinds Klara is geboren nooit.’

‘Volgens mij is het mij ook nooit overkomen toen jij klein was.’

De uitbarsting bloedde dood. Ze waren aan elkaar gewaagd en geen van beiden had de puf om een echte stoot uit te delen. Linda ging in een van de tuinstoelen zitten. Wallander bleef staan, nog steeds afwachtend of haar wocde ondanks alles niet opnieuw zou opvlammen. Ze keek hem aan met een bezorgde blik.

‘Begin je vergeetachtig te worden?’

‘Dat ben ik altijd geweest. Tot een bepaalde grens. Misschien moet je eerder zeggen dat ik verstrooid ben.’

‘Ik bedoel: meer dan vroeger?’

Hij ging zitten, het opeens beu om te vaak dingen te zeggen die niet waar waren.

‘Volgens mij wel. Soms zijn er hele tijdblokken gewoon verdwenen. Als ijs dat smelt.’

‘Wat bedoel je?’

Wallander vertelde over zijn reis naar Höör. Hij liet het verhaal over de liftster echter achterwege.

‘Opeens wist ik niet meer waarom ik daarheen was gegaan. Het was alsof ik me in een sterk verlichte kamer bevond waar iemand het licht uitdeed, zonder waarschuwing vooraf. Hoelang ik me in het donker bevond, weet ik niet. Het was alsof ik niet meer wist wie ik was.’

‘Is dat eerder gebeurd?’

'Niet zo heftig. Maar ik ben bij een dokter geweest, een specialist in Malmö. Zij denkt dat ik gewoon overwerkt ben. Dat ik denk dat ik nog steeds een flinke dertiger ben die nog evenveel aankan als destijds.'

'Ik vind het niet prettig wat je vertelt. Ga naar een andere dokter.'

Hij knikte, maar zei niets. Ze stond op, liep naar binnen en kwam terug met twee glazen water. Wallander vroeg voorzichtig, heel terloops, of de politie de vrouw uit Malmö die haar ouders had omgebracht al had gevonden.

'Ze is in Växjö aangehouden, heb ik gehoord. Iemand had haar meegenomen toen ze stond te liften, maar kreeg argwaan. Hij bood haar koffie aan in een wegrestaurant buiten de stad en belde de politie. Ze heeft geprobeerd zichzelf in het hart te steken met een mes dat ze bij zich had, maar is daar niet in geslaagd.'

'Heb jij me weleens dood gewenst?' vroeg hij, opgelucht dat niet bekend was geworden dat hij de vrouw bij haar vlucht had geholpen. Martinson had zijn mond gehouden, zoals hij had beloofd.

'Natuurlijk', antwoordde ze en ze barstte in lachen uit. 'Heel vaak. Zonet nog. Ik hoop dat die ouwe niet blijft leven tot hij al te oud en zeurderig wordt, dacht ik. Alle kinderen wensen hun ouders zo nu en dan dood. Maar hoe vaak heb je mij niet dood gewenst?'

'Nooit.'

'Moet ik dat geloven?'

'Ja.'

'Ik kan je ermee troosten dat ik Mona beduidend vaker in gedachten heb gehad. Maar ik kijk natuurlijk met angst naar de dag dat jullie er niet meer zijn. Hans en ik hebben Mona trouwens weten over te halen om zich in een ontwenningskliniek te laten opnemen.'

Jussi had op de akker een haas in het oog gekregen en begon te blaffen. Ze zaten zwijgend te kijken hoe hij koppig bleef proberen uit de kennel te komen. De haas verdween en Jussi zweeg.

'Ik kwam eigenlijk voor iets anders', zei Linda opeens.

'Is er iets met Klara gebeurd?'

'Nee. Alles is goed met haar. Hans is vandaag thuis bij haar. Ik dwing hem om zijn verantwoordelijkheid te nemen. Volgens mij waardeert hij dat wel. Klara is zo'n beetje het tegenovergestelde van een gestresste bankwereld.'

'Maar er is dus iets gebeurd?'

'Ik was gisteravond in Kopenhagen. Samen met twee vriendinnen. We zijn naar een concert geweest. Mijn jeugdidool Madonna trad op. Het was een enorme belevenis. Daarna zijn we nog wat gaan eten en vervolgens hebben we afscheid genomen. Ik ben blijven logeren in het chique Hotel d'Angleterre. Het bedrijf van Hans krijgt daar korting. Omdat ik in een goede stemming was en nog niet zo veel slaap had, ben ik over Ströget gaan wandelen. Er waren veel mensen op de been. Ik ben op een bankje gaan zitten en toen zag ik hem.'

'Wie?'

'Håkan.'

Wallander hield zijn adem in en bestudeerde Linda. Ze was zeker van haar zaak, dat zag hij; ze twijfelde niet.

'Weet je dat zeker?'

'Het was niet alleen hoe hij eruitzag, zijn gezicht, dat ik heel even zag. Het was ook zijn manier van bewegen, met opgetrokken schouders, korte, snelle passen.'

'Wat zag je eigenlijk?'

'Ik was op een bank bij een pleintje op Ströget gaan zitten; ik weet niet hoe het daar precies heet. Hij kwam van Nyhavn omhooglopen. Hij was me al voorbij toen ik hem in de gaten kreeg. Eerst het haar in zijn nek, toen zijn manier van lopen en ten slotte zijn overjas.'

'Overjas?'

'Die herkende ik.'

'Er zijn toch duizenden overjassen die er hetzelfde uitzien?'

'Niet de voorjaarsjas van Håkan. Dat is een dunne, donkerblauwe mantel die op de regenjas van zeelieden lijkt. Beter kan ik hem niet beschrijven. Maar die zag ik.'

'Wat heb je gedaan?'

'Denk zelf eens na! Een concert van Madonna, vriendinnen, een etentje, een zomernacht, geen kindergehuil of mannen aan je hoofd. En dan schiet Håkan opeens voorbij. Misschien dat ik vijftien seconden ben blijven zitten. Daarna ben ik achter hem aangerend. Maar het was al te laat. Hij was weg. Er waren veel mensen, dwarsstraten, taxi's, cafés. Ik ben Ströget afgelopen tot Rådhuspladsen en toen weer terug, maar ik heb hem niet gevonden.'

Wallander leegde zijn glas water. Ook al leek wat hij net had gehoord absurd, hij wist dat Linda scherpe ogen had en zich zelden vergiste bij het identificeren van mensen.

'Laten we even een stapje terug doen', zei hij. 'Als ik je goed begrepen heb, was hij de bank waarop jij zat al voorbij toen je hem in de gaten kreeg. Maar je zei dat je een glimp van zijn gezicht opving. Hij moet zich dus hebben omgekeerd?'

'Ja. Hij wierp een blik over zijn schouder.'

'Waarom deed hij dat?'

Ze fronste haar voorhoofd.

'Hoe moet ik dat nou weten?'

'Het is een heel eenvoudige en redelijke vraag. Verwachtte hij dat er iemand achter hem liep? Was hij nerveus? Deed hij het bij toeval of had hij iets gehoord? Er zijn een heleboel verschillende antwoorden denkbaar.'

'Ik denk dat hij checkte of hij niet werd gevolgd.'

'Je denkt dat?'

'Ik kan het niet weten, maar, inderdaad, ik denk dat hij checkte of er niemand was die hij niet achter zich wilde hebben.'

'Maakte hij een bange indruk? Nerveus?'

'Dat zou ik niet durven zeggen.'

Wallander overdacht wat ze zei. Op twee of drie vragen was er voorlopig geen antwoord.

'Kan het zijn dat hij jou gezien heeft?'

'Nee.'

'Hoe kun je dat zeker weten?'

'In dat geval had hij in de richting van mijn bank gekeken. Dat deed hij niet.'

'Heb je het aan Hans verteld?'

'Ik heb verteld wat er was gebeurd. Hij raakte van streek en zei dat ik het me moest hebben verbeeld.'

'Wilde je je ervan vergewissen dat hij niet in het geheim zijn vader had ontmoet?'

Ze knikte zwijgend.

De zon gleed achter de wolken en in de verte klonk het gerommel van onweer. Ze gingen naar binnen. Wallander wilde dat ze zou blijven eten, maar ze moest naar huis. Net toen ze wilde vertrekken begon het te onweren, met een heftige slagregen. Het erf veranderde in een troosteloze modderpoel. Wallander besloot dat hij nog die week een paar vrachten grind zou bestellen om niet meer in een brij te hoeven rondwaden wanneer het regende.

'Ik weet het zeker', herhaalde Linda. 'Ik heb hém gezien, geen ander. Springlevend in Kopenhagen.'

'Dat weten we dan', zei Wallander. 'Håkan heeft niet hetzelfde lot ondergaan als zijn vrouw. Hij leeft. Dat verandert alles.'

Linda knikte. Ze wisten allebei dat ze nu niet langer konden uitsluiten dat Håkan zijn vrouw had omgebracht. Maar het was belangrijk om niet te snel conclusies te trekken. Kon er een andere reden zijn dat hij zich bewust had schuilgehouden? Uit angst of om een andere, nog onbekende reden? Was hij op de vlucht? Waarom hield hij zich op in de schaduw van het bestaan?

Ze bleven zwijgend staan, beiden in gedachten verzonken. De regen hield even snel op als hij was begonnen.

'Wat deed hij in Kopenhagen?' zei Wallander. 'Voor mij is er maar één aannemelijk antwoord op die vraag.'

'Om Hans te ontmoeten. Dat denk jij. Misschien om eventuele geldproblemen op te lossen? Maar ik ben ervan overtuigd dat Hans niet tegen me liegt.'

'Daar twijfel ik ook niet aan. Maar wat zegt dat ze nu al contact hebben gehad? Misschien gebeurt dat morgen?'

'Dan zal hij het mij wel vertellen.'

'Misschien', zei Wallander peinzend.

'Waarom zou hij dat niet doen?'

'Het is altijd moeilijk om met loyaliteiten om te gaan. Wat gebeurt er als zijn vader tegen hem zegt dat hij aan niemand, zelfs aan jou niet, mag onthullen dat ze elkaar hebben ontmoet? En hij voert een reden aan die Hans niet ter discussie durft te stellen?'

'Ik voel het gewoon als hij iets voor me verbergt.'

'Eén ding heb ik geleerd', zei Wallander die aarzelend zijn voet op de blubberige grond zette. 'Dat is dat je nooit moet geloven dat je erg veel weet over de gedachten en ideeën van andere mensen.'

'Wat moet ik dan doen?'

'Zeg voorlopig niets. Vraag niets. Ik moet erover nadenken wat dit betekent. Jij moet dat ook doen. Maar ik ga natuurlijk met Ytterberg praten.'

Hij liep met haar mee naar de auto. Ze hield hem bij een arm vast om niet uit te glijden.

'Je zou iets aan dit erf moeten doen', zei ze. 'Heb je eraan gedacht om grind te leggen?'

'Die gedachte is bij me opgekomen', antwoordde Wallander.

Ze zat al in de auto toen ze opnieuw over Baiba begon.

'Is ze er werkelijk zo slecht aan toe? Dat ze doodgaat?'

'Ja.'

'Wanneer is ze vertrokken?'

'Vanochtend vroeg.'

'Hoe was het om haar weer te zien?'

'Ze kwam hier om afscheid te nemen. Ze heeft kanker en ze gaat binnenkort dood. Ik denk dat je je ook zonder mijn hulp wel kunt voorstellen hoe dat voelt.'

'Het moet verschrikkelijk zijn.'

Wallander keerde haar de rug toe en liep om de hoek van het huis. Hij wilde niet in huilen uitbarsten; niet omdat hij bang was om haar zijn zwakheid te tonen, maar voor zichzelf. Hij wilde gewoon niet aan zijn eigen dood denken, wat in wezen het enige was waarvoor hij bang was. Hij bleef staan tot hij haar hoorde starten en wegrijden. Ze snapte dat hij alleen wilde zijn.

Toen hij in de keuken kwam, ging hij recht tegenover de plaats zitten waar hij normaal altijd zat wanneer hij aan tafel zat te eten.

Hij dacht aan wat Linda over Håkan von Enke had verteld. Ze waren weer terug bij het uitgangspunt.

Hij had een rondje gemaakt. En was nu op de een of andere manier terug bij waar het allemaal was begonnen.

28

Wallander beklom de wiebelige ladder die naar de zolder leidde. Een bedompte lucht van vocht en schimmel sloeg hem tegemoet. Hij was zich ervan bewust dat hij op een dag het hele dak zou moeten openbreken. Maar nu nog niet; misschien over een jaar, in het beste geval twee.

Hij wist ongeveer waar hij de doos die hij zocht had neergezet, maar eerst trok een andere doos zijn aandacht. In een verhuisbox van een bedrijf in Helsingborg zat zijn verzameling lp's. Gedurende alle jaren aan Mariagatan had hij een grammofoon voor die platen gehad, maar die was uiteindelijk stukgegaan en hij had tevergeefs geprobeerd hem te laten repareren. Bij de schoonmaak na de verhuizing was de platenspeler met het vuilnis meegegaan. De platen had Wallander echter meegenomen en op zolder gezet. Hij bleef zitten om tussen zijn oude albums te kijken. Aan elke hoes kleefde een herinnering, soms helder en duidelijk, maar net zo vaak een wirwar van gezichten, geuren en gevoelens. In zijn vroegste tienerjaren was hij een bijna fanatieke fan van The Spotnicks geweest. Hij bezat hun vier eerste platen en toen hij de achterkant van de hoezen bekeek, herkende hij alle titels van de nummers. De muziek en de elektrische gitaren galmden in zijn binnenste. In de doos zat ook een plaat van Mahalia Jackson, waarmee een van 'De Zijderidders', die zijn vaders schilderijen opkochten, hem een keer had verrast. Waarschijnlijk verdeelde deze Zijderidder zijn leven tussen het uitventen van schilderijen en van grammofoonplaten. Wallander had hem geholpen schilderijen naar de auto te brengen en als dank de plaat cadeau gekregen. De gospel had een enorme indruk op hem gemaakt. *Go down, Moses,* dacht hij, en voor zijn geestesoog zag hij zijn eerste platenspeler, die een luidspreker in het deksel had en een krassend geluid voortbracht.

Opeens zat hij met een plaat van Edith Piaf in zijn handen. Op de hoes stond een close-up in zwart-wit van haar gezicht. Die plaat had hij gekregen van Mona, die een hekel had aan The Spotnicks. Zij hield meer van The Streaplers en het dansorkest Sven-Ingvars, maar vooral van de kleine Franse zangeres. Wallander noch Mona begreep een woord van wat ze zong, maar ze voelden zich allebei aangesproken door haar stem.

Achter Piaf stond in de doos een plaat van de jazzmusicus John Coltrane. Waar had hij die vandaan? Hij kon het zich niet herinneren. Toen hij de plaat uit de doos haalde, zag hij dat hij nauwelijks was gedraaid. Hoewel hij zijn best deed, zei de plaat hem niets. Hij hoorde van binnen geen enkele toon van de saxofoon van Coltrane.

Helemaal achteraan in de doos stonden twee platen met operamuziek: *La Traviata* en *Rigoletto*. In tegenstelling tot John Coltrane waren die bijna stukgedraaid.

Hij bleef op de zoldervloer zitten en overwoog of hij de doos naar beneden zou halen en een grammofoon zou kopen zodat hij de platen opnieuw zou kunnen draaien, maar uiteindelijk schoof hij de doos weg. De muziek waar hij tegenwoordig naar luisterde, had hij op de band of op cd. Hij had die vinylplaten vol krassen niet meer nodig. Ze behoorden toe aan het verleden en mochten daar in het donker op zolder blijven staan.

Hij haalde de doos die hij zocht tevoorschijn en zette hem beneden in de keuken op tafel. Hij pakte er een groot aantal legosteentjes uit en spreidde die uit op tafel. De lego had hij een keer aan Linda gegeven toen ze klein was. Hij had de doos gewonnen bij een loterij.

Rydberg had hem het idee aan de hand gedaan. Op een late voorjaarsavond, in een van de laatste jaren dat Rydberg nog leefde, hadden ze aan zijn keukentafel gezeten. Ystad en omgeving waren opgeschrikt door een aantal overvallen door een gemaskerde man met een afgezaagd hagelgeweer. Om de gebeurtenissen te rangschikken en er een mogelijke structuur in te ontdekken had Rydberg een spel kaarten gepakt en dat gebruikt om het gewelddadig optreden van de overvaller in kaart te brengen. De onbekende dader was schoppenboer. Wallander had destijds een manier geleerd om een overzicht te krijgen van de manier waarop een dader te werk ging, misschien zelfs van hoe hij dacht. Toen hij de methode-Rydberg later beproefde, had hij in plaats van spelkaarten legosteentjes gekozen, maar dat had hij nooit aan Rydberg onthuld.

Hij markeerde Håkan en Louise, verschillende data, plaatsen en gebeurtenissen. Een brandweerman met een rode helm was Håkan, een meisje dat Linda Assepoester had genoemd moest Louise voorstellen. Een groepje legosoldaten legde hij opzij. Dat waren de onbeantwoorde vragen die hij op dit moment als de belangrijkste beschouwde. Wie was de man die zich uitgaf voor de oom van Signe von Enke? Waarom was haar vader uit de schaduw teruggekeerd? Waar had hij gezeten en waarom was hij weggebleven?

Hij herinnerde zich dat hij Niklasgården moest bellen. Toen hij dat deed, kreeg hij te horen dat niemand Signe had bezocht. Noch haar vader, noch een onbekende oom.

Hij bleef met een stukje lego in zijn hand zitten. Iemand spreekt niet de waarheid, dacht hij. Van alle mensen met wie ik over Håkan en Louise von Enke heb gepraat, is er iemand die niet de waarheid zegt. Iemand die liegt of die de waarheid verdraait door niet alles te zeggen, of die iets beweert wat niet klopt. Wie? En opnieuw: waarom?

De telefoon ging. Hij stond op en nam hem mee de tuin in. Het was Linda. Ze wond er geen doekjes om.

'Ik heb met Hans gepraat. Ik heb bijna het gevoel dat ik hem onder druk heb gezet. Hij werd kwaad en is weggereden. Wanneer hij terugkomt, zal ik hem mijn excuses aanbieden.'

'Dat heeft Mona nooit gedaan.'

'Wat? Van huis weggaan of excuses aanbieden?'

'Ze ging vaak van huis weg. Dat was het laatste van alle argumenten die ze gebruikte voor van alles en nog wat. De deur dichtslaan. Wanneer ze thuiskwam, bood ze nooit excuses aan.'

Linda schoot in de lach. Een nerveus lachje, dacht Wallander. Ze hebben waarschijnlijk heftiger ruziegemaakt dan ze aan mij wil toegeven.

'Volgens Mona was het andersom', zei ze. 'Jij was degene die met de deur sloeg, jij was degene die nooit excuses aanbood.'

'Ik dacht dat we het erover eens waren dat Mona vaak niet de waarheid spreekt', zei Wallander.

'Dat doe jij ook niet. Geen van mijn ouders is een door en door eerlijk persoon.'

Wallander werd boos.

'Ben jij dat wel? Door en door eerlijk?'

'Nee. Maar dat heb ik ook nooit beweerd.'

'Kom nu maar ter zake!'

'Stoor ik je soms?'

Meteen besloot Wallander, niet zonder een zekere vreugde, om niet de waarheid te spreken.

'Ik ben aan het koken.'

Ze doorzag hem meteen.

'Buiten? Ik hoor vogels.'

'Ik ben aan het barbecuen.'

'Jij hebt een hekel aan barbecuen.'

'Jij weet er helemaal niet zo veel van waar ik wel of niet een hekel aan heb. Wat wilde je nou vertellen?'

'Ik heb met Hans gesproken. Hij had geen contact met zijn vader gehad. Er hebben ook geen transacties plaatsgevonden op de rekeningen die van de familie zijn, behalve dan de opname die Louise heeft gedaan voordat ze verdween. Hans zorgt nu ook voor alle post. Er is geen geld opgenomen van de bank of op een andere manier.'

Wallander besefte opeens dat die kwestie belangrijker was dan hij zich aanvankelijk had gerealiseerd.

'Waar leeft Håkan van in de tijd dat hij weg is? Hij duikt op in Kopenhagen. Hij heeft kennelijk geen behoefte aan geld, want hij neemt geen contact op met zijn zoon en hij neemt ook geen geld op bij bankautomaten. Dat kan erop wijzen dat hij hulp krijgt van iemand anders. Of hebben ze misschien rekeningen die Hans niet kent?'

'Dat is natuurlijk mogelijk. Maar dat heeft Hans, met al zijn bankcontacten, uitgezocht. Hij heeft niets gevonden. Ook al zijn er natuurlijk een heleboel manieren om geld te verstoppen.'

Wallander deed er het zwijgen toe. Hij had geen vragen meer, maar hij begon zich serieus af te vragen of dit gebrek aan behoefte aan geld een soort leidraad kon zijn. Opeens begon Klara te huilen.

'Ik moet ophangen', zei Linda.

'Ik hoor het. Maar we kunnen elke gedachte aan geheime contacten tussen Hans en zijn vader dus afschrijven?'

'Ja.'

Het gesprek was afgelopen. Wallander legde zijn telefoon neer en ging op de schommelbank zitten. Hij schommelde zachtjes heen en weer met één voet aan de grond. Voor zijn geestesoog zag hij hoe Håkan von Enke over Ströget liep. Hij liep haastig, bleef af en toe staan om zich om te draaien, maar liep daarna weer door. Opeens was hij verdwenen, in een zijstraat of tussen de mensen die de straat bevolkten.

Wallander werd met een schok wakker. Het was gaan regenen; druppels vielen op zijn blote voet die op de grond rustte. Hij stond op en liep naar binnen. Toen hij de deur achter zich dichtdeed, bleef hij staan. Plotseling was het of hij een verband zag, nog erg onduidelijk, maar toch iets wat misschien licht kon werpen op waar Håkan von Enke zich sinds zijn verdwijning had bevonden. Een schuilplaats, dacht Wallander. Toen hij verdween, wist hij wat hem te doen stond. Van zijn wandeling langs Valhallavägen verplaatste hij zich naar een plek waar niemand hem zou vinden. Wallander voelde zich er nu ook helemaal zeker van dat Louise niet op de verdwijning van haar man voorbereid was geweest; haar ongerustheid was echt geweest. Er waren geen nieuwe bewijzen bij gekomen, geen feiten, alleen dit gevoel waarvan hij overtuigd was.

Wallander liep langzaam naar de keuken. De stenen vloer was koud aan zijn voeten. Hij bewoog zachtjes, alsof hij bang was dat zijn gedachten zouden verdwijnen. De legosteentjes lagen op tafel. Hij ging zitten. Een schuilplaats, dacht hij opnieuw. Alles gepland, goed georganiseerd, een duikbootkapitein weet hoe hij zijn bestaan tot in de kleinste details moet regelen. Wallander probeerde zich die schuilplaats voor de geest te halen. Ergens had hij het gevoel dat hij namelijk wist waar Håkan von Enke zich had bevonden. Hij was er in de buurt geweest, maar hij had er toen geen aandacht aan geschonken.

Hij boog over de tafel en zette een rij legopoppetjes neer. Elk van de mensen die met Håkan en Louise te maken hadden gehad. Sten Nordlander, dochter Signe, Steven Atkins in zijn huis bij San Diego. Maar ook degenen die zich meer aan de periferie bevonden. Hij zette de figuurtjes een voor een neer en dacht na over wie Von Enke kon hebben geholpen, iemand die voor alles wat nodig was had gezorgd, geld inbegrepen.

Daar ben ik naar op zoek, dacht Wallander. Een schuilplaats. De vraag is of Ytterberg net zo denkt als ik, of dat hij met andere legosteentjes speelt. Hij pakte de telefoon en toetste het nummer in. Het was nu harder gaan regenen; de regen kletterde op de vensterbanken. Ytterberg nam op. De verbinding was slecht; Ytterberg bevond zich buitenshuis, op straat.

'Ik zit op het terras van een restaurant', zei hij. 'Ik ben net aan het afrekenen. Kan ik je terugbellen?'

Toen hij twintig minuten later op zijn kantoor aan Bergsgatan was teruggekeerd belde hij terug.

'Ik behoor tot de mensen die er geen moeite mee hebben om weer aan het werk te gaan nadat ze vrij zijn geweest', zei hij als reactie op de vraag van Wallander hoe het voelde, de eerste dagen na de vakantie.

'Die ervaring deel ik niet echt', zei Wallander. 'Terugkeren betekent altijd dat je voor een bureau staat dat vol ligt met papieren die anderen overdragen en waar ze vrolijke Post-itbriefjes op hebben geplakt over hun eigen aanstaande vakanties.'

Hij begon met een beschrijving van zijn ontmoeting met Herman Eber. Ytterberg luisterde aandachtig en had allerlei vragen. Vervolgens vertelde Wallander over de terugkeer van Håkan von Enke. Hij deed verslag van wat Linda had verteld en raakte er zelf zo mogelijk nog meer van overtuigd dat ze zich niet had vergist. Toen Ytterberg dat vroeg aarzelde hij dan ook niet.

'Kan je dochter zich hebben vergist?'

'Nee. Maar ik snap dat je de vraag stelt. Het is een vreemde samenloop van omstandigheden.'

'Geen enkele twijfel dat hij het was?'

'Nee. Ik ken mijn dochter. Als zij zegt dat hij het was, dan was hij het ook. Geen dubbelganger, niet iemand die op hem leek, gewoon Håkan von Enke.'

'Wat zegt je schoonzoon?'

'Zijn vader is niet naar Kopenhagen gekomen om hem op te zoeken. Er zijn geen redenen om hem niet te geloven.'

'Maar is het werkelijk aannemelijk om je voor te stellen dat hij geen contact met zijn zoon zou opnemen?'

'Wat aannemelijk is of niet, kan ik niet zeggen. Maar ik geloof niet dat Hans zo dom is dat hij Linda voor de gek probeert te houden.'

'Dat hij zijn levenspartner voor de gek houdt of jouw dochter?'

'Vooral degene met wie hij een kind heeft. Als je althans dat onderscheid kunt maken.'

Ze praatten nog wat heen en weer over wat de terugkeer kon betekenen. Voor Ytterberg hield het vooral in dat hij moest overwegen op welke manier Håkan von Enke met Louises dood te maken kon hebben.

'Ik weet niet wat jij denkt,' zei Ytterberg, 'maar diep van binnen had ik me waarschijnlijk voorgesteld dat hij ook dood was. Maar zijn vrouw is tenminste teruggevonden daar op Värmdö.'

'Ik aarzelde', zei Wallander. 'Maar als ik voor het onderzoek verantwoordelijk was geweest, had ik er waarschijnlijk net zo over gedacht als jij.'

Wallander deed kort maar toch gedetailleerd verslag van zijn gedachten over Von Enkes schuilplaats.

'De geheime documenten die we in Louises handtas hebben gevonden zetten me ergens over aan het denken', zei Ytterberg. 'Omdat Von Enke zich schuilhoudt, is het aannemelijk om te denken dat hij daar ook bij betrokken is, dat die twee hebben samengewerkt.'

'Als spionnen?'

'Dat zou in dit land voor een echtpaar niet de eerste keer zijn. Ook al is er misschien maar eentje direct bij betrokken.'

'Je denkt aan Stig Bergling en zijn vrouw?'

'Zijn er nog anderen dan?'

Wallander bedacht dat Ytterberg af en toe in een arrogant toontje verviel, dat hij normaal niet zou tolereren. Als iemand op het politiebureau in Ystad hem cynische vragen stelde, werd hij razend. Nu liet hij het maar zitten; Ytterberg was zich er waarschijnlijk niet van bewust hoe hij soms klonk.

'Weet je iets over de inhoud van de microfilms? Defensie, oorlogsindustrie, buitenlandse politiek?'

'Niets. Maar ik heb de indruk dat onze collega's van de veiligheidsdienst zich zorgen maken. Ze hebben alle papieren van dit magere onderzoek opgevraagd. Zelf moet ik morgen op het matje komen bij ene kapitein-luitenant-ter-zee Holm, die blijkbaar een belangrijke rol speelt binnen de militaire inlichtingendienst.'

'Ik zou wel graag van je willen horen wat voor vragen hij stelt.'

'Dat is altijd een goede manier om erachter te komen wat mensen al weten. Je wilt met andere woorden weten welke vragen hij níét stelt?'

'Precies.'

'Ik beloof je dat ik erop terugkom.'

Ze wisselden een paar woorden over het weer en toen was het gesprek afgelopen. Wallander aarzelde voordat hij de lego in de doos veegde en besloot alle gedachten aan Håkan von Enke en zijn dode vrouw de rest van de dag te laten rusten. Ondanks alles had hij tenslotte een soort van vakantie. Nadat hij een boodschappenlijstje had gemaakt stapte hij in de auto om naar Ystad te rijden. Toen hij bij de kassa stond om te betalen realiseerde hij zich dat hij zijn portemonnee thuis had laten liggen. De boodschappen mochten blijven liggen terwijl hij naar het politiebureau liep. Hij leende vijfhonderd kronen van Nyberg, die in de gang opdook. Nyberg had een groot verband om zijn hoofd.

'Wat is er gebeurd?'

'Ik ben onderuitgegaan met mijn fiets.'

'Draag je geen helm?'

'Helaas niet.'

Wallander merkte dat Nyberg niet veel zin had om het gesprek voort te zetten. Hij beloofde hem het geld de volgende dag terug te geven, keerde terug naar de winkel en reed daarna naar huis. 's Avonds bekeek hij een documentaire over de groeiende afvalberg in de wereld en hij ging buitengewoon vroeg naar bed; het was nog maar even over elven. Hij bladerde een tijdschrift door en sliep tegen half twaalf in. Eén keer werd hij wakker van de kreet van een nachtvogel, misschien van een uil, maar hij viel direct weer in slaap.

Toen hij rond een uur of zes wakker werd, herinnerde hij zich de vogel nog. Omdat hij zich uitgeslapen voelde, stond hij meteen op. Over de akkers hing mist. Door het raam van de slaapkamer zag hij Jussi roerloos in zijn kennel zitten, zijn blik in de verte gericht.

Toen hij jong was, had hij nooit kunnen denken dat dit het leven was dat hij zou leiden als hij zestig was. Op een ochtend naar de mist in het Skånse landschap staan kijken, in zijn eigen huis, met een hond, terwijl zijn dochter pas bevallen was van zijn eerste kleinkind. De gedachte stemde hem weemoedig. Hij ging douchen om het gevoel van zich af te schudden.

Nadat hij ontbeten had, controleerde hij alle kookplaten nauwkeurig voordat hij Jussi ging uitlaten. De hond ging er tussen de optrekkende mistflarden als een streep vandoor.

Wallander had zich in lange tijd niet zo helder in zijn hoofd gevoeld; hij tilde nergens erg zwaar aan, zijn levenslust was groot. Opeens begon hij langs het karrenpad te rennen, daarmee de futloosheid uitdagend die hem de laatste maanden vervuld had. Hij rende tot hij behoorlijk afgepeigerd was. De zon was warmer geworden en hij trok zijn bezwete overhemd uit. Met weerzin keek hij naar zijn te dikke buik en hij besloot, zoals zo vaak, te gaan lijnen.

Op weg terug naar huis begon zijn mobieltje te rinkelen. Iemand sprak hem aan in een vreemde taal. Het was een vrouwenstem, maar erg ver weg; het geluid ging bijna verloren in een enorme ruis. Al na een paar seconden viel de verbinding weg. Wallander bedacht dat dit Baiba misschien wel was geweest. Hij meende dat hij ondanks alle ruis haar stem had herkend. Toen er niet opnieuw werd gebeld liep hij door en ging thuis met een kop koffie in de tuin zitten.

Het zou een mooie zomerdag worden. Hij besloot in zijn eentje een uitstapje te maken. Het hoorde bij de echt goede momenten in het leven om af en toe tussen de duinen in elkaar te kruipen om een poosje te slapen nadat het lunchpakket was genuttigd. Hij begon een mand in te pakken, een overblijfsel uit het thuis van zijn kinderjaren. Destijds had zijn moeder kluwens garen, breipennen en truien waaraan ze was begonnen in de mand bewaard. Nu stopte hij er broodjes, een thermoskan, twee appels en een paar exemplaren van het politieblad die hij nog niet gelezen had in. Het was nog geen elf uur toen hij opnieuw de kookplaten controleerde en het huis afsloot. Hij reed naar Sandhammaren en vond een plekje in de luwte tussen de duinen en de lage bomen. Toen hij had gegeten en de tijdschriften had doorgebladerd rolde hij zich in een deken en viel weldra in slaap.

Hij werd wakker omdat hij het koud had. De zon was achter de wolken verdwenen, de lucht was kil en hij had zijn deken afgegooid. Hij sloeg hem opnieuw om zich heen en ging liggen met zijn opgevouwen jas onder zijn hoofd. Na een poosje kwam de zon terug. Hij moest opeens denken aan een droom die hij jaren geleden gehad had, een terugkerende droom, die even snel weer verdween als hij was gekomen. Hij was verwikkeld in een erotisch spel met een zwarte vrouw zonder gezicht. Afgezien van een vreselijke gebeurtenis tijdens een reis die hij had gemaakt naar het Caribisch gebied, waar hij op een avond zo dronken was geworden dat hij een prostituee had meegenomen naar zijn hotelkamer, had hij nooit een relatie gehad met een donkere vrouw. Hij had er ook niet speciaal naar verlangd. Opeens had de donkere vrouw in zijn hoofd gezeten, om daarna, na een paar maanden, weer te verdwijnen.

Aan de horizon naderde een onweersbui. Hij pakte zijn spullen bijeen en keerde terug naar zijn auto. Bij Kåseberga reed hij naar de haven, waar hij gerookte vis kocht. Hij stapte net thuis binnen toen de telefoon weer ging. Het was dezelfde vrouw als eerder, maar nu was de verbinding beter en hij hoorde meteen dat het Baiba niet was. Het was een vrouw die gebroken Engels sprak.

'Kurt Wallander?'

'Dat ben ik.'

'Ik ben Lilja. Weet u wie ik ben?'

'Nee.'

Opeens begon de vrouw te huilen. Ze gilde keihard in zijn oor. Hij schrok zich kapot.

'Baiba', gilde ze. 'Baiba.'

'Ja, ik ken haar. Wat is er met haar?'

'Ze is dood.'

Wallander had de zak uit Kåseberga nog in zijn hand. Die viel nu op de vloer.

'Is Baiba dood? Maar ze is hier twee dagen geleden nog geweest.'

'Dat weet ik. Ze was mijn vriendin. Maar nu is ze dood.'

Wallander voelde hoe zijn hart bonkte. Hij ging op het krukje zitten dat bij de voordeur stond. Uit het verwarde en geschokte verhaal van Lilja begreep hij geleidelijk wat er gebeurd was. Baiba was Riga op slechts enkele tientallen kilometers genaderd toen ze in hoge snelheid van de weg was gereden en met de auto tegen een stenen muur was gebotst. Ze was op slag dood geweest; dat herhaalde Lilja keer op keer, alsof dat een manier was om Wallander niet in een totaal bodemloos verdriet te storten. Maar dat was natuurlijk vergeefs; hij had nog nooit zo'n vertwijfeling gevoeld als die nu in hem opwelde.

Zonder enige waarschuwing vooraf viel de verbinding opeens weg en Wallander had Lilja's telefoonnummer nog niet kunnen noteren. Nog steeds gezeten op het krukje in de hal wachtte hij tot ze hem weer zou bellen. Pas toen hij besefte dat ze er niet in slaagde er opnieuw doorheen te komen, stond hij op en liep hij door naar de keuken. De zak met de gerookte vis bleef liggen. Hij wist totaal niet wat hij moest doen. Hij stak een kaars aan en zette die op tafel. Ze moest in één ruk zijn doorgereden, dacht hij. Vanaf de veerboot nadat die in de Poolse haven had aangelegd, door Polen, Litouwen en toen bijna helemaal tot in Riga. Was ze achter het stuur in slaap gevallen? Of had ze bewust de auto van de weg gestuurd, de dood tegemoet? Wallander wist dat ongelukken met chauffeurs die alleen in de auto zaten, vaak verkapte zelfmoordpogingen waren. Een gescheiden vrouw met een drankprobleem, die vroeger op de administratie bij de politie in Ystad had gewerkt, had een paar jaar geleden die uitweg nog gekozen. Hij dacht echter dat Baiba zoiets niet zou doen. Van iemand die besluit rond te reizen om afscheid te nemen van vrienden en minnaars is het niet waarschijnlijk dat ze haar leven beëindigt door een auto-ongeluk in scène te zetten. Ze was moe geweest en was de macht over het stuur kwijtgeraakt; een andere verklaring kon hij zich niet voorstellen.

Hij pakte de telefoon om Linda te bellen, omdat hij het niet aankon om deze gebeurtenis in zijn eentje te verwerken. Er waren momenten waarop hij gewoonweg iemand om zich heen nodig had. Hij toetste het nummer in, maar drukte het gesprek weg toen de kiestonen overgingen. Het was te vroeg, hij had haar nu nog niets te zeggen. Hij smeet de telefoon op de bank en liep naar Jussi om hem uit zijn kennel te laten. Hij ging op de grond zitten en begon het beest te aaien. De telefoon ging. Hij vloog naar binnen. Het was Lilja. Ze was nu rustiger, hij stelde vragen aan haar en kreeg een duidelijker beeld van wat er was gebeurd. Van binnen vroeg hij zich natuurlijk ook nog iets anders af.

'Waarom bel je mij? Hoe wist je van mijn bestaan?'

'Baiba had het me gevraagd.'

'Wat gevraagd?'

'Om jou te bellen wanneer ze was overleden. Maar ik had natuurlijk niet gedacht dat het zo snel zou gaan. Baiba dacht dat ze waarschijnlijk nog wel bijna tot Kerstmis zou leven.'

'Tegen mij zei ze dat ze hoopte dat ze het najaar zou halen.'

'Ze zei tegen verschillende mensen altijd net iets anders. Ik denk dat ze wilde dat wij dezelfde onzekerheid hadden die ze zelf voelde.'

Lilja vertelde wie ze was: een oude vriendin en collega van Baiba. Ze kenden elkaar al sinds hun tienertijd.

'Ik wist van jou', zei ze. 'Op een dag belde Baiba en ze zei: "Nu is hij hier in Riga, mijn Zweedse vriend. Ik neem hem vanmiddag mee naar het café van Hotel Latvija. Ga er ook heen, dan zul je hem zien." Ik ben ernaartoe gegaan en ik heb jullie gezien.'

'Misschien heeft Baiba jouw naam wel een keer genoemd. Volgens mij wel. Maar we hebben elkaar dus niet ontmoet?'

'Nooit. Maar ik heb je gezien. Baiba was altijd erg op je gesteld, ja, ze hield destijds echt van je.'

Ze barstte in snikken uit. Wallander wachtte. In de verte rommelde het onweer. Hij hoorde hoe ze hoestte en haar neus snoot.

'Wat gebeurt er nu?' vroeg hij toen ze weer aan de lijn was.

'Ik weet het niet.'

'Wie zijn haar naaste familieleden?'

'Haar moeder en haar broers en zussen.'

'Als haar moeder nog leeft, zal die toch wel behoorlijk op leeftijd zijn? Ik kan me niet herinneren dat ze het ooit over haar heeft gehad.'

'Ze is vijfennegentig. Maar ze is nog helder van geest. Ze begrijpt dat haar dochter dood is. Maar ze hadden al sinds Baiba's jeugd een moeilijke verstandhouding.'

'Ik wil weten wanneer ze wordt begraven', zei Wallander.

'Ik zal je bellen.'

'Wat zei ze over mij?' vroeg Wallander uiteindelijk.

'Niet veel.'

'Ze zal toch wel iets hebben gezegd?'

'Ja. Maar niet veel. Ook al waren wij vriendinnen. Baiba liet nooit iemand heel erg dichtbij komen.'

'Ik weet het', antwoordde hij. 'Ik heb haar ook gekend, al was het natuurlijk op een andere manier dan jij.'

Nadien, toen het gesprek voorbij was, ging Wallander op bed liggen. Hij staarde naar het plafond, waar een paar maanden geleden een vochtplek was verschenen. Voordat hij naar de keukentafel terugkeerde, bleef hij heel lang zo liggen.

Even na achten belde hij Linda om te vertellen wat er was gebeurd. Het kostte hem grote moeite en hij voelde van binnen een vertwijfeling die hij bijna niet kon verdragen.

29

Op 14 juli om elf uur 's ochtends vond in een kapel in het centrum van Riga de begrafenisdienst van Baiba Liepa plaats. Wallander was de dag ervoor met het vliegtuig vanuit Kopenhagen gekomen. Toen hij op het vliegveld uitstapte, herkende hij het meteen, ook al was de terminal verbouwd. De Sovjetlegervliegtuigen die er destijds, in het begin van de jaren negentig, hadden gestaan waren nu weg. Door de ruit van de taxi zag hij een veranderde stad. Buiten de stadskern kon hij hier en daar nog steeds varkens zien wroeten tussen mesthopen bij vervallen boerderijen. In de stad zelf stonden de oude gebouwen er nog, maar de bordjes waren anders, de gevels waren geverfd en de trottoirs gerepareerd. Het grootste verschil vormde echter de bevolking op straat, de kleding en de auto's die elkaar voor stoplichten en bij afritten naar centraal gelegen parkeerplaatsen verdrongen.

Op de dag dat Wallander in Riga terugkeerde, viel er een zoele regen. Lilja, die Blooms van haar achternaam heette, had gebeld om hem de details rond Baiba's begrafenis door te geven. Het enige wat hij haar had gevraagd was of zijn aanwezigheid op de een of andere manier als ongepast kon worden opgevat.

'Waarom zou die ongepast zijn?'

'Misschien waren er verhoudingen binnen de familie waar ik niet van op de hoogte ben?'

'Iedereen weet wie jij bent', zei Lilja Blooms. 'Baiba heeft over je verteld. Je bent nooit een geheim geweest.'

'Het is de vraag wat ze zei.'

'Waarom maak je je daar zo druk over? Ik dacht dat jullie van elkaar hielden. Ik dacht dat jullie zouden trouwen. Dat dachten we allemaal.'

'Zij wilde niet.'

Hij kon horen dat zijn woorden haar verbaasden.

'Wij dachten eigenlijk dat jij degene was die zich had teruggetrokken. Zelf heeft ze niets gezegd. Het duurde een hele tijd voordat we doorhadden dat het voorbij was, maar ze wilde het er eigenlijk nooit over hebben.'

Linda had de basis gelegd voor zijn besluit om naar de begrafenis af te reizen. Toen hij haar had gebeld, was ze meteen in de auto gesprongen. Ze was zo ondersteboven dat ze tranen in haar ogen had toen ze bij zijn huis uitstapte. Dat maakte dat hij zelf openlijk kon rouwen om Baiba. Hij haalde een heleboel herinneringen op uit de tijd dat ze samen waren geweest en vertelde die aan Linda.

'Baiba's man, Karlis Liepa, werd vermoord', vertelde hij. 'Het was een politieke moord, de spanningen tussen de Russen en de Letten liepen destijds hoog op. Daarom ben ik naar Riga gegaan, om te helpen bij het onderzoek naar de moord. Maar ik had natuurlijk geen idee van de politieke afgronden die zich in het land openden. Nu denk ik weleens dat ik toen begon te begrijpen hoe de wereld er tijdens de Koude Oorlog eigenlijk uitzag. Dat is zeventien jaar geleden.'

'Ik kan me je reis nog herinneren', zei Linda. 'Ik zat toen op de volkshogeschool, ik wist helemaal niet wat ik wilde gaan doen. Hoewel ik diep in mijn hart eigenlijk had moeten begrijpen dat ik bij de politie wilde.'

'Ik meen me te herinneren dat je het over van alles gehad hebt, maar dat nou net niet.'

'Daar had jij toch juist argwaan door moeten krijgen. Goh, dat je helemaal geen vermoeden had dat ik met zulke gedachten rondliep!'

'Ik had ook helemaal geen vermoeden van Baiba toen Karlis Liepa op het politiebureau in Ystad binnenstapte.'

Wat er destijds allemaal gebeurd was, stond Wallander nog heel helder voor de geest. Afgezien van het feit dat hij stevig rookte, wat tot heftige protesten leidde bij de niet-rokende agenten, was Karlis Liepa een rustige man die totaal niet opviel en met wie Wallander het goed kon vinden. Tijdens een razende sneeuwstorm had hij hem op een avond meegenomen naar Mariagatan. Hij had whisky geschonken en was tot zijn vreugde tot de ontdekking gekomen dat majoor Liepa bijna net zo veel belangstelling voor opera had als hij. Die avond hadden ze geluisterd naar een opname van *Turandot* met Maria Callas, terwijl de sneeuw opwervelde in de harde wind die door de verlaten straten van de stad gierde.

Waar was die plaat nu? Hij stond niet tussen de lp's die hij de vorige dag op zolder had gevonden. Het antwoord kreeg hij pas toen Linda vertelde dat hij bij haar thuis stond.

'Ik heb hem van jou gekregen in de tijd dat ik ervan droomde om actrice te worden', zei ze. 'Ik dacht dat ik een onewomanvoorstelling kon maken over het tragische lot van Maria Callas. Zie je het al voor je? Als er iets is waar ik niet op lijk, dan is het wel een kleine, mollige Griekse operazangeres.'

'Met zwakke zenuwen', zei Wallander.

'Wat deed Baiba eigenlijk? Was ze lerares?'

'Toen ik haar leerde kennen vertaalde ze technische vakliteratuur uit het Engels. Maar eigenlijk hield ze zich met van alles bezig.'

'Je moet naar de begrafenis gaan. Voor jezelf.'

Hoewel het niet zo eenvoudig was, slaagde ze er uiteindelijk in hem te overtuigen. Ze zorgde er ook voor dat hij een nieuw donker pak ging kopen. Ze ging met hem mee naar een zaak in Malmö. Toen hij verbijsterd was over de prijs, legde ze hem uit dat het een kwaliteitskostuum was waar hij de rest van zijn leven mee kon doen.

'De bruiloften worden minder', zei Linda. 'Op jouw leeftijd

neemt het aantal begrafenissen toe.'

Hij mompelde iets onverstaanbaars en betaalde. Linda vroeg niet wat hij geantwoord had.

Hij stapte met zijn kleine koffer uit de taxi en ging de receptie van Hotel Latvija binnen. Het café waar Lilja Blooms hem en Baiba had gezien was er niet meer, dat zag hij meteen. Hij schreef zich in en kreeg kamer 1516. Toen hij uit de lift stapte en voor de deur stond, had hij opeens het gevoel dat dit uitgerekend de kamer was waarin hij de eerste keer dat hij in Riga kwam, had gelogeerd. Hij wist absoluut zeker dat de cijfers 5 en 6 in het kamernummer waren voorgekomen. Hij deed de deur van het slot en ging naar binnen. Het zag er helemaal niet uit zoals hij het zich herinnerde, maar het uitzicht was hetzelfde: een mooie kerk, waarvan hij de naam niet meer wist. Hij pakte zijn koffer uit en hing zijn nieuwe pak op een hanger. De gedachte dat het in dit hotel was, misschien zelfs wel in deze kamer dat hij Baiba voor het eerst had ontmoet, ging over in een bijna onverdraaglijke pijn.

Hij liep naar de badkamer om zijn gezicht af te spoelen. Het was pas half een. Hij had geen plannen; een wandeling was misschien het enige wat hij overwoog. Hij wilde om Baiba rouwen door aan haar te denken zoals ze geweest was toen hij haar voor het eerst ontmoette.

Opeens bedacht hij iets wat hij nooit eerder onder ogen had durven zien. Was zijn liefde voor Baiba sterker geweest dan de liefde die hij ooit voor Mona had gevoeld? Ook al was zij Linda's moeder? Hij wist het niet en zou het ook nooit met zekerheid kunnen zeggen.

Hij liep naar buiten, struinde door de stad en at in een restaurant, hoewel hij niet erg veel trek had. 's Avonds ging hij in een van de bars van het hotel zitten. Een vrouw van in de twintig kwam naar hem toe om te vragen of hij gezelschap wilde. Hij gaf niet eens antwoord, schudde alleen zijn hoofd. Vlak voordat het restaurant van het hotel ging sluiten bestelde hij nog een maaltijd, een spaghettigerecht, dat hij nauwelijks aanroerde. Hij dronk rode wijn en was aangeschoten toen hij van tafel opstond.

Onder het eten had het geregend, maar nu was het opgeklaard. Hij haalde zijn jas en liep de vochtige zomeravond in. Hij zocht zijn weg naar het vrijheidsmonument waar Baiba en hij ooit op de foto waren gezet. Een paar jongelui waren met skateboards in de weer op het stenen plateau voor het monument. Hij liep door en was pas heel laat terug in het hotel. Hij trok alleen zijn schoenen uit en viel op het bed in slaap.

’s Ochtends werd hij wakker omdat er werd aangeklopt. Hij werd met een schok uit zijn slaap gehaald en bedacht verward dat Baiba weer voor de deur zou staan, maar toen hij opendeed zag hij een jonge vrouw. Hij werd boos en realiseerde zich dat hij het verafschuwde dat jonge prostituees op elk moment van de dag konden opduiken. Hij wilde de deur net dichtslaan toen iets bekends in het gezicht van het meisje hem deed aarzelen.

‘Kurt Wallander?’ vroeg ze. ‘U weet niet wie ik ben, maar u kende mijn moeder.’

Wallander fronste zijn wenkbrauwen, nog steeds aarzelend, maar liet haar toch binnen. Had Baiba dan toch een kind gehad waar hij niets van wist? In een kort en angstaanjagend moment vroeg hij zich af of het misschien zelfs een kind van hem kon zijn, maar die gedachte wuifde hij weg. Dat zou Baiba hebben verteld. Hij wees een stoel aan waarin het meisje kon gaan zitten en plofte zelf neer op de rand van het bed. Ze had blond haar, was een jaar of achttien, negentien en droeg geen make-up.

‘Ik ben Vera’, zei ze. ‘Mijn moeder heette Ines.’

Meteen wist hij het weer. Ines, Baiba's vriendin, die hij tijdens zijn eerste bezoek aan Riga had ontmoet. Zij had hem opgehaald tijdens een van zijn nachtelijke uitstapjes naar de geheime politieke groepering die zijn hulp zocht. En hij had haar zien sterven, in de gewelddadige schotenwisseling die uitbrak toen de ruimte waar de verzetsgroep zich ophield, werd aangevallen. Hij kon haar nog voor zich zien, bloederig, in elkaar gezakt over een omvergeworpen stoel.

'Ja', zei hij. 'Ik heb je moeder ontmoet. Ik heb haar niet gekend, maar ik weet dat ze Baiba's vriendin was.'

'Lilja zei dat u naar de begrafenis zou komen. Ik was nog maar twee jaar toen mijn moeder stierf. Ik wil u niet storen. Ik wilde u alleen zien, omdat u mijn moeder ooit hebt ontmoet en ik zelf geen herinneringen aan haar heb.'

'Ik kan me herinneren dat ze erg mooi was', zei Wallander. 'En bovendien moedig en sterk.'

'Klopt het dat u erbij was toen ze stierf?'

De vraag kwam snel en zonder aarzeling. Wallander knikte.

'Ik vraag het aan iedereen die ik tegenkom die misschien herinneringen aan haar heeft. Er is altijd een detail dat anders is, dat verdieping geeft, of misschien hoor ik iets wat ik helemaal niet wist.'

'Het is langgeleden. Ik weet niet meer wat ik me werkelijk herinner en wat ik me meen te herinneren.'

Toch deed hij zijn best om het zich te herinneren; zo goed hij kon, gaf hij haar zijn herinneringsbeelden, voorzover hij erin slaagde zich gebeurtenissen en afzonderlijke momenten weer voor de geest te halen. Toen hij bij het moment kwam waarop Ines dood over de omvergeworpen stoel lag, zei hij alleen dat ze absoluut zeker was overleden zodra het schot haar trof.

Ze stelde nog meer vragen, maar hij had alles verteld wat

hij nog wist; hij kon haar verder geen antwoorden geven. Vera stond op en streek haar witte rok glad. Heel even meende Wallander te zien dat ze op haar moeder leek, maar zeker kon hij er niet van zijn; misschien hielden zijn herinneringen hem voor de gek.

'Wie is je vader?' vroeg hij.

'Dat weet ik niet. Mijn moeder zei tegen Baiba dat ze het aan me zou vertellen wanneer ik groter was, maar zelfs Baiba wist het niet. Ines had het aan geen van haar vriendinnen onthuld. Soms denk ik dat hij misschien uit de Sovjet-Unie kwam.'

'Waarom zou dat zo zijn?'

'Omdat mijn moeder nooit vertelde wie hij was. Misschien schaamde ze zich voor hem. Bedankt dat u me wilde ontvangen', zei ze toen. 'Ik zag dat u de deur wilde dichtgooien. Dacht u dat ik te koop was? Hebt u echt zulke vooroordelen over ons?'

'Ik weet niet wat ik dacht.'

'Lilja komt om tien uur hiernaartoe. Ze vroeg of ik dat tegen u wilde zeggen. Zij neemt u mee naar de kapel.'

Hij liet haar uit en bleef haar in de gang staan nakijken terwijl ze naar de liften liep. Daarna trok hij zijn begrafenispak aan en ging naar de eetzaal op de begane grond voor het ontbijt, ook al had hij helemaal geen honger.

Op het vliegveld van Kopenhagen had hij twee kleine flesjes wodka gekocht. Eentje ervan had hij in zijn binnenzak. In de lift op weg naar de eetzaal draaide hij de dop eraf om een slok te nemen.

Wallander stond beneden in de receptie te wachten toen Lilja Blooms door de glazen deuren binnenkwam. Ze zag hem meteen en liep op hem af. Baiba moest haar een van de weinige bestaande foto's hebben laten zien, dacht hij.

Lilja was klein, mollig en had een kapsel dat bijna gemillimeterd was. Ze zag er helemaal niet uit zoals hij zich had voorgesteld. In zijn gedachten had Lilja meer op Baiba geleken. Toen ze elkaar begroetten, merkte Wallander dat hij zich geneerde, al wist hij niet waarvoor.

'De kapel staat hier vlakbij', zei ze. 'Het is maar tien minuten lopen. Ik ga nog even een sigaret roken. U kunt hier wachten.'

'Ik loop wel mee', zei Wallander.

Ze stonden in de zon voor het hotel, Lilja met een zonnebril op en een brandende sigaret in haar hand.

'Ze had gedronken', zei Lilja opeens.

Het duurde even voordat Wallander doorhad wie ze bedoelde.

'Baiba?'

'Ze had gedronken toen ze stierf. Dat heeft de obductie uitgewezen. Ze had een hoog alcoholpercentage in haar bloed toen ze van de weg reed.'

'Dat kan ik moeilijk geloven.'

'Ik ook. Al haar vrienden hebben daar hun vraagtekens bij, maar aan de andere kant: wat weet je over de gedachtengang van een doodziek persoon?'

'Bedoel je dat ze zelfmoord heeft gepleegd? Dat ze het bewust heeft gedaan? Tegen die muur aan is gereden?'

'Het heeft geen enkele zin dat we daarover piekeren, omdat we het nooit met zekerheid zullen weten. Maar er waren geen remsporen op die plek. Een automobilist die achter haar reed, heeft ook getuigd dat ze niet erg hard reed, maar dat de auto slingerde.'

Wallander probeerde het allemaal voor zich te zien, de laatste ogenblikken van Baiba's leven. Hij realiseerde zich dat hij niet zeker kon weten wat er was gebeurd, of het een ongeluk was geweest of zelfmoord. Opeens ging er een andere gedachte door zijn hoofd. Kon Louise von Enkes dood ook een ongeluk zijn geweest; toch geen moord of zelfmoord?

Hij maakte zijn gedachtengang niet af, omdat Lilja haar sigaret doofde en voorstelde om te vertrekken. Wallander verontschuldigde zich en ging naar het toilet bij de receptie om nog een slok wodka te nemen. Hij bekeek zichzelf in de spiegel. Hij zag een man die bezig was oud te worden, ongerust over wat hem te wachten stond in het deel van zijn leven dat hem restte.

Ze kwamen bij de kapel aan en stapten de duisternis binnen, die nog werd versterkt doordat het zonlicht buiten zo scherp was. Het duurde even voordat Wallanders ogen eraan gewend waren.

Op dat moment stelde hij zich voor dat Baiba Liepa's begrafenis een soort vooroefening was voor die van hemzelf. Dat vond hij angstaanjagend en hij was bijna opgestaan om weg te lopen. Hij had nooit naar Riga moeten komen, hij had daar niets te zoeken.

Hij bleef echter zitten en dankzij de alcohol die hij had gedronken slaagde hij erin om niet in huilen uit te barsten, zelfs niet toen hij voelde hoe verdrietig Lilja Blooms aan zijn zijde was. De kist was net een verlaten eiland, weggeworpen in zee, een schuilplaats en de laatste rustplaats voor iemand van wie hij ooit had gehouden, dacht Wallander.

Om de een of andere ondoorgrondelijke reden zag hij opeens Håkan von Enke voor zich. Geïrriteerd verdrong hij die gedachte.

Hij begon aangeschoten te raken. Het was alsof de begrafenisplechtigheid hem eigenlijk niet aanging. Toen het allemaal achter de rug was en Lilja Blooms Baiba's moeder ging begroeten verliet Wallander snel en discreet de kapel. Hij draaide zich niet om, liep rechtstreeks naar zijn hotel en vroeg bij de receptie of ze hem konden helpen om zijn vlucht om te boeken. Hij was van plan geweest tot de volgende dag te blijven, maar nu wilde hij zo snel mogelijk weg. Op de middagvlucht naar Kopenhagen was nog plek. Hij pakte zijn koffer in, hield zijn begrafeniskostuum aan en verliet het hotel met een taxi, bang dat Lilja Blooms hem zou zoeken. Hij zat bijna drie uur op een bank bij het luchthavengebouw voordat het tijd was om door de veiligheidscontrole te gaan.

Aan boord van het vliegtuig ging hij door met drinken. In Ystad nam hij een taxi naar huis en toen hij uitstapte, viel hij bijna naar buiten. Jussi was zoals gewoonlijk bij de buren en hij besloot de hond pas de volgende dag op te halen.

Hij plofte in bed en werd 's ochtends tegen negenen wakker. Van binnen voelde hij grote wroeging over het feit dat hij de kapel was ontvlucht zonder zelfs maar afscheid van Lilja te nemen. Hij zou haar over een paar dagen moeten bellen en moeten proberen een redelijke verontschuldiging aan te voeren. Maar wat moest hij zeggen?

Misselijk was hij ook. Hij kon nergens aspirines vinden, ook al zocht hij de hele badkamer en alle keukenlades af. Omdat hij de gedachte om helemaal naar Ystad te rijden niet aankon, ging hij naar zijn naaste buurvrouw om te vragen of zij ook aspirines had. Bij haar in de keuken loste hij die op in een glas water en ze gaf hem er ook nog een paar extra mee voor thuis.

Toen hij thuiskwam, deed hij Jussi in de kennel. Binnen knipperde het lichtje van zijn antwoordapparaat. Sten Nordlander had gebeld. Wallander zocht diens mobiele nummer op en belde. Bij Sten Nordlander waaide het toen hij opnam.

'Ik bel jou wel', riep hij. 'Ik moet alleen eerst even een beetje luwte vinden.'

'Ik ben thuis.'

'Over tien minuten? Alles goed met je?'

'Ja, hoor.'

'Ik bel je.'

Wallander ging aan de keukentafel zitten wachten. Jussi liep in zijn kennel rond te snuffelen alsof er muizen of vogels op bezoek waren geweest. Af en toe wierp hij een blik naar het keukenraam. Wallander stak zijn hand op om te zwaaien. Jussi reageerde niet, hij zag hem niet, hij wist alleen dat Wallander binnen was. Wallander deed het raam open. Meteen begon Jussi met zijn staart te kwispelen en kwam hij op zijn achterpoten tegen het hekwerk overeind.

De telefoon ging. Sten Nordlander had luwte gevonden, de wind was weg.

'Ik zit op zee', zei hij. 'Op een eilandje, eigenlijk nauwelijks meer dan een kale klip, in de buurt van Moja. Weet je waar dat is?'

'Nee.'

'Helemaal aan de rand van de archipel van Stockholm. Het is hier heel mooi.'

'Het is goed dat je belde', zei Wallander. 'Anders had ik zelf van me laten horen. Er is iets gebeurd. Håkan heeft zich vertoond.'

Wallander vertelde snel wat er was gebeurd.

'Vreemd!' zei Sten Nordlander. 'Toen ik hier op de klip aan land stapte, moest ik net aan hem denken.'

'Was daar een speciale aanleiding voor?'

'Hij hield van eilanden. Hij vertelde een keer dat hij er als kind van droomde om in alle zeeën van de wereld eilanden te bezoeken.'

'Heeft hij ooit geprobeerd dat te realiseren?'

'Volgens mij niet. Louise hield er niet zo van om te vliegen of met een schip te reizen.'

'Gaf dat nooit problemen?'

'Voorzover ik weet niet. Hij was erg aan haar gehecht en zij aan hem. Ook al breng je ze niet altijd in praktijk, dromen kunnen toch waarde hebben.'

De verbinding was slecht; het bereik op de klip waarop Sten Nordlander zich bevond was heel matig. Ze spraken af dat hij Wallander zou bellen wanneer hij weer op het vasteland was.

Wallander legde zijn telefoon zachtjes op tafel. Hij bleef doodstil zitten. Opeens had hij sterk het gevoel dat hij wist waar Håkan von Enke zich bevond. Sten Nordlander had hem gewezen in welke richting hij moest gaan.

Zeker weten kon hij het niet en bewijzen had hij ook niet. Toch wist hij het.

Hij moest opeens denken aan een boek dat bij Signe von Enke in de kast had gestaan, naast de boeken over Babar. Het sprookje van Doornroosje. Ik heb lang geslapen, dacht hij, ik had eigenlijk al veel eerder moeten begrijpen waar hij zich bevindt. Ik word nu pas wakker.

Hij begon echt oud te worden. Dat hij niet zag wat hij recht voor zijn neus had.

Jussi begon te blaffen. Wallander liep naar buiten om hem te voeren.

De volgende dag stapte Wallander vroeg in de ochtend in zijn auto. De boerin keek verbaasd toen hij weer met Jussi aankwam.

Ze vroeg hoelang hij weg zou blijven. Hij zei de waarheid.

Hij wist het niet. Hij had absoluut geen idee.

30

De boot die hij had weten te huren was een open kunststof boot van een kleine zes meter lengte, met een buitenboordmotor van het merk Evinrude en zeven pk vermogen. Hij had deze boot gekozen omdat hij niet te groot was om er ook mee te kunnen roeien. Hij ging ervan uit dat dit noodzakelijk zou zijn. Toen hij het huurcontract ondertekende, liet hij zijn politielegitimatiebewijs zien. De verhuurder schrok.

'Alles is in orde', zei Wallander. 'Ik heb alleen een extra tank benzine nodig. Misschien dat ik de boot morgen al terugbreng, maar het kan ook zijn dat ik hem nog een paar dagen hou. Maar u hebt de gegevens van mijn creditcard genoteerd, dus u weet dat u betaald krijgt.'

'Politie op bezoek', zei de man. 'Is er iets gebeurd?'

'Ik ga alleen een goede vriend verrassen die vijftig wordt.'

Wallander had zijn leugen niet voorbereid. Hij was het gewend om uitvluchten te verzinnen. Die kwamen tegenwoordig vanzelf.

De boot lag ingeklemd tussen twee grotere motorboten, eentje van het merk Storö. De motor had geen elektrische ontsteking, maar sloeg meteen aan toen Wallander aan het trekkoord trok. De verhuurder van de boten, die een Fins accent had, verzekerde hem dat de motor betrouwbaar was.

'Ik gebruik hem zelf als ik ga vissen', zei hij. 'Het probleem is alleen dat er bijna geen vis is. Maar ik ga toch vissen.'

Het was vier uur 's middags. Wallander was een uur eerder in Valdemarsvik gearriveerd. Hij had gegeten in het enige restaurant dat de plaats rijk leek te zijn en was toen op zoek gegaan naar de botenverhuur, die vlak in de buurt gevestigd was, aan de ene kant van de lange baai. Wallander had een rugzak ingepakt, met onder andere zaklampen en een lunchpakket. Hij had ook warme kleren meegenomen, al was het heet deze middag.

Op weg naar Östergötland was hij door een paar regenbuien gereden. Toen hij zich in de buurt van Ronneby bevond, was hij in zo'n heftige bui terechtgekomen dat hij op een parkeerplaats had moeten stoppen om te wachten tot de regen ophield. Terwijl hij naar het gekletter op het dak luisterde en het water over de voorruit zag stromen vroeg hij zich af of zijn gedachtengang juist was. Liet zijn speurzin hem in de steek of zou, zoals al zo vaak, blijken dat hij de situatie goed had ingeschat?

Hij bleef bijna een half uur in gedachten op de parkeerplaats zitten, tot de regen opeens ophield. Hij reed verder en bereikte na verloop van tijd Valdemarsvik. Het was inmiddels opgeklaard en bijna windstil. Het water in de baai rimpelde slechts zachtjes onder invloed van de wind die kwam en ging.

Het rook er naar slijk en modder. Hij herinnerde zich die lucht van de laatste keer dat hij hier op bezoek was geweest.

Wallander startte de motor en voer weg. De verhuurder stond hem lang na te kijken en keerde toen terug naar zijn kantoor. Wallander had besloten de lange baai te verlaten terwijl het nog licht was. Daarna zou hij ergens aanleggen om de avond en de inval van de zomerschemering af te wachten. Hij had geprobeerd de stand van de maan te berekenen, maar daar was hij niet in geslaagd. Hij had Linda kunnen bellen, maar omdat hij niet wilde onthullen waar hij naartoe ging en waarom hij deze trip maakte, liet hij dat achterwege. Als hij eenmaal de baai had verlaten zou hij Martinson bellen. Als hij al belde. De opdracht die hij zichzelf had gegeven hing niet af van maanlicht of duisternis – hij wilde gewoon weten wat hem te wachten stond.

Toen hij tussen de eilanden die voor hem lagen de open zee bespeurde, liet hij de motor stationair draaien en bestudeerde hij de geplastificeerde zeekaart die hij voor zich had. Nadat hij zich eenmaal had georiënteerd en zeker wist waar hij zich precies bevond, koos hij een plek uit, niet ver van zijn einddoel, waar hij op het invallen van de avond kon wachten. De plek was echter al bezet. Bij de rotsplateaus lagen diverse boten afgemeerd. Hij voer verder en vond ten slotte een scheer, niet veel groter dan een bultrots, met een paar bomen. Nadat hij de motor omhoog had geklapt kon hij naar het strand roeien. Aangekomen trok hij zijn jas aan en ging hij tegen een van de bomen koffie zitten drinken uit zijn thermoskan. Daarna belde hij Martinson. Opnieuw werd er door een kind opgenomen, misschien hetzelfde als de vorige keer. Martinson nam de hoorn over.

'Je hebt mazzel', zei hij. 'Mijn kleindochter begint jouw secretaresse te worden.'

'De maan', zei Wallander.

'Wat is daarmee?'

'Je bent te snel met je vraag. Ik ben nog niet klaar.'

'Sorry. Maar ik moet de kleinkinderen voortdurend in de gaten houden.'

'Dat begrijp ik en ik zou je ook niet storen als het niet belangrijk was. Heb je een kalender? Wat is de maanstand op dit moment?'

'De maan? Is dat je vraag? Ben je op astronomisch avontuur?'

'Misschien. Maar kun je het me zeggen?'

'Je moet heel even wachten.'

Martinson legde de hoorn neer. Hij had aan Wallanders stem gehoord dat hij geen uitleg zou krijgen.

‘Het is nieuwe maan’, zei hij toen hij weer aan de telefoon kwam. ‘Een dun sikkeltje. Als je je tenminste in Zweden bevindt.’

‘Dat is het geval. Bedankt voor je hulp’, zei Wallander. ‘Op een dag leg ik het je wel uit.’

‘Ik ben eraan gewend om te wachten.’

‘Waarop?’

‘Op uitleg. Vooral van mijn kinderen wanneer ze niet doen wat ik zeg. Maar dat was meer toen ze nog jonger waren.’

‘Linda was net zo’, zei Wallander in een poging belangstellend te doen.

Hij bedankte Martinson opnieuw voor zijn hulp met de maanstand en beëindigde het gesprek. Hij at een paar boterhammen en ging daarna liggen met een steen als hoofdkussen.

De pijnen kwamen uit het niets. Hij lag naar de hemel op te kijken, in de verte krasten een paar meeuwen, en opeens ging er een steek door zijn linkerarm, met een pijn die zich naar zijn borst en buik verspreidde. Eerst dacht hij dat het kwam doordat hij last had van een scherpe steenrand, maar daarna besefte hij dat de pijn van binnen kwam, en hij bedacht dat wat hij altijd gevreesd had nu gebeurde. Hij had een hartaanval gekregen.

Hij bleef roerloos liggen, stijf en doodsbang, hield zijn adem in, bang dat nieuwe ademteugen de laatste restanten van het vermogen van zijn hart om te kloppen zouden uitdoven.

De herinnering aan het overlijden van zijn moeder stond hem opeens helder voor de geest. Het was alsof haar laatste uur zich vlak bij hem afspeelde. Ze was pas vijftig jaar geweest. Zijn moeder had nooit buiten de deur gewerkt en ze had geprobeerd haar gezin, met de grillige echtgenoot, met zijn voortdurend wisselende inkomsten, en de twee kinderen Kurt en Kristina bijeen te houden. Ze woonden toen in Limhamn en deelden een huis met een ander gezin, waar Kurts vader niet tegen kon. De man daarvan was een machinist die geen vlieg kwaad deed. Eén keer informeerde hij echter, uit pure vriendelijkheid, of het voor Wallanders vader niet ontspannend zou zijn om eens een tijdje andere motieven te schilderen dan het voortdurend herhaalde landschap. Kurt had het gesprek aangehoord. De machinist, Nils Persson genaamd, haalde zijn eigen beroepsleven als voorbeeld aan. Na lange periodes van voortdurend heen en weer reizen tussen Malmö en Alvesta was hij blij dat hij opeens machinist was op de exprestrein die naar Gotenburg reed en soms helemaal naar Oslo. Wallanders vader was natuurlijk woest geworden en had meteen de contacten verbroken. Aan Wallanders moeder daarna de taak om te proberen te bemiddelen en ervoor te zorgen dat de omgang met de buren weer een beetje draaglijk werd.

Op een middag in de vroege herfst van 1962 was ze onverwacht overleden. Ze was in hun tuintje de was aan het ophangen geweest. Wallander was net uit school thuisgekomen en had aan de keukentafel zijn boterhammen zitten eten. Hij had zich één keer omgedraaid en haar met wasknijpers en een sloop in haar handen gezien, en hij was met zijn boterhammen verdergegaan. Toen hij zich opnieuw omdraaide, had hij door het raam gezien hoe ze op haar knieën zat met haar handen tegen haar borst. Eerst dacht hij dat ze iets had laten vallen, maar daarna zag hij dat ze op haar zij viel, langzaam, alsof ze zo lang mogelijk tegenstribbelde. Hij was naar buiten gerend en had haar naam geroepen, maar ze was al niet meer te redden. De arts die de obductie had uitgevoerd zei dat het om een massief hartinfarct ging. Al had ze al in het ziekenhuis gelegen toen het gebeurde, dan nog zou ze niet meer te redden zijn geweest.

Dat zag hij nu voor zich, in opflakkerende, schokkerige

beelden, terwijl hij ondertussen zijn eigen pijn op afstand probeerde te houden. Hij wilde niet voortijdig sterven zoals zijn moeder, en hij wilde al helemaal niet op dit moment sterven, eenzaam op een bultrots in de Oostzee.

Hij bad stille, ontdane gebeden. Niet echt aan een god gericht, meer aan zichzelf, om tegenstand te bieden, zich niet mee te laten trekken in de stilte. Ten slotte voelde hij dat de pijnen niet toenamen, dat zijn hart bleef kloppen. Hij probeerde zichzelf ertoe te dwingen rustig te zijn, verstandig te handelen, niet in wanhopige en blinde paniek te geraken. Voorzichtig ging hij overeind zitten. Met zijn hand tastte hij naar de telefoon die hij in zijn rugzak had gestopt. Hij begon het nummer van Linda in te toetsen, maar bedacht zich. Wat zou zij kunnen doen? Als hij echt een hartaanval had gehad moest hij het alarmnummer bellen.

Iets weerhield hem daar echter van. Misschien was het het gevoel dat de pijnen leken te verminderen? Hij voelde dat zijn pols regelmatig was. Hij draaide voorzichtig met zijn linkerarm en vond een houding waarbij de pijn leek af te nemen, in andere posities nam die juist toe. Dat kwam niet overeen met de symptomen van een acute hartaanval. Hij nam nu zijn pols op. Vierenzeventig slagen per minuut. Normaal had hij een pols tussen de zesenzestig en achtenzeventig. Alles was zoals het altijd was. Het is stress, dacht hij. Mijn lichaam simuleert iets wat me kan treffen als ik het niet kalmer aan ga doen, als ik me blijf verbeelden dat ik een onvervangbare rechercheur ben, en geen fatsoenlijke vakantie opneem.

Hij ging weer liggen. De pijn nam steeds meer af, ook al voelde hij die nog wel, zeurend, als een soort dreigement.

Een uur later durfde hij vast te stellen dat hij geen hartaanval had gekregen. Het was een waarschuwing geweest. Misschien moest hij naar huis gaan, Ytterberg bellen en hem vertellen tot wat voor conclusies hij was gekomen. Hij besloot echter te blijven. Nu hij eenmaal zo ver was gereisd, wilde hij uitzoeken of zijn gedachtengang klopte of niet. Wat de uitkomst ook was, hij kon de zaak daarna aan Ytterberg overdragen. Dan hoefde hij zich er niet langer mee bezig te houden.

Hij voelde zich enorm opgelucht. Het was net een levensroes, zoals hij in geen jaren had meegemaakt. Hij kreeg zin om te gaan staan en over de open zee te brullen, maar hij bleef tegen de boomstam zitten, kijkend naar de boten die voorbij voeren terwijl hij de geur van de zee opsnoof. Het was nog steeds warm. Hij ging liggen met zijn jas over zich heen en viel in slaap. Toen hij wakker werd, had hij tien minuten geslapen, misschien een kwartier. De pijn was nu bijna helemaal weg. Hij stond op om een rondje te lopen over de kleine bultrots. Aan de ene kant, die op het zuiden lag, stak de rots bijna loodrecht omhoog. Hij moest moeite doen om er onderaan bij de waterkant omheen te komen.

Opeens bleef hij staan en dook in elkaar. Ongeveer twintig meter voor hem was een rotsspleet. Vlak daarvoor lag een motorboot voor anker en een jol was op de rotsen getrokken. In de spleet lagen twee mensen te vrijen. Bukkend perste Wallander zich tegen de rotswand, maar hij kon de verleiding niet weerstaan om te kijken. Het was een jong stel, niet veel ouder dan twintig. Hij staarde gebiologeerd naar hun naakte lichamen, maar slaagde erin zich los te rukken en geruisloos terug te keren langs dezelfde weg die hij was gekomen. Een paar uur later, toen de schemering eindelijk begon in te vallen, zag hij de motorboot met de jol op sleeptouw langsvaren. Hij stond op en wuifde. De jongen en het meisje in de kuip zwaaiden terug.

In zekere zin was hij jaloers op hen, maar hij had geen sombere gedachten. Een verlangen terug naar zijn eigen jeugd had hij nooit gevoeld. Zijn vroegste erotische ervaringen waren net als die van de meeste mensen: onzeker, beteuterd, vaak op het gênante af. Hij had altijd met argwaan geluisterd naar de beschrijvingen die zijn kameraden gaven van hun escapades en veroveringen. Pas met Mona was het echt een genot geworden. In hun eerste jaren samen hadden ze een seksleven gehad dat hij niet voor mogelijk had gehouden. Met een paar andere vrouwen had hij enorme ervaringen gehad, maar die waren toch niet zo heftig geweest als de ervaringen die hij met Mona had gedeeld in het begin van hun relatie. De grote uitzondering in zijn leven was natuurlijk Baiba.

Hij had echter nooit met iemand liggen vrijen op een rots in zee. De keer dat hij Mona had meegelokt naar een treintoilet, waar ze werden onderbroken door een nijdig gebonk op de deur, kwam nog het dichtst in de buurt van iets spannends. Mona had het ontzettend gênant gevonden en woedend had ze hem laten zweren dat hij haar nooit meer op dergelijke erotische uitstapjes zou proberen mee te lokken.

Dat had hij ook niet gedaan. Tegen het einde van hun lange relatie en huwelijk had de lust hen beiden in de steek gelaten, ook al vlamde die bij hem weer heftig op toen ze hem vertelde dat ze wilde scheiden. Toen wilde zij hem echter niet meer. De deur zat onherroepelijk dicht.

Opeens had hij het idee dat hij zijn leven volledig helder voor zich zag. Hij telde vier beslissende momenten in zijn leven. Het eerste was toen ik tegen de wil van mijn dominante vader in ging en politieagent werd, dacht hij. Het tweede was toen ik in mijn werk iemand ombracht en meende dat ik het niet meer aankon, maar toch besloot bij het korps te blijven. Het derde toen ik Mariagatan verliet, op het platteland ging wonen en Jussi nam. Het vierde was misschien toen ik eindelijk accepteerde dat Mona en ik nooit meer zouden samenleven. Dat was waarschijnlijk het moeilijkste wat ik heb doorgemaakt. Maar ik heb mijn keuzes gemaakt, ik heb niet zitten aarzelen en dubben om er op een dag achter te komen dat het allemaal te laat is. Dat heb ik alleen aan mezelf te danken. Wanneer ik de verbittering bij een hoop mensen in mijn omgeving zie, ben ik blij dat ik zo niet ben. Ik heb ondanks alles geprobeerd verantwoordelijkheid voor mijn leven te nemen, ik ben niet alleen maar een beetje met de stroom meegedeind.

Toen de schemering inviel, begonnen de muggen hem te plagen. Hij had er echter aan gedacht een muggenstift mee te nemen en hij trok de capuchon van zijn anorak over zijn hoofd. Je hoorde steeds minder motorboten op het water. Een eenzame zeilboot zeilde naar open zee.

Met de muggen suizend rond zijn oren verliet hij even na middernacht de bultrots. Hij volgde de steeds donkerder wordende omtrekken van de eilanden langs de vaarroute, die hij met behulp van de zeekaart had uitgestippeld. Hij voer zachtjes en hield in de gaten of hij geen verkeerde koers volgde. Toen hij zijn einddoel naderde, ging hij nog zachter varen en uiteindelijk zette hij de motor helemaal uit. Er was een voorzichtige nachtbries opgestoken. Hij klapte de motor omhoog, stak de roeispanen in het water en begon te roeien. Af en toe liet hij de riemen rusten om het donker te doorboren met zijn blik. Hij zag echter geen licht en dat baarde hem zorgen. Er zou licht moeten schijnen, dacht hij. Het zou niet donker moeten zijn.

Hij roeide naar het strand en stapte voorzichtig uit de boot. De onderkant schraapte over de stenen toen hij hem aan land trok. Hij bond de vanglijn rond een paar elzen die op het strand groeiden. De zaklampen had hij in de boot al uit zijn rugzak gehaald en eentje ervan stopte hij nu in zijn zak. De andere hield hij in zijn hand.

Er zat in zijn rugzak echter ook een ander voorwerp en daar

zocht hij nu naar, tussen de resten van zijn lunchpakket en de kleren die hij had meegenomen. Hij had zijn dienstwapen in de rugzak gestopt. Tot op het laatst had hij getwijfeld, maar ten slotte toch besloten om het mee te nemen, met een geladen magazijn. Waarom hij dat had gedaan kon hij voor zichzelf niet helemaal verklaren. Er was niets wat erop wees dat hij zich blootstelde aan onmiddellijk fysiek gevaar.

Maar Louise is dood, had hij gedacht. En Herman Eber heeft me ervan overtuigd dat ze vermoord is. Tot ik meer weet, moet ik ervan uitgaan dat Håkan de schuldige kan zijn, ook al heb ik bewijzen noch motieven.

Hij stopte het magazijn in zijn pistool en controleerde of het wapen vergrendeld was. Daarna deed hij de zaklamp aan en keek of het blauwe filter dat hij voor de lichtkegel had bevestigd er nog zat. Het licht was zwak en zou moeilijk te zien zijn voor iemand die niet op zijn hoede was.

Hij luisterde of hij in de duisternis iets hoorde. Het geruis van de zee maakte het moeilijk om andere geluiden te onderscheiden. Hij zette zijn rugzak terug in de boot, bescheen de vanglijn en zag dat de boot fatsoenlijk vastgemeerd lag. Daarna begon hij voorzichtig landinwaarts te lopen. Vlak bij het water was het struikgewas dicht. Al na een paar meter liep hij recht in het web van een kruisspin en hij begon wild om zich heen te slaan toen hij merkte dat de grote spin op zijn trui was blijven hangen. Slangen kon hij wel verdragen, maar spinnen niet echt. In plaats van recht door de struiken te lopen volgde hij het strand om een plek te zoeken waar het struikgewas wat minder dicht was. Na ongeveer vijftig meter kwam hij bij een plaats waar de restanten van een oude scheepshelling zichtbaar waren. Hij had geen oriëntatiepunten, omdat hij nog niet eerder op dit eiland was geweest; hij had het alleen maar vanaf een boot gezien. Toen waren ze het langs de andere kant gepasseerd, in westelijke richting. Nu had hij aangelegd aan de oostkant, in de hoop dat dit de achterkant van het eiland zou zijn.

In een van zijn zakken begon zijn mobieltje te rinkelen. Toen hij het toestel probeerde te vinden om het geluid uit te zetten liet hij zijn zaklamp vallen. Het ene belsignaal na het andere weerklonk. In stilte vloekend zat hij aan zijn kleren te rukken en te trekken om de mobiel te vinden. Hij telde minstens zes signalen voordat hij het geluid eindelijk wist uit te zetten. Op de display zag hij dat Linda had gebeld. Hij stopte de telefoon in zijn borstzak en trok de rits dicht. In zijn oren hadden de signalen geklonken alsof er een alarm afging. Hij luisterde, maar er was in de duisternis niets te zien of te horen. Het enige wat er was, was het ruisen van de zee.

Voorzichtig zocht hij verder zijn weg tot hij de contouren van het donkere huis kon zien. Hij ging achter een eik staan, maar zag geen licht. Ik heb me vergist, dacht hij. Er is hier niemand. Mijn conclusie was gewoon niet juist.

Uiteindelijk ontwaarde hij toch een zwak licht dat tussen een vensterbank en een neergetrokken rolgordijn naar buiten streek. Toen hij dichterbij kwam, zag hij ook van de andere ramen zwakke lichtschitteringen.

Hij liep voorzichtig om het huis heen. Het was verduisterd, alsof er oorlog heerste en geen licht de vijand mocht leiden. De vijand ben ik, dacht Wallander.

Hij legde zijn oor tegen de houten muur en luisterde. Hij hoorde mompelende stemmen, af en toen verweven met muziek. Een televisie of een radio; hij kon niet vaststellen welke van de twee.

Hij trok zich weer terug in de schaduw en probeerde te besluiten wat hij zou doen. Verder dan tot het punt waar hij zich nu bevond, had hij niets gepland. Hoe zou hij verder te werk gaan? Zou hij wachten tot het ochtend werd en dan op de deur kloppen om te zien wie er opendeed?

Hij aarzelde. Zijn besluiteloosheid irriteerde hem. Waar was hij eigenlijk bang voor?

Tijd om die vraag te beantwoorden kreeg hij niet, althans niet op dat moment. Hij voelde een hand op zijn schouder, schrok op en draaide zich om. Ook al was hij om die reden aan zijn reis begonnen, toch was hij verbaasd om Håkan von Enke in het donker te zien staan. Hij droeg een trainingsjack en een spijkerbroek, was ongeschoren en had lang haar.

Ze stonden elkaar zwijgend aan te kijken, Wallander met zijn zaklamp in de hand, Håkan von Enke op blote voeten op de vochtige grond.

'Ik neem aan dat je mijn telefoon hoorde gaan', zei Wallander.

Håkan von Enke schudde zijn hoofd. Hij leek niet alleen bang, maar ook verdrietig.

'Ik heb een alarm rond het huis. De afgelopen tien minuten was ik bezig uit te vogelen wie er naar het eiland was gekomen.'

'Ik ben het maar', zei Wallander.

'Ja', zei Håkan von Enke. 'Jij bent het maar.'

Daarna gingen ze naar binnen. Pas binnen in het licht ontdekte Wallander dat ook Von Enke een wapen droeg. Hij had een pistool in zijn broekband gestopt. Die keer, in Djursholm, had hij het wapen onder zijn colbertje gedragen.

Voor wie is hij bang? dacht Wallander. Voor wie verbergt hij zich eigenlijk?

Het geruis van de zee was niet meer te horen. Wallander bestudeerde de man die zo lang verdwenen was geweest.

Ze deden er een hele tijd het zwijgen toe. Daarna begonnen ze voorzichtig te praten. Langzaam, alsof ze elkaar met uiterste waakzaamheid tegemoet traden.

DEEL 4

Drogbeeld

31

Het werd een lange nacht. Tijdens het slepende gesprek met de ingehaalde voortvluchtige bedacht Wallander een paar keer dat dit een rechtstreeks vervolg was op het gesprek dat ze bijna zes maanden eerder hadden gevoerd in een raamloze kamer in een feestlokaal bij Stockholm. Wat hij nu langzaam begon te begrijpen, deed hem verbaasd staan, maar het verklaarde wel uitstekend waarom Håkan von Enke destijds zo'n gekwelde indruk had gemaakt.

Wallander voelde zich helemaal geen Stanley die Livingstone terugvond. Hij had het bij het rechte eind gehad, dat was alles. Zijn intuïtie had hem weer eens op het juiste spoor gezet. Von Enke liet niet blijken of hij verbaasd was dat zijn schuilplaats was ontdekt. Wallander vond dat de oude duikbootkapitein zich van zijn koelbloedige kant liet zien. Wat er ook gebeurde, hij stond nergens van te kijken.

De jachthut, die van de buitenkant zo eenvoudig leek, toonde een heel ander gezicht toen Wallander eenmaal over de drempel was gestapt. Er waren geen binnenmuren, er was slechts één grote open ruimte met een keuken. In een kleine aanbouw was een badkamer en dat was ook de enige ruimte die je kon afsluiten. In een hoek van de kamer stond een bed. Het was spartaans, dacht Wallander; het leek nog het meest op een kooi, of de kleine ruimte waar ook een kapitein aan boord van een onderzeeër het mee moet doen. Midden in de kamer stond een grote tafel met boeken, ordners en paperassen. Aan de korte muur van de hut hing een plank waarop een radio stond, op een tafeltje stonden een tv en een grammofoon, ernaast een donkerrode ouderwetse leunstoel.

'Ik had niet gedacht dat hier elektriciteit was', zei Wallander.

'In de rotsen is met explosieven een ruimte vrijgemaakt en daarin is een generator verzonken. Zelfs wanneer het helemaal stil is op het water hoor je het geluid van de motor niet.'

Håkan von Enke stond bij het fornuis koffie te zetten. In de stilte probeerde Wallander zich voor te bereiden op het gesprek dat zou volgen, maar nu hij de man naar wie hij al zo lang zocht had gevonden wist hij opeens niet wat hij hem moest vragen. Alles wat hij eerder had bedacht kwam hem nu voor als een troebele wirwar van onaffe conclusies.

Zijn gedachten werden onderbroken doordat Von Enke opeens zei: 'Herinner ik het me goed dat jij geen suiker of melk gebruikt?'

'Dat klopt.'

'Ik kan je helaas geen koffiebroodjes aanbieden. Heb je honger?'

'Nee.'

Håkan von Enke maakte een deel van de grote tafel vrij. Wallander zag dat de meeste boeken over moderne oorlogsvoering en actuele politiek gingen. Eén boek, dat het meest beduimeld en stukgelezen leek, heette *Het duikbootgevaar*, niet meer en niet minder.

De koffie die Wallander kreeg, was sterk. Zelf dronk Von Enke thee. Wallander had spijt dat hij dat niet ook gekozen had.

'Ik begrijp natuurlijk dat je veel vragen hebt waarop je een antwoord wilt', zei Håkan von Enke. 'Het is niet zeker dat ik ze kan of wil beantwoorden, maar voordat we zover zijn, moet ik jou een paar vragen stellen. In de eerste plaats: ben je hier alleen naartoe gekomen?'

'Ja.'

'Wie weten er nog meer waar je bent?'

'Niemand.'

Wallander zag dat Von Enke twijfelde of hij hem moest geloven.

'Niemand', herhaalde Wallander. 'Dit is helemaal mijn eigen reis. Er is niemand betrokken bij deze expeditie.'

'Zelfs Linda niet?'

'Zelfs zij niet.'

'Hoe ben je hier gekomen?'

'In een klein bootje met een buitenboordmotor. Als je wilt, kan ik je de naam van de verhuurder wel noemen. Maar die had geen idee waar ik naartoe ging. Ik zei dat ik een oude vriend wilde verrassen die jarig was. Ik ben ervan overtuigd dat hij me geloofde.'

'Waar ligt je boot?'

Wallander wees over zijn schouder.

'Aan de andere kant van het eiland. Aan land getrokken en vastgeknoopt aan een paar elzen.'

Håkan von Enke zat zwijgend zijn theekopje te bestuderen. Wallander wachtte.

'Het verbaast me natuurlijk niet dat iemand mij uiteindelijk heeft gevonden', zei Von Enke. 'Maar ik moet toegeven dat ik niet had verwacht dat jij het zou zijn.'

'Wie had je dan verwacht buiten in het donker te zien?'

Håkan von Enke schudde zijn hoofd; daar wilde hij geen antwoord op geven. Wallander besloot de vraag voorlopig te laten rusten.

'Hoe heb je me gevonden?'

Von Enke maakte een vermoeide indruk toen hij zijn vraag stelde. Wallander realiseerde zich dat het inspannend moest zijn om op de vlucht te zijn, ook al was je dan niet de hele tijd in beweging, van de ene plaats naar de andere.

'Toen ik Bokö bezocht, maakte Eskil Lundberg een opmerking dat de hut perfect was voor wie van de aardbodem wilde verdwijnen. Door zijn woorden werd bij mij een kiem gelegd.

Je weet natuurlijk dat ik bij hem op bezoek ben geweest. Wat hij zei lag bij mij van binnen te kiemen. Toen ik vervolgens te horen kreeg dat je een voorliefde voor eilanden had, besefte ik dat je je misschien hier bevond.'

'Wie heeft je verteld over mij en mijn eilanden?'

Wallander besloot om Sten Nordlander er voorlopig buiten te houden. Er bestond een ander antwoord, dat niet gecontroleerd kon worden.

'Louise.'

Von Enke knikte zwijgend. Vervolgens rechtte hij zijn rug; op de een of andere manier prepareerde hij zich.

'We kunnen dit op twee manieren doen', zei Wallander. 'Of je vertelt zelf. Of je geeft antwoord op mijn vragen.'

'Word ik ergens van beschuldigd?'

'Nee. Maar je vrouw is dood. In die zaak ben je een verdachte. Dat gebeurt automatisch.'

'Daar heb ik alle begrip voor.'

Zelfmoord of moord, ging het even door Wallanders hoofd. Je lijkt er niet aan te twijfelen wat het geval is. Wallander realiseerde zich dat hij behoedzaam te werk moest gaan. De man voor hem was ondanks alles iemand over wie hij heel weinig wist.

'Vertel', zei Wallander. 'Ik onderbreek je als het onduidelijk wordt, als er iets is wat ik niet begrijp. Je kunt beginnen met Djursholm. Toen je je verjaardag vierde.'

Håkan von Enke schudde heftig zijn hoofd. Zijn vermoeidheid leek opeens verdwenen. Hij liep naar het fornuis om water in zijn kopje te schenken en er een nieuw theezakje in te doen. Daarna bleef hij met het kopje in zijn hand staan.

'Dat is de verkeerde benadering. Ik moet eerder beginnen. Er is maar één uitgangspunt', zei hij. 'Een eenvoudig uitgangspunt, maar het is volkomen waar. Ik had mijn vrouw Louise boven alles lief. God vergeef me voor wat ik nu zeg, maar ik heb meer van haar gehouden dan van mijn zoon. Louise was de vreugde van mijn bestaan; haar te zien aankomen, te zien lachen, haar horen bewegen in een belendende kamer.'

Hij zweeg en keek Wallander aan met een blik die tegelijkertijd priemend en uitdagend was. Hij verlangde een antwoord, of althans een reactie van Wallanders kant.

'Ja', zei Wallander. 'Ik geloof je. Het is zeker waar wat je nu zegt.'

Vervolgens begon Håkan von Enke aan zijn verhaal.

'We moeten ver terug in de tijd. Er zijn geen redenen voor mij om tot in het kleinste detail te beschrijven wat er gebeurd is. Dat duurt te lang en is ook niet nodig. Maar we moeten helemaal teruggaan naar de jaren zestig en zeventig. Ik was toen nog in actieve dienst aan boord van schepen van de vloot, onder andere gedurende periodes als commandant op een van onze modernste mijnenvegers. Louise werkte in die jaren als lerares. Haar vrije tijd besteedde ze aan jonge schoonspringsters en af en toe reisde ze naar Oost-Europa, vooral Oost-Duitsland, dat in die tijd erg succesvol was in het ontwikkelen van nieuwe talenten. Tegenwoordig weten we dat dit lag aan een combinatie van uitzinnige, bijna slavernijachtige training en een geavanceerd gebruik van allerlei dopingpreparaten. Eind jaren zeventig werd ik overgeplaatst naar een post in de commandostaf en klom ik op naar de hoogste operationele leiding van de Zweedse marine. Dat betekende veel werk, ook thuis. Een paar avonden in de week nam ik geheime documenten mee naar huis. Ik had een wapenkast, omdat ik ook jaagde, vooral op reeën, maar een enkele keer nam ik ook deel aan de jaarlijkse elandenjachten. Ik bewaarde mijn geweren en munitie achter slot en grendel en 's nachts wanneer Louise en ik uitgingen, naar het theater of een receptie, legde ik mijn aktentas met allerlei documenten daar ook in.'

Hij onderbrak zichzelf en haalde voorzichtig het theezakje

uit zijn kopje. Hij legde het op een schoteltje en vervolgde: 'Wanneer merk je dat iets niet is zoals het wezen moet? De bijna onzichtbare tekens dat er iets is veranderd of verplaatst? Ik neem aan dat jij als rechercheur vaak in situaties bent terechtgekomen waarbij je die vage signalen opmerkt. Toen ik op een ochtend de wapenkast van het slot deed, merkte ik dat er iets niet in orde was. Ik kan me het gevoel nog herinneren. Ik stond op het punt mijn bruine tas eruit te halen, maar hield me in. Had ik die echt neergelegd zoals hij nu lag? Er was iets met het slot en de manier waarop het handvat lag. Mijn aarzeling duurde vijf seconden, niet langer. Ik duwde mijn gedachte weg. Ik controleerde altijd of alle papieren lagen waar ze moesten liggen. Deze ochtend was daarop geen uitzondering. Ik dacht er niet meer over na. Ik vind van mezelf dat ik een goed waarnemer ben met een goed geheugen. Dat was althans vroeger zo. Als je oud wordt, gaan al je vermogens geleidelijk achteruit. Je kunt het verval alleen maar hulpeloos aanzien. Jij bent aanzienlijk jonger dan ik, maar misschien ervaar je dat zelf ook zo?'

'Mijn gezichtsvermogen', zei Wallander. 'Om de twee jaar moet ik een nieuwe bril kopen. En mijn gehoor is geloof ik ook niet meer zo goed als vroeger.'

'Het reukvermogen is het beste tegen de ouderdom bestand. Dat is het enige van mijn zintuigen dat nog helemaal onaangetast lijkt. Bloemengeuren zijn nog even duidelijk en helder als vroeger.'

Ze deden er het zwijgen toe. Wallander hoorde geritsel in de muur achter hem.

'Muizen', zei Håkan von Enke. 'Toen ik hier kwam, was het nog koud. Bij tijden was het een hels geritsel en geknaag in de muren, maar er zal dus een dag komen dat ik de bewegingen van de muizen in de kruipruimte niet meer kan horen.'

'Ik wil je verhaal niet onderbreken', zei Wallander. 'Maar

toen je die ochtend verdween, ben je toen meteen hiernaartoe gegaan?'

'Ik werd opgehaald.'

'Door wie?'

Von Enke schudde zijn hoofd; hij wilde er niet op ingaan. Wallander drong niet aan.

'Ik keer terug naar de wapenkast', vervolgde Von Enke. 'Een paar maanden later meende ik opnieuw dat de aktentas iets was verplaatst. En weer dacht ik natuurlijk dat ik het me verbeeldde. De papieren die in de tas zaten, waren ook niet door elkaar gehaald en er was ook niets aan veranderd. Maar deze tweede keer maakte ik me zorgen. De sleutels van de wapenkast lagen onder een brievenweger op mijn bureau. De enige die wist waar de sleutels lagen, was Louise. Ik deed toen wat je moet doen als iets je zorgen baart.'

'Wat dan?'

'Ik vroeg het haar zonder omwegen. Ze zat in de keuken te ontbijten.'

'Wat antwoordde ze?'

'Ze ontkende. En stelde de logische vraag waarom zij belangstelling zou moeten hebben voor mijn wapenkast. Volgens mij vond ze het nooit prettig dat ik wapens in huis had, ook al zei ze er niets van. Ik weet nog dat ik me schaamde toen ik naar de auto liep die beneden op me stond te wachten om me naar de militaire staf te brengen. Mijn post hield in dat ik recht had op een auto met chauffeur; dat was een dienstplichtige.'

'Wat gebeurde er daarna?'

Wallander merkte dat zijn vragen Von Enke stoorden. Hij wilde zelf het tempo bepalen. Wallander stak in een verontschuldigend gebaar zijn handen afwerend in de lucht. Hij zou hem niet meer onderbreken.

'Ik was ervan overtuigd dat Louise de waarheid had gesproken. Maar ook daarna had ik het gevoel dat mijn aktentas en documenten verplaatst werden. Met tegenzin begon ik onzichtbare valletjes op te zetten. Ik legde bewust papieren in de verkeerde volgorde, stak een haar in het slot van de aktentas, maakte een vetvlek op het handvat. Het moeilijkste was natuurlijk de kwestie van het motief. Waarom zou Louise belangstelling hebben voor mijn paperassen? Ik kon me zelfs niet voorstellen dat ze het uit pure nieuwsgierigheid deed of uit jaloezie. Ze wist dat ze daar totaal geen reden toe had. Het duurde minstens een jaar voordat ik mezelf voor het eerst de vraag stelde of het ondenkbare misschien mogelijk was.'

Von Enke pauzeerde even, maar vervolgde toen zijn verhaal.

'Kon het zo zijn dat Louise contact had met een vreemde mogendheid? Om een heel eenvoudige reden leek dat totaal onwaarschijnlijk. De documenten die ik mee naar huis nam, waren zeer zelden van dien aard dat ze voor de inlichtingendienst van een vreemde mogendheid erg interessant konden zijn. Maar het bleef me kwellen. Ik merkte dat ik mijn echtgenote begon te wantrouwen, haar begon te verdenken, ook al had ik niet méér dan vage vermoedens en als bewijs een enkele haar die niet meer op zijn oorspronkelijke plek lag. Uiteindelijk besloot ik, inmiddels zaten we aan het eind van de jaren zeventig, voor eens en altijd uit te zoeken of mijn verdenkingen tegen Louise gerechtvaardigd waren of niet.'

Hij stond op en was een poosje naar iets op zoek in een hoek van de kamer waar een heleboel opgerolde kaarten stonden. Toen hij terugkwam, spreidde hij een zeekaart van het middengedeelte van de Oostzee op de tafel uit. Op de hoeken legde hij stenen om de kaart op zijn plaats te houden.

'Najaar 1979', zei hij. 'Om precies te zijn augustus en september. We zouden onze normale herfstoefeningen houden, waar het merendeel van de vaartuigen van de vloot bij betrokken was. Er was verder niets bijzonders met deze oefening. Het was in de tijd dat ik in de commandostaf zat, ik zou als waarnemer deelnemen. Ongeveer een maand voordat de oefening van start zou gaan en alle plannen en tijdschema's waren gemaakt, de navigatieroutes waren vastgesteld en alle vaartuigen in de verschillende oefengebieden waren ingedeeld, maakte ik mijn eigen plan. Ik flanste een document in elkaar waarop ik zelf zette dat het geheim was. De opperbevelhebber ondertekende het zelfs, uiteraard zonder zijn medeweten. Ik voegde een uiterst geheim onderdeel aan de oefening toe, waarbij een van onze onderzeeërs een zeer geavanceerde tankoperatie met een radiogestuurd schip zou oefenen. Het was natuurlijk een en al verzinsel, maar toch niet helemaal onmogelijk om je voor te stellen dat dit realiteit was. Ik beschreef exact de positie en het tijdstip waarop de oefening zou plaatsvinden. Ik wist dat de jager Småland, waarop de waarnemers zich bevonden, op het vastgestelde tijdstip vlak in de buurt zou liggen. Ik nam het document mee naar huis, stopte het 's nachts achter slot en grendel en borg het 's ochtends goed weg in mijn bureau wanneer ik naar mijn werk vertrok. Ik herhaalde die procedure een aantal dagen. De week daarna stopte ik het document in een kluis die ik voor dat doeleinde had gehuurd. Ik aarzelde nog of ik het zou verscheuren, maar ik besefte dat ik het nodig kon hebben als bewijs. De maand die verstreek voor de oefening begon, was de ergste die ik in mijn leven heb meegemaakt. Tegenover Louise moest ik me gedragen alsof er niets aan de hand was. Maar ik had dus een val voor haar opgezet, die ons beiden zou verpletteren als zou blijken dat wat ik vreesde, waar was.'

Hij wees met zijn vinger een plek op de zeekaart aan. Wallander boog voorover en zag dat het een punt ten noordoosten van Gotska Sandön was.

'Hier zou de ingebeelde ontmoeting plaatsvinden tussen de

onderzeeër en het niet-bestaande tankvaartuig. Het was een plek die net buiten het directe oefengebied lag. Dat er in de verte Russische vaartuigen lagen die volgden wat we deden, was niets bijzonders. Wij volgden de oefeningen van het Warschaupact op dezelfde manier. Beleefd hielden we ons op een gepaste, niet-provocerende afstand. Dat ik uitgerekend dit punt had gekozen voor de fictieve ontmoeting had te maken met het feit dat de opperbevelhebber 's ochtends op Berga zou worden afgezet. Daarom zou de jager op de juiste plek zijn, op weg naar het oefengebied, wanneer mijn verzonnen tankoperatie zou plaatsvinden.'

'Ik wil je niet onderbreken,' zei Wallander, 'maar was het echt mogelijk om zulke exacte tijdstippen aan te houden als er zo veel schepen bij betrokken waren?'

'Dat was ten dele juist de bedoeling van de hele oefening. In oorlogssituaties is er niet alleen geld nodig, maar ook een zeer grote mate van punctualiteit.'

Wallander schrok op van een klap op het dak, maar bij Håkan von Enke viel geen reactie te bespeuren.

'Een tak', zei hij slechts. 'Die vallen af en toe uit de boom en slaan hard tegen het dak. Ik heb aangeboden zelf de dode dorre eik om te zagen, maar er is hier op het eiland geen motorzaag. De stam is erg dik. Ik hou het erop dat de eik ergens in het midden van de negentiende eeuw wortel heeft geschoten.'

Hij vervolgde zijn beschrijving van de gebeurtenissen van eind augustus 1979.

'De herfstoefening kreeg nog een extra dimensie door iets wat niemand had gepland. Ten zuiden van Stockholm kreeg de Oostzee te maken met een harde zuidwestelijke wind, die de meteorologen van tevoren niet helemaal hadden weten te voorspellen. Een van onze duikboten, onder bevel van een van onze bekwaamste jongere duikbootkapiteins, Hans-Olov Fredhäll, liep averij aan het roer op en moest de baai van Bråviken in gesleept worden en daar in de luwte liggen tot we hem omhoog konden halen naar Muskö. Voor de mensen die tijdens die storm aan boord waren, was het waarschijnlijk geen pretje. Duikboten kunnen behoorlijk heen en weer slingeren. Verder sprong er een korvet lek bij Hävringe. De bemanning moest door een ander schip aan boord genomen worden, maar de korvet zonk niet. Grote delen van de oefening konden toch doorgang vinden zoals gepland. Het waaide wat minder toen de dag aanbrak waarop de oefening haar laatste fase zou ingaan. Ik geef graag toe dat ik nerveus was en in de dagen voorafgaand aan de verzonnen ontmoeting tussen de onderzeeër en het buitengewoon geavanceerde tankschip haast niet geslapen had. Maar niemand leek te vinden dat ik me vreemd gedroeg. We zetten de opperbevelhebber af en die leek tevreden over wat hij had gezien. De kapitein van de Småland verordonneerde plotseling en onverwacht om zo veel mogelijk snelheid te maken om te controleren of zijn schip in topconditie was. Een poosje maakte ik me zorgen dat we de plek te vroeg zouden passeren, maar de hoge golven zorgden ervoor dat de jager de snelheid waar ik op had gerekend niet oversteeg. Ik bracht de ochtend door op de brug. Dat vond niemand vreemd, omdat ik immers zelf commandant was. De kapitein had de verantwoordelijkheid voor het schip aan zijn tweede man overgedragen, Jörgen Mattsson. Het was kwart voor tien 's ochtends. Mattsson gaf opeens zijn kijker aan mij en wees. Het regende en er hing veel mist, maar het leed geen twijfel wat hij had ontdekt. Aan bakboord lagen twee vissersboten voor ons, uitgerust met alle bewakingsapparatuur en alle mogelijke antennes die wij hadden leren herkennen bij bewakingsschepen van de Russische marine. Ze hadden met alle zekerheid geen enkele vis in hun laadruimte, en dat er Russische technici onze radiocommunicatie zaten af te luisteren hoefden we niet te betwijfelen. Ik moet er misschien aan toevoegen dat we ons op dat moment in internationale wateren bevonden. Ze mochten liggen waar ze lagen.'

'Ze lagen dus te wachten op een duikboot en een bijzonder tankvaartuig?'

'Maar dat wist Mattsson natuurlijk niet. "Waar zijn ze mee bezig?" vroeg hij. "Ver buiten ons oefengebied?" Ik weet nog wat ik antwoordde. *"Misschien zijn het echte vissersschepen."* Maar hij vond het niet grappig. Hij belde naar de kapitein, die op de brug kwam. De jager lag stil terwijl wij de aanwezigheid van de vissersboten meldden. Er kwam een helikopter, die een tijdje bleef hooveren, maar daarna lieten we ze met rust en we voeren verder. Ik had toen echter de brug al verlaten en was naar de hut gegaan die ik tijdens de marineoefening gebruikte.'

'Je wist wat je niet had willen weten?'

'Het was een ervaring waar ik misselijk van was geworden. Die geen zeeziekte ter wereld bij me kon oproepen. Toen ik in de hut kwam, heb ik overgegeven. Daarna ben ik in mijn kooi gaan liggen. Ik dacht dat niets ooit nog zou worden zoals het geweest was. Er was geen andere mogelijkheid dan dat het document dat ik vervalst had door het handelen van mijn vrouw Louise in handen van het Warschaupact was gekomen. Natuurlijk kon ze een handlanger hebben gehad; daar hoopte ik op. Dat zij niet de directe link was naar de buitenlandse inlichtingendienst, maar meer een hulpje van een spion die de cruciale contacten behartigde. Maar ik kon het zelfs niet opbrengen dat nog te geloven. Ik had haar leven tot in de kleinste details onderzocht. Er was niemand die ze regelmatig zag. Ik heb nog steeds geen idee hoe ze het deed. Ik wist niet eens hoe ze mijn valse document had gekopieerd. Had ze het gefotografeerd of overgeschreven? Had ze het uit haar hoofd geleerd? En hoe had ze de informatie doorgegeven? Nog belangrijker was natuurlijk de vraag waar ze alle geheime stukken vandaan kreeg? De povere inhoud van mijn wapenkast kon niet voldoende zijn. Met wie werkte ze samen? Ik wist het niet, ook al besteedde ik al meer dan een jaar al mijn vrije tijd aan pogingen om te begrijpen wat er gebeurde. Maar ik moest mijn eigen ogen wel geloven. Toen ik daar in de hut lag, voelde ik de trillingen van de sterke motoren. Er was geen vluchtweg meer. Ik moest onder ogen zien dat ik getrouwd was met een vrouw die ik niet kende. Hetgeen betekende dat ik mezelf ook niet kende. Hoe kon ik me zo in haar hebben vergist?'

Håkan von Enke stond op en rolde de zeekaart op. Toen hij hem op de juiste plank had teruggelegd deed hij de deur open en liep naar buiten.

Wallander kon nog niet helemaal goed bevatten wat hij had gehoord. Het was te groot en te veel. Er waren ook nog te veel onbeantwoorde vragen.

Von Enke kwam terug, deed de deur dicht en controleerde of hij zijn gulp wel had dichtgedaan.

'Je hebt verteld over gebeurtenissen van dertig jaar geleden', zei Wallander. 'Dat is een hele tijd. Waarom gebeurt wat er gebeurt nu pas?'

Toen Håkan von Enke antwoordde, maakte hij opeens een onwillige, korzelige indruk.

'Wat heb ik je gezegd toen we aan dit gesprek begonnen? Ben je dat vergeten? Ik zei dat ik van mijn vrouw hield. Daar kon ik niets aan veranderen. Wat ze ook had gedaan.'

'Maar je zult haar toch ter verantwoording hebben geroepen?'

'O ja?'

'Het was één ding dat ze een misdrijf tegen ons land had gepleegd, maar ze had jou ook belazerd. Je geheimen gestolen. Je kunt onmogelijk met haar hebben verder geleefd zonder te onthullen wat je wist.'

'O nee?'

Wallander kon moeilijk geloven dat het waar was wat hij hoorde, maar de man die het lege theekopje tussen zijn handen heen en weer rolde, maakte een overtuigende indruk.

'Je bedoelt dus dat je niets tegen haar hebt gezegd?'

'Nooit.'

'Echt nooit? Dat klinkt absurd.'

'Toch is het zoals ik zeg. Ik nam geen geheime documenten meer mee naar huis. Toen ik andere taken kreeg, had ik argumenten waarom mijn aktentas 's avonds leeg was.'

'Ze moet iets hebben gemerkt. Anders lijkt het me wel heel onwaarschijnlijk.'

'Ik heb nooit iets aan haar gemerkt. Ze was net als altijd. Na een paar jaar begon ik te denken dat het allemaal een boze droom was geweest. Maar ik kan me natuurlijk vergissen. Het kan heel goed zijn dat ze besefte dat ik haar doorhad. Zo deelden we een geheim zonder zeker te weten wat de ander wel of niet wist. Zo was het totdat alles op een dag opeens veranderde.'

Wallander vermoedde – meer dan dat hij het wist – waar Von Enke op doelde.

'Je bedoelt de duikboten?'

'Ja. Toen waren er inmiddels geruchten de ronde gaan doen dat het opperbevel vermoedde dat er zich een spion ophield binnen de Zweedse defensie. De eerste waarschuwingen waren gekomen van een overgelopen Russische agent die in Londen zijn hart had gelucht. Binnen de Zweedse defensie was er een spion die de Russen heel hoog hadden zitten. Iemand van wie er geen dertien in een dozijn gingen, die de kunst verstond om aan echt belangrijke informatie te komen.'

Wallander schudde langzaam zijn hoofd.

'Het is moeilijk te begrijpen', zei hij. 'Een spion binnen de Zweedse defensie. Jouw vrouw is lerares, ze trainde in haar vrije tijd jonge getalenteerde schoonspringsters. Hoe kon ze aan defensiegeheimen komen als jouw aktentas leeg was?'

'Het staat me bij dat die Russische overloper Ragulin heette. Een van de vele overlopers in die tijd. We konden ze soms met moeite uit elkaar houden. Hij kende natuurlijk niet de naam van of nadere omstandigheden rond de persoon die de Russen bijna vereerden. Maar hij wist één ding, een detail zou je kunnen zeggen, dat het hele plaatje op een drastische manier veranderde. Ook voor mij.'

'Wat?'

Håkan von Enke zette zijn lege theekop weg. Het was alsof hij zich schrap zette. Ondertussen moest Wallander denken aan wat hij Herman Eber had horen vertellen over een andere Russische overloper, Kirov genaamd.

'Het was een vrouw', zei Von Enke. 'Ragulin had gehoord dat de Zweedse spion een vrouw was.'

Wallander zweeg.

De muizen knabbelden voorzichtig aan de muren van de jachthut.

32

Er stond een fles met een halfafgemaakt schip op een vensterbank. De fles viel Wallander pas op toen Håkan von Enke voor de tweede keer van tafel opstond en naar buiten liep. Het leek of het feit dat hij aan een ander moest bekennen dat zijn vrouw een spionne was geweest hem te zeer kwelde. Wallander had gezien dat hij vochtige ogen had toen hij zich opeens verontschuldigde en de kamer verliet. Hij liet de deur achter zich openstaan. Buiten begon het al lichter te worden en er was geen risico meer dat iemand zou zien dat er in het huis licht brandde. Toen Håkan von Enke terugkeerde, stond Wallander het verfijnde en gedetailleerde werk van wat een flessenscheepje zou worden nog steeds te bestuderen.

'De Santa Maria', zei Von Enke. 'Het schip van Columbus. Het helpt me om nergens aan te denken. Ik heb de kunst geleerd van een oude chef-machinekamer met een drankprobleem. Je kon hem niet langer aan boord hebben, maar vreemd genoeg verstond hij de kunst om flessenscheepjes te maken, ook al zouden zijn handen daar eigenlijk te trillerig voor moeten zijn. Voordat ik hier op het eiland kwam, heb ik zelf nooit de tijd gehad om me ermee bezig te houden.'

'Een naamloos eiland', zei Wallander.

'Ik noem het Blauwscheer. Het moet toch een naam hebben. De Blauwe Heuvel en de Blauwe Maagd waren al bezet.'

Ze gingen weer aan tafel zitten. Als door een stilzwijgende overeenkomst hadden ze aan elkaar duidelijk gemaakt dat de slaap moest wachten. Ze waren aan een gesprek begonnen dat voortgezet moest worden. Wallander besefte dat het nu zijn beurt was. Håkan von Enke wachtte op zijn vragen.

Om te beginnen keerde Wallander terug naar het uitgangspunt.

'Toen je vijfenzeventig werd', zei Wallander. 'Je wilde met me praten, maar het is me nog niet duidelijk geworden waarom je uitgerekend mij uitkoos om over die gebeurtenissen te vertellen. We hebben dat gesprek eigenlijk ook nooit afgemaakt. Er waren veel dingen die ik helemaal niet begreep. Die ik nog steeds niet begrijp.'

'Ik vond dat je het moest weten. Mijn zoon en jouw dochter, onze enige kinderen, zullen hopelijk hun hele leven bij elkaar blijven.'

'Nee', zei Wallander. 'Wat je nu zegt, is niet voldoende antwoord. Er was een andere reden, daar ben ik van overtuigd. Dat je me trouwens niet de hele waarheid hebt verteld heeft me diep geschokt, dat moet ik je wel zeggen.'

Von Enke keek hem niet-begrijpend aan.

'Jij en Louise hebben een dochter', zei Wallander. 'Signe, die in Niklasgården haar leven leidt. Ik weet dus zelfs waar ze is. Over haar heb je niets gezegd. Zelfs niet tegen je eigen zoon.'

Håkan von Enke zat hem verstijfd in zijn stoel aan te staren. Hij is een man die niet vaak wordt overrompeld, dacht Wallander, maar nu is hij echt perplex.

'Ik ben daar geweest', vervolgde hij. 'Ik heb haar gezien. Ik weet bovendien dat je haar regelmatig bezocht. Je bent er zelfs geweest op de dag voordat je verdween. We kunnen er natuurlijk voor kiezen om niet de waarheid te zeggen, dit gesprek te maken tot iets wat niets verheldert, maar de zaak alleen maar verder in duisternis hult. De keuze is aan ons. Of beter gezegd: aan jou. Ik heb mijn keus gemaakt.'

Wallander bestudeerde Von Enke en vroeg zich af waarom hij leek te aarzelen.

'Je hebt natuurlijk gelijk', zei Von Enke ten slotte. 'Ik ben er alleen zo aan gewend om Signes bestaan voortdurend te ontkennen.'

'Waarom?'

'Dat was vanwege Louise. Ze heeft altijd een vreemd schuldgevoel gehad ten opzichte van Signe. Ook al was het geen bevallingsletsel, of veroorzaakt door iets wat Louise had gegeten of gedronken tijdens de zwangerschap. We hadden het nooit over Signe. Voor Louise bestond ze gewoon niet. Maar voor mij bestond ze wel. Het heeft me altijd dwarsgezeten dat ik niets tegen Hans kon zeggen.'

Wallander zweeg. Håkan von Enke besefte opeens waarom.

'Heb jij het hem verteld? Was dat nodig?'

'Ik had het schandelijk gevonden om hem er niet van op de hoogte te stellen dat hij een zus had.'

'Hoe nam hij het op?'

'Hij was ontdaan, wat natuurlijk goed te begrijpen is. Hij voelde zich voor de gek gehouden.'

Håkan von Enke schudde langzaam zijn hoofd.

'Ik had het Louise beloofd en kon die belofte niet breken.'

'Je moet het er zelf met hem over hebben. Of niet, natuurlijk. Wat me op een heel andere vraag brengt. Wat deed je een paar dagen geleden in Kopenhagen?'

De verbazing van Von Enke was oprecht. Wallander voelde dat hij op dat moment in het gesprek de overhand had. De vraag was alleen hoe hij die kon gebruiken om de man die tegenover hem aan tafel zat de waarheid te laten spreken. Er waren nog veel vragen over.

'Hoe weet je dat ik in Kopenhagen ben geweest?'

'Die vraag beantwoord ik voorlopig niet.'

'Waarom niet?'

'Omdat het antwoord op dit moment niet van belang is. Bovendien ben ik hier degene die de vragen stelt.'

'Moet ik daaruit opmaken dat dit een regelrecht verhoor is?'

'Nee. Maar vergeet niet dat je jouw zoon en mijn dochter enorm hebt belast toen je verdween. Ik ben eigenlijk woedend als ik eraan denk hoe je je hebt gedragen. De enige manier waarop je mij rustig kunt houden is door naar waarheid te antwoorden op mijn vragen.'

'Ik zal het proberen.'

Wallander zette zich opnieuw schrap.

'Heb je contact gehad met Hans?'

'Nee.'

'Was dat wel je bedoeling?'

'Nee.'

'Wat deed je in Kopenhagen?'

'Ik heb geld opgehaald.'

'Maar je zei net dat je geen contact met Hans had gehad. Voorzover ik weet beheerde hij toch het spaargeld van Louise en jou?'

'We hadden een rekening bij de Danske Bank die we stil hebben gehouden. Ik heb na mijn pensionering wat advieswerk gedaan voor een producent van wapensystemen voor marineschepen. Ik werd in dollars uitbetaald. Natuurlijk was dat een soort belastingfraude.'

'Om wat voor bedragen ging het?'

'Ik zie niet in waarom dat belangrijk is. Als je me althans niet wilt aangeven voor belastingfraude?'

'Er zijn ernstiger dingen waar je van wordt verdacht. Maar geef antwoord op mijn vraag!'

'Ongeveer een half miljoen Zweedse kronen.'

'Waarom kozen jullie ervoor een rekening bij een Deense bank te openen?'

'De Deense kroon leek stabiel.'

'En er was geen andere reden waarom je naar Kopenhagen reisde?'

'Nee.'

'Hoe ben je daar gekomen?'

'Met de trein uit Norrköping. Ik ben met een taxi naar het station in Norrköping gereden. Eskil, die jij hebt ontmoet, bracht me naar Fyrudden. Hij heeft me ook weer opgehaald toen ik terugkwam.'

Wallander zag op dat moment geen redenen om te twijfelen aan wat hij nu hoorde.

'Louise wist dus dat je zwart geld had?'

'Ze kon er net zo vrij over beschikken als ik. We hadden geen van beiden een slecht geweten. We vonden allebei dat de Zweedse belastingdruk schandalig hoog was.'

'Waarom had je het geld nu nodig?'

'Omdat wat ik had, op was. Al leef je spartaans, dan nog kost het altijd geld.'

Wallander liet de reis naar Kopenhagen verder rusten en keerde terug naar Djursholm.

'Er is iets wat ik me afvraag, iets waar jij alleen antwoord op kunt geven. Toen we in de serre stonden, ontdekte je achter mij een man die buiten stond. Ik moet bekennen dat ik veel over dat moment heb gepiekerd. Wie was hij?'

'Dat weet ik niet.'

'Maar je werd nerveus toen je hem ontdekte.'

'Ik werd bang.'

Het antwoord kwam eruit als een plotselinge brul. Wallander was op zijn hoede. Misschien was de lange periode van zich schuilhouden toch een te grote aanslag geweest op de man die tegenover hem aan tafel zat. Toen Wallander verderging, besloot hij voorzichtig te zijn.

'Wie denk je dat het was?'

'Ik heb al gezegd dat ik dat niet weet. Het doet er ook niet toe. Zijn aanwezigheid was bedoeld om mij ergens aan te herinneren. Dat denk ik in elk geval.'

'Herinneren waaraan? Laat me nou niet alle antwoorden uit je hoeven trekken.'

'Op de een of andere manier moeten Louises connecties zich hebben gerealiseerd dat ik haar verdacht. Misschien had ze het er zelf over gehad dat ik doorhad wat er gaande was. Ik had al eerder het gevoel gehad dat ik in de gaten werd gehouden, maar nooit zo duidelijk als die keer daar in Djursholm.'

'Je bedoelt dus dat je werd geschaduwd?'

'Niet regelmatig. Maar ik merkte weleens dat iemand mij volgde.'

'Hoelang heeft dat geduurd?'

'Dat weet ik niet. Het kan een hele tijd gebeurd zijn zonder dat ik het merkte. Jarenlang.'

'Laten we uit de serre naar binnen gaan', vervolgde Wallander. 'Naar de raamloze kamer. Je wilde dat we ons terugtrokken, je wilde dat we zouden praten, maar ik weet nog steeds niet waarom je mij als biechtvader uitkoos.'

'Dat had ik absoluut niet zo gepland; het was een plotselinge ingeving. Ik verbaas mezelf soms over de plotselinge besluiten die ik neem. Ik neem aan dat dit voor jou ook geldt? Het hele feest was akelig. Ik werd vijfenzeventig en gaf een feest dat ik eigenlijk niet wilde. Misschien was het een soort paniek die me overviel.'

'Naderhand dacht ik dat er in alles wat je zei een verborgen betekenis zat. Heb ik gelijk in mijn aanname?'

'Nee. Ik wilde gewoon vertellen. Misschien kijken of ik je later mijn geheim zou durven toevertrouwen, dat ik naar alle waarschijnlijkheid met een landverraadster was getrouwd.'

'Had je niemand anders om mee te praten? Sten Nordlander bijvoorbeeld? Je beste vriend.'

'Bij de gedachte alleen al om mijn ellende aan hem te onthullen schaamde ik me.'

'Steven Atkins? Hem heb je in elk geval over je dochter verteld.'

'Toen was ik aangeschoten. Ik had te veel whisky gedronken. Ik heb er later spijt van gehad dat ik iets had gezegd. Ik dacht dat hij het was vergeten. Dat was blijkbaar niet zo, begrijp ik nu.'

'Hij ging ervan uit dat ik ervan wist.'

'Wat zeggen mijn vrienden over mijn verdwijning?'

'Ze maken zich ongerust. Zijn geschokt. Op de dag dat ze beseffen dat jij je verborgen hebt gehouden zullen ze flink ontdaan zijn. Ik vermoed dat je ze zult verliezen. Wat me brengt op de vraag waarom je verdween.'

'Ik voelde me bedreigd. De man bij het hek was alleen maar een soort proloog. Opeens begon ik overal schimmen te zien, waar ik ook liep. Dat was daarvoor nooit zo geweest. Ik kreeg rare telefoontjes. Het was alsof ze altijd wisten waar ik was. Toen ik op een dag het Maritiem Museum bezocht, kwam er een bode naar me toe om te zeggen dat er telefoon voor me was. Een man waarschuwde me in gebroken Zweeds. Hij zei niet waarvoor, alleen dat ik moest oppassen. Het begon totaal onverdraaglijk te worden. Ik heb nooit eerder zo'n angst gevoeld. Het had niet veel gescheeld of ik was naar de politie gestapt om Louise aan te geven. Ik peinsde erover of ik een anonieme brief zou schrijven. Ten slotte hield ik het niet meer vol. Ik sprak af dat ik de jachthut zou gebruiken. Eskil is me in Stockholm komen halen toen ik me tijdens mijn ochtendwandeling bij het stadion bevond. Daarna heb ik al mijn tijd hier doorgebracht, afgezien van de reis naar Kopenhagen.'

'Ik begrijp nog steeds totaal niet dat je Louise nooit hebt geconfronteerd met je verdenkingen, die eigenlijk eerder een overtuiging waren geworden. Hoe kon je leven met iemand die een spion was?'

‘Wat je zegt, is niet helemaal waar. Ik heb haar er twee keer mee geconfronteerd. De eerste keer was in het jaar dat Olof Palme stierf. Dat had er natuurlijk niets mee te maken, maar het was een onrustige tijd. Ik zat soms tijdens de koffie met mijn collega’s te praten over de verdenkingen dat er een spion onder ons huishield. Dat was een vreselijke situatie; een stukje brood zitten eten en redeneren over een denkbare spion die misschien je eigen vrouw is.’

Wallander moest opeens niezen. Håkan von Enke wachtte tot hij uitgeniesd was.

‘In de zomer van 1986 confronteerde ik haar ermee’, vervolgde hij. ‘We waren naar de Rivièra gereisd samen met een stel vrienden, kapitein-luitenant-ter-zee Friis en zijn vrouw, met wie we vaak bridgeten. We hadden onze intrek genomen in een hotel in Menton. Op een avond hadden Louise en ik met zijn tweeën gedineerd, omdat Friis en zijn vrouw bezoek van een van hun dochters hadden gekregen. Daarna maakten we een wandeling door de stad. Ik bleef opeens staan en vroeg het haar zonder omwegen. Ik had me niet voorbereid, het moest er gewoon uit, kun je zeggen. Ik ging voor haar staan en vroeg het haar. Was ze een spion of niet? Ze was geschokt, eerst wilde ze geen antwoord geven en ze stak haar hand op alsof ze me wilde slaan. Maar ze beheerste zich en antwoordde volkomen rustig dat ze dat natuurlijk niet was. Hoe kwam ik op zo’n bespottelijk idee? Wat kon zij een vreemde mogendheid nou vertellen? Ik weet nog dat ze glimlachte; ze nam me niet serieus en toen kon ik dat zelf ook niet doen. Ik kon het gewoon niet opbrengen te geloven dat ze zo’n talent had om te liegen. Ik bood haar mijn verontschuldigingen aan en schoof het op mijn vermoeidheid. De rest van de zomer was ik er volkomen van overtuigd dat ik me vergist had. Maar in het najaar kwamen mijn verdenkingen weer terug.’

‘Wat gebeurde er?’

'Hetzelfde. Papieren in de wapenkast, een gevoel dat iemand aan mijn tas had gezeten.'

'Merkte je een verschil bij haar nadat je haar daar in Menton over je verdenkingen had verteld?'

Von Enke dacht na voordat hij antwoordde.

'Die vraag heb ik mezelf natuurlijk ook gesteld. Soms meende ik te merken dat ze anders was, soms niet. Ik weet het nog steeds niet goed.'

'Wat gebeurde er de tweede keer dat je haar met de rug tegen de muur zette?'

'Dat was in de winter van 1996, precies tien jaar later. We waren in ons appartement. We zaten aan de ontbijttafel, buiten sneeuwde het. Opeens vroeg ze me naar iets wat ik 's nachts in mijn slaap tegen haar had geroepen. Ze beweerde dat ik tegen haar had gegild dat ze een spion was.'

'En had je dat gedaan?'

'Ik weet het niet. Het gebeurde wel dat ik in mijn slaap praatte, maar dat wist ik zelf nooit meer.'

'Wat antwoordde je?'

'Ik draaide het om. Ik vroeg haar of het waar was wat ik had gedroomd.'

'Wat zei ze toen?'

'Ze gooide haar servet naar mijn hoofd en liep de keuken uit. Het duurde tien minuten voordat ze terugkwam. Ik had op mijn horloge gekeken, weet ik nog. Negen minuten en vijfenveertig seconden. Ze bood haar excuses aan, was weer net als altijd en verklaarde, *voor de allerlaatste keer*, zoals ze zei, dat ze niets meer wilde horen over verdenkingen. Die waren absurd. Als ik ze zou herhalen moest zij er wel van uitgaan dat ik aan verstandsverbijstering leed of bezig was seniel te worden.'

'Wat gebeurde er daarna?'

'Niets. Maar mijn bange vermoedens gingen niet over. En de geruchten over de spion die binnen de Zweedse defensie huishield, hielden aan. Twee jaar later kwam het tot een punt dat ik serieus dacht dat ik bezig was mijn verstand te verliezen.'

'Wat gebeurde er toen?'

'Ik werd op een dag bij de militaire inlichtingendienst geroepen voor een verhoor. Er werden geen directe beschuldigingen tegen mij geuit, maar een tijdlang behoorde ik dus tot degenen die ervan werden verdacht te spioneren. Het was een groteske situatie. Maar ik weet nog dat ik dacht dat als het waar was dat Louise zich bezighield met de verkoop van defensiegeheimen aan de Russen, dat ze dan voor de perfecte dekmantel had gezorgd.'

'Jij?'

'Precies. Ik.'

'Wat gebeurde er daarna?'

'Niets. De geruchten over een belangrijke spion kwamen en gingen, soms waren ze sterker, soms zwakker. Een heleboel van mijn collega's werden voor verhoor opgeroepen, ook na hun pensioen. En ik kreeg dus het gevoel dat ik in de gaten werd gehouden.'

Von Enke stond op om de lampen uit te doen die nog aan waren en trok een paar rolgordijnen omhoog. Tussen de bomen waren een grijze dageraad en een even grijze zee te ontwaren. Wallander liep naar een van de ramen. De wind was aangewakkerd. Hij maakte zich zorgen om zijn boot. Håkan von Enke liep met hem mee toen hij ging kijken of de boot nog goed vastlag. Een paar eidereenden lagen te dobberen op de golven. De zon dreef de nachtelijke nevel langzaam uiteen. De boot lag op zijn plek. Met vereende krachten trokken ze de voorsteven nog wat hoger tussen de stenen op het strand.

'Wie heeft Louise omgebracht?' vroeg Wallander toen ze klaar waren met de boot.

Håkan von Enke draaide zich naar hem om en keek hem aan. Wallander stelde zich voor dat hij ooit in Menton Louise ongeveer op dezelfde manier moest hebben geconfronteerd.

'Wie haar heeft omgebracht? En dat vraag je aan mij? Ik weet alleen dat ik het niet was. Maar wat zegt de politie? Wat zeg jij?'

'De rechercheur in Stockholm die de zaak behandelt, lijkt capabel. Maar hij weet het niet. Nog niet, moet ik misschien zeggen. Maar we geven ons meestal niet zomaar gewonnen.'

Zwijgend keerden ze terug naar de jachthut, waar ze hun plek aan tafel weer innamen en hun gesprek vervolgden.

'We moeten bij het begin beginnen', zei Wallander. 'Waarom verdween ze? De meest logische gedachte voor ons die het als buitenstaanders meemaakten, was natuurlijk dat jullie dat samen hadden afgesproken.'

'Zo was het dus niet. Ik vernam uit de kranten dat ze was verdwenen. Het was een schok.'

'Zij wist dus niet waar jij je bevond?'

'Nee.'

'Hoelang was je eigenlijk van plan weg te blijven?'

'Ik had rust nodig, moest nadenken. Bovendien werd mijn leven bedreigd. Ik moest een uitweg vinden.'

'Ik heb Louise diverse keren ontmoet. Ze was oprecht en diep bezorgd over wat jou misschien was overkomen.'

'Ze heeft jou op dezelfde manier voor de gek gehouden als mij.'

'Dat staat niet vast. Kan het niet zo zijn dat zij evenveel van jou hield als jij van haar?'

Von Enke antwoordde niet en schudde alleen zijn hoofd.

'En is het je gelukt?' vroeg Wallander. 'Heb je een uitweg gevonden?'

'Nee.'

'Je moet hebben nagedacht, gepiekerd, hier in de hut slapeloze nachten hebben gehad. Ik geloof je wanneer je zegt dat je van Louise hield. Toch kwam je niet uit je schuilplaats toen ze overleed. Het gevaar voor jouw leven had redelijkerwijs voorbij moeten zijn toen zij niet meer leefde. Maar je bleef je verstoppen. Dat kan ik moeilijk met elkaar rijmen.'

'Sinds ze is overleden ben ik bijna tien kilo afgevallen. Eten kost me moeite, ik slaap bijna niet. Ik probeer te begrijpen wat er is gebeurd, maar dat lukt me niet. Het is of Louise een vreemde voor me is geworden. Ik weet niet wie ze ontmoette, wat tot haar dood heeft geleid. Ik heb geen antwoorden.'

'Wekte ze ooit de indruk dat ze bang was?'

'Nooit.'

'Ik kan je iets vertellen dat niet in de kranten heeft gestaan, iets wat de politie tot nu toe niet publiekelijk bekend heeft gemaakt.'

Wallander legde uit dat er verdenkingen waren dat Louise was vermoord met een gif dat voorheen in Oost-Duitsland werd gebruikt.

'Waarschijnlijk heb jij het aldoor bij het rechte einde gehad', sloot hij af. 'Ergens in haar leven werd jouw vrouw Louise agente voor de Russische inlichtingendienst. Jouw verdenkingen aan haar adres klopten. Zij was de spion waar de geruchten over gingen.'

Von Enke stond met een ruk op en verliet de hut. Wallander wachtte. Na een poosje werd hij ongerust en hij liep naar buiten. Hij vond Von Enke liggend in een rotsspleet aan de kant van het eiland die op volle zee uitkeek. Wallander ging op een steen naast hem zitten.

'Je moet terugkeren', zei hij. 'Als jij je hier blijft verstoppen zal er niets worden opgehelderd.'

'Misschien wacht mij hetzelfde gif? Wordt het er beter van als ik ook sterf?'

'Nee. Maar de politie heeft de middelen om je te beschermen.'

'Ik moet aan de gedachte wennen. Dat ik ondanks alles toch gelijk had. Ik moet proberen te begrijpen waarom en hoe ze dit allemaal heeft gedaan. Pas daarna kan ik terugkeren.'

'Daar moet je liever niet te lang mee wachten', zei Wallander terwijl hij opstond.

Hij liep terug naar de jachthut. Nu was hij degene die koffiezette. Hij had een zwaar hoofd van de lange nacht. Toen Håkan von Enke terugkwam, had hij al twee kopjes op.

'Laten we het over Signe hebben', zei Wallander. 'Ik heb haar bezocht en de map gevonden die je tussen haar boeken had verstopt.'

'Ik hield van mijn dochter, maar ik legde mijn bezoeken in het geheim af. Louise wist nooit dat ik daar kwam.'

'Jij was dus de enige die haar bezocht?'

'Ja.'

'Je vergist je. Na jouw verdwijning is er ten minste één keer een ander persoon geweest. Hij gaf zich uit voor jouw broer.'

Håkan von Enke schudde wantrouwend zijn hoofd.

'Ik heb geen broer. Ik heb een familielid in Engeland, dat is alles.'

'Ik geloof je', zei Wallander. 'We weten niet wie je dochter heeft bezocht. Hetgeen mogelijkerwijs betekent dat het allemaal gecompliceerder in elkaar zit dan jij of ik hadden kunnen voorspellen.'

Wallander zag dat Håkan von Enke opeens was veranderd. Niets van wat ze hadden besproken kwelde hem zo als het nieuws dat iemand anders Signe in Niklasgården had bezocht.

Het liep tegen zessen. Het lange nachtelijke gesprek was voorbij. Ze waren allebei bekaf.

‘Ik vertrek nu’, zei Wallander. ‘Voorlopig ben ik de enige die weet waar jij je bevindt. Maar je kunt je terugkeer niet eindeloos blijven uitstellen. Bovendien zal ik je met vragen blijven bestoken. Denk na over wie Niklasgården kan hebben bezocht. Iemand moet je zijn gevolgd. Wie? Waarom? We moeten dit gesprek voortzetten.’

‘Zeg tegen Hans en Linda dat het goed met me gaat. Ik wil niet dat ze ongerust zijn. Zeg dat ik jou een brief heb gestuurd.’

‘Ik zal zeggen dat je hebt gebeld. Een brief zou Linda meteen willen zien.’

Håkan von Enke liep mee naar de boot en met vereende krachten duwden ze die het water in. Voordat ze de hut verlieten, had Wallander het telefoonnummer van Von Enke gekregen. Met de mededeling dat het bereik op Blauwscheer soms slecht was. De wind was verder aangewakkerd. Wallander begon zich zorgen te maken over zijn tocht naar huis. Hij klom in de boot en klapte de motor naar beneden.

‘Ik moet weten wat er met Louise is gebeurd’, zei Von Enke. ‘Ik moet weten wie haar heeft omgebracht. Ik moet weten waarom ze ervoor koos te leven als landverrader.’

De motor startte bij de eerste ruk aan het koord. Wallander stak groetend zijn hand op en wendde de steven naar het vasteland. Vlak voor hij de landtong van Blauwscheer rondde, keek hij om. Håkan von Enke stond nog op het strand.

Op dat moment kreeg Wallander het voorgevoel dat er iets niet in orde was. Waarom wist hij niet, maar het gevoel dat hem overviel was heel sterk.

Hij voer terug door de lange baai, gaf de boot af en begon aan zijn terugreis naar Skåne. Op een parkeerplaats bij Gamleby stopte hij om een paar uur te slapen.

Toen hij wakker werd, was hij stijf, maar hij had nog steeds hetzelfde gevoel. Na de lange nacht die hij samen met Håkan von Enke had doorgebracht was er eigenlijk maar één ding dat bij hem bleef malen.

Het was net een waarschuwing. Er was iets wat helemaal niet klopte, iets wat hem ontging.

Toen hij een paar uur later zijn erf op draaide, wist hij nog steeds niet wat er aan zijn aandacht ontsnapte.

Zijn enige gedachte was: niets is wat het pretendeert te zijn.

33

De volgende dag maakte Wallander een samenvatting van zijn lange gesprek met Håkan von Enke. Opnieuw nam hij al het materiaal door dat hij had verzameld. Louise bleef een volkomen anonieme indruk maken. Als het klopte dat ze inderdaad inlichtingen aan de Russen had verkocht, dan had ze zich knap achter een nietszeggend en ontwijkend masker verborgen. Wie was ze eigenlijk? dacht Wallander. Misschien was zij een van die mensen die pas begrijpelijk worden wanneer ze dood zijn? Als ze het dan al worden?

Het regende en waaide die julidag in Skåne. Wallander keek door zijn ramen naar het troosteloze weer en bedacht dat de zomer een van de slechtste aan het worden was zolang hij zich kon heugen. Toch dwong hij zichzelf ertoe een lange wandeling met Jussi te maken. Hij moest een beetje zuurstof aan zijn bloed toevoegen en zijn gedachten verzetten. Hij verlangde er hevig naar om op zonnige en stille dagen in zijn tuin te kunnen gaan liggen zonder zich het hoofd te hoeven breken over de problemen die hem nu bezighielden.

Toen hij van zijn wandeling terug was en zijn natte kleren had uitgetrokken ging hij in zijn versleten badjas naast de telefoon zitten en begon hij in zijn telefoonklapper te bladeren. Die stond vol met doorgehaalde telefoonnummers, wijzigingen en aanvullingen. Gisteren in de auto had hij opeens moeten denken aan een oude klasgenoot, Sölve Hagberg, die hem misschien behulpzaam kon zijn. Hij was nu op zoek naar diens telefoonnummer. Dat had hij genoteerd nadat ze elkaar een paar jaar geleden bij toeval op straat in Malmö waren tegengekomen.

Als kind was Sölve Hagberg al een aparte. Wallander schaamde zich toen hij eraan dacht dat hij een van degenen was geweest die Sölve hadden gepest vanwege zijn bijziendheid en zijn oprechte wil om op school iets te leren. Alle pogingen om het zelfvertrouwen van de blokker te doen wankelen waren mislukt. Alle spottende toevoegingen, duwen en schoppen had hij gewoon van zich afgeschud.

Na hun schooltijd hadden ze geen contact meer met elkaar gehad, tot Wallander tot zijn verbijstering op een dag ontdekte dat Sölve Hagberg ging meedoen aan een tv-quiz die *Quitte of Dubbel* heette. Nog verbluffender was dat hij mee zou strijden op het onderwerp 'De geschiedenis van de Zweedse vloot'. Als kind had hij al overgewicht gehad, wat de keus van de pestkoppen voor het slachtoffer natuurlijk vergemakkelijkt had. Was hij destijds dik geweest, nu was hij gewoon moddervet. Het leek of hij op onzichtbare wieltjes de studio binnenrolde. Hij was kaal, droeg een bril zonder montuur en sprak nog steeds hetzelfde moeilijk verstaanbare dialect dat Wallander zich uit hun schooljaren herinnerde. Mona had afkeurende opmerkingen gemaakt over zijn uiterlijk en was naar de keuken gelopen om koffie te zetten terwijl Wallander hem precies de juiste antwoorden hoorde geven op de vragen die hij kreeg. Omdat Sölve met de grootste vanzelfsprekendheid exacte en uitvoerige antwoorden had gegeven won hij uiteraard. Wallander herinnerde zich dat hij nooit had geaarzeld. Hij wist werkelijk alles over de lange en ingewikkelde geschiedenis van de vloot. Het was Sölve Hagbergs grote droom geweest om zijn dienstplicht bij de marine te vervullen en daarna beroepsofficier-ter-zee te worden, maar met al zijn logheid werd hij natuurlijk afgewezen als dienstplichtige en naar huis gestuurd, terug naar zijn boeken en scheepsmodellen. Nu had hij revanche gekregen, of beter gezegd: genomen.

Een korte tijd hadden de bladen belangstelling getoond

voor deze eigenaardige man, die nog steeds in Limhamn woonde en in zijn levensonderhoud voorzag met het geven van lezingen en het schrijven van artikelen voor tijdschriften en jaarboeken die door allerlei militaire instituten werden uitgegeven. Er was ook melding gemaakt van Sölve Hagbergs omvangrijke archief. Hij had gedetailleerde informatie over Zweedse marineofficieren vanaf de zeventiende eeuw tot in de moderne tijd, die hij voortdurend aanvulde. Misschien kon Wallander in dat archief iets vinden wat meer vertelde over wie Håkan von Enke werkelijk was.

Ten slotte vond hij het telefoonnummer, opgeschreven in de klodderige kantlijn bij de letter H. Hij trok de telefoon naar zich toe en toetste het nummer in. Een vrouw nam op. Wallander stelde zich voor en vroeg naar Sölve.

'Die is overleden.'

Wallander was met stomheid geslagen. Na een poos van stilte vroeg de vrouw of hij nog aan de lijn was.

'Ik ben er nog. Ik wist niet dat hij was overleden.'

'Hij is twee jaar geleden gestorven. Hij heeft een hartaanval gehad. Hij was in Ronneby om een lezing te geven voor een groep oude scheepsmachinisten, die als beroepsmilitair bij de vloot hadden gewerkt. Opeens is hij in elkaar gezakt. Dat gebeurde tijdens het diner na afloop. Ik kreeg het vreemde bericht dat hij "tussen het hoofdgerecht en het dessert was overleden".'

'Ik neem aan dat u zijn vrouw bent?'

'Asta Hagberg. We waren zesentwintig jaar getrouwd. Ik heb tegen hem gezegd dat hij moest afvallen. Het enige wat hij deed, was drie in plaats van vier suikerklontjes in zijn koffie nemen. Wie bent u?'

Wallander legde het uit en besloot ondertussen teleurgesteld het gesprek zo snel mogelijk te beëindigen.

'U was een van degenen die hem treiterden', zei ze onverwacht toen hij zweeg. 'Ik herinner me uw naam nu. Een van degenen die hem in zijn schooltijd pestten. Hij had jullie namen opgeschreven en hield precies bij wat voor leven jullie leidden. Hij schaamde zich er niet voor dat het hem plezier deed als het slecht met iemand ging. Waarom belt u? Wat wilt u?'

'Ik had gehoopt dat ik toegang tot zijn grote archief kon krijgen.'

'Sölve is dood, maar misschien kan ik u wel helpen. Ook al weet ik niet goed of ik dat wel wil. Waarom lieten jullie hem niet met rust?'

'Volgens mij wisten we geen van allen echt goed wat we deden. Kinderen kunnen gemeen zijn. Ik was geen uitzondering.'

'Hebt u er spijt van?'

'Natuurlijk.'

'Kom dan maar hiernaartoe. Omdat hij waarschijnlijk vermoedde dat hij niet lang zou leven heeft hij me alles geleerd over hoe het archief is opgebouwd. Wat er gebeurt wanneer ik er ook niet meer ben, weet ik niet. Ik ben altijd thuis. Sölve heeft geld nagelaten. Ik hoef niet te werken.'

Ze schoot in de lach.

'Weet u waar hij zijn geld mee verdiende?'

'Ik neem aan dat hij veel gevraagd werd voor lezingen?'

'Daar liet hij zich nooit voor betalen. Doe nog eens een gooi!'

'Dan weet ik het niet.'

'Hij speelde poker. Hij bezocht illegale speelclubs. Met dat soort dingen houdt u zich toch bezig?'

'Ik dacht dat internet tegenwoordig gebruikt werd voor kaartspellen?'

'Dat trok hem niet. Hij bezocht clubs; soms was hij weken van huis. Het kwam weleens voor dat hij grote bedragen verloor, maar meestal kwam hij met een koffer vol bankbiljetten thuis. Hij zei dat ik het geld maar moest tellen en het op de bank moest zetten. Zelf ging hij dan slapen, soms dagenlang. De politie is hier een paar keer geweest. Hij is tijdens diverse razzia's opgepakt, maar nooit in staat van beschuldiging gesteld en veroordeeld. Volgens mij had hij een afspraak met de politie.'

'Wat bedoelt u daarmee?'

'Wat kan ik anders bedoelen dan dat hij hun tips gaf? Als bepaalde gezochte personen met geld van allerlei overvallen in die clubs opdoken? Niemand zou toch denken dat die aardige, dikke Sölve een klikspaan was? Komt u of komt u niet?'

Toen Wallander het adres opschreef, realiseerde hij zich dat Sölve altijd in dezelfde straat in Limhamn was blijven wonen. Ze spraken af dat hij diezelfde dag rond vijf uur zou komen. Na dit telefoontje belde hij Linda. Haar antwoordapparaat stond aan. Hij sprak in dat hij thuis was. Nadat hij bedorven voedsel uit de koelkast had weggegooid maakte hij een boodschappenlijstje. De koelkast was nu bijna helemaal leeg. Hij wilde net weggaan toen Linda belde.

'Ik kom van de apotheek. Klara is ziek.'

'Is het ernstig?'

'Je hoeft niet altijd te klinken alsof ze op sterven ligt. Ze heeft koorts en keelpijn. Erger dan dat is het niet.'

'Heb je de dokter naar haar laten kijken?'

'Ik heb het gezondheidscentrum gebeld. Volgens mij heb ik het allemaal wel onder controle. Als jij je maar niet opwindt zodat je mij op mijn beurt op stang jaagt. Waar heb je gezeten?'

'Dat kan ik op dit moment niet vertellen.'

'Een vrouw, met andere woorden. Dat is goed.'

'Geen vrouw. Maar ik heb wel een belangrijk bericht. Ik

kreeg zonet een telefoontje. Håkan heeft van zich laten horen.'

Het was eerst alsof ze hem niet begreep. Daarna gilde ze in de hoorn: 'Heeft Håkan van zich laten horen? Wat zeg je potverdomme nou? Waar zit hij? Hoe gaat het met hem? Wat is er gebeurd?'

'Schreeuw niet zo in mijn oor! Ik weet niet waar hij zit. Dat wilde hij niet zeggen. Hij zei dat het goed met hem gaat. Het klonk niet alsof er iets mis met hem was.'

Wallander hoorde haar hijgen. Hij vond het heel onprettig om tegen haar liegen. Hij had er spijt van dat hij zijn belofte gedaan had voordat hij het eiland verliet. Ik zeg gewoon hoe het zit, dacht hij. Ik kan mijn dochter niet bedriegen.

'Dat klinkt volkomen absurd. Zei hij niet waarom hij was vertrokken?'

'Nee. Maar hij zei dat hij niets met Louises dood te maken had. Hij was net zo geschokt als wij allemaal. Hij had na zijn verdwijning geen contact meer met haar gehad.'

'Zijn mijn schoonouders helemaal gek?'

'Daar kan ik je geen antwoord op geven. Maar we moeten in elk geval blij zijn dat hij nog leeft. Dat was het enige wat hij wilde dat ik zou doorgeven. Hij maakt het goed. Maar hij kon niet zeggen wanneer hij zou terugkeren of waar hij zich schuilhield.'

'Zei hij dat? Dat hij zich schuilhield?'

Wallander realiseerde zich dat hij zijn mond voorbij had gepraat. Nu was het echter te laat om bakzeil te halen.

'Ik weet niet meer precies wat voor woorden hij gebruikte. Je moet niet vergeten dat ik totaal verbijsterd was.'

'Ik moet met Hans praten. Hij zit in Kopenhagen.'

'Ik ben vanmiddag weg. Laat vanavond maar wat van je horen. Dan praten we dan verder. Ik wil natuurlijk weten hoe Hans reageert.'

'Hij zal waarschijnlijk alleen maar blij zijn.'

Met afkeer legde Wallander de telefoon weg. Hij moest erop voorbereid zijn dat Linda woest op hem zou zijn als de waarheid op een dag aan het licht kwam.

Nijdig verliet hij zijn huis en reed naar Ystad om boodschappen te doen. Hij kocht een nieuwe pan die hij niet nodig had en bedacht dat de voedselprijzen belachelijk hoog waren. Hij maakte een wandeling door het centrum van Ystad, ging een herenmodezaak in om een paar sokken te kopen die hij ook niet nodig had en reed daarna naar huis. Het was opgehouden met regenen, opgeklaard en warmer geworden. Hij droogde de schommelbank en ging erin liggen. Toen hij wakker werd, was het half vier. Hij stapte in de auto om naar Limhamn te rijden. Wat hij verwachtte wist hij niet goed. Toen hij aankwam, voelde hij de gebruikelijke mengeling van afkeer en gemis die hem altijd overviel wanneer hij terugkeerde naar de plek waar hij als kind had gewoond. Hij parkeerde zijn auto in de buurt van Asta Hagbergs vrijstaande huis en liep naar het huurhuis waarin hij zelf was opgegroeid. Ook al was de voorgevel verbouwd en was er een nieuw hek rond het huis geplaatst, hij wist nog alles van zijn kindertijd. De zandbak waarin hij had gespeeld was nu groter dan destijds. Maar de twee berken waar hij altijd in klom, waren verdwenen. Hij bleef op het trottoir staan kijken naar een paar spelende kinderen. Ze hadden een donkere huid, ze zouden wel uit het Midden-Oosten of Noord-Afrika komen. Een vrouw met een hoofddoek om zat bij de voordeur te breien terwijl ze ondertussen een oogje op de kinderen hield. Door een open raam hoorde hij Arabische muziek. Hier heb ik gewoond, dacht hij. In een andere wereld, een andere tijd.

Er kwam een man naar buiten. Hij liep naar het hek. Ook hij had een donkere huid. Hij nam Wallander glimlachend op.

'Zoekt u iemand?' vroeg hij in aarzelend Zweeds.

'Nee', zei Wallander. 'Ik heb hier vroeger, heel lang geleden, gewoond. Een van mijn buren was machinist.'

Hij wees naar een raam op de tweede verdieping dat ooit van hun woonkamer was geweest.

'Het is een goed huis', zei de man. 'We hebben het hier naar onze zin, de kinderen hebben het naar hun zin. We hoeven ons niet bang te voelen.'

'Dat is goed. Mensen moeten niet bang zijn.'

Wallander knikte en liep weg. Hij ging gebukt onder het gevoel dat hij oud begon te worden. Om aan zichzelf te ontsnappen begon hij sneller te lopen.

De tuin rond het huis van Asta Hagberg was verwaarloosd. De vrouw die de deur opendeed, was even dik als Wallander zich Sölve Hagberg van de tv-uitzendingen herinnerde. Ze zweette, had ongekamd haar en droeg een rok die veel te kort was. Eerst dacht hij dat zij zo sterk naar parfum rook, maar daarna besefte hij dat het hele huis geïmpregneerd was met vreemde aroma's. Loopt ze soms parfum op de meubels te spetteren? dacht hij. Sprayt ze muskus op de planten?

Ze vroeg of hij koffie wilde. Hij sloeg het af, want hij voelde zich al misselijk genoeg van de verstikkende geuren die van alle kanten uit het huis zijn neus binnendrongen. Toen ze de woonkamer in liepen, kreeg Wallander het gevoel dat hij de commandobrug van een groot vaartuig betrad. Overal stonden scheepsroeren en kompassen met mooi gepoetst messing beslag, aan het plafond hing een votiefschip en tegen een van de muren was een oude hangende scheepskooi gebouwd. Asta Hagberg wrong zich in een hoge draaistoel, waarvan Wallander aannam dat die ook uit een vaartuig afkomstig was. Zelf ging hij zitten op wat hij dacht dat een gewone bank was. Een koperen plaatje vertelde echter dat deze ooit aan de Kungsholm van de Zweden-Amerikalijn had toebehoord.

'Waar kan ik u mee helpen?' vroeg Asta Hagberg terwijl ze een sigaret aanstak die ze eerst in een mondstuk had gestoken.

'Håkan von Enke', zei Wallander. 'Een oude duikbootkapitein, tegenwoordig gepensioneerd.'

Asta Hagberg kreeg opeens een verschrikkelijke hoestbui. Wallander hoopte dat deze rokende, te zware vrouw niet voor zijn ogen zou overlijden. Hij schatte dat ze ongeveer van zijn leeftijd was, rond de zestig.

Ze hoestte tot ze er de tranen van in de ogen had. Toen de aanval voorbij was, rookte ze rustig verder van haar sigaret.

'De verdwenen Håkan von Enke', zei ze. 'En zijn inmiddels overleden vrouw Louise? Klopt dat?'

'Ik weet dat Sölve een uniek archief heeft. Misschien dat daar iets in zit wat mij kan helpen om te begrijpen waarom Håkan von Enke is verdwenen.'

'Hij is natuurlijk dood.'

'In dat geval ben ik op zoek naar de reden voor zijn dood', zei Wallander ontwijkend.

'Zijn vrouw heeft zelfmoord gepleegd. Dat duidt erop dat de familie met grote problemen worstelt. Of niet?'

Ze liep naar een tafel en haalde een kleed weg waaronder een computer verborgen stond. Wallander was verbaasd over de souplesse waarmee haar dikke vingers over de toetsen gingen. Na een paar minuten typen leunde ze turend naar het scherm achterover.

'Håkan von Enke heeft een volledig normale carrière gehad. Hij is uitgekomen waar je hem wel ongeveer zou verwachten. Als Zweden in een oorlog betrokken was geraakt, was hij mogelijk nog een paar rangen gestegen. Maar dat is de vraag.'

Wallander stond op en ging naast haar staan. De parfumstank was zo verstikkend dat hij door zijn mond probeerde te ademen. Hij keek naar het scherm en zag een foto die gemaakt moest zijn toen Von Enke in de veertig was.

'Staat er niets bijzonders?'

'Nee. Als jonge kadet won hij een paar prijzen bij Scandinavische sportwedstrijden. Hij was een goede schutter, had een goede conditie, won een aantal veldlopen. Als je dat althans als bijzonder moet beschouwen.'

'Wat is er over zijn vrouw te vinden?'

De dikke vingers dansten weer, de blaffende hoest keerde terug, maar ze stopte pas met typen toen op het scherm opeens een foto van Louise verscheen. Wallander vermoedde dat ze daar vijfendertig, misschien veertig jaar oud was. Ze glimlachte. Ze had een permanent en droeg een parelketting. Wallander bestudeerde de tekst. Ook daar stond niets wat op het eerste gezicht afwijkend of verbazingwekkend was. Asta Hagberg typte de naam van een andere website in. Wallander ontdekte dat Louise van haar moederskant uit Kiev stamde. 'In 1905 trouwde Angela Stefanovitsch met de Zweedse kolenexporteur Hjalmar Sundblad. Ze verhuisde naar Zweden en werd Zweeds staatsburger. Van de vier kinderen die ze met Hjalmar kreeg, is Louise de jongste.'

'Zoals je ziet is alles normaal', zei Asta Hagberg.

'Afgezien dan van het feit dat ze uit Rusland stamt?'

'Oekraïne, zouden we tegenwoordig waarschijnlijk zeggen. Verreweg de meeste Zweden hebben wortels buiten de landsgrenzen. We zijn een volk van Finnen, Nederlanders, Duitsers, Russen en Fransen. Sölves vader kwam uit Schotland, mijn grootmoeder heeft bloedbanden met de Turken. En jij?'

'Mijn voorouders waren keuterboertjes in Småland.'

'Heb je je afkomst onderzocht? Serieus?'

'Nee.'

'Als je dat gaat doen zul je zien dat je op iets onverwachts stuit. Het is altijd spannend, maar niet altijd aangenaam. Ik heb een goede vriend die dominee is bij de Zweedse kerk. Toen hij met pensioen ging, besloot hij op zoek te gaan naar zijn familiewortels. Hij vond algauw twee personen, in direct dalende lijn, die binnen een periode van vijftig jaar waren geëxecuteerd. De ene in het begin van de zeventiende eeuw. Hij had een roofmoord gepleegd en was onthoofd. Diens kleinzoon werd geronseld voor een van al die Duitse legers die in het midden van de zeventiende eeuw door Europa marcheerden. Hij werd opgehangen nadat hij was gedeserteerd. Na die ontdekking stopte de goede dominee met het onderzoek naar zijn voorvaderen. Dat valt misschien best te begrijpen.'

Met grote inspanning stond ze op uit haar stoel en met een hoofdknik maakte ze duidelijk dat hij haar moest volgen naar een belendende kamer. Daar stonden rijen archiefkasten tegen de muren. Ze draaide een van de kasten van het slot en haalde er een bak uit waarin allerlei mappen zaten.

'Je weet nooit wat er misschien te vinden is', zei ze terwijl ze de inhoud begon door te nemen.

Ze haalde er een map uit en legde die op een tafel. Er zaten allemaal foto's in. Wallander wist niet zeker of ze naar iets speciaals op zoek was, of dat ze op goed geluk te werk ging. Ze stopte bij een zwart-witfoto en hield die tegen het licht.

'Mij stond al vaag bij dat ik deze foto had gezien. Hij is niet helemaal onbelangrijk.'

Ze gaf hem aan Wallander, die verbijsterd was toen hij zag wat er was afgebeeld. Daar had je de lange magere man met het onberispelijke kostuum met vlinderstrik en de vrolijke glimlach, die Stig Wennerström heette. Hij had een cocktailglas in zijn hand en zijn aandacht was op niemand anders gericht dan op Håkan von Enke.

'Wanneer is die genomen?'

'Dat staat op de achterkant. Sölve was heel zorgvuldig met dateringen en plaatsaanduidingen.'

Wallander las op een opgeplakt briefje een getypte tekst. 'Oktober 1959, Zweedse marinedelegatie op bezoek in Washington, receptie bij defensieattaché Wennerström.' Wallander probeerde een betekenis te vinden. Als Louise daar had gestaan had hij zich gemakkelijker een verband kunnen voorstellen, maar zij was er niet bij. Op de achtergrond zag hij alleen maar mannen en een in het wit gestoken serveerster. Dat was een zwarte vrouw.

'Gingen de echtgenotes meestal mee?' vroeg hij.

'Alleen wanneer de allerhoogste militaire leiders op pad waren. Stig Wennerström nam zijn vrouw vaak mee op reizen en naar recepties. Maar hier was Håkan von Enke ver verwijderd van de absolute top. Hij reisde vermoedelijk alleen. Als Louise erbij was geweest, had ze haar reis zelf moeten betalen. En ze had absoluut niet deelgenomen aan een receptie bij de Zweedse defensieattaché.'

'Ik zou graag willen weten hoe dat zat.'

Asta Hagberg werd door een nieuwe hoestbui getroffen. Wallander ging bij een raam staan en zette dat op een kier. De parfumgeur kwelde hem.

'Het duurt even', zei ze toen de hoestbui over was. 'Ik moet zoeken. Maar Sölve heeft natuurlijk informatie over deze en alle andere reizen van delegaties Zweedse militairen bewaard.'

Wallander ging weer op de bank uit de Kungsholm zitten. Hij hoorde haar neuriën terwijl ze in een derde kamer aan het zoeken was naar lijsten van deelnemers aan diverse reizen naar Amerika aan het eind van de jaren vijftig. Het kostte haar bijna veertig minuten. Ondertussen werd Wallander steeds ongeduldiger van het wachten. Niettemin kwam Asta Hagberg met een triomfantelijke blik in de kamer terug met een papier in haar hand.

'Mevrouw Von Enke was erbij', zei ze. 'Ze staat zorgvuldig aangemerkt als "meereizende", met een paar afkortingen die waarschijnlijk betekenen dat haar reis niet door het leger betaald werd. Als het belangrijk is, kan ik vast wel onderzoeken wat die afkortingen precies betekenen.'

Wallander had het papier aangenomen. De delegatie had uit acht personen bestaan onder leiding van kapitein-luitenant-ter-zee Karlén. Tussen de overige 'meereizenden' stond behalve mevrouw Louise von Enke ook Märta Auren vermeld, de vrouw van luitenant-kolonel Karl-Axel Auren.

'Mag men dit kopiëren?' vroeg Wallander.

'Of "men" dat mag, weet ik niet. Maar ik heb een kopieerapparaat in de kelder staan. Hoeveel kopieën hebt u nodig?'

'Eentje.'

'Ik vraag altijd twee kronen per kopie.'

Ze verdween. Wallander bedacht dat de Von Enkes acht dagen in Washington waren geweest. Dat betekende dat Louise door iemand benaderd kon zijn. Maar was dat eigenlijk aannemelijk, vroeg hij zich af. Toen al? Aan het eind van de jaren vijftig verscherpte de situatie van de Koude Oorlog wel steeds meer. Een tijd waarin de Amerikanen op elke straathoek Russische spionnen zagen. Was er tijdens deze reis iets gebeurd?

Asta Hagberg kwam terug met de kopie. Wallander legde twee kronen op tafel.

'Ik heb u misschien niet zo kunnen helpen als u had gehoopt?'

'Zoeken naar verdwenen mensen is vaak een heel moeizaam en traag karwei. Dat moet je stapje voor stapje doen.'

Ze liet hem uit. Opgelucht snoof hij de parfumvrije lucht op in zijn longen.

'Als er nog eens iets is, laat het me dan weten', zei ze. 'Ik ben er als ik u van dienst kan zijn.'

Wallander knikte, bedankte haar en verliet de tuin. Hij stapte in zijn auto en stond op het punt Limhamn te verlaten toen hij besloot nog een plek te bezoeken. Vaak had hij gedacht dat hij eens moest kijken of een aandenken dat hij bijna vijftig jaar geleden had aangebracht er nog steeds zat. Hij parkeerde zijn auto bij het kerkhof. Hij vond de weg naar de linkerhoek van de muur en boog voorover. Was hij tien of elf jaar geweest? Dat wist hij niet meer, maar het was oud genoeg om een van de grote geheimen van het leven te onthullen: dat hij was wie hij was, niet inwisselbaar, een mens met een volledig eigen identiteit. De ervaring had hem enorm in verleiding gebracht. Hij zou zijn stempel drukken op een plek waar die nooit zou verdwijnen. De lage muur van het kerkhof waarop een ijzeren hekwerk was aangebracht was het heiligdom dat hij had uitgekozen. Op een avond in het najaar was hij weggeslopen, met een stevige spijker en een hamer onder zijn kleren. Limhamn had er verlaten bijgelegen. De plek had hij al op een eerder moment gekozen, de stenen muur was bij de linkerhoek buitengewoon glad. Terwijl er een koude regen op hem neerdaalde, kerfde hij zijn initialen, KW, in de muur van het kerkhof.

Hij zag de letters meteen. In de vele jaren die waren verstreken was het schrift wat vlakker en onduidelijker geworden, maar hij had het er diep in gekerfd, zijn stempel zat er nog. Ooit zal ik Klara meenemen hiernaartoe, dacht hij. Ik zal haar vertellen over de keer dat ik besloot de wereld te veranderen. Ook al was het maar door mijn initialen in een stenen muur te kerven.

Hij liep het kerkhof op en ging in de schaduw van een boom op een bank zitten. Hij deed zijn ogen dicht en meende in zijn hoofd de kinderlijke stem te horen die hij had gehad voordat hij de baard in de keel kreeg en alles wat de wereld van volwassenen toebehoorde hem overviel. Misschien moet ik me hier ooit laten begraven, dacht hij. Terugkeren naar het uitgangspunt, juist in deze aarde gaan liggen. Het grafschrift heb ik al in de muur van het kerkhof aangebracht.

Hij verliet het kerkhof en stapte in zijn auto. Voordat hij de motor startte, overdacht hij zijn ontmoeting met Asta Hagberg nog eens. Wat had die hem opgeleverd?

Het antwoord was simpel. Hij was geen stap verder gekomen. Louise was nog net zo anoniem als eerst. Een officiersvrouw die op geen enkele foto afgebeeld stond.

De ongedurigheid die hij al vanaf zijn ontmoeting met Håkan von Enke op diens eiland met zich meedroeg, zat er echter nog.

Ik zie het niet, dacht Wallander. En ik had het allang moeten zien. Wat ervoor zou kunnen zorgen dat ik eindelijk begrijp wat er gebeurd is, zie ik niet.

34

Wallander keerde terug naar huis. Dat zijn bezoek aan Asta Hagberg niets had opgeleverd kon hij wel verdragen, maar hij ging gebukt onder verdriet over Baiba's dood. De herinnering aan haar plotselinge bezoek en haar vervolgens even plotselinge overlijden kwam en ging in golven. Het was zoals het was: in haar dood zag hij ook die van hemzelf.

Hij zette zijn auto weg en liet Jussi los. De hond mocht vrij rondrennen. Wallander schonk zich ondertussen een groot glas wodka in, dat hij staande aan het aanrecht in één keer achteroversloeg. Hij vulde het glas opnieuw en nam het mee naar zijn slaapkamer. Hij deed de rolgordijnen voor de beide ramen naar beneden, kleedde zich uit en ging naakt op bed liggen. Het glas balanceerde op zijn trillende buik. Ik kan nog één stap verder gaan, dacht hij. Als ik daar niet verder mee kom, laat ik het allemaal gewoon los. Dan zeg ik tegen Håkan dat ik Linda en Hans zal vertellen waar hij zich bevindt. Als dat betekent dat hij zijn vlucht voortzet, een nieuw hol zoekt waarin hij zich kan verstoppen, dan moet hij dat zelf maar weten. Ik ga met Ytterberg, Nordlander en niet in de laatste plaats met Atkins praten. Daarna is het niet langer mijn zaak, wat het eigenlijk ook nooit is geweest. De zomer is binnenkort voorbij, mijn vakantie is totaal bedorven en weer zal ik zitten met de vraag waar de tijd gebleven is.

Hij leegde zijn glas en voelde hoe de warmte en de aangename roes zich door zijn lichaam verspreidden. Nog één stap, dacht hij weer. Maar welke wordt het? Hij zette het lege glas op het nachtkastje en viel weldra in slaap. Toen hij een uur later wakker werd, wist hij wat hij zou doen. Tijdens zijn slaap had zijn brein het antwoord geformuleerd. Hij zag heel helder wat op dit moment eigenlijk het enige belangrijke was.

Wie anders dan Hans kon hem informatie verstrekken? Hij was een intelligente jonge man, misschien niet bijzonder gevoelig, maar mensen wisten altijd veel meer dan ze meenden te weten. Van gebeurtenissen, waarnemingen die ze hadden gedaan in hun onderbewuste.

Hij verzamelde zijn vuile was en zette de wasmachine aan. Daarna liep hij naar buiten om Jussi te roepen. Heel in de verte, op een van de pasgeoogste akkers van zijn buren, hoorde hij geblaf. Jussi kwam aanstormen, hij was door iets stinkends gerold. Wallander sloot hem op in zijn kennel, pakte de tuinslag en spoot de hond schoon. Met afhangende staart stond Jussi Wallander smekend aan te kijken.

'Je stinkt als de hel', zei Wallander. 'Ik kan geen stinkende hond in mijn huis hebben.'

Wallander liep naar de keuken en ging aan tafel zitten. Hij noteerde de belangrijkste vragen die hij kon bedenken en zocht toen het telefoonnummer van Hans' werk in Kopenhagen op. Toen hij hoorde dat Hans de rest van de dag bezet was vanwege belangrijke vergaderingen werd hij ongeduldig. Hij zei tegen het meisje van de telefooncentrale dat ze Hans moest zeggen dat hij binnen een uur contact moest opnemen met hoofdinspecteur Kurt Wallander in Ystad. Dat deed Hans ook. Toen de telefoon ging, had Wallander net de wasmachine geopend om tot de ontdekking te komen dat hij was vergeten wasmiddel toe te voegen. Hij stak zijn irritatie niet onder stoelen of banken.

'Wat doe jij morgen?'

'Werken. Waarom klink je zo kwaad?'

'Er is niks bijzonders. Wanneer heb je tijd voor me?'

''s Avonds pas. Ik heb de hele dag besprekingen.'

'Wijzig die. Ik ben morgen om twee uur in Kopenhagen. Ik heb een uur nodig. Niet meer, maar ook niet minder.'

'Is er iets gebeurd?'

'Er gebeurt altijd wat. Als het belangrijk was, had ik het natuurlijk wel gezegd. Ik wil alleen antwoord op vragen hebben. Sommige zijn nieuw, andere zijn oud.'

'Ik zou dankbaar zijn als het tot 's avonds kon wachten. De financiële markten zijn onrustig, er vinden de hele tijd onverwachte bewegingen plaats.'

'Ik ben er om twee uur', zei Wallander. 'Koffie is prima.'

Hij legde de hoorn neer en startte de wasmachine opnieuw na er te veel wasmiddel in te hebben gedaan. Hij bedacht dat het kinderachtig van hem was dat hij de wasmachine strafte voor zijn eigen vergeetachtigheid.

Daarna ging hij het gras maaien en de grindpaden harken. Toen hij klaar was, ging hij op de schommelbank liggen lezen in een boek over de componist Verdi, dat hij zichzelf met Kerst cadeau had gedaan. Bij het legen van de wasmachine bleek dat er een rode zakdoek tussen de witte was had gezeten en dat die had afgegeven. Voor de derde keer liet hij dezelfde was door de machine gaan. Vervolgens ging hij op de rand van zijn bed zitten en prikte zichzelf in zijn vinger om zijn bloedsuikerspiegel te meten. Dat was ook een van de dingen waar hij slordig mee was. De waarde was echter nog net acceptabel: 8,1.

Terwijl de wasmachine draaide, ging hij op de bank liggen luisteren naar een opname van *Rigoletto* die hij pas had gekocht. Hij dacht aan Baiba en kreeg tranen in zijn ogen. In zijn dromen herleefde ze weer, maar ze was weg en zou nooit meer terugkeren. Toen de muziek ophield, ontdooide hij een visschotel uit de diepvries, waar hij water bij dronk. Hij wierp een stiekeme blik op een fles wijn die op het aanrecht stond, maar liet die dicht. De wodka die hij eerder had gedronken was wel voldoende. 's Avonds keek hij op tv naar *Some Like It Hot*, een van de favoriete films van Mona en hem. Hij kon nog steeds lachen om de film ook al had hij hem al heel vaak gezien.

Tot zijn eigen verbazing sliep hij die nacht goed.

Toen hij 's ochtends aan het ontbijt zat, belde Linda hem. Het raam stond open, het was een mooie warme dag. Wallander zat naakt op een keukenstoel.

'Wat zei Ytterberg ervan dat Håkan van zich had laten horen?'

'Ik heb hem nog niet gesproken.'

Ze was verbaasd en verontwaardigd.

'Waarom niet? Als er iemand is die moet weten dat Håkan niet dood is, is hij het wel, nietwaar?'

'Hij heeft me verzocht niets te zeggen.'

'Dat heb je gisteren anders niet verteld.'

'Dat ben ik misschien vergeten.'

Ze had meteen door dat zijn antwoord zweverig en ontwijkend was.

'Is er nog meer dat je me niet hebt gezegd?'

'Nee.'

'Dan vind ik dat je Ytterberg moet bellen zodra wij dit gesprek hebben beëindigd.'

Wallander hoorde aan haar stem hoe nijdig ze was.

'Als ik je nu een volkomen oprechte vraag stel, krijg ik dan een volkomen oprecht antwoord?' vroeg ze.

'Ja.'

'Wat zit er eigenlijk achter alles wat er is gebeurd? Als ik jou een beetje ken, dan heb je daar een mening over.'

'In dit geval heb ik die niet. Ik tast net zo in het duister als jij.'

'Dat Louise een spionne zou zijn geweest, kan in elk geval geen aannemelijke verklaring zijn.'

'Aannemelijk of niet, daar kan ik geen antwoord op geven.

Maar de politie heeft in haar tas nu eenmaal gevonden wat er is gevonden.'

'Dat moet iemand erin hebben gestopt. Dat is de enige denkbare verklaring. Ze was in elk geval geen spion', herhaalde Linda. 'Daar kunnen we absoluut zeker van zijn.'

Ze zweeg; misschien verwachtte ze dat hij het met haar eens zou zijn. Opeens hoorde hij Klara op de achtergrond huilen.

'Wat doet ze?'

'Ze ligt in haar bedje. En daar wil ze niet blijven. Er is trouwens iets wat ik me afvroeg. Hoe was ik? Huilde ik veel? Of heb ik dat al eerder gevraagd?'

'Alle kinderen huilen. Jij had maagkrampjes toen je klein was. En we hebben het er al over gehad dat ik degene was die 's nachts met je rondliep en niet Mona.'

'Ik vroeg het me gewoon af. Volgens mij zie je jezelf in je kinderen. Maar jij belt vandaag dus met Ytterberg?'

'Morgen. Maar jij was best een lief kind.'

'Later werd het erger, toen ik een tiener was.'

'Ja', zei Wallander. 'Veel erger.'

Toen het gesprek afgelopen was, bleef hij zitten. Het ging om een van zijn ergste herinneringen, eentje die hij bijna altijd onderdrukte. Linda had als vijftienjarige een poging gedaan zich van het leven te beroven. Het was waarschijnlijk geen heel erg serieus bedoelde poging, eerder de klassieke schreeuw om aandacht, om hulp, maar als Wallander niet naar huis was teruggekeerd omdat hij toevallig zijn portemonnee was vergeten had het toch verkeerd kunnen aflopen. Hij had haar gevonden, onduidelijk pratend, met een leeg pillenpotje naast zich. De angst die hij op dat moment had ervaren had hij nog niet eerder meegemaakt en nadien ook nooit weer. Het was een van de grootste nederlagen in zijn leven dat hij niet in de gaten had gehad hoe slecht het met haar ging, in die moeilijke tienerjaren.

Hij schudde het gevoel van onbehagen van zich af. Hij was ervan overtuigd dat als ze destijds was overleden hij zelf ook een einde aan zijn leven zou hebben gemaakt.

Hij dacht terug aan hun gesprek. Haar absolute overtuiging dat Louise geen spion kon zijn geweest stemde hem tot nadenken. Het ging niet om bewijs, maar juist om overtuiging: het kon gewoon niet. Maar als het nu wel het geval is, dacht Wallander, wat is dan de verklaring? Werkten Louise en Håkan misschien toch op de een of andere manier samen? Of was Håkan von Enke zo kil en vals dat hij het over zijn grote liefde voor Louise had zodat niemand ook maar op het idee zou komen dat het misschien niet waar was? Was hij degene die achter haar dood zat en alle naspeuringen in de verkeerde richting probeerde te sturen?

Wallander schreef een paar woorden op in zijn notitieblok. *Linda overtuigd van Louises onschuld.* Diep in zijn hart geloofde hij daar niet in. Louise was er zelf verantwoordelijk voor dat ze vermoord was. Zo moest het gewoon zijn.

Een paar minuten voor twee belde Wallander aan bij de glazen deuren van het exclusieve kantoor bij Rundetårn in Kopenhagen. Een weelderige jongedame liet hem door de zoemende deuren binnen. Ze riep Hans op en die kwam meteen door de gang aanlopen. Hij zag bleek en wekte de indruk een doorwaakte nacht achter de rug te hebben. Ze liepen langs een vergaderkamer waar een luidruchtige woordenwisseling gaande was tussen een Engelssprekende man van middelbare leeftijd en twee blonde jongere mannen die IJslands spraken. Hun gesprek werd getolkt door een vrouw, geheel in het zwart gekleed.

'Harde woorden', zei Wallander terwijl ze doorliepen. 'Ik dacht dat financiële mannen altijd zacht met elkaar spraken?'

'We zeggen weleens dat we in de slachterijbranche werkzaam zijn', zei Hans. 'Dat klinkt erger dan het is, maar als je met geld bezig bent, krijg je althans symbolisch bloed aan je handen.'

'Waar zitten ze zo heftig over te discussiëren?'

Hans schudde zijn hoofd.

'Zaken. Ik kan niet vertellen wat, zelfs aan jou niet.'

Wallander vroeg niet verder. Hans nam hem mee naar een van de kleinere vergaderkamers, die volledig van glas was en aan de buitenmuur van het kantoorgebouw leek te hangen. Zelfs de vloer was van glas. Wallander kreeg het gevoel dat hij in een aquarium zat. Een vrouw, even jong als de receptioniste, kwam koffie en een schaal met koffiebroodjes brengen. Wallander legde zijn notitieblok en pen naast zijn kopje terwijl Hans inschonk. Het viel Wallander op dat zijn handen trilden.

'Ik dacht dat de tijd van de aantekeningen voorbij was', zei Hans toen ze allebei van koffie waren voorzien. 'Ik dacht dat agenten tegenwoordig alleen nog met bandrecorders of misschien videocamera's waren uitgerust.'

'Tv-series geven niet altijd een juist beeld van ons werk. Natuurlijk gebruik ik af en toe een bandrecorder, maar dit is geen verhoor, dit is een gesprek.'

'Waar wil je dat we beginnen? Laat ik meteen zeggen dat ik echt alleen dit ene uur heb. Het was heel lastig om de planning om te gooien.'

'Het gaat over je moeder', zei Wallander resoluut. 'Werk kan niet belangrijker zijn dan uitzoeken wat er met haar is gebeurd. Dat ben je toch met me eens, neem ik aan?'

'Zo bedoelde ik het niet.'

'Laten we het dan hebben over de zaak in kwestie. Niet over wat jij wel of niet bedoelde.'

Hans keek Wallander strak aan.

'Laat me om te beginnen zeggen dat mijn moeder onmogelijk een spion kan zijn geweest. Ook al gedroeg ze zich vaak geheimzinnig.'

Wallander trok zijn wenkbrauwen op.

'Dat heb je nog niet eerder gezegd wanneer we het over haar hadden. Dat ze geheimzinnig was. Dat is nieuw.'

'Sinds we elkaar voor het laatst spraken, heb ik zitten nadenken. Ze komt steeds raadselachtiger op me over. Vooral vanwege Signe. Is er een groter bedrog mogelijk dan voor een kind verborgen houden dat het een broer of zus heeft? Soms klaagde ik erover dat ik enig kind was. Vooral toen ik nog heel klein was, voordat ik naar school ging. Maar er was nooit iets ontwijkends in haar antwoorden. Zoals ik er nu tegenaan kijk, beantwoordde ze mijn kinderlijke verlangen met ijzige kilte.'

'En je vader?'

'Die was in die jaren nooit thuis. Ik herinner me hem althans voornamelijk als afwezig. Elke keer dat hij de deur binnenstapte, wist ik dat hij gauw weer zou vertrekken. Hij nam altijd cadeautjes mee, maar daar durfde ik niet blij mee te zijn. Wanneer zijn uniformen voor de dag werden gehaald om te worden gelucht en geborsteld wist ik wat er ging gebeuren. De volgende ochtend was hij weg.'

'Kun je wat meer zeggen over wat je bij je moeder als geheimzinnig ervoer?'

'Dat is moeilijk. Soms leek ze afwezig, zo diep in haar eigen gedachten verzonken dat ze boos werd als ik haar toevallig stoorde. Ik had bijna het gevoel dat ik haar pijn berokkende, alsof ik haar stak. Ik weet niet of je het snapt, maar zo herinner ik het me. Soms klapte ze notitieblokken dicht of schoof ze snel iets over de papieren waaraan ze werkte als ik de kamer binnenkwam. Is het nu duidelijker?'

'Was er iets wat je moeder alleen maar deed als je vader niet thuis was? Gewoontes die opeens veranderden?'

'Nee. Volgens mij niet.'

'Je antwoordt te snel. Denk na!'

Hans stond op en ging bij de glazen wand staan. Door de vloer heen kon Wallander een straatmuzikant gitaar zien spelen, met een hoed voor zich op de straatstenen. Hans keerde terug naar zijn stoel.

'Misschien', zei hij weifelend. 'Ik kan geen eed afleggen op wat ik nu zeg. Misschien is het verbeelding, zijn het herinneringen die niet kloppen. Maar misschien heb je toch wel gelijk. Wanneer Håkan weg was, zat ze vaak aan de telefoon, altijd met de deur dicht. Dat deed ze niet wanneer hij thuis was.'

'Aan de telefoon zitten of de deur dichtdoen?'

'Geen van beide.'

'Ga verder!'

'Vaak lagen er papieren waaraan ze werkte. Ik heb het gevoel dat wanneer mijn vader thuiskwam die papieren weg waren, dat er dan bloemen op tafel stonden.'

'Wat voor papieren waren het?'

'Dat weet ik niet. Maar er waren weleens tekeningen bij.'

Wallander schrok.

'Tekeningen van wat?'

'Schoonspringers. Mijn moeder had een vaste hand met tekenen.'

'Schoonspringers?'

'Allerlei sprongen, verschillende fases van afzonderlijke sprongen. "Duitse sprong met schroef" of hoe ze ook heetten.'

'Kun je je ook andere tekeningen herinneren?'

'Ze heeft mij een paar keer getekend. Waar die tekeningen zijn, weet ik niet. Maar ze waren goed gemaakt.'

Wallander brak een koffiebroodje doormidden en doopte de ene helft in zijn koffiekopje. Hans keek op zijn horloge.

De muzikant onder Wallander bleef zijn geluidloze muziek maken.

'Ik ben nog niet helemaal klaar', zei Wallander. 'Ik wil nog weten wat je moeders opvattingen waren. Op politiek, sociaal en economisch gebied. Wat vond ze van Zweden?'

'Er werd bij mij thuis niet over politiek gesproken.'

'Nooit?'

'Een van tweeën zei weleens dat "de Zweedse defensie niet langer goed genoeg was om ons land te verdedigen". Dan zei de ander misschien dat "dat de schuld van de communisten was". Verder werd er niets meer gezegd. Het maakte niet uit; ze konden die teksten allebei uitspreken. Ze waren natuurlijk conservatief, daar hebben we het al eerder over gehad. Er was geen sprake van dat ze op iets anders zouden stemmen dan op de conservatieven. De belastingen waren te hoog. Zweden nam veel te veel immigranten op die er een bende van maakten op straat. Volgens mij kun je zeggen dat ze precies zo dachten als je zou verwachten.'

'Er was nooit iets afwijkends?'

'Nooit, voorzover ik me kan herinneren.'

Wallander knikte en at de andere helft van zijn koffiebroodje op.

'Laten we het hebben over de relatie van je ouders met elkaar', zei hij toen hij klaar was met kauwen. 'Hoe was die?'

'Die was goed.'

'Ze maakten nooit ruzie, kibbelden niet?'

'Nee. Ik denk dat je kunt zeggen dat ze echt van elkaar hielden. Dat is iets waar ik naderhand over heb zitten nadenken: dat ik als kind nooit bang was dat ze zouden gaan scheiden. Die gedachte bestond gewoon niet.'

'Maar er is toch niemand die zonder conflicten leeft?'

'Zij wel. Als ze althans geen ruziemaakten als ik sliep en er niets van merkte. Maar dat kan ik nauwelijks geloven.'

Wallander had verder geen vragen meer, maar hij was nog niet helemaal bereid om zich gewonnen te geven.

'Heb je verder nog iets te zeggen over je moeder? Ze was vriendelijk en geheimzinnig, misschien raadselachtig; dat weten we nu. Maar als ik heel eerlijk mag zijn, dan weet jij verbazingwekkend weinig over haar.'

'Dat realiseer ik me', antwoordde Hans, met iets wat Wallander als pijnlijke oprechtheid interpreteerde. 'Er waren bijna nooit momenten van grote vertrouwelijkheid tussen ons. Ze bewaarde altijd een soort afstand tot mij. Als ik me pijn deed, troostte ze me natuurlijk, maar nu achteraf besef ik soms dat ze het bijna hinderlijk vond.'

'Was er een andere man in haar leven?'

Wallander had die vraag niet voorbereid, maar nu hij gesteld werd, vond hij hem volkomen vanzelfsprekend.

'Nooit. Volgens mij waren mijn ouders niet ontrouw. Geen van beiden.'

'En voordat ze gingen trouwen? Wat weet je over die tijd?'

'Ik heb het gevoel dat ze, omdat ze elkaar al zo vroeg leerden kennen, nooit een ander hebben gehad. Serieus. Maar zeker weten doe ik het natuurlijk niet.'

Wallander stopte zijn notitieblok in de zak van zijn jas. Hij had geen woord genoteerd. Er was niets geweest om op te schrijven. Hij wist nu nog net zo weinig als toen hij kwam.

Wallander stond op, maar Hans bleef zitten.

'Mijn vader', zei hij. 'Hij heeft dus gebeld? Hij leeft, maar wil zich niet vertonen?'

Wallander ging weer zitten. De gitaarspelende man onder hem was nu weg.

'Het lijdt geen twijfel dat hij het was die belde. Het was niet iemand die hem nadeed. Hij zei dat het goed met hem ging. Hij gaf geen verklaring voor zijn gedrag. Hij wilde alleen dat jullie zouden weten dat hij leefde.'

'Zei hij echt niets over waar hij zich bevond?'

'Niets.'

'Wat voor gevoel kreeg jij? Was hij ver weg? Belde hij met een vaste telefoon of met een mobieltje?'

'Ik zou het niet kunnen zeggen.'

'Omdat je het niet wilt of omdat je het niet kunt?'

'Omdat ik het niet kan.'

Wallander stond weer op. Ze verlieten de glazen kamer. Toen ze de vergaderruimte passeerden, was de deur dicht, maar het luidruchtige gesprek daarbinnen ging door. Bij de receptie namen Wallander en Hans afscheid.

'Heb ik je kunnen helpen?' vroeg Hans.

'Je was oprecht', antwoordde Wallander. 'Dat is het enige wat ik kan verlangen.'

'Een diplomatiek antwoord. Ik heb je dus niet kunnen geven wat je had gehoopt.'

Gelaten spreidde Wallander zijn armen. De glazen deuren gingen open, hij wuifde toen hij vertrok. De lift voerde hem geruisloos naar de entree. Hij had zijn auto in een dwarsstraat van Kongens Nytorv geparkeerd. Omdat het heel warm was, trok hij zijn jasje uit en knoopte hij zijn overhemd open.

Opeens, zonder erop voorbereid te zijn, kreeg hij het gevoel dat hij in de gaten werd gehouden. Hij draaide zich om. Het was druk op straat. Hij zag geen gezicht dat hij herkende. Na honderd meter bleef hij voor een etalage staan om een aantal exclusieve damesschoenen te bekijken. Hij wierp een verstolen blik op het stuk straat waar hij net had gelopen. *Er stond een man op zijn horloge te kijken. Daarna verplaatste hij zijn overjas van zijn rechter- naar zijn linkerarm.* Wallander meende hem te herkennen van de eerste keer dat hij zich had omgedraaid. Hij richtte zijn blik weer op de etalage. De man liep achter hem langs. Dat was iets waar Rydberg het met hem over gehad

had. *Je hoefde je niet altijd te bevinden achter degene die je schaduwde. Je kon je net zo goed vóór degene bevinden die je in de gaten hield.* Wallander deed honderd stappen. Toen bleef hij weer staan en draaide zich om. Nu was er niemand die zijn aandacht trok. De man met de overjas was verdwenen. Bij zijn auto aangekomen keek hij een laatste keer om zich heen. De mensen die hij kon zien, die kwamen en gingen, waren totaal onbekend. Wallander schudde zijn hoofd. Hij moest het zich hebben verbeeld.

Hij reed over de lange brug terug, pauzeerde bij wegrestaurant Fars Hatt en reed daarna in één keer door naar huis.

Toen hij uit zijn auto stapte, kreeg hij opeens een black-out. Hij stond met de sleutels in de hand en voelde zich helemaal leeg. De motorkap was nog warm. Opnieuw werd hij overvallen door paniek. *Waar was hij geweest?* Jussi blafte en sprong in zijn kennel. Wallander staarde naar de hond en probeerde het zich ondertussen te herinneren. Hij keek naar zijn autosleutels, naar de auto, alsof die hem het antwoord konden geven. Het kostte bijna tien afschuwelijke minuten voordat de kramp verdween en hij weer wist wat hij had gedaan. Hij was doornat van het zweet. Het wordt erger, dacht hij. Ik moet uitzoeken wat er met me gebeurt.

Hij haalde de post uit de brievenbus en ging aan de tuintafel zitten. Hij was nog steeds geschokt door de vergeetachtigheid die hem opnieuw had overvallen.

Pas later, toen hij Jussi had gevoerd, zag hij dat er een envelop tussen de bladen zat die hij uit de brievenbus had gehaald. Er stond geen naam en adres van de afzender op. Hij herkende het handschrift niet.

Toen hij de envelop openmaakte, zag hij dat de brief erin handgeschreven was en afkomstig was van Håkan von Enke.

35

De brief was in Norrköping op de bus gedaan en luidde in zijn geheel:

In Berlijn woont een man die George Talboth heet. Hij is Amerikaan en heeft vroeger op de ambassade in Stockholm gewerkt. Hij spreekt vloeiend Zweeds en wordt gezien als een expert op het gebied van de Scandinavische betrekkingen met de Sovjet-Unie en het huidige Rusland. Ik heb hem al aan het eind van de jaren zestig leren kennen toen hij voor het eerst naar Stockholm kwam en een aantal keren de toenmalige defensieattaché Hotchinson begeleidde bij allerlei recepties en bezoeken, onder andere aan Berga. We kregen goed contact, zijn vrouw en hij bridgeten allebei en we begonnen met elkaar om te gaan. Langzamerhand werd het me duidelijk dat hij aan de CIA was verbonden. Hij heeft echter nooit pogingen gedaan om me uit te horen over dingen die vertrouwelijk waren en waarover ik niets mocht vertellen. Rond 1974, het kan ook iets later zijn geweest, kreeg zijn vrouw Marilyn kanker en ze overleed spoedig. Voor George was dat een ramp. Zijn vrouw en hij hadden zo mogelijk een nog hechtere band dan Louise en ik. Hij kwam steeds vaker bij ons over de vloer, bijna elke zondag en vaak ook door de week. In 1979 verhuisde hij naar de ambassade in Bonn. Na zijn pensionering bleef hij in Duitsland, maar hij verhuisde toen wel naar Berlijn. Het kan natuurlijk zijn dat hij het bewijzen van bepaalde diensten aan zijn land er, om zo te zeggen, 'bij' deed. Maar daar weet ik niets van.

Ik heb hem in december nog telefonisch gesproken. Ook al is hij inmiddels 72 jaar, hij is geestelijk nog zeer goed bij. Hij is absoluut de mening toegedaan dat de Koude Oorlog nog steeds een realiteit is. Toen het Sovjetimperium instortte, vond er weliswaar een revolutie plaats die in velerlei opzicht even schokkend was als de gebeurtenissen van 1917, maar volgens George was dat slechts een tijdelijke achteruitgang, een tijdelijke verzwakking. Hij is van oordeel dat zijn mening tegenwoordig bevestigd wordt, met een Rusland dat steeds sterker wordt en steeds hogere eisen aan zijn omgeving zal stellen. Ik heb de vrijheid genomen hem een paar regels te schrijven en hem gevraagd contact met je op te nemen. Als er iemand is die je misschien kan helpen in je zoektocht naar een verklaring voor wat er met Louise is gebeurd, dan is hij het wel. Ik hoop niet dat je het me kwalijk neemt dat ik je op deze manier probeer bij te staan in je, zoals ik begrijp, oprechte inspanningen.

Met respectvolle groet,

Håkan von Enke

Wallander legde de brief op de keukentafel. Dat Håkan von Enke wilde bemiddelen om een contact te leggen was natuurlijk goed, maar toch vond hij het geen prettige brief. Weer bekroop hem het gevoel dat er iets was wat hij niet doorzag. Hij las de brief opnieuw, langzaam, alsof hij zich voorzichtig door een mijnenveld verplaatste. *Brieven moest je duiden*, had Rydberg een keer gezegd. Je moet weten wat je doet, vooral als een brief belangrijk kan zijn voor een rechercheonderzoek. Maar wat kon hij hier duiden? Er stond wat er stond. Wallander stond op van de keukentafel en liep naar zijn computer, waar hij googlede op de naam George Talboth. Hij had een aantal hits, maar er was niets wat in het plaatje paste. Uit pure koppigheid typte hij het zoekwoord 'CIA' in en tot zijn verbijstering verscheen er een culinair instituut. Maar de echte CIA natuurlijk niet.

Hij ging achter zijn computer vandaan om zijn bloedsuikerwaarde te meten. Ditmaal was hij minder tevreden met het resultaat: 10,2. Dat was te hoog. Hij was slordig geweest met het innemen van zijn metforminetabletten en zijn insuline. Controle van de koelkast leerde dat hij een van de komende dagen zijn voorraad medicijnen moest aanvullen.

Elke dag slikte hij niet minder dan zeven verschillende tabletten: voor zijn diabetes, zijn bloeddruk en zijn cholesterolwaarden. Hij vond dat niet prettig; het voelde als een nederlaag. Veel van zijn collega's slikten helemaal geen pillen; dat zeiden ze althans. Rydberg had in zijn tijd zijn neus opgehaald voor alle chemische preparaten. Hij nam niet eens iets tegen hoofdpijn, waar hij vaak last van had. Elke dag wordt mijn lichaam gevuld met chemische preparaten waar ik eigenlijk niets over weet, dacht Wallander. Ik vertrouw op mijn artsen en op de farmaceutische industrie, zonder vraagtekens te zetten bij wat ze voorschrijven.

Zelfs aan Linda had hij niet verteld over al zijn potjes. Ze wist ook niet dat hij tegenwoordig insuline-injecties nam. Ze kwam weleens in zijn koelkast, maar hij had de verpakkingen achter een paar potten mangochutney verstopt, want hij wist dat ze die toch niet aanraakte.

Hij herlas de brief nog een paar keer, maar ontdekte niets anders dan wat er stond. Håkan von Enke zond hem geen verborgen berichten.

Tegen zevenen kwam zijn naaste buurman, Olofsson, onverwacht op bezoek. Hij stonk naar veevoer. Het was een grote vent en hij had geen tanden in zijn mond, alsof hij eigenlijk ijshockeyer was en geen Skånse landbouwer. Hij kwam eens informeren naar het stukje akkerland dat Wallander in zijn bezit had en dat braak lag; zou hij dat misschien aan hem willen verpachten? Olofssons kleindochter kreeg op haar verjaardag een pony cadeau en hij had voor volgend jaar een klein weitje nodig. Wallander zei uiteraard ja en wilde er geen vergoeding voor. Het was voldoende dat ze hem zo vaak hielpen met Jussi. Olofsson was een praatgrage man en Wallander realiseerde zich dat hij niet zou vertrekken voordat hij een kop koffie had gehad. Ze spraken over het weer en de wind en over losgebroken stierkalveren. Olofsson was nieuwsgierig en begon vragen te stellen over allerlei misdrijven waarover hij had gelezen in *Ystads Allehanda*. Het liep al tegen tienen toen hij zijn zware lijf eindelijk van zijn stoel hees en naar zijn tractor liep. Met een handdruk bezegelden ze hun afspraak over het weitje. Wallander was bekaf toen hij zijn huis weer binnenstapte. De brief van Håkan von Enke lag nog op de keukentafel. Hij begon hem nog een keer te lezen, maar hield daarmee op toen hij halverwege was. Hij zocht vergeefs naar iets wat er niet was.

’s Nachts droomde hij over zijn vader. Die stond op het stukje akkerland dat Wallander aan Olofsson had toegezegd zijn schildersezel te aaien alsof het een paard was.

Wallander was net opgestaan toen even na zevenen de telefoon ging. Hij dacht dat het niemand anders kon zijn dan Linda die zo vroeg wat van zich liet horen, vooral nu, nu hij vakantie had. Hij nam op.

‘Spreek ik met Knut Wallander?’

Het was een mannenstem. Zijn Zweeds was onberispelijk, maar toch hoorde Wallander er een licht accent in doorklinken.

‘Ik neem aan dat ik met George Talboth spreek’, zei Wallander. ‘Ik verwachtte al dat u van zich zou laten horen.’

'Zeg maar jij. Ik ben George en jij bent Knut.'

'Kurt. Niet Knut.'

'Kurt. Kurt Wallander. Ik haal namen nogal gauw door elkaar. Wanneer kom je hiernaartoe?'

Wallander was verbaasd over die vraag. Wat had Håkan von Enke hem eigenlijk geschreven?

'Ik was niet van plan naar Berlijn te reizen. Ik heb gisteren pas een brief gekregen waarin over jouw bestaan werd verteld.'

'Håkan schreef dat je vast wel bereid was hiernaartoe te komen.'

'Waarom kun jij niet naar Skåne komen?'

'Ik heb geen rijbewijs. En het vliegtuig en de trein vervelen me.'

Een Amerikaan zonder rijbewijs, dacht Wallander. Die moeten heel zeldzaam zijn.

'Ik kan je misschien helpen', vervolgde George Talboth. 'Ik heb Louise gekend. Even goed als ik Håkan kende. Ze had bovendien goed contact met mijn vrouw Marilyn. Ze gingen vaak samen ergens theedrinken. Daarna vertelde Marilyn waar ze het over hadden gehad.'

'En wat was dat?'

'Louise praatte bijna altijd over politiek. Marilyn was daar minder geïnteresseerd in, maar ze luisterde beleefd.'

Wallander fronste zijn voorhoofd. Had Hans niet precies het tegenovergestelde gezegd? Dat zijn moeder het nooit over politiek had, behalve in korte, fragmentarische gesprekken met haar man?

Opeens kon de gedachte aan een bezoek aan George Talboth en Berlijn hem wel bekoren. Hij was daar na het ineenstorten van Oost-Duitsland niet meer geweest. In het midden van de jaren tachtig was hij wel twee keer in Oost-Berlijn geweest, samen met Linda, die in die tijd nog bezeten was van theater en heel graag het Berliner Ensemble wilde bezoeken. Met een gevoel van onbehagen herinnerde hij zich nog hoe de Oost-Duitse douanebeambten midden in de nacht de deur van de slaapwagen hadden opengerukt om zijn pas te controleren. Tijdens beide bezoeken hadden ze in een hotel aan Alexanderplatz gelogeerd. Wallander had zich nooit op zijn gemak gevoeld wanneer hij daar was.

'Ik heb eigenlijk best zin om je te bezoeken', zei hij. 'Ik kan de auto nemen.'

'Je logeert bij mij', zei George Talboth. 'Ik heb een appartement in Schöneberg. Wanneer kom je?'

'Wanneer schikt het?'

'Ik ben weduwnaar. Het schikt mij wanneer het jou schikt.'

'Overmorgen?'

'Ik geef je mijn telefoonnummer. Bel me wanneer je Berlijn nadert, dan loods ik je wel door de stad. Eet je vis of vlees?'

'Beide.'

'Wijn?'

'Rood.'

'Dan weet ik alles wat ik moet weten. Heb je een pen?'

Wallander schreef het telefoonnummer in de kantlijn van Håkan von Enkes brief.

'Je bent welkom', zei George Talboth. 'Heb ik het goed begrepen dat jouw dochter getrouwd is met Von Enke junior?'

'Dat klopt niet helemaal. Ze hebben een dochter, Klara, maar ze zijn niet getrouwd.'

'Neem maar een foto mee van je kleinkind.'

Wallander beëindigde het gesprek. Foto's van Klara had hij zo'n beetje overal in huis opgehangen. Hij haalde twee met punaises vastgeprikte foto's van de muur in de keuken en legde ze naast zijn paspoort op tafel. Hij ontbeet en bestudeerde ondertussen zijn atlas om te zien hoe ver het vanaf de veerboothaven in Sassnitz was naar Berlijn. Na een telefoontje met de rederij in Trelleborg wist hij wanneer de boten gingen. Hij schreef de tijden op en verheugde zich op de lonkende reis. Deze zomer zal me bijblijven vanwege alle autoritten, dacht hij. Net als toen Linda klein was en we tijdens mijn vakanties naar Denemarken reden, maar ook naar Gotland en één keer zelfs naar Hammerfest in Noord-Noorwegen.

Op 23 juli stapte hij in de auto. Hij nam de kustweg naar Trelleborg, naar de veerboot en het vasteland van Europa. Tegen Linda had hij alleen gezegd dat hij zich een paar dagen vakantie in Berlijn permitteerde. Ze had geen argwanende vragen gesteld en alleen gezegd dat ze hem benijdde. Op tv had hij gezien dat er in Berlijn en Midden-Europa een recordhitte werd gemeten.

Hij besloot niet in één keer naar Berlijn door te rijden. Onderweg zou hij ergens afslaan van de snelweg en een hotelletje nemen. Hij had geen haast.

Aan boord van de veerboot at hij. Hij deelde de tafel met een praatgrage vrachtwagenchauffeur, die hem vertelde dat hij met een paar ton hondenvoer onderweg was naar Dresden.

'Waarom moeten Duitse honden voer uit Zweden eten?' vroeg Wallander.

'Dat kun je je afvragen, maar is dat nu niet precies wat de vrije markt betekent?'

Wallander ging aan dek. Hij begreep wel dat veel mensen ervoor kozen aan boord van een schip te werken. Zoals Håkan von Enke, ook al had hij dan lange periodes onder het zeeoppervlak doorgebracht. Waarom werd hij duikbootkapitein? dacht hij. Aan de andere kant zijn er vast ook een hoop mensen die zich afvragen waarom je bij de politie gaat. Mijn eigen vader deed dat in elk geval.

Voorbij Sassnitz reed hij een parkeerplaats op om een ander

overhemd, een korte broek en sandalen aan te trekken. Heel even voelde hij zich gelukkig bij de gedachte dat hij nu kon gaan en staan waar hij wilde. Zo ziet de vrijheid eruit, dacht hij, en hij glimlachte om zijn pathetische gedachte. Een oudere politieman die van huis is weggelopen, van zichzelf bevrijd.

Hij reed helemaal door tot Oranienburg, vlak bij Berlijn, voordat hij besloot te overnachten. Hij zocht een poosje naar een geschikt hotel en koos ten slotte voor Kronhof, dat aan de rand van de stad lag. De receptionist was een oudere heer met een weelderige snor. Toen hij begreep dat Wallander een Zweed was, zei hij tegen hem dat hij vaak met de gedachte speelde om een zomerhuis ergens in de Zweedse bossen te kopen. Had Herr Wallander misschien een voorstel voor een geschikt gebied?

'Småland', zei Wallander. 'Daar staan in de bossen een heleboel lege huizen op nieuwe eigenaars te wachten.'

Hij kreeg een hoekkamer op de derde verdieping. Het was een grote kamer, met iets te veel zware sombere meubels, maar Wallander was tevreden. Hij zat helemaal bovenin; er zou vannacht niemand boven zijn hoofd rondlopen. Hij trok een lange broek aan en zwierf daarna een paar uur door de stad. Nadat hij koffie had gedronken en een kijkje had genomen in een antiekwinkel keerde hij naar Kronhof terug. Het was vijf uur. Hij had honger, maar besloot met eten te wachten. Hij ging met een puzzelboekje op bed liggen. Nadat hij een paar woorden had ingevuld viel hij in slaap. Het was half acht toen hij wakker werd. Hij liep naar het restaurant op de begane grond en ging aan een hoektafel zitten. Er waren maar weinig gasten in de eetzaal, maar het was dan ook nog vroeg in de avond. Een serveerster, die hem op de een of andere manier aan Fanny Klarström deed denken, kwam een menukaart brengen. Hij at wienerschnitzel en dronk wijn. Er kwamen nu steeds meer gasten; de meeste leken elkaar te kennen. Wallander bestelde chocolademousse als nagerecht, ook al wist hij dat hij zoiets zoets eigenlijk niet moest eten. Hij dronk nog een glas wijn en voelde dat hij aangeschoten begon te raken. Nu kan ik in elk geval geen wapen vergeten, dacht hij. Hier zal morgenochtend geen geschokte Martinson op me afkomen.

Toen het negen uur was, betaalde hij en ging hij naar zijn kamer. Hij kleedde zich uit en ging naar bed, maar kon niet slapen. Opeens voelde hij zich rusteloos, gestresst. Het fijne gevoel van de maaltijd in zijn eentje was weg. Uiteindelijk gaf hij het op. Hij kleedde zich weer aan en keerde terug naar het restaurant. Er was ook een bar. Hij liep ernaartoe en bestelde een glas wijn. Aan de toog stonden een paar oudere mannen bier te drinken. De tafels waren leeg, behalve eentje vlak bij hem. Daaraan zat een vrouw van in de veertig. Ze dronk een glas witte wijn en zat te sms'en. Ze glimlachte naar Wallander. Hij glimlachte terug. Ze toostten naar elkaar. Zij ging verder met haar mobieltje. Wallander bestelde nog een glas wijn voor zichzelf, maar ook eentje voor de vrouw. Zij bedankte hem en kwam aan zijn tafel zitten. In zijn slechte Engels zei hij de waarheid: dat hij een Zweed was op doorreis naar Berlijn. Omdat hij niet zeker wist hoe je Kurt eigenlijk uitsprak in het Engels zei hij tegen haar dat hij James heette.

'Is dat een Zweedse naam?' vroeg ze.

'Mijn moeder kwam uit Ierland', antwoordde hij.

Hij moest glimlachen om zijn leugen en vroeg hoe zij heette. Isabel, was het antwoord. Ze verklaarde dat Oranienburg binnen luttele jaren door Berlijn zou zijn opgeslokt. Wallander zat naar haar gezicht te kijken. Ze maakte een getekende en gehavende indruk en was te zwaar opgemaakt. Opeens vroeg hij zich af of ze soms in het leven zat en deze bar als haar jachtterrein gebruikte. Maar ze is niet echt uitdagend gekleed, dacht hij. Bovendien zit ik niet achter prostituees aan.

Wie was ze, deze Isabel die hij nu wijn zat aan te bieden? Ze zei dat ze bloemiste was, alleenstaand, met volwassen kinderen, en dat ze een flat huurde, *sehr schön* noemde ze die, in de buurt van een park en ze probeerde uit te leggen hoe je daar kwam. Wallander was echter niet geïnteresseerd in parken of wegen; hij begon haar aantrekkelijk te vinden, kon zich haar al naakt in zijn hotelkamer voorstellen en het was nu zijn bedoeling haar mee te krijgen daarnaartoe. Dat ze aangeschoten was, merkte hij wel en dat hij zelf ook niet meer zou moeten drinken voelde hij ook. Het was inmiddels bijna middernacht, de mensen begonnen weg te gaan en de man achter de toog riep dat het de laatste ronde was. Wallander vroeg om de rekening en zei er meteen bij dat hij haar nog een glaasje op zijn kamer kon aanbieden. Het was voor het eerst die avond dat hij überhaupt duidelijk maakte dat hij in het hotel logeerde. Ze leek niet verbaasd; misschien wist ze het al. Vond er misschien onzichtbare communicatie plaats tussen de receptie en de bar? Maar het kon hem niet schelen; hij betaalde de rekening, gaf veel te veel fooi en voerde haar langs de lege receptie naar zijn kamer. Pas toen hij de deur had dichtgedaan vertrouwde hij haar de sombere waarheid toe: dat hij haar niets kon aanbieden. Er was ook geen minibar; dergelijke luxe bood het hotel niet, zoals er ook geen roomservice was. Ze begreep echter waaraan ze was begonnen en omhelsde hem plotseling. Hij voelde een wilde begeerte die hij totaal niet wist te onderdrukken en ze belandden in bed. Hij kon zich niet herinneren wanneer hij voor het laatst met een vrouw naar bed was geweest en in het lichaam van deze Isabel probeerde hij zowel Baiba als Mona terug te vinden, en ook andere vrouwen, die hij allang vergeten was. Het ging allemaal heel vlug en zij was al in slaap gevallen toen Wallander opnieuw van begeerte vervuld werd. Ze was niet wakker te krijgen. Proberen te vrijen met een slapende en snurkende vrouw ging hem echter toch iets te ver. Hij had geen andere keuze dan zelf ook te gaan slapen, hetgeen hij ook deed, met zijn ene hand tussen haar zweterige dijen.

Die lag daar nog toen hij in de vroege ochtend wakker werd. Hij had hoofdpijn, zijn tong plakte in zijn mond en hij besloot meteen de kamer en Isabel, die aan zijn zijde sliep, te ontvluchten. Hij kleedde zich stilletjes aan, realiseerde zich dat hij eigenlijk beter niet achter het stuur kon gaan zitten, maar blijven was wat hem betrof geen optie. Hij pakte zijn tas en liep naar de receptie, waar een jonge man op een brits lag te slapen onder een ouderwetse sleutelkast. Hij werd wakker toen Wallander hem riep, maakte de rekening op en gaf hem wisselgeld terug. Wallander legde de sleutel samen met een briefje van tien euro op de balie.

'Er ligt een vrouw in mijn kamer te slapen. Ik neem aan dat dit voor haar ook genoeg is?'

'Alles klar', zei de man geeuwend.

Wallander snelde naar zijn auto en vertrok richting Berlijn. Hij reed niet verder dan de eerste parkeerplaats die hij tegenkwam. Daar stopte hij. Hij kroop op de achterbank in elkaar om te gaan liggen slapen. Hij voelde veel wroeging over wat er vannacht gebeurd was, maar probeerde zichzelf voor te houden dat het niet erg was. Ze had hem immers niet om geld gevraagd. En helemaal weerzinwekkend kon ze hem ook niet hebben gevonden.

Hij werd om negen uur wakker en reed door naar Berlijn. Bij een motel langs de snelweg belde hij George Talboth. Die had een kaart bij de hand en was er algauw achter waar Wallander zich bevond.

'Ik ben er over ongeveer een uur', zei hij. 'Ga maar lekker buiten zitten met dit mooie weer.'

'Hoe kom jij dan hier? Ik dacht dat je zei dat je geen rijbewijs had?'

'Dat komt wel in orde.'

Wallander kocht een papieren beker koffie en ging in de schaduw bij het restaurant van het motel zitten. Hij vroeg zich af of Isabel al wakker was en of ze zich afvroeg waar hij was gebleven. Hij kon zich bijna geen details van hun klunzige en gevoelloze vrijpartij herinneren. Was het eigenlijk wel gebeurd? Hij kon zich alleen vage fragmenten herinneren en wat hij voor zich zag, maakte hem alleen maar verlegen.

Hij ging nog een keer koffie halen en kocht ook een in plastic verpakt broodje. Het is net of ik op een natte doek zit te kauwen, dacht hij. Nadat hij zichzelf ertoe gedwongen had de helft op te eten gooide hij het restant naar een paar duiven die op de grond aan het pikken waren.

Het uur verstreek. Nog steeds naderde er niemand, op zoek naar een Zweedse rechercheur. Er verstreek nog een kwartier, maar toen stopte er een zwarte Mercedes bij de receptie van het motel. De auto had een diplomatenkenteken. Wallander begreep dat George Talboth was gearriveerd. Een man in een wit pak en met een zonnebril op stapte uit. Hij keek om zich heen en ontdekte Wallander meteen. Hij kwam naar hem toe en zette zijn zonnebril af.

'Kurt Wallander?'

'Dat ben ik.'

George Talboth was bijna twee meter lang, stevig gebouwd en gaf Wallander zo'n stevige handdruk dat hij hem had kunnen wurgen als zijn hand diens keel te pakken had gehad.

'Het verkeer was drukker dan ik verwacht had. Sorry dat ik laat ben.'

'Ik heb gedaan wat je zei. Ik heb genoten van het mooie weer. Ik heb niet op de klok gelet.'

George Talboth stak zijn hand op en zwaaide naar de Mercedes met de onzichtbare chauffeur. De auto verdween.

'Ik krijg de hulp die ik nodig heb', zei hij. 'Zullen we gaan?'

Ze stapten in Wallanders Peugeot. Talboth bleek een levende gps-ontvanger te zijn die Wallander zonder aarzelen goed door het steeds drukker wordende verkeer loodste. Na ruim een uur stopten ze bij een mooi appartementencomplex in het stadsdeel Schöneberg. Wallander bedacht dat dit een van de weinige gebouwen was die het eind van de Tweede Wereldoorlog had overleefd, toen Hitler zich in zijn bunker door het hoofd schoot en het Rode Leger wijk na wijk de stad in bezit nam. Talboth woonde op de bovenste verdieping in een appartement met zes kamers. De slaapkamer die hij Wallander ter beschikking stelde, was groot en keek uit op een parkje.

'Ik laat je nu een paar uur alleen', zei Talboth. 'Ik moet nog wat dingen doen.'

'Ik red me wel.'

'Wanneer ik terug ben, hebben we alle tijd van de wereld. Er is een Italiaans restaurant in de buurt, waar het eten uitstekend is. We hebben tijd om te praten. Hoelang ben je van plan te blijven?'

'Niet heel erg lang. Ik was eigenlijk van plan morgen weer naar huis te gaan.'

George Talboth schudde energiek zijn hoofd.

'Komt niets van in. Berlijn bezoek je gewoon niet voor zo'n korte tijd. Dat is een belediging van deze stad, die zo veel van de tragische geschiedenis van de wereld heeft meegemaakt.'

'Daar kunnen we het later wel over hebben', verontschuldigde Wallander zich. 'Maar zoals je zonet zei, hebben oude mannen soms ook dingen te doen.'

George Talboth nam genoegen met dat antwoord. Hij liet Wallander zien waar de badkamer, de keuken en een weids balkon waren en verliet toen het appartement. Wallander ging voor het raam staan en zag hem opnieuw in de zwarte Mercedes stappen. Hij pakte een flesje bier uit de ijskast en dronk dat leeg op het balkon. Het was voor hem een manier om afscheid te nemen van de vrouw die hij de vorige avond ontmoet had. Nu zou ze er niet meer zijn, behalve dan misschien als een hardnekkige herinnering in zijn dromen. Zo ging dat meestal. Over de vrouwen van wie hij serieus gehouden had, droomde hij niet. Degenen met wie hij meer of minder pijnlijke ervaringen had gehad kwamen vaak terug in zijn dromen.

Hij bedacht dat hij onthield wat hij wilde vergeten en vergat wat hij zich wilde herinneren. Er zat iets grondig fout in de manier waarop hij leefde. Of dat voor iedereen gold, wist hij niet. Waar droomde Linda over? Waar droomde Martinson over? Of hoe zagen de dromen van zijn overijverige baas Lennart Mattson eruit?

Hij dronk nog een biertje, raakte een beetje teut en liet het bad vollopen. Toen hij eruit kwam en zich opnieuw had aangekleed voelde hij zich een stuk opgeknapt.

Twee uur later keerde George Talboth terug. Ze gingen op het balkon zitten, dat nu in de schaduw lag, en begonnen aan hun gesprek.

Dat was het moment waarop Wallander op de balkontafel een kleine steen ontdekte. Een steen die hij absoluut meende te herkennen.

36

Er was een vraag die Wallander de hele tijd die hij samen met George Talboth doorbracht, bleef achtervolgen. Had hij gezien dat de steen Wallander was opgevallen? Of was dat niet het geval? Toen hij de volgende dag naar huis reed, wist Wallander het niet zeker, maar hij meende te hebben begrepen dat George Talboth zijn ogen niet in zijn zak had. Hij ziet dingen razendsnel, dacht Wallander. Het loopt bij hem nog niet door en zijn brein gaat ook nog niet achteruit. Dat hij af en toe ongeïnteresseerd en bijna sloom overkomt, moest je niet opvatten als een gebrek aan aandacht.

Het enige waar hij zeker van kon zijn, was dat de steen die van Håkan von Enkes bureau was verdwenen nu op een tafel op George Talboths balkon lag. En anders was het een exacte kopie.

De gedachte aan een kopie betrof ook de man zelf. Al bij het motel had Wallander het gevoel gehad dat George Talboth op iemand leek, dat hij een dubbelganger had. Niet noodzakelijk iemand die hij persoonlijk kende, eerder iemand die hij had gezien zonder dat hij zich kon herinneren waar, of wie het was.

Pas 's avonds, vlak voordat ze gingen eten, kwam Wallander erop wie het was. George Talboth leek op de acteur Humphrey Bogart. Al was hij langer en zat er niet voortdurend een sigaret in zijn mondhoek geplakt. Maar het was niet alleen zijn uiterlijk; er zat ook iets in zijn stem dat Wallander meende te herkennen uit films als *The Treasure of the Sierra Madre* en *African Queen*. Hij vroeg zich af of Talboth zich hiervan bewust was en nam aan dat het antwoord bevestigend was. George Talboth wekte de indruk een zeer bewust persoon te zijn.

Voordat ze op het balkon gingen zitten, toonde George Talboth ook dat hij verrassingen in petto had. Hij opende een deur van het appartement die tot dan toe gesloten was geweest. Binnen stond een reusachtig aquarium met flonkerende vissen, hele scholen in rood en blauw, die zich geruisloos achter het dikke glas bewogen. Watertanks en kunststofslangen vulden de kamer. Maar waar Wallander nog het meest verbluft over was, was dat er op de bodem van het aquarium ingenieus geconstrueerde tunnels liepen waardoor elektrische treinen voortraasden in gesloten banen. De tunnels waren volledig transparant, als glas achter glas. Er kwam geen druppel water in binnen. De treinen raasden rond zonder dat de vissen zich bewust leken van deze spoorlijn op hun kunstmatige zeebodem.

'De tunnel is bijna een kopie van de tunnel die tussen Dover en Calais loopt', zei Talboth. 'Toen ik dit model bouwde, heb ik de originele tekeningen en bepaalde constructiedetails gebruikt.'

Wallander dacht opeens aan Håkan von Enke met zijn flessenscheepje in de afgelegen jachthut. Er is een verwantschap, dacht hij, die verder gaat dan hun vriendschap. Maar wat die feitelijk betekent, kan ik niet zeggen.

'Ik vind het leuk om met mijn handen te werken', vervolgde Talboth. 'Alleen maar je hersens gebruiken, is niet goed voor een mens. Is dat voor jou ook zo?'

'Dat kan ik niet echt zeggen. Mijn vader was handig, maar daar heb ik niets van geërfd.'

'Wat deed je vader?'

'Hij maakte schilderijen.'

'Hij was dus kunstenaar? Waarom gebruik je het woord "maakte"?'

'Mijn vader was een beetje een aparte', zei Wallander. 'Hij

schilderde zijn leven lang eigenlijk maar één motief. Er valt niet zo veel over te zeggen.'

Talboth voelde Wallanders tegenzin en stelde geen vragen meer. Ze bestudeerden de langzame bewegingen van de vissen en de treinen die voortraasden door hun tunnels. Het viel Wallander op dat ze elkaar niet precies op dezelfde plek tegenkwamen. Er was een verschuiving die aanvankelijk nauwelijks merkbaar was. Hij zag ook dat de treinen op een bepaald traject over hetzelfde spoor werden getransporteerd. Hij aarzelde, maar stelde toch een vraag naar aanleiding van zijn waarneming. Talboth knikte.

'Je ziet het goed', zei hij. 'Dat klopt. Ik heb in het systeem een kleine vertraging ingebouwd.'

Hij pakte van een plank aan de muur een zandloper, die Wallander niet was opgevallen bij het betreden van de kamer.

'Hierin zit zand uit West-Afrika', zei Talboth. 'Om geografisch correct te zijn: van de stranden van de eilanden in de kleine archipel die Buback heet. Die ligt voor de kust van Guinee-Bissau, een land dat de meeste mensen niet kennen, niet eens van naam. Toen de tijd nog werd gemeten met zandlopers bepaalde een oude Engelse admiraal dat dit zand perfect was voor de Engelse vloot. Als ik deze zandloper precies op hetzelfde moment had omgedraaid als ik het lichtknopje aandeed, zou je hebben gezien dat de ene trein de andere na precies negenenvijftig minuten inhaalt. Af en toe doe ik dat om te controleren of het zand in de zandloper niet langzamer gaat lopen of dat de transformator spanning begint te verliezen.'

Als kind had Wallander gedroomd van een eigen Märklintrein. Zijn vader had echter nooit geld gehad om er eentje voor hem te kopen. De gedachte aan treinen zoals hij die nu voor zich had, vertegenwoordigde nog steeds een soort droom die niet in vervulling was gegaan.

Ze gingen op het balkon zitten. De zomermiddag was warm. Talboth had ijswater en glazen klaargezet. Wallander had besloten dat hij totaal geen redenen had om er doekjes om te winden. Zijn eerste vraag formuleerde zichzelf.

'Wat dacht je toen je hoorde dat Louise was verdwenen?'

Talboths heldere blik was de hele tijd op Wallander gericht.

'Ik was misschien niet helemaal verbaasd', antwoordde hij.

'Waarom niet?'

Talboth haalde zijn schouders op.

'Ik hoef geen uiteenzetting te geven van wat je al weet. Håkans steeds onverdraaglijker vermoedens, of misschien moeten we nu zeggen zekerheid, dat hij met een landverrader was getrouwd. Zeg je dat zo? Mijn Zweeds is niet altijd helemaal correct.'

'Het is juist', zei Wallander. 'Als je spioneert, ben je meestal een landverrader. Als je je niet bezighoudt met specifiekere dingen, zoals industriële spionage.'

'Håkan is vertrokken omdat hij het niet meer kon verdragen', vervolgde Talboth. 'Hij heeft zich verstopt, omdat hij tijd nodig had om na te denken. Toen Louise verdween, was hij in grote lijnen klaar met zijn overwegingen. Hij zou de bewijzen die hij had, overdragen aan de militaire inlichtingendienst. Het zou er allemaal correct aan toegaan. Hij was niet van plan zichzelf en zijn eigen naam te ontzien. Hij besefte natuurlijk dat Hans er ook door getroffen zou worden, maar daar was niets aan te doen. Uiteindelijk was het een kwestie van fatsoen. Toen ze verdween, was hij met stomheid geslagen. Hij werd nog banger. Na een paar telefoongesprekken die ik met hem heb gevoerd werd ik ongerust. Het leek wel of hij last had gekregen van achtervolgingswaan. Zijn enige verklaring voor het feit dat Louise was vertrokken, was dat zij op de een of andere manier zijn gedachten had weten te lezen. Hij was bang dat ze zou uitzoeken waar hij zat. En als zij het niet deed, dan deed haar werkgever binnen de Russische inlichtingendienst het wel. Håkan was ervan overtuigd dat Louise nog steeds zo belangrijk was dat ze niet zouden aarzelen om hem te doden om haar te kunnen behouden. Ook al was ze nu te oud om nog langer actief te spioneren, dan nog was het belangrijk dat ze niet werd ontmaskerd. De Russen wilden natuurlijk niet dat zou worden onthuld wat zij wisten. Of niet wisten.'

'Wat dacht je toen je bericht kreeg dat ze zelfmoord had gepleegd?'

'Daar heb ik nooit in geloofd. Voor mij was het vanzelfsprekend dat ze was omgebracht.'

'Waarom?'

'Ik antwoord met een tegenvraag. Waarom zou ze zelfmoord plegen?'

'Misschien dat ze onder schuldgevoel gebukt ging? Misschien had ze zich gerealiseerd hoe ze haar man kwelde? Er kunnen allerlei redenen zijn. In mijn werk als rechercheur heb ik veel voorbeelden gezien van mensen die om aanzienlijk minder zwaarwegende redenen de hand aan zichzelf sloegen.'

Talboth dacht even na over Wallanders woorden.

'Dat kan natuurlijk kloppen. Ik realiseer me dat ik je niet mijn hele beeld van haar heb gegeven. Ik kende Louise. Ook al hield ze veel van haar persoonlijkheid verborgen, ik leerde haar ondanks alles toch kennen. Ze was er de persoon niet naar om zelfmoord te plegen.'

'Waarom denk je dat?'

'Sommige mensen plegen geen zelfmoord. Zo simpel is het gewoon.'

Wallander schudde zijn hoofd.

'Dat is niet mijn ervaring', zei hij. 'Mijn beleving is dat alle mensen zich onder bepaalde ongelukkige omstandigheden van het leven kunnen beroven.'

'Ik zal je niet tegenspreken. Je mag mijn mening interpreteren zoals je wilt. Ik ben ervan overtuigd dat jouw politie-ervaringen belangrijk zijn. Maar je moet de ervaringen die je opdoet tijdens een lang beroepsleven binnen de Amerikaanse veiligheidsdiensten misschien ook niet helemaal uitvlakken.'

'Inmiddels weten we dat ze is vermoord. We weten ook dat in haar handtas inlichtingenmateriaal is gevonden.'

Talboth had zijn waterglas opgepakt. Hij fronste zijn wenkbrauwen en zette het terug zonder te hebben gedronken. Wallander meende opeens een ander soort waakzaamheid bij hem te zien.

'Dat wist ik niet? Dat er inlichtingenmateriaal in beslag is genomen?'

'Het is ook niet de bedoeling dat je dat weet. Ik had het je niet moeten vertellen, maar ik doe het voor Håkan. Ik ga ervan uit dat het onder ons blijft.'

'Ik zeg tegen niemand wat. Dat leer je wel bij de veiligheidsdienst. Op de dag dat je stopt, mag er niets meer over zijn. Je leegt je geheugen zoals anderen hun kasten of bureau legen.'

'Wat zou je zeggen als ik vertel dat Louise vermoedelijk is vergiftigd met behulp van methodes die vroeger in Oost-Duitsland werden gehanteerd? Om te verbergen dat het om executies ging en ze er als zelfmoord te laten uitzien.'

Talboth knikte langzaam. Opnieuw bracht hij het glas met ijswater naar zijn mond. Ditmaal dronk hij wel.

'Dat gebeurt ook binnen de CIA', zei hij. 'Wij zien ons natuurlijk ook tamelijk vaak gedwongen mensen te liquideren. Op een manier dat iedereen ervan overtuigd is dat het zelfmoord is.'

Wallander was niet verwonderd over Talboths weerzin om over dingen te praten die niet direct met Håkan of Louise von Enke te maken hadden, maar hij had besloten zo veel mogelijk druk op de ketel te zetten.

'We kunnen er dus van uitgaan dat Louise is vermoord', zei Wallander.

'Heeft de Zweedse veiligheidsdienst haar misschien geliquideerd?'

'Zo gaat dat in Zweden niet echt. Er zijn bovendien geen redenen om te denken dat ze ontmaskerd was. We hebben met andere woorden geen dader met een geloofwaardig motief.'

Talboth verplaatste zijn rieten stoel om in de schaduw te komen. Hij zweeg een poosje en beet voorzichtig op zijn onderlip.

'Je zou bijna geloven dat het om een jaloeziedrama ging', zei hij opeens.

Hij ging met een ruk rechtop in zijn stoel zitten.

'In Zweden werken was natuurlijk nooit hetzelfde als wanneer je achter het IJzeren Gordijn werd gestationeerd toen dat nog bestond', vervolgde hij. 'Wie daar werd ontmaskerd werd bijna altijd geëxecuteerd. Als je althans niet zo belangrijk was dat je kon worden uitgeruild. De ene verrader tegen de andere. Als ze te lang in het veld zijn, krijgen spionnen soms last van mentale onscherpte; voortdurend erop ingesteld als ze zijn dat hun identiteit kan worden onthuld. De druk wordt te groot. Daarom gebeurt het wel dat spionnen elkaar te lijf gaan. Het geweld richt zich naar binnen. Het succes van de een kan te groot worden. Er ontstaat jaloezie; in plaats van samenwerking en loyaliteit komt er concurrentie. In het geval van Louise is dat feitelijk denkbaar. Om een heel speciale reden.'

Nu was het Wallanders beurt om zijn stoel te verplaatsen om in de schaduw te komen. Hij boog voorover en pakte zijn waterglas. Het ijs was gesmolten.

'Zoals Håkan al heeft verteld waren er al lange tijd geruchten in omloop over een Zweedse spion', zei Talboth. 'De CIA wist dat al heel lang. Toen ik op onze ambassade in Stockholm werkte, trokken we veel middelen uit voor deze kwestie.

Dat iemand Zweedse militaire geheimen aan de Russen verkocht was een probleem voor ons en de NAVO. Zweden had een wapenindustrie die vooropliep op het vlak van technische innovaties. We hadden regelmatig overleg met onze Zweedse collega's over deze zorgwekkende situatie. Maar ook met collega's uit onder andere Engeland, Frankrijk en Noorwegen. We hadden te maken met een ongelooflijk handige agent. We begrepen ook dat er een tussenpersoon moest zijn, een "leverancier" aan Zweedse kant. Iemand die informatie gaf aan de agent, die deze op zijn beurt doorsluisde naar de Russen. We waren er verbaasd over dat wij, of beter gezegd, onze Zweedse collega's, nooit enige sporen vonden. De Zweden hadden een shortlist met twintig namen, allemaal officieren binnen verschillende legeronderdelen. Maar de Zweedse onderzoekers zaten helemaal vast. En het lukte ons niet hen te helpen. Het was alsof we een fantoom najoegen. Een slimmerik kwam op het idee de persoon die we zochten "Diana" te noemen. Naar de verloofde van Het Fantoom. Ik vond het belachelijk. Vooral omdat niets ervoor pleitte dat er een vrouw bij betrokken zou zijn. Later zou op dat punt echter blijken dat die sufferd onbewust toch een vooruitziende vergelijking had gemaakt. Zo was de situatie in elk geval tot maart 1987. 8 maart, om precies te zijn. Die dag gebeurde er iets wat de hele situatie in één klap veranderde, een aantal Zweedse inlichtingenofficieren de kou in stuurde en ons ertoe dwong allemaal anders te gaan denken. Ik denk niet dat Håkan dat verteld heeft?'

'Nee.'

'Het begon bij Amsterdam, op Schiphol, in de vroege ochtend. Opeens stond er een man voor de deur bij het kantoor van de marechaussee. Hij droeg een flodderig pak, een wit overhemd met das. In zijn hand had hij een reiskoffertje, over de arm een jas, in zijn andere hand een hoed. Hij moet de indruk hebben gewekt dat hij uit een andere tijd kwam, dat hij misschien uit een zwart-witfilm was gestapt met sombere achtergrondmuziek. Hij kreeg een marechaussee te spreken die eigenlijk veel te jong was voor zijn taak, maar er heerste griep, hij moest invallen en nu stond daar een man die in slecht Engels politiek asiel in Nederland aanvroeg. Hij liet een Russisch paspoort zien, waarin stond dat hij Oleg Linde heette. Een ongebruikelijke Russische naam, zou je kunnen denken, maar de naam klopte. Hij was in de veertig, had dun haar en een litteken langs zijn ene neusvleugel. De jonge marechaussee, die nog niet eerder oog in oog had gestaan met een asielzoeker uit het Oosten, haalde er een oudere collega bij die de zaak in behandeling nam. Nog voordat die marechaussee, die Geert van zijn voornaam heette, een eerste vraag had kunnen stellen begon Oleg Linde al te praten. Ik heb de verhoren zo vaak gelezen dat ik denk dat ik het belangrijkste uit mijn hoofd ken. Hij was kolonel bij de KGB, de speciale eenheid voor spionage in het Westen, en vroeg politiek asiel aan omdat hij niet langer wilde meewerken aan het bijeenhouden van het desintegrerende Sovjetimperium. Dat waren zijn eerste woorden. Daarna kwam het lokaas dat hij had voorbereid. Hij bezat kennis over vele van de Sovjetspionnen die in het Westen werkten. Vooral over een paar heel handige agenten die hun basis in Nederland hadden. Daarna zorgden de mensen van de veiligheidsdienst voor hem. Hij werd naar een flat in Den Haag gebracht, ironisch genoeg vlak in de buurt van de gebouwen van het Internationaal Gerechtshof, en daar werd hij "uit elkaar gehaald", zoals een Nederlandse collega het formuleerde. Het duurde maar een paar dagen of ze beseften dat Oleg Linde volkomen echt was. Ze hielden zijn identiteit geheim, maar begonnen meteen hun collega's in de rest van de wereld te informeren dat er een prachtig stuk, een echt stuk "antiek", op tafel stond. Wilden ze komen kijken? Het stuk onderzoeken? Er kwamen rapporten uit Moskou dat de KGB in beroering was; ze renden als angstige mieren door de hoop waar iemand met een stok in had zitten roeren. Oleg Linde was een van degenen die gewoon niet mochten verdwijnen. Maar nu was hij weg, spoorloos verdwenen, en men vreesde het ergste. Toen hun agentennetwerk instortte, begreep Moskou dat hij zich in Nederland bevond. Hij was aan zijn grote "uitverkoop" begonnen, zoals wij zeiden. En hij was goedkoop. Hij verlangde alleen maar een nieuwe naam en een nieuwe identiteit. Voorzover ik weet, verhuisde hij naar het eiland Mauritius en vestigde hij zich in de stad met de fantastische naam Pamplemousse, waar hij in zijn levensonderhoud voorzag als timmerman. Kennelijk had de goede Oleg Linde een achtergrond als schrijnwerker, voordat hij bij de KGB belandde. Maar van dat stukje van het verhaal ben ik iets minder zeker.'

'Wat doet hij nu?'

'Hij rust uit op de eeuwige jachtvelden. Hij is in 2006 aan kanker overleden. Op Mauritius kwam hij een jongedame tegen met wie hij is getrouwd en kinderen heeft gekregen. Maar over hun leven weet ik niets. Zijn verhaal doet trouwens denken aan dat van een andere overgelopen agent, die "Boris" werd genoemd.'

'Over hem heb ik gehoord', zei Wallander. 'Het lijkt haast of de Russen in die jaren aan de lopende band overliepen.'

Talboth stond op en verdween in het appartement. Beneden op straat reden een paar brandweerwagens met gillende sirenes voorbij. Talboth kwam terug met een tot de rand gevulde waterkan.

'Hij was degene die ons de informatie gaf dat de spion naar wie we in Zweden al zo lang zochten echt een vrouw was', zei hij toen hij weer was gaan zitten. 'Hij beschikte niet over haar naam, zij viel onder een paar anderen binnen de KGB die volledig los van andere officieren werkten. Dat deden ze met bijzonder waardevolle agenten. Maar hij was er zeker van dat het om een vrouw ging. Ze werkte zelf niet binnen Defensie of de wapenindustrie. Dat betekende dus dat ze een of misschien meerdere leveranciers had die de lekkernijen ter beschikking stelden die zij doorverkocht. Het werd nooit duidelijk of ze spion was om ideologische redenen, of dat ze gewoon handeldreef. De inlichtingendiensten geven altijd de voorkeur aan spionnen die handeldrijven. Als er te veel ideologische overtuiging in het spel is, kan het allemaal gemakkelijk ontsporen. Mensen die overtuigd zijn van hun gelijk kun je nooit helemaal vertrouwen, zeggen wij altijd. Onze branche is een cynische branche, en moet dat ook zijn om goed te functioneren. Als een mantra herhalen we dat we de wereld misschien niet beter maken, maar in elk geval ook niet slechter. We rechtvaardigen ons ermee dat we een soort terreurbalans in evenwicht houden, wat we waarschijnlijk ook doen.'

Talboth roerde met een lepel door de ijsklontjes in de kan.

'De oorlogen in de toekomst', zei hij peinzend. 'Die zullen gaan over basisgoederen als water. Onze soldaten zullen sterven voor plassen water.'

Bijna verdrietig schonk hij water in zijn glas, goed oppassend dat hij niet knoeide. Wallander wachtte.

'We hebben haar nooit gevonden', vervolgde Talboth. 'We hebben de Zweden geholpen zo veel we konden, maar ze werd nooit geïdentificeerd, nooit ontmaskerd en gepakt. We begonnen erover te praten dat ze misschien eigenlijk alleen maar een verzinsel was, maar de Russen kwamen continu dingen aan de weet die ze niet hadden moeten kunnen weten. Als Bofors een nieuw geavanceerd technisch detail in een wapensysteem ontwierp, wisten de Russen dat binnen de kortste keren. We hebben een oneindig aantal vallen opgezet, maar we strikten nooit iemand.'

'En Louise?'

'Die was natuurlijk boven elke verdenking verheven. Wie

had er nou reden om haar te verdenken? Een taallerares die van schoonspringen hield.'

Talboth verontschuldigde zich en zei dat hij voor zijn aquarium moest zorgen. Wallander bleef op het balkon zitten. Hij begon aantekeningen te maken van wat Talboth allemaal had gezegd, maar realiseerde zich dat hij niets hoefde op te schrijven, omdat hij het zich toch wel zou herinneren. Hij liep naar de kamer die hem was toegewezen en ging met zijn armen onder zijn hoofd op bed liggen. Toen hij wakker werd, besefte hij dat hij twee uur had geslapen. Hij vloog overeind, alsof hij zich had verslapen. Talboth zat op het balkon een sigaret te roken. Wallander ging weer in zijn stoel zitten.

'Volgens mij droomde je', zei Talboth. 'Je slaakte in elk geval een paar luide kreten in je slaap.'

'Mijn dromen zijn soms heftig', zei Wallander. 'Dat verschilt per periode.'

'Ik heb daar geen last van', zei Talboth. 'Ik kan me mijn dromen nooit herinneren. Daar ben ik eigenlijk wel dankbaar voor.'

Ze wandelden naar het Italiaanse restaurant waar Talboth het al over had gehad. Tijdens de maaltijd dronken ze rode wijn en spraken over van alles behalve over Louise von Enke. Na het eten stond Talboth erop dat ze diverse soorten grappa zouden proeven. Ook stond hij erop om de rekening te betalen. Toen ze het restaurant verlieten, voelde Wallander zich tipsy. Talboth stak een sigaret op. Wallander wendde zijn gezicht af toen hij de rook uitblies.

'Het is dus vele jaren geleden', zei Wallander, 'dat Oleg Linde over een Zweedse spionne vertelde. Het komt me absurd voor dat ze nog steeds actief zou zijn.'

'Als ze dat althans nog is', zei Talboth. 'Vergeet niet waar we het op het balkon over hadden.'

'Een eventuele voortzetting van de spionage zou haar vrijpleiten', zei Wallander.

'Niet noodzakelijkerwijs. Iemand anders kan het stokje hebben overgenomen. In deze wereld bestaan geen eenvoudige verklaringsmodellen. De waarheid kan vaak precies tegenovergesteld zijn aan wat je denkt.'

Ze liepen langzaam door de straat. Talboth stak een nieuwe sigaret op.

'De tussenpersoon', zei Wallander. 'Degene die jij de "leverancier" noemde. Is er over hem net zo weinig bekend?'

'Hij is nooit ontmaskerd.'

'Wat natuurlijk betekent dat het net zo goed een vrouw kan zijn?'

Talboth schudde zijn hoofd.

'Vrouwen hebben zelden zo veel invloed binnen Defensie of de wapenindustrie. Ik verwed er mijn schamele pensioentje onder dat het een man is.'

De avond was warm, drukkend. Wallander voelde hoofdpijn opkomen.

'Is er iets in wat ik heb verteld dat je in het bijzonder verbaast?' vroeg Talboth afwezig, voornamelijk om het gesprek op gang te houden.

'Nee.'

'Is er een conclusie die jij hebt getrokken die niet overeenkomt met wat ik heb verteld?'

'Nee. Ik kan tenminste niets verzinnen.'

'Wat zeggen de rechercheurs die Louises dood onderzoeken?'

'Ze hebben geen sporen. Er is geen dader, geen motief. Behalve dan dat ze microfilms in een verborgen vakje van haar tas hebben gevonden.'

'Dat is toch bewijs genoeg dat zij de spion is? Misschien ging er iets mis toen ze het materiaal zou overhandigen?'

‘Dat is een redelijke verklaring. Ik neem aan dat de politie die theorie als uitgangspunt heeft, maar wat ging er fout? Wie ontmoette ze? En waarom gebeurt het uitgerekend nu?’

Talboth bleef staan om zijn peuk uit te trappen.

‘Toch is het een grote stap voorwaarts’, zei hij. ‘Er is nu meer dan genoeg bewijs tegen haar. Ze kunnen het hele onderzoek op Louise concentreren. Waarschijnlijk zullen ze vroeg of laat de tussenpersoon ook wel vinden.’

Ze liepen verder en bleven bij de ingang van het appartementencomplex staan. Talboth toetste de code in.

‘Ik heb frisse lucht nodig’, zei Wallander opeens. ‘Ik ben een ouwe verstokte nachtwandelaar. Ik loop nog een poosje door.’

Talboth knikte, gaf hem de code en verdween. Wallander keek naar de deur die geruisloos dichtging. Hij begon langs de verlaten straat te lopen. Weer stak het gevoel de kop op dat er iets helemaal mis was. Hetzelfde gevoel dat hij had gehad toen hij ’s nachts na het gesprek met Håkan von Enke het eiland verliet. Hij dacht aan Talboths woorden, over de waarheid die vaak het tegenovergestelde was van wat je verwachtte. Soms moet de werkelijkheid op zijn kop worden gezet om haar in de juiste verhouding te kunnen zien.

Wallander bleef staan en draaide zich om. De straat lag er nog steeds verlaten bij. Uit een open raam klonk muziek. Een Duitse schlager. Hij verstond de woorden *Leben, eben* en *neben*. Hij liep door tot hij bij een pleintje kwam. Een paar jongelui zaten op een bankje te vrijen. Ik zou hier kunnen gaan staan schreeuwen, dacht hij. *Ik snap niet wat er gebeurt.* Dat zou ik kunnen schreeuwen. Het enige wat ik absoluut zeker weet, is dat in dit alles iets zit wat mij ontgaat, waar de vinger niet op te leggen valt. Althans, niet door mij. Nader ik de ontknoping of verwijder ik me er juist van? Het lukt me maar niet om dat vast te stellen.

Steeds vermoeider liep hij een poosje rond het plein. Toen hij bij Talboths appartement was teruggekeerd leek het erop dat deze naar bed was gegaan. De deur van het balkon was dicht. Wallander kleedde zich uit en viel weldra in slaap.

In zijn dromen begonnen de paarden opnieuw te draven, maar na het ontwaken 's ochtends kon hij ze zich niet meer herinneren.

37

Toen Wallander 's ochtends zijn ogen opende, wist hij eerst niet waar hij was. Hij wierp een blik op zijn horloge. Het was zes uur. Hij bleef in bed liggen. Door de muur heen hoorde hij het gesuis van de machines die de zuurstofvoorziening van het water in het grote aquarium regelden. Of de treinen wel of niet liepen, kon hij niet horen. Ze leidden een geruisloos bestaan in hun goedgeïsoleerde tunnels. Als mollen, dacht hij. Maar ook als de mensen die zich in de gangen nestelen waar de geheime besluiten worden genomen, besluiten die ze stelen en doorgeven naar de kant die eigenlijk in het ongewisse had moeten blijven.

Hij stapte uit bed; opeens had hij haast om weg te komen. Hij nam niet de moeite om te douchen, maar kleedde zich aan en liep het grote lichte appartement in. De balkondeur stond open, de dunne gordijnen bewogen langzaam in de wind. Talboth zat buiten in zijn stoel met een sigaret in de hand. Er stond een koffiekopje voor hem. Hij draaide zich langzaam om naar Wallander. Het was alsof hij hem al had horen aankomen voordat Wallander bij de deur was. Hij glimlachte. Wallander vond het opeens een glimlach om te wantrouwen.

'Ik hoop dat je goed hebt geslapen?'

'Het bed was goed', antwoordde Wallander. 'De kamer was stil en donker. Maar nu ben ik toch van plan je te bedanken.'

'Je geeft Berlijn dus niet nog één dag extra? Ik kan je een hoop laten zien.'

'Ik was graag gebleven, maar het is waarschijnlijk toch het beste dat ik nu naar huis ga.'

'Ik neem aan dat je hond zich niet zonder toezicht redt?'

Hoe weet hij dat ik een hond heb? schoot het door Wallanders hoofd. Daar heb ik het toch niet over gehad?

Hij kreeg vaag het gevoel dat Talboth meteen besefte dat hij zich had versproken.

'Ja', zei Wallander. 'Je hebt gelijk. Als ik mijn buren al te veel belast, hebben ze straks misschien geen zin meer om voor Jussi te zorgen. Deze hele zomer zit al zo vol reizen. Bovendien heb ik natuurlijk mijn kleinkind dat ik zo vaak mogelijk wil zien.'

'Ik ben blij dat Louise haar nog heeft mogen meemaken', zei Talboth. 'Kinderen is één ding, maar met kleinkinderen komt er een gevoel van nog grotere zingeving, van voltooiing. Als kinderen ons bestaan een gloed van betekenis geven, dan zijn kleinkinderen de feitelijke bevestiging. Heb je ook een foto van haar bij je?'

Wallander liet de twee foto's zien die hij had meegenomen.

'Een mooi kind', zei Talboth terwijl hij opstond. 'Maar je ontbijt toch nog wel voordat je vertrekt?'

'Ik neem alleen koffie', zei Wallander. 'Ik eet 's ochtends niets.'

Talboth schudde bezorgd zijn hoofd, maar hij keerde met koffie terug naar het balkon; zwart, zoals Wallander hem altijd dronk.

'Ik heb zitten denken over iets wat je gisteren zei', zei Wallander.

'Ik heb ongetwijfeld veel gezegd waar je over hebt zitten denken.'

'Je zei dat je verklaringen soms moet zoeken in precies de tegenovergestelde richting dan waarin je ze zoekt. Bedoelde je dat als een soort algemeen principe of dacht je aan iets in het bijzonder?'

Talboth dacht een poosje na.

'Ik kan me nauwelijks herinneren dat ik heb gezegd wat jij

nu aanhaalt', antwoordde hij. 'Maar als ik iets bedoelde, dan was het in het algemeen.'

Wallander knikte. Hij geloofde geen woord van wat Talboth zei. Er had een bepaalde bedoeling achter die woorden gezeten. Alleen lukte het hem niet die bedoeling te achterhalen.

Talboth maakte een rusteloze indruk, niet zo ontspannen of kalm als de vorige dag.

'Ik wil graag een foto van ons samen maken', zei hij. 'Ik ga mijn fototoestel pakken. Een gastenboek heb ik niet, maar ik maak altijd foto's wanneer ik bezoek krijg.'

Hij kwam terug met een camera, die hij op de leuning van een stoel zette. Hij drukte op de zelfontspanner en ging naast Wallander zitten. Toen de foto was genomen ging hij achter het toestel staan om een foto van Wallander alleen te maken. Meteen daarna namen ze afscheid. Wallander stond met zijn jas in de ene en zijn autosleutels in de andere hand.

'Lukt het je om in je eentje de weg te vinden en deze grote stad uit te komen?' vroeg Talboth.

'Mijn richtinggevoel is niet echt heel goed, maar vroeg of laat kom ik goed terecht. Bovendien kent het wegennet van Duitse steden een logica die al het andere overtreft.'

Ze gaven elkaar een hand. Beneden op straat gekomen wuifde Wallander naar Talboth, die tegen de reling van het balkon leunde. Toen hij het complex had verlaten, was het hem opgevallen dat Talboths naam ontbrak tussen de naambordjes van de huurders. Wel stond er USG ENTERPRISES. Wallander knoopte die naam in zijn oren en reed weg.

Zoals hij al gevreesd had, kostte het hem een paar uur om de stad uit te komen. Toen hij ten slotte op de autoweg zat, zag hij de afrit te laat, waardoor hij nu in volle vaart op weg was naar de Poolse grens. Na veel moeite slaagde hij erin te keren en uiteindelijk de weg naar het noorden te vinden. Toen hij Oranienburg passeerde, rilde hij bij de gedachte aan wat daar was gebeurd.

De thuisreis verliep verder zonder problemen. 's Avonds kwam Linda op bezoek. Klara was verkouden en Hans was bij haar. De volgende dag moest hij naar New York.

Het was een warme avond en ze zaten buiten. Linda dronk thee.

'Hoe gaat het met de zaken van Hans?' vroeg Wallander toen ze zachtjes naast elkaar op de schommelbank zaten te schommelen.

'Ik weet het niet', zei Linda. 'Maar ik vraag me weleens af wat er gaande is. Vroeger praatte hij wanneer hij thuiskwam altijd over de geweldige zaken die ze die dag hadden gedaan, maar nu zegt hij helemaal niets.'

Er vlogen een paar ganzen in formatie over. Zwijgend bestudeerden ze de streep die in zuidelijke richting verdween.

'Misschien dat die aan het proefstarten zijn en oefenen om in formatie te vliegen', zei Wallander.

Linda barstte in lachen uit.

'Zoiets had opa nou ook kunnen zeggen. Weet je dat je steeds meer op hem begint te lijken?'

Wallander verzette zich.

'Dat hij gevoel voor humor had, weten we allebei, maar hij kon aanzienlijk valser uit de hoek komen dan ik mezelf toesta.'

'Zo vals was hij volgens mij niet', zei Linda beslist. 'Ik denk dat hij bang was.'

'Waarvoor?'

'Misschien om oud te worden. Dood te gaan. Volgens mij verborg hij dat achter die nijdigheid, die waarschijnlijk vaak alleen maar gespeeld was.'

Wallander ging er niet op in. Hij vroeg zich stilzwijgend af of ze dat ermee bedoelde dat ze zo op elkaar leken: dat hij ook openlijk bang aan het worden was voor de dood?

'Morgen gaan jij en ik Mona bezoeken', zei Linda opeens.

'Waarom?'

'Omdat ze mijn moeder is en wij haar naaste familieleden zijn.'

'Kan die psychopatische kruidenier van haar niet op haar passen?'

'Heb je dan niet meegekregen dat het uit is?'

'Nee. Maar toch weiger ik met je mee te gaan.'

'Waarom?'

'Ik wil niets meer met Mona te maken hebben. Nu Baiba dood is, kan ik haar nog minder vergeven wat ze over haar gezegd heeft.'

'Jaloerse mensen kramen jaloerse onzin uit. Mona heeft me verteld wat jij soms zei wanneer je jaloers was.'

'Ze liegt.'

'Niet altijd.'

'Ik ga niet mee. Ik wil niet.'

'Maar ik wil wel. En ik denk vooral ook dat mama het wil. Je kunt haar niet zomaar wegstrepen.'

Wallander zei verder niets meer. Nog meer protesteren had geen zin. Als hij niet deed wat ze zei, zou ze met haar boosheid zowel zijn als haar bestaan nog een hele tijd vergallen en dat wilde hij niet.

'Ik weet niet eens waar die ontwenningskliniek staat', zei hij ten slotte.

'Dat zie je morgen wel. Het wordt een verrassing.'

Die nacht trok er een lagedrukgebied over Skåne. Toen ze even na achten 's ochtends in de auto op weg waren in oostelijke richting begon het te regenen en te waaien. Wallander voelde zich onbehaaglijk. Hij had die nacht slecht geslapen en was moe en chagrijnig toen Linda hem kwam halen. Ze had hem meteen naar binnen gestuurd om de oude verwassen broek die hij droeg te verwisselen voor een andere.

'Je hoeft niet op je paasbest te verschijnen als je haar bezoekt, maar zo slonzig hoef je er nou ook weer niet uit te zien.'

Ze namen de afslag naar het oude kasteel van Glimminge. Linda wierp hem een blik toe.

'Weet je het nog?'

'Natuurlijk weet ik het nog.'

'We hebben de tijd. We kunnen wel even stoppen.'

Linda draaide de parkeerplaats op die bij de hoge muren van het kasteel lag. Ze stapten uit en liepen over de ophaalbrug de binnenplaats op.

'Dit behoort tot mijn vroegste herinneringen', zei Linda. 'Dat jij en ik hiernaartoe gingen. En dat je me de stuipen op het lijf joeg met je spookverhalen. Hoe oud was ik toen?'

'Toen we hier voor het eerst kwamen, was je waarschijnlijk net vier geworden. Maar toen vertelde ik geen spookverhalen. Dat deed ik toen je zeven was, denk ik. Misschien in de zomer voordat je voor het eerst naar school ging?'

'Ik weet nog dat ik trots op je was', zei ze. 'Mijn grote, fiere papa. Ik denk nog weleens terug aan die momenten, toen ik me helemaal geborgen voelde en totaal gelukkig dat ik leefde.'

'Zo heb ik dat ook ervaren', antwoordde Wallander oprecht. 'Dat waren waarschijnlijk de mooiste jaren, toen je klein was.'

'Waar is het leven gebleven?' zei Linda. 'Denk je zo? Nu je zestig bent?'

'Ja', zei hij. 'Een paar jaar geleden merkte ik dat ik de overlijdensadvertenties in *Ystads Allehanda* begon te bestuderen. Als ik een keer een ander dagblad onder ogen kreeg, dan las ik ze daar ook. Het gebeurde steeds vaker dat ik me afvroeg wat er van mijn klasgenoten uit Limhamn geworden was. Hoe hun leven was verlopen. Vergeleken met het mijne. Ik ben een beetje halfslachtig gaan onderzoeken wat er met hen gebeurd is.'

Ze gingen op de stenen stoep van de ingang van het kasteel zitten.

'Wij die in het najaar van 1955 op de lagere school begonnen, hebben waarachtig heel verschillende levens gehad. Inmiddels meen ik te weten wat er met de meesten is gebeurd. Met een heleboel is het slecht afgelopen. Sommigen zijn dood, eentje heeft zichzelf doodgeschoten nadat hij naar Canada was geëmigreerd. Een klein aantal slaagde in wat ze zich hadden voorgenomen, zoals Sölve Hagberg, die *Quitte of Dubbel* won. De meesten hebben een werkzaam leven en maken niet veel drukte. Maar zo verloopt hun leven. En zo verloopt het mijne ook. Wanneer je zestig bent, heb je de meeste dingen achter de rug; dat moet je gewoon accepteren, ook al is dat moeilijk. Er liggen nog maar heel weinig belangrijke beslissingen vóór je.'

'Heb je het gevoel dat je leven op zijn einde loopt?'

'Soms.'

'Wat denk je dan?'

Hij aarzelde voordat hij antwoordde, maar zei toen gewoon de waarheid.

'Dat ik er verdriet van heb dat Baiba is overleden. Dat het nooit iets tussen ons is geworden.'

'Er zijn andere vrouwen', zei Linda. 'Je hoeft niet alleen te zijn.'

Wallander stond op.

'Nee', zei hij. 'Er zijn geen andere vrouwen. Baiba was niet inwisselbaar.'

Ze liepen terug naar de auto en reden door naar de ontwenningskliniek, die een paar kilometer verderop lag. Het was een grote vakwerkboerderij rond een oude binnenplaats.

'Is ze begonnen met roken?' vroeg Wallander. 'Dat deed ze toch nog niet?'

'Ze zegt dat ze het doet als troost. En dat ze er weer mee kan stoppen wanneer dit achter de rug is.'

'Wanneer dit achter de rug is?'

'Ze moet hier nog een maand blijven.'

'En Hans betaalt dat?'

Ze ging niet op zijn vraag in omdat het antwoord voor de hand lag. Mona stond op toen ze eraan kwamen. Wallander keek met weerzin naar haar grauwe gezicht en de dikke wallen onder haar ogen. Hij vond haar lelijk, een gedachte die nog nooit eerder bij hem was opgekomen.

'Het is aardig dat je bent gekomen', zei ze terwijl ze hem een hand gaf.

'Ik wil natuurlijk zien hoe het met je is', mompelde hij terug.

Ze gingen op een bankje zitten. Mona zat tussen hen in. Wallander wilde onmiddellijk vertrekken. Dat Mona strijd leverde tegen ontwenningsverschijnselen en angst was voor hem niet voldoende reden om daar te zijn. Waarom wilde Linda dat hij Mona zag in de toestand waarin ze zich nu bevond? Was dat om hem op de een of andere manier schuld te laten bekennen? Schuld waaraan? Hij merkte dat hij zich opwond. Ondertussen zaten Linda en Mona met elkaar te praten. Toen vroeg Mona of ze haar kamer wilden zien. Wallander zag ervan af, maar Linda liep mee het gebouw in.

Terwijl hij wachtte, liep hij een rondje over de binnenplaats. De mobiel in zijn jaszak begon te rinkelen. Het was Ytterberg.

'Doe je dienst?' vroeg hij. 'Of heb je nog steeds vakantie?'

'Ik ben vrij', antwoordde Wallander. 'Dat verbeeld ik me althans.'

'Zelf zit ik op kantoor. Voor me ligt een rapport van onze

geheime collega's binnen het leger. Wil je weten wat die te zeggen hebben?'

'Het kan zijn dat we worden onderbroken.'

'Als je me een paar minuten geeft, halen we het denk ik wel. Ze hebben me een buitengewoon dun rapportje gestuurd. Wat betekent dat verreweg het meeste niet geschikt wordt gevonden voor de ogen van mij of andere gewone agenten. Ik citeer: "Delen van het rapport zijn geheim." Daar bedoelen ze waarschijnlijk mee dat het meeste geheim is. Wij krijgen alleen een paar zandkorrels toegestrooid. De parels, als die er zijn, houden ze zelf.'

Ytterberg kreeg opeens een niesbui.

'Allergische reactie', verontschuldigde hij zich. 'Ze gebruiken hier op het bureau een of ander schoonmaakmiddel waar ik niet tegen kan. Ik denk dat ik mijn kantoor voortaan zelf maar moet gaan poetsen.'

'Misschien is dat een goed idee', antwoordde Wallander ongeduldig.

'In het rapport wordt het volgende meegedeeld en ik citeer nu: "Het materiaal, waaronder microfilm en fotonegatieven alsmede gecodeerde tekst, dat in Louise von Enkes handtas is aangetroffen, bevat vertrouwelijk militair materiaal. Het meeste daarvan is bijzonder gevoelig en is vertrouwelijk verklaard om niet in verkeerde handen te vallen." Er heerst met andere woorden geen twijfel.'

'Dat het materiaal echt is?'

'Inderdaad. Verder staat er in het rapport dat vergelijkbaar materiaal al eerder in handen van de Russen is terechtgekomen, omdat, door middel van Zweedse eliminatiemethodes, overtuigend bewijs is geleverd dat zij over kennis beschikten waarover ze niet hadden dienen te beschikken. Begrijp je wat ik bedoel? Het rapport is op zijn zachtst gezegd in een geforceerde, militaire stijl geschreven.'

'Dat is altijd zo wanneer onze geheime collega's spreken. Waarom zou het anders zijn wanneer geheime militairen spreken? Maar ik denk dat ik het wel begrijp.'

'Veel meer staat er niet in. Maar de conclusie dat Louise von Enke inderdaad met haar vingers in de militaire jampotten heeft gezeten is onvermijdelijk. Ze heeft inlichtingenmateriaal verkocht. Joost mag weten hoe ze eraan is gekomen.'

'Er blijven nog veel vragen over', zei Wallander. 'Wat is daar op Värmdö gebeurd? Waarom werd ze vermoord? Met wie had ze een afspraak? En waarom nam diegene, of diegenen, niet mee wat ze in haar tas had?'

'Misschien wisten ze niet dat het erin zat?'

'Misschien had ze het niet bij zich', zei Wallander.

'Die mogelijkheid nemen we in beschouwing. Dat het om ingestoken materiaal gaat.'

'Dat is voorzover ik kan beoordelen niet ondenkbaar.'

'Maar waarom?'

'Opdat ze van spionage verdacht wordt.'

'Maar ze is toch ook een spionne?'

'Ik heb het gevoel dat ik in een labyrint zit', zei Wallander. 'Ik kan er niet uit komen. Maar laat me nadenken over wat je hebt verteld. Hoeveel prioriteit heeft deze moord op dit moment bij jullie?'

'Heel veel. Er gaat een gerucht dat het zal worden behandeld in een tv-programma over lopende rechercheonderzoeken. De chefs worden altijd nerveus wanneer de media met hun microfoons dichterbij komen.'

'Stuur ze maar naar mij toe', zei Wallander. 'Ik ben niet bang.'

'Wie is er bang? Ik ben alleen bezorgd dat ik onaangenaam word als ik met domme vragen word geconfronteerd.'

Wallander ging op de bank zitten en nam in gedachten door wat Ytterberg net had verteld. Hij probeerde gaten te vinden, maar vond er geen. Het kostte hem moeite om zich te concentreren.

Mona had vochtige ogen toen ze met Linda terugkeerde. Wallander begreep dat ze had gehuild. Hij wilde niet weten wat ze hadden besproken, maar opeens had hij medelijden met Mona. Ook aan haar zou hij zijn vraag kunnen stellen: hoe is je leven verlopen? Hier stond ze nu, grauw, terneergeslagen en trillend ten overstaan van krachten die sterker waren dan zij.

'Het is tijd voor mijn behandeling', zei ze. 'Ik ben dankbaar dat jullie zijn gekomen. Wat ik doormaak is zwaar.'

'Wat houdt de behandeling in?' vroeg Wallander in een dappere poging interesse te tonen.

'Zo meteen heb ik een gesprek met een arts. Hij heet Torsten Rosén. Hij heeft zelf een drankprobleem gehad. Ik moet nu opschieten.'

Ze gingen op de binnenplaats uiteen. Linda en Wallander reden zwijgend naar huis. Hij dacht dat zij vast nog onaangenamer getroffen was dan hij. Sinds haar onrustige tienerjaren voorbij waren, had ze een steeds sterkere band met haar moeder gekregen.

'Ik ben blij dat je bent meegegaan', zei Linda toen ze hem afzette.

'Je liet me weinig keus', antwoordde hij. 'Maar natuurlijk is het belangrijk dat ik heb kunnen zien hoe het met haar is, wat ze doormaakt. De vraag is alleen: zal ze het redden?'

'Ik weet het niet. Ik kan alleen maar hopen.'

'Ja', zei Wallander. 'Dat is uiteindelijk het enige wat overblijft: hopen.'

Hij stak zijn hand door het open autoraam naar binnen en streek haar even over haar haren. Zij keerde de wagen en reed weg. Wallander keek haar na en zag de auto verdwijnen.

Hij voelde zich beklemd. Hij liet Jussi los en zat hem eerst een poosje achter zijn oren te krabben. Pas daarna draaide hij de deur van het slot.

Hij had meteen in de gaten dat er iemand geweest was. Zijn voorzichtigheid wierp vruchten af. Een van de kleine waarschuwingstekens die hij had aangebracht was verplaatst. In de vensterbank van het raam dat het dichtst bij de voordeur zat, had iemand een kandelaartje verplaatst dat hij midden voor de klink van het dubbele raam had gezet. Nu stond de kandelaar meer naar achteren op de vensterbank, links van de greep. Wallander bleef roerloos staan en hield zijn adem in. Had hij zich misschien vergist? Nee, hij wist het zeker. Toen hij het raam wat grondiger bekeek, ontdekte hij dat het van buiten was geopend met een smal, scherp voorwerp, waarschijnlijk een werktuig dat deed denken aan het voorwerp waarmee autodieven portieren van auto's forceerden.

Voorzichtig tilde hij de kandelaar, die van hout was en waar een koperen ring omheen zat, op om hem te bestuderen. Hij zette hem even voorzichtig weer neer en liep daarna langzaam door het huis. Hij vond geen andere sporen van de persoon of personen die binnen waren geweest. Ze zijn voorzichtig, dacht hij, voorzichtig en handig. Die kaars was een slordigheidsfoutje.

Hij ging aan de keukentafel zitten en bekeek de kandelaar. Hij realiseerde zich dat er waarschijnlijk maar één reden was waarom onbekenden in zijn huis inbraken.

Iemand was ervan overtuigd dat hij kennis bezat waarvan hij zelf niet wist dat hij die had. Kennis die misschien was gebaseerd op zijn aantekeningen of zelfs op voorwerpen die hij in zijn bezit had.

Hij zat roerloos op zijn stoel. Ik kom dichterbij, dacht hij. Maar het kan ook zijn dat iemand dichter bij mij komt.

38

De volgende dag werd Wallander uit zijn slaap opgeschrikt door dromen die hij zich niet kon herinneren. Misschien waren de paarden weer aan het draven geweest, misschien was het iets anders; hij wist het niet meer. De kandelaar stond voor het raam en herinnerde hem eraan dat er iemand in zijn buurt was. Hij liep naakt het erf op. Eerst ging hij plassen, daarna liet hij Jussi los. Een eerste herfstachtige mistflard zweefde boven de akkers. Hij begon te rillen en ging snel weer naar binnen. Hij kleedde zich aan, zette koffie en ging aan de keukentafel zitten, vastbesloten om opnieuw een poging te doen helderheid te scheppen in wat er nou eigenlijk met Louise von Enke was gebeurd. Hij wist natuurlijk dat een hoogst provisorische verklaring het enige was wat hij zou bereiken, maar hij moest de zaak grondig doornemen, vooral om de reden te vinden voor het knagende gevoel dat hij continu iets over het hoofd zag. Dat gevoel was er niet minder op geworden nu hij opnieuw een bezoeker in zijn huis had gehad. Kortom: hij was niet van plan zich gewonnen te geven.

Die ochtend had hij echter moeite om zich te concentreren. Na een paar uur gaf hij het op. Hij pakte zijn papieren bij elkaar en vertrok naar het politiebureau. Weer koos hij de ingang via de garage en hij bereikte ongezien zijn kantoor. Nadat hij een half uur over zijn paperassen gebogen had gezeten gluurde hij voorzichtig de lege gang in om naar de koffieautomaat te lopen. Zijn beker was net gevuld toen Lennart Mattson achter hem opdook. Wallander had zijn baas al een hele tijd niet meer gezien en dat vond hij niet erg. Mattson was gebruind door de zon en afgevallen, iets wat Wallander meteen jaloers en geïrriteerd maakte.

'Ben je er al?' vroeg Lennart Mattson. 'Kun je je niet inhouden? Trekt het werk? Zo moet het ook zijn; zonder passie word je geen goede politieman. Maar je zou toch eigenlijk pas maandag weer beginnen?'

'Ik ga net naar huis', zei Wallander. 'Ik moest alleen even wat papieren van mijn kamer halen.'

'Heb je tijd? Ik heb verheugend nieuws dat ik graag met iemand wil delen.'

'Ik heb alle tijd van de wereld', zei Wallander en hij stak zijn ironie, waarvan hij zeker wist dat die Lennart Mattson toch ontging, niet onder stoelen of banken.

Ze liepen naar het kantoor van de commissaris. Wallander ging in een van de bezoekersstoelen zitten. Lennart Mattson pakte een ordner die op zijn keurig opgeruimde bureau lag.

'Verheugend nieuws, zoals ik al zei. Wij scoren hier in Skåne het hoogste percentage opgeloste misdrijven. Wij lossen meer misdrijven op dan bijna alle andere korpsen. We hebben niet alleen de beste resultaten, maar ook de grootste toename vergeleken met vorig jaar. Dit is precies wat we nodig hebben om er nog meer tegenaan te gaan.'

Wallander luisterde naar zijn baas. Er waren geen redenen om eraan te twijfelen dat wat hij hoorde inderdaad in het rapport stond. Wallander wist echter dat statistiek interpreteren, toveren met je ellebogen was. Je kon altijd een statistiek produceren die waar was en tegelijkertijd leugenachtig. Hij en zijn collega's waren zich er pijnlijk van bewust dat het landelijke percentage opgeloste misdrijven van de Zweedse politie tot de laagste in het Westen behoorde. Er was ook niemand van hen die dacht dat de bodem bereikt was. De negatieve ontwikkeling zou voortzetten. Voortdurende bureaucratische omwentelingen betekenden een even continue negatieve toename van onopgehelderde misdrijven. Competente politie-eenheden werden opgeheven, of gewijzigd totdat ze niet meer functioneerden. Het was belangrijker om de statistische doelen te bereiken dan om werkelijk misdrijven te onderzoeken en de daders voor de rechter te brengen. Bovendien vond Wallander net als de meeste van zijn collega's dat er verkeerde prioriteiten werden gesteld. Op de dag dat de Zweedse politieleiding besloot dat 'kleine criminaliteit' getolereerd moest worden, werd de bodem weggerukt onder de vertrouwensrelatie tussen de politie en het publiek. Voor de gewone burger was het niet natuurlijk om te accepteren dat er in zijn auto, zijn garage of zijn zomerhuisje werd ingebroken. De burgers wilden dat ook deze misdrijven werden opgelost of in elk geval onderzocht.

Maar hij had natuurlijk geen zin om dit nu met Lennart Mattson te gaan bespreken. In de loop van het najaar zouden er nog wel meer mogelijkheden tot een gesprek komen.

Mattson legde het rapport weg en keek zijn bezoeker opeens bezorgd aan. Wallander zag dat hij het zweet op zijn voorhoofd had staan.

'Hoe gaat het eigenlijk met je? Je ziet er bleek uit. Waarom ga je niet naar buiten, de zon in?'

'Welke zon?'

'De zomer is toch niet zo slecht? Zelf ben ik naar Kreta geweest, om zeker te zijn van mooi weer. Ben jij weleens in het paleis in Knossos geweest? Je hebt daar fantastische dolfijnen op de muren.'

Wallander stond op.

'Met mij gaat het goed', zei hij. 'Maar omdat de zon vandaag een beetje schijnt, zal ik je woorden in mijn oren knopen en het lekkere weer opzoeken.'

'Je hebt niet ergens weer een wapen laten liggen?'

Wallander staarde Mattson aan. Hij had hem bijna een klap verkocht.

Wallander keerde terug naar zijn kamer, ging in zijn stoel zitten en legde zijn voeten op zijn bureau terwijl hij zijn ogen dichtkneep. Hij dacht aan Baiba. En aan Mona, die in haar ontwenningskliniek zat te trillen. Ondertussen zat zijn baas zich te verkneukelen om een statistiek die niet de waarheid vertelde.

Hij haalde zijn voeten weer van zijn bureau. Ik doe nog één poging, dacht hij. Eén poging om te begrijpen hoe het komt dat ik continu twijfel aan mijn conclusies. Ik wou dat ik meer inzicht had in politieke gebeurtenissen; dan zou ik waarschijnlijk niet zo in verwarring zijn als nu.

Opeens moest hij denken aan een gebeurtenis waaraan hij op volwassen leeftijd nooit meer had teruggedacht. Het moest in 1962 of 1963 zijn geweest, ergens in het najaar. Hij had in die tijd op zaterdag een baantje als bezorger bij een bloemenzaak in het centrum van Malmö. Hij had opdracht gekregen om als de wiedeweerga met een boeket bloemen naar het Volkspark te fietsen. Daar hield minister-president Tage Erlander een toespraak en wanneer hij klaar was, moest een meisje hem het boeket overhandigen. Het probleem was alleen dat iemand van de arbeidersbeweging slordig was geweest en geen bloemen had besteld. Dus nu was er haast geboden. Had Wallander dat begrepen? Hij fietste alsof zijn leven ervan afhing. De bloemenzaak had van tevoren doorgegeven dat hij eraan kwam en hij werd meteen doorgelaten. Het papier werd van de bloemen gehaald en het meisje dat ze moest overhandigen nam het boeket aan. Wallander kreeg wel vijf kronen fooi en ze gaven hem een frisdrank. Met het rietje in zijn mond stond hij te luisteren naar de lange man op het spreekgestoelte die met een vreemd nasale stem sprak. De man gebruikte moeilijke woorden, of althans woorden die Wallander niet kende. Hij had het over ontspanning, de rechten van de kleine naties, Zwedens vanzelfsprekende neutraliteit en ongebondenheid ten opzichte van alle pacten en allianties. Zo veel meende Wallander toch nog te begrijpen.

Toen hij die avond was thuisgekomen was hij naar de kamer gegaan die zijn vader als atelier gebruikte. Gek genoeg kon hij zich nog herinneren dat zijn vader uitgerekend die avond bezig was met het inkleuren van het bosmodel dat hij als achtergrond opzette voor zijn eeuwig herhaalde motief. In Wallanders vroegste tienerjaren hadden zijn vader en hij goed contact met elkaar. Misschien was het wel de beste tijd van hun leven samen. Het zou nog drie, misschien vier jaar duren voordat Kurt thuiskwam om te vertellen dat hij had besloten bij de politie te gaan. Zijn vader had hem toen bijna de deur uit gezet, en in elk geval een hele tijd niet meer met hem gepraat.

Wallander was op het krukje gaan zitten waarop hij altijd zat en had over zijn bezoek aan het Volkspark verteld. Zijn vader mompelde vaak dat hij geen belangstelling voor politiek had, maar naderhand had Wallander ingezien dat dit helemaal niet klopte. Zijn vader stemde trouw op de sociaal-democraten, koesterde een venijnig wantrouwen ten opzichte van de communisten en beschuldigde de rechtse partijen er altijd van dat ze de burgers die al een goed leven hadden voortdurend bevoordeelden.

Wallander kon zich hun gesprek opeens bijna woordelijk herinneren. Zijn vader had zich voorheen altijd voorzichtig prijzend over de minister-president uitgelaten; hij vond het een eerlijke man in wie je vertrouwen moest hebben, in tegenstelling tot veel andere politici.

'Hij zei dat Rusland onze vijand was', zei Wallander.

'Dat is niet helemaal waar. Het zou misschien niet zo slecht zijn als onze politici eens een beetje nadachten over de rol die Amerika tegenwoordig speelt.'

Wallander was verbaasd geweest over zijn woorden. Amerika stond toch voor het goede? De Amerikanen hadden Hitler en het duizendjarige nazirijk toch ten val gebracht? Uit Amerika kwamen films, muziek en kleding. Voor Wallander was Elvis Presley de grootste ster, en op dat moment was geen liedje beter dan 'Blue Suede Shoes'. Hij verzamelde weliswaar niet langer filmsterrenplaatjes, maar zolang hij dat wel had gedaan was Alan Ladd zijn favoriet, niet in de laatste plaats vanwege zijn geraffineerde achternaam. En nu zat zijn vader dus een discrete waarschuwing voor Amerika uit te vaardigen. Was er iets wat hij niet wist?

Wallander had de woorden van de minister-president herhaald. *Zwedens ongebondenheid ten opzichte van alle pacten en allianties, de vanzelfsprekende neutraliteit van het land.* O, had zijn vader gezegd, zei hij dat? In werkelijkheid vliegen de Amerikaanse vliegtuigen door het Zweedse luchtruim. We doen net of we geen deel uitmaken van allianties en spelen tegelijkertijd onder één hoedje met de NAVO en vooral met Amerika.

Wallander had geprobeerd zijn vader te vragen wat hij bedoelde, maar antwoorden kreeg hij niet, alleen een bijna onverstaanbaar gemompel en vervolgens de vermaning dat hij met rust gelaten wilde worden.

'Je stelt te veel vragen.'

'Heb jij niet altijd gezegd dat ik niet bang moet zijn om je iets te vragen wat ik niet begrijp?'

'Er zijn grenzen.'

'Waar lopen die dan?'

'Hier, op dit moment. Ik maak fouten bij het schilderen.'

'Hoe kan dat nou? Je schildert toch al sinds ver voor mijn geboorte elke dag hetzelfde motief?'

'Wegwezen! Laat me met rust!'

En vervolgens, toen hij in de deuropening stond: 'Ik heb vijf kronen fooi gekregen omdat ik op tijd was met de bloemen voor Elander.'

'*Erlander*. Leer nou eens hoe mensen heten.'

Alsof de herinnering bij hem een deur had opengezet, begon Wallander precies op dat moment te vermoeden dat hij een totaal verkeerde weg had gevolgd. Hij was in de luren gelegd en hij had zich in de luren laten leggen. Hij had het spoor van zijn vooroordelen gevolgd in plaats van het spoor van de werkelijkheid. Roerloos zat hij achter zijn bureau, met gevouwen handen, terwijl hij zijn gedachten liet gaan tot ze aaneengeknoopt waren tot een nieuwe en onverwachte verklaring voor wat er was gebeurd. Het was zo duizelingwekkend dat hij aanvankelijk weigerde te geloven dat hij misschien gelijk had. Het enige waar hij op af meende te kunnen gaan was zijn instinct, dat hem toch gewaarschuwd had. Hij had echt iets over het hoofd gezien. Hij had waarheid en leugen door elkaar gehaald, hij had gedacht dat de oorzaak het gevolg was en andersom.

Omdat hij doornat van het zweet was, ging hij naar de wc om zijn overhemd uit te trekken. Toen hij zich had gewassen liep hij naar zijn locker in de kelder om een schoon overhemd te pakken. Verstrooid herinnerde hij zich dat hij dat een paar jaar geleden van Linda voor zijn verjaardag had gekregen.

Terug op zijn kamer doorzocht hij zijn papieren tot hij de foto had gevonden die hij van Asta Hagberg had gekregen, de foto van kolonel Stig Wennerström die in Washington in gesprek was met de jonge Håkan von Enke. Hij legde de foto voor zich neer en bekeek de gezichten van de twee mannen. Wennerström met zijn koele glimlach, een martiniglas in de hand, en voor hem Von Enke, ernstig, luisterend naar wat Wennerström te zeggen had.

In gedachten zette Wallander zijn legoblokjes weer neer. Iedereen was er: Louise en Håkan von Enke, Hans, Signe in haar bed, Sten Nordlander, Herman Eber, vriend Steven in Amerika, George Talboth in Berlijn. Hij zette Fanny Klarström er ook bij en vervolgens als laatste nog een blokje, waarvan hij niet wist wie dat voorstelde. Langzaam haalde hij in gedachten het ene blokje na het andere weg tot er nog maar twee over waren: Louise en Håkan. Hij liet de pen los die hij in zijn hand had. Louise viel om. Zo was haar leven geëindigd: omvergeworpen ergens op Värmdö. Maar Håkan, haar man, stond nog steeds recht overeind.

Wallander noteerde zijn gedachten. Hij stopte de foto uit Washington in zijn jaszak en verliet het bureau. Ditmaal liep hij via de hoofdingang naar buiten. Hij groette het meisje achter de balie, praatte met een paar verkeersagenten die net binnenkwamen en liep vervolgens door naar het stadscentrum. Mensen die mogelijk naar hem keken, vroegen zich misschien af waarom hij zo schokkerig liep, nu eens snel, dan weer langzaam. Af en toe gebaarde hij met zijn ene hand, alsof hij met iemand praatte en zijn woorden met allerlei gebaren kracht wilde bijzetten.

Bij de snackbar tegenover het ziekenhuis bleef hij lang staan in een poging te beslissen wat hij zou nemen. Het eindigde ermee dat hij vertrok zonder überhaupt iets te hebben gegeten.

De hele tijd maalden echter dezelfde gedachten door zijn hoofd. Kon wat hij nu voor zich zag, echt kloppen? Kon hij het gebeuren zo totaal verkeerd hebben begrepen?

Hij zwierf door de stad en liep ten slotte de pier van de jachthaven op om op zijn bank te gaan zitten. Hij haalde de foto uit Washington uit zijn jaszak, bestudeerde die opnieuw en stopte hem toen terug.

Opeens wist hij hoe alles in elkaar zat. Baiba had gelijk gehad, zijn geliefde Baiba, naar wie hij nu meer verlangde dan ooit.

Achter elke persoon stond altijd iemand anders. De fout die hij had gemaakt was dat hij door elkaar had gehaald wie er vooraan stond en wie zich op de achtergrond verborg.

Uiteindelijk hield alles verband met elkaar; hij zag het patroon dat hem tot nu toe was ontgaan. En hij zag het heel duidelijk.

Een vissersboot voer de haven uit. De man aan het roer stak zijn hand op en wuifde naar Wallander. Die wuifde terug. Aan de horizon in het zuiden begon zich een onweersfront te vormen. Wallander miste op dat moment zijn vader. Dat gebeurde niet vaak. Na diens dood had hij aanvankelijk een angstaanjagende leegte gevoeld, maar tegelijkertijd was hij opgelucht geweest dat zijn vader was overleden. Nu waren de leegte en de opluchting allebei verdwenen. Nu miste hij zijn vader simpelweg, en verlangde hij enorm naar de goede momenten die ze ondanks alles samen hadden gehad.

Hij dacht aan het bezoek dat hij had gebracht aan de oude vrouw die zo welwillend over zijn vader had gesproken. Misschien heb ik hem nooit helemaal duidelijk gezien, de persoon die hij was, wat hij voor mij en voor anderen betekende, dacht Wallander. Net zomin als ik tot dit moment begreep wat er eigenlijk achter de verdwijning van Håkan von Enke en de dood van Louise zat. Eindelijk heb ik het gevoel dat ik dichter bij een ontknoping kom in plaats van me ervan te verwijderen.

Hij realiseerde zich dat hij deze zomer, waarin hij al zo veel onderweg was geweest, nog een reis zou moeten maken. Hij had echter geen keus; hij wist nu wat hem te doen stond.

Opnieuw haalde hij de foto uit zijn jaszak. Hij hield hem voor zich en scheurde hem voorzichtig doormidden. Ooit was er een wereld geweest die Stig Wennerström en Håkan von Enke had verenigd. Nu had hij hen gescheiden.

'Was dat destijds ook al zo?' zei hij hardop tegen zichzelf.

‘Of was dat iets wat veel later kwam?’

Hij wist het niet, maar hij was wel van plan uit te zoeken hoe het zat.

Niemand hoorde dat hij daar, op het puntje van de pier, hardop tegen zichzelf zat te praten.

39

Naderhand had hij slechts vage en brokkelige herinneringen aan de dag die verstreek. Hij verliet uiteindelijk de pier en keerde terug naar de stad. In Hamngatan bleef hij staan bij een pasgeopend restaurant waar hij naar binnen stapte, maar meteen rechtsomkeert maakte en weer naar buiten ging. Al zwervend maakte hij nog een rondje door de straten en stopte toen bij een Chinees restaurant aan Stora Torget, waar hij wel vaker naartoe ging. Zo 's middags waren er maar weinig gasten. Hij ging aan een lege tafel zitten en bestelde afwezig een gerecht van de menukaart.

Als iemand hem nadien had gevraagd wat hij had gegeten had hij daar waarschijnlijk geen antwoord op kunnen geven. Hij zat met zijn gedachten heel ergens anders. Hij was bezig een plan te maken dat hem verder zou kunnen helpen. Hij moest uitzoeken of hij gelijk had of niet, nu alles zich opeens heel anders liet aanzien dan eerst. Alles waar hij eerder in had geloofd was in zijn hoofd nu bij het afval beland.

Lang zat hij met zijn eetstokjes in het voedsel te prikken, tot hij het opeens veel te snel naar binnen werkte, afrekende en het restaurant verliet. Hij keerde terug naar het politiebureau. Op weg naar zijn kamer werd hij tegengehouden door Kristina Magnusson, die vroeg of hij zin had om aanstaand weekend bij haar en haar gezin te komen eten. Hij mocht kiezen op welke dag, zaterdag of zondag. Omdat hij geen excuus kon bedenken om het af te slaan, zei hij dat hij graag op zondag kwam. Hij hing een bordje dat hij zelf gefabriceerd had en waarop stond dat hij niet gestoord wilde worden aan de deur, schakelde de telefoon uit en deed zijn ogen dicht. Na een poosje rechtte hij zijn rug en schreef een paar woorden op in een notitieblok. Hij wist dat hij nu een besluit had genomen. Het was buigen of barsten; hij moest onderzoeken of wat hij dacht waar was. Dat hij zich niet gewoon vergist had, maar dat hij volledig in de maling was genomen. In een plotselinge woede-uitbarsting smeet hij zijn pen tegen de muur. Hij vloekte. Eén keer, niet vaker. Daarna belde hij Sten Nordlander. De verbinding was slecht. Toen Wallander aandrong dat het belangrijk was dat ze elkaar zo snel mogelijk spraken, beloofde Nordlander dat hij terug zou bellen. Wallander legde de hoorn neer en vroeg zich af waarom het zo moeilijk was om naar bepaalde delen van de archipel te bellen. Of zat Sten Nordlander op een heel andere plek?

Hij wachtte. Voortdurend herkauwde hij de gedachten die zijn hoofd vulden. Zijn hersenen waren net een tank, tot barstens toe vol. Hij was voortdurend bang dat ze zouden gaan lekken.

Veertig minuten later belde Sten Nordlander. Wallander had zijn horloge voor zich op zijn bureau gelegd en hij zag dat de wijzers op tien over zes stonden. De verbinding was nu uitstekend.

'Sorry dat ik je heb laten wachten. Ik lig nu bij Utö.'

'Niet ver van Muskö', zei Wallander. 'Of vergis ik me?'

'Helemaal niet. Je kunt rustig zeggen dat ik me in klassieke wateren bevind. Duikbootwater, dus.'

'We moeten elkaar zien', zei Wallander. 'Ik wil graag met je praten.'

'Is er iets gebeurd?'

'Er gebeurt altijd wat, maar ik wil het met je hebben over iets wat me opeens frappeerde.'

'Er is dus niets gebeurd?'

'Niets. Maar ik wil het niet telefonisch bespreken. Hoe zit jij de komende dagen?'

'Als je van plan bent hiernaartoe te komen is het zeker wel belangrijk?'

'Ik heb nog iets anders te doen in Stockholm', zei Wallander zo kalm als hij kon.

'Wanneer was je van plan te komen?'

'Morgen al. Het is nogal plotseling opgekomen. Ik weet dat ik laat bel.'

Sten Nordlander dacht na. Wallander hoorde zijn zware ademhaling in de telefoon.

'Ik ben op weg naar huis', zei hij ten slotte. 'We kunnen elkaar in de stad wel treffen.'

'Ik kom wel naar jou toe als jij me uitlegt hoe ik daar moet komen.'

'Zullen we anders afspreken elkaar in de lobby van Hotel Sjöfart te treffen? Hoe laat?'

'Om vier uur', zei Wallander. 'Ik ben je dankbaar dat je de tijd voor me neemt.'

Sten Nordlander grinnikte.

'Geef je me dan een keuze?'

'Klink ik zo streng?'

'Als een oude leraar. Maar je weet zeker dat er niets is gebeurd?'

'Niet dat ik weet', zei Wallander ontwijkend. 'Tot morgen.'

Hij ging achter zijn computer zitten en slaagde er met enige moeite in een treinkaartje te kopen en ook een kamer te boeken in Hotel Sjöfart. Omdat de trein de volgende dag al vroeg vertrok, reed hij naar huis en bracht hij Jussi naar de buren. De buurman stond op zijn erf aan zijn tractor te sleutelen. Met samengeknepen ogen keek hij naar Wallander toen die met de hond aankwam.

'Weet je zeker dat je hem niet wilt verkopen?'

'Absoluut zeker. Maar ik moet weer op pad. Naar Stockholm.'

'Zat jij niet onlangs in mijn keuken te vertellen dat je zo'n hekel aan grote steden hebt?'

'Dat is ook zo, maar het werk dwingt me.'

'Lopen hier niet genoeg kwajongens rond die je in de gaten moet houden?'

'Zeker wel, maar ditmaal moet ik toch naar Stockholm.'

Wallander aaide Jussi en gaf de riem aan de buurman. Jussi was het gewend en reageerde er niet op dat zijn baasje in zijn eentje over het land terugkeerde. Voordat Wallander wegliep, stelde hij echter nog een vraag. Dat hoorde erbij in deze tijd van het jaar, nu de herfst naderde.

'Hoe wordt de oogst dit jaar?'

'Dat gaat best.'

Met andere woorden: heel goed, dacht Wallander toen hij langs de slootkanten naar huis balanceerde. Normaal gesproken doet de buurman alleen sombere voorspellingen.

Toen Wallander thuiskwam, belde hij Linda. Ook aan haar wilde hij niets kwijt over de directe aanleiding voor zijn reis. Hij zei dat hij in Stockholm een vergadering moest bijwonen. Ze vroeg niets, informeerde alleen hoelang hij van plan was weg te blijven.

'Twee, misschien drie dagen.'

'Waar logeer je?'

'In Hotel Sjöfart. Althans, de eerste nacht. Misschien dat ik daarna bij Sten Nordlander blijf overnachten.'

Het was half acht toen hij wat kleren in zijn tas had gestopt, de deur op slot had gedraaid, in zijn auto was gestapt en richting Malmö reed. Na lang aarzelen had hij zijn – of beter gezegd zijn vaders – oude buks samen met een aantal patronen en zijn dienstwapen in zijn tas gestopt. Hij reisde met de trein en zou geen veiligheidscontroles passeren. Hij voelde zich ongemakkelijk vanwege de wapens, maar durfde ze niet thuis te laten.

Aan de rand van Malmö nam hij zijn intrek in een goedkoop hotel. In de buurt van Jägersro ging hij dineren en om moe te worden maakte hij daarna een lange wandeling. De volgende dag was hij al om vijf uur op en aangekleed. Toen hij de rekening betaalde, sprak hij af dat zijn auto op de parkeerplaats van het hotel mocht blijven staan en hij liet een taxi komen die hem naar het station zou brengen. Hij voelde dat het een warme dag zou worden. Misschien had de zomer nu eindelijk Skåne bereikt?

's Ochtends was hij altijd op zijn scherpzinnigst. Dat was altijd al zo geweest, zolang hij zich kon herinneren. Nu hij op het trottoir op de taxi stond te wachten kende hij geen twijfel meer. Wat hij deed, was juist. Hij had het gevoel dat hij eindelijk in de buurt kwam van een verklaring voor wat er allemaal was gebeurd.

Tijdens de treinreis naar Stockholm sliep hij wat. Ook bladerde hij in allerlei kranten en loste hij een paar kruiswoordraadsels half op. Daarna liet hij voornamelijk zijn gedachten de vrije loop. Telkens keerde hij terug naar de avond in Djursholm. Hij dacht aan de vele foto's die hij thuis had liggen. De ongedurigheid van Håkan von Enke. En de enige foto waarop Louise niet glimlachte. Eén foto waarop ze ernstig keek.

Wallander at een paar broodjes en dronk koffie in de restauratiewagen. Hij was verbijsterd over de prijzen. Daarna zat hij met zijn hand onder zijn kin afwezig door het raam naar het voorbijsnellende landschap te kijken.

Voorbij Nässjö overkwam hem waar hij tegenwoordig altijd bang voor was. Hij wist opeens niet meer waar hij naartoe ging. Hij moest zijn treinkaartje erbij pakken om erachter te komen. Zijn overhemd was na de black-out doornat van het zweet. En weer was hij geschokt.

In Hotel Sjöfart kon hij rond twaalf uur in zijn kamer terecht en daarna ging hij naar de eetzaal om te eten. Er zat een Engelssprekend gezelschap; hij hoorde iemand zeggen dat ze uit Birmingham kwamen. Hij at tartaar, dronk een biertje en ging daarna naar de bar, waar hij zich met zijn koffie in een blauwe stoel liet zakken. Het was inmiddels kwart voor twee. Hij had nog een paar uur wachten voor de boeg.

Een paar minuten over vier stapte Sten Nordlander het hotel binnen. Hij was zongebruind en had zijn haar kort laten knippen. Wallander kreeg het gevoel dat hij ook was afgevallen. Toen Nordlander hem in de gaten kreeg, vuurde hij een brede glimlach op hem af.

'Je ziet er moe uit', zei hij. 'Wat heb je eigenlijk met je vakantie gedaan?'

'Blijkbaar niet veel goeds', antwoordde Wallander.

'Het is mooi weer. Zullen we naar buiten gaan of wil je hier blijven?'

'Laten we naar buiten gaan, ja. Wat zeg je van Mosebacke? Het is warm genoeg om buiten te zitten.'

Tijdens hun wandeling naar het hooggelegen plein zei Wallander niets over de reden van zijn reis naar Stockholm. Sten Nordlander stelde ook geen vragen. Wallander raakte buiten adem van de wandeling terwijl Nordlander in goede conditie leek te zijn. Ze gingen zitten op het terras, waar bijna alle tafels bezet waren. Weldra zou het herfst zijn, met kille avonden. De mensen in de stad profiteerden zo lang mogelijk van de gelegenheid om buiten te zitten.

Wallander dronk thee; hij had maagpijn gekregen van alle koffie. Sten Nordlander besloot een biertje en een broodje te nemen.

Wallander zette zich schrap.

'Ik heb niet helemaal de waarheid verteld toen ik zei dat er niets was gebeurd, maar ik wilde het er niet aan de telefoon over hebben.'

Hij nam Nordlander nauwlettend op terwijl hij sprak. De verraste uitdrukking op diens gezicht leek echt.

'Håkan?' vroeg hij.

'Je hebt gelijk. Het gaat over hem. Ik weet waar hij zit.'

Sten Nordlander bleef hem aankijken. Hij weet het niet, dacht Wallander, die opluchting voelde. Hij is totaal onwetend. En ik heb op dit moment iemand nodig die ik kan vertrouwen.

Sten Nordlander zweeg en wachtte af. Van de tafels om hen heen klonk een vriendelijk geroezemoes.

'Vertel me wat er is gebeurd!'

'Dat zal ik doen, maar eerst moet ik een paar vragen stellen. Om te kijken of mijn voorstelling van hoe al deze gebeurtenissen met elkaar in verband staan echt klopt. Laten we het even over politiek hebben. Waar stond Håkan eigenlijk voor, in zijn actieve tijd als officier? Wat voor politieke ideeën had hij? Om een voorbeeld te nemen: Olof Palme. Het is bekend dat een heleboel militairen een hekel aan Palme hadden en er niet voor terugdeinsden onzinnige geruchten te verspreiden dat hij krankzinnig was en in een inrichting werd verpleegd of dat hij een spion voor de Sovjet-Unie was. Hoe past Håkan in dat plaatje?'

'Daar past hij helemaal niet in. Dat heb ik je al verteld. Håkan heeft nooit bij de groep gehoord die de ergste opruiende taal over Olof Palme en de sociaal-democratische regering uitsloeg. Zoals je weet, heb ik onthuld dat Håkan Palme een keer heeft ontmoet. Hij vond waarschijnlijk dat de kritiek op Palme absurd was, net zoals er een te overspannen kijk bestond op de militaire capaciteit van de Sovjet-Unie en de wil om Zweden aan te vallen.'

'Heb je ooit reden gehad om aan zijn eerlijkheid te twijfelen?'

'Waarom zou ik dat doen? Håkan is een patriot, maar hij is

scherpzinnig en heel analytisch. Volgens mij ging hij gebukt onder al die extreme vijandigheid tegenover de Russen waardoor hij omringd was.'

'Wat was zijn kijk op de Verenigde Staten?'

'In veel opzichten kritisch. Ik weet nog dat hij een keer zei dat de Verenigde Staten in feite het enige land ter wereld zijn dat kernwapens tegen een ander land heeft gebruikt. Je kunt het uiteraard hebben over de bijzondere omstandigheden die er aan het eind van de Tweede Wereldoorlog heersten, maar het blijft een feit: de Amerikanen hebben atoomwapens tegen mensen gebruikt. Dat heeft niemand anders gedaan. Nog niet.'

Wallander had op dat moment geen andere vragen. Niets van wat Sten Nordlander zei, was verbazingwekkend of onverwacht. Wallander had de antwoorden gekregen waarop hij gerekend had. Hij schonk thee in zijn kopje en bedacht dat het nu zover was.

'We hebben het er eerder een keer over gehad dat er binnen de Zweedse defensie een spion was. Iemand die nooit werd ontmaskerd.'

'Dat soort geruchten is er altijd. Als er niets anders is om over te praten, kun je speculeren over mollen die hun eigen gangen graven.'

'Als ik die geruchten goed heb begrepen ging het over een spion die in veel opzichten gevaarlijker zou zijn dan Wennerström?'

'Daar weet ik niets van. Maar de spion die niet gepakt wordt, is toch altijd de spion die ons het meest bedreigt?'

Wallander knikte.

'Er ging ook een ander gerucht', vervolgde hij. 'Of beter gezegd: dat gerucht leeft nog steeds voort. Dat deze onbekende spion een vrouw zou zijn.'

'Volgens mij geloofde niemand daarin. Althans, in mijn

kringen niet. Met zo weinig vrouwen bij Defensie en op posten waar ze bij geheime documenten konden komen, is dat nauwelijks waarschijnlijk.'

'Heb je het daar ooit met Håkan over gehad?'

'Over een spionne? Nee, nooit.'

'Louise was een spion', zei Wallander zacht. 'Ze spioneerde voor de Sovjet-Unie.'

Het leek of Sten Nordlander eerst niet verstond wat Wallander had gezegd, maar daarna drong de betekenis van wat hij had gehoord tot hem door.

'Dat kan toch niet?'

'Dat kan wél; sterker nog: het ís zo.'

'Nou, ik geloof je anders niet. Wat heb je voor bewijzen?'

'Je moet me gewoon geloven. In Louises handtas trof de politie geheime documenten aan die op microfilm waren gezet, en verder een aantal fotonegatieven. Wat daarop stond, weet ik niet, maar ik ben ervan overtuigd geraakt dat dit bewijst dat ze met spionage op niveau bezig was. Tegen Zweden, voor Rusland, en daarvóór voor de Sovjet-Unie. Ze was met andere woorden gedurende lange tijd actief.'

Sten Nordlander nam hem ongelovig op.

'En dit moet ik geloven?'

'Ja, dat moet je inderdaad.'

'Er komen vragen bij me boven, argumenten die ervoor pleiten dat wat jij zegt onmogelijk kan kloppen.'

'Maar kun jij echt, absoluut zeker, weten dat ik me vergis?'

Sten Nordlander verstijfde, met het bierglas in zijn hand.

'Is Håkan hier ook bij betrokken? Werkten ze al die tijd samen?'

'Dat is niet echt waarschijnlijk.'

Met een klap zette Nordlander zijn glas neer.

‘Weet je het zeker of weet je het niet? Waarom spreek je de waarheid niet?’

‘Er is niets wat ervoor pleit dat Håkan met Louise zou hebben samengewerkt.’

‘Maar waarom verstopt hij zich dan?’

‘Omdat hij haar verdacht. Hij was haar al jaren op het spoor. Uiteindelijk vreesde hij voor zijn eigen leven. Hij dacht dat Louise in de gaten begon te krijgen dat hij haar verdacht. Toen werd het risico aanzienlijk dat hij zou worden vermoord.’

‘Maar Louise is toch juist degene die dood is?’

‘Vergeet niet dat Håkan al een hele tijd weg was op het moment dat zij werd gevonden.’

Wallander zag een nieuwe Sten Nordlander opdoemen. Normaal gesproken was hij energiek en open, maar nu kromp hij. Door de verwarring waarin hij verkeerde, onderging hij een gedaanteverwisseling.

Opeens ontstond er aan een tafel verderop een opstootje toen een aangeschoten man omviel en flessen en glazen in zijn val meesleurde. Een uitsmijter was er snel bij om de rust te herstellen. Wallander dronk zijn thee op. Sten Nordlander was opgestaan en naar de omheining gelopen. Hij keek neer op de stad die zich voor zijn voeten uitstrekte. Toen hij terugkwam, zei Wallander: ‘Ik heb je hulp nodig om Håkan terug te halen.’

‘Wat kan ik doen?’

‘Jullie zijn beste vrienden. Ik wil dat je samen met mij een uitstapje maakt. Waar we naartoe gaan, hoor je morgen. Kunnen we jouw auto gebruiken? Kun je je boot een etmaal of zo achterlaten?’

‘Dat is geen probleem.’

Wallander stond op.

‘Haal me morgen om drie uur maar op bij mijn hotel. Kleed

je op regen. We nemen nu afscheid.'

Hij liet Sten Nordlander geen vragen stellen. Hij keek ook niet om toen hij terugliep naar zijn hotel. Hij was er nog steeds niet helemaal zeker van of hij Nordlander echt kon vertrouwen, maar hij had zijn keuze gemaakt; hij kon nu niet meer terug.

Die nacht lag hij lang wakker, draaiend tussen de vochtige lakens. In zijn droom zag hij Baiba boven de grond zweven, met een volkomen doorschijnend gelaat.

De volgende ochtend verliet hij al vroeg het hotel en nam een taxi naar Djurgården, waar hij een poosje onder een boom sliep. Zijn tas met de buks erin had hij onder zijn hoofd als kussen. Toen hij wakker werd, keerde hij langzaam terug door de stad. Hij stond klaar toen Sten Nordlander met zijn auto voor de ingang van het hotel kwam aanrijden. Wallander zette zijn tas op de achterbank.

'Waar gaan we heen?'

'Naar het zuiden.'

'Ver?'

'Een goeie tweehonderd kilometer.'

Ze verlieten de stad en reden over de snelweg.

'Wat staat ons te wachten?' vroeg Sten Nordlander.

'Niets anders dan dat jij een gesprek te horen zult krijgen.'

Sten Nordlander stelde verder geen vragen meer. Weet hij waar we naartoe gaan? dacht Wallander. Doet hij net of hij verbaasd is? Wallander wist het niet zeker. Diep in zijn hart was er natuurlijk nog een reden waarom hij zijn wapens had meegenomen. Ik heb ze meegenomen, dacht hij, omdat ik er niet zeker van kan zijn dat ik me niet hoef te verdedigen. Ik kan alleen hopen dat het niet nodig zal zijn.

Ze kwamen tegen tien uur die avond bij de haven aan. Wallander had eerder een lange eetpauze afgedwongen in Söderköping. Zwijgend hadden ze zitten kijken naar de rivier die door de stad stroomde en die nu aan het dichtgroeien was. De boot die Wallander had gereserveerd lag in het binnenste havenbassin te wachten.

Tegen elven naderden ze hun doel. Wallander zette de motor uit en liet de boot naar de kant drijven. Hij luisterde. Alles was stil. Sten Nordlanders gezicht was nauwelijks te zien in het duister.

Ze stapten aan land.

40

Ze bewogen voorzichtig door de duisternis van de nazomer. Wallander had Sten Nordlander toegefluisterd dat hij dicht bij hem moest blijven, maar hij had er niet bij gezegd waarom. Zodra ze het eiland bereikten, was Wallander ervan overtuigd dat Nordlander Håkan von Enkes schuilplaats niet kende. Niemand zou zo goed verborgen kunnen houden dat hij al wist waar ze de man naar wie ze zochten konden vinden.

Toen Wallander licht zag van een van de ramen van de jachthut bleef hij staan. Door het zwakke ruisen van de zee heen hoorde hij ook muziek. Het duurde een paar seconden voordat tot hem doordrong dat er een raam openstond. Hij draaide zich naar Sten Nordlander om en fluisterde: 'Het kost jou moeite om te geloven dat Louise een spionne was?'

'Vind je dat gek?'

'Helemaal niet.'

'Ik hoor wel wat je zegt, maar ik weiger te geloven dat het waar is.'

'Daar heb je gelijk in', zei Wallander zachtjes. 'Wat ik jou vertel, is namelijk wat ze wíllen dat wij geloven.'

Sten Nordlander schudde zijn hoofd.

'Ik kan je niet volgen.'

'Wat ik zeg, is heel simpel. De documenten in Louises handtas bewezen dat ze een spion was. Maar wat er in die tas zat, kan er na haar dood in zijn gestopt. Ze hebben ook geprobeerd die moord te verhullen zodat het er zou uitzien als zelfmoord, alsof ze de hand aan zichzelf had geslagen. Toen ik Håkan hier op het eiland ontmoette, vertelde hij zeer gedetailleerd aan mij dat hij Louise er jarenlang van verdacht had een spionne te zijn. Dat was heel geloofwaardig, maar later begon ik te begrijpen wat ik eerder niet had gesnapt. Je zou kunnen zeggen dat ik een spiegel ophield om alle gebeurtenissen in een omgekeerd perspectief te bekijken.'

'Wat zag je toen?'

'Iets wat alles op zijn kop zette. Hoe zeg je dat? Dat je iets op zijn kop moet zetten om het in de juiste verhouding te zien? Zo was het voor mij ook.'

'Ik moet dus de conclusie trekken dat Louise geen spion was? Wat wil je nou eigenlijk zeggen?'

Wallander ging niet op die vraag in.

'Nu wil ik dat je naar de muur van de hut loopt', zei hij. 'Blijf daar staan en luister!'

'Waarnaar?'

'Naar het gesprek dat ik zo met Håkan ga voeren.'

'Maar waarom dit gesluip in het donker?'

'Als hij weet dat jij hier bent, loop ik het risico dat hij de waarheid niet vertelt.'

Sten Nordlander schudde zijn hoofd, maar hij zei niets meer, protesteerde ook niet en liep in de richting van de hut. Wallander bleef roerloos staan. Dat Von Enke door het alarm dat hij had aangelegd wist dat er iemand op het eiland was, was in orde. Belangrijk was nu dat hij niet in de gaten kreeg dat er zich meer dan één persoon bij de jachthut bevond.

Sten Nordlander was bij de muur aangekomen. Wallander zou hem niet hebben gezien als hij niet had geweten dat hij daar was. Zelf wachtte hij roerloos af. Hij voelde een vreemde mengeling van grote rust en ongedurigheid. Het eind van het verhaal, dacht hij. Heb ik gelijk of bega ik mijn grootste vergissing ooit?

Hij had er spijt van dat hij Sten Nordlander niet had duidelijk gemaakt dat het tijd kon kosten.

Een nachtvogel fladderde op en vloog weg. Wallander luisterde of hij in de duisternis ook een geluid hoorde dat hem vertelde dat Håkan von Enke eraan kwam. Sten Nordlander stond roerloos bij de muur van de hut. De muziek bleef door het open raam heen hoorbaar.

Hij schrok op toen hij de hand op zijn schouder voelde. Hij draaide zich om en keek Håkan von Enke recht in zijn gezicht.

'Ben jij weer hier?' zei Von Enke met zachte stem. 'Dat hadden we toch niet afgesproken? Ik had je voor een indringer kunnen houden. Wat kom je doen?'

'Met jou praten.'

'Is er iets gebeurd?'

'Er is veel gebeurd. Je zult vast al weten dat ik naar Berlijn ben gegaan en daar je oude vriend George Talboth heb ontmoet. Ik moet zeggen dat hij zich precies zo gedroeg als ik van een hooggeplaatste CIA-agent had verwacht.'

Wallander had zich zo goed mogelijk voorbereid. Hij wist dat hij niet mocht overdrijven. Hij moest hard genoeg praten zodat Sten Nordlander kon horen wat er gezegd werd, maar niet zo hard dat Von Enke argwaan begon te krijgen en zou denken dat er iemand in de buurt was die luisterde.

'Je hebt een goede indruk op hem gemaakt.'

'Ik heb nog nooit zo'n aquarium gezien als hij me liet zien.'

'Het is heel bijzonder. Vooral die treinen die door de tunnels rijden.'

Opeens begon het even flink te waaien, maar daarna werd het weer stil.

'Hoe ben je hier gekomen?' vroeg Von Enke.

'Met dezelfde boot als de vorige keer.'

'En je bent alleen?'

'Waarom zou ik niet alleen zijn?'

'Vragen die met vragen worden beantwoord wantrouw ik altijd.'

Håkan von Enke deed opeens een zaklamp aan die hij tegen

zijn lichaam verborgen had gehouden. Hij richtte die op Wallanders gezicht. Een verhoorlicht, dacht Wallander. Als hij die lamp nu maar niet op de hut richt en Nordlander ziet. Dan stort alles in elkaar.

De lamp ging weer uit.

'We hoeven hier niet buiten te blijven staan.'

Wallander volgde Von Enke op de voet. Toen ze binnen waren, zette Håkan von Enke de radio uit. Sinds Wallanders vorige bezoek was er in de kamer niets veranderd.

Von Enke was op zijn hoede. Wallander kon niet vaststellen of dat door zijn instinct kwam, dat hij een gevaar bevroedde en dat het niet alleen maar een natuurlijke achterdocht was vanwege Wallanders plotselinge aankomst op het eiland.

'Je moet een motief hebben', zei Håkan von Enke zacht. 'Een plotseling bezoek, midden in de nacht?'

'Ik wilde gewoon met je praten.'

'Over je reis naar Berlijn?'

'Nee, daarover niet.'

'Leg dan eens uit.'

Wallander hoopte dat Sten Nordlander buiten bij het raam hun gesprek kon verstaan. Wat zou er gebeuren als Von Enke opeens besloot het raam dicht te doen? Ik heb geen tijd meer te verspillen, dacht Wallander. Ik moet zeggen waar het op staat, ik kan niet langer wachten.

'Je moet het uitleggen', herhaalde Håkan von Enke.

'Het gaat over Louise', zei Wallander. 'De waarheid over haar.'

'Kennen we die dan nog niet? Hebben we hier niet pasgeleden over haar zitten praten?'

'Zeker. Maar jij hebt niet echt de waarheid verteld.'

Håkan von Enke nam hem met dezelfde uitdrukkingsloze blik op als eerst.

'Opeens kreeg ik het gevoel dat er iets was wat niet met het andere rijmde', zei Wallander. 'Het was net of ik naar de lucht stond te kijken terwijl ik eigenlijk de grond voor mijn voeten moest bestuderen. Dat gebeurde tijdens mijn bezoek aan Berlijn. Ik merkte opeens dat George Talboth niet alleen maar mijn vragen beantwoordde. Hij zat ook heel discreet en handig te vissen naar wat ik eigenlijk wist. Toen ik daarachter kwam, besefte ik opeens ook iets heel anders. Iets vreselijks, schandelijks, een verraad zo laaghartig en vol minachting voor mensen dat ik het eerst niet wilde geloven. Wat ik aanvankelijk had geloofd, wat Ytterberg had gedacht, wat jij had verklaard en wat Talboth had verteld, was niet de waarheid. Ik werd gebruikt, er werd misbruik van mij gemaakt, ik stapte gehoorzaam en met open ogen recht in alle vallen die op mijn pad waren geplaatst. Maar daardoor ging ik ook een ander persoon zien.'

'Wie?'

'Degene die we de ware Louise kunnen noemen. Ze is nooit een spion geweest. Ze was niet vals, ze was het echtste wat je je kunt voorstellen. De eerste keer dat ik haar ontmoette, werd ik getroffen door haar mooie glimlach. Daar moest ik weer aan denken toen we elkaar in Djursholm zagen. Daarna heb ik lang gedacht dat ze haar glimlach gebruikte om haar grote geheim te verbergen, maar nog weer later besefte ik dat haar glimlach volkomen oprecht was.'

'Ben je hiernaartoe gekomen om over de glimlach van mijn overleden vrouw te praten?'

Wallander schudde gelaten zijn hoofd. Hij vond de hele situatie opeens zo weerzinwekkend dat hij niet wist wat hij ermee aan moest. Eigenlijk had hij woedend moeten worden, maar dat kon hij niet opbrengen.

'Ik ben hier gekomen, omdat ik achter de waarheid ben gekomen waarnaar ik op zoek was. En die waarheid is dat Louise nooit in de buurt is geweest van het bedrijven van spionage tegen Zweden. Dat had ik al veel eerder moeten begrijpen, maar ik heb me een rad voor ogen laten draaien.'

'Wie deed dat dan?'

'Ikzelf. Ik heb me net als iedereen laten leiden door het idee dat de vijand altijd uit het Oosten komt. Maar degene die me het meest voor de gek heeft gehouden ben jij. De echte spion.'

Nog steeds datzelfde uitdrukkingsloze gezicht, dacht Wallander. Hoelang zal dat nog duren?

'Zou ik een spion zijn?'

'Ja!'

'Zou ik voor de Sovjet-Unie of Rusland hebben gespioneerd? Je bent gek!'

'Ik heb niets gezegd over de oude Sovjet-Unie of het nieuwe Rusland. Ik zei dat jij een spion was. In dienst van de Verenigde Staten. En dat ben je al jaren, Håkan. Hoelang dat al gaande is en hoe het allemaal is begonnen kun jij alleen vertellen. Ik weet ook niet wat je motieven zijn. Jij was niet degene die Louise verdacht, zij was degene die jou ervan verdacht agent voor de Amerikanen te zijn. En dat heeft uiteindelijk tot haar dood geleid.'

'Ik heb Louise niet omgebracht!'

De eerste scheur, dacht Wallander. Håkans stem begon schel te worden. Hij begon zich te verdedigen.

'Dat denk ik ook niet. Het zijn vast anderen die dat hebben gedaan. Misschien heb je hulp gehad van George Talboth? Maar ze is gestorven zodat jij niet ontmaskerd zou worden.'

'Je kunt je absurde beweringen niet bewijzen.'

'Dat klopt', zei Wallander. 'Dat kan ik niet, maar er zijn anderen die dat wel kunnen. Ik weet genoeg om ervoor te zorgen dat de politie en het leger de gebeurtenissen uit een nieuw perspectief zullen gaan bekijken. De spion van wie al zo lang werd aangenomen dat hij zich binnen Defensie bevond, was geen vrouw. Het was een man. Die er niet voor terugdeinsde zich achter zijn eigen vrouw te verschuilen om daarmee de perfecte dekmantel te creëren. Iedereen zocht naar een Russische spion, een vrouw. Terwijl ze eigenlijk naar een man hadden moeten zoeken die spioneerde voor de Verenigde Staten. Aan die mogelijkheid dacht niemand, iedereen ging helemaal op in het zoeken naar vijanden in het Oosten. Dat is mijn hele leven al zo; het gevaar komt uit het Oosten. Dat iemand überhaupt op het idee zou komen landverraad te plegen voor de andere kant, voor de Verenigde Staten, heeft niemand willen begrijpen. De personen die voor iets dergelijks waarschuwden, waren roependen in de woestijn. Je kunt natuurlijk beweren dat de VS toch wel toegang hadden tot wat ze over onze defensie moesten weten, maar zo was het niet. De NAVO en vooral de VS hadden hulp nodig om eersteklas inlichtingen te vergaren over de Zweedse defensie en daarmee ook kennis over hoeveel wij wisten over allerlei Russische militaire voorbereidselen.'

Wallander zweeg. Håkan von Enke keek hem nog steeds met hetzelfde uitdrukkingsloze gezicht aan.

'Je gaf jezelf een perfecte dekmantel toen je je niet geliefd maakte binnen de marine', vervolgde Wallander. 'Je protesteerde ertegen dat de Russische duikboten die waren omsingeld toen ze de Zweedse territoriale wateren schonden mochten gaan. Je stelde zo veel vragen dat je als een overdreven fanatieke vijand van Rusland werd gezien. Terwijl je ook de VS bekritiseerde als het zo uitkwam. Maar je wist natuurlijk dat het duikboten van de NAVO waren die zich destijds in onze wateren verborgen. Jij speelde een spelletje en je won. Je versloeg iedereen. Behalve misschien je vrouw, die begon te vermoeden dat het allemaal niet in de haak was. Waarom je hiernaartoe bent vertrokken weet ik niet. Misschien omdat je werkgevers je die opdracht gaven? Was het een van hen die in Djursholm bij het hek stond te roken toen je je verjaardag vierde? Om je een afgesproken seintje te geven? Deze jachthut was al heel lang aangewezen als de plek waar jij je kon terugtrekken. Je kende deze hut via Eskil Lundbergs vader, die je maar al te graag wilde helpen nadat jij ervoor had gezorgd dat hij een vergoeding kreeg voor zijn neergehaalde steigers en kapotte netten. De man die de vondst van het afluisterapparaat dat de Amerikanen niet op de Russische onderwaterkabel wisten aan te brengen ook nooit aan de buitenwereld onthulde. Ik neem aan dat ze je hier zouden ophalen met een schip als het nodig zou worden om je te evacueren. Waarschijnlijk hebben ze er niets over gezegd dat Louise moest sterven. Maar het waren jouw vrienden die haar hebben omgebracht. En jij wist wat de prijs was voor je activiteiten. Je kon niets doen om te voorkomen wat er gebeurde. Zo was het toch? Het enige wat ik me nu afvraag, is wat je ertoe aanzette om zelfs je eigen vrouw op te offeren.'

Håkan von Enke bestudeerde zijn ene hand. Hij leek in zekere zin geen belangstelling te hebben voor wat Wallander zei. Misschien, dacht Wallander, is verdriet over Louise en haar dood ondanks alles de prijs die hij uiteindelijk heeft moeten betalen? Nu, nu het te laat is?

'Het was nooit de bedoeling dat zij zou sterven', zei Von Enke zonder zijn ogen op te slaan.

'Wat dacht je toen je hoorde dat ze dood was?'

Het antwoord van Håkan von Enke was zakelijk, bijna droog.

'Ik had er bijna een eind aan gemaakt. De gedachte aan mijn kleinkind weerhield me daarvan. Nu weet ik het niet meer.'

Ze deden er het zwijgen toe. Wallander dacht dat Sten Nordlander zo dadelijk binnen zou moeten komen, maar er was nog een vraag waarop hij een antwoord wilde.

'Hoe ging het in zijn werk?' vroeg hij.

'Wat?'

'Ik bedoel niet hoe je je geheime informatie verzamelde. Ik wil weten hoe het kwam dat je spion werd.'

'Dat is een lang verhaal.'

'We hebben de tijd. En je hoeft me geen uitputtend antwoord te geven. Je moet alleen genoeg vertellen zodat ik het kan begrijpen.'

Håkan von Enke leunde achterover in zijn stoel en deed zijn ogen dicht. Wallander zag opeens een heel oude man tegenover zich zitten.

'Het begon heel lang geleden', zei Von Enke zonder zijn ogen te openen. 'Ik werd al in de vroege jaren zestig door de Amerikanen benaderd. Ik was er al snel van overtuigd dat het belangrijk was dat de VS en de NAVO om ons te kunnen verdedigen toegang kregen tot informatie. We zouden ons nooit zelf kunnen redden. Zonder de VS waren we op voorhand al verloren.'

'Wie namen er contact met je op?'

'Je moet je realiseren hoe het was in die tijd. Er was een groep mensen, vooral jonge mensen, die al zijn tijd begon te besteden aan het bestrijden van de oorlog van de VS in Vietnam. Maar het merendeel van ons wist dus dat we de steun van de VS nodig hadden om tegenstand te bieden als op een dag in Europa de vlam in de pan zou slaan. Ik was ontdaan over die argeloze, romantische linkse mensen. Ik had het gevoel dat ik iets wilde doen. Ik ben er met open ogen ingestapt. Uit ideologie, zou je kunnen zeggen. Tegenwoordig is het hetzelfde. Zonder de VS zou de wereld totaal overgeleverd zijn aan krachten die niets liever willen dan Europa van al haar macht beroven. Wat denk je dat China voor ambities heeft? Wat gaan de Russen doen op het moment dat ze hun interne problemen hebben opgelost?'

'Maar geld moet toch ook een rol hebben gespeeld?'

Von Enke ging er niet op in. Hij wendde zich af en verzonk in gedachten. Wallander stelde nog een paar vragen, maar ook daar kreeg hij geen antwoord op. Håkan von Enke had het gesprek gewoon beëindigd.

Opeens stond hij op om naar het open keukentje te lopen. Hij pakte een flesje bier uit de koelkast en trok vervolgens een van de keukenlades open. Wallander volgde hem met zijn blik.

Toen Håkan von Enke zich omdraaide, had hij een pistool in zijn hand. Wallander stond snel op. Het wapen was op hem gericht. Langzaam zette Von Enke het bierflesje op het aanrecht.

Hij hief het wapen. Wallander zag dat het recht op zijn hoofd werd gericht. Hij gaf een gil, brulde. Vervolgens zag hij hoe de beweging van het wapen doorging.

'Ik kan niet meer', zei Håkan von Enke. 'Er is absoluut geen toekomst meer.'

Hij zette de loop tegen zijn kin en drukte af. Het schot dreunde door de kamer. Op het moment dat Håkan von Enke omviel, met zijn gezicht onder het bloed, kwam Sten Nordlander de kamer binnenstormen.

'Ben je gewond?' schreeuwde hij. 'Ben je geraakt?'

'Nee. Hij heeft zichzelf doodgeschoten.'

Ze staarden naar de man die op de grond lag, zijn lichaam in een onnatuurlijke houding. Het bloed op zijn gezicht maakte het onmogelijk om zijn ogen te zien; je kon niet zien of ze open of dicht waren.

Wallander was de eerste die ontdekte dat hij nog leefde. Hij griste een trui die over een stoel hing naar zich toe en duwde die tegen Von Enkes kin. Ondertussen schreeuwde hij tegen Sten Nordlander dat hij handdoeken moest zoeken. De kogel was door de wang weer naar buiten gegaan. Håkan von Enke was er niet in geslaagd een dodelijke kogel door zijn hersenen te jagen.

'Hij heeft schuin geschoten', zei Wallander toen Sten Nordlander hem een laken gaf dat hij van het bed had getrokken.

De ogen van Håkan von Enke waren open, nog niet gebroken.

'Drukken', zei Wallander terwijl hij Sten Nordlander liet zien hoe hij dat moest doen.

Wallander pakte zijn mobieltje en belde het alarmnummer. Hij kreeg geen verbinding. Hij rende naar buiten en klom op een rotsblok achter het huis. Ook daar had hij geen bereik. Hij ging weer naar binnen.

'Hij bloedt dood', zei Sten Nordlander.

'Je moet hard drukken', zei Wallander. 'De telefoon doet het niet. Ik moet hulp gaan halen. Soms heb je hier geen bereik.'

'Volgens mij gaat hij het niet redden.'

'Als hij sterft, zullen we nooit weten wat er nou eigenlijk gebeurd is.'

Sten Nordlander zat op zijn knieën bij de bloedende man. Hij keek Wallander met een angstige blik aan.

'Was het echt waar?'

'Je hebt ons toch gehoord? Of niet?'

'Elk woord. Was het waar?'

'Het is allemaal waar. Wat ik heb gezegd en wat hij heeft gezegd. Hij heeft ongeveer veertig jaar voor de VS gespioneerd. Hij heeft onze defensie in de uitverkoop gedaan en dat moet hij goed hebben gedaan, aangezien de Amerikanen hem zo waardevol vonden dat ze er zelfs niet voor zijn teruggedeinsd om zijn vrouw te vermoorden.'

‘Ik kan het onmogelijk begrijpen.’

‘Dan hebben we nog een reden om te proberen hem in leven te houden. Hij is de enige die het ons kan vertellen. Ik ga nu hulp halen. Dat zal even gaan duren, maar als jij er nou maar voor zorgt dat hij niet doodbloedt, dan kunnen we hem misschien redden.’

Wallander was al op weg naar de deur toen hij achter zich Sten Nordlanders stem hoorde.

‘Is er geen twijfel?’

‘Totaal niet.’

‘Dat betekent dat hij mij mijn hele leven voor de gek heeft gehouden.’

‘Hij heeft iedereen voor de gek gehouden.’

Wallander verliet de hut en rende naar de boot. Hij struikelde een paar keer en viel. Toen hij bij het water kwam, voelde hij dat het harder was gaan waaien. Hij maakte de vanglijn los, duwde de boot het water in en sprong erin. De motor startte bij de eerste ruk aan het koord. Het was zo donker dat hij zich afvroeg of het hem zou lukken naar de haven te navigeren.

Hij had de boot net gedraaid en wilde juist het gas openzetten toen hij het droge geluid van een schot hoorde. Hij twijfelde niet; er was een wapen afgevuurd. Het geluid kwam uit de jachthut. Hij draaide het gas dicht en luisterde. Had hij zich toch vergist? Hij keerde de boot en voer terug naar het strand. Toen hij aan land sprong, kwam hij toch in het water terecht en hij voelde hoe zijn schoenen kletsnat werden. Voortdurend luisterde hij of hij nieuwe geluiden hoorde. Het begon nog harder te waaien. Hij haalde zijn buks tevoorschijn en laadde die. Waren er misschien toch andere mensen op het eiland zonder dat hij daarvan wist? Met de buks in zijn hand keerde hij terug naar de jachthut. Hij probeerde zich zo geruisloos mogelijk te bewegen en bleef staan toen hij door een spleet tussen de gordijnen het zwakke licht zag. Geen geluid te horen, alleen het ruisen van de wind door de boomtoppen en vanaf de zee.

Hij was net op weg naar de deur van de jachthut toen er weer een schot klonk, dezelfde droge knal. Hij wierp zich op de grond en lag roerloos met zijn gezicht tegen de vochtige aarde. Met zijn handen beschermde hij zijn hoofd, de buks had hij laten vallen. Hij verwachtte dat het elk moment afgelopen kon zijn.

Er kwam echter niemand. Uiteindelijk durfde hij rechtop te gaan zitten en de buks op te pakken. Hij voelde of er geen aarde in de twee lopen was terechtgekomen. Zachtjes stond hij op en bukkend naderde hij de deur. Voordat hij opendeed, sloeg hij twee keer hard op het deurkozijn. Er gebeurde niets. Hij riep Sten Nordlanders naam, maar die antwoordde niet. Twee schoten, dacht hij koortsachtig terwijl hij probeerde te begrijpen wat dat betekende.

Weten kon hij het niet, maar hij voorvoelde het. Hij zag het gezicht van Sten Nordlander voor zich toen die zijn vraag had gesteld: *'Is er geen twijfel?'*

Wallander duwde de deur open en stapte naar binnen.

Håkan von Enke was dood. Sten Nordlander had hem recht in zijn voorhoofd geschoten. Daarna had hij het wapen op zichzelf gericht en nu lag hij dood op de grond naast zijn vroegere vriend en collega. Geschokt bedacht Wallander dat hij had moeten beseffen wat er kon gebeuren. Sten Nordlander had buiten in het donker gestaan en Håkan von Enke horen vertellen hoe hij hen allemaal had verraden, de mensen die hem vertrouwden en die hem niet zozeer als een collega, maar eerder als een vriend beschouwden misschien nog wel het meest.

Wallander vermeed het zijn natte voeten in het bloed te

zetten dat over de vloer was gestroomd. Hij plofte neer in de stoel waarin hij eerder had aangehoord wat Von Enke te zeggen had gehad. Hij was kapot van vermoeidheid en bedacht dat het hem naarmate hij ouder werd steeds zwaarder leek te vallen om de waarheid te dragen. Toch was dat altijd hetgeen waarnaar hij op zoek was.

Hoever waren ze toen ik Djursholm bezocht? dacht hij. Als ik ervan uitga dat zijn gesprek met mij deel uitmaakte van een plan om mij te laten geloven dat zijn vrouw een spion was en daardoor alle eventuele belangstelling van hemzelf weg te trekken, dan zullen de belangrijkste beslissingen toen al wel genomen zijn geweest. Misschien kwam Håkan von Enke zelf op het idee om mij te gebruiken? Gebruik te maken van het feit dat zijn zoon samenwoonde met een vrouw van wie de vader een domme plattelandsrechercheur was?

Toen hij daar in die stoel zat met de twee dode mannen aan zijn voeten voelde hij zowel verdriet als woede. Toch dacht hij er op dat moment nog het meest aan dat Klara geen grootouders van vaderskant zou mogen meemaken. Ze zou het moeten doen met een oma die tegen de drank vocht en een opa die steeds ouder en gebrekkiger werd.

Misschien zat hij daar een half uur, misschien langer, maar daarna dwong hij zichzelf ertoe weer politieman te worden. Hij vormde zich een eenvoudig idee hoe hij alles zou achterlaten zoals het was. Voordat hij vertrok, haalde hij alleen de autosleutels uit Sten Nordlanders zak. Daarna verliet hij de jachthut en voer met de boot de nachtelijke duisternis in.

Vlak voordat hij voor de tweede keer de boot het water in duwde, bleef hij echter met zijn ogen dicht op het strand staan. Het was alsof het verleden hem aanvloog. Heel de buitenwereld, waarvan hij altijd zo weinig had geweten. Nu was hij zelf opeens in een bijrol op het grote podium beland. Wat wist hij nu wat hij destijds niet had geweten? Eigenlijk niet veel meer, dacht hij. Ik ben nog steeds die verwarde figuur aan de rand van alle grote politieke en militaire gebeurtenissen. Ik ben nog steeds dezelfde gekwelde en onzekere persoon in de marge die ik destijds ook al was.

Hij duwde de boot het water in. Ondanks de duisternis slaagde hij erin de haven in te navigeren. Hij meerde de boot af waar hij hem had opgehaald. De haven was verlaten; het was twee uur toen hij in Sten Nordlanders auto stapte en wegreed. In de buurt van het treinstation parkeerde hij de wagen. Het stuur en de versnellingspook veegde hij net als het portier goed af. De sleutels gooide hij in een afvoerputje langs de weg. Daarna was het wachten op de vroegste ochtendtrein naar het zuiden. Hij bracht een heleboel uren door op een bankje in een park. Het was voor hem een vreemde gewaarwording om zich in die vreemde stad te bevinden met zijn vaders oude buks in zijn tas.

Het begon te motregenen, maar hij vond in de ochtendschemering een café dat open was. Daar dronk hij koffie en bladerde hij door oude tijdschriften. Daarna was het tijd om naar het station terug te keren en te vertrekken. Hij zou hier nooit meer terugkeren.

Door het treinraampje zag hij de auto van Sten Nordlander op de parkeerplaats staan. Vroeg of laat zou iemands aandacht erdoor worden getrokken. Van het een zou het ander komen. Een vraag zou zijn hoe hij in de haven was gekomen en daarvandaan op Blauwscheer. Maar het hoefde niet zo te zijn dat de verhuurder van de boot Wallander in verband zou brengen met de tragedie die zich in de afgelegen jachthut had afgespeeld. Bovendien zouden de details vast allemaal als vertrouwelijk worden aangemerkt.

Even na twaalven arriveerde Wallander in Malmö. Hij haalde zijn auto op en reed in de richting van Ystad. Vlak bij de afslag kwam hij in een controle van de verkeerspolitie terecht. Hij liet zijn politielegitimatiebewijs zien en moest blazen.

'Hoe gaat het?' vroeg hij om wat bemoedigende belangstelling voor zijn collega te tonen. 'Zijn de mensen nuchter?'

'De meesten wel. Maar we zijn nog maar net begonnen. We betrappen vast nog wel iemand. Hoe gaat het bij jullie in Ystad?'

'Op dit moment is het rustig. Maar augustus betekent meestal meer werk dan juli.'

Wallander knikte ter afscheid, draaide zijn raampje omhoog en reed door. Een paar uur geleden zat ik met twee dode mensen aan mijn voeten, dacht hij. Maar dat is voor een ander niet te zien. Onze herinneringen stralen niet naar buiten.

Onderweg deed hij boodschappen. Toen hij Jussi had opgehaald kon hij eindelijk de auto op zijn erf tot stilstand brengen.

Hij legde de boodschappen in de koelkast en ging aan de keukentafel zitten. Alles om hem heen was stil.

Hij probeerde te besluiten wat hij aan Linda zou vertellen.

Die dag belde hij echter niet, zelfs niet toen het avond was geworden.

Hij wist gewoon niet wat hij tegen haar moest zeggen.

Epiloog

Op een nacht in mei 2009 werd Wallander wakker doordat hij gedroomd had. Het gebeurde tegenwoordig steeds vaker dat de nachtelijke herinneringen voortleefden wanneer hij zijn ogen opsloeg. Vroeger wist hij bijna nooit wat hij had gedroomd. Jussi, die ziek was geweest, sliep op de grond naast zijn bed. De wekker op het nachtkastje wees kwart over vier aan. Misschien was hij niet alleen van zijn droom wakker geworden? Door het slaapkamerraam dat openstond, was misschien het geluid van een nachtuil in zijn bewustzijn doorgedrongen. Dat gebeurde wel vaker.

Maar nu was de uil weg. Hij had gedroomd over Linda en het telefoongesprek dat ze eigenlijk hadden moeten voeren op de dag dat hij van Blauwscheer terugkeerde. In zijn droom had hij haar opgebeld om te vertellen wat er was gebeurd. Ze had geluisterd zonder iets te zeggen. Daarna hield het op. De droom was abrupt afgebroken, als een verrotte tak.

Hij werd wakker met een sterk gevoel van onbehagen. In werkelijkheid had hij het nooit kunnen opbrengen haar te bellen. Voor zichzelf verklaarde hij dat met een simpel excuus. Hij had niet aan de tragedie bijgedragen en het zou voor hem alleen maar tot een onverdraaglijke situatie leiden als hij vertelde wat er precies was gebeurd en daarmee ook de verdenking van betrokkenheid op zichzelf zou laden. Pas wanneer de tragedie in de openbaarheid kwam, zouden Linda en Hans te horen krijgen wat er was gebeurd. En zou hij zelf, in het beste geval, onzichtbaar blijven.

Wallander bedacht dat dit een van de ergste dingen was die hij ooit had meegemaakt. Hij kon het alleen vergelijken met de keer dat hij jaren geleden tijdens zijn werk voor het eerst iemand had omgebracht en serieus had overwogen om te stoppen bij de politie. Destijds was hij van plan geweest te doen wat Martinson nu had gedaan. Stoppen met zijn werk als rechercheur en iets heel anders gaan doen.

Wallander boog voorzichtig over de rand van het bed om naar zijn hond te kijken. Jussi sliep. Ook hij droomde; zijn voorpoten krabden in de lucht. Wallander leunde weer achterover in zijn kussen. De lucht die door het open raam naar binnen stroomde, was verkoelend. Hij schopte zijn dekbed van zich af. Zijn gedachten gingen naar de stapel papier die op zijn keukentafel lag. Vorig jaar september was hij al begonnen aan een samenvatting van alle gebeurtenissen die zich hadden afgespeeld en waren geëindigd in de tragedie in de jachthut op Blauwscheer.

Eskil Lundberg was degene geweest die de dode lichamen had gevonden. Ytterberg was meteen door de recherche van Norrköping benaderd om te assisteren. Omdat het ook een geval was voor de veiligheidsdienst en de militaire inlichtingendienst was het meteen in de doofpot gestopt en strikt vertrouwelijk verklaard. Wallander was aangewezen op wat Ytterberg hem in het grootste vertrouwen kon vertellen. Voortdurend verwachtte hij dat zijn eigen aanwezigheid toch zou worden onthuld. Waar hij zich nog het meest zorgen over maakte, was of Sten Nordlander aan zijn vrouw over de reis had verteld, maar dat had hij kennelijk niet gedaan. Met een gevoel van diepe onlust las Wallander in de kranten hoe vertwijfeld de echtgenote was over de dood van haar man en dat ze weigerde te geloven dat hij zijn oude vriend zou hebben omgebracht en daarna de hand aan zichzelf zou hebben geslagen.

Ytterberg beklaagde zich soms tegenover Wallander. Ook al had hij de leiding over het recherchewerk, toch wist zelfs hij niet wat er in de coulissen gebeurde. Er bestond echter geen twijfel over dat Sten Nordlander Håkan von Enke met twee schoten had vermoord en daarna zichzelf van het leven had beroofd. Wat echter wel raadselachtig was en waar niemand een verklaring voor had, was hoe Sten Nordlander nu eigenlijk op Blauwscheer was gekomen. Dat betekende, zei Ytterberg diverse keren, dat je zou kunnen vermoeden dat er nog iemand bij betrokken was. Maar wie dat was en welke rol diegene had gespeeld kon hij niet zeggen. Ook het eigenlijke motief van de tragedie hadden ze niet kunnen vaststellen.

In kranten en andere media werd heftig gespeculeerd. Men zwolg in het bloederige drama in de jachthut. Linda, Hans en Klara moesten hun huis bijna verlaten om alle nieuwsgierige journalisten met hun opdringerige vragen te ontlopen. In de wildste samenzweringstheorieën werd gesteld dat Håkan von Enke en Sten Nordlander een geheim dat met de moord op Olof Palme te maken had, hadden meegenomen in hun graf.

Tijdens zijn gesprekken met Ytterberg had Wallander af en toe voorzichtig, haast uit beleefdheid, gevraagd hoe het zat met de verdenkingen dat Louise een Russische spion zou zijn geweest. Ytterberg kon hem slechts uiterst summiere antwoorden geven.

'Ik heb de indruk dat het wat haar betreft allemaal stilstaat', zei hij. 'Ik heb geen idee wat voor waarheid de veiligheidsdienst zoekt of wat ze willen verbergen. Misschien moeten we wachten tot een onderzoeksjournalist hiermee aan de slag gaat.'

In deze hele periode hoorde Wallander er geen woord over dat Håkan von Enke voor de VS zou hebben gespioneerd. Er bestonden geen verdenkingen, geen geruchten, geen gedachten dat hij de aanleiding zou kunnen zijn voor wat er was gebeurd. Wallander vroeg Ytterberg een keer recht op de man af of er zulke theorieën waren. Ytterberg had zich volkomen niet-begrijpend opgesteld.

‘Waarom zou hij in godsnaam een spion voor de Verenigde Staten zijn geweest?’

‘Ik probeer de gebeurtenissen van alle kanten te bekijken’, zei Wallander. ‘Net zo goed als Louise er misschien van verdacht werd dat ze voor Rusland spioneerde, zou je je ook een heel andere mogelijkheid kunnen voorstellen.’

‘Als de veiligheidsdienst of het leger zo’n verdenking zou koesteren zou ik daar denk ik wel iets van hebben meegekregen.’

‘Ik zit gewoon hardop te denken’, zei Wallander ontwijkend.

‘Weet jij soms iets wat ik niet weet?’ vroeg Ytterberg opeens op ongebruikelijk scherpe toon.

‘Nee’, zei Wallander. ‘Ik weet niets wat jij niet weet.’

Het was na dat telefoongesprek dat hij met zijn samenvatting was begonnen. Hij ordende al zijn gedachten en alle notities en ontwierp een systeem met plakbriefjes, die hij aan een van de muren in de woonkamer bevestigde. Elke keer dat Linda op bezoek kwam, met of zonder Hans en Klara, haalde hij ze echter van de muur. Hij wilde zijn verhaal schrijven zonder dat iemand daarbij betrokken was of zelfs maar vermoedde waar hij zich mee bezighield.

Hij begon met het afwikkelen van de losse eindjes die hij nog meende over te hebben. Sommige kon hij gemakkelijk van de lijst strepen. Dat de naam USG Enterprises, die hij bij de deur van George Talboths appartement had gelezen, de naam van een consultancybedrijf was, was gemakkelijk te controleren. Er was niets wat erop wees dat het niet om een fatsoenlijk bedrijf zou gaan. Maar de vraag wie er een paar keer discreet in zijn huis had ingebroken, kon hij nooit beantwoorden, net zomin als de vraag wie Niklasgården had bezocht. Dat het om mensen ging die Håkan von Enke op allerlei manieren bijstonden, sprak vanzelf, maar de bedoelingen werden Wallander nooit duidelijk. Al was het waarschijnlijk het meest aannemelijk dat ze hadden gezocht naar wat Wallander 'Signes boek' noemde. Dat lag nu op zijn tafel als hij aan het schrijven was. Hij bleef het echter opbergen in Jussi's kennel.

Het duurde niet lang voordat hij besefte wat hij eigenlijk aan het doen was. Hij beschreef net zozeer zichzelf en zijn eigen leven als dat van Håkan von Enke. Toen hij in gedachten terugging naar wat hij over de Koude Oorlog had gehoord, over de gespleten kijk van het Zweedse leger op de neutraliteit en ongebondenheid, en de noodzaak om deel te gaan uitmaken van de NAVO, besefte hij hoe weinig hij eigenlijk wist van de wereld waarin hij had geleefd. Het was natuurlijk onmogelijk om de kennis in te halen waarover hij zich vroeger niet druk had gemaakt. Wat hij nu kon leren over die wereld was alleen mogelijk in retrospectief. Somber vroeg hij zich af of dit iets was wat kenmerkend was voor heel zijn generatie. Een tegenzin om zich druk te maken over de wereld waarin ze leefden, over de politieke omstandigheden die voortdurend veranderden. Of was zijn generatie verdeeld geweest? In een groep die zich er wel wat van aantrok en een groep die het onverschillig liet?

Wallanders vader was vaak beter op de hoogte geweest van allerlei gebeurtenissen dan hij, begreep hij nu. Dat betrof niet alleen de episode met Tage Erlander en diens toespraak in het Volkspark in Malmö. Hij kon zich ook herinneren dat zijn vader hem een keer in de vroege jaren zeventig flink had uitgescholden, omdat hij niet was gaan stemmen toen er een paar dagen eerder verkiezingen waren gehouden. Wallander kon zich zijn vaders woede nog goed herinneren; hij had Wallander een 'politiek luie donder' genoemd en hem vervolgens een penseel naar zijn hoofd gegooid en gezegd dat hij moest oprotten. Wat hij natuurlijk ook had gedaan. Hij had zijn vader toen alleen maar wonderlijk gevonden. Waarom moest hij zich druk maken over hoe de Zweedse politici elkaar in de haren vlogen? Wat hem interesseerde, was hoogstens de kwestie van lagere belastingen en hogere lonen, verder niets.

Hij zat vaak aan zijn keukentafel te peinzen of zijn naaste vrienden ook zo waren geweest. Niet geïnteresseerd in politiek, alleen bezorgd over hun eigen privéaangelegenheden. De weinige keren dat hij het over politiek had, was dat meestal een onnozele manier om allerlei politici af te zeiken en op hun belachelijke strapatsen af te geven, maar niet om een stap verder te gaan en zich af te vragen wat voor alternatieven er zouden zijn geweest.

Eigenlijk had hij maar tijdens een korte periode serieus nagedacht over de politieke toestand van Zweden, Europa en misschien zelfs de wereld. Dat was bijna twintig jaar geleden, in verband met de dubbele moord op het oude boerenechtpaar in Lenarp. Al snel was gebleken dat de verdenkingen zich konden richten tegen illegale immigranten of asielzoekers. Wallander was gedwongen geweest een standpunt in te nemen ten aanzien van de grote immigratiestroom in Zweden. Hij was tot de ontdekking gekomen dat er onder zijn gewoonlijk vreedzame en tolerante buitenkant schemerige, misschien wel racistische opvattingen schuilgingen. Dat had hij verbazingwekkend en angstaanjagend gevonden. Hij had ze bij zichzelf weggewerkt en tegenwoordig had hij ze niet meer. Na dat onderzoek, dat zijn bijzondere ontknoping kreeg op de markt van Kivik waar de twee moordenaars werden gepakt, was hij echter weer in zijn politieke luiheid vervallen.

In het najaar van 2008 bezocht hij een aantal keren de bibliotheek van Ystad om boeken te lenen over de Zweedse naoorlogse geschiedenis. Hij las over alle politieke discussies die er waren gevoerd over de aanschaf van kernwapens en toetreding tot de NAVO. Hoewel hij ten tijde van deze discussies op weg naar volwassenheid was, kon hij zich niet herinneren dat de woorden van de politici hem een reactie hadden ontlokt. Het was alsof hij in een glazen bol had geleefd.

Hij vertelde een keer aan Linda hoe hij zijn leven begon te bekijken. Het bleek dat zij veel meer geïnteresseerd was in politieke kwesties dan hij. Hij was verbaasd; het was hem eerder eigenlijk nog niet opgevallen. Ze had slechts geantwoord dat het politieke bewustzijn van mensen niet aan de buitenkant te zien was.

'Wanneer heb jij me ooit een politieke vraag gesteld?' zei ze. 'Waarom zou ik het met jou over politiek hebben als ik weet hoe weinig belangstelling jij daar zelf voor hebt?'

'Wat zegt Hans?'

'Hij heeft veel kennis van de wereld, maar we zijn het niet altijd eens.'

In gedachten stond Wallander ook vaak stil bij Hans. Midden oktober 2008 had Linda hem geschokt gebeld om te vertellen dat de Deense politie een inval had gedaan in Hans' kantoor in Kopenhagen. Enkele dealmakers, met name twee IJslanders, zaten achter de oneigenlijke waardetoename van aandelen om hun eigen provisie en bonussen veilig te stellen. Toen de financiële crisis uitbrak, barstte de luchtbel. Een tijdlang stonden alle employés, ook Hans, onder verdenking van betrokkenheid bij deze zaak. Pas in maart had Hans vernomen dat hij niet langer verdacht werd van onregelmatigheden. Aangezien hij ook het overlijden van zijn andere ouder moest verwerken had hij het zwaar voor zijn kiezen gehad. Hij was diverse keren bij Wallander langsgekomen om hem te vragen of hij kon uitleggen wat er nou eigenlijk was gebeurd. Wallander had zo veel verteld als hij kon, maar deinsde ervoor terug om zelfs maar een indicatie te geven van wat er in laatste instantie achter zat.

Wallander brak zich nog het meest het hoofd over hoe hij het moest aanpakken om met de samenvatting van al zijn gedachten en de kennis die hij had, de mensen te bereiken. Misschien moest hij zijn samenvatting anoniem aan de autoriteiten overhandigen? Maar zou iemand hem serieus nemen? Wie had er eigenlijk belang bij dat de goede relatie met de VS werd verstoord? Misschien vonden alle betrokkenen de stilte waarin de spionage van Håkan von Enke was gedompeld juist wel wenselijk?

Eind september begon hij te schrijven en nu was hij al meer dan acht maanden bezig. Hij wilde niet dat de gebeurtenissen in stilte werden begraven. Bij die gedachte raakte hij ontdaan.

Naast zijn schrijven deed hij ook zijn gewone werk. Het hele najaar was gevuld met twee trieste onderzoeken naar ernstige mishandeling. In april 2009 ging hij zich bezighouden met een serie brandstichtingen in de omgeving van Ystad waarbij mensen omkwamen.

Wat Wallander in deze periode het meest verontrustte, was dat zijn plotselinge aanvallen van geheugenverlies doorgingen. Tijdens de kerstdagen was het heel erg geweest. Het had 's nachts gesneeuwd en hij had zich aangekleed om sneeuw te ruimen bij zijn oprit. Toen hij klaar was, wist hij opeens niet meer waar hij was. Zelfs Jussi herkende hij niet. Het duurde een hele tijd voordat hij weer wist op welk erf hij stond. Hij deed niet wat hij natuurlijk had moeten doen. Hij ging niet naar een dokter, omdat hij gewoon veel te bang was.

Hij probeerde te denken dat hij te hard werkte, dat hij overwerkt was. Soms geloofde hij daarin, maar hij droeg altijd de angst met zich mee dat deze vergeetachtigheid steeds erger zou worden. Hij vreesde dat hij dement werd, dat hij leed aan een vroege alzheimer.

Wallander bleef in bed liggen. Het was zondagochtend, hij was vrij. 's Middags zou Linda samen met Klara naar hem toe komen. Misschien dat Hans ook meekwam, als hij het kon opbrengen.

Toen het zes uur was geworden stond Wallander op. Hij deed Jussi naar buiten en maakte een ontbijt klaar. De rest van de ochtend besteedde hij aan zijn paperassen. Deze ochtend had hij, voor het eerst, het vermoeden dat hij een soort 'levenstestament' aan het schrijven was. Dit was hoe zijn leven was verlopen. Ook al leefde hij nog tien of vijftien jaar, veel anders zou het niet worden. Hij vroeg zich echter wel af, met iets wat voelde als een echoënde leegte in zijn binnenste, wat hij zou doen wanneer hij met pensioen ging. Hij dacht terug aan zijn gesprekken met Nyberg. Die zou binnenkort naar het noorden verhuizen, naar de grote bossen.

Er was maar één antwoord en dat was Klara. Van haar aanwezigheid werd hij altijd blij. Zij zou er zijn als al het andere voorbij was.

Die ochtend in mei zette hij een punt achter zijn verhaal. Hij kwam nu niet verder, vond niet dat hij er nog iets aan toe te voegen had. Hij had al zijn aantekeningen op de computer uitgetypt en er lag nu een uitdraai voor hem op tafel. Moeizaam, woord voor woord, had hij het verhaal gereconstrueerd van de man die hem ertoe had gebracht te geloven dat zijn vrouw een spion was. Hij realiseerde zich dat hij ook een deel van het verhaal was, niet alleen maar degene die het had opgeschreven.

Voor een paar losse eindjes had hij nooit een verklaring gevonden. Die bungelden er nog. Over de kwestie van Louises schoenen peinsde hij misschien nog het meest. Waarom hadden die zo netjes naast haar gestaan daar op Värmdö? Wallander ging er uiteindelijk van uit dat ze op een andere plek was omgebracht en dat ze toen geen schoenen had gedragen.

Degene die de schoenen naast haar had neergezet had verder niet nagedacht over waarom hij dat deed. Waar Louise was geweest in de tijd dat ze weg was, was ook niet bekend. Ze was gevangengehouden totdat iemand had besloten dat ze moest sterven vanwege Håkan von Enke.

Wat voor Wallander ook nog steeds een raadsel was, was het vraagstuk van de stenen. De steen die hij bij Håkan von Enke thuis had gezien, de steen die hij van Atkins had gekregen en de steen die hij daarna op de balkontafel van George Talboth had ontdekt. Hij maakte er wel uit op dat het om een soort souvenirs ging, meegenomen uit de Zweedse archipel door mensen die zich niet tussen de eilanden en bultrotsen hadden behoren te bevinden. Maar waarom de steen van Von Enkes bureau verdween, kon hij niet verklaren. Hij kon zich diverse mogelijkheden voorstellen, maar durfde er geen verdere conclusie aan te verbinden.

Atkins sprak hij af en toe telefonisch. Hij had hem horen huilen toen hij vertelde over zijn goede vriend. Zijn verloren vriendén, zo corrigeerde hij zichzelf altijd. Hij vergat Louise niet. Atkins had gezegd dat hij naar de begrafenis zou komen, maar toen die midden augustus eindelijk plaatsvond, kwam hij niet opdagen. Wallander hoorde daarna ook nooit meer wat van hem. Hij vroeg zich af waarover Atkins en Von Enke het al die keren dat ze elkaar zagen hadden gehad. Hij zou het nooit weten.

Er waren ook andere dingen waarvan hij wilde dat hij er Håkan en Louise naar had kunnen vragen. Waarom was het zo'n rommeltje geweest in Håkans bureaulade? Was hij van plan geweest naar Cambodja te gaan als hij had moeten vluchten? Wallander wist ook niet waarom Louise tweehonderdduizend kronen van de bank had opgenomen. Toen het appartement in Stockholm werd ontruimd werd er geen geld gevonden. Het was verdwenen; waarom werd nooit duidelijk.

De doden hadden hun geheimen meegenomen in het graf. Zo zou ook de reden voor Sten Nordlanders besluit om eerst Håkan von Enke en daarna zichzelf om te brengen altijd een raadsel voor hem blijven.

Soms dacht hij dat hij het begreep, maar even vaak snapte hij er niets van.

Eind november, toen hij voor een korte cursus in Stockholm was, huurde Wallander een auto om naar Niklasgården te rijden. Hij had Hans bij zich. Die had het nog niet kunnen opbrengen om de reis naar zijn onbekende zus te maken. Het was voor Wallander een ontroerend moment om Hans daar aan Signes bed te zien. Hij dacht vaak aan het feit dat Håkan von Enke zijn dochter altijd had bezocht. Op haar vertrouwde hij, dacht Wallander. Aan haar durfde hij zijn meest geheime papieren toe te vertrouwen.

Wallander zat er lang over te piekeren of hij zijn naam op zijn werk zou zetten. Uiteindelijk koos hij voor een leeg wit papier als omslag. Alles bij elkaar waren het tweehonderdtwaalf pagina's geworden. Hij bladerde ze nog een laatste keer door en stopte af en toe om te controleren of hij geen fouten had gemaakt. Hij ging er desalniettemin van uit dat hij de waarheid zo dicht mogelijk had benaderd.

Hij besloot het materiaal naar Ytterberg te zenden. Hij zou er zijn naam niet op zetten, maar het aan zijn zus Kristina in Stockholm sturen met de vraag of zij het wilde doorsturen. Ytterberg zou doorhebben dat het van Wallander afkomstig moest zijn, maar hij zou het nooit kunnen bewijzen.

Ytterberg is een verstandige man, dacht Wallander. Hij zal wat ik geschreven heb zo goed mogelijk gebruiken. En hij is ook wel in staat om te begrijpen waarom ik ervoor heb gekozen het hem anoniem toe te zenden.

Wallander besefte echter maar al te goed dat ook Ytterberg

misschien tegen een muur aan liep. Voor veel Zweden was Amerika nog de absolute verlosser. Een Europa zonder Amerika zou vrijwel weerloos zijn. Misschien zat er wel niemand te wachten op de waarheid die Wallander meende te bezitten.

Wallander dacht aan de Zweedse soldaten die naar Afghanistan waren gestuurd. Dat was nooit gebeurd als de VS daar niet om hadden gevraagd. Niet openlijk, maar in het verborgene, zoals hun duikboten zich in het begin van de jaren tachtig met toestemming van de Zweedse marine en politici in Zweedse vaarwateren hadden verborgen. Of zoals CIA-mannen op 18 december 2001 toestemming hadden gekregen om twee van terrorisme verdachte Egyptenaren op Zweeds territorium op te halen en onder zeer vernederende omstandigheden naar gevangenissen in hun thuisland te transporteren waar ze gemarteld werden. Hij kon zich zelfs voorstellen dat een ontmaskerde Håkan von Enke als een held zou worden beschouwd, niet als een verachtelijke landverrader.

Niets, dacht hij, is helemaal zeker. Niet hoe deze gebeurtenissen zullen worden geïnterpreteerd, noch hoe mijn leven verder zal gaan.

Hij zette er een punt achter, ongeacht of die provisorisch was of niet.

Het was een heldere maar kille meidag. Tegen de middag maakte hij een lange wandeling met Jussi, die nu leek te zijn hersteld. Toen Linda kwam – zonder Hans, maar met Klara – had Wallander inmiddels het huis schoongemaakt en gekeken of er geen papieren meer lagen waarvan hij niet wilde dat zij die zag. Klara was in de auto in slaap gevallen. Wallander droeg haar voorzichtig naar binnen en legde haar op de bank. Als hij haar in zijn armen had, kreeg hij altijd het gevoel dat het was alsof Linda in een nieuwe gedaante was teruggekeerd.

Ze gingen aan de keukentafel zitten om koffie te drinken.

'Heb je schoongemaakt?' vroeg Linda.

'De hele dag.'

Ze schoot in de lach en schudde haar hoofd, maar daarna werd ze opeens serieus. Wallander wist dat alle problemen die Hans had gehad ook voor haar een schok waren geweest.

'Ik wil weer aan het werk', zei ze. 'Ik hou het niet meer uit om alleen maar moeder te zijn.'

'Maar het duurt toch nog maar vier maanden voordat je ouderschapsverlof erop zit?'

'Vier maanden kan heel lang zijn. Ik merk dat mijn geduld begint op te raken.'

'Ten opzichte van Klara?'

'Ten opzichte van mezelf.'

'Dat is een trekje dat je dan wel van mij zult hebben geërfd. Dat ongeduld.'

'Zeg jij niet altijd dat geduld de grootste deugd is van een politieman?'

'Dat wil nog niet zeggen dat geduld vanzelf komt.'

Ze nam een slokje koffie en dacht over zijn woorden na.

'Ik voel me oud', zei Wallander. 'Ik word elke dag wakker met het gevoel dat het ontzettend snel gaat. Ik weet niet of ik achter iets aan ren of voor iets wegren. Ik ren alleen maar. Eerlijk gezegd voel ik een grote angst voor de ouderdom.'

'Denk eens aan opa! Die ging gewoon door en maakte zich er nooit druk over dat hij ouder werd.'

'Dat is niet waar. Hij was bang voor de dood.'

'Soms misschien. Maar niet altijd.'

'Het was een aparte man. Volgens mij kan niemand zich met hem vergelijken.'

'Ik doe dat wel.'

'Jij had een relatie met hem die ik kwijtraakte toen ik nog heel jong was. Soms denk ik dat hij ook een betere relatie met mijn zus Kristina had. Misschien kon hij gewoon beter met vrouwen opschieten? Ik werd geboren met het verkeerde geslacht. Hij heeft nooit een zoon gewild.'

'Dat is gewoon onzin. Dat weet je.'

'Onzin of niet, toch zijn dat mijn gedachten. Ik ben bang om oud te worden.'

Ze strekte opeens haar hand over de tafel heen uit en gaf hem een kneepje in zijn arm.

'Ik heb gemerkt dat je je zorgen maakt. Maar diep van binnen weet je dat dat zinloos is. Aan je leeftijd kun je niets veranderen.'

'Dat weet ik', zei Wallander. 'Maar soms heb ik het gevoel dat klagen het enige is wat overblijft.'

Linda bleef een paar uur. Ze zaten te praten totdat Klara wakker werd en met een gelukzalige glimlach naar Wallander rende.

Opeens werd Wallander door een enorme angst overvallen. Zijn geheugen liet hem weer in de steek. Hij wist niet wie dat meisje was dat naar hem toe kwam. Hij had haar weliswaar eerder gezien, maar hoe ze heette of wat ze daar deed, daar had hij geen idee van.

Het was of het doodstil werd. Alsof alle kleuren verdwenen en slechts iets zwart-wits voor hem achterlieten.

De schaduw verdiepte zich. Langzaam zou Kurt Wallander verdwijnen in de duisternis die hem een paar jaar later definitief naar het lege universum zou sturen dat alzheimer heet.

Meer is er niet. Het verhaal over Kurt Wallander houdt onherroepelijk op. De jaren die hij nog te leven heeft, misschien tien, misschien meer, zijn zijn eigen tijd, die van hem en Linda, die van hem en Klara, van niemand anders.

Postscriptum

In de wereld van de fictie kun je je veel vrijheden veroorloven. Het is bijvoorbeeld niet ongebruikelijk dat ik een landschap verander zodat niemand zal kunnen zeggen: Op die plek was het! Daar speelden de gebeurtenissen zich af!

De bedoeling daarvan is uiteraard om het verschil te benadrukken tussen het fictieve en het documentaire. Wat ik schrijf hád kunnen gebeuren zoals ik het vertel. Maar het is niet noodzakelijkerwijs zo gebeurd.

In dit boek zitten veel van dit soort verschuivingen tussen wat er werkelijk is gebeurd en wat misschien denkbaar was geweest.

Net als de meeste auteurs schrijf ook ik om de wereld op de een of andere manier begrijpelijker te maken. Op dat punt kan fictie soms beter zijn dan documentair realisme.

Dan maakt het niet uit of er ergens in Midden-Zweden een verpleeginrichting bestaat die Niklasgården heet of niet. Ook niet of er in Östermalm in Stockholm een feestlokaal is dat door marineofficieren wordt gefrequenteerd. Of een café ergens buiten Stockholm dat hetzelfde doel dient. Waar bijvoorbeeld een duikbootkapitein genaamd Hans-Olov Fredhäll binnenstapt. Ook niet of Madonna in 2008 een concert in Kopenhagen heeft gegeven.

Het belangrijkste in dit boek is echter gebaseerd op de solide basis die de realiteit verschaft.

Velen zijn mij behulpzaam geweest met het voorwerk. Hen dank ik.

Voor de uiteindelijke inhoud en de laatste punt ben ik echter verantwoordelijk. Volledig en zonder uitzondering.

Gotenburg, juni 2009
Henning Mankell

Henning Mankell bij De Geus

Spannende boeken

DE INSPECTEUR WALLANDER-REEKS

Moordenaar zonder gezicht

Inspecteur Kurt Wallander probeert de voortgang van het onderzoek naar een wrede dubbelmoord zo veel mogelijk buiten de publiciteit te houden. Toch lekt er informatie uit over de mogelijke betrokkenheid van in de nabijheid gehuisveste asielzoekers.

Honden van Riga

In een rubberboot treft de Zweedse politie twee doden aan. De mannen blijken voor hun executie gemarteld te zijn. Inspecteur Kurt Wallander volgt het spoor naar de Letse hoofdstad Riga, waar hij een pion dreigt te worden in een Baltische intrige.

De witte leeuwin

Tijdens het onderzoek naar de verdwijning van de Zweedse makelaar Louise Åkerblom komt inspecteur Kurt Wallander op het spoor van geheime voorbereidingen voor een politieke aanslag in Zuid-Afrika. Is hij nog op tijd om de aanslag te verijdelen?

De man die glimlachte

De moord op advocaat Torstensson wordt korte tijd later gevolgd door de moord op zijn zoon Sven, een vriend van Kurt Wallander. Tijdens het onderzoek komt Wallander in een wespennest van fraude terecht. Zijn tegenstander is een machtig zakenman zonder enige scrupule.

Dwaalsporen
Kurt Wallander moet hulpeloos toezien hoe een jonge vrouw zichzelf door verbranding van het leven berooft. Drie afschuwelijke moorden volgen. Het spoor voert Wallander naar een netwerk van smokkel en seksueel misbruik.

De vijfde vrouw
Drie even bizarre als gruwelijke moorden schokken het zuiden van Zweden. Kurt Wallander concludeert al snel dat de misdrijven verband houden en bewust geënsceneerd zijn als openbare executies. De vraag is wat de dader ermee wil zeggen.

Midzomermoord
Kurt Wallander gaat op zoek naar drie jongelui die na midzomernacht zijn verdwenen. Als hij met collega Svedberg wil overleggen, blijkt ook hij onvindbaar. Er lijkt een verband te zijn met de drie verdwenen jongeren.

De blinde muur
Hackers hebben het voorzien op het computersysteem van de Wereldbank teneinde de wereldeconomie in een chaos te storten. Inspecteur Kurt Wallander komt voor een geheel nieuw soort criminaliteit te staan: computermisdaad op internationale schaal.

De jonge Wallander
Wat is er allemaal met Wallander gebeurd vóór het begin van de romanserie? Wanneer Wallander de arena betreedt is hij tweeënveertig jaar, bijna drieënveertig. Hij is dan al lang bij de politie, hij is getrouwd geweest, gescheiden, heeft een kind, en is op zekere dag uit Malmö vertrokken om zijn geluk in Ystad te beproeven. De jonge Wallander bevat vijf episo-

den uit het leven van Kurt Wallander voordat hij op 8 januari 1990 in *Moordenaar zonder gezicht* als inspecteur geïntroduceerd wordt.

ANDERE MISDAADROMANS

De terugkeer van de dansleraar
Labyrint
Kennedy's brein
De Chinees
Voor de vorst

Andere romans van Henning Mankell bij De Geus

Daniël, zoon van de wind
Verteller van de wind
Tea-Bag
Het oog van de luipaard
Ik sterf, de herinnering leeft
Diepte
Aan de oever van de tijd
Italiaanse schoenen
De Daisy Sisters

Voor de jeugd

Lukas en de kat die van regen hield
De hond die naar de sterren rende
De jongen die met sneeuw in zijn bed sliep
Schaduwen in de schemering
Reis naar het einde van de wereld